SEHNSUCHT NACH SCHMERZ

DIE MASTER DER SHADOWLANDS-REIHE
BUCH 7

CHERISE SINCLAIR

VanScoy Publishing Group

@ Deutsche Ausgabe: FP Translations; 2023

ISBN: 978-1-947219-47-2

@ Originalausgabe: *This Is Who I Am* by Cherise Sinclair; 2013

Dieses Buch enthält explizite Darstellungen sexueller Handlungen und ist nicht für Leser unter 18 Jahren geeignet!

Lektorat: Christian Popp

Gewidmet den mutigen Seelen, die ihren konventionellen Pfad verlassen haben, um ihren eigenen zu finden. Euer Mut wird den Weg für die Menschen ebnen, die folgen werden.

ANMERKUNG DER AUTORIN

An meine Leser/Leserinnen,

dieses Buch ist reine Fiktion. Und wie in den meisten Romanen wird die Liebesgeschichte in eine sehr, sehr kurze Zeitspanne hineingepresst.

Ihr, meine Lieben, lebt in der wirklichen Welt. Ihr werdet mehr Zeit brauchen als die Romanfiguren. Gute Doms wachsen nicht auf Bäumen und es gibt ein paar sehr seltsame Menschen dort draußen. Wenn ihr auf der Suche nach eurem eigenen Dom seid, hört auf euer Bauchgefühl und seid bitte vorsichtig. Und wenn ihr ihn findet, dann nehmt zur Kenntnis, dass er nicht eure Gedanken lesen kann. Ja, so beängstigend das auch sein mag, ihr werdet euch ihm öffnen, mit ihm reden und auch ihm zuhören müssen. Teilt eure Hoffnungen und Ängste miteinander. Erzählt ihm, was ihr euch von ihm wünscht und wovor ihr abgrundtiefe Angst habt. Okay, er wird eure Grenzen etwas austesten – er ist schließlich ein Dom –, aber ihr habt ja euer Safeword. Nicht das Safeword vergessen, okay? Und passt auf euch auf. Verhütet. Vertraut euch einer Person in eurem Freundeskreis an. Teilt euch mit, kommuniziert.

v

Denkt dran: Safe, sane, consensual. (Sicher, vernünftig, einvernehmlich.)

Ich wünsche mir für euch, dass ihr diese besondere Person findet, die euch liebt, die eure Bedürfnisse versteht und euch im Herzen trägt.

Während ihr nach diesem besonderen Menschen Ausschau haltet, könnt ihr Zeit mit den Shadowlands-Mastern verbringen.

Fühlt euch gedrückt,
Cherise

KAPITEL EINS

L inda packte die Armlehne des Zeugenstands und bemühte sich, das Atmen nicht zu vergessen. Unter ihrer Seidenbluse tropfte ihr der Schweiß am Rücken herunter und schwarze Punkte tanzten in ihrem Sichtfeld. Als ihre Knie drohten, nachzugeben, verstärkte sie ihren Griff an dem glatten Holz. *Werde. Keine. Schwäche. Zeigen.* Noch ein Atemzug. Sie gab vor, sich umzusehen, schindete Zeit und hoffte, dass sie gleich wieder fähig war, zu laufen.

Geflüster erhob sich im Gerichtssaal, während die Geschworenen schwiegen und sie besorgt beobachteten. Der Gesichtsausdruck des weißhaarigen Lebensmittelhändlers zeigte Empörung – für sie. Die kleine Hausfrau wischte sich Tränen aus den Augen.

Der Staatsanwalt kam zu ihr, um ihr Hilfe anzubieten, aber die Wärme der Geschworenen hatte Linda wieder Stärke eingehaucht. Sie drückte die Schultern durch, trat nach unten und ihre Beine hielten. *Gott sei Dank!* Nun würde sie es auch zur Tür schaffen.

Sie warf einen Blick auf den Verteidiger und seinen Mandanten – den kahlköpfigen, älteren Mann in seinem europäisch geschnittenen Anzug und seiner mit Diamanten besetzten

Uhr –, der wegen Mordes an einer neunzehnjährigen College-Studentin angeklagt war.

Holly war entführt worden. Versklavt wie Linda.

Linda schluckte schwer. Sie hatte das süße Mädchen gehalten, als sie sich weinend ihre Mutter herbeigewünscht hatte. Sie hatte zu dem Mädchen gesagt, dass schon bald alles gut würde. Sie hatte gelogen. Als das FBI in eine Auktion gestürmt und die anwesenden Sklaven befreit hatte, war es für Holly bereits zu spät gewesen.

Der Bastard, der sie so selbstgefällig anblickte, hatte sie schon zu Tode gepeitscht.

Als Linda ihn passierte, ließ er den Blick über ihren Körper schweifen. Sie erschauderte und erinnerte sich an ihre eigenen Schreie. Unfähig zu fliehen, unfähig zu kämpfen. Geschlagen. Vergewaltigt. Sie fühlte sich bereits schmutzig und er schaffte es, eine weitere Schicht Dreck hinzuzufügen. Die Galle, die ihre Kehle hochkroch, ignorierend, zwang sie sich, ihm einen abweisenden Blick zuzuwerfen. Die Aussage hatte ihr alles abverlangt, aber sie hatte ihre Aufgabe gemeistert und so lief sie erhobenen Hauptes zum Ausgang.

Dort wartete FBI-Agent Vance Buchanan mit seinen sandbraunen Haaren. „Gut gemacht", sagte er leise. „Nur noch ein paar Schritte." Er griff nach ihr, um ihr zu helfen.

Sie zuckte von ihm weg.

Als er die Hand senkte und ihr stattdessen die Tür öffnete, verfluchte sie sich selbst dafür, Schwäche gezeigt zu haben. Jedoch war sie eine Sklavin gewesen und sie wollte nicht berührt werden.

Nach dem überfüllten Gerichtssaal fühlte sich die frische Luft im Flur belebend und dann plötzlich zu kalt an. Ihre Beine bebten und sie fiel lautstark auf die Holzbank. Sie klemmte die Hände zwischen ihre Knie, um das Zittern zu verbergen, doch das führte nur dazu, dass die Reaktion ihres Körpers offensichtlicher war. Die tanzenden schwarzen Punkte waren zurückgekehrt. *Einfach wundervoll.*

„Du hast dich gut geschlagen, Linda." Vances Stimme wurde von dem Rauschen in ihren Ohren übertönt, und sie –

„Verdammter Narr, sie befindet sich im Schockzustand." Eine Stimme aus ihren Träumen riss an ihren Nerven und zog sie in die Gegenwart. Jemand nahm neben ihr Platz und die Bank quietschte unter dem zusätzlichen Gewicht. Arme wickelten sich um sie. *Gefangen.*

Nein! Sie schubste ihn von sich, die Panik zu überwältigend.

„Nicht bewegen, Mädchen. Du musst gehalten werden. Eine Ohrfeige kannst du mir auch später noch verpassen." Das tiefe Knurren von Sam erinnerte an einen Sattelzug, der eine Ladung voller Sicherheit mit sich brachte.

Nicht gefangen. Beschützt. Er war warm — so, so warm. Sie sackte an ihm zusammen. *Ich hasse dich.*

„Gutes Mädchen. Gönn dir eine Pause. Die hast du dir verdient."

Seine Brust fühlte sich wie eine Mauer an, seine Arme wie Eisenstangen und nicht im Geringsten anschmiegsam. Ihrem Körper war das egal, denn sie hatte sich seit Monaten nicht mehr so sicher und behütet gefühlt – nicht mehr, seit sie befreit worden war. Mit Sams Armen um sie könnte ihr nichts etwas anhaben.

Außer er selbst.

„Was machst du hier, Davies?", fragte Vance.

„Kim hat mir erzählt, dass die Verhandlung von dem Arschloch stattfindet, das ihre Freundin getötet hat. Ich dachte mir schon, dass diese Kleine aussagen würde." In der Stille, die folgte, schwang eine Anklage mit.

Vance seufzte. „Linda wollte dich nicht hier haben."

„Ja, das sehe ich." Sein trockener Tonfall kam klar und deutlich bei ihr an.

Wann hatte sie ihre Arme um seine Taille gelegt? Sie krallte sich an ihm fest wie an einer Rettungsleine über einem Abgrund. Hastig lockerte sie die Arme.

Seine hingegen festigten sich. „Noch eine Minute, Kleine. Wäre eine Schande, wenn du nicht deine ganze Kraft zurückbekämst. Wie willst du mich sonst niedermachen?"

Eine Minute ... okay. Seufzend legte sie ihre Wange an seine Brust und sein einlullender Herzschlag versuchte, ihren zu verlangsamen. Sein weiches Baumwoll-T-Shirt roch nach Natur, Heu, Leder und Sonne. Nicht zu vergleichen mit dem Gestank von Angst und Sex. Von Schmerz. Ihr Magen rebellierte.

Seine Reaktion folgte als ein Zischen, das seine Verärgerung deutlich machte.

Sie sah ihn fragend an.

In einem gebräunten Gesicht, das seine Falten tiefer aussehen ließ, erschienen seine Augen als besonders blassblau. Sein mit silbernen Strähnen gezeichnetes Haar brauchte einen Friseur. „Was auch immer du gerade denkst, hör auf damit." Eine Hand legte er in ihren Nacken und er zog ihren Kopf wieder unter sein Kinn.

Okay. In den nächsten Sekunden würde sie ... Was zum Teufel machte sie denn hier? *Ich hasse diesen Mann.* Als sich ihr Verstand aufklarte, versuchte sie erneut, ihn wegzustoßen. „Fass mich nicht an!"

Er grunzte, als hätte sie ihn geschlagen, und er ließ sofort von ihr ab.

Sie hatte erwartet, Belustigung in seinen Augen zu sehen und entdeckte Besorgnis. Egal. Sie stand auf und knirschte mit den Zähnen, da er es ihr gleichtat. Aber er gehörte zu der Art von Männern, die auf altmodische Zuvorkommenheit pochten. Ein Gentleman-Sadist. Seine Aura setzte sich aus Selbstvertrauen und ... Gefahr zusammen. Sehr beunruhigend. Sie trat einen Schritt von ihm weg.

Abstand half nicht. Mit der Kraft seines Blickes, seiner

Körperhaltung und seiner Stimme fesselte er sie – mit Leichtigkeit. „Ich will, dass du mich anrufst."

„Nein", flüsterte sie, unfähig, ihre Antwort so entschlossen klingen zu lassen, wie sie es gerne getan hätte. „Ich will dich nicht sehen." Die eine Stunde, die sie mit ihm verbracht hatte, reichte ihr auf Lebenszeit. Bei der Auktion hatte er bis in ihre Seele geblickt und sie hatte lernen müssen, wie tief Demütigung reichen konnte.

Sein Mund spannte sich an, aber er tippte lediglich mit dem Zeigefinger gegen ihr Kinn. „Subs bekommen nicht, was sie wollen; sie bekommen, was sie brauchen." Genauso gut hätte er seinen Gedanken beenden können, und zwar mit: *Und du brauchst mich.*

Aber das stimmte nicht. Sie würde ihn niemals brauchen.

Sam ließ seinen alten Pick-up auf dem Parkplatz stehen und überquerte die Straße zum kleinen Stadtpark. Hinter den Palmen, die den Eingang säumten, warfen riesige Eichen dunkle Schatten. Es war recht kühl. Einige wenige Tage bis Februar bedeuteten, dass Tampa noch ein paar Monate Zeit hatte, bevor der tägliche Regen die Luftfeuchtigkeit auf ein saunagleiches Niveau brachte.

Er entdeckte Nolan King an einem Picknicktisch zwischen den grünen Grashalmen. Er sah auf seine Uhr. Es war schon spät. Lindas Aussage hatte länger gedauert, als gedacht.

Sam wich einem Kleinkind aus, das einem Strandball nachjagte, und er wusste genau, wer die Mutter war, da sie ihm von einer Parkbank einen misstrauischen Blick zuwarf. Er schätzte ihre Wachsamkeit. Es gab zu viele Monster in dieser Welt. Um Sam musste sie sich jedoch keine Sorgen machen. Er mochte ein Sadist sein, aber er spielte nur einvernehmliche Spiele.

Bis auf dieses eine Mal.

Die Session, die er bei der Sklavenauktion mit Linda gespielt hatte, würde er nicht gerade als einvernehmlich bezeichnen. Um das FBI zu der Auktion zu führen, hatte er vorgegeben, ein interessierter Käufer zu sein, und war so an eine Einladung gekommen. Aber die Bullen hatten Zeit gebraucht, um Straßensperren zu erstellen, was sich für Raoul, seine Sub und Sam zu einem Albtraum entwickelt hatte. Wohlhabende Käufer hatten sich in einem Ballsaal umgesehen und die *Ware* – die angeketteten Sklaven – getestet.

Auch Linda hatte zum Verkauf gestanden. Da Raouls Sub sie kannte, hatte sie Sam gebeten, auf sie achtzugeben. Aber an einem Ort wie diesem war das nicht einfach – geradezu unmöglich. Als potenzieller Käufer hatte Sam lediglich vorgeben können, an ihr als Ware interessiert zu sein. Und vor einem Kauf wurde die Ware getestet, sodass er sie hatte auspeitschen müssen. Er hatte nicht riskieren können, ihr zu sagen, dass er von ihr nichts zu befürchten hatte und Hilfe unterwegs war.

Durch Kims ermutigendes Nicken in Lindas Richtung hatte sie ihr zu verstehen gegeben, dass Sam kein kompletter Bastard war. Aber machte das die Session einvernehmlich? Wohl kaum. Nicht, wenn die Wahl zwischen ihm – einem ihr unbekannten Mann – oder einem Sklavenhalter gestanden hatte.

Er fuhr sich mit der Hand durchs Haar. Er war zu alt, um James Bond zu spielen. Er war ein Farmer, kein Spion. Jedoch hatte er sein Bestes getan. Noch nie hatte er eine so hinreißend unterwürfige Masochistin vor sich gehabt. Die Chemie zwischen ihnen hatte gepasst, wäre für jeden greifbar gewesen. Sie hatte ihm vertraut, ihm gegeben, worum er gebeten hatte, und im Gegenzug hatte er einen Moment, der Schmerz versprochen hatte, in etwas Wunderbares für sie verwandelt.

Doch er hatte einen Fehler begangen. Dummerweise war er sich nicht hundertprozentig sicher, was er falsch gemacht hatte. Er hatte eine vage Vermutung, aber zum Teufel, er könnte völlig daneben liegen.

Sam seufzte. In den letzten Monaten hatte Linda in einem

anderen Bundesstaat bei ihrer Schwester gelebt. Heute Morgen war er endlich wieder in den Genuss gekommen, sie in den Armen zu halten. Sie hatte ihm vertraut, hatte sich an ihn geschmiegt. Der Klang ihrer sanften Stimme, ihr Zitrus-Lavendel-Duft und ihr nachgiebiger Körper waren noch besser als in seiner Erinnerung. Bis sie ihn von sich gestoßen hatte.

Als Sam sich dem Picknicktisch näherte, hob Nolan den Kopf. Aus einer Kühlbox zog der stets ernst dreinblickende Dom eine Mountain-Dew-Limo und reichte sie an ihn weiter. „Ich dachte, du brauchst etwas, um den bitteren Geschmack aus deinem Mund zu bekommen. Wie lief es bei der Verhandlung?"

„Der gottverdammte Verteidiger hat unangebrachte Fragen gestellt und versucht, sie damit einzuschüchtern. Schlimm genug, dass sie von den Sklavenhändlern vergewaltigt wurde, aber dann erneut durch diesen schleimigen Sack im Gerichtssaal?" Sam öffnete die Dose und setzte sich. Das eiskalte Getränk hatte den erhofften Effekt. „Am liebsten hätte ich ihm mit dem Stiefel in seine dumme Fresse getreten."

Anschließend hätte er den glatzköpfigen Sklavenhalter zerfetzt, der die junge Frau getötet hatte. Holly war neunzehn Jahre alt gewesen – das Alter seiner Tochter. *„Ich bin jetzt erwachsen, Daddy",* erinnerte ihn Nicole oft. Er knurrte leise. Es war ihm egal, was das Gesetz sagte; das Leben seiner Tochter hatte gerade erst begonnen. Und diese Sklavenhändler waren der Grund dafür, dass einer jungen Frau viele Erfahrungen entgehen würden. Die Polizei hatte Hollys Leiche in einer Schlucht gefunden. Wie Abfall hatte der Mörder sich ihr entledigt.

Nach Lindas Aussage hatte Sam in den Gesichtern der Geschworenen gesehen, dass sie ihn für schuldig hielten. Lange würde er nicht leben, denn auch seine zukünftigen Mitgefangenen würden Fotos des Opfers sehen. „Linda hat so viel Stärke bewiesen."

„Sie haben vielleicht weniger Muskelmasse, aber Frauen verfügen definitiv über mehr Mumm als Männer."

„So wahr." Sie ertrugen Dinge, bei denen ein Mann aufgeben und sein Leben freiwillig beenden würde.

Während eine sanfte Brise den Park mit dem Duft der salzigen See überflutete, lauschte Sam den Kindern auf den Schaukeln.

„Schieb mich an."

„Schau, wie hoch ich komme."

Er entspannte sich. Er hatte die Erinnerung an freudvolle Momente gebraucht. „Warum wolltest du dich im Park treffen?"

Nolan wies mit dem Kinn nach links. „Schöne Szenerie."

Sam folgte seinem Blick. Beth, Nolans Sub, kniete nicht weit von ihnen und pflanzte leuchtend gelbe Blumen. Das Schimmern ihrer roten Haare erinnerte ihn daran, wie Lindas dicke Mähne über seine Finger gestrichen war, als er die Hände auf ihre Schultern gelegt hatte. Ihre Haare waren nun länger.

Bei Nolans zufriedenem, besitzergreifendem Lächeln empfand Sam Neid. Er war mit einer Frau noch nie so glücklich gewesen. Würde er wohl auch nie, denn allein der Gedanke an seine Ex-Frau erzeugte Eissplitter, die durch seine Venen schossen. Aber er hatte ein gutes Leben. Mehr zu wollen, wäre dumm. „Ignoriert dich Beth?"

„Nein. Ich habe ihr Mittagessen gebracht und sie gezwungen, eine Pause einzulegen. Sie hat sich gerade erst wieder an die Arbeit gemacht." Nolan sah zu Sam. „Wirst du versuchen, die Sub für dich zu gewinnen? Linda ist ihr Name, oder?"

„Sie ist nicht interessiert." Aber verdammt, die Art, wie sie sich an ihn geklammert hatte, erzählte eine andere Geschichte.

„Willst du mir sagen, warum sie das nicht ist?"

Nolans Sub war misshandelt worden. Er könnte Ratschläge für Sam haben. Aber ... „Nein."

„Und alle sagen, ich wäre verschwiegen."

Sam zuckte mit den Schultern. Nolan mochte es nicht, zu reden. Niemals. Sam weigerte sich zumeist nur, über persönlichen Scheiß zu reden. Zu riskant. Damals in Vietnam hielten Pfade oft

Stolperdrähte oder Minen bereit. Mehr als einmal musste er mit ansehen, wie seine Freunde in Stücke gerissen wurden. Während seiner Ehe hatte er lernen müssen, dass Sprengfallen aus Vertrauen bestehen konnten – sie waren in der Lage, die Stimmung zu kippen.

Ein sonniger Tag und er ließ den verbitterten Idioten heraus. Er wies mit einem Nicken auf die Papiere zwischen ihnen. „Die Pläne?"

„Ja. Wenn du damit einverstanden bist, kann ich die Jungs für den Beton in einer Woche zu dir schicken." Nolan breitete die Pläne auf dem rauen Holz aus. „Ich denke, dir werden die Vorschläge des Architekten gefallen."

Sam stand auf, um einen besseren Blick auf die Pläne zu werfen. Guter Zeitpunkt dafür. Der Bau eines neuen Stalls würde ihn eine Weile beschäftigen. Hoffentlich schaffte er es so, Linda die Chance zu geben, wieder in ihr altes Leben zu finden.

Dann konnte er immer noch schauen, ob sich daraus etwas entwickeln würde.

Die Brise vom Golf spielte mit Lindas Haaren, als sie ihre Zehen im Sand vergrub und dem Rauschen der Wellen lauschte. Im Vergleich zum energetischen Pazifik war der Golf von Mexiko wunderbar friedlich. Dennoch fühlte sie sich abwesend – als würde sie das Leben durch eine Milchglasscheibe aus einem Eisschloss beobachten. „Schön hast du es hier."

Kim ließ sich in einem verwitterten Adirondack-Stuhl nieder, und ihr Deutscher Schäferhund legte sich zu ihren Füßen hin. „Das stimmt. Ich liebe Raouls Haus, aber es ist dieser Strand, der mich vor dem Wahnsinn bewahrt hat." Ihr schwarzes Haar ergoss sich über ihren Rücken, als sie ihr Gesicht zur Sonne neigte. „Und? War Sam im Gerichtsgebäude?"

Wirklich seltsam, dass sich sogar ihre Wut eingesperrt

vorkam. „Am liebsten würde ich dir den Arsch versohlen. Warum hast du ihm das erzählt?" Aber wie konnte sie wütend sein? Sie und Kim hatten sich als Sklavinnen kennengelernt, und dann hatte Kim ihr eigenes Leben riskiert, um Linda zu befreien. Sie seufzte. „Ja, er war im Gericht."

Und er war noch überwältigender gewesen, als sie in Erinnerung hatte. *Himmel Herrgott*, er hätte zumindest ... weniger sein können. Weniger stark, weniger beherrschend. Hätte er in den letzten Monaten nicht zu einem Bäuchlein und einem Doppelkinn kommen können?

Sie konnte nicht mal sagen, dass er zu einem Arschloch geworden war. Gehalten hatte er sie. In seinen Armen. Er war gekommen, um für sie da zu sein, und sie hatte keine Ahnung, wie sie damit umgehen sollte.

„Ich bin überrascht, dass er gekommen ist. Über den Winter ist er mürrisch geworden." Kim grub ihre Zehen in den Sand und bewarf Linda damit. „Okay, mürrischer als sonst. Raoul meinte, dass er sein Land nur aus geschäftlichen Gründen verlässt."

„Sein Land?"

„Mehrere Hektar. Eine Ranch oder Farm oder so."

Ein Rancher. Das hätte sie sich denken können. Einige Möwen stritten sich kreischend um einen angespülten Fisch, was die Aufmerksamkeit von Kims Hund auf sich zog. Ari hob den Kopf, spitzte die Ohren und sein gesamter Körper spannte sich in freudiger Erwartung an. Dann landete sein flehender Blick auf Kim.

„Okay, okay. Geh und jage die Vögel." Als der Hund in Aktion trat, lächelte Kim Linda an. „Die anderen Vögel lassen wir ihn nicht jagen, aber Möwen erlaube ich."

Der Hund raste den Strand entlang, was die Möwen aufscheuchte, und sie hoben begleitet von genervtem Gekreische in die Luft ab. Nun konnte Linda etwas entspannen. *Danke, Ari, dass du das Thema gewechselt hast.* Selbst mit jemandem, der so verständnisvoll war wie Kim, wollte sie nicht über Sam reden. Sie seufzte erneut. Wenn er sie bei der Sklavenauktion einfach nur ausgepeitscht hätte, wäre es kein Problem gewesen, Kim mehr zu erzählen. Aber der Schaden, den er verursacht hatte, war nicht auf das Talent mit seiner Peitsche zurückzuführen. Die Erfahrung war eben nicht nur körperlicher Natur gewesen.

In dieser Nacht, als Sam an sie herangetreten war, hatte sie Kims zustimmendem Nicken vertraut. Er hatte Linda vor ein Ultimatum gestellt: Er oder einen der anderen Käufer. Schmerz war so oder so vorprogrammiert, und er wusste, dass sie eine Masochistin war. Er hatte ihren Verstand leergefegt. Nur an ihn hatte sie noch denken können – an die Empfindungen, die er in ihr auslöste und an seine tiefe Stimme.

Der Aufseher hatte sie stets Schlampe und Hure genannt. Und genauso hatte Sam sie fühlen lassen, gefangen in einer emotionalen Vergewaltigung, die auf eine Art schlimmer war als eine körperliche.

Heute im Gerichtsgebäude – obwohl seit der Auktion bereits Monate ins Land gezogen waren – hatte ihr Körper immer noch auf seine Stimme reagiert und sich nach der Sicherheit gesehnt, die er bot. Der Rest von ihr hatte sich in einer Höhle verstecken wollen.

Mit einem fröhlichen Bellen kam Ari zurück, schüttelte sich und schickte Wasser und Sand in Kims und Lindas Richtung. Kim knurrte: „Ari!"

Hechelnd machte er es sich auf Kims Füßen bequem und sein wedelnder Schwanz klopfte wie ein Metronom gegen Lindas Knöchel.

Nachdem Kim ihren Hund für eine Weile gestreichelt hatte, warf sie Linda ein sonniges Grinsen zu. „Um auf Master Sam zurückzukommen: Glaubst du, dass er mit der Peitsche so gut ist, weil er ein Rancher ist, oder kam der Sadist zuerst?"

Linda verschluckte sich an ihrer eigenen Spucke. Sie erinnerte sich nur zu gut daran, wie kompetent der Mann war. „Vor ein paar Monaten hättest du nie einen Witz über eine Peitsche gemacht."

„Es geht mir besser. Nicht perfekt, aber besser. Dafür kann ich Raoul danken." Sie zog sanft an dem Ohr des Deutschen Schäferhundes. „Und Ari."

„Es muss schön sein, einen vierbeinigen Therapeuten zu haben." Kim war mitten auf der Straße in die Fänge der Sklavenhändler geraten. Nun wurde sie regelmäßig von Panik ergriffen, wenn sie allein nach draußen musste. Aus diesem Grund hatte Raoul ihr einen Begleithund gekauft.

Ein besorgtes Stirnrunzeln zeigte sich bei Kim. „Ich dachte, du würdest glücklich und gebräunt von deiner Schwester in Kalifornien zurückkommen, aber du siehst erschöpft aus. Schläfst du nicht gut?"

„Nicht viel, nein." Linda bewältigte ein Lächeln. „Vielleicht sollte ich mir einen Hund holen. Zumindest hätte ich dann jemanden, mit dem ich mein Bett teilen kann." Leider würde kein Haustier jemals ihre Probleme lösen.

„Was ist mit dem Mann, den du im letzten Herbst gedatet hast? Vielleicht möchte er dein Bett wärmen."

Bei dem Gedanken wurde ihr schlecht. „Auf keinen Fall."

„Ja, das wundert mich nicht. So ging es mir auch. Hast du dir in Kalifornien einen Therapeuten gesucht?"

„Habe ich. Es hat geholfen." Jedenfalls am Anfang. Mittlerweile war das Eis zurück und jeden Tag kam eine neue Schicht hinzu. In den letzten Wochen hatte sie es mit Tagebucheinträgen versucht. Reden hatte sie versucht. Und schreien.

Sie hatte das starke Bedürfnis, ihre Hände zu beschäftigen und so zog sie ein paar Gräser heraus und flocht sie, wie sie es schon als Teenager getan hatte. Die Kunst des Korbflechtens hatte ihr eine Auszeit von fanatischen Eltern geboten, eine neue Welt, die sie kontrollieren konnte, und einen Weg, mit den eigenen Händen Schönheit zu schaffen. Später, im College, hatte sie das Joggen für sich entdeckt. Das Gefühl erschöpfter Muskeln hatte ihren Stress reduziert und ihr dabei geholfen, sich mit ihren Gefühlen auseinanderzusetzen.

Damals hatte sie das wirklich gebraucht. Auch jetzt tat es ihr noch gut.

Weil ich eine Masochistin bin. Was für ein hässliches Label, mit einer Implikation von Perversion. Im letzten Herbst, als sie bemerkt hatte, dass sie mehr in ihrem Leben brauchte, entschied sie, zu experimentieren. Warum auch nicht, oder? Sie war eine Witwe. Ihre Kinder waren erwachsen. Sie hatte keinen Partner an ihrer Seite.

Aber sie hätte nie diesen ersten Schritt machen sollen, nie einen Kink-Club besuchen sollen, um zu erfahren, ob ihre Fantasien und Bedürfnisse auch in der realen Welt existierten. *Taten sie, oh ja, taten sie.* Sie starrte auf ihre Hände und erinnerte sich daran, wie wundervoll sich diese Erkenntnis angefühlt hatte. Sicher, ein Teil von ihr war entsetzt gewesen, dass sie tatsächlich darum gebeten hatte, ausgepeitscht zu werden, und doch hatte sie den Schmerz willkommen geheißen. Sie hatte sich darauf eingelassen und sich für eine Weile ... komplett gefühlt. Lebendig.

Ihre Kehle schnürte sich zu. Dann hatte sie den Club verlassen. *Nachtluft, so sauber und salzig, so ruhig nach den Klängen des Clubs. Auf dem Parkplatz, ein gedämpfter Schrei. Sie rennt los. Eine bewusstlose Frau, die in einen Van geschmissen wird.* Linda war schreiend auf den Van zugerannt und plötzlich ... Dunkelheit.

Auch sie war entführt worden, geworfen in Sklaverei, Vergewaltigung und Missbrauch.

Jetzt wollte sie sich erneut komplett, sich wieder lebendig fühlen. Eine Möglichkeit, dies zu erreichen, war ihr bekannt. So wundervoll sich die kurze Erfahrung des Schmerzes in dem BDSM-Club auch angefühlt hatte, wusste sie nicht, wie sie nochmals zulassen könnte, dass ihr jemand wehtat. Sie würde in Panik geraten ... oder?

Andererseits fragte sie sich, wie sie so nachhause gehen sollte. Sie war nicht mehr die Frau von damals. Ein Holzpfosten zeigte mehr Emotion als sie. Ihre Kinder wären entsetzt. Und Lee, der

Mann, mit dem sie hin und wieder ausgegangen war? Was würde er denken?

Mit jedem Tag wurde es schlimmer. Sogar das Lachen fiel ihr nun schwer. So konnte sie nicht weitermachen. Sie nahm einen zittrigen Atemzug und rieb sich mit den Händen über das Gesicht. Sie wusste, was sie zu tun hatte.

Am Abend der Sklavenauktion war sie angespannter gewesen als jetzt, aber Sam hatte ihre Wände eingerissen, seine Peitsche so effektiv eingesetzt wie eine Abrissbirne. Für eine kurze Zeit war der Druck in ihr verschwunden.

Vielleicht, wenn ich ... wenn ich noch einmal um Hilfe bitte, könnte ich danach in mein Leben zurückkehren. Zurück nachhause, in die Normalität, wo sie es nie wieder nötig hätte.

Sie konnte es sich nicht erlauben, es wieder zu brauchen. Kehrte sie nach Foggy Shores zurück, musste sie wieder normal sein. Dort musste sie ihren Alltag bestreiten. Dort, wo alles ruhig und normal war. *Normal.*

Noch war sie nicht daheim.

Wenn sie nur jemanden finden könnte, der ihr ... wehtat. Nur einmal. Würde sie es aushalten? Ihr Magen drehte sich, als sie daran dachte, in den Tampa-Club zurückzukehren, in den Club, vor dem sie entführt worden war.

Sie erkannte, dass sich ihre Hände zu Fäusten geballt hatten. Linda konzentrierte sich, bis jeder einzelne Finger wieder locker war. Vorhin hatte Kim erwähnt, dass sie und Raoul einem BDSM-Club angehörten. Einem privaten Club.

Dort würde sie niemand kennen. Und sie wäre nicht allein. Wäre Kim dort – und Raoul –, würde sie sich vielleicht sicher genug fühlen, um ... aktiv zu werden.

Langsam drehte sie sich Kim zu. Sie traf auf ihre mitfühlenden Augen und zwang sich, die Frage zu stellen: „Wärst du damit einverstanden, wenn ich mich bei eurem nächsten Besuch ins Shadowlands anschließe?"

KAPITEL ZWEI

F lankiert von **Raoul** und Kim betrat Linda den exklusiven
BDSM-Club, der als Shadowlands bekannt war. Die schmiedeeisernen Wandleuchter strahlten ominös auf die Verliesausrüstung, die die Wände dekorierte. Die überwältigenden Gerüche
von Leder, Schweiß und Sex trafen auf sie ein und stahlen ihr den
Atem. Die Schmerzlaute waren wie ein Tritt in ihren Magen.
Sogar die Musik kam wild und einschüchternd daher.

Wenigstens würde niemand ihre Reaktionen sehen – oder wer
sie war. Die schwarze Maske, die sie trug, verbarg ihr Gesicht und
zeigte nur ihre Lippen und Augen. Jetzt musste sie es bloß schaffen, ihre Füße zu bewegen. Ihre innere Stimme schrie: *Hol mich
hier raus!*

Als Raoul seine Hand auf ihre Schulter legte, zuckte sie
zusammen. *„Chiquita.“* Seine dunkelbraunen Augen zeigten, wie
besorgt er um sie war. „Egal, was heute Abend passieren mag, im
Shadowlands bist du sicher. Zudem bist du mit mir hier.“

„Danke.“ Wenn man bedachte, dass der Mann über mehr
Muskeln verfügte als der Strand Sand hatte, stellte er eine beruhigende Präsenz dar.

„Linda, lass uns nachhause gehen“, sagte Kim. „Wir müssen

nicht bleiben." Ihr blaues Korsett passte zu ihren Augen, und ihr schwarzes Halsband wies eine silberne Gravur auf: *Master Raouls Gatita.* Von allen Frauen in Gefangenschaft hatte Kim immer am wenigsten wie eine Sklavin gewirkt. Aber die Liebe zwischen ihr und Raoul war so stark, dass sie förmlich sichtbar war. Irgendwie war es Kim gelungen, den Schritt in die Zukunft zu wagen, und so hatte sie ihr Glück gefunden.

Linda hatte das nicht. Wenn sie ehrlich war, wurde sie regelmäßig von ihren Emotionen zerrissen. Sie verzog das Gesicht zu einer Grimasse, als der Laut eines Paddels, das auf Fleisch traf, ihre Ohren erreichte. Die Schreie einer Frau ließen ihre Hände kalt und taub werden. Als das Zittern in ihrem Bauch nach außen trat, bebten auch ihre Knie. Sie konnte den schrecklichen Erinnerungen einfach nicht entkommen. Dies war das Dümmste, was sie jemals getan hatte.

„Raoul." Ein grauäugiger Mann blockierte ihnen den Weg, und sein Blick fegte über ihr Gesicht, ihre Schultern, ihre Hände. „Was soll das werden? Sie hat panische Angst."

Okaaay. Sie hätte schwören können, dass sie ihre Angst ziemlich gut versteckte.

„Sie wollte kommen", protestierte Kim und schloss dann den Mund, als Raoul an ihrem Halsband zog.

Der Fremde kam schlank und anmutig daher. Wie der typische Vorzeige-Dom war er ganz in Schwarz gekleidet – nur hatte er es gar nicht nötig, diese Farbe zu wählen, denn niemand würde es jemals wagen, seine Autorität anzuzweifeln. Macht umgab ihn wie bei anderen der Duft eines Aftershaves. „Du musst Linda sein. Kleine, du solltest nachhause gehen."

Raoul drückte ihre Schulter. „Linda, das ist Master Z. Er hat zugestimmt, dir eine vorübergehende Mitgliedschaft zu gewähren, und er ist der Grund, warum du hier sicher bist."

„Es freut mich, dich kennenzulernen, Master Z." Das war also der berühmt berüchtigte Master Z – der Besitzer des Shadowlands. Sie schluckte schwer. Kim war es nicht mal annähernd gelungen, zu beschreiben, was dieser Mann für eine einschüchternde Präsenz aufwies. „Es stimmt, was Kim sagt. Ich wollte kommen."

Er zog eine Augenbraue hoch – der unausgesprochene Befehl an sie, fortzufahren. In nur einer Nacht hatte sie in einem anderen Club gelernt, wie ein Dom im Vollkommandomodus ihre Wirbelsäule in Gelee verwandeln konnte.

„Ich wollte ..." Warum war es einfacher gewesen, es Raoul zu erklären, obwohl sie auch mit ihm nicht ganz aufrichtig gewesen war? „Ich wollte mich daran erinnern, dass Menschen dies zum Spaß tun. Einvernehmlich."

„Du willst die Bilder in deinem Kopf durch Bessere ersetzen", sagte er sanft.

„Genau das." *Und vielleicht hoffe ich auch darauf, dass ich jemanden finde, der mir wehtut. Gott*, das klang so krank.

Er streckte seine Hand aus und sie legte die Finger in seine, bevor sie merkte, dass sie sich bewegt hatte. Für einen Moment musterte er sie und nickte dann. „Na gut, Linda. Ich denke, du bist stark genug, aber treibe dich nicht so weit, dass du eine Panikattacke erleidest." Sein Blick landete auf Kim und er zog eine Augenbraue hoch. „Deine Begleiter sind mit den Anzeichen vertraut."

Linda konnte nicht fassen, dass er das gesagt hatte, aber ... Kim kicherte. Der wunderschöne Laut bewies, dass eine Heilung nach einem traumatischen Erlebnis möglich war.

„Ich werde vorsichtig sein", sagte Linda.

„Sehr gut." Er ließ ihre Hand los und entfernte sich mit der tödlichen Anmut einer Raubkatze.

Linda entließ den Atem und sah zu Kim. „Meine Güte, sicher, du hast versucht, mich zu warnen, aber ..." Master Z war es doch tatsächlich gelungen, in ihren Albtraum einzufallen und sie wieder in Bewegung zu versetzen.

Kim grinste. „Du wolltest mir ja nicht glauben."

Linda lachte und sah sich um. Der Club unterschied sich von

dem anderen, den sie bisher besucht hatte. Zwar machte ihr einziger Besuch in einem BDSM-Club sie kaum zu einer Expertin, aber sie hatte dort Stunden verbracht, bevor sie sich getraut hatte, aktiv zu werden. Dieser Ort war teurer. Die Ausrüstung war mit Leder gepolstert, die polierten Parkettböden spiegelten das Flackern der schmiedeeisernen Wandleuchter wider. Das Durchschnittsalter war höher. Alle schienen gelassener. Obwohl sie das Spektakel genoss, wenn eine Frau einen Catsuit trug und einen nackten Sub an der Leine führte, waren auch hier die Kostüme ausgefallen.

„Möchtest du eine Runde drehen oder dich lieber irgendwo niederlassen?" Kim blickte über Lindas Schulter und ihre Augen weiteten sich. „Ähm, lass uns einfach zur Bar gehen."

Linda drehte sich um. Die Session, die ihnen am nächsten stattfand, zeigte einen Mann am Andreaskreuz, dem seine Mistress gerade Nippelklemmen anlegte. Das Spinnennetz daneben hielt eine gefesselte Sub, die versuchte, einer Gerte auszuweichen. Darauf folgte eine Spanking-Session. Nicht weit entfernt schauten sich mehrere Mitglieder eine Session an, bei der ein Dom sein Talent mit einem Flogger zeigte.

Dann drehte sich der Dom leicht und sofort fühlten sich Lindas Lungen an, als hätte jemand Klemmen angebracht. *Sam.* Sam war hier. Sie hatte die gefährliche Aura vergessen, die er in seinem Dom-Modus abgab. Er war mindestens fünfzehn Zentimeter größer als ihre ein Meter siebzig und trug eine schwarze Jeans, schwarze Stiefel, einen schwarzen Gürtel und dazu ein schwarzes Hemd mit hochgekrempelten Ärmeln. Die silbernen Strähnen in seinen Haaren ließen ihn nicht alt aussehen, sondern einfach nur verdammt erfahren.

Er benutzte einen ausgewachsenen Flogger mit braunen Lederzungen. Mit ausgefallenen Farben schien er es nicht zu haben. Die Frau am Kreuz war in Tränen aufgelöst, ihr Rücken gerötet. Sam peitschte die Blondine in einem geschmeidigen

Rhythmus aus und Linda wollte ihn dafür hassen, dass er solche Schmerzen verursachte.

Doch als sich die Frau auf die Zehenspitzen hob, schob sie ihren Hintern zurück und flehte ihn schweigend um mehr an. Ihr Gesicht glitzerte mit Schweiß und Tränen, aber ihr Ausdruck zeigte die Mischung aus Qual und Erregung, typisch für eine Masochistin, die bekam, nach was sie sich sehnte.

Ich will es auch. Linda fühlte sich wie eine geschüttelte Limo, deren Deckel fest zugeschraubt war und somit unter zu enormen Druck stand. Mit Schmerz wäre sie vielleicht dazu in der Lage, sich zu öffnen und alles herauszulassen. *Das brauche ich.*

Aber nicht mit Sam. *Nein, nein, nein.* Und doch ... Sie erschauerte und schlang die Arme über ihrer Seidenbluse um sich selbst. Ihn mit einer anderen Frau zu sehen, löste merkwürdige Gefühle in ihr aus. Begierde und Wut und Unruhe. Nach einer Minute zwang sie sich, sich abzuwenden. Gott sei Dank trug sie eine Maske.

Raoul beobachtete sie und seine dunklen Augen verengten sich. „Soll ich dir einen Dom zum Spielen besorgen?"

Wie hatte Kim jemanden gefunden, der so fürsorglich war? Doch sie würde nicht – konnte nicht – eine andere Person diese Entscheidungen für sie treffen lassen. „Danke, aber ich würde lieber selbst wählen, falls ich mich dazu entscheide ... etwas zu tun."

Und sie wäre sehr vorsichtig. Sie würde einen Sadisten wählen, der kein Dom war. Bei ihrem Abend in dem anderen Club hatte der Dom, mit dem sie gesprochen hatte, ihr gesagt, dass sie sowohl unterwürfig als auch masochistisch sei. *Als wäre eine Perversion nicht genug, habe ich zwei.*

Aber Sam hatte ihr gezeigt, wie ein mächtiger Dom sie an ihre Grenzen und darüber hinaus bringen konnte. Bei der Auktion hatte sie damit umgehen können, ausgepeitscht zu werden, er jedoch hatte so viel ... mehr getan. *Verflucht soll er sein.*

„Wie du wünschst. Wir können etwas trinken, während du

deine Wahl triffst." Nachdem er Kim an seine Seite gezogen hatte, führte Raoul den Weg zur Bar.

Linda blickte sehnsüchtig auf die Flaschen mit Tequila, Scotch und Rum.

Raoul schüttelte den Kopf. „Wasser oder Limo für dich." Er drehte sich zu Kim, setzte sie auf einen Barhocker und küsste sie sanft auf die Stirn.

Aber ich will einen Drink. Linda seufzte, musste aber zugeben, dass er nicht Unrecht hatte. Alkohol an diesem Ort könnte genauso viel Schaden anrichten wie Gutes. Sie musste den Überblick behalten, musste die Kontrolle bewahren.

Die Assistentin des Barkeepers kam vorbei, um nach den Bestellungen zu fragen. Als Kim mit ihr sprach, sah Linda über ihre Schulter zu Sam. Schon wieder. *Verdammt.*

Er hatte die Session beendet. Die Blondine mit den kurzen, stacheligen Haaren, die einen knallharten Eindruck machte, versuchte nun, sich an ihn zu kuscheln. Als er über ihren – zweifellos – empfindlichen Rücken rieb, verstärkte sich ihr Weinen und er grinste. Keine Frage, er war ein Sadist. Von der fürsorglichen Sorte. Sie erinnerte sich an seine starken Arme und wie sicher sie sich mit ihm gefühlt hatte. Er mochte in seinen Fünfzigern sein, aber er war muskulös und gut in Form.

Linda erschauerte. *Sieh nicht hin.*

Sie wandte sich ab und verlor sich in den Geräuschen dieses Ortes. Die Laute von Paddeln, Floggern und Rohrstöcken. Stöhnen und Wimmern. Ein Schrei. Unterhaltungen hier und da. Ein Lachen nicht weit von ihr – vertraut und beängstigend – brachte Erinnerungen an die Oberfläche. Eingesperrt auf einem Boot. Männer, die über sie herf –

Sie schüttelte die bösen Gedanken ab und fühlte, wie kalter Schweiß über ihren Rücken rann. *Ich bin frei. Im Shadowlands.* Und als sie zuhörte, erkannte sie, dass sich der Lärm von den Sklavenauktionen unterschied. Das Schluchzen rührte von einer Erlösung; der Schrei wies auf Lust zusammen mit Schmerz hin. Kein hoffnungsloses Wimmern, kein Flehen und Betteln um Gnade, keine nicht enden wollenden Schmerzensschreie. Sie erschauerte. „Linda, sieh mich an." Raouls Blick war wachsam. Abwägend. „Es geht mir gut." Und sie hatte nicht gelogen. Seine Stimme und seine ruhigen Augen entspannten sie. Sie schenkte ihm ein wackeliges Lächeln. „Danke." Ein tiefer Atemzug und das Katalogisieren anderer Unterschiede beruhigte sie weiterhin. Der BDSM-Club in der Innenstadt hatte nach Leder, Sex, Schmerz und sexueller Vorfreude gerochen. Aus Erfahrung wusste sie, dass Angst nach Pisse, Blut und saurem Schweiß stank. Hier war alles anders.

Das Shadowlands zeichnete sich durch Lachen aus – und nicht nur von männlichen Doms. Auch Frauen lachten an diesem Ort. Links von ihr kicherten einige Subs, als eine von ihnen eine Session mit einem Dom aushandelte. Linda ließ den Blick kurz durch den Bereich schweifen, bevor sie sich an Kim wandte. „Der Anteil von Doms und Subs scheint recht ausgeglichen zu sein."

Die Sub des Barkeepers grinste sie an. „Gut erkannt. Ich bin übrigens Andrea." Nachdem sie selbst den Club in Augenschein genommen hatte, beantwortete sie Lindas unausgesprochene Fragen: „Master Z achtet darauf, dass sich Tops und Bottoms die Waage halten, und ignoriert dabei oft die Länge der Warteliste. Das schätze ich sehr. Ich habe Clubs besucht, in denen ich mich wie ein Schaf fühlte, umgeben von einem Rudel Wölfe."

„Oh ja", stimmte Linda zu. „Hier habe ich nicht das Gefühl, gestalkt zu werden." Tatsächlich schienen sogar die ungebundenen Subs ihren Spaß zu haben. Mehr Gewicht hob sich von ihren Schultern. Hier wäre sie sicher, wenn sie entschied ... Könnte sie das wirklich tun? Sollte sie einem Sadisten erlauben, ihr wehzutun? Ihre Ängste und Bedürfnisse schienen sich zu verflechten und schufen ein Makramee aus Selbsthass. Warum konnte sie nicht normal sein?

Ihr Blick fiel auf den Mann am Andreaskreuz. Groß. Schlank. Er packte seine Spielzeugtasche, nachdem er einen Rohrstock an einer jüngeren Frau benutzt hatte, die nicht lange durchgehalten hatte, und doch hatte er nicht versucht, die Frau zu dominieren. Als er seine Tasche auf die Schulter hob, trafen seine Augen auf ihre und er nickte ihr höflich zu.

Sie starrte ihn noch immer an, sodass er den Kopf abschätzend auf die Seite warf.

Raouls Hand legte sich auf ihre. „Bist du dir sicher, *Chiquita*? Edward ist ein Sadist, aber kein Dom. Sam wäre vielleicht die bessere W –"

„Nicht Sam." Seine Augenbrauen hoben sich und sie zuckte bei ihrer forschen Antwort zusammen. „Es tut mir leid."

„Entschuldige dich nicht für deine Aufrichtigkeit." Seine Augen blieben auf ihrem Gesicht haften. „Sprich weiter."

„Ich ... ich will keinen Dom. Oder Sam."

Sein Kiefer spannte sich an. „Hat Sam etwas getan, das –"

„Nein. Nein, das ist es nicht. Ich bevorzuge es lediglich, meine eigenen Entscheidungen zu treffen." Um weiteren Fragen zu entkommen, küsste sie ihm auf die Wange und lief dann dem Sadisten entgegen, der sich bereits auf den Weg zu ihr gemacht hatte.

Sam reinigte die Ausrüstung, ohne Dara aus den Augen zu lassen. Indessen lauschte er mit halbem Ohr den Geräuschen aus den benachbarten Separees. Holt benutzte einen Rohrstock an einer Sub, trieb sie über ihre Grenzen hinaus und steigerte so ihre Erregung. Von dem Lärm zu urteilen, den die Brünette machte, leistete der Dom hervorragende Arbeit.

Nachdem Sam die Reinigungsmittel in den Ständer gestellt hatte, kniete er sich neben Dara. Mit einer Decke um ihre Schultern hatte die Gothic-Azubine ihr Stück Schokolade gegessen und trank nun von einem Energydrink, den er ihr gegeben hatte.

„Wie geht's dir?", fragte Sam und fuhr mit den Fingerknöcheln über ihre Wange.

„Gut." Ihre Augen waren klar, ihre Haut warm, ihre Aussprache verständlich. Er hatte gelernt, dass Dara an Nachsorge kein großes Interesse hatte. Sie wollte nicht in die Arme genommen werden, sondern bevorzugte es, durch den Raum zu laufen und das Treiben zu genießen. Sie grinste. „Das hat wirklich Spaß gemacht, Master Sam. Danke."

„Also gut." Er stand auf und half ihr auf die Füße. Nach einer kurzen Umarmung lief sie auf die Toiletten zu – zweifellos, um die Streifen zu bewundern, die er an ihren Oberschenkeln und ihrem Arsch hinterlassen hatte.

Er fühlte sich ein bisschen beraubt und entschied, zur Bar zu gehen. Was sollte er zu einer Welt sagen, in der ein Dom die Nachsorge mehr genoss als die Sub?

„Hey, Davies."

Sam sah sich um.

Special Agent Vance Buchanan und sein Partner Galen Kouros saßen an der Bar.

Sam lehnte sich mit einem Ellbogen auf die Theke und begrüßte den Agent in Linebacker-Größe: „Buchanan." Anschließend nickte er dem Mann mit den dunklen Haaren zu. „Kouros." Beide trugen sie Jeans und ein weißes Hemd. „Seid ihr aus beruflichen Gründen hier?"

„Diesmal nicht", antwortete Kouros. „Unsere Versetzung nach Tampa wurde bewilligt, also wollen wir mit Z über eine Mitgliedschaft sprechen."

„Das wird sicher reibungslos ablaufen." Sam hatte sie ein oder zwei Mal spielen sehen. Obwohl es für zwei Doms nicht üblich war, auf Dauer Sessions gemeinsam zu spielen, hatten sie daraus eine Kunst gemacht. Kouros wusste genau, wie er seine beruflichen Fertigkeiten einsetzen musste, um die Erregung einer Sub mit Gedankenspielen in die Höhe zu treiben. „Ist die *Harvest Association* am Ende?" Zwar hatte das FBI die Bastarde, die Linda und Kim entführt hatten, hochgenommen, allerdings erstreckte sich die Reichweite des Sklavenrings über die gesamten Vereinigten Staaten.

„Noch nicht ganz. Im Nordosten geht es leider noch rund." Buchanan blickte finster drein. „Wir glauben, dass die *Association* dort über hochrangige Kontakte verfügt."

„Schlechte Nachrichten."

„Die auf schlimme Verbrechen hinauslaufen." In den letzten Monaten hatten sich die Falten auf Kouros' Gesicht vertieft.

Die *Harvest Association* betrieb Menschenhandel mit einem Twist. Sie entführten intelligente Subs aus der Mittel- und Oberschicht, die bereits zum Lifestyle gehörten, und verkauften sie an wohlhabende Käufer, die ausgebildete Sklaven oder – um es schlimmer zu machen – Spielzeuge brechen wollten. Linda und Kim waren Sklaven gewesen. Andere Subs des Shadowlands waren ins Visier geraten. Wie Zs Jessica und die vorlaute Auszubildende Sally.

Sally war entzückend. Wenn man vom Teufel sprach ... In dem Moment entdeckte er sie, wie sie mit den Händen in die Hüften gestemmt, einem neuen Dom eine Lektion erteilte. Sam gluckste amüsiert. Obwohl er es vorzog, mit Masochisten zu spielen, hatte er die kleine Brünette ein paar Mal getoppt. Sie war nicht leicht zu handhaben, wenn man aber Arbeit in sie investierte, war ihre Hingabe umso erfüllender. Einfach wunderschön.

Alle Shadowlands-Master arbeiteten mit den Auszubildenden, erfüllten ihre Bedürfnisse, unterwiesen und evaluierten sie. Das Ziel bestand darin, sie mit geeigneten Doms zusammenzubringen. Sally jedoch war zu klug und zu unabhängig. Sie brauchte einen mächtigen Dom, und bisher hatte Z keinen gefunden, der ihre Bedürfnisse auf Dauer befriedigen konnte.

Buchanan folgte Sams Blick, und der FBI-Agent stupste seinen Partner an und zeigte auf die Azubine. Das Mädchen liebte Rollenspiele und hatte sich heute als Biker-Chick verkleidet ... wahrscheinlich in der Hoffnung, dass jemand die Rolle des Polizisten übernahm. „Möchtest du ihr eine Kostprobe geben?", fragte Buchanan.

Ein Lächeln formte sich auf Kouros' Lippen, doch er schüttelte den Kopf. „Mitglieder haben mehr Privilegien als Gäste", erinnerte er Buchanan. „Wir werden warten."

„Hey." Cullen trug seine braune Weste, die stets schrie: Ich bin ein Dom und brauche kein Schwarz, um es zu beweisen. Gerade zapfte er für jemanden ein Bier und richtete seine Worte an die Agents: „Plant ihr etwas?"

„Nicht für heute Abend", sagte Buchanan.

Nachdem Cullen die Gläser an die FBI-Agents weitergereicht hatte, wandte sich der Barkeeper mit einem breiten Grinsen an Sam. „Wird auch Zeit, dass du uns mit deiner Anwesenheit ehrst, Kumpel. Auf was hast du Lust?"

Sam überlegte. Wollte er etwas? War er für heute Abend fertig? Sein Arm war müde und sein Bedürfnis, eine Frau zum Weinen zu bringen, war befriedigt. An einer intensiveren Session hatte er kein Interesse – seit Monaten nicht mehr. *Verflucht sei die Rothaarige.* „Wie wäre es mit einem Bier?"

„Eher nicht." Cullen lehnte sich mit einem muskulösen Arm auf die Theke. „Raoul ist mit Kim und einer Freundin von ihr hier. Eine ältere Rothaarige. Könnte es sich dabei um die Linda handeln, über die mir Gerüchte zu Ohren gekommen sind?"

Seine Linda? Sam drückte die Schultern durch. „Wo?"

„Sie spielt eine Session mit Edward." Cullen wies mit dem Kinn nach rechts.

Sam entdeckte sie problemlos. Dunkelrotes Haar. Weiße Haut. Trotz ihrer Maske war sie leicht zu erkennen – zumindest für einen Dom, der mit seinen Händen über ihren wunderschönen kurvigen Körper hatte fahren dürfen. Was zum Teufel machte sie? Als Hardcore-Sadist hatte Edward eine gute Peitschentechnik, aber ... „Er ist kein Dom, und sie ist unterwürfig."

„Ist sie? Zu Raoul meinte sie, dass sie keinen Dom will – und dich auch nicht."

Die Worte zerschnitten sein Fleisch wie ein Filetmesser. „Warum zum Teufel hast du mir dann gesagt, dass sie hier ist?"

„Das flackernde Feuer in ihren Augen, nur weil ich deinen Namen erwähnt habe? Du hast mit ihr noch etwas offen, Kumpel."

Für Sam war das nichts Neues. Sie jedoch wollte ihn nicht nah genug an sich heranlassen, um etwas dagegen zu unternehmen.

Cullen lachte.

„Was ist so verdammt lustig?"

„Sieh dir die Session an." Cullen wies auf das Kreuz. „Hast du schon mal eine frustriertere Sub gesehen."

Sam sah noch einmal hin. Lindas Rücken war dem Raum zugewandt, als Edward mit dem Rohrstock auf ihren von einer Jeans bedeckten Arsch schlug. Wunderschöner Körper. Vielleicht nicht für die Narren, die ihre Frauen jung und fad wollten. Nein, Lindas Körper war reif. Weich. Die Highlights in ihren Haaren sollten wahrscheinlich graue Strähnen überdecken. Er erinnerte sich, dass sie feine Falten neben ihrem Mund und an ihrem Hals hatte. Und er wollte sie mit jeder Zelle in seinem Körper.

Mit einem verärgerten Grunzen unterwies er seinen Schwanz, sich zu benehmen, und musterte sie. Cullen sollte Recht behalten. Sie zuckte bei jedem Schlag. Sie begrüßte die Hiebe nicht. So wie eine Frau gelegentlich Schwierigkeiten hatte, zu einem Orgasmus zu kommen, schien die süße Masochistin einfach nicht zu wissen, was sie unternehmen sollte, um endlich die ersehnte Welle des Schmerzes reiten zu können. Was war das Problem? Sam beobachtete sie noch eine Weile und sein Kiefer spannte sich an. „Sie vertraut ihm nicht genug. Und da er kein Dom ist, schafft er es nicht, zu ihr durchzudringen."

„Das ist auch meine Vermutung."

Sam sah, wie Z sich dem Bereich näherte. Der Besitzer des Shadowlands unterbrach selten eine Session. Das tat er nur, wenn er das Gefühl hatte, dass die Session der Sub schadete. Und in diesem Fall tat die Session Linda sicherlich keinen Gefallen.

Sam entfernte sich von der Bar und schloss sich Z an.

Z warf ihm einen aussagekräftigen Blick zu. „Samuel."

Z musste nicht laut aussprechen, was Sam bereits wusste. „Nein, sie will mich nicht sehen. Aber ich bin es, den sie jetzt braucht."

„Ihr habt eine Vorgeschichte. Ich habe gehört, dass es nicht die Beste ist."

Subs liebten es, zu tratschen, und Zs Sub Jessica befand sich stets im Mittelpunkt dieser Klatschrunde. „Ich habe es vermasselt, aber es gab eine Verbindung zwischen uns. Eine Verbindung, die noch immer existiert."

Zs Stirnrunzeln verfinsterte sich und er verschränkte die Arme vor der Brust. Für eine Weile betrachtete er Sam, bevor er sagte: „Du darfst ihr deine Dienste anbieten. Wenn sie akzeptiert, wirst du ihr deutlich zu verstehen geben, dass sie ein Safeword hat. Und ... ich werde die Session überwachen."

„Angesichts dessen, was sie durchgemacht hat, ist mir deine Rückendeckung sehr willkommen." Sam drehte sich um. In die Session eines anderen Doms einzufallen, war nicht üblich, aber ... sie brauchte ihn. Sein Beschützerinstinkt trieb ihn näher.

Edward fand an der Session keinerlei Gefallen, sonst hätte er nicht sofort bemerkt, dass Sam an den abgetrennten Bereich herantrat. Er lief zu Sam. „Freundin von dir?"

Er würde seinen linken Hoden hergeben, um die Ehre zu bekommen, dies behaupten zu können. „Nicht so richtig. Ich denke aber, dass ich ihr behilflich sein kann. Sie ist unterwürfig."

„Ist das dein Ernst? Sie meinte, dass sie es nicht ist."

„Sie hat gelogen."

„Na super." Edward blickte finster drein. „Ich hätte es gleich sehen müssen. Aber sie war so hartnäckig."

„Die Wahrheit ist nicht immer angenehm. Darf ich?"

„Lass dich nicht von mir aufhalten. Ich habe es verdammt noch mal satt, angelogen zu werden." Edward warf seinen Rohrstock in die Tasche, hob sie sich auf die Schulter und marschierte davon.

Okay, das war einfach. Sam bewegte sich, als würde er sich einer wilden Stute nähern. Zwischen ihnen hatte sich an dem Abend eine Verbindung geformt, und sie brauchte, was nur er ihr geben konnte. War es genug, um an ihrer Wut vorbeizukommen? Würde er es schaffen, dass sie ihm vertraute? Seine Schultermuskeln spannten sich an, als er sich von der Seite näherte, sodass sie ihn sehen konnte. Jedenfalls wenn sie ihre Augen aufmachen würde.

Er nutzte den Moment und genoss ihren Anblick. Sie trug immer noch ihre Jeans und eine hässliche schwarze Maske bedeckte ihr Gesicht. Ihr Oberteil und ihren BH hatte sie abgelegt und sein Blick landete auf ihrem von Sommersprossen verzierten Rücken. Im Gerichtsgebäude war sie kreidebleich gewesen, aber jetzt sah er, dass sie von der Sonne geküsst worden war. Kim hatte erwähnt, dass sie eine Weile in Kalifornien verbracht hatte, um sich zu erholen und den nervigen Journalisten zu entkommen. *Willkommen zu Hause, Mädchen.* Sein Mund spannte sich an, als er die blassen weißen Linien – Narben – auf ihrem Rücken sah, die von ihrem Trauma erzählten.

Sanft umfasste er ihr Kinn, fest genug, dass sie die Berührung eines Masters erkennen würde. „Linda, sieh mich an."

Ihre Augen sprangen auf und ihr Körper erstarrte. „Nein. Nicht du."

Verdammt. Sicher, es gab Subs, die ihn fürchteten, besonders Nicht-Masochisten, aber bei der Auktion hatte er Linda nur so viel Schmerz bereitet, wie sie gebraucht hatte. Wut war gerechtfertigt, ja, Angst nicht. „Verdammt nochmal, ich habe nie jemanden verletzt, der mich nicht darum gebeten hat."

Sie schloss die Augen, als könnte sie den Anblick von ihm nicht ertragen. Da sie aber am Kreuz gefesselt war, hatte sie keine andere Wahl, als sich seine Entschuldigung anzuhören.

„Ich bin mir nicht sicher, was ich getan habe." Wo waren die ganzen Argumente, die er sich in den letzten Monaten zurechtgelegt hatte? „Irgendetwas muss ich getan haben, und dafür entschuldige ich mich, Mädchen.“

Ihr Körper erschauerte, als würde sie versuchen, seine Worte abzuschütteln. Ihre Augen öffneten sich. „Alles gut. Es ist nicht mehr wichtig.“

Die Emotionen aus Wut und Scham, die er in ihren Augen sah, waren die Ehrlichkeit, nach der er sich sehnte. Ihre Vergebung kam dem nicht mal nah. „Doch, das tut es. Ich hoffe, du verzeihst mir. Für den Moment“ – mit ihrem Kinn auf seiner Handfläche streichelte er mit dem Daumen unter der Maske über ihren Kiefer – „brauchst du Schmerz. Und du brauchst jemanden, der dich so hart an deine Grenzen bringt, dass du dich darin verlieren kannst. Dass du dich entspannen kannst.“

Widerworte lagen ihr auf der Zunge, doch sie hielt sie zurück, und ihre Augenbrauen zogen sich zusammen.

Er bewegte sich nicht, berührte nicht die hellen Strähnen, die auf ihre Schultern fielen, und tanzte nicht mit den Fingerspitzen über ihren Rücken. Er erlaubte nur eine Berührung; sie brauchte die Dominanz seiner Hand, die ihr Gesicht kontrollierte. Nicht mehr. Noch nicht. „Sag mir, dass ich falsch liege, Mädchen.“

Ihr sanfter Atem traf auf seine Handfläche, als sich ihre Atmung beschleunigte. Dann ... schüttelte sie den Kopf.

Nein, er lag nicht falsch. Vorübergehend wurde er von einer Welle der Zufriedenheit lahmgelegt. „Also gut. Dann werde ich dir jetzt sagen, wie es laufen wird. Dein Safeword ist *Rot*. Sag es.“

Sie schluckte und flüsterte: „Rot.“

„Sehr gut.“ Nun gab er sich endlich die Erlaubnis, mit dem Daumen über ihre hübschen Lippen zu streichen, und er sah, wie sich ihre Pupillen weiteten, bis ihre Augen so dunkel waren wie das Kreuz, an das sie gebunden war. „Ich werde dich berühren, deine Jeans wird jedoch an Ort und Stelle bleiben. Deine Pussy ist eine Tabuzone.“ *Für heute.* „Deine Maske lasse ich auch in Ruhe.“ Obwohl sie ihn nervte. „Ich werde nicht versuchen, dich zu einem Orgasmus zu führen. Abgemacht?“

„Was ist mit meinen ... Brüsten?"

„Ich habe das Recht, mit ihnen zu spielen." Er lehnte sich vor, bis sie nur noch sein Gesicht sehen konnte. „Und sie zu verletzen."

Von ihrer Brust breitete sich die Röte auf ihrer Haut bis zu ihren Wangen aus. Sie war erregt.

Dieses Wissen befriedigte ihn mehr als ein Orgasmus nach einem ausgedehnten Fick. Die Verbindung, die er zuvor wahrgenommen hatte, war noch intakt. Dieses Mal mit ihr zu arbeiten, wäre wie ein neuer Hickorystiel für seine Axt. Das Wissen, dass die beiden Teile perfekt zusammenpassten, obwohl viel Kraft notwendig war, um zu verhindern, dass sich ihre Verbindung wieder löste. Das hatte ihr bei Edward gefehlt. Sie brauchte Dominanz so sehr, wie sie Schmerz brauchte.

Bevor der Abend zu Ende ging, würde er ihr beides geben.

„Dein Mund gehört auch mir", knurrte er und presste seine Lippen auf ihre. Weiche, üppige Lippen, die für heute lediglich zum Küssen gedacht waren. Selbst wenn sie ihm nur den heutigen Abend gab, hatte er nicht vor, ihr Vertrauen zu verraten.

Ein paar Sekunden später bewegten sich ihre Lippen unter seinen. Er nahm, was sie anbot, trat aber rechtzeitig zurück, um ihr nicht gleich alles zu geben, nach was sie sich insgeheim sehnte. Mit jedem Kuss würde sie ihm mehr und mehr anbieten. Er musste sie aus dem Gleichgewicht bringen und langsam die Bruchstücke von ihr zusammensuchen, bis er das vollständige Set in seinem Besitz hatte. Hatte er die Kontrolle über die Zügel, kämen die Sporen zum Einsatz.

Eine beunruhigende Erregung schwoll in Linda an. Obwohl er hinter ihr stand, versuchte sie, ihm in die Augen zu sehen. Als er ein Bündel ihrer schulterlangen Haare packte, war sein Griff fest genug, sodass sie spürte, wie jede einzelne Haarwurzel protestierte. *Gott*, was hatte sie sich nur dabei gedacht?

Zu allem Überfluss hatte sie sich einverstanden erklärt, *mehr* zu tun. Edwards Schläge mit dem Rohrstock hatten bei ihr nichts bewirkt. Sie verstand nicht, woran das lag. Sam jedoch schien das zu wissen. Sein Blick reichte bis zu dem dunklen Bereich, wo sich ihre Seele vor der Außenwelt versteckte.

Seine Stimme und die Art und Weise, wie er ihr Kinn gehalten hatte, waren in der Lage, den Boden unter ihr in Treibsand zu verwandeln und mit jeder Sekunde in seiner Nähe versank sie tiefer. „Sam."

„Ja, das ist mein Name." Seine tiefe Stimme ertönte im Einklang mit dem Bass der Techno-Musik. Er schob ihre Haare nach vorne, sodass die Spitzen bei jedem Atemzug ihr Schlüsselbein kitzelten. Auch Edward hatte dies getan, doch bei ihm hatte sie rein gar nichts gefühlt. Mit Sam war ihre Haut empfindlicher und sie bebte vor Erwartung auf das Kommende, fühlte die Kühle der Luft, nahm wahr, wenn er mit dem Arm ihre Brüste streifte.

Als er mit seinen schwieligen Fingern über ihre Wirbelsäule fuhr, brachte die raue Empfindung das Eis in ihr zum Schmelzen. Er gelangte zu dem Bund ihrer Jeans, kam zu den Stellen, an denen der Rohrstock seine Spuren hinterlassen hatte, und es war seine Berührung, durch die sich nun Hitze in ihrer Mitte sammelte. Wie machte er das? Zittrig atmete sie aus und drehte den Kopf, um über ihre Schulter zu sehen.

Er hatte offensichtlich darauf gewartet, dass sie genau das tat, und ihre Reaktion auf seinen intensiven Ausdruck fühlte sich wie ein Schlag gegen ihr Herz an. „Diese großen Augen werden dir nicht helfen, Fräulein. Du bist genau da, wo ich dich haben will. Wir wissen beide, dass du weinen wirst, bevor ich mit dir fertig bin."

Seine harten Worte übten Druck auf ihre Rippen aus und sie musste sich konzentrieren, um das Atmen nicht zu vergessen.

„Zunächst möchte ich dich aber betrachten." Seine Hände glitten über ihre ausladenden Hüften und sie sah die überschwängliche Freude in seinem Blick. „Du hast einen wunderschönen Körper, Kleine."

Das Kompliment brachte sie aus dem Gleichgewicht, als hätte sie auf einer Treppe nach unten eine Stufe übersehen.

Sein Griff an ihren Hüften festigte sich, hielt sie unbeweglich, und die Stärke in seinen Fingern war erschreckend. Erregend. Er könnte sie mit Leichtigkeit ... überwältigen. Diese Möglichkeit erschreckte sie und auch als sie sich für den heutigen Abend fertiggemacht hatte, war ihr dieser Gedanke immer wieder gekommen. Und doch wollte sie es? Das ergab keinen Sinn. Sie schüttelte den Kopf, wollte ...

Das klatschende Geräusch erreichte sie zusammen mit dem schockierenden Brennen auf ihrem Hintern. Er hatte ihr einen harten Klaps verpasst. „Es gibt keinen Grund für dich, jetzt nachzudenken, es sei denn, ich *sage* dir, dass du nachdenken sollst", knurrte er, bevor er auf ihre andere Arschbacke schlug.

Das Brennen breitete sich von ihrem Hintern in ihrem gesamten Körper aus. Ihr Verstand setzte aus, als hätte er einen Schalter umgelegt.

Bevor sie ihre Gedanken neu ordnen konnte, hörte sie ihn sagen: „Gutes Mädchen." Er lehnte sich von hinten an sie und rieb seine Brust über ihren nackten Rücken, sandte wie bei einem defekten Feuerzeug Funken aus Schmerz durch sie. Der Boden entfernte sich immer weiter von ihr.

Er griff um sie herum, packte ihre Brüste mit seinen großen Händen, und seine Berührung weckte Bereiche tief in ihr, die sie für ausgetrocknet und abgestorben gehalten hatte. „Sam." Es klang wie ein Protest, aber sie hörte das gehauchte Flehen.

Mit den Zähnen knabberte er an ihrer Schulter, biss in den Muskel und hielt sie mit seinem Körper fixiert, während er mit den Händen ihre Brüste knetete, was den Blutfluss zu ihren Brustwarzen erhöhte. Als das exquisite Gefühl seiner Finger an ihren harten Knospen folgte, gaben ihre Knie nach. Er entließ ein raues Lachen. „Ich habe von deinen Brüsten geträumt." Seine

Stimme war tief, sein Atem wehte warm über ihr Ohr. Er zwickte härter zu, intensivierte den Druck in ihr, bis sich jedes Molekül in ihr verflüssigte. Sie stöhnte und verlor sich, als sich die brennende Empfindung um ihre Nerven legte. Er knurrte vergnügt, setzte seine Erkundungstour fort und ließ von ihren pochenden Brüsten ab. Nachdem er sich aus seiner Tasche einen Flogger genommen hatte – ein schwereres Werkzeug, als er bei der anderen Frau benutzt hatte –, fuhr er damit über ihren Rücken, sanft und gemächlich, sodass lediglich ein Kitzeln zu spüren war. Der Duft von Leder fegte über sie hinweg, was sie an den anderen BDSM-Club erinnerte, wo sich der Schmerz gut angefühlt hatte. Ihre Augen schlossen sich, als sie einen tiefen Atemzug nahm.

Mit ein paar sanften Schlägen auf ihre Schultern und ihren Arsch fing er an und es war wundervoll.

„Edward hat dich gut aufgewärmt. Lass uns deine Schultern rot anstreichen."

Sein sachlicher Ton erinnerte sie an ihren Ehemann. *Sieht nach Regen aus.* Aber Frederick hätte nie darüber gesprochen, sie zu verletzen. *Normale Menschen tun so etwas nicht, Linda.* Sie war nicht normal. Sie war pervers und …

Bei dem schmerzhaften Klaps auf ihren Po schnappte sie nach Luft und ihre Gedanken lösten sich in Luft auf. „Zuhören ist nicht deine Stärke, oder, kleines Mädchen?", fragte Sam. Er holte erneut aus und drei weitere, harte Schläge folgten.

Tränen formten sich in Lindas Augen, und als sich das Brennen in ein intensives Vergnügen verwandelte, konnte sie die Ekstase endlich genießen. Ihre Zellen erfreuten sich an dem Schmerz wie verdorrte Blumen, die nach langer Zeit Wasser bekamen. Ihr Körper reagierte, indem er unkontrolliert bebte. Das war nicht richtig. Sie konnte das nicht erlauben. Sie würde brechen. Aber Sam … Sam wäre für sie da, wenn es dazu käme.

Eine dominante Hand ergriff ihr Kinn und Sam musterte ihr Gesicht. „Na bitte. Du bist jetzt bereit zu weinen."

Er fuhr mit der Hand über ihren Rücken. Für einen kurzen Moment wurde sie panisch, als sie keine Berührung mehr wahrnahm, doch schon landete der Flogger auf ihrem Hintern. Kollidierten die Stränge mit den Stellen, die er zuvor mit der Hand bearbeitet hatte, schien ihre Haut den Aufprall willkommen zu heißen und sie atmete die Empfindung ein, wie sie das bei Sauerstoff tat.

Links, rechts, links, rechts. Der Flogger bewegte sich in einem einfachen Rhythmus ihren Hintern hinauf, mied ihre Rippen und damit ihre Nieren, und landete auf ihren Schultern – härter und härter, bis das Pulsieren ein ekstatisches Level annahm. Jeder Schlag war so schmerzhaft, dass sie sich anspannte, noch bevor sie den Biss seines Instruments überhaupt spürte. Jedes Mal drang der Schmerz tiefer in sie vor und setzte sich in ihrer Mitte fest. Ein paar schnelle Schläge kurz nacheinander führten dazu, dass ihr keine Zeit blieb, sich anzuspannen.

Das Geräusch des Floggers trat lauter an ihre Ohren, sobald er auf ihre Jeans schlug. Die Musik von der Tanzfläche hatte sich verändert und der Bass hallte in ihren Knochen wider. Die Stränge näherten sich ihrem Arsch und steigerten das tiefe Brennen in ihr, und es schien dem Sadisten zu munden, dass sie bei dem Gefühl ihre Hüfte bewegte. *Schlag. Schmerz. Lust. Schlag. Schmerz. Lust.* Langsam gewöhnte sie sich an den Rhythmus und sie tauchte ab. Ihr Kopf fühlte sich leicht an, ihr Körper schwer.

„Ich mag deinen runden Arsch. Wunderschön. Ich werde ihn zum Tanzen bringen, Mädchen."

Die Schläge wurden härter, als er sie aus ihrer Komfortzone trieb, noch härter, sodass sie versuchte, mit ihren Hüften auszuweichen und doch ... und doch hob sie sich ihm entgegen, um mehr von dem süßen Schmerz zu erhalten. Tränen rollten über ihre Wangen, als sich vor ihr ein massiver Gletscher der Qual offenbarte. Die Schlucht bahnte sich einen Weg in ihr Inneres und verdrängte alle ihre Gedanken. Ein Wimmern entrang ihr.

Er lachte. *Lachte!* „Sehr nett. Gib mir mehr."

Die Stränge bewegten sich nach unten, schickten Feuer über ihren Rücken und die Seiten ihrer Oberschenkel. Wundervoller Schmerz. Sie hörte leises Weinen. Ihr Weinen. Dann erstickte sie sich an Schluchzern, als sich der Druck in ihr löste und alles aus ihr heraussprudelte. Er hörte nicht auf und hielt einen stetigen Rhythmus aufrecht, auf den sie sich verlassen konnte, als sich auch der Rest von ihr auflöste.

Einige Zeit später erkannte sie, dass der Flogger nur noch sanft betörte, allerdings hart genug, um die Verbindung nicht zu verlieren. Sie hob den Kopf und war erstaunt, wie schwer ihr das fiel. Tränen strömten immer noch aus ihren Augen, als sie sich auf das Gefühl und die Hitze einließ. Sie konnte ihren Körper spüren, jedem Zentimeter ihrer Haut war sie sich bewusst, empfindlich auf eine Weise, wie sie es seit langer, langer Zeit nicht mehr erlebt hatte. Nur langsam sammelte sie ihre Sinne und rutschte zurück in die Realität.

Wunderbar entspannt. So, so entspannt.

Lautstark fiel der Flogger auf den Boden und Sam lehnte sich wieder gegen sie. Seine Körperwärme und das Gefühl seines rauen Hemdes an ihrer empfindlichen Haut schickten sie zu dem befriedigenden Brennen zurück, selbst als er sie enger an sich zog. Seine Erektion drückte sich gegen ihren Po, aber er rieb sich nicht anzüglich an ihr, schien seine harte Länge selbst nicht einmal zu bemerken, als er ihre Nippel zu harten Knospen rollte. Eine Hand wanderte nach unten und legte sich direkt über dem Bund ihrer Jeans auf ihre Taille. „Du passt perfekt in meine Arme", knurrte er in ihr Ohr.

Ihr Körper erschauerte vor Erregung. Ihre Klitoris pulsierte und sie wünschte, er würde mit der Hand nach unten wandern. Ihr Körper erinnerte sich genau daran, wie sich seine erfahrenen Finger angefühlt hatten – so gut, dass sie zu einem Orgasmus gefunden hatte.

In einem Raum voller Menschenhändler.

Nein. Als sie bei dem Gedanken erstarrte, taten es ihr seine

Hände gleich. Sie wollte mehr. *Nein, das will ich nicht. Nein. Nie wieder.* Was machte sie hier bloß? *Es war krank. Unnatürlich.* „Lass mich los, Sam", flüsterte sie, obwohl sie mehr wollte und brauchte.

Er packte ein Bündel ihrer Haare und zog ihren Kopf in den Nacken, um sie zu mustern. Sein unnachgiebiger Griff sagte ihr, dass er wusste, dass sie vor ihren eigenen Gefühlen und Bedürfnissen Reißaus nahm. Die flüssige Wärme in ihr sagte, dass er sie aufhalten könnte. Er könnte sie befriedigen. „Na gut." Sein eisblauer Blick schwebte über sie. „Okay."

Sie erkannte, dass das schreckliche Gefühl in ihr verschwunden war. Der Druck und die Schatten waren aus ihrem Geist gewichen, weggespült von ihren Tränen und ihrem Schmerz.

Wie pervers war sie bitte, dass sie verletzt werden musste, um ihre Emotionen rauslassen zu können?

Seine Hand schloss sich fester um ihr Kinn. „Nicht denken. Nicht jetzt. Morgen ist früh genug." Er streckte die Hand nach oben, löste ihre Fesseln und half ihr vom Kreuz. Ihr Rücken brannte, wo sein Arm an ihrer Taille über ihre empfindliche Haut rieb. Ihre Beine zitterten, als hätte sie diese seit einem Jahr nicht benutzt und so sackte sie gegen ihn.

Er führte sie an den Rand des Sessionbereiches. „Hinknien."

Ihr ganzer Körper erstarrte und ihr wurde mit einem Mal übel. Der Aufseher hatte sie ständig hinknien lassen. Für alles. Kriechen mochte er auch. Würde er − „Ich bin nicht deine Sklavin", zischte sie.

Er warf ihr einen Blick zu. Seine Antwort, die daraufhin folgte, war bestimmt und doch sanft: „Weder brauche ich noch will ich eine Sklavin."

Sklavin. Das Wort allein machte sie so krank, dass es eine Minute dauerte, bis seine Worte bei ihr ankamen. *„Weder brauche noch will ich eine Sklavin."* Ihr Rückgrat meldete sich erneut und sie drückte die Schultern durch. „Warum befiehlst du mir dann, mich hinzuknien?" Ihr Mund war so trocken, dass sie die Frage krächzte.

„Weil du gerade nicht alleine stehen kannst, Baby. Du musst nah am Boden sein." In seiner rauen Stimme war eine seltsame Zärtlichkeit zu vernehmen. „Zudem möchte ich dich im Blick haben, während ich den Bereich reinige."

Oh. „Es tut mir leid." Er half ihr, sodass sie ohne Probleme nach unten kam. Wie immer fühlte sich ihr rechtes Knie steifer an. Als er mit einer Flasche Wasser und einer Decke zurückkam, ging er zu ihrer Überraschung in die Hocke und wickelte sie in das flauschige Material ein. Warm. Und sie fühlte sich bedeckt. Das schätzte sie. „Danke."

„Eine Sache noch." Seine Hand blieb auf ihrer Schulter, um sie zu stützen.

Sie runzelte die Stirn und sah zu ihm auf.

„Du kniest aus einem weiteren Grund, Mädchen, und es wäre besser, wenn du dich damit abfindest. Du bist eine Sub. Du bist unterwürfig. Das ist ein Teil dessen, was du brauchst. Indem du dich hinkniest, erkennst du an, was du bist. Unterwerfung ist keine Sklaverei."

Sie presste die Lippen fest aufeinander. *Doch, das ist es.*

Er atmete aus, öffnete dann das Wasser und legte ihre Finger um die Flasche. „Wir reden später."

Sie sah zu, wie er die Geräte reinigte. Nicht jung, definitiv älter als sie. Aber er bewegte sich mit der Kraft eines Ranchers und dem Selbstvertrauen eines Mannes, der in Form war.

Sie hatte diese Art von Selbstvertrauen nicht. Nicht mehr. Kaum zu glauben, dass sie ihren eigenen Haushalt und einen Laden führte. Und gerade befand sie sich in einem BDSM-Club, wo sie darum bat, verletzt zu werden. Ein Liebhaber hatte sie mal als Perverse bezeichnet. Wie es schien, behielt er Recht. Oder war sie eine schmutzige Schlampe, so wie es die Sklavenhändler stets betont hatten?

Ihre Hände bebten. Sie hatte getan, was sie sich vorgenommen hatte. Ihre Wände waren durchbrochen. Sie konnte wieder fühlen. Aber jetzt musste sie gehen. Das war nicht das, was sie in ihrem Leben wollte. Mit Mühe sah sie sich nach Kim und Raoul um.

Sie standen direkt hinter dem Seil neben Master Z. Sie hatten alle zugesehen.

Schamesröte wärmte Lindas Gesicht. Kim mochte unterwürfig sein, aber sie war keine ... Masochistin. Keine Schmerzschlampe. Demütigung überkam sie, als sie das Wasser abstellte und ihre Kraft zusammennahm, um aufzustehen. „Raoul, bitte, können wir jetzt nachhause gehen?"

Verwirrung zeigte sich auf Raouls Gesicht, aber er nickte. „Wenn du willst." Er umfasste ihren Arm und stützte sie, während Kim ihr Oberteil und ihren BH holen ging.

Sam bemerkte den Austausch und kam zu ihnen. „Raoul." Die Wut in Sams Stimme war unterdrückt, aber präsent.

Die Art und Weise, wie Raoul sich anspannte, machte klar, dass selbst ein Gewichtheber es nicht mit einem wütenden Sam aufnehmen wollte.

Schuldgefühle zeigten sich bei ihr und ihre Schultern sackten niedergeschlagen zusammen. Sie verursachte ein Problem zwischen Freunden. „Es ist nicht seine Schuld, Sam. Ich habe ihn gebeten, mich nachhause zu bringen."

Als er nach ihr die Hand ausstreckte, zuckte sie zurück. Sein Arm senkte sich. „Du kannst noch nicht gehen. Dein Körper ist noch zu geschwächt. Du kannst ja kaum laufen ... und wir müssen reden."

„Es tut mir leid." Sie zog sich ihren BH an und fühlte sofort, wie empfindlich ihr Rücken war. *Will mehr.* „Was du getan hast, hat geholfen", gab sie zu. Er hatte sich ihren Dank verdient. Auf eine Weise – eine furchtbare Weise – hatte sie ihn benutzt. Nur ... mochte er, was er getan hatte, oder? Hatte es ihn genauso erregt, ihren Schmerz zu sehen, wie sie es erregt hatte, ihn zu empfangen? „Aber i-ich mache das nicht. Ich war nur hier, um es zu überwinden."

„Es zu überwinden?"

„Ja. Das bin nicht ich." Sie zwang sich, ihr Kinn zu heben und die Schultern durchzudrücken, obwohl sie sich auf ihren Knien so viel besser gefühlt hatte. „Danke, dass du" – *mich verletzt hast, mich zum Weinen gebracht hast, dass ich wieder fühlen durfte* – „für deine Zeit."

Er hob sein Kinn und sie wusste, dass er ihre Worte aufgenommen hatte. Aber ... war das Schmerz, den sie für einen Moment in seinen Augen gesehen hatte? Sicherlich nicht von diesem harschen Mann, der sie *Baby* genannt und eine Decke um sie gewickelt hatte. Ihre Augen brannten. Warum hatte sie unbedingt fühlen wollen? Ihr Herz schmerzte und hämmerte, als hätte das Organ die Schläge abbekommen statt ihres Rückens.

Er warf Raoul einen unlesbaren Blick zu. „Kümmere dich um sie."

Raoul entspannte sich. „Als wäre sie mein."

Ich gehöre niemandem. Eine Aussage, die nicht unabhängig klang, sondern einsam. Linda zog ihre Seidenbluse an und beschritt den Weg zum Ausgang, um Sam zu zeigen, dass sie keine Hilfe brauchte. Sie fühlte, wie sich sein Blick in ihren Rücken brannte und zwang sich, nicht über ihre Schulter zu schauen, nicht zu ihm zu rennen und nicht vor ihm auf die Knie zu fallen. Warum konnten sie nicht einfach ... normale Menschen sein? Dann vielleicht ...

Im hinteren Bereich des Shadowlands sah der Beobachter dabei zu, wie Adrienne den Sägebock abwischte. Tränen liefen ihr immer noch übers Gesicht. Wirklich nett. Noch netter waren die Striemen an ihrem Arsch und ihren Schenkeln. Rote Flecken an ihren Hüften zeigten, wo sich seine Finger in sie gegraben hatten, als er sie gefickt hatte. Benutzt und missbraucht, genau, wie er seine Weiber mochte.

Sie war kein schlechter Fick gewesen, wenn man ihre Jugend bedachte. Und ein Orgasmus schaffte es immer, ihn in eine ausgezeichnete Stimmung zu versetzen, obwohl er sich mit einer Frau zufriedengegeben hatte, die so dünn war, dass sie kaum Titten hatte. Aber die dickeren Frauen waren bereits beschäftigt gewesen. Vielleicht sollte er mit Z darüber sprechen, eine größere Auswahl an Subs anzubieten.

Oder vielleicht auch nicht.

Dem Clubbesitzer ging er lieber aus dem Weg, denn der Psychologe verfügte über eine unheimliche Menschenkenntnis. Tatsächlich war es gut, dass Aaron dem Club gleich nach der Eröffnung beigetreten war. Im Laufe der Jahre war der Bewerbungsprozess strenger geworden. So streng, dass er heute nicht mehr aufgenommen werden würde.

Schließlich musste ein Mann, der Subs für den Verkauf in die Sklaverei empfahl, ein gewisses Maß an Vorsicht walten lassen.

Adrienne verstaute die Putzutensilien im Ständer und kniete sich dann zu seinen Füßen nieder.

„Gut genug", sagte er.

Sie biss sich auf ihre bebende Unterlippe und sah zu ihm auf. Wahrscheinlich in der Hoffnung, dass er sie halten, streicheln und trösten würde. Sah er aus wie ein jämmerlicher, willensschwacher Dom?

„Ich habe dir doch zu Beginn gesagt, dass ich keine Nachsorge mache. Verzieh dich." Da sie seinen Voraussetzungen zugestimmt hatte, konnte sie sich nicht beschweren. Z konnte ihm nichts vorwerfen, wenn die Sub bei dem Vorgespräch zustimmte.

Ohne ein Wort nahm sie ihre Kleidung und eilte davon – wahrscheinlich, um sich in einer dunklen Ecke auszuheulen. Sollte sie doch. Über ihre verletzten Gefühle und die Markierungen, die er an ihr hinterlassen hatte. Hätte er die Wahl gehabt, würde sie jetzt bluten, aber es hatte nicht viel gefehlt und sie hätte das Safeword ausgesprochen. Darauf hatte er keinen Bock gehabt und so hatte er sich etwas zurückgenommen. Denn das Shadowlands bestand auf seine Regeln und Vorschriften.

Er lächelte und erinnerte sich an die letzte Hure, die er gekauft hatte. Für seinen Spaß zu bezahlen, ärgerte ihn, aber zumindest war er so nicht gezwungen, aufzuhören, wenn es gerade gut wurde. Weder beim Ficken der Schlampe noch beim Verletzen.

Als er seine Spielzeuge reinigte, sah er sich im Raum um und entdeckte die ältere Ex-Sklavin, wie sie mit Raoul den Club verließ. Ja, vielleicht sollte seine nächste Prostituierte eine Rothaarige sein. Weich. Älter.

Interessant, dass sie hier war. Und sie trug eine Maske. Er gluckste. Glaubte sie, ihr Gesicht zu bedecken, würde ihre Identität verbergen? Wohl kaum. Ihre Haare und Brüste waren ziemlich einprägsam. Er fuhr mit den Fingern über den Rohrstock in seiner Hand. Glatt. Flexibel. Würde ihre blasse Haut gut markieren.

Wo genau hatte er sie schon mal gesehen? Er rieb mit dem Finger über seine Oberlippe. Auf dem Sklavenboot. Er war sich ziemlich sicher, dass sie erst vor ein paar Wochen entführt worden war, und die *Association* hatte ausgewählten Käufern eine Vorschau auf die angebotene Ware erlaubt. Die Rothaarige war in einem der Zwinger gewesen, den Kopf abgewandt und die Augen geschlossen, um sich den grinsenden Käufern nicht stellen zu müssen.

Starke Frau. Das würde ihm gefallen.

Niemand hatte sie bei der ersten Auktion gekauft – die meisten Käufer bevorzugten jüngere Frauen. Er hatte gewartet, da nicht verkaufte Sklaven stets als Belohnung an die Beobachter und die Wachen gingen. Aber der Aufseher hatte darauf bestanden, sie erneut zum Verkauf anzubieten – bei einer Auktion, bei der das FBI aufgetaucht war.

Scheiß Agents. Seine Quelle für billige Wegwerfsklaven war in dieser Nacht versickert. Mit einem verärgerten Grunzen warf er den dünnen Rohrstock in seine Tasche.

Als er zur Bar schlenderte, überlegte er, Cullen nach dem Namen der Ex-Sklavin zu fragen. Nein, es wäre unklug, Interesse an ihr zu zeigen. Bis die *Association* nicht länger in aller Munde war, müsste er sich bedeckt halten.

Für ihn bedeutete das vorerst, dass er sich mit Huren begnügen müsste.

KAPITEL DREI

Mit Tränen in den Augen fuhr Linda in die Sackgasse und bog in ihre Einfahrt. Endlich zuhause. Und Gott sei Dank allein. Nun gab es keine Zeugen, wenn sie in Tränen ausbrach.

Zuerst hatte sie gedacht, dass sie ein halbes Vermögen für eine Taxifahrt nach Foggy Shores hinblättern müsste, aber Raoul hatte dafür gesorgt, dass jemand ihr Auto zu seinem Haus brachte. Überfürsorglicher Dom. *Gott segne ihn.*

Linda stieg aus und betrachtete das hübsche einstöckige Haus, in dem sie und Frederick ihre Kinder großgezogen hatten. Wenn sie ehrlich war, hatte sie Angst, dass es zerstört worden sein könnte, so wie es mit ihrem Leben passiert war. Langsam atmete sie ein und die Ruhe der kleinen Küstenstadt mit der ruhigen Nachbarschaft wickelte sich wie eine Decke um sie. *So vertraut.* Vor dem Nachbarhaus lagen Puppen und Autos auf dem Bürgersteig, was an eine Spielzeugexplosion erinnerte. Auf der anderen Straßenseite ließ der makellose Rasen der Smiths den der Brendans noch trauriger erscheinen. Musik ertönte aus Adeles Haus, in dem sie Klavierunterricht gab.

Aber nicht alles blieb gleich. In Myrtles Vorgarten stand ein Zum-Verkauf-Schild. Brenna hatte den Tod der alten Frau erwähnt.

Vor zwanzig Jahren war sie es gewesen, die Linda und Frederick als Erste in der Nachbarschaft begrüßt hatte. *Ich konnte mich nicht verabschieden.*

Linda blinzelte Tränen zurück. Zwei Monate hatte sie in Gefangenschaft verbracht und weitere drei in Kalifornien. Ein knappes halbes Jahr. Sie hatte sich verändert – oh, das hatte sie –, aber sie hatte darauf gehofft, dass Foggy Shores gleich blieb.

Aber egal. Sie war jetzt zuhause und bereit, ihr Leben wieder aufzunehmen, die respektable Mutter von Brenna und Charles zu sein, die Besitzerin von *Foggy Treasures*, eine gute Nachbarin, ein Mitglied des Chors der Methodistenkirche. Eine normale Frau, die sich mit netten, normalen Männern verabredete.

Auf keinen Fall eine Perverse. Nein, das war sie nicht.

Mit ihrem Koffer in der Hand betrat sie ihr Haus. Nichts hatte sich verändert. Brenna und Charles hatten regelmäßig nach dem Rechten gesehen.

„Ich bin zuhause." Zittrig atmete sie ein, als ihre Stimme in der Stille widerhallte. Sie sollte dankbar sein, dass ihr süßer Terrier eine Weile vor ihrer Entführung gestorben war. Leider musste sie nun aber auf sein aufgeregtes Bellen verzichten, mit dem er sie immer begrüßt hatte. Niemand war hier. Vielleicht hätte sie die Kinder für heute einladen sollen, doch da sie sich nicht sicher war, wie lange die Verhandlung dauerte, hatte sie ihnen gesagt, sie würde sich bei ihnen melden. Schließlich waren sie beide auf dem College und hatten Verpflichtungen.

Sie würden sie nächstes Wochenende besuchen kommen. Es gab keinen Grund, enttäuscht zu sein. Sie ignorierte die Leere in ihrer Brust und ging ins Schlafzimmer, um auszupacken. Sie musste in ihre Routine zurückfinden. Sie hatte sich lange genug im Selbstmitleid gesuhlt.

Sonnenlicht flutete durch die sandfarbenen Vorhänge in ihrem Schlafzimmer, tanzte über die cremeweiße Spitzentagesdecke auf dem Bett. Friedliche, unbeschwerte Farben.

Eine gänzlich andere Atmosphäre als im Shadowlands gestern Abend. Sie biss sich auf die Lippe und versuchte, Sams Stimme aus ihren Erinnerungen zu vertreiben. Genau wie das Gefühl seiner Hände auf ihrer Haut. Bei dem Schmerz, den er ihr in einer Mischung aus Fürsorge und Rauheit bereitet hatte, hatte sie keine andere Wahl gehabt, als sich ihm zu unterwerfen. Sie schloss die Augen und hasste sich dafür, dass sie mehr davon wollte. Dafür, dass sie einen Sadisten wollte. Dafür, dass sie nicht *normal* war.

Das Klingeln ihres Handys ließ sie zusammenzucken. Sie schaute auf den Bildschirm. *Unbekannte Nummer.* „Hallo."

Eine schrille Männerstimme antwortete: *„Italy's Pizza* hier. Wir rufen an, um Ihre Bestellung zu bestätigen."

Linda lachte. Diese Routine war ihr sehr vertraut. „Der war gut, Charles. Ja, ich bin zuhause."

„Oh, Mom! Wie kommt es, dass ich alle anderen außer dir damit reinlegen kann?"

„Deine Freunde sind keine Sänger, Großer."

„Ich schätze. Ich bin froh, dass du wieder hier bist, Mom. Ich habe dich vermisst."

Sie lächelte. Seit sie aus ihrer Gefangenschaft befreit wurde, hatte sie alle paar Tage mit ihm gesprochen, und er und Brenna waren für Thanksgiving und Weihnachten nach Kalifornien gekommen. „Ich habe dich auch vermisst." *Mehr, als du dir vorstellen kannst.*

„Wirst du wieder zur Arbeit gehen?"

„Den heutigen Tag verbringe ich damit, das Haus in Ordnung zu bringen und den Kühlschrank zu füllen. Ich denke am Montag mache ich dann ernst."

„Oh gut. Ich hatte gehofft, dass dein Urlaub vorbei wäre."

Ihre Finger spannten sich um das Handy an. *Urlaub?* Depression, die sie in einen so tiefen, dunklen Abgrund geführt hatte, dass sie den ganzen Tag nur an die Decke starren und keinen Grund finden konnte, aufzustehen. Unkontrollierte Heulanfälle, Erbrechen, Panikattacken. Spaß hatte sie dabei wohl kaum gehabt. Charles wusste, dass sie zu ihrer Schwester gegangen war, um sich von der Entführung zu erholen. Na ja, er war erst zwanzig, und sie hatte sich sehr bemüht, ihren zerrütteten Geisteszustand vor ihren Kindern zu verbergen. Er konnte nicht wissen, dass sie die letzten Monate gebraucht hatte, um die Teile von sich selbst wieder provisorisch zusammenzuflicken. „Eine andere Wahl bleibt mir nicht, fürchte ich. Mein Erspartes ist ziemlich ausgeschöpft."

„Bedeutet das, dass du kein Geld für mich übrig hast?" Ein langer Seufzer war zu hören. „Fuck."

Sie schloss die Augen. Erschöpfung setzte ein und sie sackte gegen die Kommode. „Pass auf, was du sagst, mein Junge."

„Tut mir leid. Aber ... ich bin pleite."

„Ich habe dir am Ersten Geld auf dein Konto überwiesen. Das hätte für den ganzen Monat reichen sollen."

Stille. „Nun ja, das hat es nicht. Die Dinge kosten jetzt mehr. Ich brauche etwas Geld, Mom."

Sie runzelte die Stirn. „Für was?"

„Für Nahrungsmittel, verdammt."

„Dein Job in der Cafeteria bezahlt für deine Mahlzeiten."

„Ich habe gekündigt, okay? Der Job lässt mir nicht viel Zeit für andere Dinge und −" Er brach den Satz ab.

Und seine Freunde mussten nicht arbeiten. Sie runzelte die Stirn. Fredericks Lebensversicherung kam für die Studiengebühren und die Bücher der Kinder auf, und sie kümmerte sich um die Miete und gab ihnen etwas Taschengeld. Er nagte nicht am Hungertuch, obwohl sein Gejammere manchmal den Anschein gab. „Es tut mir leid, Charles. Du solltest dir wieder einen Job suchen. Mir fehlt es gerade an Geld."

„Ich ... okay." Die Stille breitete sich aus. Dann murmelte er: „Na gut."

Sie blinzelte Tränen aus ihren Augen und schaffte es nicht, ihm zu antworten. Nach einer Sekunde hörte sie, wie sich die Göre wieder in den Schatz verwandelte, den sie großgezogen hatte. „Es tut mir leid, Mom. Und ich bin wirklich froh, dass du wieder da bist. Wir sehen uns am Wochenende."

„Tschüss", flüsterte sie, obwohl er schon aufgelegt hatte. Sie lauschte eine Weile dem Summen, emotional zu erschöpft, um das Handy wegzulegen, zu große Angst, wieder weinen zu müssen. Normalerweise hätte sie seinem Verhalten entgegensetzen können. Sie musste jedoch zugeben, dass ... nach allem ... nicht viel fehlte, um sich angegriffen zu fühlen.

Nein zu sagen, war richtig gewesen. Selbst wenn sie reich wäre, sollte er sich an seinen College-Ausgaben beteiligen. Die Leute schätzten nichts, wenn sie sich nicht selbst bemühten, es zu bekommen. Gäbe sie ihm also Geld, erhöhte sich die Wahrscheinlichkeit, dass er seine Ausbildung nicht beendete.

Obwohl sie es sich logisch rechtfertigte, half es nicht; sie hatte ihr Baby enttäuscht. *Willkommen zu Hause, Linda.*

Am Ende der Woche stand Linda hinter der Theke in ihrem Laden direkt am Strand und verkaufte gerade eine handgenähte Strandtasche aus Canvas. Ihre Füße beschwerten sich, da sie gezwungen war, die Sandalen mit den hohen Absätzen zu tragen. Ihre Beine schmerzten vom Stehen und ihre Schultern waren von den Abenden verspannt, die sie mit der Buchhaltung verbracht hatte, um verlorene Zeit aufzuholen. Dennoch war es wundervoll, wieder zuhause zu sein. Ihr Leben kehrte zur Normalität zurück.

„Sie haben einen sehr schönen Laden." Der Kunde unterschrieb den Beleg.

„Danke." Linda strahlte, als sie den Kassenzettel überreichte. „Ich wünsche Ihnen noch einen schönen Tag."

Aufgewachsen war sie in einer winzigen Stadt in Florida und eigentlich hatte sie geplant, Lehrerin zu werden. Oder vielleicht die Frau eines Predigers, wie es ihre Mutter gewesen war. Niemals hätte sie erwartet, es zu mögen, ihr eigenes Geschäft zu führen und mit Kunden zu interagieren. Da die Sklavenhändler versucht hatten, sie davon zu überzeugen, dass sie nichts weiter als eine Schlampe war, brauchte sie die Bestätigung, dass sie gut in dem war, was sie tat.

Die Ladentür stand offen, sodass die Laufkunden von der Promenade hereinkommen konnten. Im Laden schaute sich ein junges Paar Händchen haltend die Kaffeetassen an. Ein Trio älterer Frauen musterte die Wand aus Kunstwerken, die alle verschiedene Strände Floridas zeigten. Rechts füllte ihre Angestellte die Vitrine mit dem handgefertigten Schmuck auf.

Linda atmete ein und genoss, wie sich die Düfte der Sandkerzen mit der salzigen Luft vom Golf vermischten. Ihr kleiner Laden spezialisierte sich auf handgemachte Artikel für Touristen. Er enthielt keine Schnapsgläser oder T-Shirts, die zu Tausenden im Ausland hergestellt wurden. Stattdessen bot sie nur Dinge an, die von Künstlern aus Florida gefertigt wurden. Von den beliebtesten Artikeln hatte sie sogar welche in Auftrag gegeben. Zu ihrer Freude verkauften sich auch die selbstgemachten Körbe von ihr noch immer sehr gut.

Ein Vermögen würde sie damit nicht machen, jedoch reichte es für Rechnungen und um ihren Kindern mit Ausgaben zu helfen. Dass sie fünf Monate nicht gearbeitet hatte, hätte allerdings auch zu ihrem Ruin führen können. Gott sei Dank hatte sie sich nach Fredericks Tod um ihre Angelegenheiten gekümmert und sichergestellt, dass ihre Kinder abgesichert waren und das Geschäft im Falle ihres Ablebens oder einer Behinderung in gute Hände kam.

Ja, der Steuerberater hatte sich um Rechnungen und Gehalts-
abrechnung gekümmert und doch hatte sie einiges aufzuholen.
Tatsächlich hatte sie es nur einmal geschafft, mit Lee zu Mittag
zu essen. Sich mit dem Mann zu treffen, mit dem sie vor ihrer
Entführung hin und wieder ausgegangen war, hatte sich als ...
unangenehm herausgestellt. Aber Lee war ein netter Mann. Er
hatte sie nicht unter Druck gesetzt und hatte das Gespräch auf
lokalen Klatsch gelenkt, sodass sie sich so einbringen konnte, wie
sie es wollte. Er war es gewesen, der sie um ein Date gebeten
hatte, sie jedoch hatte ihn eine Woche schmoren lassen. Einfach
weil sie gerade so beschäftigt war.

Um genau zu sein ... Sie betrachtete die Schaufensterdekora-
tion, die auch etwas Zuwendung nötig hatte.

Vor der Tür stoppten zwei Leute und sahen in den Laden. Als
das Gespräch zu einem Flüstern runtergedreht wurde, erstarrte
Linda.

Ihre vier Teilzeitangestellten waren überglücklich, sie zurück
zu haben. Diese Bestätigung hatte sie wirklich gebraucht,
nachdem die Geschichte über ihre Entführung und Befreiung in
der Stadt Wellen geschlagen hatte. Die Ladenbesitzer und Ange-
stellten am Strand bildeten eine eigene kleine Gemeinschaft, und
ihre Akzeptanz dort und anderswo hatte sich geändert. Überall,
wo sie hinging, hörte sie Geflüster. Nicht mal die Kunden ihres
Ladens hielten sich zurück, und sie musste zugeben, dass es sie
innerlich zermürbte.

Langsam fühlte sie sich wie die Prostituierte in dem Film
Pretty Woman – die Frau, die entdeckt hatte, dass ein respektables
Aussehen und Auftreten ihr keine Zugehörigkeit garantierte.

„Fertig." An der Schmuckvitrine erhob sich Maribelle und
richtete ihr kurzes graues Haar. „Ich muss meiner Enkelin vielleicht diese hübschen Muschelohrringe kaufen. Was kann ich
noch für dich erledigen?"

Die vier Wände ihres Ladens fühlten sich plötzlich zu beengt an und Linda wollte raus. „Wenn du kurz aufpasst, würde ich mir einen Kaffee holen. Möchtest du auch einen?"

„Nein. Ich hatte heute schon genug Koffein." Maribelle stellte sich hinter die Kasse, als Linda in das Hinterzimmer ging und sich ein bisschen Geld aus ihrer Handtasche holte.

Der kleine Coffeeshop befand sich ein paar Geschäfte weiter, und Linda hatte den kurzen Spaziergang immer genossen. Selbst Ende Januar wirkten sich die Geräusche am Strand ermutigend auf sie aus. Freudvolle Kinderschreie, als die Möwen nach unten tauchten und nach Nahrung suchten. Das Bellen eines kleinen Hundes, die Laute der jungen Männer, die Volleyball spielten. Nicht zu vergessen: das beruhigende Rauschen der Wellen. Sie hielt inne, hob den Blick zu dem wolkenlosen blauen Himmel über dem blaugrauen Ozean und betrachtete dann den weißen Sand mit seinen Touristen.

Konnte jemand, der niemals eingesperrt gewesen war, diesen Anblick wirklich so genießen wie sie das gerade tat?

Als sie den Coffeeshop betrat, überfiel sie der Duft von frisch gebrühtem Kaffee.

Zum Bestellen wartete sie in der Schlange und entdeckte die Besitzerin des Spielzeuggeschäfts, die ihr sogleich zum Gruß zunickte. „Schön, dass du wieder bei uns bist, Süße."

Linda lächelte. Ihr gefiel es nicht, an die Tortur erinnert zu werden, aber ein freundliches Gesicht kam niemals unerwünscht. „Danke, Sally."

Hinter der Theke reichte die Coffeeshop-Besitzerin Betty der Frau das Getränk, bevor ihr Blick auf Linda fiel. „Linda, was kann ich dir machen? Die Getränke mit Pfefferminz sind heute im Angebot."

„Ähm." Sollte sie sich beherrschen oder sich etwas gönnen? Sie überlegte. Ihr Körper schmerzte und nicht auf die erregende Weise, die Sam sie hatte fühlen lassen. *Denk nicht daran.* „Weißer Schokoladen-Moccachino mit Pfefferminz." Koffein, Fett, Zucker und Schokolade – alle wichtigen Lebensmittelgruppen außer Salz. „Danke, Betty."

„Wird nicht lange dauern."

Gerade überlegte Linda, ob sie auch einen Scone wollte, als von einem Tisch mit drei Leuten wieder einmal Geflüster an ihre Ohren trat. Lawrence, der die gehobene Kunstgalerie leitete, eine ältere Frau und eine weitere aus Lindas Kirche.

Gutes Gehör war manchmal ein Fluch, dachte sie. Sie hasste sich dafür, aber sie spitzte die Ohren.

„Oh ja. Sie behielten sie als Sklavin." Die ältere Frau.

Die Frau aus der Kirche sagte: „Eine *Sex*sklavin."

Linda befürchtete, dass ihre Beine gleich nachgeben würden.

„Wow, tatsächlich?" Lawrence lehnte sich vor. „Denkt ihr, dass sie –"

Tränen traten ihr in die Augen und Linda musste gegen den Fluchtinstinkt ankämpfen. Einfach den Coffeeshop verlassen, ihren Laden, alles. Sich in ihrem Haus verstecken und nie wieder herauskommen. Aber was würde das bringen, außer, dass sie dann ihr Geschäft verlieren würde? Der Klatsch würde sicherlich weitergehen. *Arsch zusammenkneifen, Mädchen.* Irgendwann würde ein neuer, bahnbrechender Skandal den ihren ersetzen.

Sie löste ihre zusammengeballten Hände und bewegte sich zu der Stelle, wo die fertigen Getränke herausgegeben wurden.

Der Tisch verstummte und die beiden Frauen starrten unbeweglich auf ihre Donuts. Lawrence ließ den Blick über sie schweifen und bei dem Gefühl schüttelte sie sich vor Abscheu. „Hallo, Linda! Nimmst du dir eine Pause?"

„Ich brauchte nur einen Kaffee." Sie zwang sich ein Lächeln auf die Lippen und nahm dann ihren Becher von Betty entgegen. Sie wandte sich dem Raum ab und hoffte so, ihre zitternden Hände zu verstecken. Schnell schnappte sie sich Zucker und schaffte es nach einer gefühlten Ewigkeit, den Plastikdeckel auf den Becher zu bekommen.

Bei einem erneuten Blick zu dem Tisch traf sie auf die Augen der beiden Frauen. Sie trugen einen Ausdruck, der den Anschein gab, Linda würde in einem Tanga und mit Nippel-Pasties herumrennen statt in einer cremefarbenen Bluse und einer beigen Stoffhose. Linda reagierte, indem sie zurückstarrte, woraufhin die Frauen ruckartig den Blick senkten.

Sie machte sich auf den Weg zum Ausgang.

„Schön, dich wieder bei uns zu haben", sagte Lawrence.

Sie drehte den Kopf zu ihm und nickte. „Danke."

„Wir sollten uns mal treffen." Sein Blick fiel auf ihre Brüste und er leckte sich über die Lippen.

Ihre Wut flammte auf. *Ich bin keine Schlampe. Bin ich nicht.* Sie nahm einen Schluck von ihrem Kaffee und betrachtete ihn so abschätzend, wie er es bei ihr getan hatte. Wohlüberlegt verharrte sie länger auf seinem Schritt, schnaubte unbeeindruckt und verließ ohne ein Wort den Shop.

Okay, so macht man sich einen Feind. Es war ihr egal. Es gab eine Zeit, in der sie Lawrences schmierigen Blick ignoriert hätte, aber der ständige verbale Missbrauch, den sie als Sklavin hatte durchmachen müssen, hatte ihre Toleranz auf Null gesetzt.

„Eine Schlampe – das ist alles, was du bist. Sonst nichts." Die Stimme des Aufsehers sickerte noch immer wie ranziges Öl durch ihre Erinnerungen. *„Nur ein Loch."* Sie erschauerte.

Dann erinnerte sie sich an eine andere Stimme. *„Linda, ich sehe dich nicht als Sklavin."* Die Erinnerung an Sams rau gesprochene Worte war wie ein Nachmittagsregen, der die Dachrinnen von Schmutz befreite. Seine durchdringenden blauen Augen hatten heiß geglüht, aber sie hatte in seinem Blick auch Respekt gesehen. Er hatte ihr ein Safeword gegeben, hatte beschrieben, was er tun und wie weit er gehen würde.

Die Sehnsucht, seine Arme um sich zu spüren, seine tiefe, kratzige Stimme in ihren Ohren zu hören, erschütterte sie so sehr, dass sie auf der Promenade stehen blieb. *Atme. Reiß dich zusammen.* Sie trank ihren Kaffee, der so heiß war, dass es schmerzte, und dieser Schmerz war es, der sie zu beruhigen vermochte. Wie ärgerlich, dass die Stimme dieses Sadisten so verdammt tröstend war. Was Sam von ihr wollte, war vielleicht nicht Versklavung, aber es war nicht das, was *sie* wollte. Ihr Leben war jetzt normal und dabei musste sie es belassen.

Der Komfort ihres Ladens holte sie zurück in eine bessere Welt. Da Maribelle sich um die Kunden kümmerte, nahm Linda einen breiten Korb und ging zum Schaufenster. *Winter in Florida. Wie kann sie das auf ihre Deko übertragen?*

„Linda? Hey, Linda!" Der Mann mit den braunen Haaren, der über die Türschwelle trat, trug eine dunkle Stoffhose und ein langärmliges Hemd mit grellen roten und violetten Streifen.

„Hi, Dwayne." Bevor sie Lee traf, war sie mit ihm ein paar Mal ausgegangen. Im Bett war ihr bewusst geworden, dass sie nicht zusammenpassten. Er hatte Sex, wie er die neuesten Nachrichten berichtete.

„Du hast meine Anrufe nicht erwidert." Zu nah vor ihr hielt er an.

Sie trat einen Schritt zurück. „Ich hatte viel zu tun. Wie geht's dir?"

„Ich habe deine Zeugenaussage gesehen. Du weißt schon, über deine Zeit als Sexsklavin."

Ihr Verstand war wie leergefegt. *Sexsklavin.* Das war schon das zweite Mal am heutigen Tag, das sie diese Kombination aus zwei Substantiven zu hören bekam.

„Ich möchte ein Interview. Du sagst mir, wie es war, was sie dir angetan haben, und ich werde dich berühmt machen."

Erschrocken über seinen anzüglichen Ton und sein fragliches Interesse, blieben ihr die Worte im Hals stecken. Dachte er wirklich, sie würde ihm einen preisverdächtigen Bericht über die Schrecken geben, die sie erlitten hatte? „Ich gebe keine Interviews."

„Wie siehts mit der anderen Sklavin aus — dem blonden College-Mädchen? Hattest du eine enge Beziehung zu Holly?"

Ihren Namen aus seinem Mund zu hören, fühlte sich wie ein

Schlag gegen ihr Herz an. Ihre Unfähigkeit, das Mädchen zu beschützen, war weitaus verheerender gewesen als ihr eigenes Versagen, sich selbst zu retten. Holly hatte Todesangst gehabt, hatte den Aufseher angefleht, sie nachhause gehen zu lassen. Stattdessen wurde sie verkauft und musste durch eine Peitsche ihr Ende finden.

Linda blinzelte mehrmals. „Ich bin beschäftigt. Bitte geh jetzt." Als sich mehrere ihrer Kunden dem Gespräch zuwandten, setzte Linda eine ausdruckslose Maske auf.

Dwayne fegte mit den Augen über ihren Körper und flüsterte seine nächsten Worte: „Ich habe es dir gut gegeben, also warum hast du mich verlassen? Willst du beim Ficken gefesselt werden? Hattest du eine bessere Zeit mit ihnen als mit mir?"

Ihr wurde schlecht. „Raus aus meinem Laden!"

„Hast du –?"

Sie schluckte schwer, betete, dass sich ihr Magen beruhigte und zog ihr Handy heraus. Sie tippte zwei Zahlen ein und zeigte ihm den Bildschirm. *Neun. Eins.*

Er gab einen unheimlichen Laut von sich und ging zum Ausgang. Auf der Türschwelle drehte er sich erneut um und sagte verächtlich: „Willkommen zurück, *Sklavin.*"

Du Bastard. Ihre Haut war kalt und klamm geworden, und als sie den Korb mit dem Inhalt des Schaufensters füllte, fühlte sich ihre Brust enger und enger an. Mittlerweile bekam sie kaum noch Luft und es dauerte nicht lange, bis sie die Maske ablegte und ins Hinterzimmer rannte. Als sie auf dem Weg an den beiden grauhaarigen Kunden vorbeikam, betrachteten sie Linda mit einer Grimasse, als hätten sie einen Haufen Müll vor sich.

Nichtsahnend stand Maribelle hinter der Kasse und plauderte mit zwei Kindern.

Im Hinterzimmer war es angenehm kühl. Dunkel. Es half nicht. *Oh Gott, oh Gott, oh Gott.* Die Tränen kamen. Sie würgte und rannte zur Toilette.

Sie weinte, bebte und übergab sich ...

Schließlich presste sie ihre Wange an die Wand. *Steh auf, Linda.* Ihr Körper wollte nicht hören. Sie beobachtete eine kleine Spinne in der Ecke, die fleißig an ihrem Netz arbeitete. Die Reinigungskraft würde wahrscheinlich ihre ganze Arbeit zerstören. Der Gedanke führte zu einer neuen Flut aus Tränen.

KAPITEL VIER

Endlich Sonntag. **Linda** hatte sich den ganzen Tag frei genommen und hatte vor, ihn zu genießen. Ein Tag, an dem sie barfuß, in zerrissenen Jeans und einem Queen-Latifah-T-Shirt herumrannte. Für einen Kirchenbesuch war sie noch nicht bereit, also hatten sie und ihre Kinder sich für ein traditionelles Essen nach der Kirche verabredet. In der Zwischenzeit plante sie, die Außenwelt zu ignorieren und einfach ... runterzukommen.

Als sie mit dem Abwasch fertig war, wurde ihr klar, dass sie das Lied *I Need To Be In Love* von den Carpenters im Radio mitsang. Sie schnaubte. Wäre das nicht eine Katastrophe, wenn man bedachte, was ihr alles passiert war? Zusätzlich zu ihrer Vergangenheit hatte sie nun auch ihre seltsamen Vorlieben ...

Ihr Kiefer spannte sich an. Dieser schreckliche Dwayne. Zumindest war Lee höflich gewesen, obwohl die Erinnerung an den Tag immer noch unangenehm war. Im letzten Herbst war sie mit ihm nach ein paar Drinks im Bett gelandet und sie hatte ihn um ... mehr gebeten, hatte versucht, ihn dazu zu bringen, sie zu beißen oder ihr einen Klaps auf den Arsch zu geben. Das hatte ihn sichtlich entsetzt.

Ihre Mundwinkel senkten sich. Die Demütigung, die sie in

dem Moment empfunden hatte, war es gewesen, die sie letztendlich in einen BDSM-Club geführt hatte. Wie Perlen an einer Kette hatte jedes Ereignis das nächste nach sich gezogen und nun war sie im Hier und Jetzt. Nach einer Entführung. Innerlich zerrissen. Gebeutelt von dem Wunsch, normal zu sein.

Sie schnaubte und erinnerte sich an das brennende Gefühl von Sams Hand auf ihrem Po. Nicht gerade, was sie als normal bezeichnen würde. Na ja, zumindest war sie am Leben und konnte sich über derartige Problemchen den Kopf zerbrechen. Und sie war zuhause. Endlich.

Das Sonnenlicht strömte durch das große Küchenfenster und sie beobachtete den tanzenden Staub in der Luft. Ihre Stimmung hob sich wieder und so sang sie die letzte Zeile des Liedes in ein vorgetäuschtes Mikrofon, beendete es mit einer kleinen Drehung und warf den Pfannenwender auf das Abtropfgitter. Gestern auf der Arbeit war es gut gelaufen. Ihre Albträume waren zurückgegangen. Sie hatte ein großes Sandwich mit Speck, Tomaten und Salat zum Mittag gegessen. *So lecker.* Wenn sie etwas aus ihrer Versklavung mitgenommen hatte, dann, wie wichtig die einfachen Dinge im Leben waren. Ein Lächeln statt eines Stirnrunzelns. Futter für die Seele statt irgendeines undefinierbaren Breis. Freundliche Worte. Eine warme Umarmung konnte befriedigender sein als der intensivste Orgasmus – nicht, dass sie in letzter Zeit in den Genuss einer Erlösung gekommen war.

Nicht seit der Auktion mit Sam. Ihre Wangen erröteten. *Verflucht sei der Mann.*

Andererseits sollte sie ihm vielleicht danken. Wäre dieser Abend nicht gewesen, hätte sie für alle Zeiten gedacht, dass nichts in der Lage war, sie jemals wieder zu erregen.

Sie schüttelte den Kopf. Er hatte sie einfach überwältigt, bis sie nur noch ihn wahrgenommen hatte. Seine Stimme. Seine Berührungen. Den Schmerz. Und er hatte sie genau dort hingeführt, wo er sie haben wollte. Nur um sie zu demütigen, indem er ihr einen Orgasmus aus dem Körper gewrungen hatte. Ihr Magen rebellierte, als sie sich an die schmierigen Käufer erinnerte, die sie danach wie ein Stück Fleisch angestarrt hatten. Auch die Sklavin neben ihr hatte gestarrt, ihr Gesicht verurteilend. Die Frage „Wie konntest du nur?" hatte ihr in den Augen gestanden.

Und Sam – ihn zu deuten, war sie nicht in der Lage gewesen. Sie seufzte. Das konnte sie immer noch nicht. In Anbetracht der Tatsache, wie sie im Shadowlands auf ihn reagiert hatte, waren seine Fertigkeiten nicht verloren gegangen.

Sie wünschte, sie könnte sagen, dass sie bei jedem Dom so reagieren würde, aber das wäre eine Lüge. Sam hatte gesagt, dass zwischen ihnen die Chemie stimmte. Andererseits waren es vielleicht nur sein muskulöser Körper, seine intelligenten blauen Augen und seine Aura der Macht, die ihre Synapsen verrückt spielen ließen.

Oder es lag an der Weise, wie er sprach ... Sie legte eine Hand auf ihren Bauch, in dem Schmetterlinge zu hausen schienen. Der Mann brauchte für diese Stimme einen Waffenschein. So tief und rau – wie ein LKW, der über Kies fuhr und stets deutlich machte, dass er sich von niemandem etwas gefallen ließ, schon gar nicht von einer Sub.

Sie schnaubte. Normalerweise würde sie ausrasten, wenn es jemand wagen würde, sie *Mädchen* zu nennen. Sprach Sam das Wort aus, schmolz sie zu einer Pfütze dahin. *Verflucht soll er sein.*

Sie wischte sich die Hände an einem Handtuch ab und überlegte, was sie als Nächstes erledigen wollte. Sie musste verhindern, ständig an Sam zu denken. Eine verzerrte Realität konnte sie sich nicht leisten. Schließlich musste sie auch an ihre Kinder denken.

Brenna und Charles hatten ihr erzählt, was sie nach ihrer Entführung erlitten hatten. Wie sie in Panik geraten waren, als niemand sie finden konnte. Sie hatten Angst um sie gehabt. Dann hatten sich Reporter wie Möwen auf sie gestürzt, mit ihren Ängsten gespielt und die schlimmsten Szenarien in ihnen heraufbeschwört.

Wie viel schlimmer würde es werden, wenn die Journalisten – oder ihre Kinder – erfuhren, dass sie an diesem Tag in einen Kink-Club gegangen war?

Mittlerweile konnte sie sagen, dass sich der Alltag wieder einstellte. Die Gerichtsverhandlungen für die Sklavenhalter und -händler waren fast vorbei. Ihre Mitarbeiter würden ihre Vergangenheit vergessen. Ihre Kinder konnten sich entspannen. Sie würde nie wieder etwas tun, um einen derartigen Medienwirbel zu erzeugen.

Sie war ihr ganzes Leben lang Miss Langweilig und Respektabel gewesen, und anders zu sein, war immer schief gegangen.

Nachdem sie das schmutzige Geschirrtuch in den Wäschekorb geworfen hatte, ging sie an die frische Luft. Sie tat das oft, nur um zu beweisen, dass sie rausgehen konnte, wenn sie wollte. Das typische Verhalten eines Ex-Häftlings.

In ihrem Garten atmete sie langsam ein. Nichts roch so gut wie eine frische Meeresbrise. Der Himmel war tiefblau mit flauschigen Wolken hier und da, die weiß genug waren, um Werbung für ein Bleichmittel zu machen. Der Frühling stand vor der Tür, aber dies war die schönste Zeit des Jahres. Das St.-Augustine-Gras war frisch und saftig. Ihr Blick landete auf einem grellen Farbtupfer, der sich als eine Herde wilder Sittiche entpuppte, die sich im Nachbargarten niedergelassen hatte. Sie grinste.

Ihre Therapeutin hatte gesagt, dass sich ihre Emotionen für den Anfang wie eine Achterbahnfahrt anfühlen werden – für Menschen über zwanzig war das nun wirklich nichts Neues. In einem Moment feierte eine Person eine Schwangerschaft und im nächsten starb der Vater. Einem Geldsegen konnte ein gebrochener Arm folgen. *Lerne, wieder aufzustehen, wenn du fällst.* Die Lektionen des Lebens hörten nicht auf; bis zum letzten Tag gab es etwas zu lernen.

Ich lebe. Das war das Entscheidende. Lebendig und frei und ... Sie starrte auf die Fassade ihres Hauses. Rechts neben der Tür, auf der blassblauen Wand hatte jemand in Schwarz gesprüht: SCHMORE IN DER HÖLLE, HURE SATANS. Nein. *Nein, nein, nein!* Ihr Magen zog sich zusammen. Mit der Hand auf dem Mund rannte sie in ihr Haus.

———

Zwei Stunden später hatte sie jedes Kriegslied gesungen, das sie kannte und war immer noch damit beschäftigt, das Graffiti abzuschrubben. Als sie endlich fertig war, trat sie einen Schritt zurück und musterte die weißen Stellen an der hellblauen Wand. Sie runzelte die Stirn. Warum in aller Welt sollte jemand so etwas tun? Hure Satans. *Echt jetzt?*

Da die Worte weg waren, konnte sie fast den Humor in den Kritzeleien sehen. Sie erinnerten sie an ihren Vater – möge er in Frieden ruhen –, der bei seinen Predigten auch gerne solche Reden vom Stapel gelassen hatte. *„Und wenn du nicht von deinen Sünden auf Abstand gehst, dann wirst du –"*

Er hatte einen extremen Tunnelblick, wenn es um den Pfad zur Erlösung ging. Ein *guter* Mensch brauchte den Glauben, um gemeinnützige Arbeit zu verrichten, sollte bescheidene Kleidung tragen, respektvolle Sprache verwenden und sich stets anständig verhalten. Ihre Schwester Wendy war zynisch genug gewesen, um die Vorträge ihrer Eltern zu ignorieren; Linda jedoch hatte nie aufgehört, zu versuchen, ihnen zu gefallen.

Ihr Mann war ihrem Vater sehr ähnlich gewesen, aber trotz seines konservativen Charakters hatte Frederick zumindest über einen Sinn für Humor verfügt.

Eine Autotür wurde zugeschlagen und als Linda sich umdrehte, hörte sie: „Mama."

Ihre Tochter war früh dran. Linda setzte ein Lächeln auf und warf die Bürste kurzerhand in die Büsche. Gott sei Dank war sie gerade rechtzeitig fertig geworden, die bösen Worte von der Wand zu entfernen. „Brenna!"

In einem Jeansrock und einem weißen Tanktop überquerte Brenna den Rasen und umarmte Linda. „Oh, Mom, ich habe dich so vermisst."

„Ich habe dich auch vermisst, Schatz." Linda musste für ihr Baby stark bleiben, blinzelte Tränen aus ihren Augen und festigte die Arme um ihre Tochter. „Lass uns einen Tee trinken. Ich habe Cookies für dich und Charles gebacken."

Brenna verzog das Gesicht zu einer Grimasse. „Mom! Als wäre ich nicht schon fett genug."

„Sag das nicht. Du bist wunderschön."

„Is' klar." Mit den Händen wild wedelnd führte Brenna den Weg in die Küche. „Mein Arsch ist zu groß, meine Titten sind wie Wassermelonen und –"

Linda schüttelte den Kopf. Obwohl sie drei Zentimeter kleiner war als Lindas einen Meter siebzig, wog Brenna mindestens fünfzehn Kilo weniger und kam nicht mal in die Nähe von Lindas vollschlanker Figur. In den letzten Jahren hatte Linda jedoch ihren kurvigen Körper lieben gelernt. Brenna hatte das noch nicht. „Schatz, du hast eine wunderschöne Figur, aber groß und schlank wirst du wahrscheinlich nie sein. Unsere Gene machen uns da einen Strich durch die Rechnung."

„Ja, ich weiß." Sie schob ihr hellbraunes Haar hinter die Ohren und blickte finster drein. „Warum konnte ich nicht Dads Gene bekommen und so groß und schlank enden wie Charles?"

„Tut mir leid. Viel konnte ich in dem Punkt nicht tun." Linda sprach leise und ignorierte das Gefühl der Ablehnung. „Hast du Charles in letzter Zeit gesehen?"

„Nicht, seit wir hier waren, um im Haus nach dem Rechten zu sehen."

„Ich weiß es zu schätzen, dass ihr das getan habt."

Brenna zuckte mit den Schultern. „Kein Problem. Übrigens siehst du gut aus. Gebräunt und so – als hättest du es dir bei Tante Wendy gut gehen lassen."

Schwang da ein Hauch von Anschuldigung mit in ihren

Worten? Schuldgefühle erhoben sich in Linda und ihre Schultern spannten sich an. „Ich habe viel Zeit in Wendys Garten verbracht." Sie hatte die hartnäckige Quecke mit all der Wut herausgerissen, die sich in den Monaten davor angestaut hatte. Es hatte sich angefühlt, als würde sie gegen die Monster kämpfen, die ihr das Leben zerstört hatten. Hatte sie dann den Duft der blühenden Rosen in die Nase bekommen, war sie in Erinnerung an ihre Mutter in Tränen ausgebrochen. Am ganzen Körper zitternd hatte sie sich regelmäßig übergeben. Die merkwürdigsten Gefühle waren in ihr aufgekommen, immer dann, wenn sie mit der Schaufel einen Wurm halbiert hatte. Regelrecht hysterisch war sie geworden. „Aber es war nicht gerade eine Zeit, die ich erneut erleben möchte."

„Es tut mir leid, Mom." Tränen sammelten sich in den Augen ihrer Tochter. „Ich bin so froh, dass du zurück bist, aber manchmal ... Ich weiß nicht, warum ich das gesagt habe."

„Oh, Baby." Linda umarmte ihr Mädchen und versuchte, über ihre verletzten Gefühle hinwegzukommen. Brenna war nicht grausam. „Erinnerst du dich, als du weggelaufen bist, weil ich dich nicht zu einer Pyjamaparty gehen lassen wollte? Du hast deinen Wagen mit all deinen Puppen gefüllt."

Brenna erstickte an einem Lachen. „Als ich im Kindergarten war?"

„Ja. Stundenlang haben wir nach dir gesucht. Bei Myrtle haben wir dich schlussendlich gefunden, wo du mit ihren Enkeln gespielt hast. Wir waren so erleichtert. Wir haben dich so fest umarmt. Aber dann −"

Brenna zog sich zurück. „Daddy hat mich angeschrien. Du auch. Ihr habt nie geschrien, aber ..."

„Richtig. Wenn ein Mensch so viel Angst empfindet, reagiert er manchmal auf eine Weise, die erschreckend sein kann."

„Oh." Nach einem Moment der Stille nickte sie. „Okay. Ich verstehe. Ich werde versuchen, es nicht an dir auszulassen." Brenna wischte sich die Tränen aus den Augen und wagte ein

Stirnrunzeln. „Wenn ich aber sehe, dass du deine Puppen ins Auto bringst, bleibt mir nichts anderes übrig, als die Stimme zu erheben."

„Klingt fair." *Herrgott, wie haben wir so tolle Kinder hinbekommen, Frederick?* „Möchtest du mir dabei helfen, das Abendessen vorzubereiten? Charles sollte in ein paar Stunden hier sein und ich habe die Zutaten für einen Schmorbraten."

„Schei −" Sie sah den warnenden Blick ihrer Mutter und fing von vorne an: „Kackt ein Bär in den Wald? Na klar! Können wir diese kleinen Kartoffeln reinmachen?"

„Aber natürlich."

KAPITEL FÜNF

Im Wohnzimmer seines guten Freundes nahm Sam einen Schluck von seinem Bier. Raouls Zuhause war eine warme Mischung aus Strandhaus und mediterranen Farben. Die Terrassentüren standen offen, um die Meeresbrise hereinzulassen. Mit etwas Glück würde die frische Luft sein Gehirn entwirren.

Über eine Woche war seit der Nacht im Shadowlands vergangen, in der Linda unter ihm dahingeschmolzen war, ihm alles gegeben hatte, nach was er sich sehnte, nur um ihn dann erneut von sich zu stoßen. Sie wollte nichts mit ihm zu tun haben.

Das verstand er ... größtenteils. Seine Stimmung war trotzdem am Ende. Er hatte den alten Stall ausgemistet und dann mit dem Hühnerstall angefangen. Mist zu schaufeln, war therapeutisch.

Gestern hatte das Internet, das für ihn nach Lindas Namen Ausschau hielt, ihn mit einem Zeitungsartikel belohnt. Nachdem er ihn gelesen und für eine Weile vor Wut gekocht hatte, entschied er, Raoul und Kim einen Besuch abzustatten. Vielleicht wüsste Raoul, wie er mit der Situation umgehen sollte. Verflucht sei die Rothaarige für ihren Sturkopf, und verflucht sei er selbst, dafür, dass er ein Idiot war. Verflucht sei er hoch zwei, weil er eine Frau wollte, die ihn hasste.

Nur tat sie das nicht. Ihre Reaktion auf ihn im Shadowlands war eindeutig gewesen.

„Sam?"

Er sah von seiner Dose Bier auf und registrierte, dass Raouls hübsche Sklavin ihn anlächelte, von wo sie neben ihrem Master kniete. Mit ihrem schwarzen Haar und ihren einprägsamen blauen Augen war sie hübsch genug, aber es waren ihre Persönlichkeit und ihre fürsorgliche Natur, womit sie seinen Freund für sich hatte gewinnen können. Wie eine so süße Frau die Sklavenhändler überlebt hatte ... Na ja, er kannte noch eine Frau wie sie.

„Ja, Kim?" Die beiden Frauen waren sehr unterschiedlich. Kim kreierte Funken und Licht, wo immer sie hinging – und sie hatte Raouls Leben mit Farbe gefüllt. Lindas Persönlichkeit war wie ein stetiges Feuer und sie hatte eine innere Kraft, die nicht zu versickern schien. Nicht zu vergessen, sie war stur wie ein Esel.

„Hättest du gerne Nachtisch?", fragte Kim. „Ich habe Schokoladenkuchen gebacken."

„Ich nehme gern ein Stück. Zuerst habe ich jedoch eine Frage: Hast du kürzlich mit Linda gesprochen?"

„Nicht, seit sie nachhause ist. Das hat sie für sich entschieden. Sie wollte nicht an die Vergangenheit erinnert werden – zumindest nicht, während sie sich einlebt."

Ja, das hatte er befürchtet. Er sah zu Raoul, der über Kims Haare streichelte. „Ich muss euch um einen Gefallen bitten."

„Natürlich", antwortete Raoul sofort. Obwohl der Mann die zynische Praktikabilität eines Ingenieurs hatte, der ein internationales Unternehmen aus dem Boden gestampft hatte, kam seine Loyalität ohne Bedingungen.

„Die lokale Tageszeitung aus Foggy Shores berichtete, dass Lindas Haus mit Beleidigungen besprüht wurde." Obwohl der Ton des Artikels pseudosüß war, konnte man ihn nur als Klatsch bezeichnen. Das hatte Sam gründlich verärgert, und wenn der Journalist in Reichweite gewesen wäre, würde der Bastard Zähne spucken. Vielleicht würden seine Leser diese Behandlung auch genießen.

Raouls dunkelbraune Augen füllten sich mit Wut. „Hat sie denn nicht schon genug durchgemacht?" Kim lehnte sich gegen seinen Schenkel und Raoul schlang seinen Arm um sie und zog sie näher an sich. „Sie alle haben so gelitten."

„Anscheinend ist jemand anderer Meinung." Sam rieb sich das Kinn; ein ungutes Gefühl machte sich in ihm breit. Er wusste, wie schlimm es laufen konnte, kam man nach einer derartigen Erfahrung wieder nachhause. Nein, sie war kein Vietnam-Veteran, kam nicht aus einem Kriegsgebiet, aber Tod und Grausamkeit waren nicht auf Schlachtfelder beschränkt. „Es hat mich nachdenklich gemacht. Kim hatte Probleme, als sie nachhause zurückkehrte, und sie war sich zumindest der Unterstützung ihrer Mutter sicher. Ich glaube nicht, dass Linda viel Unterstützung hat."

„Das befürchte ich leider auch." Raoul fuhr mit den Fingern an Kims Lederhalsband entlang. „Würdest du sie anrufen, *Gatita*? Sodass Sam weiß, ob er sich Sorgen machen muss? Hoffentlich werden wir feststellen, dass es ihr gut geht."

Sam traf auf seinen Blick. Jeder Dom wäre um seine Sub besorgt, die sich einmal in seiner Obhut befunden hatte. Es war ihm jedoch egal, ob Raoul herausfand, dass Sams Empfindungen weit über Besorgnis hinaus gingen. „Das schätze ich sehr."

Kim brachte ein Telefon aus dem anderen Zimmer und wählte die Nummer. Ein paar Sekunden später sagte sie: „Linda, ich bin's, Kim. Ich wollte fragen, wie es dir geht."

Bei der Antwort zeigte sich eine Sorgenfalte zwischen Kims Augenbrauen. „Es geht dir gut? Süße, du klingst nicht, als würde es dir gut gehen."

Sams Ausdruck verfinsterte sich. Offensichtlich ging es Linda nicht gut.

„Erzähl mal: Wie fühlt es sich an, wieder daheim zu sein?"

Sam konnte ein schwaches Summen vernehmen.

Kim presste die Lippen fest zusammen. „Das ist doch Blödsinn. Du hast im Moment rein gar nichts zu tun. So leicht kommst du mir nicht davon. Du hast geweint, oder? Was ist los?"

Sam knurrte, und Raoul lehnte sich auf seinem Platz nach vorn.

Die kleine Sklavin rollte die Augen, als sie die Reaktion der beiden Männer sah, doch das Stirnrunzeln war nicht für die Doms gedacht. „Ja, okay, ich verbringe zu viel Zeit in der Gegenwart von Doms, und ja, ich bin stur. Also sag mir endlich, was los ist."

Sam zwang sich, sich zurückzulehnen und nicht nach dem Handy zu greifen. Er war froh, dass Kim regelmäßig wiederholte, was Linda ihr erzählte.

Kim hörte eine Minute zu. „Dein Haus wurde vollgesprüht? Was stand dran?"

Die Antwort ließ ihre Augen aufblitzen. „Sonntag, Dienstag und gestern Nacht schon wieder? Linda, das ist wirklich erschreckend. Unternimmt die Polizei etwas?"

Wut strömte so heftig durch Sam, dass er die Dose in seiner Hand zerquetschte. Der Bastard hatte allein in dieser Woche drei Mal zugeschlagen. Was, wenn er entschied, einen Schritt weiterzugehen?

Raoul sah besorgt aus. Er wollte zweifellos helfen. Aber sein Ingenieurbüro wurde mit Aufträgen überflutet, und nach den Ereignissen mit Kim im Herbst war er immer noch ein wenig im Verzug.

„Es ist mir egal, was du sagst. Ich werde dir Hilfe schicken. Darauf kannst du dich verlassen." Kims Lippen formten eine gerade Linie.

Während sie den Anruf beendete, dachte Sam nach. Foggy Shores war nicht weit von seinem Haus entfernt. Er müsste morgen früh zuhause sein, um das Sicherheitstor zu öffnen, wenn Nolans Crew anrückte, aber das Kind des Nachbarn könnte sich um die abendlichen Aufgaben kümmern und den Alarm aktivieren. Alles andere konnte warten. So wie es klang, konnte Linda das nicht. „Ich werde morgen zu ihr fahren", sagte er zu Raoul.

Linda wurde von einem Klopfen geweckt. Sie erstarrte und erwartete, den Stiefel des Aufsehers in ihren Rippen zu spüren. Nichts kam.

Klopfenden Herzens öffnete sie vorsichtig ihre Augen und sah ihr eigenes Wohnzimmer. *Zuhause. Ich bin zuhause.* Alles gut. Den ganzen Morgen hatte sie in ihrem Laden gearbeitet. Und sich dann entschieden, sich am späten Nachmittag ein Nickerchen zu gönnen.

Sie zuckte zusammen, als der Laut erneut zu hören war. Jemand klopfte an ihre Haustür. *Und dieser jemand hatte sie zu Tode erschreckt.* Sie spitzte ihre Lippen und versuchte, ihre Atmung zu normalisieren. Wo war die Pistole, wenn sie eine brauchte?

Als sie mit der Hand eine Waffe formte und diese auf die Tür richtete, sah sie, dass ihr ganzer Arm bebte. Eine echte Waffe wäre wohl nicht die beste Lösung für sie. Im schlimmsten Fall würde sie bei ihrem älteren Postboten einen Herzinfarkt auslösen, wenn sie plötzlich um sich schoss. Wahrscheinlich war er es auch, der vor der Tür stand.

Das Klopfen hallte durch ihr Zimmer und nahm einen genervten Ton an. Der alte Herr hatte eine beeindruckend starke Faust.

Linda wischte sich den Angstschweiß von der Stirn und stand auf. „Ich komme." Ihre Stimme erreichte nicht mal das Ende der Couch. Sie räusperte sich und versuchte es erneut: „Ich komme!" Nach ein paar Schritten beruhigten sich auch ihre wackeligen Knie. Sie richtete ihre ärmellose Bluse und ihre Caprihose, setzte ein Lächeln auf und öffnete die Tür.

Niemand zu sehen.

Sie ging nach draußen und entdeckte einen Mann. „Sam?"

Er war es wirklich, in Person, als ob ihre Träume ihn heraufbeschworen hätten. Das Sonnenlicht schimmerte in seinen kragenlangen Haaren. Als er ihren Blick fand, funkelten seine hellblauen Augen.

Er wandte seine Aufmerksamkeit wieder dem neuesten Graffiti zu. *HURE SATANS.* „Zumindest sind die Worte richtig geschrieben. Nette Abwechslung zu den meisten Künstlern dieser Art", sagte er sanft und zwinkerte ihr zu.

Der kleine Scherz war an sich nicht lustig, aber er führte dazu, dass sich die Spannung, die sich seit der Entdeckung der Schmierereien aufgebaut hatte, etwas reduzierte. Wenn sie ehrlich war, schaffte es allein seine Anwesenheit, ihr ein Gefühl der Sicherheit zu geben. Wie stellte er das an?

Als er näher kam, wurde sie von seinen scharfsichtigen Augen durchleuchtet. „Du siehst furchtbar aus, Mädchen. Wir haben einiges zu besprechen."

„Aber ich ...“

„Auf der Türschwelle mache ich keine Geschäfte." Er legte seine Finger um ihre Oberarme, schob sie ins Haus, trat ein und machte hinter sich die Tür zu. „Hast du etwas zu trinken? Wasser oder Tee oder eine Limo?“

„Natürlich." Sie war auf halbem Weg zur Küche, bevor sie abrupt stehen blieb. *Mein Gott*, instinktiver Gehorsam. Wirklich gruselig. „Entschuldige bitte, aber ich erinnere mich nicht, dich eingeladen zu haben. Woher hast du meine Adresse?" Mit den Händen rieb sie sich über ihre kalten Arme. Hatte sie sich eine andere Art Stalker angelacht?

„Ich habe im Internet nachgesehen." Ihr Unbehagen linderte sich, als er sich in einen Sessel setzte, seine langen Beine ausstreckte und es sich bequem machte. Er schien nicht vorzuhaben, sie anzuspringen. „Raoul konnte nicht kommen. Ich war verfügbar."

„Ich meinte doch zu Kim, dass ich keine Hilfe brauche."

„Und sie meinte zu dir, dass sie Hilfe schickt." Er warf ihr einen eindeutigen Blick zu. „Mädchen, du hast genug durchgemacht. Erlaube mir, dir zu helfen."

„Aber ..." Sie sah ihn finster an. Wären die Rollen vertauscht, hätte sie jemanden zu Kim geschickt. Ausgehend von Sams angespanntem Kiefer würden Widerworte ohnehin nichts bringen. „Okay. Cola-Light, Mountain Dew oder Rootbeer?"

„Mountain Dew, danke."

Als sie mit seinem Getränk und einem Rootbeer für sich selbst zurückkehrte, musterte er ihr Wohnzimmer mit der gleichen Intensität, wie er das bei ihr tat. In Jeans, abgetragenen braunen Stiefeln und einem kurzärmeligen Hemd gab er nicht den Anschein, als wäre er an der Inneneinrichtung interessiert.

Sie legte den Kopf auf die Seite. „Was ist so faszinierend?"

„Die Farben. Braun, beige, weiß. Es erinnert mich an dich – warm, aber verhalten." Er nahm sein Getränk entgegen und deutete auf die hohen Fenster. „Jalousien oben, viel Licht. Du versteckst dich nicht." Er zeigte auf die farbenfrohen Blumenkissen, fuhr mit einem Finger über das seidenüberzogene zu seinen Füßen und klopfte dann auf den Sessel. „Du magst hübsche Dinge, setzt aber auf Komfort."

„Ähm." Beunruhigend genau hatte er den Nagel auf den Kopf getroffen.

Die beiden Akustikgitarren verdienten sich einen interessierten Blick. „Wie hoch stehen die Chancen, dass du Country-Western-Musik magst?"

„Hoch. Ich mag jede Art Musik."

„Wir sollten zusammen ein paar Töne spielen."

Seit Charles ausgezogen war, hatte sie niemanden mehr, mit dem sie ihre Leidenschaft für Musik teilen konnte. Sie machte einen Schritt auf die Gitarren zu und stoppte sich selbst. *Sei nicht verrückt.* Er war nicht nach Foggy Shores gefahren, um die Seiten einer Gitarre in Schwung zu bringen. „Du bist also hier, um mir zu helfen?"

„Eine Schmiererei kann als Scherz abgetan werden. Wenn es

aber zu mehreren kommt, stellt das ein Problem dar. Du brauchst Verstärkung."

Nur das Wort Verstärkung schickte eine Welle der Erleichterung durch ihre Adern. Tränen brannten in ihren Augen und sie beschäftigte sich schnell damit, ihr Rootbeer zu öffnen.

Als sie schließlich aufblickte, hatten seine blauen Augen an Härte verloren. Nichts konnte sie vor ihm verstecken. Sogar die unmöglichsten Kunden in ihrem Laden hatten ihr niemals angesehen, was sie von deren Verhalten gedacht hatte. Aber dieser Mann las sie, als hätte er eine Bedienungsanleitung mit dem Titel *Die Deutung von Linda* vor sich.

Und er war hergefahren, um ihr zu helfen. „Du ... das musst du nicht tun. Wir sind nicht mal −" Sie stoppte sich, denn sie erkannte, wie unhöflich das klingen würde.

Er beendete ihren Satz: „− Freunde. Ich weiß. Ich habe es bei der Auktion vermasselt und die Situation noch schwieriger für dich gemacht. Ich schulde dir etwas." Direkt. Harsch. Verhängnisvoll ehrlich.

Die Vergangenheit konnte er jedoch nicht in Ordnung bringen. Nicht so. Sie suchte nach einer höflichen Antwort und entschied sich für: „Du hast nur versucht, zu helfen." Und das hatte er. Sonst hätte ein echter Käufer sie ausgepeitscht und verletzt. Wenn er nur aufgehört hätte, bevor ... er ... sie ... berührt ... hatte. Hitze stieg in ihre Wangen und sie nahm einen Schluck von ihrem Getränk, um gegen das angenehme Gefühl in ihrem Bauch anzugehen. Der sanfte Biss der Kohlensäure erdete sie.

Er sah aus, als wollte er etwas sagen. Stattdessen trank er, schluckte und schluckte, sodass sie seinen Adamsapfel beobachten konnte und so blieb ihre Aufmerksamkeit an seinem gebräunten, sehnigen Hals hängen. Die kleine Mulde am unteren Ende war von Muskeln umgeben. Sie erinnerte sich, wie sich sein Körper an ihrem angefühlt hatte − eine solide warme Wand aus Fleisch. Der Raum erwärmte sich und passte sich ihrem heißen Gesicht an. Was in aller Welt war los mit ihr?

„Wann schlagen sie zu? Nachts?"

Sie konnte regelrecht ein Bett unter sich fühlen, bevor sie merkte, dass er sich auf die Schmierereien bezog. Sie schnaubte unfreiwillig. Wie konnte sie nur unanständige Gedanken über diesen einschüchternden Mann haben? „Äh, ja."

„Ist sonst noch etwas passiert, das ich wissen sollte?" Er sah zu dem Stapel Zeitungen auf einem Beistelltisch. „Hast du es heute wieder in die Zeitung geschafft?"

„Das ist nicht wichtig."

„Das glaubst auch nur du. Zeig es mir, Linda."

„Okay, okay." Warum hatte sie das Gefühl, gleich in Tränen auszubrechen? Sie durchquerte den Raum zu einem Bücherregal, wo sie die herausgerissene Seite hingelegt hatte, nicht in der Lage, den Artikel zu lesen oder zu zerstören. „Hier."

Er nahm das Papier in die Hand. Als er eine Lesebrille aus der Tasche seines Hemdes zog, blinzelte sie. Die Brille ließ ihn ... anders aussehen. Als stellten die Jeans und das raue Verhalten nur eine Hülle für die intelligente Person darunter dar. Nachdem er den Artikel gelesen hatte, legte er das Stück Papier beiseite. Sie fand seinen Blick und bei der Wut in seinen Augen, erschauerte sie.

„Der Journalist sollte ausgepeitscht werden."

Sie nahm den Artikel und warf ihn in den Papierkorb. „Es spielt keine Rolle. Du kannst ohnehin nichts tun. Ich denke, du solltest besser nachhause gehen."

Er nippte an seinem Getränk und beobachtete, wie sie durch den Raum marschierte.

Sie stoppte. „Hast du gehört, was ich gerade gesagt habe?"

„Habe ich." Er bewegte sich nicht.

„Geh nachhause, Sam."

Als sie ihn genervt anfunkelte, wagte er es doch tatsächlich, sie erfreut anzugrinsen. „Viel werde ich bei dem Journalisten nicht unternehmen können. Nicht auf legale Weise. Vielleicht taucht aber dein Künstler heute Nacht auf." Sein Blick landete auf dem Flur hinter ihr. „Hast du ein Plätzchen zum Schlafen für mich?"

Sie musste sich fragen, ob er Esel besaß und sich an ihnen ein Beispiel nahm, denn, oh je, sein Gesichtsausdruck machte deutlich, dass er sich nicht vom Fleck bewegen würde.

Eine halbe Stunde später, während Sam die schwarze Farbe von Lindas Haus schrubbte, kehrte die unbändige Wut so plötzlich zurück wie ein Hagelsturm. Was für ein Mistkerl belästigte eine Frau – Frauen generell –, die bereits so viel durchgemacht hatte? Er freute sich darauf, den Mann in die Finger zu bekommen. Es wäre ihm ein Vergnügen, eine Lektion in Manieren zu geben.

„Sam." Sie trug eine Hose, die bis auf ihre Waden reichte – wie auch immer man die Sorte nannte – und Flip-Flops. Ihre vollen Brüste pressten sich gegen ihr grünes Oberteil, als sie ihr dickes, rotes Haar in einen kurzen Pferdeschwanz band. Wenn ihr Haar etwas länger wäre, könnte er es um seine Faust wickeln. Weniger Kleidung wäre auch gut. An sich war es aber egal, was sie trug, sie würde für immer sein Blut erwärmen.

Mit einem Spachtel schloss sie sich ihm an. „Du musst das wirklich nicht tun."

„Doch das muss ich." Die Stellen, an denen blankes Holz aufblitzte, waren offensichtlich schon früher beschriftet worden.

„Ich weiß es zu schätzen." Sie schrubbte kräftig an der schwarzen Farbe, und er bemerkte, dass ihre von Sommersprossen bedeckten Schultern gut trainiert aussahen.

Prüfend fuhr er mit der Hand über ihren Oberarm und spürte Muskeln unter der weichen Polsterung.

Sie erstarrte und hob den Blick zu ihm. „Was machst du da?"

Warum spürte er jedes Mal eine magnetische Anziehungskraft, wenn er in ihre großen braunen Augen sah? „Du hast etwas an Muskelmasse hinzugewonnen. Hast du trainiert?" Seine Hand blieb auf ihrer Haut und er spürte den sanften Schauer, der ihren Körper erfasste. Dann sah er, wie ihre Nervosität von Angst ersetzt wurde.

„I-Ich war für eine Weile bei meiner Schwester. In Kalifornien." Sie zog sich aus seinem Griff zurück und betrachtete ihren Arm, als sähe sie ihn zum ersten Mal. „Sie hat einen riesigen Garten."

„Gartenarbeit kann sehr heilend sein."

Sie warf ihm einen ungläubigen Blick zu. „Musstest du jemals von irgendetwas heilen?"

Er spannte den Kiefer an. Dennoch war er froh, dass sie endlich mit ihm sprach. Eine abweisende Antwort würde nur dazu führen, dass sie ihn wieder anschwieg. „Vietnam."

„Aber ..." Sie musterte ihn. „Du bist alt genug, um in Vietnam gewesen zu sein?"

„Mein Musterungsoffizier, mein Cousin, hat die Dokumente für mich gefälscht." Denn sein Cousin wusste, dass Sams Stiefvater gerne mal die Hand gegen ihn erhoben hatte. Sein biologischer Vater war ein guter Mann gewesen, nur hatte seine Mutter bei ihrem zweiten Ehemann nicht so eine gute Wahl getroffen.

„Oh Gott." Sie sah ihn an, als stände ein großer, schlaksiger Junge vor ihr. Mit den Augen einer Mutter betrachtete sie ihn. „Das ist einfach nicht richtig."

„Es ist lange her." Zumindest war er sechzehn geworden, bevor seine Einheit den Ernst des Lebens erleben musste. Nichtsdestotrotz konnte er nicht bestreiten, wie albtraumhaft die nächsten zwei Jahre gewesen waren. „Die USA hat sich zurückgezogen, als ich achtzehn wurde."

„Du warst noch ein Baby." Tränen schwammen in ihren Augen und seine Erinnerungen schmolzen hinfort.

„Nein, nein. Sergeants sind nicht dafür bekannt, Babys zu sein." Er hatte die Armee erst verlassen, als seine Mutter und sein Stiefvater bei einem Bootsunfall ums Leben gekommen waren.

Um Lindas Tränen auszulöschen, nahm er ihr Kinn zwischen

Daumen und Zeigefinger und küsste sie. Ihre Lippen waren weich. Süß. Und bebten leicht. Als sich ihre Hand auf seine Brust legte und Druck ausübte, ließ er sie sofort los. Dafür würden sich andere Momente ergeben.

„Wo hast du deine Gartenarbeit getätigt?" Sie klang atemlos und er unterdrückte ein Lächeln.

„Ich habe ein bisschen Land, das ich mein Eigen nenne." Obwohl sein Stiefvater Teile der Farm seines Vaters verkauft und den übrigen Teil heruntergewirtschaftet hatte, war es Sam gelungen, seine Fehler auszubügeln. Er hatte sogar das verkaufte Land zurückbekommen und mittlerweile auch noch weiter expandiert.

„Mit einem Gemüsegarten." Auf ihrer rechten Wange zeigte sich ein Grübchen. Das war das erste Mal, dass er es bemerkte.

„Kim meinte, du hast ein Grundstück, aber sie war sich nicht sicher, ob es sich dabei um eine Ranch oder eine Farm handelt."

Also hatte sie mit anderen über ihn gesprochen. Als sein Mundwinkel zuckte, errötete sie.

„Als Ranch würde ich es mit den paar Pferden und dem Vieh nicht gerade bezeichnen." Er runzelte die Stirn, als ein weiterer brauner Holzfleck durch das Schrubben freigelegt wurde. *Sieht scheiße aus.* Sofort zog er sein Handy heraus und wählte Nolan Kings Nummer.

„King."

„Davies hier. Das Haus einer Freundin wurde mit Graffiti besprüht. Hast du noch was von der Spezialfarbe? Ich brauche nur genug für die Vorderseite."

„Im Moment habe ich leider keine. Der Scheiß darf nicht über das Verfallsdatum hinaus benutzt werden. Allerdings habe ich für einen Auftrag in der Innenstadt mehr bestellt. Davon kannst du was haben, sobald die Lieferung kommt."

„Perfekt." Sam beendete den Anruf und bemerkte Lindas verwirrten Gesichtsausdruck. „Was ist?"

„Warum können wir nicht einfach Farbe im Geschäft kaufen?"

„Weil sie nur Glanzlack haben. Mit Kings besonderer

Mischung wird die Sprühfarbe gar nicht erst haften, sondern einfach abperlen."

„Oh." Ihre Augen leuchteten auf und sie grinste ihn an. „Das Gesicht von dem Idioten würde ich gerne sehen, wenn das passiert."

Er gluckste und freute sich, ihre Stimmung aufgehellt zu haben. Tatsächlich war es beunruhigend, was er alles tun würde, um diesen hellen Funken in ihren Augen aufrecht zu halten. Als er seine Aufmerksamkeit wieder der neusten Schmiererei zuwandte, flammte sein Zorn erneut auf. Wahrscheinlich würde er erst erlöschen, wenn Sam den verantwortlichen Bastard persönlich für seine Taten bestraft hatte.

***

Linda sah zu dem Küchentisch, an dem Sam saß. Der große, gemeine Sadist hatte seine Aufgabe erfüllt und das Gemüse in Würfel geschnippelt. Sollte es sie beunruhigen, wie geschickt er mit einem Messer war? „Sehr schön." Alles kam in eine Schüssel, bevor es in der Fleischsoße landete, die auf dem Herd köchelte.

Seine Augenbrauen sprangen nach oben.

„Ja, ich weiß, dass die meisten Leute kein Gemüse in ihre Fleischsoße geben, aber meine Kinder waren wählerisch. Ich nenne es Guerilla-Ernährung."

„Hinterhältig." Sein Lächeln war so träge wie seine Worte. Es lag nicht an seiner Aussprache – er ließ sich einfach Zeit. Sein Lächeln hielt nicht lange an, aber sie genoss den veränderten Ausdruck auf seinem Gesicht.

Es war nicht fair, dass er in ihrer Küche so attraktiv war und sich so ungemein wohl fühlte. Sie drehte sich zurück zum Herd. Nachdem sie die Nudeln abgegossen hatte, schichtete sie die Lasagne. Es war ein zeitaufwändiges Gericht; das Ziel hatte jedoch darin bestanden, nicht nur ihre Hände, sondern auch ihr Gehirn zu beschäftigen. Sam in ihrem Haus zu haben, fühlte sich stark danach an, einen Grizzlybären zu einem Snack einzuladen.

Und doch war es unglaublich beruhigend, ihn hier zu haben. Er wusste, wer sie war, was sie durchgemacht hatte, und er ... mochte sie trotzdem. Oder vielleicht auch nicht? Vielleicht fühlte er sich einfach schuldig.

„Schöne Küche", kommentierte er. Sein Blick wanderte von den cremefarbenen Kiefernschränken über die dunkelblauen Wände zu den goldenen Marmorarbeitsflächen. Er runzelte die Stirn, als er den geflochtenen Korb mit Orangen entdeckte, einen hohen Korb, der mit Holzlöffeln gefüllt war, und die frischen Kräuter in bunten Körben. Die Box voller Schilfstroh auf dem Küchenregal gab ihm den Rest und er fragte: „Machst du die Körbe selbst?"

„Die meisten davon." Nachdem sie eine Käseplatte mit Crackern auf den Tisch gestellt hatte, zeigte sie auf einen handgroßen, geflochtenen Korb, der eine Vielzahl von Steinen enthielt. Die Form wies seltsame Dellen auf, und das Flechtwerk sah aus, als wäre sie betrunken gewesen. „Ich habe angefangen, als ich noch in der Highschool war."

„Du hast dich verbessert."

„Ja, der Meinung bin ich auch." Sie grinste. „Du hast wirklich ein Talent dafür, direkt zu sein, ohne als unhöflich rüberzukommen." Sein kontemplativer Blick wies darauf hin, dass es noch nie eine Frau in seinem Leben gegeben hatte, die ihn geneckt hatte. Andererseits: Wer bei klarem Verstand würde einen Sadisten necken?

„Es ist zu anstrengend, unhöflich zu sein." Mit dem Kinn zeigte er auf einen Stapel Körbe in der Ecke. „Planst du etwas für die?"

Sie wechselte zwischen einer Schicht Nudeln, Ricotta, Mozzarella und Sauce. „Ich verkaufe sie in meinem Laden, sonst würdest du mich irgendwann aus einem Haufen bergen müssen. Hobbys sind wie das Ernten von Zucchini – Freunde und Familie können auch nur eine begrenzte Menge aufnehmen."

Er schnaubte zustimmend und belud einen Cracker mit Käse. „Nicole macht Quilts. Auf jedem Bett in meinem Haus liegt eine Steppdecke. Ein Paar hängen an den Wänden."

Ihre Hände stoppten, so überwältigend war die Emotion, die sich gerade in ihr erhob. Nicht ... ganz ... Schmerz. „Nicole?"

„Meine Tochter."

Ihr war nicht mal in den Sinn gekommen, dass er eine Familie haben könnte. Er schien so allein und standhaft wie eine Klippe über dem Ozean. Und doch, welche Frau würde ihn nicht wollen? Sie starrte auf die lange Auflaufform. „Du bist verheiratet?" Hatte er seine Frau betrogen?

Der Stuhl knackte, als er aufstand und sich hinter sie stellte. Er ignorierte die Art, wie sie erstarrte, schlang einen Arm um ihre Taille und zog sie an sich. „Ich bin geschieden." Er schnaubte amüsiert. „Ich bin ein Sadist, Mädchen, kein Fremdgeher."

Während ein Gefühl der Erleichterung durch sie schwappte, fragte sie sich, wie es ihm gelang, diese Worte so selbstverständlich auszusprechen. *Ich bin ein Sadist.*

KAPITEL SECHS

Was war das? Sam öffnete die Augen und runzelte die Stirn bei der Dunkelheit in Lindas Wohnzimmer. In den letzten drei Nächten hatte er auf ihrer Couch geschlafen. Sie hatte ihm ihr Gästezimmer angeboten, doch er hatte abgelehnt. In einem Schlafzimmer im hinteren Teil des Hauses würde er nichts hören. Schließlich war er hier, um den Mistkerl, der ihr Haus beschmiert hatte, auf frischer Tat zu ertappen, und nicht, um es sich bequem zu machen.

Er lauschte, hörte aber nur das Summen des Kühlschranks und ein leises Klicken von dem Deckenventilator. Das Haus sprach von Gemütlichkeit, es war sauber, aber nicht auf eine Weise, die als obsessiv angesehen werden könnte. Ein wunderschönes Haus, das nicht zu formell daherkam.

In der ersten Nacht hatte sich Linda ein wenig entspannen können, nachdem er sie dazu überredet hatte, mit ihm Gitarre zu spielen. Ganz im Stil von Tanya Tucker hatte sie eine tiefe, rauchige Stimme, die jedem Song eine eindringliche Qualität verlieh. Immer wieder hatte er sein eigenes Spiel unterbrochen, um ihr zu lauschen.

Am nächsten Abend erlaubte sie ihm sogar, sie auf der Couch

neben sich zu ziehen, und gemeinsam hatten sie dann einen Spionage-Thriller geschaut. Warmer Körper, weiche Hüften und Schultern. Wie für ihn gemacht, hatte sie sich perfekt an ihn geschmiegt.

Als sie herausfand, dass er Kuchen mochte, hatte er jeden Abend hausgemachten Kuchen zu ihren selbst gekochten Mahlzeiten gegessen. Die Frau war ihm so dankbar, dass er wahrscheinlich schon bald zehn Kilo mehr auf die Waage brachte.

Pass auf, dass du dich nicht zu sehr an ihre Gesellschaft gewöhnst, Davies. Er rieb sich über das Kinn, denn er wusste, dass es dafür bereits zu spät war. Seit dem ersten Moment hatte sie eine Faszination auf ihn ausgeübt. Wirklich merkwürdig – das musste er zugeben. Schließlich war er kein pickelgesichtiger Teenager mehr, der sich auf den ersten Blick in ein Mädchen verliebte, und doch war genau das passiert. War es vielleicht ein Zeichen dafür, dass er senil wurde?

Rascheln. Ein Schlag. Sam erhob sich. Die Geräusche kamen nicht von draußen. Er folgte ihnen zu Lindas Schlafzimmer und stoppte mit einem Grinsen auf den Lippen. Erfreute sie sich an ihren Spielzeugen?

Dann hörte er sie wimmern, ihre Stimme angsterfüllt. „Nein, nein, bitte nicht. Hör auf!"

Was zum Teufel? Bereit, einen Eindringling abzuwehren, stürzte Sam durch die Tür. Ein goldfarbenes Nachtlicht enthüllte mit Ausnahme von Linda einen leeren Raum. Sie hatte einen Albtraum, schlug und trat wild um sich. *Verdammt*, nach dem, was sie durchgemacht hatte, war dies sicher nicht das erste Mal. Ihr blasses Gesicht war schweißbedeckt. Als sie sich mit den Fingern an ihrer Decke festkrallte, erreichte sein Mitleid ein Allzeithoch.

Er nahm einen Schritt auf sie zu und stoppte. Was würde sie erschreckender finden? Einen Albtraum oder Sam in ihrem Schlafzimmer?

Wahrscheinlich das Letztere.

Bei ihren angsterfüllten Lauten knirschte er mit den Zähnen.

Mit einem finsteren Ausdruck platzierte er ein paar Meter vom Bett entfernt einen Holzstuhl, setzte sich, lehnte sich vor und stützte die Ellbogen auf seinen Knien ab. Ein tiefer Atemzug erlaubte ihm, seine angespannten Muskeln im Gesicht zu lockern. Die kleine Sub brauchte nun wirklich keinen wütend dreinblickenden Mann an ihrem Bett. „Linda. Linda, wach auf."

Ihre Bewegungen stoppten, nur um erneut zu beginnen.

Er vertiefte seine Stimme und ließ seine Worte mehr nach einem Befehl klingen. „Linda. Wach auf."

Sie schnappte nach Luft und ihre Augen schnappten auf. Für eine Minute lag sie so still wie eine Maus in Schockstarre. Dann drehte sich ihr Kopf und sie sah sich im Raum um. Ihre Muskeln hatten sich entspannt. Ihr Blick landete schließlich auf ihm. „Sam?"

„Ja." Sie war bei seinem Anblick nicht in Panik verfallen. Seit langer Zeit das beste Geschenk, das er bekommen hatte. „Du hattest einen Albtraum."

„Hast du mich geweckt?"

Er nickte.

„Danke." Sie setzte sich auf und schob sich das schweißnasse Haar aus dem Gesicht. Die Decke fiel auf ihre Taille und ihre Brüste tanzten unter dem dünnen Nachthemd.

„Kein Problem." Im Kopf verfluchte er seinen härter werdenden Schwanz. Sie brauchte keine Erinnerungen daran, was für Arschlöcher Männer sein konnten. In der Absicht, ihr Zimmer zu verlassen, stand er auf. Ihre braunen Augen jedoch zeigten eine Verletzlichkeit, die ihn für immer heimsuchen würde. „Was ist los, Baby?" Langsam näherte er sich, sodass sie im Notfall seiner Berührung ausweichen konnte, und fuhr dann mit den Fingern über ihre nasse Wange.

Anstatt sich zurückzuziehen, lehnte sie sich seiner Handfläche entgegen. Das Vertrauen ihm gegenüber ließ sein Herz singen. „Ich habe immer noch Angst", flüsterte sie. „Ich kann sie fühlen

... fühle, wie sie mich berühren und wie sehr es wehgetan hat." Ihr Atem stockte.

Es war nicht Sam, den sie fürchtete. Er setzte sich auf das Bett und zog sie in seine Arme, sodass ihr Kopf auf seiner Schulter zur Ruhe kam und sich ihre Brüste an seine Vorderseite pressten. Er schloss die Augen und genoss es, ihr den Trost zu geben, den ein Mann bieten konnte.

Ihr Haar roch immer nach Lavendel mit einem Hauch von Zitrus – Limette, nahm er an – und ihr Nachthemd fühlte sich an seinen rauen Händen seidenweich an. „Hast du viele Albträume?"

Ihre Schultern zuckten, sie seufzte und ihr warmer Atem schaffte es an seinem Hemd vorbei und betörte seine Haut. „An sich wurde es besser. Seit ich zurück in meinem eigenen Haus bin, kommen sie wieder regelmäßiger."

Sam erstarrte. „Macht es sie noch schlimmer, mich hier zu haben?" In dem Fall könnte er in seinem Pick-up schlaf –

„Nein! Nein." Sie rieb ihre Stirn an seiner Brust. „Sie waren schlimmer, als ich allein war. In deiner Nähe fühle ich mich sicher." Ihr kehliges Lachen klang traurig. „Ist das nicht unglaublich?"

Nein, denn er würde alles geben, um sie in dieser grausamen Welt vor Schaden zu bewahren. Er rieb mit der Hand über ihren Rücken. Gemächlich. Seide über weichen Rundungen. „Das ist gut. Jetzt sag mir, warum du bei der Auktion so wütend auf mich warst."

„Ich ..." Sie versuchte, sich zurückzuziehen, und er festigte seine Umarmung.

„Nein. Rede mit mir, Mädchen." Er bezweifelte, dass er reden würde, wäre er an ihrer Stelle, aber zum Teufel, schließlich war er der Dom. „Ich habe dich zu einem Orgasmus geführt und –"

„Typisch Mann." Sie schnaubte. „Frauen haben oft eine andere Sichtweise auf diese Dinge."

„Ja, das ist mir auch schon aufgefallen."

Verdammt, sie entließ ein geschnaubtes Lachen. „Okay, ich

erkläre es dir: Sie haben uns alles genommen. Kleidung, unsere Sprache. Sie haben sich an unseren K-Körpern vergangen. Unseren Entscheidungen haben sie uns beraubt, unserer Menschlichkeit."

Unser. Nun, wenn es ihr leichter fiel, ihr erlebtes Grauen zu verallgemeinern, würde er sie nicht korrigieren. „Fahre fort."

Sie hatte ihre Arme um ihn geschlungen und ihre Finger gruben sich in seinen Rücken. Eine weitere Verbindung. „Alles, was wir noch hatten, alles, was wir kontrollieren konnten, waren unsere Gedanken. Ich verhielt mich kalt und abweisend. Auf keinen Fall wollte ich ihnen die Genugtuung geben, dass ihre Worte und Handlungen etwas in mir anrichten."

Er bemerkte ihre angespannte Stimme. Reiche Käufer waren egoistische Arschlöcher. Der Mangel an Angst bei einer Sklavin würde nicht den erhofften Effekt bringen. „Hat das deine Situation nicht verschlimmert?"

Ihr Körper erstarrte.

Damit hatte er seine Antwort. Ja, das hatte es. Er unterdrückte den Drang, mit der Faust auf etwas einzudreschen.

An seinem Hals flüsterte sie: „Es hat sie wütend gemacht, besonders den Aufseher. Aber ... nur so konnte ich mich gegen sie wehren. An dem Abend mit dir konnte ich nicht −"

„Zur Hölle nochmal ... Ich habe dir die letzte Kontrolle genommen und dich zum Orgasmus getrieben."

Ihr Kopf bewegte sich an seiner Schulter auf und ab. „Vor allen Anwesenden. Sie haben ... zugesehen." Sie erschauerte. „Die Sklavin neben mir ... Sie sah mich an, als hätte ich sie verraten."

Verdammt. Er hatte gewusst, dass es einen Grund gab, warum sie so verärgert und wütend war, und es war schlimmer, als er gedacht hatte. Er hatte untergraben, wofür sie gekämpft hatte. Er hatte ihren Körper dazu gebracht, sie zu verraten. Er war ein verdammter Narr. „Es tut mir leid, Linda. Ich hätte es nicht getan, wenn ich das gewusst hätte."

Sie holte tief Luft und ihre Brüste pressten sich gegen ihn.

„Zuerst dachte ich, dass du mich nur hast kommen lassen, um dir selbst etwas zu beweisen."

Ein Anflug von Wut erwachte bei der Erkenntnis, dass sie ihn mit den Arschlöchern in einen Sack geworfen hatte.

„Aber ich kenne dich jetzt besser. Du musst niemandem etwas beweisen. Dir ist sehr wohl bewusst, was du mir entlocken kannst. Du hast es sogar laut ausgesprochen." Ihre Hände klammerten sich an seinem Rücken in sein Hemd. „Du dachtest, du tust mir einen Gefallen, oder? Denn du bist ein Mann, und so denken Männer über Orgasmen."

Ihre ... Vergebung fühlte sich an, als würde man in der Floridahitze ins Freie treten, nachdem man lange Zeit in einem klimatisierten Bereich verbracht hatte. „Ich hätte mein Gehirn anschalten sollen."

„Es ist okay. Du hattest an diesem Ort nicht wirklich viel Zeit, um groß nachzudenken."

„Das stimmt." Er schloss die Augen und erinnerte sich an die Laute – an das Weinen, Wimmern und die Schreie. Der Auktionator, der mit den abartigen Wünschen der Käufer gespielt hatte. Die greifbare Verzweiflung im Raum war wie ein Sumpf gewesen, der ihn mit jeder Minute tiefer gezogen hatte. Der Gestank aus Angst und fehlgeleiteter Lust hatten ihm den Atem geraubt. Viel hätte nicht gefehlt und er hätte sich vor allen übergeben. „Auch ich litt danach unter Albträumen, Mädchen."

Dass er das zugab, dieser unerschütterliche Mann! Linda rollte ihre Stirn an seiner Schulter. Glucksend legte er sich flach auf den Rücken und zog sie neben sich. Seine Muskeln tanzten unter ihr, als er sie so arrangierte, dass ihre Wange auf seiner Schulter ruhte. Seine Arme lagen wie Stahlträger um sie und die Wärme seines Körpers vertrieb auch die letzten Reste ihres Albtraums.

Wie lange war es her, dass sie mit jemandem gekuschelt hatte? Lange vor der Entführung. Nicht mit dem Idioten Dwayne – sie hatte ihn so schnell wie möglich aus ihrer Nähe haben wollen. Und so süß Lee auch war, mit dem Kuscheln hatte er es nicht.

Es fühlte sich ... nett an. Sie atmete den sauberen Geruch seines Hemdes ein, dann seinen einzigartigen Duft nach Mann, und entschied, sich enger an ihn zu schmiegen. Als sie also ihr linkes Bein über seines warf, stieß sie gegen seine harte Erektion. Sie schnappte erschrocken nach Luft und spannte sich an.

„Mädchen." Das Wort allein vermittelte ihr, dass er nichts tun würde, was sie nicht wollte, und dass Männer ständig eine Erektion hatten und sie sich nicht so anstellen sollte. Ein Wort, mehr war von ihm nicht nötig.

Ein sanftes Lachen entrang ihr, denn das war so typisch für ... Sam. Sie hatte gesehen, wie er sie beobachtete, dass er sie begehrte, aber er gab ihr nie das Gefühl, schmutzig oder abartig zu sein. Mit ihm fühlte sie sich einfach nur ... begehrt. „Sam, ich –"

„Schlaf. Der Morgen kommt früh genug."

Der Hauch von Belustigung in seiner Stimme und die Stille seines Körpers löschten auch ihre letzten Sorgen aus, und so folgte sie seiner Anweisung und ließ sich von dem Gefühl der Sicherheit in den Schlaf wiegen.

Sonnenlicht strömte durch die Vorhänge und weckte sie. Sam war verschwunden und doch musste sie zugeben, dass sie seit vielen, vielen Monaten nicht mehr so gut geschlafen hatte. Die Laken hielten immer noch seinen Geruch bereit. Sie zog das Kissen zu sich, atmete alles ein, was Sam ausmachte und fühlte, wie ihr Körper auf eine gänzlich andere Weise erwachte und feucht wurde.

An diesem Abend schlüpfte Linda ins Bett und die Kühle der Laken stand im starken Kontrast zu ihrem warmen Körper. Den ganzen Tag hatte sie schon das Gefühl, dass ihr Körper den Kanon von Pachelbel sang ... und die Melodie mit all ihren Variationen und Wiederholungen schien den Namen Begierde zu tragen.

Als Sam bei ihr aufgetaucht war, hatte sich das gesamte Orchester angeschlossen.

Sie war bereit. Ja, das war sie.

Nachdem sie von der Arbeit nachhause gekommen war, hatte sie ein langes Schaumbad genommen, dann ihre Beine und Achseln rasiert und ihre ... Pussy. Sie lächelte und erinnerte sich an ihren ersten peinlichen Versuch, sich dort unten zu rasieren: Eine Freundin hatte sie gefragt, ob sie ihren toten Mann bis zu ihrem eigenen Ableben betrauern wollte. In dieser Woche, vor so langer Zeit, hatte sie sich für einen neuen Haarschnitt entschieden, hatte die Routine bei ihrem Make-up gewechselt, farbenfrohere Kleidung gekauft und ... sich rasiert. Zum ersten Mal seit Fredericks Tod hatte sie sich wie eine Frau gefühlt.

Und auch heute fühlte sie sich wie eine Frau. Nach Sams Ankunft hatte Linda das Abendessen zubereitet und ihn dafür gescholten, dass er die Karotten zu klein geschnitten hatte. Sein Grinsen hatte zu einem Flattern in ihrer Mitte geführt. Als sie ihn überredet hatte, mit ihr Gitarre zu spielen, hatte sie fasziniert beobachtet, wie sich seine starken Finger um den Gitarrenhals legten. Nach dem Essen hatte er einen Gruselfilm vorgeschlagen und sie hatte zugestimmt, da sie ohnehin einen Grund gebraucht hatte, sich auf dem Sofa an ihn zu kuscheln.

Bei jedem Atemzug war sie in den Genuss seines Dufts gekommen. Nach Natur, so frisch und befreiend. In dem Moment wurde ihr besonders bewusst, dass sie hier mit einem Mann saß – einem Mann, den sie begehrte.

Als es später und später wurde, hatte er sie nicht mit Entscheidungen verwirrt. Viel zu erfahren darin, Frauen zu deuten – sie zu deuten –, hatte er sie auf die Füße gezogen und ihr den Befehl gegeben, sich für das Bett fertigzumachen, und ihr dann gesagt, dass er gleich folgen würde.

Unter der Decke wartete sie und je länger sie das tat, desto größer wurden ihre Sorgen. Ihre Kehle schnürte sich zu, bis sie nicht mehr schlucken konnte. Die Bettwäsche war kalt; sicher zitterte sie deshalb.

Seine Schritte waren leiser als sonst. Er hatte seine Stiefel ausgezogen. Als er den Raum betrat, sah sie, dass er immer noch seine Jeans trug. *Gott sei Dank!*

Schweigend zog er die Decke zurück und nahm neben ihr Platz. *Warm.*

Mit einem Seufzer kuschelte sie sich an seine Seite.

Er bewegte sich nicht und erlaubte ihr, ihr eigenes Tempo zu bestimmen. Er ließ sie entscheiden. Seine Geduld rührte sie zu Tränen.

Zu wissen, dass er sie wollte, schickte ein erregendes Summen durch ihren Körper. *Ich kenne ihn.* Er hatte sie bei der Auktion intim berührt. Erneut im Shadowlands. *Schwielige Hände von der Arbeit, die sich über ihre Haut bewegten. Seine tiefe Stimme flüsterte ihr ins Ohr.*

Sie wollte ihn, oh ja, doch könnte sie Sex mit ihm haben, ohne in Panik zu geraten? Als sie in San Diego bei ihrer Schwester war, hatte sie noch gedacht, dass sie für mindestens ein Jahrzehnt enthaltsam leben würde. Das jedoch war, bevor Sam eine Sehnsucht in ihr geweckt hatte, die tief in ihr zu brodeln schien.

Aber was nun?

In der Grundschule war sie extrem schüchtern gewesen, sodass ihr laut vorlesen Angst gemacht hatte, und geriet sie ins Stocken, war ihr das so unangenehm, dass sie kein Wort mehr herausbekam. Also meldete sie sich immer freiwillig, um es hinter sich zu bringen.

Auch jetzt, neben Sam, machte sich die Nervosität bemerkbar.

Sie sollte den Ball ins Rollen bringen, solange sie noch dazu in der Lage war. Entschlossen stützte sie sich auf einen Ellbogen.

Die Hälfte seines Gesichts lag in dem gedämpften Licht im Schatten und doch sah sie, dass er sie mit seinen blassblauen Augen beobachtete. „Sag mir, was du willst, das ich tun soll."

Sie nahm seine Hand von ihrer Schulter und brachte sie zu ihrer Brust. „Ich möchte ... es versuchen."

Er tat nicht mal so, als hätte er sie missverstanden. „Na gut." Seine Antwort kam sofort. „Heute spielen wir aber nicht. *Nein* bedeutet nein. *Stopp* bedeutet Stopp. Ist das klar?"

Keine Session, dennoch war es nicht möglich, den Dom und den Mann zu trennen. Er machte die Regeln. Ihre Lippen bebten, dann zuckte ihr Mundwinkel. „Ja, Sir."

Sein Lachen kam eher einem Knurren gleich und schon lagen seine Lippen auf ihren. Oh, sie erinnerte sich an diese Lippen. Fest und sachkundig, aber diesmal sanfter. Als würde er sie entscheiden lassen, wie schnell und wie weit sie gehen würden.

„Kondome?", fragte er.

Sie rollte sich weg, schnappte sich ein Päckchen vom Nacht-tisch und kehrte rasch in seine Arme zurück, um nicht zu riskie-ren, ihre Nerven zu verlieren.

Als er das Kondom von ihren angespannten Fingern entgegen-nahm, war die Schlacht in ihr bereits in vollem Gang. Wie hatte sie ihn um Sex bitten können? Das war abartig! Schäbig. Schlecht. *Sie* war schlecht.

Jeder Muskel in ihrem Körper erstarrte. Er hob seinen Kopf, seine Lippen nur einen Zentimeter von ihren entfernt. „Rede mit mir."

Ich will es. Ich will es nicht. Ich sollte es nicht wollen. „Ich will keine ... Entscheidungen treffen." Sie fühlte sich falsch. Verschmutzt. Sex haben zu wollen, war ...

Seine Augen verengten sich, und dann packte er ihr Haar und hielt ihren Kopf unbeweglich, während er ihre Lippen für sich beanspruchte. Nicht grausam, nicht wie ... sie es getan hatten. *Sie alle. Die Sklavenhändler.* Wie eine Lawine fegten Erinnerungen über sie hinweg und zerquetschten Linda mit ihrem Gewicht.

Ein schmerzhaftes Zwicken an ihrem Oberschenkel ließ sie zusammenzucken. „Bleib bei mir, Mädchen." Sein Knurren fühlte sich wie Sandpapier an, das das Grauen aus ihrer Vergangenheit wegkratzte und sich bis auf ihre Nervenenden vorarbeitete. „Sag meinen Namen."

Sein unnachgiebiger Gesichtsausdruck löste ein Flattern in ihrem Bauch aus, das nichts mit Angst zu tun hatte. „Sam."

„Nochmal." Sein linker Arm um ihre Taille legte sich enger um sie und dann fand er mit der freien Hand ihre Brust. Knetete, massierte, betörte. Sein durchdringender Blick blieb auf ihrem Gesicht, als sich seine Finger um ihren Nippel schlossen und in das empfindliche Fleisch zwickten …

Der Druck verwandelte sich in Schmerz, führte die Empfindung in einer Welle aus Licht und Hitze direkt zu ihrer Mitte. „Sam."

Seine Lippen verzogen sich zu einem rücksichtslosen Lächeln. „Gut, dass du auf die Zügel reagierst." Seine Hand bewegte sich zu ihrer anderen Brust, nicht mehr sanft, sondern fordernd. Nichtsdestotrotz … vorsichtig. Niemals mit der sorglosen Brutalität, mit der der Aufseher – „Au!" Ihre Hüfte brannte, wo er sie bösartig gezwickt hatte.

„Wenn ich will, dass du nachdenkst, werde ich es dir sagen." Wie konnte eine so arrogante Aussage ein Gefühl der Vorfreude in ihr auslösen? Wieder küsste er sie, und gleichzeitig fühlte sie, wie er die Schnürung am Ausschnitt ihres Nachthemds löste und es sanft auf ihre Hüften schob. Seine Hand kehrte zu ihren nackten Brüsten zurück. Schwielig, rau … warm. *So warm.*

„Ich freue mich darauf, Klemmen an ihnen zu verwenden", flüsterte er ihr ins Ohr, während er an ihren Nippeln zupfte und in sie zwickte. „Der Schmerz wird ähnlich sein." Mit dem Fingernagel grub er sich in das zarte Fleisch, bis sie vor brennendem

Schmerz nach Luft schnappte. Er biss in ihre Schulter und fügte eine weitere Empfindung zu ihrem Repertoire hinzu.

Zu viel. Einer der Wachen hatte ... Wenn sie alle ... Hände und Qualen und ... Panisch stieß sie ihn von sich und rang verzweifelt nach Atem.

Er ließ sie sofort los. Bevor sie aber entkommen konnte, packte er ihre Schultern und schüttelte sie einmal durch. „Sieh mich an, Mädchen."

Dieses Knurren – es verfolgte sie bis in ihren Schlaf und verjagte regelmäßig Albträume. Ihre Augen öffneten sich und trafen auf das blaue Feuer in seinen Tiefen. „Sam."

„So ist es."

Sie zitterte so heftig, dass das Bett unter ihr bebte. Er setzte sich neben sie, lehnte sich an das Kopfende und streckte die Arme nach ihr aus, zog sie an sich und erdete sie mit seiner Stärke, während es sein Blick schaffte, sie erneut in Sicherheit zu wiegen.

Ihr Herzschlag verlangsamte sich. „Es tut mir leid."

Die Fältchen neben seinen Augen vertieften sich. „Du kannst deinen Körper nur bis zu einem bestimmten Punkt kontrollieren. Es wäre dämlich, jemandem die Schuld für eine körperliche Reaktion zu geben."

Und egal, wie schroff er manchmal wirkte, Sam war alles andere als dämlich. Aber sie fühlte sich dämlich. „Warum war es bei der Auktion einfacher?"

Er hielt ihre Schulter mit einer Hand, fuhr mit den Fingern durch ihr Haar und zog leicht an einer roten Strähne. „Dafür gibt es mehrere Gründe. In einem Raum voller Drecksäcke hat mich Kim zu dir geschickt. Oder?"

Sie erinnerte sich an das Gefühl der Erleichterung, als sie gesehen hatte, wie Kim Sam mit einem Nicken abgesegnet hatte. Sie hatte angenommen, dass Kim etwas wusste, was sie nicht wusste. „Und du hast mich nicht als Sklavin gesehen." Die Erkenntnis war überwältigend gewesen. Er hatte eine Person gesehen, kein Tier. Nach einem Blick auf ihre Fesseln hatte er ihr in die Augen geschaut. *„Bist du noch bei mir, Linda?"* Er hatte sogar ihren Namen benutzt.

„Du hast mir auf eine gewisse Weise vertraut." Er spielte weiter mit ihren Haaren. „Dennoch hattest du Angst, und dann habe ich dich verletzt."

„Ich verstehe nicht."

„Bei einer Kampf-Flucht-Reaktion kommt das Adrenalin ins Spiel. Das bedeutet, dass du alles intensiver gefühlt hast. Nach dem Auspeitschen warst du voller Endorphine und im Subspace. Dein Gehirn war ausgeschaltet." Er legte eine Hand auf ihre Wange. „Baby, sobald du mir dein Vertrauen gegeben hast, warst du wie ein Pfirsich, der bereit war, gepflückt zu werden, und es gab nichts, was du dagegen tun konntest."

„Oh." Die Erklärung half. „Trotzdem hätte ich nicht ..." Sie fühlte sich immer noch schuldig, dass sie gekommen war. Schmutzig und verdorben.

„Tränen deine Augen, wenn du eine Zwiebel schälst?"

„Was?" *Worauf will er hinaus?* „Ja."

„Das sind deine Nerven, die auf Chemikalien reagieren. Wenn du dir den Befehl gibst, bei dem Schälen von Zwiebeln nicht zu weinen, funktioniert das?"

„Nein", flüsterte sie. Nerven und Chemikalien. Eine Person konnte diese nicht kontrollieren. Sie hatte keine Chance gehabt. Die Schuldgefühle dieses Orgasmus wichen zusammen mit den Überresten ihrer Wut bezüglich seiner Taten.

„Schon besser." Als er seine Wange an ihrer rieb, kratzten seine Stoppeln über ihre Haut und schickten einen Schauer durch sie. „Schluss mit den Warnungen. Schweifen deine Gedanken erneut ab, werde ich dir zur Strafe den Arsch versohlen."

Seine bloße Hand würde ihr auf den Po schlagen. Das würde wehtun und ... sich erregend anfühlen. Sie erschauerte.

Er lachte, oh ja, und wie er lachte. „Worauf warten wir also?"

Er stand auf, packte sie um die Taille, zog sie unter der Decke hervor und beugte sie über die Bettkante.

„Sam!" Mit ihrem Gesicht auf dem Quilt wurde ihr Ausruf gedämpft.

„Sehr gut. Du erinnerst dich an meinen Namen." Seine Hand legte sich in ihren Nacken und fixierte sie auf der Matratze, als er ihr Nachthemd hob. Kühle Luft wehte über ihre Haut. Er streichelte ihren Hintern, massierte ihre Pobacken. *Berühre mich.* „Du hast einen heißen Arsch. So perfekt."

Bei den ersten leichten Schlägen entschied sich das Blut, das zu ihrem Herz unterwegs war, einen Umweg über ihre Klitoris zu nehmen.

Er schlug härter zu. Das Brennen erhöhte den Schmerz, und dann fing er an, sie ernsthaft zu versohlen. Hart und gleichmäßig. *Schlag, Schlag, Schlag.* Es tat weh. Tränen füllten ihre Augen und sie packte die Decke mit ihren Fingern. Und dann, innerhalb eines Atemzugs, geschah die Magie. Als jeder Schlag in sie sickerte, verwandelte sich der Schmerz in ekstatische Lust.

Er stoppte und rieb mit der Hand über ihre empfindliche Haut. Freude über seine Berührung erfüllte sie, tiefer sogar als das Pochen ihres Hinterns. Als seine Finger die Nässe an ihren Schenkelinnenseiten erkundeten, knurrte er anerkennend und löschte die hässliche Schuld in ihr aus, bevor sie sich festsetzen konnte.

Mit einem Finger glitt er so langsam über ihre Schamlippen, dass es an Folter grenzte, nach oben, wo er ihre Klitoris umkreiste und so ein schockierendes Verlangen durch sie schickte.

„Warte", flüsterte sie und versuchte, sich aufzurichten.

„Nein, Fräulein. Du fliehst nicht vor Schmerz ... oder Verlangen."

Ihre Atmung beschleunigte sich. Er hörte nicht auf. Stattdessen fixierte er sie weiterhin, berührte und betörte sie. Als er ihre Klitoris zwischen Daumen und Zeigefinger nahm, bebte sie am ganzen Körper. Die Empfindung schoss nach außen und brannte auch ihre letzte Barriere hinweg. Sie stöhnte in die Bettwäsche.

„So ein gutes Mädchen." Sein Finger tauchte in ihren Eingang, umkreiste dann ihr Nervenbündel, legte ein unerbittliches Muster vor – links, rechts, oben, rechts, links, oben –, bis jeder Millimeter von ihr seine Berührung voraussah. Der Druck wuchs in ihr, denn mit jeder neuen Runde ging er härter vor und verweilte länger.

Ihr Rücken wölbte sich, ihre Beine zitterten. *Mehr. Mehr. Nicht aufhören.*

Er stoppte und legte eine Fingerspitze auf ihre Klitoris.

Ihr Atem stockte. Alles stoppte, erstarrt an der Klippe. Ein hohes Wimmern folgte.

Seine Finger spannten sich an ihrem Nacken an, als wollte er sie an seine Kontrolle erinnern und die Welle der Lust in ihr neu auslösen. Dann bewegte sich sein Finger: rechts, links, über die Klitoris, hart und schnell und gnadenlos, immer und immer wieder.

Alles in ihr zog sich für einen endlosen Herzschlag zurück, bevor die Empfindungen in der Naturgewalt eines Tsunamis über ihr einschlugen. Eine ekstatische Erlösung schoss durch jede Zelle in ihrem Körper und explodierte nach außen. *Oh Gott …*

Ihre Hüfte zuckte, ihre Finger kribbelten und … *mein Gott*, seine Hand kam erneut zum Einsatz, härter und in kürzeren Abständen schlug er auf ihren Po. Ein weiterer Orgasmus folgte und stürzte sie zurück in die erregenden Flammen.

Jeder Schlag auf ihren Hintern fühlte sich erstaunlich an – wie eine flammende Pracht. Seine mächtige Hand hielt sie fest und zwang sie, alles zu nehmen, was er gab.

Dann wanderte seine Hand zwischen ihre Beine und er schob zwei Finger in sie.

In mir. Sie hatten … sie hatten – Panik ergriff von ihr Besitz und sie wehrte sich instinktiv gegen die Invasion.

„Linda." Er zog sich aus ihr zurück und seine Hand landete auf

ihrem Arsch. Hart. Die feurige Explosion schüttelte sie durch.
„Sag meinen Namen."

„S-Sam." *Sam.* Mit beiden Händen packte sie die Bettdecke,
keuchte und ergötzte sich an dem Sauerstoff dieser Erde.

„Schon besser." Seine Finger drangen erneut in sie, glitten
durch ihre Nässe. Bei seinem entschlossenen Vorgehen erschauerte sie und die Lust in ihr stieg. Als er einen gnadenlosen
Rhythmus vorlegte, sprudelte wieder Erregung in ihr auf.

Er entfernte den Finger, um ihr erneut einen Klaps zu verpassen. Jeder einzelne Schlag hallte tief in ihr wider, ihre Begierde
verknotete sich zu einem Ball aus angestautem Druck. Als seine
Finger wieder in sie eindrangen, sich so unerwartet in ihr verloren, explodierte der Ball und breitete sich wellenartig als eine
ekstatische Empfindung in ihr aus.

Allmählich nahm er Tempo heraus, holte sie von ihrem Hoch
herunter, und sie fühlte, wie sich die Wände ihres Geschlechts
um ihn zusammenzogen und seine Finger massierten. Ihre Pussy
schien ihn nicht loslassen zu wollen.

„Gott", murmelte sie, und sie hörte ihn lachen. Ihr wild schla-
gendes Herz beruhigte sich nur langsam. Sie rollte ihr Gesicht
über die Decke, regelrecht schockiert über das wunderbare
Gefühl in ihr.

Dann zog er seine Finger aus ihr heraus. Mit ihrer Nässe noch
an seiner Hand, rieb er über ihren Po und entlockte ihr bei dem
brennenden Gefühl ein Stöhnen. Er streichelte ihren Nacken und
ließ schließlich von ihr ab.

Sie vermisste die Wärme seiner Hand – und das Gefühl, von
ihm fixiert zu werden.

Seine raue Stimme klang sanft, als er fragte: „Bist du bereit für
meinen Schwanz, Fräulein?" Er schob ihr die Haare aus dem
Gesicht. „Es wird passieren. Das wissen wir beide. Aber es muss
nicht heute Abend sein."

Ein Schwanz. Die Sklavenhändler hatten ... sich mit Gewalt an
ihr verg –

Er schlug ihr auf den Hintern und sie quietschte erschrocken.

„Sag meinen Namen."

„Sam." Dieses Mal wäre der Körper an ihrem, der Schwanz in ihr, seiner. Sie hatte von ihm geträumt. Sie wollte es. Ihre Stimme war heiser, als sie antwortete: „Heute. Jetzt." Vielleicht könnte sie ihm sogar etwas von der Glückseligkeit zurückgeben, mit der er sie gesegnet hatte.

„Also gut."

Sie versuchte, sich zu erheben, wurde aber von einer Hand zwischen ihren Schulterblättern wieder auf die Matratze gedrückt.

„Nein. Ich mag dich dort."

Ihr Magen rebellierte und ein Schauer raste durch sie hindurch. Erregende Vorfreude. Angst. Ihre Augen schlossen sich, ihr Körper spannte sich an. Sie hörte seine Gürtelschnalle. Ein Rascheln. Reißverschluss. Die Kondomverpackung.

Sie spannte sich an und wartete darauf, dass er sich gegen ihre Pussy presste. Stattdessen kam ein harter Schlag auf ihren Hintern.

„Aaaah!" Noch nie hatte etwas so sehr geschmerzt. Seine Hand legte sich auf ihren Rücken und presste sie in die Matratze, als er sie erneut mit ... seinem Gürtel schlug.

Leder war weitaus schmerzhafter. *Mehr, mehr, mehr!* Das beißende Gefühl war überwältigend, wickelte sich um sie und erinnerte an Tentakel der Lust, die tief in sie vordrangen. Als er fortfuhr, bildete sich Nebel in ihrem Verstand, das Bett löste sich unter ihr auf und sie hob ab. Die schmerzenden Schläge transformierten sich lückenlos zu freudiger Ekstase, und sie wollte, dass er niemals aufhörte.

Und dann positionierte er seinen Schwanz an ihrer Hitze und drang in sie. Füllte sie. Dehnte sie, während ihr Arsch noch immer brannte und sie ihre Gefühle nicht länger einordnen konnte.

Er war eine solide, intime Präsenz in ihr, erdete sie, als er immer und immer wieder in sie fuhr.

Der Nebel zog sich zurück, als seine unermüdlichen Stöße sie ins Leben riefen. Instinktiv kam sie ihm mit dem Becken entgegen und flehte ihn wortlos nach mehr an.

Sein kehliges Lachen wirkte sich so erregend auf sie aus wie seine talentierten Finger, mit denen er über ihre Klitoris schnellte. Ihre gesamte untere Hälfte spannte sich an und er neckte sie weiter, hämmerte in sie und trieb sie höher und immer höher.

Dort balancierte sie auf der Klippe, bis sich jede winzige Bewegung wie das ultimative Gefühl anfühlte. Alles in ihr spannte sich an. Ihr Atem stockte.

In dem Moment packte er eine misshandelte Arschbacke. Die glühende Empfindung schoss nach innen und zündete ihre Erlösung. „Ah, ah, ahhh!"

„Gutes Mädchen." Mit beiden Händen griff er ihre Hüften und stieß ein letztes Mal hart in sie. Über das Rauschen ihres Pulses hörte sie sein raues Stöhnen der Befriedigung.

Als ihr Herz ihre Rippen zu Brei schlug und sie nach Luft schnappte, fühlte sie, wie ein unbekannter Frieden in ihre Seele einkehrte. *Ich habe ihn glücklich gemacht.* Sein Körper war schwer, presste sie auf das Bett ... und sie würde es nicht anders wollen.

Nach einer Weile erhob er sich. Als er mit seiner Hand über ihren Rücken und ihren empfindlichen Hintern glitt, sprangen die Funken über ihre Haut. „Ich werde ihn jetzt rausziehen, Baby. Bleib liegen."

Er zog sich aus ihr zurück. Sie fühlte sich so kraftlos, dass sie vom Bett gerutscht wäre, hätte er sie auf der Matratze nicht weiter oben hingelegt. Sie hörte, wie sich seine Schritte entfernten, dann wieder näherkamen.

Wortlos zog er ihr das Nachthemd komplett aus, setzte sich anschließend auf das Bett und zog sie in seine Arme.

Seine Haut war mit Schweiß bedeckt – so wie ihre – und sie

schmiegte sich mit ihrer Wange an seine Brust. Ihr Verstand war noch immer etwas vernebelt, als sie sagte: „Ich hatte einen Orgasmus."

„Mehrere." Mit ihrem Ohr an seiner Brust klang sein Lachen wie Donner in der Ferne.

Der Geruch nach Sex löste in ihr den Drang aus, sich zu verstecken, jedoch konnte sie auch Sam wahrnehmen. Heute roch er nicht nach Leder, sondern nach Heu und Gras und Natur. Und Seife.

„Du verwendest kein Parfüm oder Aftershave?"

Es folgte eine Pause, als ob er versuchte, ihrem Gedankengang zu folgen. Dann lachte er. „Seife funktioniert gut genug."

„Mhm." Mit jedem Atemzug hatte sie das Gefühl, Stärke einzuatmen, und so nahm sie tief Luft und saugte so viel in sich auf, wie sie konnte.

Sam hörte, wie sich Lindas Atemzüge verlangsamten und sie ins Traumland abdriftete. Er blieb wach und genoss einfach das Gefühl ihres erschöpften und befriedigten Körpers an seinem.

Nach einer Stunde spannte sich ihr Körper an und Tränen landeten auf seiner Brust.

„Linda?"

Sie stieß ihn von sich und versuchte, sich aufzusetzen, aber er hielt sie an sich gepresst. „Wenn du weinen musst, tu es hier, Mädchen." *Wo ich über dich wachen kann.*

Ein Schluchzen entrang ihr. „Ich ... ich habe mich gut gefühlt."

„Du meintest schon, dass deine Emotionen gerade verrückt spielen." Er spannte sich an. Hatte er das verursacht? Vielleicht war sie noch nicht bereit gewesen.

Während seine Besorgnis wuchs, weinte sie. Jedoch handelte es sich dabei nicht um das verzweifelte Schluchzen, das man nach einem Trauma erwartete; sie weinte beinahe lautlos.

„Linda, sag mir, was los ist."

„Alles fühlt sich falsch an."

Nach einer Minute erkannte er, dass er angenommen hatte, dass ihre Vergangenheit den Stimmungsumschwung hervorgerufen hatte. Vielleicht war es aber etwas, mit dem er vertraut war. Er legte seine Arme fester um sie und küsste sie auf den Kopf.

„Weißt du, was man unter Subdrop versteht?"

Ihr Kopf bewegte sich. *Nein.*

„Manchmal verschleißen die Endorphine, die dich an einen guten Ort geschickt haben. Sie hinterlassen ein Loch. Sobald du weißt, wie es sich anfühlt, ist es nicht mehr so schlimm." *Jedenfalls sagen das die Subs.* „Ähnlich zu einem Kind nach einer Geburtstagsparty, das bis obenhin mit Zucker voll ist und an dem Tag kein Nachmittagsschläfchen gehalten hat. Nicole arbeitete sich immer in einen Wutanfall und weinte nur ein paar Minuten später auf meinem Schoß. Der Absturz nach dem ekstatischen Hoch. Gerade befindest du dich im Fall, Baby."

„Na wunderbar. Was ist das Heilmittel?"

„Nur das hier." Er rieb seine Hände über ihren Rücken und ließ sie wissen, dass sie nicht allein war, dass jemand da war, der in diesem geschwächten Moment ein Auge auf sie hatte. Es gab nicht viel, was er sonst tun konnte. *Verdammt.*

„Ich bin froh, dass du hier bist." Sie legte ihre Hand auf seine Schulter und atmete zittrig ein. „Und: Das Hoch war den Absturz wert. Ich hatte einen Orgasmus."

Ja, sie würde sich erholen. In der Dunkelheit starrte er an die Decke und erkannte in dem Moment, dass es ihn sehr freute, wie zufrieden sie klang. Er lächelte.

KAPITEL SIEBEN

A m nächsten Morgen erstellte Linda hinter der
Ladentheke Listen mit neuen Waren, die sie von Künstlern
produzieren lassen und hier verkaufen wollte. Zwei kanadisch
klingende Kunden durchstöberten den ruhigen Laden. Sie trugen
Shorts, Tanktops und Flip-Flops. Oh ja, sie kamen definitiv aus
dem fernen Norden.

Im Gegensatz dazu hatte sich Linda am Morgen für eine
langärmelige Bluse und eine hellbraune Stoffhose entschieden.
Opal, ihre Angestellte, trug heute ein knöchellanges Jeanskleid,
denn Menschen aus Florida betrachteten fünfzehn Grad Celsius
als kalt.

Als Opal eine Box mit Jutebeuteln über den Boden zog,
hüpften ihre krausen schwarzen Löckchen bei jeder Bewegung.
Sie sah, dass Linda sie beobachtete, und ihre dunkelbraunen
Augen strahlten. „Du siehst heute gut aus. Glücklicher."

Ich hatte einen Orgasmus. „Ich fange an, mich wieder einzule-
ben." Hatte sie vorher so unglücklich ausgesehen?

„Das freut mich. Es ist schön, dich wieder bei uns zu haben.
Man könnte denken, dass der Alltag ohne den Chef erholsamer
ist, aber es ist einfach nicht derselbe Ort ohne dich."

Als die junge Frau zu den Regalen ging, hatte Linda das Gefühl, Blasen eingeatmet zu haben, durch die sie ein paar Zentimeter über dem Stuhl schwebte. Der Druck in ihrer Brust war weg. Dieser nervige Juckreiz war weg. Wie an einem Sandstrand, der von den Wellen regelmäßig von Meeresalgen und Müll gereinigt wurde.

War das alles auf einen Orgasmus zurückzuführen? Sie stützte ihr Kinn auf der Handfläche ab und kritzelte auf die Liste. Sie zeichnete mehrere Tulpen nebeneinander.

Bevor sie entführt worden war, hatte eine sexreiche Nacht nie zu einem derartigen Hoch am nächsten Tag geführt. Ihr Stift formte eine Rose ... dann einen Umriss von Sams großer Hand. Natürlich hatte ihr niemand – nicht einmal Frederick – solche erstaunlichen Höhepunkte geschenkt, aber war es möglich, dass ihre gute Laune nicht auf Sex zurückzuführen war? Hatte sie sich nicht auch so gefühlt, nachdem Sam sie im Shadowlands ausgepeitscht hatte? Gelöst und befreit. Sauber.

Sie runzelte die Stirn. Der Druck in ihr hatte sich erneut in ihr aufgebaut. Nur hatte sie es durch die anderen Komplikationen in ihrem Leben nicht bemerkt.

Aber ein erfahrener Sadist könnte es bemerkt haben. Hatte Sam ihr das Spanking und die Hiebe mit dem Gürtel vielleicht nicht nur aus dem Grund gegeben, ihren Verstand von den Sklavenhändlern abzulenken? Ihr Stift bohrte sich in das Papier und sandte einen gezackten Blitz zu den Blumen. Er beobachtete sie stets sehr aufmerksam. Musterte sie. Ein Gürtel nahm Form auf dem Papier an, bildete eine Schlaufe.

Ja, er hatte es gewusst. Und da er ein Dom war, hatte er ihr gegeben, was er für nötig hielt.

Er hatte sich geirrt, *verdammt*. *Ich weigere mich, eine Masochistin zu sein.* Sie biss sich auf die Lippe und fragte sich, ob sie es vielleicht war, die sich irrte. Vielleicht hatte sie den Schmerz gebraucht - und nicht erst seit zwei Monaten. Ein sinkendes

Gefühl brachte sie dazu, sich an die Theke zu lehnen. Möglicherweise schon seit einer sehr, sehr langen Zeit.

Damals hatte sie immer andere Methoden gefunden, um mit den Gefühlen umzugehen: Essen, das scharf genug war, sodass sich die Kinder regelmäßig beschwert hatten. Putzen und Gartenarbeit, bis ihre Gliedmaßen zitterten. Workouts im Fitnessstudio, bis jeder Muskel in ihrem Körper wie ein Loch im Zahn schmerzte. Ihr Mann hatte es als *Stimmungsschwankung* bezeichnet und es darauf zurückgeführt, dass sie eine Frau war.

Ihr Mundwinkel zuckte. Ein gutes Spanking hätte ihr viel Anstrengung erspart. Aber Frederick hatte nie über Sex reden wollen. Die paar Male, als sie ihn gebeten hatte, etwas anderes ins Liebesspiel einzubringen – einen Klaps, mehr Rauheit, Handschellen –, hatte er sich angewidert gezeigt.

Weitere Kunden kamen herein und sahen sich ihre Auswahl an Körben an. Eigentlich war Frederick mehr als nur angewidert gewesen; er hatte angedeutet, dass sie ein psychisches Problem hatte, wenn sie *das* von ihm wollte. Ihr Stift kritzelte dunkle Wolken entlang des Papierrandes. Danach hatte sie das Thema Sex nie wieder angesprochen.

Könnte es stimmen? War sie geistig labil? Der Gedanke rieselte über ihre gute Stimmung wie ein kalter Regenschauer. Sie hatte sich selbst gesagt, dass das Auspeitschen im Shadowlands das letzte Mal sein würde. Darauf bestanden hatte sie. Aber dann hatte sie Sam erlaubt, ihr ein Spanking zu geben. Danach war der Gürtel zum Einsatz gekommen.

Was hatte sie sich bloß dabei gedacht? Ein normaler Mensch besuchte keine BDSM-Clubs und ließ sich definitiv nicht von einem Mann auspeitschen. Ein kleiner Kink war eine Sache, sich danach zu sehnen, verletzt zu werden, eine andere.

Sie musste damit aufhören. Sie war keine Masochistin.

Aber ... was war mit Sam? Sie schloss die Augen und erinnerte sich an seinen harten Kuss, bevor er ihr Bett verlassen hatte. Wenn sie sich weiterhin mit ihm traf, würde er ihr den Schmerz geben, nach dem sie sich sehnte, und sie würde nie aufhören können. Wie ein Drogendealer nährte er ihre Sucht.

Sie muss den Kreislauf durchbrechen. Egal, was sie für ihn empfand, sie konnte nicht weiter mit ihm Sex haben. Nicht heute Abend. Niemals wieder. Diese Erkenntnis verletzte etwas tief in ihr.

„Miss?"

Linda zwang sich für die junge Frau zu einem Lächeln. „Ein sehr schönes Stück." Sie scannte den geschnitzten Kerzenhalter und plauderte mit der Kanadierin und ihrer Freundin.

Als die beiden Frauen gingen, griff Linda nach ihrem Handy. Ihre Hand zitterte. *Du musst es tun. Sei kein Feigling.* Sie wählte Sams Nummer.

„Davies." Seine dunkle, rauchige Stimme schickte ihre Hormone in helle Aufregung.

„Ich bin's. Ich habe nachgedacht. Der Verantwortliche für die Schmierereien scheint das Interesse verloren zu haben. Ich denke nicht, dass du deine Zeit damit verschwenden musst, jeden Tag zu mir zu fahren." Die Worte auszusprechen, schmerzte.

Stille.

„Sam?"

„Willst du damit sagen, dass du mich nicht wiedersehen willst?"

Die beunruhigend direkte Frage prallte gegen sie und sie unterdrückte ein instinktives *Nein.* Er hatte etwas Besseres verdient als eine dumme Ausrede. Sie benahm sich einmal mehr feige. In ihrem Nacken packte sie ein Bündel ihrer Haare und zog daran. *Sei ehrlich.* „Sam, du bedeutest mir sehr viel. Und ich weiß die Zeit wirklich zu schätzen, die du damit verbracht hast, mir zu helfen." *In der du mich in den Armen gehalten hast.* „Wir sind Freunde, und ich werde dir immer dankbar sein." Sie schloss die Augen und atmete kontrolliert ein. „Gott, ich fühle mich, als hätte ich dich benutzt. Das wollte ich nicht."

„Aber?"

„Aber ich will nicht ... ich will nicht mehr tun, was wir getan haben. So kann ich nicht sein. Ich muss normal sein." Ihr Stift kritzelte über die Hand, die sie gezeichnet hatte, löschte sie aus, und mit jeder Linie fügte sie ihrem Inneren eine weitere Schicht Schmerz hinzu.

„*Normal.*"

Tränen schwammen in ihren Augen, als sie die Abscheu in seiner Stimme vernahm. „Ja."

„Mädchen, niemand ist normal. Nicht mal die Menschen, die versuchen, so zu erscheinen."

„Das spielt keine Rolle. Das hier –"

„Ich verstehe. Sehr gut sogar." Er machte eine Pause. „Wie wäre es, wenn ich vorbeikomme und wir reden?"

„Das wird nichts bringen." Dann würde er sie mit diesen scharfsinnigen blauen Augen ansehen, ihren Namen sagen, und sie würde nachgeben. Das würde sie. Eine mit Schuldgefühlen geleitete Faust drückte ihr den Sauerstoff ab. Sie würde alles tun, um zu verhindern, Sam zu verletzen – nur diesen Weg, den konnte sie nicht für ihn weitergehen.

„Ich verstehe." Eis legte sich über seine raue Stimme. „Ich denke, du irrst dich, Mädchen, aber das wirst du selbst herausfinden."

„Okay, dann ... Lebwohl."

„Vielleicht auch nicht. Klingt nicht so, als wüsstest du, was du tust."

Das wusste sie sehr wohl ... oder? „Ich ..."

Er hatte aufgelegt. *Also gut. Wäre das auch erledigt.* Als sie sich aufrichtete, fiel ihr Blick auf das Blatt Papier vor ihr. Schwarze Kritzeleien hatten die Blumen und die Schrift ausgelöscht. Nachdem sie einen ruhigen Atemzug genommen hatte, begann sie eine neue Liste.

Der Nachmittag zog sich ewig hin. Zum ersten Mal fand sie keinen Gefallen daran, in ihrem Laden und umgeben von Kunden zu sein. *Ich will nachhause.*

„Linda." Sie hob den Kopf und entdeckte Lee, der sich auf halbem Weg zur Kasse befand. In seinem Anzug stellte er einen krassen Kontrast zu den lässig gekleideten Strandgängern dar. Sein sandfarbenes Haar war vom Wind verweht worden. Grinsend kämmte er es mit den Fingern durch. Die weiblichen Kunden ließen die Blicke wertschätzend über ihn schweifen.

Linda zwang sich ein Lächeln auf die Lippen. „Was machst du denn hier?"

„Ich war in der Gegend." Lee lehnte sich über die Theke, um ihr einen kleinen Kuss auf die Wange zu geben. „Hast du deine Sachen erledigen können? Ich möchte dich zum Abendessen ausführen."

„Ich ..."

„Es ist wirklich schwierig, dich zu daten."

„Ich bin nicht bereit für ... für irgendetwas, Lee." Sie biss sich auf die Lippe. „Ich weiß, wir waren ... intim, aber ich –"

„Mach dir keine Sorgen. Wir werden es langsam angehen. Nur Abendessen. Sonst nichts."

Hier war das normale Leben, das sie wollte. Mit einem netten Mann. Vor Monaten, als sie ihn über kinky Sex aufgeklärt hatte, war er nicht interessiert gewesen, aber er hatte sie auch nicht beleidigt, wie das Dwayne getan hatte. Oder wie Frederick impliziert, dass sie geistig labil war.

Ging sie mit ihm aus, würde er sie auf dem rechten Weg halten, und wenn sie auf andere Weise ihre Bedürfnisse stillen müsste, würde sie es tun. Es wäre nicht das erste Mal. Schließlich war es nicht das Schlechteste, das Haus sauber zu haben und regelmäßig ein Workout einzubringen. „Okay. Das würde mir gefallen."

„Ich hole dich um sieben ab."

Alles in ihr wollte *Nein* schreien. Sollte sie ihn in das Haus lassen, in dem sie noch immer Erinnerungen von Sam aufbewahrte? Das könnte sie nicht ertragen. Noch nicht. „Wie wäre es, wenn wir uns vor dem Restaurant treffen?"

Würde man das als Stalking betrachten? Sam legte die Stirn in Falten. Es kam dem nahe.

Er war auf dem Weg zu Lindas Haus gewesen, in der Hoffnung, sie hätte sich etwas beruhigt und wäre nun bereit, mit ihm zu reden, als er ihr Auto auf einem Restaurantparkplatz entdeckte.

Er hätte nicht auf den Parkplatz fahren sollen, hätte nicht parken dürfen. *Du bist ein Idiot, Davies.*

Als er der Empfangsdame durch das Restaurant folgte, sah er Linda mit einem Mann, der Anzug und Krawatte trug. *Verdammt,* sie war wunderschön. Sie hatte sich Locken in ihre Haare gemacht, Make-up aufgetragen, und so wirkten ihre braunen Augen sogar noch größer. Ihr rosafarbenes Seidenoberteil zeigte nur einen Hauch von Dekolletee.

Die Empfangsdame lief an Linda und ihrem gottverdammten Date vorbei.

„Warten Sie kurz, Miss", sagte Sam.

Die Empfangsdame blieb stehen.

„Ich werde mich hier hinsetzen." Er zeigte auf einen leeren Tisch in der Mitte des Raumes und nur ein paar Tische von Linda entfernt.

„Aber das ist nicht −"

„Ich würde es schätzen."

„Ähm." Sie warf ihm einen koketten Blick zu. „Natürlich."

„Danke." Er ignorierte den Stuhl, den sie für ihn herauszog, und wählte stattdessen einen, bei dem er einen direkten Blick auf sein Zielobjekt hatte. *Du benimmst dich wie ein Stalker, Davies.* Ein guter Platz. Er konnte ihr Gespräch nicht hören, jedoch war es sehr wahrscheinlich, dass sie ihn schon bald erblicken würde. Dann könnte sie entscheiden, ob sie wirklich ein normales Leben wollte. Einen *normalen* Mann.

Wenn sie sich in eine Beziehung stürzte, nur um vor sich

selbst Reißaus zu nehmen, würde er das nicht gerade als klug bezeichnen. Hatte sie aber ernsthaft Interesse an dem Vanilla-Jüngling, würde Sam sich zurückziehen.

Nachdem er seine Bestellung aufgegeben hatte, lehnte er sich zurück, trank von seinem Kaffee und genoss die Aussicht. Vielleicht würden einige Idioten sie nicht für schön halten, er aber fand sie umwerfend. Und echt. Nach den vielen Jahren, die nur aus Nancys falschem Kichern und schrillen Anfällen bestanden hatten, schätzte er Lindas herzhaftes Lachen.

Es kotzte ihn an, dass dies auch der andere Mann zu schätzen wusste.

Und er ärgerte sich über die Tatsache, dass der Vanilla-Typ sie zum Lachen bringen konnte. Sams Kiefer spannte sich an. Der Mann hatte kein Problem damit, ein Gespräch am Laufen zu halten; seine Worte sprudelten über wie bei einem überlaufenden Fluss.

Wenn sie einen gesprächigen Mann wollte, hätte Sam keine Chance.

Vielleicht könnte sie mit diesem Bastard glücklich werden. Vielleicht ... sollte er gehen. Er hob die Hand, um die Aufmerksamkeit der Kellnerin zu gewinnen.

Andererseits schien Linda sexuell nicht an dem Mann interessiert zu sein. Als er über den Tisch griff und ihre Hand nahm, zeigte sie keine Reaktion. Sie wirkte verschlossen.

Sam senkte die Hand. Auf ihn – auf Sam – hatte sie gestern Abend sehr wohl reagiert. Noch nie zuvor hatte er eine solche Verbindung verspürt. Er hatte ihre Emotionen gerochen, so wie er ihren Duft wahrnahm. Nach dem, was sie durchmachen musste, hatte das Vertrauen, das sie in ihn gezeigt hatte, ihn bis ins Mark erschüttert. In den Armen hatte er sie halten dürfen, ein Spanking hatte er ihr gegeben und ja, auch für Sex mit ihm hatte sie ihm genug vertraut.

Verdammt nochmal. Er lehnte sich zurück und machte es sich bequem.

Schließlich wurde Linda von einer passierenden Familie abgelenkt. Sie sah sich im Raum um. Als ihre Augen auf Sams trafen, klappte ihre Kinnlade herunter. Für eine Sekunde starrte sie ihn an und riss dann ihren Blick weg. Sie richtete ihre ganze Aufmerksamkeit auf ihr Date und tat dies mit angespanntem Kiefer.

Sam gluckste amüsiert. Es war offensichtlich, wie gerne sie ihn anstarren wollte. Da ihr Date aber misstrauisch werden würde, konnte sie dem Drang nicht nachkommen.

Trotz des Wunsches, ihn zu ignorieren, landeten ihre Augen immer wieder auf ihm. Er verstand das Gefühl; auch er schaffte es nicht, den Blick abzuwenden. Er sah, dass ihre Wangen und Lippen nun in einem erregenden Pink strahlten und ihre Augen hatten einen zusätzlichen Glanz angenommen. Oh ja, sie reagierte definitiv sexuell auf Sam – so wie er das auch bei ihr tat. Sie mussten nur im selben Raum sein und die Hormone spielten verrückt.

Er versuchte, sie nicht anzustarren, als er seine Mahlzeit aß. Verschwendetes Geld, denn er hätte auch Heu vor sich haben können; er schmeckte rein gar nichts, seine Konzentration galt einzig und allein der Frau nur ein paar Meter von ihm entfernt. Als er die Kartoffeln an den Tellerrand schob, runzelte er die Stirn.

Verhielt er sich wie ein Vollidiot? Schließlich hatten sie nur einmal Sex gehabt.

Andererseits war er mit Nancy mehrere Male ausgegangen. Das eine Mal Sex mit ihr hatte ihm jedoch bewiesen, dass er auf Abstand gehen sollte. Sein gesunder Menschenverstand hatte nicht falsch gelegen, nur war es zu dem Zeitpunkt schon zu spät gewesen. *Ich nehme die Pille* war nicht die erste ihrer Lügen gewesen, hatte sein Leben jedoch grundlegend verändert. Mehr als ein Jahrzehnt hatte er durch sie in der Finsternis verbracht – eine Finsternis, die nur seine Tochter mit ihrem hellen Licht hatte durchbrechen können. Nicole war ein Geschenk und sie würde er nie bereuen.

Ging es also um Linda, konnte er sich da auf sein eigenes Urteil verlassen? Nun, er hatte sie in ihren schlimmsten Momenten erlebt. Verängstigt. Schmerzerfüllt. Wütend auf ihn. Selbst wenn man ihre Panikattacken in Betracht zog, war sie eine der stärksten Menschen, die er jemals kennengelernt hatte. Nein, er lag bei ihr nicht falsch.

Nachdem er mit dem Essen fertig war, lehnte er sich zurück und schlug untätig seine Serviette gegen seine Handfläche, erinnerte sich an die Auktion und daran, wie die Drachenpeitsche über ihre weiße Haut getanzt war. Ihr Zucken, ihr Stöhnen, ihre Erregung. Wollte sie wirklich ein Leben ohne diese Intensität führen? Wollte sie sich für alle Zeit eingesperrt fühlen?

In dem Restaurant war es viel zu heiß, dachte Linda, als sie gierig ihr Eiswasser trank. Gegenüber von ihr erzählte Lee ihr von den Unmengen an Hotelkonferenzen in der nächsten Woche und kam mit dem Vorschlag, sie solle doch von ihrem Geschäft Flyer für die Lobby vorbeibringen.

Er war so ein netter Mann. Er fragte immer nach ihrer Meinung, bevor er etwas entschied. Er versuchte nicht, sie herumzukommandieren. Sollte sie nicht erfreut sein, dass er sie als gleichwertig behandelte?

Ihr Blick flog zurück zu Sam. Er hatte sich schick gemacht – für seine Verhältnisse –, denn er trug eine schwarze Jeans, ebenso farbene Stiefel, eine silberne Gürtelschnalle und ein burgunderrotes Westernhemd mit schwarzen Druckknopftaschen und Paspelierung. Mit ausgestreckten Beinen und gekreuzten Knöcheln gab er lediglich den Eindruck, ein Mann zu sein, der nach einem guten Essen seinen Kaffee genoss. Sein muskulöser Körper, sein hartes Gesicht und seine gefährliche Präsenz waren in der Lage, die Blicke jeder Frau im Umkreis auf sich zu ziehen. Einschließlich ihres.

Sie riss ihre Augen weg und schaffte es, sich auf Lee zu

konzentrieren, bis sie ein seltsames rhythmisches Geräusch hörte. Was war das?

Sam. Gedankenverloren beobachtete er einen Kellner, während er seine Leinenserviette gegen seine Handfläche schlug. *Schlag, Schlag, Schlag.* Es schien eine harmlose Angewohnheit zu sein, wie Menschen, die nervös mit dem Bein wackelten oder Männer, die mit ihren Schnurrbärten spielten. Dummerweise wurde sie dadurch an ihre Zeit mit ihm im Kerker erinnert. Und die Momente im Schlafzimmer.

Linda rutschte nervös auf ihrem Stuhl herum, leckte sich über ihre immer trockner werdenden Lippen, und mit ihrer Reaktion gewann sie sich seine Aufmerksamkeit. Als seine blauen Augen auf ihre trafen, schwappte Erregung durch ihren Körper.

Sein Mundwinkel zuckte, und dann stand er auf und verließ das Restaurant mit einem selbstbewussten Gang, der so einzigartig war wie der Mann selbst.

„Linda?" Lee sah über seine Schulter und folgte ihrem Blick. „Wo schaust du hin?"

KAPITEL ACHT

In einem abgetrennten Bereich auf seinem Land rotierte Sam eine Bullenpeitsche über seinem Kopf. Nach einer Weile wechselte er die Richtung. Ein Knall spaltete die Luft. Nicht schlecht. Er ließ die Peitsche nicht zur Ruhe kommen, holte immer wieder damit aus und fand sich in einen guten Rhythmus ein.

Nach dem Aufwärmen bewegte er sich in den Zielbereich. Er hatte etwas gebraucht, um sich von der rothaarigen Sub abzulenken, und nichts erforderte so viel Konzentration wie die Handhabe einer Peitsche. Er hatte die Narben, um diese Aussage zu unterlegen.

Heute hatte er Spagetti als Ziel ausgewählt, und Pfosten, um die sich die Peitsche wickeln sollte, sodass er daran ziehen konnte.

Und, nur so zum Spaß, hatte er Limodosen aufgestellt. Der Trick bestand darin, eine Gleichmäßigkeit in die Schläge zu bekommen, um die Dosen zu halbieren. Er traf die erste und es regnete Limo. Die untere Hälfte, noch immer mit Flüssigkeit gefüllt, verharrte auf dem Tisch.

„Angeber." Die Stimme brach in seine Konzentration.

Mit einem amüsierten Schnauben senkte Sam die Peitsche, wickelte sie auf und ging zu dem Zaun, wo Nolan sich mit den Unterarmen abstützte. „Alles okay?"

„Ich bin gekommen, um dir zu sagen, dass wir für heute fertig sind."

Sams Blick fiel auf die Anfänge seines neuen Stalls. Die Arbeiter hatten in der letzten Woche eine Menge geschafft. „Es wird."

„Hätte schon vor einem Jahrzehnt gebaut werden sollen. Der alte Stall ist eine Feuerfalle."

„Wurde vorher nicht gebraucht." Er hatte erst die Scheidung in trockenen Tüchern haben wollen. Schließlich hatte er die Bauarbeiter nicht den hysterischen Anfällen seiner Frau aussetzen wollen, und er hatte verhindern wollen, dass sie die Männer um Geld für Drogen anbettelte.

So wie sie das gestern bei ihm getan hatte. Sein Mund verzog sich zu einer Grimasse. Er musste Nicole warnen, dass ihre Mutter wieder in Tampa war. „Zuchtstuten jedoch erwarten einige Annehmlichkeiten."

„Das stimmt." Nolan sah sich um. „Gut sieht alles aus."

„Besser, ja." Nachdem die Farm vor Nancys zerstörerischen Wutanfällen sicher war, hatte er dringend notwendige Verbesserungen vorgenommen.

„Ich habe gehört, dass du eine Session mit der Frau von der Auktion gespielt hast. Geht ihr miteinander aus?"

Subs waren die schlimmsten Klatschtanten. „Nein. Sie will normal sein. Normale Frauen treffen sich nicht mit Sadisten."

„Nach dem, was Cullen gesagt hat, ist sie genauso eine Masochistin, wie du ein Sadist bist."

„Nicht, wenn sie etwas dagegen tun kann."

Nolan warf ihm einen Blick zu. „Aber das kann sie nicht. Genauso wenig, wie Beth etwas gegen ihre unterwürfige Natur tun konnte, und verdammt, sie hat sich alle Mühe gegeben."

Sam nickte zustimmend. Menschen gingen nicht logisch vor.

Wenigstens hatte Linda ihm vergeben. Und sie hatte seine Handynummer. Setzte er sie weiter unter Druck, könnte er sich gleich bei der Polizei als Stalker melden. Dass er sie nicht besuchen, nicht sehen konnte, fühlte sich an, als hätte er einen Zahn verloren – schmerzhaft trotz Betäubung und sich immer über den Verlust im Klaren. „Jetzt liegt der nächste Zug bei ihr." *Vorerst.*

„**Wie ich sehe,** muss ich noch etwas üben", sagte Linda. Im frühen Abendlicht stand sie auf dem Rasen vor der Kirche und lächelte die grauhaarige Chorleiterin an.

„Du wirst schnell aufholen." Mrs. Ritter blätterte durch eine Sammlung von Notenblättern. „Es ist schön, dich wieder bei uns zu haben."

„Ich habe das Singen vermisst." Und die erste Stunde zurück hatte sich wundervoll angefühlt. Aber jetzt, als sich die Chormitglieder vor der Kirche unterhielten, kehrte die Panik wieder ein.

„Ich habe in der Zeitung dein Haus mit den Schmierereien gesehen", sagte Mrs. Ritter. „Kam der Widerling zurück?"

„Gott sei Dank nicht." Seit zwei Wochen blieb es ruhig – seit der ersten Nacht, die Sam in ihrem Haus verbracht hatte, mit seinem riesigen Pick-up direkt vor der Tür. Vielleicht hatte der Täter Sam gesehen und beschlossen, sich andere Leinwände zu suchen.

Indessen hatte Sam den Entschluss gefasst, sich an weniger neurotische Frauen zu halten. Sie hatte ihn seit der Sache im Restaurant nicht gesehen. Sie ignorierte den Schmerz in ihrer Brust und sagte: „Ich glaube, dem Künstler wurde langweilig."

„Das sind ausgezeichnete Neuigkeiten." Mrs. Ritter reichte ihr eine Auswahl an Musik und blickte dann finster zu den Frauen, die sich um den Tisch mit den Erfrischungsgetränken eingefunden hatten. Das Flüstern der Gruppe hörte abrupt auf.

Linda erstarrte. Mehr Klatsch. Normale Gespräche fühlten

sich immer eher wie Hintergrundmusik an. Leise und doch tröstend. Wenn die Leute tratschten, senkten sich ihre Stimmen und ihre Blicke trafen sie wie kaltes Meerwasser, da sie regelmäßig prüften, dass Linda sie auch ja nicht hörte.

Hören brauchte sie allerdings nichts. Ein Blick auf die Gruppe reichte aus und sie wusste, dass die zwei Frauen in ihren Dreißigern sie als Schlampe abgestempelt hatten. Die beiden älteren Frauen verurteilten sie jedoch nicht.

Ich hasse es. Schlimmer noch: sie konnte nicht aufhören, sich zu fragen, ob die Obszönitäten an ihrem Haus von jemandem kamen, den sie kannte.

„Die Altpartie hier wird dir entgegenkommen. Sie brauchten eine stärkere Führung." Die Frau tätschelte ihre Schulter. „Willkommen zurück."

Als Mrs. Ritter davonging, sah ihr Linda nach. Die Menschen waren unberechenbar. Sie hatte angenommen, dass jüngere Frauen toleranter sein würden – und in ihrer Nachbarschaft war das auch so –, aber in der Gemeinde zeigten sich gerade die älteren Semester aufgeschlossener. Einige Damen in ihren Sechzigern hatten ihr erzählt, dass die Auswahl ihres Buchclubs im letzten Monat auf einen beliebten BDSM-Liebesroman gefallen war. *Wer hätte das gedacht ...*

Der Großteil hatte sie mit offenen Armen willkommen geheißen. Doch irgendwie überschatteten die wenigen unfreundlichen Begebenheiten den Rest. Reumütig schüttelte sie den Kopf. Vor Jahren hatte sie entdeckt, dass Brenna und Charles ihre netten Worte oder Komplimente regelmäßig vergaßen, während ihre Kritik stets länger in den Köpfen blieb. Anscheinend verursachten böswillige Bemerkungen ein ähnliches Ungleichgewicht.

Linda betrachtete die Grüppchen, die sich gebildet hatten. Sollte sie sich einem anschließen?

Nein, für heute hatte sie wirklich ausreichend Mut bewiesen. Stattdessen sagte sie laut genug: „Ich muss los. Wir sehen uns in zwei Tagen."

Zu einem gemurmelten Abschiedschor ging sie erleichtert zu ihrem Auto. Als sie die Straße erreichte und sich ihre verspannten Muskeln lockerten, warf sie einen Blick zurück. Normale Leute. Brillen und graue Haare, Hausfrauen, Sekretärinnen, ein Anwalt, Angestellte, zwei Geschäftsfrauen. Einige bereits Rentner, drei Collegestudenten. Kein Monster unter ihnen, obwohl sie sich oft wie Brennas Hamster fühlte, der von Charles' Welpe regelmäßig in die Enge getrieben wurde.

Da sie nicht in der Lage war, sich ihrem zu ruhigen Haus zu stellen, fuhr sie zu den Docks. Kurz vor Einbruch der Dunkelheit entdeckte sie am Pier nur einen alten Angler. Ein Pelikan auf einem Pfahl beobachtete lautlos, wie Linda auf einer verwitterten Bank Platz nahm.

Das Wasser lag finster und ruhig vor ihr. Eine leichte Meeresbrise wehte durch ihre Haare, setzte ihre Kleidung in Bewegung und trug die Überreste des Klatsches hinfort, bis sie sich wieder sauber fühlte. Ihre Hände zitterten, als sie sich ihre Haare hinter die Ohren schob. Mit jedem Tag fiel es ihr schwerer, ihr Haus zu verlassen – nicht aus Angst, entführt zu werden, obwohl dieser Gedanke immer präsent war. Nein, es lag daran, dass sie dann in der Nähe von Menschen sein musste. Sie hatte stets das Gefühl, dass jeder sie verurteilte. *Langsam wirst du paranoid, Süße ...*

Noch schlimmer – erschreckender – war, dass sie nicht länger das Gefühl hatte, dazugehören zu wollen. Die Schutzmauern um sie herum wurden immer höher, dicker, und sie hatte nicht daran gedacht, Türen einzubauen. *Es passiert wieder.* Ihre Hände ballten sich zu Fäusten, als die Verzweiflung wie ein unaufhaltsamer Wind auf sie einpeitschte. Es sollte nicht zurückkommen. *Verdammt,* es sollte nie wieder kommen.

Sie wollte dieses klare, offene Gefühl zurück, das nur Sam ihr geben konnte ... denn er wusste genau, wie er ihr wehtun musste.

Statt hungrig auf Schokolade oder Pizza zu sein, sehnte sie sich nach einer Empfindung. Sicher, Männer beschwerten sich oft, wenn sie nicht – wie hatte es einer mal ausgedrückt? – regelmäßig eine Nummer schoben. Marathonläufer nervte es, wenn sie sich verletzten, und pochten doch darauf, wieder zu rennen. *Ich brauche Schmerzen.* Sie erschauerte. *Nein, nein, nein!* Eine Möwe schoss vorbei, ihre winzigen schwarzen Augen beurteilten Linda nach potenzieller Nahrung. „Diesmal nicht." Dann erinnerte sie sich daran, dass sie sich nach der Probe einen Keks vom Tisch genommen hatte. „Also gut." Sie warf ein Stück auf das Dock.

Die Möwe landete recht unsanft und watschelte zum Leckerli. Plötzlich erschienen drei weitere der lauten Vögel.

„Meine Güte." Sie warf jeder einzelnen Möwe ein Stück zu und runzelte die Stirn, als der kleinste Vogel beiseitegeschoben wurde. Fieslinge, was? Ihr nächster Wurf landete direkt unter dem kleinen Kerl.

Vögel und ihre Hackordnung. Menschen waren ihnen sehr ähnlich. Sie seufzte. Und wie sie das waren! *Okay. Ich muss nachdenken, mit Logik an die Sache gehen.*

Im Grunde hatte sie zwei Probleme.

Das Erste war, dass sich ihre traurige Berühmtheit auf ihr Leben in Foggy Shores auswirkte. Das könnte sich irgendwann von selbst klären, denn Menschen langweilten sich schnell und so hoffte sie, dass es nicht lange dauerte, bis die Klatschmäuler endlich ihre Klappen hielten.

„Will ich so lange warten?"

Da sie ihren Snack beendet hatten, hoben die Möwen in die Luft ab und ließen nur die Laute des Wassers zurück, das gegen die Anlegestelle schwappte. Vom Strand hörte sie Kinder, die im Sand spielten. Sie war glücklich in dieser Stadt gewesen. Ihre Ehe war größtenteils gut gewesen. Als Frederick so unerwartet bei einem Autounfall ums Leben gekommen war, hatten die Einwohner ihre Hilfe angeboten. Sie hatten ihr geholfen, ihr Geschäft aufzubauen. Hier hatte sie Brenna und Charles großgezogen.

Sie starrte auf ihre Hände. Aber jetzt ... Die meisten ihrer engsten Freunde waren bereits vor zwei Jahren weggezogen. *Wir lebten in einer Gesellschaft, die nie zur Ruhe kam.* Ihre Kinder waren auf dem College. Nichts hielt sie hier; sie konnte gehen. Ihr Zuhause fühlte sich nicht mehr wie eine Zuflucht an. Sie sah immer noch die hässlichen Worte, als wären sie nie weggeschrubbt worden. Es würde kein Problem darstellen, das Haus zu verkaufen.

Aber mein Laden? Sie liebte ihren kleinen Strandladen, liebte es, eine Geschäftsfrau zu sein, liebte es, ihre Künstlerfreunde zu unterstützen. Sie wollte ihr Geschäft nicht verlegen. Sie presste die Lippen zusammen. Und sie wollte nicht fliehen, als hätte sie etwas falsch gemacht.

Die Antwort auf Problem Nummer Eins lautete? Abwarten.

Sie rieb mit ihrem Canvasschuh über das raue Holz und erkannte, dass ihr zweites Problem untrennbar mit dem ersten verknüpft war. Der Klatsch der Leute wäre nicht so nervig, wenn sie sich wohlfühlen würde.

Und war sie ehrlich mit sich selbst, musste sie zugeben, dass sie das nicht tat. Kein bisschen. Sie schloss die Augen und stellte die Frage, der sie aus dem Weg gegangen war. Bedeutete es, dass sie psychisch labil war, wenn sie verletzt werden wollte?

Ich weiß es nicht. Sie zog eine Grimasse. Dies zu beurteilen, wäre einfacher, könnte sie mehr Erfahrung vorweisen. Aber sie war bei der Hochzeit mit Frederick Jungfrau gewesen, und sie hatte nur wenige Liebhaber gehabt. Vor Sam hatte sie ihre Vorlieben nur vor drei Männern erwähnt – Dwayne, Frederick und Lee. Alle drei hatten ihr das Gefühl gegeben, sie sei das Problem.

Andererseits waren sie alle ... konservative Männer. Sollte sie sich auf ihre Meinungen stützen, um ein Urteil über sich selbst zu fällen? Lieber nicht. Sie entließ ein unglückliches Lachen. Warum hatte sie ihre Zeit in dem BDSM-Club nicht genutzt, um sich mit Mitgliedern zu unterhalten? Dann hätte sie herausfinden können, was normal war – wenn es Normalität überhaupt gab.

Als die Traurigkeit in ihr überhandnahm, musste sie sich Tränen aus den Augen blinzeln. Warum war das alles so schwer? Aber ihre Lösung – ihr *Problem* zu ignorieren – funktionierte nicht. Kein bisschen. Irgendwie musste sie einen Weg finden, sich mit sich selbst zu arrangieren. *Ich brauche Hilfe. Rat.* Die Tränen liefen über. *Ich brauche eine Umarmung.*

Und damit hatte sie ihre Antwort. Sie nahm ihr Handy und wählte die passende Nummer. „Kim? Kann ich etwas mit dir besprechen?"

Das kleine italienische Restaurant, in dem es, wer hätte es gedacht, nach Pizza, Knoblauch und Olivenöl roch, zeigte sich an diesem kühlen Abend als besonders warm und gemütlich. Eine kalte Front näherte sich, die Temperatur fiel, möglicherweise sogar auf den Gefrierpunkt. Orangenhaine waren in Alarmbereitschaft.

Linda folgte Kim zu einer Ecke mit nur einem Gast, einer Rothaarigen mit einer auffälligen blauen Strähne im Haar. Sie trug passend dazu eine blaue Dreiviertelarm-Bluse und auf der freigelegten Haut entdeckte sie blaue Tattoos im Blumendesign. Auf keinen Fall ein Mensch mit Stock im Arsch.

Kim deutete auf sie. „Das ist Gabi."

Linda lächelte höflich. Offenbar hatte die Frau angeboten, mit dem FBI zu arbeiten. Als Lockvogel war sie von den Agents ins Shadowlands eingeschleust worden. Erfolgreich, denn die *Harvest Association* hatte den Köder geschluckt und sie entführt. Ein Schnauben drohte zu entkommen. *Sie ist wahrscheinlich die letzte Person, mit der Linda über Wahnsinn sprechen sollte.*

Gabi grinste. „Hallo, Linda."

Diese Stimme. Vermengt mit Erinnerungen an schluchzende Frauen, sanfte Anordnungen von Krankenschwestern und piepende Maschinen hörte sie diese schöne Stimme. „Du warst an dem Tag im Krankenhaus." Alle geretteten Sklaven der Auktion waren zur Erholung ins Krankenhaus gekommen. Gabi gehörte zu den Spezialisten für Traumabewältigung.

„Ich arbeite als Opferspezialistin fürs FBI und würde es in Zukunft auch gerne dabei belassen." Gabi schüttelte sich übertrieben. „Selbst aktiv zu werden, ist absolut nicht mein Ding."

„Aber du hast es für mich getan, und das werde ich nie vergessen." Kim sah zu dem einsamen Glas auf dem Tisch. „Hast du schon etwas bestellt?"

„Natürlich. Zwei große Pizzen. Eine nur mit Gemüse, die andere mit Salami und schwarzen Oliven. Es wird genug sein, um Reste mit nachhause zu nehmen."

„Guter Gedanke. Raoul liebt Pizza. Linda, setz dich. Ich hole uns etwas zum Trinken." Sie sah zu Gabis Glas und fand wieder Lindas Blick. „Rootbeer, oder?"

„Richtig." Kim lief davon und Linda nahm auf der Bank Platz. Sie fühlte sich nicht so unwohl, wie sie befürchtet hatte.

„Ich habe gehört, dass du einige Fragen und Redebedarf hast."

Womit sollte sie beginnen? „Kim meinte, du lebst mit einem Dom zusammen? Du bist eine Sub?"

„So ist es. Marcus ist im Shadowlands einer der Master. Als wir uns kennenlernten, hat er sich um die Auszubildenden gekümmert."

Die Unterhaltung lief gut und so atmete Linda erleichtert aus. Wie es schien, wäre es schwer, diese Frau zu schockieren. *Jedenfalls hoffe ich das.* „Ich bin auch unterwürfig." Die nächsten Worte musste sie herauspressen: „Und ich bin eine Masochistin." Als sie auf den Holztisch starrte, übertönte das Rauschen in ihren Ohren das Summen der Gespräche. Sie spürte, wie jemand ihre Hand nahm.

„Atme, Süße, bevor du noch ohnmächtig wirst."

Linda sog scharf den Atem ein und der Raum rückte wieder in den Fokus. Schweiß hatte sich auf ihrer Stirn gebildet. „Ähm. Tut mir leid. Noch nie –"

Gabis Lächeln war verständnisvoll. „Das hast du noch nie laut ausgesprochen? So muss es sich anfühlen, zu den Anonymen Alkoholikern zu gehen. *Hallo, mein Name ist Linda und ich bin Masochistin.*"

Autsch. Doch dieses Mal hatte das Wort weniger Auswirkung auf sie. „Irgendwie schon. Wenn ich eine Masochistin bin, bedeutet das, dass ich eine ernsthafte mentale Anpassung brauche?"

„Na, mal sehen." Gabi lehnte sich zurück. „Hat dich deine Versklavung zu einem Masochisten gemacht?"

„Nein. Also ..." Lindas Hände ballten sich zu Fäusten. Sie hatte ihr schon so viel verraten, warum jetzt aufhören? „Ich wurde Zeuge davon, wie eine Frau vor einem BDSM-Club getasert wurde. Ich bin ihr zur Hilfe geeilt und wurde schließlich auch entführt." Sie schluckte schwer. „Ähm, ich kam gerade aus dem Club. Es fühlt sich also so an, als hätte ich bekommen, was ich verdient habe. Als wäre ich –"

„Süße, das ist Blödsinn." Bei Gabis entschlossener Unterbrechung blinzelte Linda. „Hat dir das dein Therapeut nicht ausgeredet?"

Linda starrte auf ihre Hände. „Ich habe ihr nie davon –"

„Du hast es nicht mit ihr geteilt, oder?" Gabi kniff die Augen zusammen. „Und vor einer Minute hast du so getan, als hättest du noch nie das Wort *Masochist* ausgesprochen. Den Teil hast du dann wohl auch nicht erwähnt, stimmt's?"

Linda schüttelte den Kopf.

„Oh je. Kein Wunder, dass du dich im Kreis drehst." Gabi zog die Augenbrauen zusammen.

„Gabi, hallo?" Kim stellte die Getränke auf den Tisch und setzte sich neben Linda. „Ich wollte, dass du ihr hilfst. Was soll das Stirnrunzeln?"

„Na ja, verdammt, wie soll eine Therapeutin helfen, wenn sie im Dunkeln gelassen wird?" Gabi stieß einen langen Seufzer aus, bevor sie reuevoll dreinblickte. „Andererseits sollen wir unsere

Patienten auch ein wenig unter Druck setzen und den Dingen auf den Grund gehen. Deine ließ dich anscheinend viele Themen umgehen."

„Umgehen?", fragte Kim.

„Dinge, an denen du in deiner Therapie gearbeitet hast." Gabi tätschelte Kims Hand. „Zum Beispiel, wie schmutzig du dich gefühlt hast. Der Irrglaube, dass du es verdient hättest, missbraucht zu werden, weil du in einem BDSM-Club warst."

Linda starrte sie an. „Dir ging es auch so?"

„Kim wurde geholfen, mit diesen Gefühlen umzugehen." Gabis Blick richtete sich auf Linda. „Du hast es deiner Therapeutin also nicht gesagt, weil du denkst, dass es falsch ist, auf Kink zu stehen, oder? Ähm, korrekt?"

Gabi war definitiv eine Psychologin. Linda wollte sich unter dem Tisch verstecken, doch es war das Verständnis beider Frauen, das sie am Sitz festnagelte. „Mein Ehemann und auch andere ... Liebhaber haben mir stets das Gefühl gegeben ... unausgewogen zu sein."

„Ah. Weil du Schmerz magst. Vermutlich sehnst du dich danach. Es macht Sex besser und es hilft einigen Menschen dabei, Emotionen zu verarbeiten." Gabi tippte mit ihren Fingernägeln auf den Tisch. „Du hast ein paar Probleme. Zuerst zu dem, was einfach zu lösen sein sollte. Dir sollte klar sein, dass jeder Angriff bei dem Überlebenden zu dem Gedanken führt: *Was habe ich falsch gemacht, um das zu verursachen? Wenn ich nur etwas anderes getan hätte, wäre das nicht passiert.* Ein Überlebender wird jedes Detail, das zu dem Vorfall geführt hat, auseinandernehmen."

„Wirklich?" Linda blinzelte.

Kim schaute mit einem verlegenen Lächeln zu ihr. „Oh ja. Raoul meinte, es sei normal. Die Menschen denken gerne, dass sie ihr Schicksal beeinflussen und kontrollieren können. Vielleicht können wir das bis zu einem gewissen Grad, aber manchmal passieren eben furchtbare Dinge."

Linda biss sich auf die Lippe. Sie hatten Recht. Wäre sie der

Meinung, dass es zu den schrecklichen Ereignissen gekommen war, weil sie kinky war, dann konnte sie, indem sie vorgab, normal zu sein, sicherstellen, dass nie wieder schlimme Dinge passieren würden. Andererseits: Geschahen einige Desaster nur, weil man zur falschen Zeit am falschen Ort war, dann konnte man sich auf das Universum nicht gerade verlassen, dass es einen in die richtige Richtung führte.

„Beängstigender Gedanke, oder?" Gabi tätschelte ihre Hand. „Ich habe als Teenager eine Gruppenvergewaltigung überlebt. Ich habe es geschafft, den Tag zu verarbeiten, aber die Welt fühlte sich nie wieder so sicher an wie davor."

Zu dem Zeitpunkt musste Gabi jünger gewesen sein, als es Brenna jetzt war. Traurigkeit vermischte sich mit Mitleid, als Linda ihre Hand umdrehte und sie die Finger um Gabis legte. „Das tut mir unendlich leid."

Gabi drückte sie zurück. Worte waren dabei nicht notwendig.

Linda dachte nach.

Eine Minute verging und sie atmete tief ein. *Manchmal passieren eben furchtbare Dinge.* Das ergab Sinn. Ein befreiender Gedanke. *Ich habe nichts getan, um eine Versklavung zu verdienen.* Etwas in ihr löste sich. Nicht komplett, nein. Sie müsste daran arbeiten, dies wirklich und wahrhaftig glauben zu können. Zuerst wollte sie sich allerdings mit dem wahren Grund auseinandersetzen, aus dem sie gerade an diesem Tisch saß. „Und das andere Problem? Meine Vorliebe nach Schmerz?"

„Richtig. Lass uns das besprechen." Gabi wühlte in ihrer Handtasche und zog zwei Visitenkarten heraus. „Ich weiß, dass alle Therapeuten der Welt gegenüber offen sein sollten, aber wie so oft haben wir auch in diesem Berufsfeld mit Vorurteilen zu kämpfen. S und M wurden von der Liste der psychischen Störungen gestrichen. Das Thema jedoch bereitet immer noch einigen Psychologen Unbehagen." Sie gab die Visitenkarten an Linda weiter. „Ich kann dich nicht als meine Patienten aufnehmen, aber diese beiden sind mit dem Lifestyle vertraut. Und du brauchst Hilfe, Süße."

„Okay." Linda steckte die Karten in ihre Brieftasche. „S und M ist kein psychisches Problem?"

„Nein. Nur ein weiterer Punkt im sexuellen Kontinuum. Was zählt, ist, wie du damit umgehst." Gabi lehnte sich zurück. „Brauchst du ständig jemanden, der dir wehtut? Beeinflusst das Verlangen deine Arbeit oder dein Privatleben?"

„Nicht ständig, aber i-ich will es. Ohne werde ich schnell launisch." Linda starrte auf ihre Finger und gab zu: „Nach der Entführung wurde die Sehnsucht unerträglich."

„Alle geretteten Frauen hatten danach Probleme. Das ist nicht verrückt. Das ist menschlich. Und wenn Schmerz dir hilft, mit deinem inneren Selbst in Kontakt zu kommen, dann ist es nur logisch, dass Stress deinen Bedarf erhöht." Gabi grinste. „Ich zum Beispiel esse dann eine ganze Tüte Chips innerhalb weniger Minuten."

„Oh." Ihr nächster Gedanke rutschte ihr heraus, bevor sie ihn zensieren konnte. „Aber ... beim Sex. Die Männer dachten, ich sei *unausgewogen*, als ich um etwas ... anderes bat."

Kim schnippte verärgert mit den Fingern. „Die Arschgeigen wollten nicht hören, dass sie keine Götter im Schlafzimmer sind, oder dass du möglicherweise etwas anderes willst, als das, was sie bieten können." Sie kicherte. „Wirklich, Linda, du solltest dich dafür schämen, ihre kleinen Egos zerquetscht zu haben."

Gabi lachte.

Nach einer Sekunde zeigte sich auf Lindas Lippen ein Grinsen. Ja, genauso hatten sich Frederick und Lee verhalten. Sie hatten es als Beleidigung gesehen. Dwayne hingegen war sehr wütend geworden.

Langsam hob sich ihre Stimmung. „Also bin ich nicht psychisch labil? Und brauche keine Therapie?"

„Oh doch, du brauchst eine Therapie, aber hauptsächlich, um herauszufinden, wie du mit deinen Bedürfnissen umgehen kannst." Gabi verdrehte die Augen. „Das Ziel ist nicht, dass du von ihnen geheilt wirst."

Nicht verrückt. Linda biss sich auf die Unterlippe und kämpfte gegen Tränen an. Sie musste immer noch entscheiden, ob sie BDSM in ihrem Leben haben wollte oder nicht, aber nach diesem Gespräch lag die Entscheidung ganz allein bei ihr. Sie wurde nicht von Angst getrieben.

Ich bin nicht verrückt. Vielleicht sollte sie Champagner zu der Pizza bestellen.

Kim stupste gegen ihre Schulter. „Nach dem Essen und ein wenig Klatsch und Tratsch könntest du mit uns ins Shadowlands kommen. Was sagst du dazu?"

Der Gedanke war aufregend. Wäre Sam dort? Wollte sie ihn sehen? *Natürlich wollte sie das.* Wirklich eine dumme Frage, wenn man bedachte, wie sein Name sie erschauern ließ.

Aber sollte sie es darauf anlegen, ihn anzutreffen? Sie fühlte sich immer noch nicht wohl mit der Idee, Schmerzen zu brauchen. Aber wie Gabi gesagt hatte: Wenn es diese Vorliebe war, die sie ausmachte, musste sie lernen, damit umzugehen. *Hör auf, ständig den Kopf in den Sand zu stecken.*

Aber ich mag Sand. Trotzdem: Was hatte es ihr bisher gebracht, ihre geheimen Wünsche zu ignorieren?

Die Frage war nur: Würde Sam ihr vergeben, dass sie vor ihm geflüchtet war? Es gab nur eine Möglichkeit, dies herauszufinden. „Ja, ich bin dabei."

KAPITEL NEUN

In einer schwarzen Jeans und einem ebenso farbenen Hemd lehnte sich Sam gegen die Bar und sah Z finster an. „Brauchst du mich für etwas?" Er hatte nicht vorgehabt, ins Shadowlands zu gehen. Nicht dieses Wochenende. Nicht, bis er die Frau aus seinen Gedanken vertrieben hatte, die seine Peitsche zuletzt genossen hatte. Überall sah er sie.

Z hatte nicht gesagt, was er wollte, also hatte Sam seine Tasche mitgebracht. Aber er war nicht in der Stimmung, eine Lektion zu geben, solange er nicht unbedingt musste.

„Irgendwie hast du es geschafft, dich der Aufsicht über die Auszubildenden zu entziehen." Z schenkte ihm ein schwaches Lächeln. „Eigentlich ist Olivia gerade an der Reihe, aber ihr kam auf der Arbeit etwas dazwischen. Kannst du ihren Platz einnehmen?"

„Zur Hölle nochmal." Jetzt würde er lieber eine Lektion geben. Sam sah zu den Auszubildenden, die ihren Aufgaben nachgingen. Sie waren leicht auszumachen, da sie Handschellen aus Leder trugen, an denen farbige Bänder befestigt waren, die ihre Vorlieben in Sessions zeigten. Rot bedeutete, dass sie Masochisten waren. „Meine Hoffnung war, dass du mich übersiehst. Oder jemanden auf Dauer einstellst."

„Nein", sagte Z mit trockener Stimme. „Ich denke, dass die Auszubildenden von einer Vielzahl an Ausbildern profitieren. Ihre Wahl für einen Dom könnte so ausgewogener ausfallen."

Wie es aussah, kam er um die Aufgabe nicht herum. „Also gut."

Es machte ihm nichts aus, einzeln mit den Auszubildenden zu arbeiten. Als Ausbilder musste er sie jedoch beaufsichtigen, zuweisen, bestrafen und entweder mit Doms oder Mastern zusammenbringen, die sie in ihrer Entwicklung fördern konnten. Er runzelte die Stirn und betrachtete die potenziellen Tops. Keine gute Auswahl. Zu viele Master waren vergeben und spielten nur noch mit ihren Subs. „Wir brauchen mehr ledige Master, Z."

Z nickte. „Ich stimme zu. Vorschläge?"

Der Titel Shadowlands-Master – oder Mistress – wurde von der Mitgliedschaft während eines Wahlprozesses verliehen. Z aber war es, der die Kandidaten nominierte. „Ich denke, Holt ist bereit."

„Eine gute Wahl. Galen Kouros und Vance Buchanan sind jetzt Mitglieder, und sie verdienen beide den Titel." Z überlegte. „Was hältst du von Jacob?"

Sam legte die Stirn in Falten. „Ich dachte, er sei mit Heather in einer Beziehung." Auch Heather hatte mal als Auszubildende angefangen.

„Ihre Verbindung hat ihren Jobwechsel nach Oregon nicht überlebt."

„Ja, das kommt vor." Eine Schande. Sie sahen gut zusammen aus.

„In der Tat. Er ist zurück und hilft als Kerkeraufseher aus."

„Er würde einen guten Master abgeben."

„Damit haben wir vier. Und Catherine ist bereit für den Mistress-Titel." Z musterte Sam. „Du siehst müde aus."

Verdammter psychoanalysierender Dom. Nach seinem

Abschied vom Militär und der Sache mit Nancy hatte er allmählich genug von Therapeuten. Zumal auch sie seiner drogenabhängigen Frau nicht hatten helfen können. Andererseits war sie die manipulativste Person, die er jemals getroffen hatte. *„Ich liebe dich, Sam. Wenn du mich liebst, dann wirst du mir geben, was ich brauche."* Er spannte den Kiefer an. Schnell schob er die Erinnerungen zur Seite. „Der Tag hat früh begonnen. Nolans Mannschaft steht pünktlich zum Sonnenaufgang vor dem Tor."

„Meintest du nicht mal zu mir, dass du immer vor Sonnenaufgang aufstehst?", sagte Z, ohne sich etwas im Gesicht anmerken zu lassen.

Na ja, Sam hielt nichts von Ausweichmanövern. Er bevorzugte es, direkt zu sein. „Nicht dein Problem, Z. Halte dich zurück."

Z musterte ihn und nickte. „Ruf mich an, wenn ich helfen kann."

„Okay." Sam schlug mit der flachen Hand auf die Bar. „Dann werde ich mal ein paar Auszubildende in Angst und Schrecken versetzen, sodass ich heute Nacht gut schlafen kann."

Auf Zs Lippen formte sich ein breites Grinsen. „Anne hat sie letzten Monat beaufsichtigt. Es wird also einiges brauchen, um sie zu erschrecken."

„Verdammt." Mistress Anne war nicht nur eine Sadistin, sondern sie hatte auch ein Talent dafür, mit dem Verstand der Subs zu spielen. Wo Sam geradeheraus war, zeigte sie sich hinterlistig. Und doch verehrten ihre männlichen Subs sie – und es war nicht ungewöhnlich für sie, mehrere gleichzeitig zu unterhalten. Sam schüttelte den Kopf und lief an der Theke entlang, bis er Cullen erreichte, der gerade ein Bier zapfte.

Cullen sah mit einem Grinsen auf. „Hey, Kumpel. Hat Z dir die Auszubildenden aufgedrängt?"

„Hat er. Wer gehört zu der ersten Schicht für die Bar?"

„Rainie, Dara und Sally. Maxie fehlt diesen Monat. Uzuri und Tanner sind für die zweite Hälfte des Abends eingeteilt."

„Danke." Sam schlenderte durch den großen Raum und warf

instinktiv ein Auge auf die Sessions. Als er einen männlichen Dom entdeckte, der sich darauf vorbereitete, seinen Sub ohne Kondom zu nehmen, räusperte sich Sam und nickte zu dem Tisch mit den Verhütungsmitteln. Z war es egal, wie lange ein Paar bereits zusammen war; im Shadowlands kam niemand um ein Kondom herum.

Der Dom warf ihm einen reumütigen Blick zu und sagte dann zu seinem Partner: „Ich muss mir für die Party etwas überziehen, Junge. Nicht bewegen." Er packte den Hoden des Subs. Hart. „Hast du mich gehört? Nicht. Bewegen."

Sam entfernte sich und grinste über das Stöhnen des Subs, das niedrig anfing und hoch endete. Nette Spannweite.

Im Hauptraum sah er nach Dara und Sally. Es ging ihnen gut. Sie kümmerten sich nicht nur um die Getränkebestellungen, sondern hatten auch genug Zeit, um für später Sessions auszuhandeln. Z dachte sich schon etwas dabei, die Auszubildenden als Kellner einzusetzen. Einige von ihnen – na ja, nicht Dara oder Sally – waren schüchtern, und diese Aufgabe machte es ihnen leichter, mit Doms ins Gespräch zu kommen.

Im Kerker sprach eine Domina mit Rainie. Sie setzte die Sub unter Druck. Die Domina tanzte damit nicht ... völlig ... aus der Reihe, aber die Auszubildende war zu eingeschüchtert, um ein konkretes *Nein* zu geben.

Rainie war um die einen Meter siebzig groß und müsste er raten, würde er sagen, dass sie wahrscheinlich ungefähr hundert Kilo wog. Die jüngeren Doms nannten sie BBW – *big, beautiful woman*. Eine wunderschöne, kurvige Frau, und Sam gefiel die Beschreibung. Sie war noch recht neu im Club und bereits sehr beliebt.

Sie trug blaue Shorts, einen Latex-BH und eine Fülle an Tattoos. Die roten Lotusblüten begannen an ihrem Arsch und verwandelten sich auf dem Weg hinauf zu ihrem Rücken in sprudelndes Wasser. Weitere Blumentattoos ergossen sich über ihre rechte Schulter, ihr Brustbein hinunter und legten sich um ihre rechte Brust. Ihr schulterlanges braunes Haar zeigte sich mit roten und blonden Strähnen.

Die Persönlichkeit der Auszubildenden war so farbenfroh wie ihr Aussehen. Aber sie ließ sich leicht einschüchtern.

„Whitney." Sam nickte der Domina zu, bevor er sich auf Rainie konzentrierte. „Mädchen, Cullen braucht dich an der Bar."

„Ja, Master Sam." Rainie warf ihm einen erleichterten Blick zu und verließ dann den Kerker.

Die Domina funkelte ihn wütend an. „Sam, ich –"

Er verschränkte die Arme vor der Brust. „Sie hat nicht *Nein* gesagt, aber du weißt sehr genau, dass einige Subs das nicht tun. Deute ihre Körpersprache. Und gib ihnen genug Raum, sodass sie sich das Angebot durch den Kopf gehen lassen können."

„Scheiße." Whitney runzelte die Stirn. „Was ist mir entgangen?"

„Hättest du hingesehen, anstatt sie unter Druck zu setzen, wäre es dir aufgefallen", sagte Sam. „Wie nah war sie dir? Hat sie sich zurückgezogen? Oder hat sie sich dir entgegengelehnt? Hat sie ihre Haare und ihren Ausdruck zum Flirten benutzt? Oder hat sie ihre Arme abwehrend verschränkt?"

Die Domina sah aus, als würde sie am liebsten die Wand mit ihrer Faust attackieren. *Fuck, fuck, fuck.* Ich habe es wirklich verkackt." Sie war groß und schlank und hielt ihr schwarzes Haar kürzer, als Sam es tat. Hinter ihren sanften Zügen verbarg sich ein Verstand, der so robust war wie ihr Körper. Ein wenig mehr Erfahrung und sie könnte eine großartige Domina werden.

„Das hast du." Jeder Top auf der Welt baute mal Mist. Die Guten gaben ihre Fehler zu und lernten daraus. „Das nächste Mal wirst du vorsichtiger vorgehen."

„Das werde ich, und ich werde mich bei dem Mädchen entschuldigen." Sie schlug ihm dankbar auf die Schulter – eine der wenigen an diesem Ort, die es wagten, ihn zu berühren. „Danke, dass du dich eingemischt hast."

Er nickte und machte sich wieder auf den Weg zur Bar, wo er

Rainie einen Vortrag geben würde. Subs, insbesondere Auszubildende, mussten in der Lage sein, *Nein* zu sagen.

Er schnappte sie sich im Eingangsbereich. „Rainie."

Ihre grünbraunen Augen weiteten sich und sie trat einen Schritt zurück und nahm die Hände vor dem Bauch zusammen, ihre Finger so angespannt, dass sie bereits weiß anliefen. „Ja, Master Sam."

Er seufzte. Manchmal genoss er seinen *Der isst Babys zum Frühstück*-Ruf, und dann gab es Tage, an denen es einfach nur nervte. Mit der Zeit würde das Mädchen erkennen, dass Sadisten dazu neigten, freundlicher als gewöhnliche Doms zu sein – zumindest, wenn sie sich nicht gerade in einer Session befanden. Wenn ein Sadist stets unausstehlich war, wie sollte er dann jemanden zum Spielen finden? „Wolltest du eine Session mit Whitney?"

Sie schüttelte den Kopf.

„Sprich es laut aus, Mädchen. Hattest du Interesse an einer Session mit Whitney?"

„Nein", flüsterte sie.

Okay, er musste also seinen Ruf bekräftigen. Konnte sie zu ihm *Nein* sagen, sollte sie damit bei anderen auch kein Problem mehr haben. „Ich kann dich nicht hören, Fräulein", zischte er.

„Nein." Immer noch ein Flüstern.

Ihre Fesseln zeigten ein gelbes Band; sie fand also Gefallen an leichtem Schmerz. „Beuge dich über den Barhocker."

Ihre Augen weiteten sich, aber nach einer Sekunde gehorchte sie.

Als er ihr gewaltsam auf ihren von einer Shorts bedeckten Arsch schlug, quietschte sie. Der nächste Befehl: „Hoch mit dir."

Ihr Gesicht war rot, was eher auf Demütigung und nicht auf Schmerz zurückzuführen war.

„Wolltest du mit der Domina eine Session spielen?"

Ihre Unterlippe bebte. „Nein." Immer noch zu leise.

„Bis ich ein lautes *Nein* von dir höre, werde ich fortfahren." Er warf ihr einen herzlosen Blick zu. „Es wäre nicht das erste Mal, dass ich jemandem stundenlang den Arsch versohle."

Sie schluckte schwer, als er auf den Hocker zeigte, beugte sich aber gehorsam vor.

Er gab ihr einen Klaps, der so hart war, dass sogar seine Handfläche brannte, hart genug, dass sie einen Schrei entließ. Als sie wieder aufstand, fragte er: „Wolltest du mit der Domina eine Session spielen?"

„Nein!"

Schön laut. Sehr gut. „Nochmal."

„Nein!"

„Willst du, dass ich dir erneut auf den Arsch schlage?"

„Nein!"

„Gut." Er schaute nach oben. „Und ist die Decke heruntergefallen, weil du *Nein* zu einem Dom gesagt hast?"

Sie blinzelte und ihre Kinnlade klappte auf. „Ich schätze nicht."

„Sag mir, was der Sinn dieser Lektion war."

„Ich hätte *Nein* sagen sollen."

„Richtig. Vergiss beim nächsten Mal nicht, die Session mit viel Entschlossenheit abzulehnen. Ein Top muss sich sicher sein, dass du nicht mit ihm spielen willst." Sam tippte mit dem Finger auf ihre Wange und freute sich, dass sie ihm nicht verängstigt auswich. „Mach es besser, sonst werde ich das nächste Mal einen Rohrstock benutzen."

„Ja, Sir." Sie legte den Rückwärtsgang ein. Ein Schritt. Zwei Schritte. „Danke, Sir. Für die Lektion."

Er verschränkte die Arme vor der Brust und beobachtete sie bei ihrer Flucht. Nach ein paar Metern rieb sie sich mit der Hand über ihren Arsch. Er grinste.

In einem Neckholder-Top und einem kurzen Wickelrock saß Linda zwischen Gabi und Kim und beobachtete Sam. Als er einer tätowierten Sub einen harten Klaps auf den Arsch gab, musste sie sich wieder einmal eingestehen, dass alles an diesem Dom sexy war: sein strenger Ausdruck, sein hartes Gesicht, sein markantes Kinn, seine sehnigen Arme und sein definierter Körper. Schwarze Harter-Kerl-Kleidung, ein dicker Gürtel und Stiefel in der gleichen Farbe. All diese Dunkelheit ließ seine aschgrauen Haare und die blassen Augen unheimlich erscheinen. Als er die Arme über der Brust verschränkte und der jungen Frau bei ihrer Flucht hinterhersah, entließ Linda einen Seufzer.

„Was ist los?" Kim beäugte sie und warf sich eine kleine Quiche in den Mund.

Ich sehne mich nur nach einem *Mann.* Linda räusperte sich und hoffte, das Thema zu wechseln: „Hast du jemals darauf geachtet, was die Haltung und das Verhalten eines Mannes über ihn aussagt?"

„Ich bin mir nicht sicher, was du meinst", entgegnete Kim.

„Na ja." Linda sah sich um und nickte dann zu dem Barkeeper, der auch als Riese durchgehen könnte. „Er bewegt sich auf eine Weise, die sagt, dass er nicht nur brutal kämpft, sondern dabei auch Spaß hat. Ein geborener Schläger."

Gabi schnaubte. „Du hast Master Cullen durchschaut. Was ist mit ihm?" Sie zeigte auf einen gemein aussehenden Dom mit einem vernarbten Gesicht.

Linda musterte ihn. Kein Gesichtsausdruck, aber seine Augen hörten nie auf, sich zu bewegen, und seine Körperhaltung ... „Komm ihm in die Quere und er zerquetscht dich wie eine Fliege. Dann würde er über deinen Körper treten und keinen weiteren Gedanken an dich verschwenden."

„Verdammt, ja, das ist Master Nolan." Kim grinste.

„Als Ladenbesitzer lernst du, Menschen zu deuten."

Gabi lächelte sie verschlagen an. „Was ist mit Master Sam?"

„Ihn kenne ich, also wäre es Betrug." Ihr Mundwinkel zuckte. „Er würde keinen Kampf anfangen, es nicht genießen, aber aufgeben würde er auch nicht. Und er würde den Job definitiv zu Ende bringen."

Kim nickte. „Klingt nach ihm."

„Am Ende würde er den Kerl noch treten, nur um in den Genuss seines Stöhnens zu kommen", fügte Linda hinzu.

Gabi verschluckte sich an ihrem Drink und hustete heftig genug, um Aufmerksamkeit zu erregen.

„Wirklich toll gemacht, Dummkopf. Jetzt hat uns Cullen gesehen", zischte Kim.

Gabi hob die Hand, schaffte einen Atemzug und krächzte: „Oh, bitte, als hätte Ben deinen Master nicht schon angerufen. Hast du Raoul nicht gesagt, dass wir vielleicht ins Shadowlands gehen?"

Kims Augen weiteten sich. „Aber ... aber Ben hat uns damals auch nicht verraten."

„Nachdem wir uns an diesem bestimmten Tag reingeschlichen haben, waren die Jungs sicher bei ihm, um mit ihm ein Wörtchen zu reden." Gabi nahm einen selbstgefälligen Gesichtsausdruck an. „Aus dem Grund habe ich natürlich um Erlaubnis gebeten."

Linda runzelte die Stirn und versuchte mitzukommen. War Ben nicht der übergroße Türsteher? „Werdet ihr Ärger bekommen? Nur weil ihr hier seid?"

„Oh ja." Kim funkelte Gaby wütend an. „Du kleine Göre."

„Hey! Ich habe gehört, dass ihr heute vielleicht vorbeikommen würdet." Eine kleine vollschlanke Blondine mit meergrünen Augen ließ sich auf einen Stuhl fallen und lächelte die drei Frauen über den Couchtisch an. „Du musst Linda sein. Ich bin Jessica." Nachdem sie sich eine von Gabis Pizzarollen geklaut hatte, steckte sie sich den Leckerbissen in den Mund. „Mmm."

„Du kannst mehr haben", sagte Gabi und schob den Teller zu ihr.

„Lieber nicht." Jessicas Mundwinkel verzogen sich nach unten. „Z meinte, dass ich regelmäßig vergesse, wem ich gehöre, wenn ich zu lange im Club herumwandere." Sie richtete ihr dunkelgrünes Korsett. „Nun hat er sichergestellt, dass ich immer das Gefühl habe, seine Arme um mich zu haben. Er hat das Korsett persönlich festgezogen. So fest, dass ich kaum Luft bekomme."

„Das ist etwas Neues." Kim sah besorgt aus. „Hoffentlich wird er diesen Trick nicht mit Raoul teilen."

Gehören? Linda entdeckte den Verlobungsring an Jessicas Hand. „Du bist mit Master Z verlobt?" *Bist du wahnsinnig?*

Jessica lachte. „Im Alltag ist er gar nicht so beängstigend." Nach einer Sekunde ergänzte sie: „Na ja, manchmal ist er noch beängstigender."

„Woher wusstest du, dass wir herkommen wollten?", fragte Kim.

„Lass mich nachdenken." Jessica kniff die Augen zusammen. „Gabi hat Marcus angerufen. Als Marcus Dan wegen eines Serienvergewaltigers anrief, erwähnte er Gabis Pläne. Dan erzählte es Kari, und Kari erzählte es mir, und ich erzählte es Z."

„*Ertränke mich*", flüsterte Kim. „Raoul hat die Information wahrscheinlich von mindestens drei Leuten gehört." Sie legte den Kopf in den Nacken und starrte an die Decke. „Ich bin dem Untergang geweiht."

Linda biss sich auf die Lippe, als sie von Schuldgefühlen überwältigt wurde. „Wirst du wirklich Ärger bekommen?"

„Nicht, wenn ich schnell handle. Zeit für vorbeugende Maßnahmen." Kim holte ihr Handy raus, schaltete es ein und drückte die Kurzwahltaste. „Hey, Master? Gabi und ich haben Linda tatsächlich überreden können, mit uns ins Shadowlands zu kommen. Ich hätte nicht gedacht, dass sie schon bereit ist; du weißt ja, wie stur sie sein kann." Sie zwinkerte Linda zu. „Aber sie hat zugestimmt. Also sind wir jetzt hier, und ich wollte sicherstellen, dass du es weißt."

Durch das Telefon trat Raouls Stimme tief und geschmeidig an Lindas Ohren; was er sagte, konnte sie aber nicht hören.

Kim zuckte zusammen. „Ja, ähm, wir hatten vor, sie zu fragen, ob –" Pause. „Nein, ich habe nicht gedacht –" Pause. „Ja, aber –"

Pause. Kims Schultern sackten nach unten. „Ja, Master." Sie legte auf.

„Du bist tot, Freundin." Jessica schüttelte den Kopf und kicherte schadenfroh. „Was wird er als Nächstes tun?"

„Ich weiß es nicht, aber glücklich hat er nicht gerade geklungen."

„Es tut mir leid", sagte Linda. „Soll ich mit ihm sprechen?"

„Nein, nein, früher oder später wäre es eh passiert." Kim zuckte mit den Schultern. „Wir sind immer noch am ... Definieren unserer Beziehung, und wie viel Kontrolle er bekommt. Er gibt bei manchen Dingen nach, ich bei anderen. Dummerweise denke ich, dass er nicht darüber verhandeln wird, mich allein ins Shadowlands gehen zu lassen, weißt du?"

„Nun, er ist unglaublich besitzergreifend. Natürlich gefällt es ihm nicht, dass du dich allein in einem Club voller hungriger Doms herumtreibst." Jessica kicherte. „Nein, in dem Punkt kannst du nicht gewinnen."

Lindas Augen wanderten zu Gabi, um zu sehen, ob sie zustimmte, aber die Aufmerksamkeit der Opferspezialistin hatte sich verlagert. „Stimmt etwas nicht?"

„Nein, alles gut. Ich beobachte nur ..." Sie wies auf etwas.

Linda folgte ihrem Blick und in der nächsten Sekunde hatte sie das Gefühl, in einer Achterbahn zu sitzen und kurz vor dem ersten Abfall zu stehen. In der Nähe der Bar lag Sams Hand um den Nacken einer dunkelhäutigen Sub.

Mit angespanntem Kiefer kämpfte Linda gegen die plötzlich eintretende Eifersucht an. *Er gehört mir nicht. Ich habe ihn abgewiesen.* Rationales Denken half nicht. *Verflucht sei der Mann.* „Wird er eine Session mit ihr spielen?"

Jessica schüttelte den Kopf. „Bezweifle ich. Uzuri mag nicht einmal leichten Schmerz. Nein, ich wette, er hat eine Session für sie arrangiert."

Gabi runzelte die Stirn. „Warum sollte er das tun?"

„Oh, Z hat ihm heute Abend die Auszubildenden anvertraut.

Er meinte, dass Sam sich gerne um die Aufgabe drückt." Sie grinste. „Das hat den kleinen Sadisten wohl etwas sauer gemacht." Linda schaffte es nicht, ihren Blick von Sam zu nehmen. Wie viele Männer würden gerne eine Frau am Nacken durch einen Raum zerren? Freude schien er dabei allerdings nicht zu haben. Er stolzierte nicht. Wenige Meter weiter stoppten sie und er legte eine Hand auf ihre Schulter, als er mit einem Dom in seinen Dreißigern sprach. Wie ein Schiedsrichter stand er zwischen dem Dom und Uzuri. Dann übernahm der Dom das Gespräch mit Uzuri, woraufhin Sam nickte und sich entfernte.

In den Filmen hatten Cowboys stets einen breitbeinigen Gang, Soldaten einen achtsamen. Sams lag irgendwo dazwischen – ein ominöses Schlendern.

Was würde passieren, wenn er sie bemerkte? Ihre Muskeln spannten sich vor Vorfreude an. Als sich ihre Fingernägel in ihren Arm bohrten, verstärkte die Empfindung die Funken auf ihrer Haut und sie erkannte, was sie tat. *Die Perversion des Schmerzes.* Sie presste die Lippen zusammen.

Gabis Blick traf ihren. „Linda, wenn es für dich falsch sein soll, Schmerzen zu genießen, bedeutet das dann nicht auch, dass ich es verabscheuen sollte, gefesselt zu werden? Ich genieße es nämlich. Sehr sogar." Gabi schenkte ihr ein verständnisvolles Lächeln.

Linda entspannte sich. Gabi war genauso süß wie Kim. Und war es nicht seltsam, dass beide so normal wirkten? Eine Therapeutin. Eine Biologin. „Was machst du beruflich, Jessica?"

„Du bist noch neu im Lifestyle, oder? Ich wette, du leidest an dem *Normale Menschen machen sowas nicht*-Syndrom." Jessicas Augen strahlten amüsiert. „Damit wirst du Spaß haben: Ich bin Steuerberaterin."

„Was? Wirklich?"

„Oh ja. Mehr Stock im Arsch geht nicht." Nachdenklich tippte sich Jessica gegen die Lippen. „Kari ist Lehrerin; Andrea besitzt ein Reinigungsunternehmen, Beth eine Firma für Landschaftsgestaltung. Sally arbeitet an ihrem Masterabschluss; Uzuri ist die Managerin in einem Kaufhaus, und Rainie verwaltet ein Abschleppunternehmen."

Ungläubig lehnte sich Linda zurück. Normale Jobs, normale Menschen. Und warum auch nicht? Wieso hatte sie erwartet, dass sie seltsam wären? Sie holte tief Luft. Wie ein Idiot fühlte sie sich. Wie oft hatte sie die engstirnigen Meinungen ihres Vaters gedankenlos als Wahrheit akzeptiert – in diesem Fall: dass jeder, der mehr als die Missionarsstellung wollte, nicht von dieser Erde sein konnte? „Danke. Das hat geholfen."

„Hey, da mussten wir alle durch", sagte Jessica.

„Oh, Linda!" Gabi wackelte anzüglich mit den Augenbrauen. „Du wurdest von dem Mann entdeckt, Ms. Ladenbesitzerin. Wirst du wegrennen?"

Obwohl sich ihr Magen plötzlich anfühlte, als hätte sie jeden Schmetterling in Florida verschluckt, nahm Linda einen hochmütigen Gesichtsausdruck an, blieb standhaft und ließ den Blick abgewandt. Sie sah sich nicht nach ihm um. „Ihr jungen Dinger würdet vielleicht rennen, aber ich bin zu reif, um mich dieser Angst hinzugeben."

„Is' klar. Ich glaub dir kein Wort." Kim sah über ihre Schulter. „Oh ja, der Sadist hat seine Augen auf dich gerichtet." Sie erschauerte. „Tut mir leid, aber er macht mir immer noch ein wenig Angst."

Wie ein heißer Scheinwerfer, der direkt auf sie gerichtet war, schaffte es seine Aufmerksamkeit, sie heißzumachen. *Atme. Anmutig musst du aussehen. Entspanne dich.* Als sie ihre Finger lockerte, bemerkte sie, wie klebrig sie waren – sie hatte die Pizzarolle in ihrer Handfläche zerquetscht. Mit einem Schnauben wischte sie sich die Finger ab. *Wirklich super. Gleichgültig wirken geht anders, Dummkopf.*

Ein Blick auf die anderen enthüllte, dass Kim versuchte, ihr Lachen zu unterdrücken, während Gabi sie ermutigend anlächelte.

Jessica gab ihr ein zurückhaltendes Daumenhoch. „Bleib stark und lass ihn dafür arbeiten."

Warum hatte sie das Gefühl, von einer kilometerhohen Klippe gesprungen zu sein? Sie stand kurz davor, die Wasseroberfläche zu durchbrechen. Ein letztes Mal holte sie tief Luft und wagte es schließlich, den Kopf zu drehen.

Eisblaue Augen fingen ihren Blick ein. Sie erkannte, dass sie aufgestanden war. *Himmel, wie macht er das?* Sogar aus der Ferne konnte sie sehen, wie unterdrücktes Lachen zu einem Zucken in seinem Mundwinkel führte. Dann wies er sie mit dem Zeigefinger an, zu ihm zu kommen.

Na ja, das war es, was sie wollte, oder?

Es ist nur ein Test. Sie musste es einfach wissen.

Als sie sich ihm näherte, konnte sie nur noch daran denken, wie ... wunderschön sie sich bei der Wärme in seinen Augen fühlte.

KAPITEL ZEHN

Sie war die schönste Frau im Club. Daran gab es keinen Zweifel. Sam lehnte mit der Hüfte an einem Barhocker und beobachtete, wie sich Linda näherte. Sie knabberte auf ihrer Unterlippe herum und ihre braunen Augen waren weit aufgerissen und sprachen von Nervosität, aber nicht von Angst. Er streckte seine Hand aus. Dass sie nicht zögerte und ihre Hand in seine legte, befriedigte ihn ungemein. Weiche Haut, zerbrechliche Knochen. „Wieso bist du hier, Mädchen?"

„I-Ich ..." Sie hob das Kinn. „Ich versuche, zu entscheiden, ob es einen Platz in meinem Leben hat, anders zu sein."

„*Anders.*" Es nervte ihn gewaltig, dass sie ihre Einzigartigkeit als etwas Schlechtes definierte. „Redest du davon, eine Masochistin zu sein? Oder eine Sängerin? Oder eine Sub? Oder, dass du klüger bist als die meisten? Oder vielleicht, dass du ein Talent für das Flechten von Körben hast?"

Sie drückte die Schultern durch. „Das ist nicht witzig."

„Nein, das ist es nicht." Er legte seine Hand fest um ihren Nacken, so wie er es bei Uzuri getan hatte. Linda versuchte instinktiv, einen Schritt zurückzutreten. Als sich sein Griff verstärkte, er sie in ihrem Rückzug stoppte, genoss er es verdammt nochmal, dass ihr als Reaktion ein Schauer durch den Körper jagte.

Dann beobachtete er sie. Keinen Muskel bewegte sie und doch erkannte er, wie sie im Inneren gegen seine Kontrolle ankämpfte.

Und er sah zu, wie sie sich ihm ergab.

Als er sich vorlehnte und ihre Lippen mit seinen beanspruchte, ohne ihr zu erlauben, sich zurückzuziehen, wurde ihr Mund nachgiebig und öffnete sich für ihn.

Meine Linda. Er zog sie zwischen seine Beine und schmiegte sie so fest an seine Vorderseite, dass er in den Genuss ihrer vollen Brüste kam. Es war erstaunlich, wie unterschiedlich sich jede einzelne Frau anfühlte. Warum zum Teufel wollten sie also alle gleich sein? „Entferne die Teile von dir, die *anders* sind, und du hättest die Persönlichkeit von Kartoffelbrei."

Sie blinzelte und brach dann in Lachen aus.

Verdammt, er mochte ihr Lachen. „Was ist so lustig?"

„Na ja ... bist du nicht ein großer Liebhaber von Fleisch und Kartoffeln?"

Da lag sie nicht falsch. Sie rieb ihre Stirn an seiner Schulter und er erinnerte sich, wie bezaubernd es gewesen war, als sie sich nachts an ihn gekuschelt hatte. Sie gehörte zu der Sorte, die gerne Zärtlichkeiten austauschte.

Sie sah zu ihm auf, ihr Ausdruck ernst. „Mein Vater war ein Fegefeuer-Prediger, mein verstorbener Ehemann altmodisch. Meine Stadt ist klein und konservativ. Das hier ist nicht einfach für mich, aber ich gebe mein Bestes."

„Mehr verlange ich nicht." Er legte seine Hand unter ihr Kinn und genoss die weiche Haut unter seinen Fingerspitzen. Älter, reifer ... sie gefiel ihm so sehr, dass sie ihm mit Leichtigkeit das Herz brechen könnte. Für ihn brauchte es keine Achtzehnjährige, um seinen Schwanz hart zu machen. Er wollte eine Frau, eine mit kleinen Fältchen im Gesicht, die sagten, dass sie gelebt, gelacht und geweint hatte.

Ein kleiner Lustschauer jagte durch sie, als sie seinem Blick begegnete, und die Chemie zwischen ihnen brannte wie trockenes Holz im Wind. „Erinnerst du dich an das Safeword?"

Ihre Zunge glitt über ihre rosa Lippen. „Rot."

„Sehr gut." Er fuhr mit dem Finger über ihre Unterlippe und zeichnete ihren Mund mit der Nässe nach. „Bin ich froh, dass du heute keine Maske trägst, Mädchen. Ich sehe gern mehr als nur deinen Körper. Trage sie nie wieder."

Ein Schauer schoss durch sie und es zeigte sich ein Hauch von Angst in ihren Augen, bevor sie flüsterte: „Ja, Sir."

Ihr Vertrauen wärmte ihn von innen heraus. „Gutes Mädchen." Welcher Bereich stand ihm für eine Session zur Verfügung? Er ließ Linda los und sah sich um. Der Pranger war frei oder ... der Bilderrahmen. „Cullen."

Der Barkeeper sah zu ihm hinüber.

„Kannst du mir meine Tasche geben?"

Cullen stellte eine Flasche Mineralwasser vor eine Domina, griff unter die Bar und holte Sams Ledertasche hervor. „Viel Spaß, ihr zwei."

„Danke." Sam packte Linda wieder im Nacken. „Komm mit, Mädchen." Während ihre seidenweichen Haare seine Finger betörten, fing er ihren sauberen Duft nach Lavendel und würzigen Zitrusfrüchten ein. Am liebsten würde er sie in die Arme nehmen und seine Haut gegen ihre reiben.

Aber er konnte warten.

Er führte sie zu einer Holzkonstruktion, die an einen übergroßen Türrahmen erinnerte. „Cullen nennt dies den Bilderrahmen, weil er Subs präsentiert."

Ihr Blick fiel auf die Ketten und die Bolzen an der Innenseite des Rahmens, bevor sie den Kopf zur Bar drehte. „Er ist nicht so unbeschwert, wie er scheint, oder?"

„Die letzte Sub, die es gewagt hatte, ihn zu verärgern, hat er an die Bar gefesselt." Einen Eimer Eiswürfel hatte er für die Doms neben sie gestellt, falls jemand mit ihr spielen wollte. Er grinste und erinnerte sich an das schockierte Gequietsche der Sub.

Er senkte den Blick auf seine Rothaarige. Er würde ihr ein paar Auswahlmöglichkeiten geben – na ja, er würde sie *denken* lassen, dass sie Entscheidungsmacht hatte. Nachdem Sam seine Tasche auf einen Stuhl gestellt hatte, machte er sich daran, die eingebauten Aufbewahrungsboxen zu öffnen. In einer fanden sich Spielzeuge. Klemmen, ja. Knebel oder Augenbinde? Nein. Warum sollte er sich ihre Schreie und die Tränen in ihren Augen vorenthalten?

Er positionierte einen Beistelltisch neben dem Stuhl und sagte zu Linda: „Hole alles heraus, was sich in der Tasche befindet." Er berührte eine Ecke des Tisches. „Die Spielzeuge, die dir zusagen und die ich an dir benutzen kann, platzierst du hier. Lege sie nebeneinander, angefangen mit deinem liebsten bis hin zu deinem gefürchtetsten Spielzeug. Empfindest du etwas als harte Grenze, lässt du es in der Tasche."

Eine hinreißende Sorgenfalte formte sich zwischen ihren rotbraunen Augenbrauen. „Und du fängst vorne an und arbeitest dich zu den Spielzeugen vor, die ich nicht ... schätze?"

„Nein." Er trat nahe genug an sie heran, sodass ihre Brüste über seinen Oberkörper streiften, und sie war gezwungen, den Kopf in den Nacken zu legen, um den Augenkontakt nicht zu verlieren. „Lass mich einfach wissen, was dich stören würde und was nicht. Ich entscheide, mit was wir anfangen und ... wann es zum Einsatz kommt."

„Aber –"

Er lächelte in ihre verletzlichen Augen. „Vertrau mir, dass ich einschätzen kann, wie viel du ertragen kannst, Fräulein. Und dass ich dich auf die perfekte Weise an deine Grenzen bringen kann."

Selbst als in ihren Augen ein Funken Angst aufflackerte, spürte er an seiner Brust, wie sich ihre süßen Nippel verhärteten.

Als sich das Biest in ihm rührte und den Kopf hob, trat Sam zurück. „Fang an."

Während er daran arbeitete, Ketten an den passenden Bolzen zu befestigen, beobachtete er sie bei ihrer Auswahl.

Einen dicken Rohrstock platzierte sie mittig, einen dünneren näher auf die weniger beängstigende Seite. Den schweren Flogger empfand sie als gut, der mit den verknoteten Enden ging auf die böse Seite. Seine liebste Schlangenpeitsche betrachtete sie für eine lange Zeit und platzierte sie dann zwischen der Mitte und dem für sie gruseligen Ende. Dann bewegte sie die Peitsche, bis sie schließlich auf der guten Seite ankam. Weiter und weiter schob sie die Peitsche. Gab es etwas Erregenderes als die Unsicherheit einer Sub? Er würde die Peitsche definitiv an ihr verwenden, egal, wo sie auf dem Tisch endete.

Als sie die zwei Meter lange, aufgerollte Peitsche herauszog, sagte er: „Nein, Baby. Um damit spielen zu können, brauche ich mehr Platz, als uns hier zur Verfügung steht." Sie nickte und legte die Peitsche wieder in die Tasche, um stattdessen eine Gerte herauszuziehen. Wartenbergrad. Ein Vampirhandschuh. Und dann war sie auch schon fertig. Endlich.

Nachdem er die oberen Fesseln eingerichtet hatte, stellte Sam die unteren Ketten so ein, dass er ihre Beine spreizen konnte. „Komm her."

Sie biss sich auf die Unterlippe und er erfreute sich an ihrem Zögern. Die Vorfreude auf den Schmerz war ihr anzusehen, da er sie am Ende zur Ekstase bringen würde. Seine Erwartung auf das Kommende stieg exponentiell zu ihrer, denn ihr Ritt auf der Welle des Schmerzes würde ihm gleichermaßen Befriedigung verschaffen.

Als sie sich im Bilderrahmen positionierte, löste er ihr Neckholder-Top und warf es auf seine Tasche. Er war bereits hart, aber der Anblick ihrer vollen Brüste führte regelrecht zu Unbehagen im Schritt − eine weitere Form des erotischen Schmerzes. Er zog sie in seine Arme, rieb seinen Oberkörper an ihren nackten Brüsten und spürte, wie ihre Knospen härter und immer härter wurden.

Ihre Augen waren weit aufgerissen, ihre Nervosität offensichtlich, und er konnte die goldenen Flecken sehen, die das reiche Braun erhellten. Ihre Lippen waren leicht geöffnet, so einladend, dass er mit einer Hand ein Bündel ihrer Haare packte und seinen Mund auf ihren presste. Dominant und fordernd nahm er von ihr, was er brauchte. Mehr würde folgen. *Verdammt*, er hatte es vermisst, sie zu küssen, wie sie sich ihm hingab und rein gar nichts von sich zurückhielt.

Er hob den Kopf. Ihre Finger hatten sich in seinen Rücken gegraben, und sie schien ihn nicht loslassen zu wollen.

„Mir gefällt, wie du küsst, Mädchen." Seine Stimme klang heißer und rau.

Ihre Wangen erröteten bei dem Kompliment. So bezaubernd.

Es war die Zeit gekommen, ihre großzügige Natur an ihre Grenzen zu bringen. Er löste die Schleife seitlich an ihrem Rock und zog dann hart an den Bändern, um ihr zu verstehen zu geben, dass sie gleich nackt sein würde, und dass sie nichts dagegen unternehmen konnte.

Er warf den Rock auf seine Tasche, gefolgt von ihrem Höschen. Mit seinem Stiefel schob er ihre Füße auseinander und fand sich dann mit der Hand zwischen ihren Schenkeln ein. Nicht brutal, sondern nur die Inspektion eines Doms, um sicherzustellen, dass sich seine Sub für sein Vergnügen rasiert hatte.

Seine Finger trafen auf glatte, nackte Haut, und auf ihren Nektar. Sehr nett. Nichts könnte einen Schlag abfedern. Er rieb mit seinen Fingerknöcheln über ihren Venushügel. „Braves Mädchen."

Obwohl sie erregt und nass war, spannten sich ihre Muskeln an und sie senkte den Blick.

Sachte, Davies. Sie hatte viel durchgemacht, war noch immer traumatisiert. Misshandelt hatten sie sie. Ein Objekt hatten sie aus ihr gemacht. Er musste auf dem Pfad zwischen Dominanz und Missbrauch gehen, und in ihrem Fall war es ein gottverdammt schmaler Weg. Er entschied, sie in die Arme zu nehmen, was gleichzeitig als Trost und als Warnung gedacht war. „Dein Safeword ist *Rot*. Erinnerst du dich?"

Ihre Muskeln entspannten sich und sie nickte.

„Gut." Er rieb sein Kinn über ihre weichen Haare. „Wenn ich dich frage, wie es dir geht, kannst du mir mit *Grün* verdeutlichen, dass du weitermachen möchtest. Bei *Gelb* werde ich Tempo herausnehmen oder zu einem anderen Spielzeug wechseln, wenn es dir nicht zusagt und ich damit übereinstimme."

Wieder nickte sie.

Auch würde er sie regelmäßig nach seinem Namen fragen, um sie daran zu erinnern, dass er nicht zu den Bösen gehörte. Und zur Hölle, er mochte es wirklich, wie sie seinen Namen sagte. Jedes Mal kam er sich dann wie John Wayne höchstpersönlich vor.

„Also gut." Nachdem er ihre gepolsterten Klettverschlussfesseln um ihre Handgelenke gelegt hatte, befestigte er sie damit an den Ketten über ihrem Kopf. Durch die Ketten unten, die er an den Knöchelfesseln einhakte, spreizten sich ihre Beine weit auseinander. Dann zog er die Einschränkungen an ihren Armen stramm, bis ihr Körper ausgestreckt war. Schließlich wollte er nicht, dass sie zappelte und er ein Ziel traf, das nicht geplant war. Eine Schande, dass er seine liebste Peitsche nicht benutzen konnte, aber Z plante selten genug Platz für die langen Bullenpeitschen ein.

Mit einem Lächeln sah er zu Linda und legte eine Hand auf ihre nackte Pussy, genoss den Schock in ihren Augen, genoss die zunehmende Nässe, die in seine Handfläche tropfte. „Ich habe dir hier immer nur Befriedigung verschafft. Heute Abend wird deine Pussy auch in den Genuss von Schmerz kommen."

Sie schluckte so schwer, dass er es hören konnte.

Oh ja, das versprach ein spaßiger Abend zu werden. Als er sie küsste und seine Zunge tief in sie tauchte, packte er eine Arschbacke und glitt mit dem Zeigefinger der anderen Hand in ihre heiße, feuchte Pussy. Mit dem Handballen rieb er jedes Mal über ihre Klitoris, wenn er in sie drang. Seine Zunge hielt Schritt und trieb ihre Erregung höher. Er konnte fast hören, wie ihre Endorphine anfingen, Saltos zu drehen.

Er ließ von ihrer Pussy ab, streichelte stattdessen über ihren Rücken und sensibilisierte mit seinen schwieligen Händen ihre Haut. Noch ein Kuss und noch einer – einfach nur, weil er es wollte.

Als er zurücktrat, sah er in ihren Augen den Beweis auf eine erregte Sub.

Nachdem er den Tisch mit den Spielzeugen näher zu sich gezogen hatte, hob er von der *guten* Seite einen weichen Flogger mit breiten Enden. Obwohl ein entschlossener Dom mit jeder Peitsche hart genug zuschlagen konnte, um Schmerzen zu kreieren, war diese eher so konzipiert, dass es sich sinnlich anfühlte. Und so würde er das Spielzeug auch benutzen. Als er die Stränge über ihren Körper strich, fiel sein Blick auf den Kontrast zwischen dem Leder und ihrer hellen Haut. Er sah, wie sich ihre Bauchmuskeln anspannten, wie sie versuchte, mit ihrem Arsch auf Abstand zu gehen. Ihre aufgerichteten Nippel schienen noch härter zu werden, als er die Stränge über sie tanzen ließ.

Ihre Brüste verwöhnte er mit einem sanften Schnippen, mit genug Schlagkraft, um zu zeigen, dass diesmal kein Millimeter von ihr tabu war.

Schockiert schnappte sie nach Luft – ein Hinweis darauf, wie viel Spaß sie ihm heute Abend bereiten würde.

Er arbeitete sich langsam vor, nahm sich die Zeit, sanfte Schläge auszuteilen, neckte ihre Klitoris jeweils nach fünf Hieben und schlug leicht über ihre Schultern und Oberschenkel, bevor er zurückkehrte, sodass sich ihr hinreißender Arsch nicht vernachlässigt vorkam. Ihr weicher Hintern inklusive der betörenden Grübchen am unteren Rücken. Er packte eine Pobacke und sie zischte. Ihre Reaktion entlockte ihm ein Grinsen.

„Gib mir eine Farbe." An sich brauchte er keine. Ihre Lippen waren leicht geöffnet, vor Erregung pink, die Augen immer noch klar. Jedoch mussten sie beide wissen, dass sie sprechen konnte.

„Grün. Ich bin grün."

Er lachte. „Eigentlich, Mädchen, bist du rosa." Er lehnte sich gegen sie und fuhr mit den Händen über ihre Arme, um ihre Fesseln zu überprüfen. Danach sah er nach ihren Knöchelfesseln. Alles in Ordnung. Nichts zu eng, nichts zu locker. „Jetzt werde ich deine Haut rot färben."

Die Art, wie sie mit ihrem Arsch wackelte, sagte ihm, dass ihr der Gedanke gefiel.

Dieses Mal benutzte er einen schwereren Flogger. Indem er sein Handgelenk rotierte, schuf er eine Acht und die Stränge landeten auf ihren Schenkelaußenseiten, ihren Arschbacken und ihrem oberen Rücken. Ein sehr schönes Aufwärmen. Gelegentlich nahm er etwas Wucht heraus, um ihre Oberschenkel, ihren Bauch und den Bereich unter ihren Brüsten zu sensibilisieren und das Blut an die Oberfläche zu bringen.

Nach einer Weile legte er eine Pause ein, und ihre Augen waren auf ihn fixiert, als wäre er ihre Lebensader. Sie war definitiv erregt. Dann konnte es mit dem Spaß ja losgehen. Er trat wieder näher, packte ihren Nacken in einem brutalen Griff und sah auf sie hinab. „Kannst du dich bewegen, Linda?"

Am liebsten hätte er gegrinst, als sie an den Fesseln zog und erkannte, dass sie das nicht konnte. Bei dem Wissen um ihre Hilflosigkeit weiteten sich ihre Pupillen und sie leckte sich nervös über die Lippen.

„Sehr gut. Ich will nämlich nicht, dass du dich bewegst, während ich dieses hübsche Spielzeug zum Einsatz bringe." Er nahm das Wartenbergrad, das sie mittig auf den Tisch gelegt hatte.

Linda hatte das Gefühl, dass ihre Haut vor Nervosität vibrierte. *Um Himmels willen*, wollte er das Ding wirklich an ihr benutzen?

Es erinnerte sie an einen kleinen Pizzaschneider, nur hatte ein Wahnsinniger die Klinge durch spitze Stifte ersetzt. Warum konnte er nicht mit den weniger erschreckenden Spielzeugen anfangen?

Er lächelte sie an und fuhr behutsam damit über ihren Bauch. Es kitzelte, als würden Käfer über ihre Haut krabbeln. Sie versuchte, sich in windenden Bewegungen von ihm zu entfernen, woraufhin sie ihn lachen hörte. Er lief zu ihrer Rückseite und glitt mit dem Rad über ihre Wirbelsäule. Auf und ab, hoch und wieder runter bewegte er sich. Härter ging es über ihren Po und so verteilte er brennende Linien über ihrem ganzen Körper. Ihre Aufmerksamkeit konzentrierte sich auf das Rad und den Schmerz, den es erschuf. Über ihren Bauch ging es nach oben zu den empfindlichen Unterseiten ihrer Brüste, dann um ihre Nippel herum. Die Spuren entflammten und ließen sie mit einem brennenden Gefühl zurück. Ihre Brüste wurden schwerer und ihre Nippel zogen sich zusammen, als könnten sie so ihrem Schicksal entkommen.

Als er eine Pause machte, schaute sie nach unten und entdeckte dünne rote Linien auf ihrer blassen Haut. Obwohl es sich anfühlte, als würde er in ihre Haut schneiden, sah sie kein Blut. Ihr Blick wanderte zu dem Spielzeug, zu seiner Hand, zu seinem Gesicht ... zu seinen Augen. Er beobachtete sie aufmerksam und hatte stets ihre Reaktionen im Blick.

Ein Beben breitete sich von ihren Zehen aus und bewegte sich nach oben zu ihrer Kopfhaut. Wie war es möglich, dass seine durchdringende Aufmerksamkeit erregender war als der Schmerz?

Die Falten um seine Augen vertieften sich. Dann umkreise das Rad ihren linken Warzenvorhof, wechselte die Richtung und fuhr direkt über ihre Knospe. Als hätte er ein Messer an ihr benutzt, schnappte sie nach Luft, ihr Rücken wölbte sich und sie drückte sich nach vorne, denn die Hitze, die durch sie jagte, war überwältigend.

Sein kehliges Glucksen kratzte über ihre Nervenenden und

erregte sie auf eine gänzlich andere Weise. „Ich liebe diese Titten, Mädchen."

Bis er zu ihrem rechten Nippel fand, stand ihre Haut bereits in Flammen, war empfindlich und pochte im Einklang zu ihrem Herzschlag. Nachdem er das Rad auf den Tisch geworfen hatte, umfasste er ihre Brüste und rieb mit seinen Daumen hart über ihre missbrauchten Brustwarzen.

Herrliche, erotische Rauheit. Unsicher, ob es schmerzte oder sich wundervoll anfühlte, wimmerte sie.

Freude erfüllte seine Augen.

Er wechselte zu dem handflächenbreiten, lederüberzogenen Paddel und schlug ihr damit wiederholt auf den Hintern. Der Schmerz war – wie Goldlöckchen sagen würde – genau richtig. Ein Aufprall mit nicht allzu viel Wucht, und als er anfing, sie härter zu schlagen, hallte das Gefühl tief in ihr wider. Ihre Klitoris schwoll weiter an, reagierte auf seine Zuwendung.

Als er eine Pause machte, entließ sie ein Geräusch und zog protestierend an ihren Fesseln. *Nicht aufhören.*

Er trat vor sie und dann sah sie ihm direkt ins Gesicht. Mit der Hand in ihren Haaren riss er ihren Kopf zurück und küsste sie sanft, verlockte sie dazu, den Kuss zu erwidern, bevor er ihn brutaler gestaltete. Feuchter. Ihr die Kontrolle auf eine Weise entzog, die ihr auch ihre Willenskraft nahm.

Ihre Augenlider fühlten sich schwer an, aber sie konnte nicht von seinem harten Gesicht wegsehen – von dem Grübchen in seinem quadratischen Kinn, den Fältchen um seine Augen, von seiner markanten Nase und den Stoppeln, die seinen Kiefer verdunkelten.

Seine strengen Lippen formten ein Schmunzeln. „Du magst das Paddel auf deinem Arsch, oder? Wie wäre es mit anderen Orten?"

Er trat wieder hinter sie, und leichte Schläge liefen über die Rückseite ihrer Schenkel, dann zur Vorderseite. Zu den Innenseiten. Dem Paddel folgte ein brennender Schmerz. Hoch und runter und wieder nach oben, Erregung erblühte, als sich die Schläge dem Bereich zwischen ihren Schenkeln näherten. Ihr ganzer Körper spannte sich vor unbändiger Lust an. Vor Angst ... Ohne zu sprechen, schlug er mit dem schmalen Paddel dreimal direkt auf ihre Schamlippen und ihre Klitoris.

Oh Gott! Der Feuerball verwandelte sich in ein erschreckend exquisites Vergnügen. Sie hob sich auf ihre Zehenspitzen und schwebte an der Klippe zur Erlösung. Das Geräusch, das sie machte, hatte sie in ihrem ganzen Leben noch nie gehört.

Das Paddel fiel auf den Tisch und seine breite Hand legte sich auf ihre pulsierende Pussy. Hitze auf Hitze. „Da wärst du mir doch beinahe gekommen, Mädchen." Seine erfahrenen Finger glitten in einer erotischen Liebkosung über ihr brennendes Geschlecht.

Ein Finger umkreiste ihre unerträglich geschwollene Klitoris, bewegte sich nach unten. Als er langsam, langsamer, am langsamsten einen Finger in sie schob, hielten seine durchdringenden blauen Augen ihre gefangen. Hilflos erwiderte sie den Blick, unfähig zu sprechen. Sie konnte nur fühlen, als er tiefer in sie drang. In ihr vergraben, rieb er mit dem Daumen über ihr Nervenbündel, bis ihre Hüfte nach vorn zuckte.

Sein Lachen polterte wie die Basstrommel in einem Orchester. „Schon bald, Fräulein. Zuerst möchte ich dich leiden lassen." Er senkte die Stimme: „Dich schreien hören." Das blasse Feuer in seinen Augen hielt sie gefangen, als er Druck auf ihre Klitoris ausübte und so mehr Schmerz aus ihr lockte. Sie pulsierte. Alles pulsierte.

„Sam", flüsterte sie und sie sah an seinen Lachfalten, dass ihn ihr Ton amüsierte.

Als er die kurze, zweischwänzige Peitsche ganz am Ende der *bösen* Seite des Tisches in die Hand nahm, ballte sie die Hände zu Fäusten. Das Ding hatte ihr von Anfang an missfallen und jetzt mochte sie es noch weniger.

Langsam schlug er über ihren Hintern, auf und ab, von links

nach rechts, und das schreckliche Brennen ließ sie jedes Mal zusammenzucken. Instinktiv versuchte sie, der Peitsche auszuweichen. Tränen formten sich in ihren Augen und rannen über ihre Wangen. *Tut weh.*

Als er aufhörte, atmete sie zittrig ein. Mit seinem von Stoppeln übersäten Kiefer rieb er sich an ihrer nassen Wange und murmelte: „Ich dachte mir schon, dass dir die Peitsche nicht gefallen wird."

Das intensive Nachbrennen schwappte über ihre Haut, als wäre sie kopfüber in eine heiße Quelle gesprungen. Sie presste die Frage heraus: „Warum dann?"

„Weil ich es mag, dich winden, dich weinen zu sehen." Sanft küsste er die Tränen von ihren Wangen. Seine Stimme sank zu einem tiefen, gnadenlosen Grummeln: „Und … wenn du weißt, dass ich dich dazu bringen kann – und werde –, mehr zu nehmen, als du wolltest, selbst wenn es wehtut, rutschst du am Ende tiefer."

Ihr Körper bebte, als sie die Entschlossenheit – die Befriedigung – in seinem Gesicht sah. Die Wahrheit bohrte sich mit spitzen Klauen in sie, denn er hatte Recht. Sie wollte diesen rücksichtslosen Teil von ihm. Bei ihm müsste sie nicht um mehr betteln. Er würde sie auf der Grenze von Schmerz und Lust balancieren lassen, bis sie ausrutschte. Dort würde er sie festhalten, im Land des Schmerzes, wo sie ihm ihre Seele entblößte.

Als er ihr die Kapitulation ansah, verzogen sich seine Lippen zu einem grausamen Lächeln.

Schließlich entließ er sie von seinem intensiven Blick und sie schaffte es, einen Atemzug zu nehmen.

Nachdem er sich den pelzigen Handschuh angezogen hatte, den sie auf das *gute* Ende des Tisches geworfen hatte, streichelte er ihre Schulter mit dem Handschuhrücken. Flauschig und besänftigend, aber ihre Haut war so unglaublich empfindlich, dass sie jedes winzige Haar spürte. Ihre Lider senkten sich, als er ihren ganzen Körper streichelte.

„Magst du den Handschuh?" Bei der Belustigung in seiner Stimme öffnete sie ihre Augen. „So richtig begutachtet hast du ihn nicht, oder?" Er drehte seine behandschuhte Hand um und glitt mit der Handfläche nach unten über ihr Schlüsselbein bis zu ihren Brüsten.

Scharf sog sie bei dem kratzigen Gefühl den Atem ein. Als er seine Hand hob, sah sie, dass sich in dem Fell Nadeln versteckten, die an Reißzwecken erinnerten.

Er wechselte immer wieder zwischen der unschuldigen Pelzseite zu den gemeingefährlichen Nadeln und glitt über die empfindlichen Stellen, die die Peitsche und der Flogger kreiert hatten. Als ihre Bauchmuskeln zuckten, drückte er fester zu. „Nicht bewegen, Mädchen."

„Mmm." Sie sollte sich bewegen, sollte etwas tun, aber als der Handschuh Schwaden aus funkelndem Schmerz auf ihrem ganzen Körper erzeugte, rutschte sie hinfort, tiefer und tiefer, bis sie den glücklichsten Ort der Welt erreichte. Die Schattenwelt, wo Entscheidungen von jemand anderem getroffen wurden. Wo ihr Körper nicht wirklich ihr gehörte. Wo aus Schmerz und Sehnsucht ein Korb geknüpft wurde, in dem Geborgenheit auf sie wartete.

Der Handschuh schlängelte sich an ihren inneren Oberschenkeln hoch und bedeckte ihre Pussy, noch bevor sie sich anspannen konnte. Eine Million spitzer Stifte drückten sich in ihre Schamlippen und attackierten ihre Klitoris. *Gott*, sie musste kommen. Jede Zelle ihres Körpers pochte vor aufkeimendem Verlangen, und sie hörte ein langes, heiseres Stöhnen. Ihr Stöhnen.

Das tiefe Grollen gehörte zu Sams Lachen. „So ein gutes Mädchen." Etwas zwickte ihr Kinn und sie nahm all ihre Kraft zusammen, öffnete die Augen und traf auf Sams eisigen Blick. „Gib mir eine Farbe, Linda."

Farbe? Oh, richtig, eine Farbe. Um weiterzumachen, musste sie ihm eine sagen. Ihr Verstand bewegte sich wie Schaum auf rollenden Wellen. Fortfahren oder aufhören? *Fortfahren.* Wie bei einer Ampel. „Grün. Mehr. Grün."

Er schnaubte. Dann berührten seine Lippen ihre in einem sanften Kuss. „Aber nicht mehr lange."

Etwas schlug gegen ihren Hintern und es tat weh – vielleicht tat es weh. Sie konnte es nicht einmal mehr sagen, die Lava floss zu heiß durch ihre Adern. Rohrstock. Er traktierte sie mit einem Rohrstock, schlug ihren Hintern und ihre Oberschenkel. Regelmäßig schnippte er damit zwischen ihre Beine, hart genug, um sie zum Schreien zu bringen. Hart genug, dass sie vor Erregung bebte.

Das wundervolle Gefühl setzte sich fort, bis sich ihr Körper so voller Empfindungen fühlte, dass sie wie auf einem Schiff wankte und ihre Lippen nach dem Salz ihrer Tränen schmeckten.

„Ich denke, du bist fertig, Fräulein." Seine Stimme rieselte wie Regen in ihren warmen Pool der Glückseligkeit. „Ich mache dich los."

„Mehr. Grün. Mehr."

Er gluckste und seine raue Stimme löste einen Schauer in ihr aus, wie es nicht mal die Peitsche vermochte. „Du bist über den Punkt hinaus, an dem ich dir die Entscheidung überlasse. Du bist fertig."

Kühle Luft wehte um ihre Knöchel, als er die Fesseln entfernte. Seine Finger fuhren über ihre Klitoris, umkreisten sie und schubsten sie somit wieder an den Rand der Klippe, bevor er ihre Beine über dem pochenden Nervenbündel schloss.

Bei ihrem Wimmern lachte er. Mit einem Arm um ihre Taille löste er ihre Handgelenke. Ihre Schultern schienen zu stöhnen – oder war das sie? –, als sich ihre Arme senkten.

„Na bitte", sagte er. Ihr Kopf prallte von den Wolken ab, als er sie in seine Arme hob. Er war so warm und stark. *Ich fühle mich sicher.* Ihre Augen schlossen sich wieder ... Hatten sie sich jemals geöffnet?

„Bitte Peggy, den Bereich für mich zu säubern."

Sprach er mit ihr? Sie rieb ihre Wange an ihm und lauschte dem tiefen Herzschlag in seiner Brust. Sein Moschusduft schaffte es, erneut Lust in ihr freizutreten.

Eine Stimme murmelte.

„Das Spielzeug kommt in eine Plastiktüte. Wenn du fertig bist, bringst du alles zur Bar."

„Ja, Sir", antwortete jemand.

„Danke, Tanner."

Sam setzte sich in Bewegung. Er trug sie. Der Lärm aus dem Clubraum definierte sich als Lied der Qual und Freude. Sie versuchte, den Kopf zu heben, um zu sehen, was vor sich ging. Treppengeländer. Stufen. Er brachte sie nach oben.

Okay.

Als sich eine Tür schloss, öffnete sie wieder die Augen.

Mitten im Raum stand ein Strafbock. Sam legte sie mit dem Bauch nach unten auf die gepolsterte Oberfläche und arrangierte sie, bis ihre Unterarme und die Knie auf den Stützen zu beiden Seiten ruhten. Bei dem kalten Leder an ihrer brennenden Haut erschauerte sie.

Langsam und entschlossen positionierte er ihre Brüste, sodass sie frei baumelten.

„Sam?" Sie blinzelte, unsicher, ob sie ...

Er zwickte in ihre Nippel und sie zuckte zusammen. Der fleischliche Schmerz jagte durch ihren Körper und warf sie zurück in die Wolken. Er lachte.

Seine Hände bewegten sich grob über sie, hart auf ihrer misshandelten Haut. Die wunderbar schmerzlichen Liebkosungen brachten sie zum Stöhnen und sie wand sich unter ihm. „Bitte, Sam, ich möchte ..."

„Ich weiß, Baby. Und du wirst es bekommen." Er gluckste. „Ich möchte dich zuerst ein wenig schreien hören."

Ihr Verstand sagte ihrem Körper, er solle sich anspannen, die erregende Vorfreude auf mehr jedoch war zu berauschend. „Mehr. Will mehr."

„Ja. Aber das wird sich anders anfühlen. Mal sehen, was du von Klemmen hältst."

Sie mochte keine Klemmen, oder? Sie versuchte, den Kopf zu schütteln, allerdings ruhte ihre Wange auf dem Polster und wollte sich einfach nicht bewegen.

Er tätschelte ihr die Hand. „Ich werde deine Arme nicht fesseln, Baby. Nur deinen Arsch." Er zog ihren Körper an das untere Ende des Equipments, sodass ihr Hintern darüber hinausragte. Etwas drückte sich in ihre linke Wade – ein Riemen. Dann auf der rechten Seite. Der nächste kühlte ihre Haut am unteren Rücken, und sie erkannte, dass sie ihr Becken nicht länger bewegen konnte. Das Gefühl, so entblößt zu sein, so ... bereit, schickte sengende Hitze zu ihrem Geschlecht. *Ich brauche es. Bitte, ich brauche es.*

Er massierte ihre schmerzenden Arschbacken, dann schlug er beide hart, und wie Kohlen mit frischem Zunder flammte es unter ihrer Haut wieder auf und das Feuer schoss in allen Farben des Regenbogens durch ihre Adern. Ihr Stöhnen schüttelte ihre Rippen durch, bevor der Laut über ihre Lippen entkam.

Kälte tropfte zwischen ihre Pobacken. Sie wand sich, und dann drückte er etwas Hartes gegen ihr Arschloch. Instinktiv spannte sie sich an. Langsam schaffte er es an dem Muskel vorbei und schob das Etwas in ihre Enge, bis ihre Nervenenden ein Feuerwerk produzierten. Verwirrt versuchte sie, sich zu bewegen, zu entkommen, und konnte es nicht. Er hatte ihren Hintern für seinen Gebrauch fixiert.

Ihre Hände öffneten und schlossen sich krampfhaft, als sie erkannte, dass er genau das tun würde, was er wollte. Ihre Erregung weitete sich aus wie ein Ballon. *Ich muss kommen. Oh, ich muss kommen.*

Der Analplug tauchte in sie, pulsierend und brennend, und sie wimmerte bei dem Ansturm der Lust.

Sie hörte seinen Gürtel, dann das Knistern einer Kondomverpackung und sein raues Lachen. „Jetzt zu dem Teil, den du hassen und ... verdammt genießen wirst."

Was? Das pulsierende Gefühl der Begierde löschte ihre Gedanken aus und verknotete ihr die Zunge.

Seine Hände glitten über ihren Hintern, ihre Schenkelinnenseiten hinunter. Und dann legten sich seine Finger auf ihre Klitoris und zwickten so fest zu, dass sie schrie und gleichzeitig buckelte.

Der Druck in ihrer Mitte baute sich auf und wuchs.

Seine Finger ließen von ihr ab. Dann klemmte sich etwas anderes an ihre Klitoris, immer fester, als ob winzige Zähne an ihr nagten. Der exquisite Biss war schockierend, überwältigend und alles in ihr explodierte. *Oh Gott!* Ihr Körper bebte, und sie versuchte, sich zu bewegen. Erfolglos. Die schockierenden Lustwellen schwappten durch ihren Körper nach außen und erfüllten ihren Verstand.

Bevor sie sich erholen konnte, spürte sie, wie sein Finger ihre Schamlippen teilte. Sein dicker Schwanz drückte sich gegen ihre Öffnung, drang in sie und dehnte sie. *Zu viel!* Als die Flutwelle der Ekstase sie mitriss, entließ sie einen ohrenbetäubenden Schrei.

Lindas Schrei hätte Sam fast zur Erlösung geführt. Der Klang einer Frau, die schreiend zum Orgasmus fand, war wie ein teurer Wein, der seine Seele befriedigte. Als ihre Pussy in einem unaufhaltsamen Höhepunkt um ihn herum pulsierte, bebte ihr Körper so gewaltig, dass er befürchtete, sie würde gleich explodieren.

Er gab ihr ein paar Sekunden, um sich an seinen Schwanz zu gewöhnen, dann zog er sich zurück und stieß härter in sie. Schneller. *Verdammt*, und ihre Pussy massierte ihn noch immer. Beschweren würde er sich aber nicht.

Schließlich brach sie auf dem Strafbock zusammen und schnappte nach Luft, als hätte er sie in den letzten Sekunden unter Wasser gehalten.

Sie war unglaublich feucht, und bei *Gott*, er wollte sie erneut kommen sehen. Er wechselte zu einem gemächlichen Rhythmus, als er seine Hände über ihren geröteten Rücken fuhr und ihr Stöhnen in sich aufnahm. Noch nie hatte er bei einer Session so viel Spaß mit jemandem gehabt. Sie zu verletzen, sie zu ficken, fühlte sich grandios an.

Er führte seine Stöße weiterhin langsam aus, um die Kontrolle zu behalten, bis sie sich rührte. Bei dem ersten Lebenszeichen, als ihre Augenlider flatterten, fuhr er mit den Händen über ihre Oberschenkel. Mit den Fingern traf er auf die kleinen erhobenen Linien und er wusste, dass er ihr damit schmerzhafte Empfindungen entlocken konnte. Als würde sie ihn anspornen, zog sich ihre Pussy um ihn zusammen und er grinste. Er könnte sie bis in alle Ewigkeit ficken und würde es nie müde werden.

Gnadenlos massierte er ihren Arsch, erfreut, wie empfindlich sie war, noch erfreuter darüber, dass sie sich unter ihm wand, da er es auf ihre misshandelte Haut abgesehen hatte. Er hörte sie schwer atmen und so ruckelte er an dem Analplug, um neue Empfindungen hinzuzufügen. Überlastung ihres Kreislaufes.

Als er sich nach vorn beugte, rammte er seinen Schwanz tiefer in sie, stieß dabei gegen ihren Muttermund und hörte, wie sie nach Luft schnappte. Wieder versuchte sie – halbherzig –, ihm zu entkommen. Aber der Riemen über ihrem unteren Rücken hielt sie genau da, wo er sie haben wollte, ließ sie fühlen, was er sie fühlen lassen wollte.

Mit seiner Brust an ihrem Rücken legte er die Arme um sie und fing ihre schwingenden Brüste ein. Wunderschöne Brüste, schwer und groß genug, um seine Hände zu füllen. Er massierte sie, zog an ihnen.

Ihre Nippel waren bereits wund von dem Rad, dem Vampirhandschuh und den Schlägen mit der Peitsche. Als er hart in sie zwickte, spannte sie sich an und ihr hohes Quietschen brachte ihn zum Lachen. Die Art und Weise, wie sie sich um seinen Schwanz zusammenzog, bestätigte, dass sie sich nach Schmerz sehnte, und diese empfindlichen Brüste bildeten einen direkten Pfad zu ihrer Pussy. Als er mit ihnen spielte, schwollen sie an, so wie das auch seine Lust tat.

Sie stöhnte bezaubernd und rutschte tiefer in das Subspace.

„So ein braves Mädchen." Er hämmerte hart genug in sie, sodass der Strafbock unter ihnen knackte. Als er sie wieder auf einen Orgasmus zusteuerte, pulsierte ihre süße Pussy auf eine Weise um ihn, die seine Kontrolle testete.

Ihre Atmung beschleunigte sich, der Laut vermischte sich mit ihrem Stöhnen, während er nicht einmal daran dachte, von ihren Nippeln abzulassen. *Gottverdammt.* Sein Kiefer spannte sich an. Sein pochender Schwanz fühlte sich an, als würde er gleich platzen und um seinen Hoden schien sich eine unsichtbare Faust zu legen, die mit jeder Sekunde härter zudrückte. Nicht mehr lange. Sie standen beide kurz vor der Erlösung.

Er griff um sie, entfernte die Klemme von ihrer Klitoris und konnte regelrecht hören, wie Blut zurück in das misshandelte Nervenbündel rauschte. Er ergötzte sich an ihren schrillen Schreien, bekam nicht genug davon, wie sich ihr Hals in dem Versuch streckte, den Kopf zu heben, wie sich die Wände ihrer Pussy um ihn zusammenzogen, als sie der Orgasmus wie eine Abrissbirne rammte.

Er packte ihr Haar und zog daran. In dem Moment ließ er von seiner Kontrolle ab und stieß hart und tief in sie. Seine Eier kochten über, die Hitze strömte aus ihnen, durch seinen Schwanz und er kam und kam und kam.

Gott! Verdammt! Nur unter größter Anstrengung schaffte er es, ihre Haare loszulassen. Dann vergrub er sein Gesicht in der duftenden Weichheit ihrer roten Wellen. Er hatte kein Bedürfnis, sich aus ihr zurückzuziehen, wollte in ihr vergraben bleiben, sich an ihr laben, sich in ihr verlieren, wie es nur ein Mann konnte.

KAPITEL ELF

A aron saß in der Nähe einer Suspension-Session auf einem Stuhl und beobachtete, wie die kleine brünette Auszubildende einen nahe gelegenen Tisch abwischte. Wirklich amüsant, dass Sally – so hieß sie, oder? – niemals seinen Blick fand. Sie weigerte sich, in seine Richtung zu sehen, seit er ihr eine Ohrfeige gegeben hatte, weil sie es gewagt hatte, während einer Session das Maul aufzumachen.

Ihr Entsetzen war entzückend gewesen – ganz zu schweigen von ihren Tränen.

Danach war das Chaos ausgebrochen. Zs vorlaute Sub hatte sich eingemischt, was Z auf den Plan gebracht hatte. Wie schon gesagt: Chaos. Zumindest hatte die Auszubildende zugegeben, dass sie Ohrfeigen nicht ausgeschlossen hatte. Als sie meinte, sie sei zu schockiert gewesen, um ihr Safeword auszusprechen, hätte er fast gelacht. Was war der Sinn davon, eine Schlampe zu schlagen, wenn du sie damit nicht schockierst?

Jedoch hatte es ihn genervt, dass Z ihn nach dieser Sache für eine Weile sehr genau beobachtet hatte. Das war die Schuld dieser Schlampe. Er wies sie an, zu ihm zu kommen. „Du. Komm her."

Ihr Kiefer spannte sich an. Es brach ihm wirklich das Herz, dass die Azubi-Schlampe einen Dom anerkennen musste, selbst einen, den sie hasste. Ja, wirklich tragisch. Für sie.

Sie näherte sich, und am liebsten hätte er bei dem riesigen Abstand gelacht, den sie zwischen ihnen einhielt. „Ja, Sir."

„Bring mir ein ..." Er runzelte die Stirn und erinnerte sich daran, dass er bereits seine zwei erlaubten alkoholischen Getränke hatte. Cullen passte genau auf, dass alle die Regel befolgten. „Bring mir ein Mineralwasser."

„Sofort, Sir."

„Warte." Als er seine Hand hob und sie zusammenzuckte, hielt er sein Lachen nicht zurück. „Da erinnert sich jemand an unsere gemeinsame Session. Ich habe unsere Zeit genossen."

Ihr ganzer Körper verwandelte sich in eine Statue, und ihre roten Wangen wiesen auf Wut hin. Zu dumm für sie, dass Auszubildende die Doms nicht anschreien durften. Sie konnte gar nichts tun.

„Vielleicht werde ich noch einmal nach dir fragen." Er massierte seine Hand und genoss, wie argwöhnisch sie ihn beobachtete.

Sie festigte den Griff an ihrem Tablett und er sah, dass sich ihre Fingerknöchel weiß färbten. Ihre Stimme jedoch blieb höflich und doch ... abweisend: „Ich fürchte, das wäre eine Verschwendung deiner Zeit ... Sir."

Die Schlampe hatte ein Rückgrat. Und er konnte sie nicht weiter unter Druck setzen, ohne Zs Aufmerksamkeit auf sich zu lenken. Er wedelte mit der Hand. „Verschwinde."

Ihre Körperhaltung zeigte eine Mischung aus Wut und Angst, die ihn wahnsinnig hart machte. Er schüttelte den Kopf und bedauerte, dass die *Harvest Association* sie sich nicht schnappen konnte. Sie wäre perfekt für die Auktion zum Thema *Rebellische Sklaven* gewesen. Leider war sie zu Verwandten gegangen, bevor der Verantwortliche sie entführen konnte.

Wirklich eine Schande. Die unverschämte Schlampe hätte er

gerne gebrochen. Kinderleicht wäre es gewesen. Den Mund mit einem Spinnenknebel aufzwingen und alle ihr Gesicht ficken lassen, bis sie nur noch wimmern konnte. Es würde nicht lange dauern und ihr hochmütiger Gang wäre verschwunden. Dann würde sich bei jedem Schritt ihre Angst zeigen und sie würde nicht länger nach Aufmerksamkeit gieren.

Aber diese Gelegenheit hatte er vertan. Die *Harvest Association* würde dem Südost-Quadranten für eine lange Zeit fernbleiben – wenn sie überhaupt zurückkehrten. *Scheiß FBI.*

Der Nordost-Quadrant war jedoch in Betrieb und die *Harvest Association* auf Rache aus. Die beiden arschgesichtigen Agents, die die Ermittlung leiteten, könnten ihre Handlungen schon bald bereuen.

Etwas, auf das er sich freuen konnte.

Aaron drehte sich um und musterte die ledigen Subs in der Nähe der Bar. Seine Gier war nicht überwältigend, da er sich erst letzte Nacht eine Hure besorgt hatte. Als er ihr eine hübsche Summe Geld vor die Nase gehalten hatte, war die törichte Kuh direkt in sein Auto gestiegen. Schlechtes Sicherheitsbewusstsein ihrerseits. Eine Schande, dass sie nun keine Chance mehr hatte, es das nächste Mal besser zu machen.

Sie war kein schlechter Fick gewesen. Nachdem er gekommen war, hatte er mit ihr gespielt, sie mit seinen Fäusten bearbeitet und dann mit seinem Messer. Er war wütend geworden, als bei ihr Ruhe eingekehrt war, als hätte sie sich mental aus der Situation zurückgezogen. Aber nein – sie war bereits verreckt. Kein Durchhaltevermögen. Wahrlich, die älteren Sklaven machten ihm mehr Spaß.

Verflucht sei Davies, dass er die rothaarige Schlampe für sich auserkoren hatte.

Andererseits stellte er damit sicher, dass sie immer wieder in den Club kam. Auch ohne Davies. Ihr Haar würde in seiner Schublade gut aussehen. Vielleicht könnte er bei ihr ein schwarzes Band nehmen – ein guter Kontrast zu ihren roten Haaren.

Für den Moment konzentrierte er sich auf die freien Subs. Vielleicht würde die Schlampe mit der Hakennase und den dunklen Haaren seinen Ansprüchen genügen.

Linda blinzelte. *Dunkel.* War sie erblindet? Eigentlich sollte sie besorgt sein, aber im Moment fühlte sich ihr Körper einfach ... fantastisch an. So komplett, dass ihr Inneres vor Befriedigung pulsierte. Ihr Arsch war wund, ihre Klitoris schmerzte und ihre Haut brannte auf die erregendste Weise. Mit jedem Atemzug rieben ihre Brüste am weichen Material. Wärme sickerte in sie von ... *Oh!*

Sie saß auf Sams Schoß, seine starken Arme hielten sie fest an seine Brust gedrückt. Eine Decke lag um ihren Körper, und mit ihrem Gesicht schmiegte sie sich an seinen Hals.

Sie dachte darüber nach, den Kopf zu heben, aber das klang zu anstrengend.

„Bist du wieder bei mir, Baby?" Seine tiefe Stimme löste ein Kribbeln in ihr aus.

Als sie sich bewegte, spürte sie seine raue Jeans an ihrem empfindlichen Hintern. Es fühlte sich an, als säße sie auf heißen Kohlen, und so sprang sie auf ihre Füße.

Er riss sie auf seinen Schoß zurück. „Bleib, wo du bist."

Au, au, au. „Sadist." Der brennende Schmerz verwandelte sich bereits zu einem erregenden Pochen.

Er schnaubte. „War das als Beleidigung gedacht?" Seine schwielige Hand strich über ihren nackten Rücken und sie zischte, als sie damit an die berauschende Session erinnert wurde. Wieder lachte er und griff dann nach etwas. Eine Flasche. „Trink etwas davon."

Das Sportgetränk mit Erdbeergeschmack strömte wie ein kalter und erfrischender Fluss in ihren ausgetrockneten Mund. „Mmm." Sie gönnte sich einen weiteren Schluck und rühmte sich des Geschmacks und all den herrlichen Empfindungen: dem Gefühl von Sams warmem Körper; wie ihre Haut an Stellen brannte, an anderen schmerzte; dem Klang seines Herzschlags und der Musik, die außerhalb des Raumes zu ihnen durchdrang. Der Komfort, umarmt – umsorgt – zu werden, führte zu dem starken Bedürfnis, in Tränen auszubrechen und sich enger an ihn zu schmiegen. Sie hatte sich noch nie einem fremden Menschen so nahe gefühlt – als wären sie durch ein unsichtbares Band verbunden.

Bei einem diskreten Klopfen an der Tür hob sie widerwillig den Kopf. Ihre gemeinsame Zeit kam zu einem Ende. Sie sah, dass Raoul im Flur stand. „Da ist ein Fenster in der Tür."

Sam stand auf und setzte sie auf den Stuhl. „Hier oben gibt es immer eine Aufsicht. Z geht mit seinen Subs kein Risiko ein."

Sie runzelte die Stirn. Sicherlich hatte nicht die ganze Zeit jemand am Fenster gestanden. „Hätte ich also *Rot* geschrien, dann ..."

„Audio wird vom Computer gehandhabt. Z hat eine Software, die bestimmte Wörter und Panik herauspicken kann – obwohl die Panikkategorie häufig auch falsch interpretiert wird." Sam zwinkerte ihr zu. „Ein Orgasmus scheint für das Programm nach einem Herzinfarkt zu klingen."

Er trat auf den Flur. Die Stimmen der Männer wehten durch die offene Tür.

Linda zog die Decke höher und beobachtete die beiden. Warum sahen Männer am Morgen so ... hinreißend aus, während Frauen an Hexenbesen erinnerten? Mit einem Stirnrunzeln versuchte sie, das Chaos auf ihrem Kopf zu richten.

Sam warf einen Blick zurück zu ihr und seine Augen leuchteten vor unterdrücktem Lachen. „Ich mag den zerknitterten Look. Schließlich bin ich dafür verantwortlich. Es macht mich an."

Oh. Na gut. Es lag ihr fern, einem Mann seine kleinen Freuden zu verwehren. Andererseits ...

Als sie ihre Haare weiter mit ihren Fingern durchkämmte, zuckte sein rechter Mundwinkel. „Raoul und Kim wollen nachhause. Willst du mit ihnen gehen, oder lieber –"

„Oh je!" Wo war ihr Gehirn geblieben? Wie hatte sie vergessen können, dass sie mit jemandem gekommen war? „Sag ihm, dass es mir leidtut! Ich komme."

Ihre Kleidung lag gefaltet auf Sams Spielzeugtasche. Sie zog sich ihr Neckholder-Top und ihren Rock an und sog scharf den Atem ein, als der Stoff auf wunde Haut traf. Eine Erinnerung nach der nächsten schwappte über sie hinweg, als ihr wieder einfiel, wie es dazu gekommen war. Sofort färbten sich ihr Wangen feuerrot. *Ich will bleiben.*

Sam lehnte an dem Türrahmen, während er mit Raoul sprach, und machte sich nicht die Mühe, den befriedigten Ausdruck auf seinem Gesicht zu verbergen. Sobald sie angezogen war, kam er zu ihr und zog sie in eine Umarmung. „Wenn du bleibst, könnten wir in eines der Zimmer mit einem Bett ziehen. Ich würde dich gerne mit meinen Händen genauer erkunden und mehr von diesen Lauten hören, bevor ich dich erneut nehme." Er packte ihren misshandelten Po und sie stöhnte. Er gluckste. „Ja, das klang gut."

Als das schockierende Gefühl durch sie schwappte, sammelte sich jeder Tropfen Blut in ihrer unteren Hälfte und wies sie daraufhin, wie sehr sie sich nach ihm sehnte. Sie wollte es nochmal. Mit ihm. Den Schmerz. Seine Befehle. Seinen Schwanz in ihr. Sie legte ihre Stirn an seine Brust und versuchte, ihm noch näher zu kommen. Niemals wieder wollte sie ihn loslassen. „Ich schließe morgen das Geschäft auf. Ich muss gehen."

„Na gut." Sie spürte, wie er ihr auf den Kopf küsste.

Als Linda in den Flur trat, entdeckte sie Raoul am Treppengeländer. Sein dunkler Blick schweifte aufmerksam über sie, bevor sich ein sanftes Lächeln auf seinen Lippen formte. „Sieht aus, als hättest du dich gut amüsiert."

Nach all den Dingen, die Sam mit ihr getan hatte, wie konnte sie da noch erröten? Und doch stieg die Hitze in ihre Wangen.

Neben ihr fuhr Sam mit der Rückseite seines Zeigefingers über ihre Wange und erfreute sich an ihrer Reaktion. „Wenn du depressiv oder weinerlich wirst, gibst du Raoul Bescheid oder rufst mich an. Verstanden?"

Ein eindeutiger Befehl. Manchmal zeigte sich sein militärischer Hintergrund wie ein Schlag ins Gesicht. „Jawohl, Sergeant. Verstanden." Oh, ihr Mundwerk. Versohlte er ihr jetzt als Strafe den Hintern, würde sie als Pfütze zu seinen Füßen enden.

Er musterte sie mit seinen abschätzenden, eisblauen Augen und schnaubte. „Du wirkst so unschuldig, aber ja, manchmal sehe ich die Göre in dir aufblitzen." Er packte ein Bündel ihrer Haare, und möge Gott ihr beistehen, sogar ihre Kopfhaut war wund. Sie gab keinen Mucks von sich und doch vertieften sich die Fältchen neben seinen Augen. Was hatte er auf ihrem Gesicht gesehen? „Darf ich morgen vorbeikommen?"

Ihr Herz machte einen Satz. *Ja, ja, und nochmals ja!* Dann verspürte sie einen Anflug von Schuldgefühlen. Immer fuhr er zu ihrem Haus. Fair war das nicht. „Ich kann auch gerne zu dir kommen."

Das Lachen verschwand aus seinen Augen, ebenso jede Spur von Sanftheit. „Ah –"

Sie trat einen Schritt zurück und musste erkennen, dass er sie nicht eingeladen hatte. Nicht einmal hatte er mit ihr über seine Farm gesprochen. Weil er sie nicht dort haben wollte? „Oh, ähm. Ich verstehe." Ihr Rücken und Hintern taten weh, ja, aber das war nichts im Vergleich zu den Schmerzen, die gerade tief in ihrer Brust explodiert waren. Dachte er, sie würde sein Haus kontaminieren?

Sam streckte die Hand aus, aber sie ging weiter auf Abstand. „Linda."

Kein Lachen, keine Entschuldigung. Alles, was sie in diesem

einen Wort hörte, war Widerwillen. Bedauern. Er wollte sie wirklich nicht in seinem Haus haben.

Die Stimme des Aufsehers fiel in ihren Verstand ein: *„Du bist eine Schlampe. Ein Fickloch. Mehr nicht.“* Sie schluckte schwer. Sie hatte gedacht, dass Sam sie mochte, dass er mehr von ihr wollte, als ... Der kalte Wind der Realität nahm die Wärme mit sich und ließ sie entblößt und zitternd zurück.

„Ich muss wirklich gehen.“ Sie machte zwei Schritte auf Raoul zu, immer noch in der Hoffnung, dass Sam reagieren würde.

Aber es war Kims Master, der einen Arm um sie legte. „Komm, *Chiquita.*“

Als er sie sanft an seine Seite zog, musste sie ihre Tränen zurückblinzeln. Raoul war so ein netter Mann. „Danke“, hauchte sie und vergrub ihr Gesicht an seiner Brust.

„Alles gut“, flüsterte er ihr ins Haar. Dann hob er den Kopf und sie hörte ihn sagen: „Mein Freund, du bist ein Idiot.“

Sam antwortete nicht.

Als Raoul sie zu Kim führte, die am anderen Ende des Flurs wartete, ertönten hinter ihr keine Schritte. Ihr Sichtfeld von aufsteigenden Tränen eingeschränkt, sah Linda über ihre Schulter. Sam packte das Geländer mit aller Kraft, sein Blick gesenkt.

Er folgte ihr nicht.

Nolans Crew arbeitete sonntags nicht. Das passte Sam ganz gut. Er war reizbar genug ohne die Geräusche, die eine Baustelle mit sich brachten, war reizbar, seit er bei Linda ins Fettnäpfchen getreten war. *Verdammt*, seine Stiefel waren nicht in dem Fettnäpfchen gelandet, er hatte damit auf einer unschuldigen Sub herumgetrampelt.

Du bist ein Bastard, Davies. Mehr als einmal hatte er nach seinem Handy gegriffen, in der Absicht, sich zu entschuldigen und ... was zu tun? Was wünschte er sich, das zwischen ihnen passierte?

Auf dem Verandastuhl lehnte er sich zurück, stellte die Füße auf das Geländer, trank von seinem Kaffee und beobachtete, wie die kalte, graue Welt zum Leben erwachte. Aus dem Hühnerstall kündigte der Hahn die Morgendämmerung an. Auf den Weiden liefen seine Rinder und die Pferde zum Teich. Connagher patrouillierte und hob sein Hinterbein, wie es ein Hund eben tat, um sein Revier zu markieren. Ohne die Feldarbeiter am heutigen Tag blieb es in den Orangenhainen ruhig.

Aufgaben oder nicht, er konnte einfach nicht die Energie aufbringen, sich zu bewegen. Koffein hatte seinem Energielevel nicht geholfen; die letzten Stunden hatten sein schlechtes Gewissen nicht geheilt.

Der Schmerz in Lindas Augen hatte ihn bis ins Mark getroffen. In dem Moment war ihm bewusst geworden, wie sehr er es vermasselt hatte. Er hatte nicht nachgedacht, sondern nur reagiert. Die Idee, wieder eine Frau in seinem Haus zu haben – nachdem es in seiner Ehe ein Kriegsgebiet dargestellt hatte –, hatte ihn völlig gelähmt. Wie es schien, hatten vier Jahre Stille nicht dazu beigetragen, die bitteren Erinnerungen auszulöschen.

Er wollte Linda – *zur Hölle*, ja –, aber wofür? Als Spielpartner? Für einen gelegentlichen Fick? Bei dem Gedanken presste er die Lippen fest aufeinander. Sie hatte etwas Besseres verdient. Er kannte viele Frauen, die er für Gelegenheitssex und für Sessions anrufen konnte. Linda bedeutete ihm mehr. Das Gefühl von ihr um seinen Schwanz war fantastisch gewesen; das Gefühl von ihr in seinen Armen, warm und weich, war noch besser. Ihr Duft nach Lavendel war auch jetzt allgegenwärtig.

Er schüttelte den Kopf und schloss die Augen. *Es hat mich schwer erwischt.* Er konnte sich an jede Lachlinie auf ihrem Gesicht erinnern und wie ihre Sommersprossen in das reine Weiß ihrer Brüste übergingen. Er mochte es, wie unerwartete Dinge es schafften, sie in ihren Bann zu ziehen, und wie herzlich ihr

Lachen war, so überraschend vollmundig, dass er jedes Mal grinste.

Sie summte, wenn sie kochte. Sang, wenn sie aufräumte. Sie trug die Musik in ihrem Herz, wie eine andere Frau Schmuck tragen würde.

Sie war verdammt mutig. Und klug. Es machte Spaß, sich mit ihr zu unterhalten. Sie war ein niedlicher Morgenmuffel.

Würde sie hier wohnen, dann ... Ja, genau das war das Problem. Er mochte sein Singleleben. Vor allem im Vergleich zu der Alternative, die er erlebt hatte, kam er mit gelegentlicher Einsamkeit gut zurecht.

Er warf einen Blick über die Schulter auf das kleine Fenster, das er ersetzen musste, nachdem Nancys Wutanfall das antike Glas zertrümmert hatte. Selbst ein Jahr nach der Scheidung waren die Schreie und ihr giftiges Gemüt immer noch als Echo wahrzunehmen gewesen. Er und Nicole waren wie zutiefst schockierte Überlebende durch die Räume gewandelt. Nach einer Weile hatten sie begonnen, langsam das ganze Haus neu zu dekorieren. Auch zerbrechliche Gegenstände hatten wieder einen Platz gefunden.

Wie konnte er es erlauben, erneut jemanden in diesen sorgfältig ausgehandelten Frieden zu bringen? Selbst wenn es nur von kurzer Dauer wäre?

Verdammt, so lange kannte er Linda noch gar nicht.

Mit Nancy war es nicht anders gewesen. Drei Dates und schon war sie schwanger. Er hatte nichts über sie, ihre verkorkste Familie oder ihre Drogensucht gewusst.

Jedoch hatte er viele Stunden in Lindas Haus verbracht und ihre Gesellschaft genossen. Er hatte mit ihr Sessions gespielt, hatte ihren Körper und ihre Seele vor sich entblößt. Er war schon so lange ein Dom und wusste mittlerweile sehr gut, wann eine Sub log.

Linda war genau die Person, die sie in der Öffentlichkeit präsentierte: eine mutige, warmherzige Überlebende.

Sein Mund verzog sich zu einer Grimasse. Er war der Überlebende einer furchtbaren Ehe, und er hatte Linda wehgetan. Vielleicht war sie ohne ihn besser dran.

Lindas Laden zeigte sich heute als willkommene Ablenkung. Sie musste sich beschäftigen, denn ihre Stimmung ging den Bach runter, sobald sie an Sam dachte. Oder an das letzte Wochenende. Oder an die Momente, die sie davor mit ihm verbracht hatte. Sie hatte wirklich gedacht, dass das zwischen ihnen mehr war als Auspeitschen und Sex. Sie hatte gedacht, sie hätten ... eine Verbindung.

Anscheinend habe ich mich geirrt.

Stirnrunzelnd stellte sie einen weiteren Korb auf das Regal und richtete ihn so aus, dass sich das simple Design perfekt präsentierte.

Mit Sam hatte sie sich sicher gefühlt. Sicher genug, um loszulassen, um Schmerz in Lust zu verwandeln, um sich an ihren glücklichen Ort geleiten zu lassen. Seine Stärke, seine Stimme, sogar seine brutale Ehrlichkeit waren besänftigend. Genau wie die Art und Weise, in der er sie danach überraschend behutsam in den Armen gehalten und sich um sie gekümmert hatte, als würde sie ihm ... etwas bedeuten.

Oh ja, ich bedeute ihm wahnsinnig viel. Aber nur solange ich mich von seinem Zuhause fernhalte.

Als Tränen in ihren Augen brannten, positionierte sie zwei weitere Körbe – kleiner und heller – zu beiden Seiten des ersten.

Trotz allem musste sie zugeben, dass sie es niemals bereuen würde, ihn gekannt zu haben. Das letzte Wochenende war wundervoll gewesen. Sie hatte gelernt, dass andere Frauen ihren BDSM-Lifestyle akzeptierten, und ihn offen genossen. Und was für eine Erleichterung es gewesen war, ihr eigenes Bedürfnis anzuerkennen, dass sie gerne verletzt und dominiert wurde. Ein sanftes Lächeln zierte ihre Lippen. Ihre Buchfreunde *mussten* regelmäßig ein Buch lesen oder sie wurden reizbar. Sie empfand so, wenn es um Schmerz ging. Da das ihr Ding war, sollte sie es besser akzeptieren.

Und sie sollte sich auf jeden Fall von Männern fernhalten, die ihre unkonventionellen Vorlieben als krank und abartig bezeichneten.

Verdammt. Es war nicht fair, dass der eine Mann, der sie akzeptierte – nein, der ihre andere Seite wirklich mochte –, kein Interesse an ihr hatte. Ihre Unterlippe bebte. Sie wollte ihm alles geben.

Sie konnte ihn nicht mal hassen. *Na ja, nicht viel.* Er war behutsam mit ihr vorgegangen, hatte in ihrem Haus geschlafen, um sie zu beschützen, und kümmerte sich nach den Sessions um sie. Er war kein Arschloch, obwohl sie schon die ganze Woche an immer neue Beleidigungen für ihn dachte. Er sah einfach nicht, was sie zusammen haben könnten.

Offensichtlich hatte sie mehr in seine Handlungen hineininterpretiert als er. Er wollte keine Beziehung. Sie knirschte mit den Zähnen und schob die Stimme des Aufsehers aus ihrem Bewusstsein. *Ich bin keine Schlampe.*

Sie schüttelte den Gedanken ab. Ja, es war schade, dass ihr kleines Glas voller Hoffnung umgefallen war, aber wie lange sollte sie ihm noch nachtrauern? Ein Jahr? Zwei?

Mach deinen Job und sei eine Ladenbesitzerin.

Ein paar Minuten später, als sie den letzten Korb auf das Regal stellte, hörte sie: „Hey, Mom."

Sie drehte sich um und sah ihren Sohn die Türschwelle übertreten. Sofort hob sich ihre Stimmung. „Charles, wie schön. Was machst du denn hier?"

„Ich wollte dir etwas geben." Seine braunen Augen strahlten vor Freude, als er ihr eine Einkaufstasche reichte.

„Okay." Sie öffnete die Tüte. Sie war gefüllt mit ...
„Süßgras?"

„Ja. Ich war drüben an der Küste, sah die Dünen und habe an dich gedacht. Es ist die richtige Sorte, oder?"

„Oh, es ist wunderschön. Daraus werde ich die hübschesten Körbe anfertigen können."

Er schaukelte auf seinen Fußsohlen nach hinten und wieder vor, schob die Hände in die Taschen, offensichtlich begeistert, dass er ihr eine Freude machen konnte. Wie viele Blumensträuße, Notenblätter, Bücher und Töpferwaren hatte ihr großzügig gesinnter Sohn ihr im Laufe der Jahre geschenkt? Schon als Kleinkind hatte er hübsche Steine für Mami gesammelt. Sie lagen auf dem Küchentisch und wärmten ihr das Herz, wann immer sie ihren Blick einfingen.

„Danke, mein Schatz. Eine tolle Überraschung."

Er grinste, umarmte sie und küsste sie auf ihre Wange. „Ich habe in einer Stunde ein Seminar. Hab dich lieb."

„Ich hab dich auch lieb, Großer."

Als Charles den Laden verließ, näherte sich eine ältere Kundin breit lächelnd der Theke. „Was für ein netter Junge."

„Ja." Linda konnte kaum bändigen, wie stolz sie auf ihn war. „Das ist er wirklich."

Ein schneller Verkauf später und die Frau verschwand mit einer neuen Tragetasche, die sie mit einer Limodose und einer Auswahl aus belgischen Pralinen und Trüffeln gefüllt hatte. Jemand mochte luxuriöse Schokolade.

Die Kundin trat auf die Promenade und ein Mann stoppte, um sie passieren zu lassen. *Lee.* Linda beobachtete, wie er mit einem offenen Ausdruck in den Laden kam. Freundlich. An teurer Schokolade keinerlei Interesse. Nein, er bevorzugte Vollmilchschokolade. Unkompliziert. Keine Überraschungen. Von allen gemocht.

Sie wandte den Blick ab. Sam wäre dunkle Schokolade mit Mandeln und Meersalz. Komplex. Nicht übermäßig süß. Nicht nach jedermanns Geschmack. Nach einer Kostprobe von Sam war es jedoch schwierig, zur alltäglichen Schokolade zurückzukehren.

Lee trat an die Theke und lächelte Linda ihn an. „Hi."

„Du siehst heute wieder wunderschön aus." Er grinste. „Ich bin vorbeigekommen, um zu fragen, ob du heute Abend mit mir ins Kino möchtest. Ich bin mir nicht sicher, was gerade läuft, aber bestimmt finden wir etwas, das uns beiden gefällt."

„*Wenn du dir einen Liebesfilm raussuchst, werde ich dir den Hintern versohlen, Fräulein.*" Bei der Erinnerung an Sams raue Warnung schnürte es ihr die Kehle zu. Daraufhin hatte sie ihm den Film *Dirty Dancing* in den Schoß geworfen und auf schmerzhafte Weise lernen müssen, dass er keine leeren Drohungen aussprach. *Das ist vorbei, Linda. Vergiss ihn.*

„Ich denke nicht ..." Sie nahm seine Hand. Mit dem Wissen, dass ihre Entscheidung ihn verletzen würde, drückte sich ein schweres Gewicht auf ihre Schultern. Aber sie wollte ihn nicht in dem Glauben lassen, eine Chance bei ihr zu haben. Das hatte Sam mit ihr gemacht und sie wusste aus eigener Erfahrung, wie schlimm sich das anfühlte. Lee hatte Ehrlichkeit verdient. „Die Sache zwischen uns wird nicht funktionieren. Ich mag kinky Sex und du nicht."

Er war immer nett zu ihr gewesen. Während ihres unangenehmen Gesprächs über ihre Vorlieben hatte er alles gegeben, um seine Missbilligung vor ihr zu verbergen.

Sein Ausdruck war der eines Mannes, dessen Terrier ihm ans Bein gepinkelt hatte. „Linda, ich −"

„Wir sind, wie wir sind." *Danke, Gabi. Ich habe es verstanden.* „Aber wir haben unterschiedliche Vorlieben und Bedürfnisse." Sie holte tief Luft und hoffte, dass sie ihn nicht als Freund verlieren würde. „Ich denke, wir sollten nicht länger daten."

Für eine Minute regte er sich nicht, als hoffte er, sie würde ihre Meinung ändern. „Okay. Wir hätten vielleicht Kompromisse gefunden, aber ... Gerüchten zufolge triffst du dich bereits mit jemand anderem. Ich schätze, er gibt dir, was du magst." Lee drückte ihre Finger und ließ sie los. „Wenn es zwischen euch nicht funktionieren sollte, hoffe ich, dass du mir noch eine Chance gibst."

„Es tut mir leid", flüsterte sie.

„Mir auch." Er zog die Augenbrauen wenig erfreut zusammen, drehte sich um und verließ den Laden.

Sie seufzte. Nur Lee konnte eine unangenehme Situation so gut bewältigen, aber sie fühlte sich trotzdem wie Abschaum; sie hatte ihn verletzt.

„Na aber. Schau nicht so trübselig. Das ist doch gut gelaufen." Linda riss ihren Blick von der leeren Tür und entdeckte Dwayne an der Wand. Sein Hemd in Lila und Grün biss sich mit den bunten Gemälden hinter ihm. Wie viel hatte er gehört? Wie hatte sie ein derartiges Gespräch in ihrem Laden führen können? *Bescheuert.*

Noch dümmer war, dass sie es vor einem Reporter getan hatte. Ihn ignorierend durchquerte sie den Laden und füllte weiter ihre Regale auf.

Er folgte ihr. „Hast du Schwierigkeiten, dich anzupassen? Der Wechsel von einer Sklavin zu einem Normalo kann nicht einfach sein." *Sklavin.* Er sagte es, als ob es ihm gefiel, das Wort auszusprechen.

Ihre Haut juckte. *Hinweis an mich: Date niemals wieder einen Journalisten.* „Wenn du nichts kaufen willst, geh bitte."

„Hast du Probleme, Kunden in deinen Laden zu bekommen, seit die Leute herausgefunden haben, was du bist ... was du warst?" Er lehnte sich lässig an das Wandregal, sein Blick so eifrig wie bei einem Hund, dem ein rohes Stück Fleisch vorgehalten wurde. „Weißt du, ich habe ein Gerücht über einen Ort gehört, den du vor deiner Entführung besucht haben sollst. Beunruhigendes Zeug."

Ihre Haut kühlte ab und sie konnte tatsächlich fühlen, wie ihr das Blut aus dem Gesicht wich. Obwohl sie wusste, dass ihre Reaktion seine Behauptung bestätigte, musste sie etwas sagen: „Verschwinde. Du bist in meinem Laden nicht willkommen." Sie zeigte auf die Tür.

Sein Gesichtsausdruck verdunkelte sich. „Du solltest besser

mit mir reden. Gib mir etwas Schmutziges, und vielleicht werde ich diese anderen Informationen nicht verwenden."

„Verschwinde!"

„Also gut." Auf der Türschwelle hielt er an und sah über seine Schulter zu ihr. „Das wird dir noch leidtun." Er marschierte nach draußen und stieß dabei gegen die Coffeeshopbesitzerin, die auf der Promenade angehalten hatte.

Oh Gott! Lindas Knie bebten und sie packte schnell das Regal. Zwei Jutetaschen fielen auf den Boden, landeten abgeflacht wie ein totgefahrenes Tier auf der Straße vor ihren Füßen.

„Meine Güte, er hat dich bedroht!" Mit einem entsetzten Gesichtsausdruck betrat Betty den Laden. „Das wird dir noch leidtun? Das ist eine Drohung!"

„Ja." Ihre Energie sickerte aus ihr und hinterließ Erschöpfung. Würde es niemals enden? „Er wäre nicht der erste Journalist, der schlimme Dinge druckt." *Über Sklaven. Über mich.*

„Was für ein schrecklicher Mann." Betty stemmte die Hände in die Hüften. „Ich werde mit Curtis über die Qualität der Mitarbeiter sprechen, die er beschäftigt." Begleitet von einem wütenden Schnauben marschierte sie nach draußen.

Linda starrte ihr nach. Krauses, rotbraunes Haar mit einem grauen Ansatz, rundes Gesicht, hitziges Temperament. Die Besitzerin des Coffeeshops war so süß wie ihr Gebäck. Wenn die Zeitung jedoch enthüllen sollte, dass Linda vor ihrer Entführung einen BDSM-Club besucht hatte, könnte sich Bettys herzliche Natur schnell ins Gegenteil umwandeln.

Seltsam, oder? Als Sklavin hatte sie gedacht, dass eine Rettung alle ihre Probleme lösen würde. *Aber nein ...* Sie presste die Lippen fest aufeinander und drückte die Schultern durch. Es war ein Albtraum, aber irgendwann wachte man auf, oder? Sie musste nur durchhalten. *Ich bin stark. Ja, das bin ich.*

KAPITEL ZWÖLF

S am blickte **finster** auf die Autos, die den Bordstein in Lindas Sackgasse säumten, und parkte schließlich mehrere Häuser von ihrem entfernt. Als er über den Bürgersteig ging, sah er die roten und gelben Ballons im Nachbargarten. Kinder lachten, schrien, quietschten. Klang nach einer Geburtstagsparty. Sein Kiefer spannte sich an: Er erinnerte sich an das eine Mal, als er eine Party für Nicole organisiert hatte.

Eine Stunde vor der Party war Nancy in die Stadt gefahren, um den Kuchen zu holen. Dort hatte sie eine Rückerstattung gefordert, war dann mit dem Geld losgezogen und hatte stattdessen Drogen gekauft. Oxycodon. Sie war in die Party reingeplatzt, total high, vulgär und außer Kontrolle. Er hatte die Mutter eines Kindes bitten müssen, die Party zu beaufsichtigen, und hatte seine Frau schließlich aus dem Zimmer entfernt. Die Musik hatte er aufdrehen müssen, um ihr Geschrei zu übertönen. Dann hatte er die Eltern angerufen und sie gebeten, ihre Kinder frühzeitig abzuholen. Die Party war ein totaler Reinfall gewesen.

Seine Tochter hatte nie wieder eine Party gewollt. Also hatte er sie und ihre Freunde zu jedem ihrer Geburtstage auf eine Pizza eingeladen und war anschließend mit ihnen in die Eishalle oder den Wasserpark gefahren. Nancy hatten sie nie darüber in Kenntnis gesetzt.

Auch heute fragte er sich noch, ob Nicole es einfacher gefunden hätte, eine Mutter zu haben, bei der man sich regelrecht auf eine Misshandlung einstellen konnte, oder eine, die in Intervallen ihre Liebe zeigte, aber sich den Rest der Zeit bösartig und zerstörerisch gab. Warum zum Teufel hatte er es nicht geschafft, ihr das Leben zu erleichtern?

Als er bei Lindas Haus ankam, entdeckte er neue weiße Flecken an dem Haus. Er zog die Augenbrauen zusammen. Das Arschloch hatte wieder ihr Haus beschmiert. Weil Sam nicht hier gewesen war. Alle Menschen in seinem Leben enttäuschte er.

Er klopfte an die Tür und spürte, wie sich seine Muskeln anspannten. War sie immer noch sauer? Oder schlimmer: Würde er in ihren Augen sehen, wie sehr er ihr wehgetan hatte?

Die Tür öffnete sich. „Sam!" Freude strahlte in ihren Augen. Dann zerbröckelte ihr Ausdruck. „Geh weg." Sie wollte die Tür schließen.

Zur Hölle. Kurzerhand blockierte er mit seinem Fuß die Tür. „Es tut mir leid."

„Nimm den Stiefel da weg." Sie drückte gegen die Tür und starrte ihn finster an.

Dickköpfige Frau. Er schob die Tür weit genug auf, um mit den Schultern durchzupassen. Weit genug, dass er ihr Gesicht mit seinen Händen umfangen und sie zwingen konnte, ihn anzusehen und ihm zuzuhören. Ihre Augen wirkten gehetzt. Eine Faust legte sich um sein Herz und drückte zu. „Es tut mir leid, Linda."

„Entschuldigung angenommen. Jetzt geh."

Trotz seines schlechten Gewissens musste er lachen. „Das ist keine Vergebung, Mädchen. Bringst du sowas auch deinen Kindern bei?"

Seine Beleidigung traf sie, aber sie gab nicht nach. „Dann bin ich eben ein schlechtes Beispiel. Wenigstens habe ich ihnen nicht beigebracht, Fickspielzeuge für andere zu sein."

Er schlug hart genug gegen die Tür, dass seine Handfläche nun wehtat. „Du bist kein verdammtes Fickspielzeug!" Er holte tief Luft. *Beherrsche dich, Davies.* „Du bist zweifellos die stärkste Frau, die ich kenne."

Seine Worte trafen sie überrascht.

Tief holte er Luft. „Willst du nicht mit ansehen, wie ich um Gnade winsle?"

Sie lehnte ihren Kopf an die Tür und schloss die Augen. Eine Sekunde verging. Zwei.

Das Geräusch ihres zitternden Atems erschütterte ihn. Sie würde ihm das Herz brechen, wenn sie jetzt weinte.

Schließlich fand sie seinen Blick und nickte. „Na gut. Komm rein."

Als Sam an ihr vorbeiging, schaffte es die kalte Winterluft ins Haus. Linda schüttelte den Kopf. Wie um alles in der Welt hatte er es geschafft, ihre Meinung zu ändern? Sie hatte ihm nichts zu sagen; zwischen ihnen war nichts als Schmerz und Sex.

Als ob er das widerlegen wollte, zog er sie in eine warme, nicht-sexuelle Umarmung. „Auch wenn du nicht mein" – er schnaubte – „Fickspielzeug sein willst, können wir Freunde sein?"

Freunde? Warum mussten seine Hemden nach Sonnenschein riechen? Sie legte ihre Wange auf den abgetragenen Stoff und dachte an all die Momente, in denen er sie gehalten hatte, in denen er mit ihr geredet hatte. Er hatte ihr geholfen, die Fassade ihres Hauses von den Schmierereien zu befreien, hatte ihr Frühstück gemacht und anschließend von ihr verlangt, einen alten Clint-Eastwood-Film mit ihm zu schauen – aus Rache für den Katharine-Hepburn-Film. Er spielte Gitarre mit ihr und dann für sie, während sie an einem neuen Korb gearbeitet hatte. Irgendwie hatte er sich in diesen paar Tagen direkt an ihrer Schutzmauer vorbeigeschlichen. *Ja, okay, Freunde.* „Es tut mir leid, dass ich unhöflich war."

Er rieb sein Kinn über ihren Haarschopf. „Es gefällt mir, dass du dir nicht einfach alles gefallen lässt."

Mir auch. Ganz sicher würde sie ihn nicht mit einer einfachen Entschuldigung davonkommen lassen. „Bekomme ich eine Erklärung?"

Die Muskeln unter seiner Wange spannten sich an. „Ja."

Nur das eine Wort. Aber es reichte, um ihr verständlich zu machen, dass er sehr wohl einen Grund hatte, warum er sie nicht in seinem Zuhause wollte – ein Grund, der ihm unangenehm war. Er wollte es ihr nicht sagen.

Obwohl Frederick kein Problem damit gehabt hatte, über alles und nichts zu sprechen, war Charles schon immer zurückhaltender mit seinen Emotionen gewesen. Sie würde Sam also wie Charles behandeln. „Komm und hilf mir mit dem Abendessen." Küchen gab es, um mehr als nur Essen zu teilen.

An der großen Kücheninsel wies sie auf einen Hocker und gab ihm die Aufgabe, einen Salat zusammenzustellen. Als sie ein Glas Wein vor ihm abstellte, warf er ihr einen überraschten Blick zu.

„Kein Bier, tut mir leid." Ihr rechter Mundwinkel zuckte amüsiert, als sie zum Waschbecken sah, in das sie den Inhalt der drei Flaschen Bier geschüttet hatte, die von seinem Besuch im Kühlschrank übrig geblieben waren.

Sein Blick folgte ihrem und das Leuchten in seinen Augen bewies, dass er verstand. „Du hast ein böses Temperament, Fräulein." Er nahm einen Schluck von dem Wein.

Nach einer Sekunde vertieft in Gedanken verwarf sie ihren ursprünglichen Plan fürs Abendessen, der für sie allein aus einer Schüssel Tomatensuppe und Crackern bestanden hätte, und schob Kartoffeln in den Ofen. Schweinekoteletts wurden angebraten, bevor sie eine Dose Pilzsuppe darüber goss und sich die Form zu den Kartoffeln im Ofen gesellte.

„Der Salat ist fertig", sagte Sam. Sein Gesicht wirkte nun entspannter und er hatte seinen Wein ausgetrunken. Sie schenkte ihm und auch sich selbst nach.

Nachdem sie Cracker und Käse auf eine Platte gelegt hatte, setzte sie sich neben ihn. „Was ist in deinem Haus, das ich nicht sehen soll?"

„Hast du Angst, dass ich tote Frauen in den Schränken verstecke?" Sein Mundwinkel zuckte und ihr stockte der Atem. Sein Ausdruck war stets von Härte bestimmt, sodass sie seinen Sinn für Humor tendenziell als schockierend bezeichnen würde.

„Ja, der Gedanke ist mir gekommen." Sie orientierte sich an den Techniken, die sie von der Erziehung von Teenagern mitgenommen hatte, und wandte sich dem Käse und den Crackern zu.

„Sie ist nicht tot."

„Deine Ex-Frau?"

„Ja." Er legte ein Stück Käse auf einen Cracker und hielt ihn einfach, starrte ihn an. „Sie war – ist – drogenabhängig und hat uns das Leben zur Hölle gemacht." Er rieb sich über den Kiefer. „Ich habe seitdem keine Frau mehr mit nachhause genommen. Als du ..." Er stoppte.

„Frauen gehen nicht mit dir nachhause? Keine Ausnahmen?"

„Nein." Er presste die Lippen fest aufeinander.

Meine Güte. Sie starrte ihn an. Das musste eine schlimme Ehe gewesen sein. Wenn man bedachte, wie viele Peitschen Sam besaß, konnte seine Ex wahrscheinlich froh sein, dass sie noch lebte. Andererseits kannte sie ihn mittlerweile so gut und sie wusste, dass er, obwohl er ein Sadist war – vielleicht auch *weil* er einer war –, an stärkeren Verhaltensregeln festhielt als die meisten Menschen. „Ich kann mir nicht vorstellen, was du durchgemacht hast. Es hatte also rein gar nichts mit mir zu tun?"

„Nein." Er drehte seine Hand um und drückte ihre Finger. „Ich bin einfach ein verdammter Idiot. Du kannst gerne zur Farm kommen, Linda."

Eine einfache, aufrichtige Einladung. Ihr Herz machte einen Salto. *Ich stecke in Schwierigkeiten.* Aber was würde es schaden, zu sehen, wohin die Sache zwischen ihnen führte? Sie schmiegte ihre

Wange an seine raue Hand, als die Wärme in ihrem Herz zunahm. „Es würde mir gefallen, dein Land schon bald sehen zu dürfen."

„Der Frühling nähert sich. Nicht mehr lange und es wird Babys geben: Küken, Kälber, Fohlen, Gänslein." Sanft zog er an einer ihrer Haarsträhnen. „Es wird dir gefallen."

„Weil ich eine Mutter bin?" Sie lachte und fügte im Scherz hinzu: „Sollten Fickspielzeuge Freude an Babytieren haben?"

Sein Lachen brach aus ihm heraus und es fühlte sich wie eine Belohnung an. „Mädchen, du merkst nicht mal, wie mütterlich du bist." Die Wärme in seinem Blick sagte, dass er diese Seite an ihr attraktiv fand. Dass er *sie* attraktiv fand.

Der Funke in seinen Tiefen verschwand, als er sie auf die Füße riss. „Es ist an der Zeit, dass du lernst, nicht schlecht von dir selbst zu sprechen."

Ihre Kinnlade klappte herunter. „Aber –"

„Kein *Aber*. Keine Ausreden. Damit ist es vorbei." Sein Griff war einschüchternd, ganz zu schweigen von seinem kompromisslosen Ausdruck.

Nichts auf der Welt könnte ihren Hintern jetzt noch retten.

Linda wurde von lautem Hämmern aus dem Schlaf gerissen. Arbeitete ihr Nachbar wieder an seinem Haus? So früh am Morgen? *Ich will noch nicht aufstehen.* Es sei denn ... Sie drehte sich um und fand niemanden, der sie aus dem Bett jagen konnte. Frühaufsteher waren die Schlimmsten.

Die Schläge fingen wieder an. *Aufhören!* Sie warf sich die Bettdecke über den Kopf und die Bewegung führte dazu, dass sie an wunde Stellen erinnert wurde. Nun war sie wach. Das Laken kratzte über ihren wunden Rücken und Hintern. Ihre Brüste fühlten sich von den wundervollen Klemmen empfindlich an. Als sich ihre Lippen bei der Erinnerung zu einem Grinsen verzogen, richteten sich ihre Nippel auf, und der Schmerz nahm zu.

Sie wackelte mit dem Hintern, rieb sich am Bettlaken, um das Brennen dort zu verstärken, und genoss sowohl die Erinnerung als auch die ansteigende Hitze.

Versöhnungssex mit einem Sadisten war erstaunlich.

Wieder startete das Hämmern. Könnte das ihre Tür sein? Klopfte jemand? *Einfach nicht fair. Ich habe noch nicht mal gefrühstückt.* Leicht verstimmt rutschte sie aus dem Bett und griff nach ihrem Bademantel. Die Kinder wollten nächstes Wochenende vorbeikommen, also konnten sie es nicht sein. Hatte sie den Zeitungsjungen schon bezahlt? Wahrscheinlich war es ein Haustürverkäufer.

Sie hörte, wie jemand die Tür öffnete.

„Wer zum Teufel bist du?" Charles' Stimme.

Oh nein. Nicht gut. Hastig ließ sie ihren Bademantel fallen und zog Jeans, einen BH und eine Bluse an. *Bitte lass Sam etwas anhaben.* Sie hastete aus dem Schlafzimmer.

Sam trug Klamotten. *Gott sei Dank!* In der Mitte des Wohnzimmers standen ihre Kinder, die ihn anstarrten, als wäre der Mann der Teufel höchstpersönlich.

Erwischt. Ihr Mundwinkel zuckte. In den Augen ihrer Kinder hatten Mütter keinen Sex. Sie hatte immer versucht, diskret zu sein, wenn ein Mann die Nacht bei ihr verbracht hatte, aber ... sie hatte ein Recht auf ein eigenes Leben. Ihre Kinder waren schließlich erwachsen — jedenfalls behaupteten sie das ständig. „Was macht ihr denn hier?"

Sie drehten sich ihr zu. Brennas Gesicht war kreidebleich. Von Charles hingegen wurde sie wutentbrannt angestarrt. „Nein, die Frage ist: Was treibst du, wenn wir nicht hier sind?" Er warf eine Zeitung auf den Couchtisch.

Ihre Augen folgten. Die riesengroße Überschrift las: SEXSKLAVIN BESUCHTE FETISCH-CLUB. Die Buchstaben begannen vor ihren Augen zu tanzen und in ihrem Verstand ertönte plötzlich ein laut summender Bienenschwarm. Ihre Knie knickten ein.

Sam legte seinen stählernen Arm um ihre Taille. „Ganz ruhig, Mädchen. Setz dich."

Als er ihr auf einen Stuhl half, wollte sie sich an ihm festhalten. Stattdessen platzierte sie ihre Hände auf den Schoß. Das Summen ließ nicht nach.

„Da steht" – Charles zeigte auf die Zeitung – „dass du in einem BDSM-Club warst. Wo sie Leute auspeitschen. Wo Perverse Frauen anketten. Du hast die Entführung geradezu herbeigerufen." Sie hatte ihn noch nie so angewidert gesehen, und dieser Ausdruck galt ihr allein.

Perverse. Eine unsichtbare Hand legte sich um Lindas Hals und drückte ihr die Worte ab. „Ich bin nicht –" *Nicht schmutzig, nicht abartig, nicht pervers. Oder?* Erst letzte Nacht hatte sie Sam erlaubt, ihr wehzutun und ... es hatte ihr gefallen.

Brenna hatte Tränen in den Augen. „Jeder in meinem Wohnheim hat die Zeitung gesehen. Sie haben über dich geredet. Sie wissen, dass ich meine Mutter bist." Ihre Stimme wurde lauter. „Du hast uns all das durchmachen lassen, weil du für Sex in einen Club bist? Jetzt werden doch alle denken, dass ich leicht zu haben bin."

„Ich habe nicht –" Wie konnte sie den Unterschied erklären?

„Eure Mutter war das Opfer", schnauzte Sam. „Behandelt sie nicht –"

„Wer zum Teufel bist du?" Charles' Gesicht verdunkelte sich, als seine Augen auf Sam landeten und dann wieder auf ihr.

Linda sah zu Sam. Gekleidet, aber unrasiert. Und ihre Wangen und ihr Hals waren zweifellos von seinen Bartstoppeln gerötet, ihre Lippen geschwollen.

„Ich habe Bilder aus dem Club gesehen. Frauen werden dort ausgepeitscht." Brenna starrte Linda an, als würde sie ihre eigene Mutter nicht wiedererkennen. „Wie konntest du an so einen Ort gehen?"

„Ja, also mal ehrlich? Peitschen?" Charles hob das Kinn und machte einen Schritt auf Sam zu. „Bist du also ein großer böser

Sadist? Hättest nicht gedacht, dass wir dieses Wort kennen, oder, Mom? Ist das verdammte Internet nicht toll? So hilfreich." Angriffslustig lag sein Blick noch immer auf Sam. „Bist du nun ein Sadist oder nicht? Sag schon!"

Ein Strudel des Elends riss an Linda.

Sam antwortete ihrem Sohn, als wäre Charles ein Zweijähriger, der einen Wutanfall hatte. „Das geht dich nichts an, Junge."

„Ja, das habe ich mir gedacht."

Verflucht seist du, Sam. Mit dieser Antwort hätte er genauso gut auch *Ja* sagen können.

Als ihre Kinder ihre Aufmerksamkeit auf Sam lenkten, senkte Linda den Kopf. Ihre Hände bebten. Abschürfungen von dem Seil, das Sam an ihren Handgelenken verwendet hatte, zeigten sich unter den Ärmeln ihrer Bluse. Sie holte tief Luft, doch verlor den Mut, denn mittlerweile starrten ihre Kinder wieder sie an. Als wäre sie ein Freak.

„Mir ist schlecht", sagte Brenna.

„Mir auch." Dann zischte Charles: „Du bist so eine –"

„Wage es dir nicht, den Satz zu beenden." Sams Stimme war ein bedrohliches Knurren.

Charles machte einen übereilten Schritt nach hinten.

Ihr Herz brach in ihrer Brust. *Sie wissen es nicht, verstehen es nicht.* In ihrem Alter reagierten sie auf die Verletzlichkeit eines Elternteils mit Verachtung. Sie hatte gesehen, wie grausam Kinder sein konnten.

Aber nicht meine. Bis jetzt.

Linda erhob sich und war überrascht, dass der Boden sie hielt, obwohl die Welt um sie herum zerbrochen war. Ihr Sichtfeld war durch die Tränen in ihren Augen eingeschränkt, als sie zu ihrer Tochter blickte. Es war noch nicht lange her, da war sie so klein und ihre Mami war die Einzige gewesen, die sie hatte trösten können. So viele Erinnerungen. *Stundenlang hatte sie Brenna in den Armen gehalten, als sie Krupp hatte, sang Schlaflieder nach einem*

Albtraum und wählte genau das richtige Cartoon-Pflaster, wenn sie ein Wehweh hatte.

Ihre Unterlippe bebte, als sie sich zu ihrem Sohn wandte. Wie viele Stunden hatte sie mit ihm auf ihrem Schoß verbracht? *Seine Wangen gerötet vom Fieber, das kleine Köpfchen an ihrer Schulter, der winzige Daumen in seinem Mund, während sie zum hundertsten Mal den Film* Der König der Löwen *schauten.* Jetzt sah er sie an, als sähe er sie heute zum ersten Mal.

Vielleicht kannte sie ihre Kinder nicht so gut, wie sie immer dachte. „Verschwindet."

„Was?", sagte Charles.

„Verschwindet." Linda zeigte zur Tür. „Alle. Raus. Ich will keinen von euch in meinem Haus haben."

„Aber –" Brenna machte einen Schritt nach vorne.

Linda fühlte, wie die Schluchzer in ihr aufstiegen, und die unbändige Wut, die in Wellen von ihr abstrahlte, drängte Brenna zurück. Linda richtete ihren Blick auf Sam, der zugegeben hatte, ein Sadist zu sein. „Du auch. Raus."

Er runzelte die Stirn, sah zu ihren Kindern und ging dann einfach zur Tür hinaus.

Ihr Blick landete auf ihren selbstgerechten Kindern. Nicht einmal hatte sie ihnen den Arsch versohlt, niemals die Hand gegen sie erhoben. Sie waren nicht ausgepeitscht oder vergewaltigt worden. Niemand hatte sie mit Schlampe oder Hure betitelt. Niemals hatten sie Hunger leiden müssen. Und doch fand sich kein Mitgefühl in ihnen.

Sie dachte, sie sei eine gute Mutter, aber sie hatte versagt. „Raus hier. Verschwindet. Ich will euch nicht in meinem Haus haben."

Charles wich die Farbe aus dem Gesicht. „Mom?"

„Verschwindet! Sofort!" Die erste Träne löste sich, als sie zusah, wie die beiden ihr Haus verließen. Weitere Tränen folgten, als sie zur Tür stolperte, diese abschloss und dann genau dort zusammenbrach. *Warum? Oh Gott, warum?*

Sie hätte nicht zurückkehren dürfen. Hätte weit weggehen sollen. Hätte statt Holly sterben sollen. Sie rutschte an der Tür auf den Boden, vergrub ihr Gesicht an ihren Armen und ... weinte.

Stunden später betrat Linda ihren Laden. Gails erstes Enkelkind wurde heute getauft, und Linda hatte zugestimmt, ihre Angestellte früher gehen zu lassen.

Wäre das nicht gewesen, hätte sie ihr Haus vielleicht gar nicht verlassen – vor allem nicht, nachdem sie den Artikel gelesen hatte. Dwayne hatte eine Person interviewt, die gesehen hatte, wie Linda in der Nacht der Entführung im BDSM-Club ausgepeitscht worden war. Die Formulierung implizierte, dass sie durch die Entführung bekommen hatte, was sie verdiente.

Kein Wunder, dass ihre Kinder so reagiert hatten. Dennoch entschuldigte das nicht, wie sie sich ihr gegenüber verhalten hatten. Als sie eine neue Flut aus Tränen zurückdrängte, meldete sich der Riss in ihrem Herz. Die Schmerzen waren unerträglich. Aber sie würde überleben. Von ihrer Gefangenschaft wusste sie genau, wie das ging. Sie hatte gelernt, einen Fuß vor den anderen zu stellen, egal was passierte. Überleben bedeutete nicht, dass die Worte nicht wehtaten; Schmerz bedeutete, dass sie noch lebte.

„Gut, du bist hier!" Ihre Angestellte blickte auf und ihr Lächeln wirkte unsicher. Wie es schien, hatte auch sie den Artikel gelesen.

„Ich bin hier", sagte Linda. *Die dreckige Schlampe ist angekommen.* Wieder eine Person, die dachte, sie sei Abschaum. „Geh zur Taufe, bevor du noch zu spät kommst." Vielleicht sollte sie fragen, ob Gail vorhatte, morgen zurückzukommen, aber sie konnte keinen weiteren Schlag in ihre Magengegend ertragen. Nicht heute.

„Das Geschäft lief den ganzen Tag gut." Gails Stimme trat aus dem Hinterzimmer zu ihr, als sie ihre Handtasche holte. Sie tauchte wieder auf, eine große, schlanke Frau, etwas älter als Linda. Sie wollte gerade an Linda vorbeilaufen, schüttelte aber den Kopf. „Süße, ich habe noch nie jemanden gesehen, der so dringend eine Umarmung gebraucht hat." Sie schlang ihre Arme um Linda, umarmte sie fest und trat dann zurück.

„Ich ... das habe ich wirklich gebraucht. Danke."

„Dafür brauchst du dich nicht zu bedanken." Ihre graugrünen Augen verfinsterten sich. „Meine Cindy wurde mit sechzehn vergewaltigt. Der Verteidiger des Mistkerls versuchte, es so klingen zu lassen, als hätte sie es gewollt. Ich werde unserem Anwalt immer dankbar sein, dass er ihn fertiggemacht hat. Dadurch habe ich jedoch viel über verzerrte Denkweisen gelernt. Vielleicht magst du deinen Sex kinky, aber das bedeutet nicht, dass du vergewaltigt werden willst – genauso wenig, wie Cindy das mit ihren sexy Klamotten wollte. So sehe ich das. Kopf hoch." Sie nickte Linda zu und verließ den Laden.

Linda starrte ihr nach. „Okay." Sie hatte Gails Ausdruck vollkommen falsch interpretiert. Hatte sie sich vor Menschen zurückgezogen, ohne es zu müssen?

Auf der Fahrt zum Laden hatte sie sich wieder einmal gefragt, ob sie überhaupt in der Stadt bleiben wollte. Aber sie liebte ihren Strandladen, liebte die Möwen, die über die Promenade stolzierten, das Rauschen der Wellen und das Geplapper der Touristen. Sie liebte es, wie ihre sonnenverbrannten Gesichter strahlten, wenn sie Lindas einzigartige, handgefertigte Souvenirs sahen. Sie hatte so hart gearbeitet, um den Laden zu einem Erfolg zu machen. Sie und die Kinder hatten die Wände gestrichen und ein Freund von ihr hatte das Schild entworfen. Zudem verließen sich ihre Künstler auf sie.

Entschlossen hob sie das Kinn. Das war ihr Geschäft, und sie würde niemandem – insbesondere nicht Dwayne – die Genugtuung geben, sie vertrieben zu haben. *Ich bleibe.*

An diesem Nachmittag bemühte sie sich, die einladendste

Ladenbesitzerin am Strand zu sein, und sie ging dermaßen in ihrer Rolle auf, dass der Tag wie im Flug verging und es plötzlich schon Zeit war, abzuschließen.

Nachdem sie die Ladentür abgeschlossen und das Licht ausgeschaltet hatte, zog sie ihr Handy heraus und starrte es an. *Soll ich meine Kinder anrufen?*

Die Sehnsucht, ihre Stimmen zu hören und sich mit ihnen zu vertragen, war überwältigend. Ihre Finger schwebten über dem Bildschirm, doch sie senkte die Hand.

Nein. Sie waren es, die falsch lagen. Egal, wie gerne sie mit ihnen reden wollte, sie anzurufen, würde sie in dem Glauben lassen, dass ein derartiges Verhalten akzeptabel war.

Sie dachten bereits, alle Antworten zu kennen.

Apropos, was hatte sich Sam nur mit seiner Antwort auf Charles' Frage gedacht? Warum hatte er den Verdacht ihrer Kinder bestätigen müssen? Die Wut erhob sich erneut in ihr und sie kramte in ihrer Handtasche nach ihrem Autoschlüssel.

KAPITEL DREIZEHN

Die Dämmerung warf Schatten über den Hof, als Sam die Hühner für die Nacht in ihren Stall schloss. Der Tag war bewölkt gewesen, und jetzt am Abend hatte es nur noch zehn Grad Celsius. Nachdem er seine Jeansjacke zugeknöpft hatte, schaute er auf sein Handy – kein Anruf von Linda. *Verdammt nochmal.* Den ganzen Tag hatte er erwartet, dass sie anrufen würde.

Er war sich im Unklaren, ob es eine gute Idee gewesen war, ihr Haus zu verlassen. In dem Moment hatte er gedacht, dass sie Zeit und Abstand bräuchte, um die Sache mit ihren Kindern zu regeln. Hilfreich war seine Anwesenheit sicher nicht gewesen. Aber was, wenn sie standhaft geblieben war und auch die Kinder rausgeschmissen hatte? Dann wäre sie allein gewesen ... nachdem sie von den Gören niedergemacht wurde.

Er presste die Lippen fest aufeinander. *Scheiß auf Zeit und Abstand.* Sobald er im Haus war, würde er sie anrufen.

Nach einer kurzen Suche entdeckte er Connagher auf der Weide, wie er sich auf etwas im Gras stürzte. „Kommst du, Conn?"

Der Mountain Cur gab die Jagd auf, quetschte sich zwischen zwei Zaunlatten durch. Sein goldrotes Fell funkelte unter den letzten Sonnenstrahlen des Tages. Seine Zunge hing ihm aus dem Maul, als er über den Hof trabte, seine Ohren aufgerichtet, bereit, seinen Bericht darzulegen: *Keine Bange, Sir, Feldmäuse werden Sie heute Abend nicht belästigen.*

„Gut gemacht." Sam beugte sich vor und streichelte ihn, bevor er die lange Einfahrt hinunterlief, um abzuschließen und das Sicherheitssystem einzuschalten.

Das Eingangstor quietschte. Sams Kiefer spannte sich an. Wenn das seine Ex war, würde er ... Er hörte, wie ein Auto näherkam, dann das Quietschen, als sich das Tor schloss. Nein, nicht seine Ex. Nancy hatte noch nie etwas hinter sich geschlossen.

„Bleib bei mir", sagte er zu Conn, der vor Eifer bebte, den Eindringling von seinem Land zu verscheuchen. Guter kleiner Wachhund. Sams Vater hatte Mountain Curs gezüchtet. Etwas Gutes, das er hinterlassen hatte, denn Sam mochte es, wie die dunkel gesprenkelten Hunde in der Nacht regelrecht verschwanden. Er mochte es, dass sie Menschen in Angst und Schrecken versetzen konnten. Als Kind hatte Sam dies am eigenen Leib erfahren.

Conns rötliches Fell war leichter zu sehen. Auch das mochte er.

Als ein vertrauter Toyota die Einfahrt hochkam, verbesserte sich Sams Laune. Wie es aussah, müsste er sie nicht anrufen.

Seitlich neben dem Haus parkte sie rechts von Sams Pickup.

„Bei Fuß", sagte er zu Conn. Sam setzte sich in Bewegung, der Hund einen Schritt hinter ihm, und so öffnete er ihr die Tür. Ihr Geruch trat an seine Nase. Mittlerweile gab ihm der Duft nach Lavendel jedes Mal eine Erektion. „Kommst du mich besuchen?"

Sie stieg aus, schlug die Tür zu und schob ihn dann ein Stück zurück. „Das ist kein Höflichkeitsbesuch." Wäre ihre Stimme eine Peitsche, würde er jetzt bluten.

Conn knurrte. Sam zischte: „Ruhe." Gleichzeitig sah Linda den Hund finster an und befahl: „Mach Platz."

Mit einem Wimmern – attackiert von zwei Rudelführern – platzierte Conn seinen Arsch auf den Boden.

Sam betrachtete Linda. Das Temperament der Rothaarigen brauchte etwas, bis es aufheizte, aber verdammt, sie war süß, wenn sie wütend war. Er legte seine Hand auf das Autodach und lehnte sich vor, sodass er absichtlich in ihren Komfortbereich eindrang. „Du bist sauer auf mich."

„Du bist so klug." Der Sarkasmus war nicht zu überhören. „Ist dir mal der Gedanke gekommen, dein Gehirn zu verklagen, weil es nicht hält, was es verspricht?"

Da nahm sich jemand ein Beispiel an Gabi. Sam schaffte es kaum, sein Lachen zu unterdrücken. Kein Wunder, dass Marcus seine kleine Sub so sehr genoss. „Erkläre es mir."

„Du hast ... du hast zu Charles gesagt, dass es ihn nichts angeht." Sie blickte ihn finster an. „Du hättest genauso gut mit *Ja* antworten können. Also ja, danke, das war wirklich super hilfreich."

Ah. Sein eigenes Temperament meldete sich und er musste es niederdrücken. Sie hatte einen beschissenen Tag gehabt und wollte es an ihm auslassen. Nicht fair, aber es war gut, dass sie ihm für den Ausbruch genug vertraute. Noch besser war, dass sie die Situation auf eine Weise störte, um sie wütend zu machen. Dennoch ging sie gerade zu weit. „Linda." Er packte ihr Kinn und riskierte so einen weiteren Schubs. „Möchtest du wirklich einen Mann, der lügt? Gibst du damit ein gutes Beispiel für deine Kinder?"

Sie erstarrte, als hätte er sie geohrfeigt. Dann versuchte sie, ihr Gesicht wegzudrehen.

Auf keinen Fall. Seine Finger festigten sich und er beobachtete, wie ihre Wut nachließ.

„Du hast Recht." Ihre Stimme war über das Rauschen der Blüten-Hartriegel zu beiden Seiten der Einfahrt kaum zu hören. Sie schloss die Augen und sackte gegen das Auto.

Er wartete.

„Es tut mir leid. Ich weiß nicht, was ich mir dabei gedacht habe, hierher zu kommen. Ich will dir keinen Kummer bereiten. Schließlich warst du einfach nur ehrlich."

So große braune Augen. Sie war eine Herzensbrecherin. Er zog sie zu sich. „Du brauchtest jemanden, da du deine Kinder nicht anbrüllen kannst – nicht mehr, als du es bereits getan hast."

Sie zuckte zusammen. „Ich kann nicht glauben, dass ich sie aus meinem Haus geworfen habe."

Sie war also hartnäckig geblieben. Starke Frau. „Gut. Sie haben sich unmöglich verhalten."

Für eine Sekunde erstarrte sie und seufzte schließlich. „Das haben sie. Normalerweise sind sie wirklich gute Kinder."

„Dann wird es nicht lange dauern, bis sie ein Einsehen haben."

„Vielleicht auch nicht. Nach dieser Sache." Sie rang nach Luft.

„Nein, nein. Im Moment sind sie wütend. Der Artikel traf sie, wo sie am verletzlichsten sind. Die Meinung ihrer Freunde."

„Das kann ich nachempfinden", sagte sie leise.

Zur Hölle. Ihre Kinder waren sicher nicht die Einzigen, die diese verdammte Zeitung lasen. Er packte sie an den Armen. „Machen es dir auch andere Leute schwer?"

Linda starrte in Sams verwittertes Gesicht. Seine Augen blitzten auf. Er hätte auf sie wütend sein sollen; schließlich hatte sie ihn ohne Grund angegriffen. Doch erst jetzt zeigte sich seine Wut. So fürsorglich und stets auf ihren Schutz bedacht.

Sie presste die Lippen aufeinander, als sie an den Nachmittag dachte. „Ein paar. Einige waren neugierig, andere unhöflich. Aber es gab auch viele, die auf meiner Seite waren." So viele Umarmungen hatte sie bekommen, dass sie beinahe die Fassung verloren hätte. Seltsam, wie beunruhigend Güte sein konnte.

„Schlimmer Tag. Komm her." Seine Arme schlangen sich um sie, und er umhüllte sie wieder in Wärme.

Als die kühle Luft den Geruch nach Weide und Scheune mit

sich führte, hörte sie das Flattern der Fledermäuse, die sich auf die Jagd nach Insekten begaben. Die auffrischende Brise brachte die Bäume zum Rascheln. Eine Kuh muhte. Sie schloss die Augen und wusste, dass sie nichts dagegen hätte, die Ewigkeit in seinen Armen zu verbringen. Wer hätte gedacht, dass der taffe Rancher so fantastische Umarmungen geben konnte? Mit einem Seufzer des Bedauerns zog sie sich zurück. „Es tut mir leid, dass ich meine Kontrolle verloren habe. Ich werde dich jetzt in Ruhe lassen."

Er lehnte sich mit der Hüfte an die Autotür. „Nein. Jetzt, da du hier bist, bleib."

„Du hast mich nicht ... ich wollte dich nicht mit meiner Anwesenheit überfallen."

Er sah sie mit einem strengen Ausdruck an. „Sei still. Du wirst bleiben."

Ihre Traurigkeit verzog sich ein wenig. Mehr Zeit mit Sam zu verbringen, wäre schön. Ihr Haus war leer. Ruhig. Zu ruhig. „Ich ... Okay."

„Gute Antwort."

„Wie wäre es, wenn ich dir mit einem Abendessen zeige, wie leid es mir tut, dass ich mich wie eine Idiotin verhalten habe?" Was für ein besonderes Dessert könnte sie für ihn zubereiten?

„Klingt gut." Er wies mit dem Kinn auf seinen Hund. „Das ist Connagher. Conn" − er gab Linda einen Klaps auf den Schenkel − „das ist Linda. Linda. *Linda*."

Der Hund stand auf, schnüffelte an ihrem Bein und wedelte mit seinem Schwanz.

Sam fand Lindas Blick. „Er merkt sich Menschen, die ich ihm vorstelle. Ist praktisch, wenn ich nicht weiß, wo sich gerade ein bestimmter Feldarbeiter aufhält." Sanft zog er an den Ohren des Hundes. „Sag ‚Hallo' zu Linda."

Der Hund bellte einmal und schenkte ihr dann ein Hundegrinsen. Sie lehnte sich vor und streichelte ihn. Interessantes Aussehen. Mittelkurzes, raues Fell, stämmiger Körper, die

Ohrspitzen umgeklappt. Sein Körper erinnerte an einen Labrador, nur kleiner. „Was für ein Hund ist Conn?"

„Die Rasse wird Mountain Cur genannt." Liebevoll fuhr er durch das Fell am Nacken des Hundes. „Sie sind als Arbeits- und Jagdhunde bekannt. Haben geholfen, die Appalachen zu besiedeln."

„Okay." Sie lächelte, als sie sich aufrichtete. Conn war wie Sam: harter Körper, kein Schnickschnack, kein besonderer Charme, aber stark genug, um zu tun, was getan werden musste.

Sam legte seine Hand auf ihren Rücken, ein warmer Kreis in der kühlen Nacht, und führte sie zur Seite des Hauses. Die Auffahrt führte in einen Kreis, der einen plätschernden Springbrunnen und Blumenbeete umschloss. In der Dämmerung konnte sie die Umrisse von Farmgebäuden sehen. In der Ferne entdeckte sie weiße Zäune als Grenze für dunkle Weiden, die schließlich in einen Wald führten.

Das weiße, zweistöckige Farmhaus stammte wahrscheinlich aus der Mitte des letzten Jahrhunderts, war aber gut erhalten. Auf einer großen Veranda befanden sich eine Hollywoodschaukel und zwei Adirondack-Stühle. Er führte sie die Treppe hinauf, über die Veranda und durch eine schwere Haustür mit einem gewölbten Buntglasfenster.

In dem kleinen Eingangsbereich half er ihr aus ihrem weißen Wollmantel und hing ihn auf. Als seine Jeansjacke neben ihrem Mantel einen Platz fand und er dann seine Stiefel auszog, musste sie den Kopf schütteln. Schon als Teenager hatte sie Cowboyfilme geliebt. Sam Davies war wie eine wahr gewordene Fantasie.

Mit dem Kinn wies er auf ihre High Heels. Sie schlüpfte aus ihnen und folgte ihm ins Wohnzimmer.

„Oh, sehr hübsch hast du es hier." Eine Innenwand war entfernt worden, sodass das Wohnzimmer in den Essbereich überging. Die cremefarbene Verkleidung dämpfte die Wucht des dunkelbraunen Ecksofas und der passenden Sessel. Der dunkle Parkettboden glänzte unter einem verblichenen orientalischen

Teppich. Der gesamte Raum war auf Komfort ausgelegt, bis hin zu dem kleinen Feuer, das im massiven Steinkamin auf der rechten Seite knisterte.

Als Conn sich seufzend vor dem Kamin niederließ, als hätte er den anstrengendsten Tag aller Zeiten verlebt, grinste Linda.

Sam fuhr mit seiner Hand über ihren Rücken. „Hattest du mal einen Hund?"

„Oh ja, immer, bis ... Nun, der letzte starb vor ein paar Monaten." Ihr Herz brach aufs Neue. „Er war alt. Und es war gut, dass er ... er war nicht mehr hier, als ich ..." Ihre Entführung war danach passiert.

Sam drückte wortlos ihre Schulter und lief in die Küche.

Sie war sich nicht sicher, was sie tun sollte, und machte es sich in der Couchecke bequem. „Ich kann nicht lange bleiben."

„Ist der Laden morgen nicht geschlossen?" Er tauchte mit einem Glas Wein für sie und einem Bier für sich selbst wieder auf.

„Ähm." Sie nahm einen kleinen Schluck und es gefiel ihr, dass er ihren Zeitplan kannte. Trotzdem konnte sie nicht bleiben ... oder?

Neben ihr setzte er sich hin und legte seinen Arm auf die Rückenlehne. Wie bei ihren gemeinsamen Filmabenden platzierte er seine Finger auf ihrer Schulter, um sie näher zu sich zu ziehen. „Entspanne dich. Hier gibt es nichts, um das du dir Gedanken machen musst."

Keine Nachbarn, keiner mit Spraydosen, keine Zeitungen oder unhöfliche Reporter. *Paradiesisch.* Sie nahm einen größeren Schluck. „Ich will nicht, dass du dich unwohl fühlst. Schließlich habe ich mich dir unangekündigt angeschlossen."

„Würde ich dich nicht bei mir haben wollen, hätte ich etwas gesagt."

Unverblümt jemandem sagen, nachhause zu gehen? Ja, genau das würde er wahrscheinlich tun. Ohne zu blinzeln, betrachtete sie ihn.

„Was ist?" Er drehte eine Strähne ihrer Haare um seinen Finger.

„Mir ist gerade klar geworden, wie ehrlich du bist. Bis hin zur Unhöflichkeit."

„Ich sehe den Sinn nicht im Lügen."

Hinweis an mich selbst: Frage diesen Mann niemals, ob ich in einem Kleid fett aussehe. Diese Ehrlichkeit war seltsamerweise befreiend. Sie konnte sich entspannen, wissend, dass sie wirklich willkommen war. Und sie würde sich nie fragen müssen, ob er nur aus Höflichkeit zugestimmt hatte.

Seine Hand legte sich um ihre Schulter und er runzelte die Stirn. „Du bist verspannt."

„War nicht der beste Tag."

„Wie wäre es mit einer gegenseitigen Massage?"

Eine Massage? Sie könnte wirklich eine gebrauchen.

„Warte kurz." Er verließ den Raum und kehrte mit einem Glas Kokosöl zurück.

„Hattest du auch einen schlimmen Tag?"

„Nicht mit deinem zu vergleichen. Ich habe eine Heulieferung bekommen und die Ballen sind schwer." Die Lachfältchen neben seinen Augen vertieften sich. „Ich werde nicht jünger."

„Ja, die Erkenntnis kommt vielen irgendwann." Zu früh. Zumindest wurden Rothaarige nicht so schnell grau wie Brünette. Ihre Schwester färbte ihre Haare schon seit über einem Jahrzehnt.

Sam sah zu Conn. „Beweg dich, Hund."

Mit einem verärgerten Blick trottete Conn aus dem Wohnzimmer und legte sich in den Eingangsbereich.

Sam entfernte die Decke von der Rückenlehne, breitete sie auf dem Boden aus und half Linda dann auf die Füße. Schnell zog er ihr die Bluse und den BH aus und nahm sich einen Moment Zeit, um ihre Brüste zu erkunden.

Die Erregung fand sich so rasch in ihrer Mitte ein, dass sie wimmerte. Wer hätte gedacht, dass es so heiß sein könnte, halb-nackt in einem Raum zu stehen.

Lächelnd lehnte er sich vor und gab ihr einen langen, leiden-schaftlichen Kuss. „Du bist verdammt verlockend. Vor allem deine Brüste haben es mir angetan." Besagte Brüste wurden von seinen großen Händen umfasst.

Sie mochte ihren Körper, und doch schafften es seine Kompli-mente immer wieder, ein Kribbeln in ihr auszulösen. Nach einem weiteren Kuss wies er sie an, sich mit dem Gesicht nach unten auf die Decke zu legen.

Auf seinen Knien näherte er sich und setzte sich rittlings auf ihren von einer Jeans bedeckten Hintern. Jeans auf Jeans. Nachdem er das Öl zwischen seinen Händen erwärmt hatte, rieb er sanft über ihren Rücken. Ihre Augen schlossen sich, als sich seine öligen Hände über ihre Schultern bewegten. „Ooooohhhh. Mehr."

Er gluckste und fuhr fort. Als sie vollkommen entspannt war, machte er sich daran, jeden Muskel in ihr zu massieren, einen nach dem anderen nahm er sich vor. Er fand ihre verknoteten Schultern und umkreiste eine besonders angespannte Stelle. Sein Daumen traf auf den Knoten ... und erhöhte langsam den Druck. Sie quietschte, denn auch der Schmerz erhöhte sich.

„Atmen, Mädchen."

Au, au, au. Mehr von seinem Gewicht senkte sich auf ihren Hintern und presste sie gegen die Decke. Sie rang nach Luft, nahm einen langsamen Atemzug, bevor er schließlich seinen Daumen von ihrer Schulter hob. Als Blut in der Form einer warmen Flut in den Bereich zurückfloss, bemerkte sie, dass der Knoten weg war. Nichtsdestotrotz ... Sie warf ihm über ihre Schulter einen finsteren Blick zu. „Das hat wehgetan."

Er zwinkerte ihr zu. „Was das Beste an einer Massage ist."

Verdammter Sadist.

Er fand drei weitere Stellen, um sie zu foltern. Danach fühlte sie sich unglaublich entspannt und zudem war sie angetörnt.

Wann immer er sie zwang, Schmerz von ihm zu akzeptieren – mehr als sie wollte –, hatte sie das Gefühl, eine Tablette zu nehmen, die sofortige Erregung herbeiführte.

Bevor sie sich bewegen konnte, griff er unter sie, öffnete ihre Hose und zog sie ihr zusammen mit ihrem Tanga über die Beine.

„Hey!"

„Ich ziehe es vor, dass meine Masseusen nackt sind." Er zog sein Hemd aus, hob sie zur Seite und nahm ihren Platz auf der Decke ein.

Lachend setzte sie sich auf seinen knackigen Hintern. Nachdem sich das Kokosöl in ihrer Handfläche erwärmt und verflüssigt hatte, rieb sie über seinen Rücken. *Meine Güte, sieh ihn dir nur an.* Breite Schultern, athletische Muskulatur und eine Bräune, die zeigte, dass er draußen nicht immer ein Oberteil trug. Nach seinen Schultern arbeitete sie sich nach unten vor. Um etwas bei ihm zu erreichen, musste sie einiges an Kraft einsetzen. *Massage, die neueste Aerobic-Übung.* Als sie den unteren Teil seiner Wirbelsäule erreichte, fühlten sich seine Muskeln seitlich wie Beton an. „Hier tut es weh, oder?"

„Oh ja. Presse so hart, wie du kannst."

Sie rutschte mit dem Po weiter nach unten, legte ihr ganzes Gewicht auf ihre Handflächen und drückte in einer Aufwärtsbewegung zu. Sein zufriedenes Knurren ließ sie innerlich strahlen. Sie wiederholte die Bewegung immer und immer wieder, aber allzu bald waren ihre Arme müde.

„Hoch mit dir, Mädchen", sagte er. Wie es schien, spürte er, dass ihre Massage schwächer wurde.

Sie stand auf.

Er folgte ihr auf die Beine und streckte sich. „Viel besser. Das hast du gut gemacht, Fräulein."

Das Kompliment ging runter wie Öl. „Danke. Du auch."

Mit einem sanften Lachen zog er sie zu sich, rieb seine Brust an ihren Brüsten und küsste sie hart auf den Mund.

„Kommen wir zu dem wirklich angenehmen Teil." Er zeigte auf den Quilt. „Hinlegen."

„Mehr?" Sie warf ihm einen verwirrten Blick zu und fiel dann auf die Knie.

„Oh ja. Auf den Rücken."

Im hellen Feuerschein fühlte sie sich etwas unbehaglich, jedoch kam sie dem Befehl nach. Wieso aber war sie nackt und er durfte seine Hose anbehalten?

Als sein Blick über sie schweifte, erschien ein Lächeln auf seinen Lippen, und er schien ihre Nacktheit genauso zu genießen wie ihre Schamesröte. Dann sagte er: „Du bist eine wunderschöne Frau." Worte, die ihr Bedürfnis, ihm eine Ohrfeige zu geben, auslöschten.

Wieder setzte er sich rittlings auf sie, pflanzte sich auf ihre Oberschenkel und griff nach mehr Kokosnussöl. Zuerst arbeitete er an den Muskeln ihrer Schultern, glitt zu der Mulde unter ihrem Schlüsselbein und zu ihren Oberarmen. Ihr war nicht bewusst gewesen, wie angespannt diese Bereiche werden konnten, bis er die Muskeln in glückliche, gekochte Nudeln verwandelte.

Dann senkten sich seine Lider auf halbmast, als seine Hände anfingen, ihre Brüste einzuölen. Er massierte die darunter liegenden Brustmuskeln und spielte mit ihr. Mit seinem Blick auf ihrem Gesicht zog und zwickte er an ihren Nippeln. Härter und immer härter. Er rollte beide Knospen zwischen Daumen und Zeigefinger und erhöhte so den Druck, bis sie einen Laut von sich gab.

„Tut es weh?"

„Ja, verdammt nochmal."

„Gut." Er drückte fester zu.

Als der Schmerz wuchs und die Hitze in ihrer Mitte aufblühte, stöhnte sie.

Unbändige Freude zeigte sich in seinen Augen. Er hörte nicht auf.

„Das ist zu viel." Sie griff nach ihm, um ihn wegzustoßen.

„Hast du etwa dein Safeword benutzt? Nein." Er packte ihre Handgelenke, legte sie über ihren Kopf, fixierte sie dort mit einer Hand und folterte ihre Brüste mit seiner freien.

Sein Griff war fest und schmerzte. Hinzukam seine Behandlung an ihren Nippeln, denn er kniff und zwickte auch weiterhin in ihre empfindlichen Knospen. Als sie anfing, sich zu winden – vor Schmerz aber auch vor Erregung –, lachte er nur und fuhr fort, bis sich ihre Brüste unglaublich geschwollen anfühlten und sie regelrecht pochten.

Als er aufstand, warf er ihr einen strengen Blick zu. „Beweg dich ja nicht von dort weg, wo ich dich platziert habe."

Sie hatte das starke Bedürfnis, den Schmerz wegzureiben, und so senkte sie die Arme, was sofort mit einem stechenden Schlag auf eine Brust bestraft wurde. *Au, au, au!* Tränen sammelten sich in ihren Augen, und sie brachte ihre Arme schnell wieder in Position.

Seine Augenbrauen hoben sich. „Safeword?"

Der Schmerz rollte durch sie, aber ... Trotz ihrer Tränen liebte sie es. Ihr Körper brannte vor Erregung. Die Brutalität, mit der er ihr gegenübertrat, war erfüllend für sie.

Sein rechter Mundwinkel zuckte. „Wohl nicht." Er zog seine restlichen Klamotten aus und sie war fasziniert davon, wie der Feuerschein über seinen Körper flackerte. Er hatte den kleinen, knackigen Hintern und die Beine eines Mannes, der viel Zeit auf dem Rücken eines Pferdes verbrachte. Seine Schultern waren muskulös – vom Hantieren der schweren Heuballen? Aus einem Fitnessstudio hatte er diesen Körper jedenfalls nicht. Es war ein Vergnügen, ihn im Licht zu betrachten.

Sein Schwanz war voll aufgerichtet und schien genau wie der Rest von Sam – gerade, solide, potent. Adern schlängelten sich über seinen harten Schaft, luden eine Zunge ein, sie nachzuzeichnen. Ihre Finger zuckten; sie wollte ihn berühren.

Er spreizte ihre Beine und kniete sich zwischen sie. Nachdem er quadratische Kissen zu beiden Seiten ihrer Hüften positioniert hatte, lehnte er sich vor und presste ihre Knie auf die Kissen, um sie seinem Blick zu öffnen. Mit seinen Händen auf ihren Schenkeln hielt er sie in Position, senkte er den Kopf und musterte mit einem Schmunzeln auf den Lippen ihr Geschlecht.

Vielleicht war das ganze Licht doch nicht so wunderbar. Seine Begutachtung war ihr unangenehm und sie reagierte, indem sie sich unter ihm wand.

Sein Griff an ihr festigte sich. „Stillhalten."

Gehorsam erstarrte sie, aber sein Stirnrunzeln wollte nicht verschwinden. Nach einer Sekunde nahm er zwei Untersetzer vom Beistelltisch und balancierte einen auf jedem ihrer Knie. „Fällt einer davon runter, weil du dich bewegst, werde ich diese hübsche Pussy auspeitschen."

„Was?", quietschte sie.

„Richtig gehört." Das Grübchen in seiner Wange vertiefte sich, als er mit einem Finger von ihrem Knie bis zu ihrem Schritt fuhr. Ihre Muskeln bebten. Er wies mit dem Kinn auf eine Holzkiste neben der Couch. „Ich habe erst kürzlich einen kurzen, weicheren Flogger fertiggestellt. Fällt einer der Untersetzer, kann ich ihn ausprobieren."

„Das würdest du nicht tun." Sie erinnerte sich sehr gut an das Paddel, das er an ihr benutzt hatte. Aber ein Flogger?

„Oh, das würde ich." Er rutschte nach unten, bis sein Mund über ihrer Pussy schwebte und sein Atem über ihre Schamlippen wehte. „Ich mag Augenbinden an Subs, jedoch ist es möglich, dass dir das nicht zusagt."

Nachdem sie eine Sklavin war? „Nein, Sir."

„Dann wirst du dir selbst die Augen verdecken." Er hob sein Kinn und seine Stimme kam tiefer über seine Lippen: „Leg einen Arm über deine Augen, Mädchen."

Ein Schauer schwappte über sie hinweg, aber sie schloss die Augen und presste ihr Gesicht gegen die Innenseite ihres Ellbogens.

„Das sollte funktionieren." Er bewegte sich nicht. Er sprach nicht. Er tat nichts, das sie hören konnte.

In der Stille des Raumes, die nur das knisternde Feuer durchbrach – und das Rauschen des Blutes in ihren Ohren – wartete sie. Mit jeder weiteren Sekunde verdichtete sich die Luft mehr und ihre Haut wurde empfindlicher. Ihre Nippel waren so hart, dass sie bei jedem Herzschlag pochten. „Sam?"

„Nicht reden, nicht stöhnen, nicht schreien. Wenn nötig benutzt du dein Safeword. Sonst möchte ich keinen Mucks von dir hören. Verstanden?"

Aus Angst, etwas zu sagen, schwieg sie, und sein Lachen klang tief und extrem sadistisch.

Aber trotz – oder genau wegen – seiner Regeln fühlte sie sich frei und gelöst. Beim Sex war sie immer darum besorgt, dass ihre Reaktionen nicht zufriedenstellend waren, dass sie lauter stöhnen, sich mehr bewegen oder etwas sagen sollte. Sam hatte ihr diese Sorge nun genommen. Sie sollte gar nichts tun.

Seine Hände legten sich um ihre Pobacken, seine Handflächen schwielig, die Daumen streichelten den Bereich zwischen ihrer Hüfte und ihrem Geschlecht.

Instinktiv zuckte sie zusammen, sodass die Untersetzer auf ihren Knien ins Wackeln gerieten. Sofort erstarrte sie. *Nicht bewegen.* Gnadenlos packte er ihre Arschbacken und sie empfand seine Stärke als erschreckend – als erschreckend erotisch. Er verlagerte sein Gewicht, zog sich zurück und ließ ihren schmerzenden Hintern allein.

Nicht bewegen. Nicht reden. Ihre Gedanken zersplitterten, bis nur noch Vorfreude auf das Kommende blieb. Als sein Atem ihr Fleisch erwärmte, spannten sich ihre Bauchmuskeln an.

Er leckte über ihre Pussy, und als seine samtweiche, nasse Zunge ihre Klitoris umkreiste, schaffte sie es geradeso, ein Wimmern zurückzuhalten. Sie war so, so bereit. Seine Konzentration lag einzig und allein auf ihrer Pussy, er leckte und neckte sie, bis jeder Schlag seiner Zunge sie näher zu einem Orgasmus brachte. Hitze durchströmte sie, heißer als die Wärme, die der Kamin abstrahlte.

Sam hob den Kopf, um Linda zu mustern, und war höchst erfreut, zu sehen, dass sie den Zustand, in dem er sie wollte, schnell erreicht hatte. Ihre wunderschönen Titten hoben und senkten sich, ihre Atmung jedoch war noch nicht ganz, wo er sie haben wollte. Nicht mehr lange.

Aber *verdammt nochmal*, er wollte seinen Flogger an ihrer Pussy ausprobieren, was bedeutete, dass sie sich bewegen musste. Nur tat sie das nicht. *Entschlossene kleine Frau.*

Er musste ihr Gehirn abschalten, ohne sie ernsthaft zu verletzen. Vom Schummeln hielt er nichts. Also musste er sie ein bisschen höher treiben, sodass der Orgasmus sie gut durchschüttelte und die Untersetzer fielen. Langsam glitt er mit einem Finger durch ihre Spalte, auf und ab, hoch und runter, bevor er mit dem Mittelfinger in sie tauchte. Sie zog sich um ihn herum auf eine Weise zusammen, die zeigte, dass sie nichts gegen seinen Plan einzuwenden hatte. Er pumpte in sie, schnell, langsam, fügte einen weiteren Finger hinzu und spürte, wie sie sich um ihn dehnte. Sein Schwanz wurde so hart, dass es ihm Unbehagen bereitete. Er wollte sie ficken, zuerst jedoch wollte er sie ein wenig foltern.

Ihr Becken hob sich ihm entgegen, aber sie gewann die Kontrolle zurück.

Umkreise ihren Eingang. Stoße hart in sie und lausche, wie sie scharf den Atem einsaugt. Spüre, wie sich die Muskeln in ihren Schenkeln anspannen. Beobachte, wie sich auf ihrer Oberlippe Schweiß bildet. Mit den Fingern tief in ihr knurrte er: „Nicht bewegen, Mädchen."

Als Reaktion auf seine Anordnung zog sich ihre Pussy fest um ihn zusammen und er grinste. *Verdammt*, er liebte es, mit Subs zu spielen. Abgestützt auf einem Ellbogen zwickte er in einen Nippel, rollte ihn zwischen seinen Fingern und wurde mit einem leisen Wimmern belohnt. Mit seinem Unterarm auf ihrem weichen Bauch ruhend, leckte er wieder über ihre Klitoris und spürte, wie sie zu zittern begann.

Würde sie es schaffen, ruhig liegen zu bleiben, wenn der Orgasmus die Kontrolle an sich riss? Er hob den Blick. Die Untersetzer auf ihren Knien zitterten im Einklang mit ihren unterdrückten Bewegungen. *Nein, würde sie nicht.*

Er ließ von ihrer Brust ab und tauchte erneut in ihre Pussy. Rein und raus. Zwei Finger, dann drei, dann einer, dann drei. Ihr Nervenbündel war so angeschwollen, dass es sich seiner Zunge regelrecht entgegenstreckte.

Er zog sich zurück, hob den Kopf und entfernte seine Finger.

Oh ja, dieses Wimmern war laut und deutlich zu hören. Ihr Kiefer war angespannt, ihr gesamter Körper war angespannt, als sie darauf wartete, dass die Erregung verblasste.

Auch er wartete ... wartete ... und leckte dann hart über ihre Klitoris, immer und immer wieder, bis Linda erneut weit oben schwebte. Langsam, sehr langsam schob er seine Finger zurück in ihre Pussy. Ihre Atmung war zum Keuchen übergegangen. *Verdammt*, das machte ihm Spaß.

Ihr Gesicht war gerötet, und er bereute es, ihr nicht in die Augen sehen zu können. Jedoch war es wichtig, dass sie an den Triggern arbeitete, die von den Sklavenhändlern zurückgeblieben waren. Er würde sich Zeit lassen, nichts übereilen, aber irgendwann, das war sein Ziel, würde er sie von all dem Scheiß befreien.

Er gab ihrer Klitoris eine Pause, als er den Finger in ihr beugte und so ihren G-Punkt fand. Ah, ganz in der Nähe des Eingangs, rau und geschwollen. Sie reagierte nicht gleich, also erhöhte er den Druck, rieb über die Stelle, bis sich die Wände ihres Geschlechts um ihn zusammenzogen, als hätte er ihre Pussy gerade aus dem Schlaf gerissen.

Er streichelte weiter, leckte in unregelmäßigen Abständen über ihr Nervenbündel und vernahm, dass auch ihr Atem an Regelmäßigkeit verlor.

Nicht mehr lange. Gleich. Zeit für eine Pause. Er stoppte alles und zog seine Finger heraus. Ihre Frustration war sichtbar, als er ihre Atemzüge zählte. Eins ... fünf ... fünfzehn. Bei zwanzig rammte er zwei Finger in ihre Hitze und rieb hart und schnell über ihren G-Punkt.

Ihr Rücken wölbte sich und sie quietschte, bevor sie den Laut erstickte. Ein Untersetzer rutschte von ihrem Knie und landete auf der Decke. Ihr Wimmern hielt sowohl Verzweiflung ... als auch sexuelle Vorfreude bereit.

Befriedigung brodelte in ihm. Die kleine Masochistin wollte wissen, wie sich sein Flogger anfühlte, und er hatte definitiv vor, ihr diesen Wunsch zu erfüllen. „Verdammt, Fräulein, sieht so aus, als müssten wir dir jetzt deine Pussy auspeitschen."

Er platzierte den Untersetzer wieder auf ihrem Knie. „Halt still und ich gebe dir nur fünf. Verliere noch einen Untersetzer und die Anzahl der Hiebe erhöht sich." Der kehlige Laut, der auf Angst hinwies, sagte dem Sadisten in ihm über alle Maßen zu. Er nahm den Miniflogger aus der Kiste und schnippte einmal gegen ihre Pussy.

Beide Untersetzer fielen herunter.

Die exquisite Folter brach wie ein Waldbrand über sie herein. *Oh, mein Gott!* Linda bebte, nicht sicher, wann sich der Schmerz in Lust umgewandelt hatte – nicht sicher, ob das überhaupt der Fall war. Sie erkannte, dass ihre Knie aneinanderklebten und dass ihre Augen nicht länger bedeckt waren. Nach Luft schnappend starrte sie Sam an.

Er grinste, ein fieses Grinsen, das sie wissen ließ, dass er nicht aufhören würde. Und die Befriedigung, die er daraus zog, war unfassbar erotisch.

Schlug er sie aber erneut mit dem Teil, würde sie das nicht überleben.

Er betrachtete sie für eine Minute und schüttelte dann den

Kopf. „Noch ein bisschen zu viel für dich." Er zog etwas anderes aus der Kiste. „Ich werde das stattdessen verwenden, da du mehr als fünf Schläge zu erwarten hast."

Das Wimmern, das ihr entrang, war demütigend.

Das Grübchen in seiner Wange vertiefte sich.

Er hielt ein schmales Rechteck aus verstärktem Leder. Sie geriet in Panik, da es sie verdächtig an einen Gürtel erinnerte. Jedoch erkannte sie schnell, dass das Ding die Dicke und Textur eines dreifachen Wildlederstücks zu haben schien. Weicher als ein Gürtel, oder?

„Beine spreizen, Mädchen."

Heilige Scheiße. Es bedurfte einiger Anstrengung, sich ihm wieder zu öffnen und ihre Knie auf die Kissen zu legen.

Er lehnte sich vor und fuhr mit den Fingern über ihre Pussy, sodass sie sich schon bald wand. „Nicht schlecht. Du bist nur etwas pink."

Ja, wirklich toll. Obwohl sie die Worte zurückhielt, vertieften sich die Falten neben seinen Augen.

Er richtete sich auf und schlug dann mit dem Wildleder auf ihre linke Schamlippe. Die Explosion der Empfindungen ließ sie nach Luft schnappen und stöhnen, während sie von wahrer Glückseligkeit eingenommen wurde.

„Besser." Er beobachtete sie für eine Sekunde und sie konnte einen Schweißtropfen an ihrem Hals spüren. Alles in ihr krampfte sich zusammen, als er sie zwang, zu warten.

Fünf weitere Schläge folgten, abwechselnd rechts und links von ihrer Klitoris. Der letzte Hieb landete direkt auf dem Nervenbündel.

Die Welt blitzte rot auf, als schockierende, heiße Lust ihre ganze Pussy verbrühte. „Aaah!" Der Druck kochte höher und ihre Klitoris schien sich auszudehnen.

Er schob ihre Schenkel auseinander – wann hatte sie ihre Beine bewegt? – und peitschte mit dem Riemen auf ihre rechte

Schenkelinnenseite, dann ihre linke. So hart, dass die brennende Empfindung zu einem Lustschauer führte.

Bevor sie sich bewegen konnte, lehnte er sich wieder vor und öffnete mit den Fingern ihre Schamlippen, um drei weitere Schläge direkt auf ihre Klitoris auszuführen.

Alles in ihr stieg nach oben, der Schmerz zeigte sich als unbändiges Vergnügen, sodass sie der Erlösung näher und immer näher kam. Tränen strömten aus ihren Augen. Es schmerzte. Es war wunderbar. Aber sie konnte nicht, schaffte es nicht … loszulassen.

Er bewegte sich nicht, musterte ihr Gesicht, ihre geballten Hände, ihre Atmung. Dass er mit ihren Reaktionen zufrieden war, konnte nicht bestritten werden.

„Bitte", flüsterte sie und hasste sich selbst dafür. *Ich brauche mehr.* Sie hasste es, dass sie das Wort nicht zurückhalten konnte.

Seine Augenbrauen zogen sich zusammen, und seine warmen, schwieligen Hände massierten sanft ihre Oberschenkel. „Linda, schäme dich nicht dafür, deinen Dom um einen Orgasmus zu bitten. Das ist es, was er will." Seine Augen trafen auf ihre und hielten ihren Blick gefangen. Er sprach die Wahrheit, die sie hören und verarbeiten musste.

Dann senkte er die Lippen auf ihre Klitoris und saugte hart an dem empfindlichen Nervenbündel. Seine Zunge, heiß und flach, rieb über das immer noch brennende Fleisch. Das Gefühl war unbeschreiblich und es dauerte nicht lange, bis sich alles in ihr zusammenzog. Zum wiederholten Male.

Mit einem genussvollen Knurren schloss er die Lippen um sie und saugte hart, hart, hart an ihr, während er gleichzeitig zwei Finger in sie schob. Ein Stoß. Zwei.

Ihre Atmung stoppte, als die Lawine über ihr einstürzte. Unaufhaltsam riss sie alles mit sich, bis sie auf Widerstand traf, der ein Leuchtfeuer in ihr lostrat. Ekstase schoss durch sie und legte jede einzelne Gehirnzelle lahm, die sie besaß.

Gute Güte. Zittrig holte sie Luft. Obwohl ihr Körper noch

immer von winzigen Nachbeben durchgeschüttelt wurde, glitt er mit seinem Schwanz durch ihre Spalte, fand ihren Eingang ... und drückte sich in sie. Er war viel dicker als seine Finger, und ihre Schamlippen waren so geschwollen, dass die Invasion einen neuen Orgasmus in ihr heraufbeschwor.

Sein Lachen war tief, rauer als sonst, das Leuchten in seinen Tiefen einnehmender. „Ich werde dich hart nehmen, Mädchen. Bereit?"

Sie nickte. Er stützte sich auf eine Hand, ergriff ihre Handgelenke mit der anderen und fixierte sie über ihrem Kopf. Ihre Schultern ziepten, und nicht auf eine gute Weise. *Ich werde alt.*

Nachdem er sie für einen langen Moment beobachtet hatte, zog er ihre Arme nach unten. „Dieses Mal möchte ich, dass du deine Arme um mich legst."

Sie konnte sich nichts Schöneres vorstellen. Schon so lange sehnte sie sich danach, ihn berühren zu dürfen. Als ihre Handflächen die Hügel und Täler seiner harten Rückenmuskulatur erkundeten, ließ das Wissen um seine Stärke ihre Knochen weich werden.

Er fing langsam an und zog sich fast vollkommen aus ihr heraus, bevor er hart in sie stieß. Die Schockwelle löste erneut Nachbeben aus. Als er das Tempo anzog, spannte sich sein Gesicht an und die Sehnen an seinem Hals zeigten sich.

Sein Blick traf auf ihren, seine Augen heiß. „Mehr." Noch immer auf einem Arm gestützt, schob er seinen anderen Arm unter ihr Knie und hob ihr Bein an. Der nächste Stoß war tiefer. Viel tiefer.

Als er in sie hämmerte, fegte das erotische Gefühl über sie hinweg, für seine Befriedigung positioniert worden zu sein. *Nimm mich, wie du willst.*

Er legte seine Stirn an ihre. Sein Körper spannte sich an, sein Stöhnen war tief, ein wunderschönes Knurren, das seine Erlösung ankündigte.

Sie zog ihn näher an sich und schätzte es, dass sie ihn so weit getrieben hatte. Sie wollte ihm alles geben. Ihre Augen schlossen sich für einen Moment. *Gott*, sie sollte – durfte – sich nicht in diesen Mann verlieben.

Nach einer Weile ließ er ihr Bein los und zog sie eng an sich – so wie sie es am liebsten hatte. Als er seine Wange an ihrer rieb, sein Gesicht ohne jegliche Härte, wusste sie, dass sie in Schwierigkeiten steckte.

KAPITEL VIERZEHN

A**m nächsten Morgen** erwachte Sam zu dem Klang einer singenden Frau. Eis legte sich um seine Wirbelsäule und sein Kiefer spannte sich so fest an, dass seine Zähne knirschten. *Nancy.* Wie war sie reingekommen?

Er rollte aus dem Bett und seine Füße landeten geräuschvoll auf dem Boden. Im Badezimmer. Er riss die Tür auf. „Wie zum Teufel bist du –?"

Am Waschbecken stand eine nackte Frau. Kreidebleich trat sie zurück und presste sich gegen die Wand. Mit einer Hand schnappte sie sich ein Handtuch und hielt es sich vor die Brust. Große braune Augen, rote Haare.

Er hatte Linda gerade zu Tode erschreckt.

Wach auf, Davies, du Idiot. Am Türrahmen sackte er zusammen. „Verdammt. Tut mir leid."

Langsam kehrte die Farbe in ihr Gesicht zurück und sie wickelte sich das dunkelblaue Handtuch um ihren Körper. „Was war das?" Sanfte Stimme. Fordernd. Eine Antwort erwartend. Die Beziehung zu einer intelligenten, älteren Frau hatte einen Nachteil.

„Ich bin aufgewacht und habe Gesang gehört." Er stoppte. Wie sollte er seine Reaktion erklären?

„Magst du Blues nicht?"

„Ich dachte, du wärst jemand anderes." Mehr konnte er nicht offenbaren.

Ihr Mund öffnete sich zu einem lautlosen *Oh*. „Deine Ex-Frau." Nachdem sie ihr Handtuch fixiert hatte, näherte sie sich ihm und legte ihre Hand auf seine Brust. Tapfere Frau – ihre Atmung jedoch war immer noch beschleunigt. Er hatte ihr Angst eingejagt. „Sie mochte es, zu singen?"

Die Erinnerungen an Nancys Gesang waren ... unschön und sein Gesicht verzog sich zu einer Grimasse, aber Lindas weiche Hand blieb warm auf seiner Haut. „Manchmal." *Immer, wenn sie high war.*

„Warum stört dich das so sehr?" Ihre Augenbrauen zogen sich zusammen. Sie wartete – *erwartete* –, dass er fortfuhr.

Ja, warum? Die kurzen Erinnerungsschübe schlugen gegen seinen Magen: Wie Nancy sang, als sie Nicoles Fußballtrophäen zerschmetterte. Wie sie tanzte, während sie die Schnitzereien seines Großvaters in den Kamin warf. Sie hatte nicht gesungen, wenn sie glücklich war. Ihrem Gesang folgte stets Zerstörung. Er musste es Linda erklären, sodass sie wusste, dass sie nichts zu befürchten hatte, aber sein Kiefer spielte nicht mit.

Sein Schweigen tat ihr weh, und er sah, dass ihre weichen Lippen bebten, bevor sie zurücktrat. „Oh, Sam." Sie schüttelte den Kopf. „Sie muss dir das Leben zur Hölle gemacht haben, und das tut mir leid. Jedoch werde ich niemals mit dem Singen aufhören. Es ist ein Teil von mir."

Das war es. Die Musik folgte ihr überall hin. Das mochte er an ihr. „Nein, hör nicht auf."

„Kannst du mir sagen –"

Er schüttelte den Kopf. *Ich werde nicht über Nancy sprechen. Niemals.*

Die kleine Mama brach aus ihr heraus. „Du solltest mit mir

reden." Sie verschränkte die Arme unter ihren wunderschönen Brüsten. „Wir müssen darüber sprechen."

„Nein, das müssen wir nicht." Als er seine Muskeln zwang, sich zu entspannen, schenkte er ihr ein Lächeln. Es machte den Anschein, dass er eine herrische Masochistin in seinem Badezimmer hatte. So sollte es ihm doch gelingen, seine Stimmung zu verbessern. „Du schuldest mir etwas für den schlechten Start in meinen Tag."

„Ich schulde *dir* etwas?"

Er legte ihre Hand auf seine Schulter, musterte sie für eine Weile, lehnte sich vor, glitt mit seinen Fingern über ihre Schenkelinnenseite und fand eine kleine Erhebung aus der Nacht zuvor. Sanft übte er Druck aus, hart genug, dass sie Schmerz verspürte. Mehr als das: Er wollte sie daran erinnern, wie sie zu dieser Markierung gekommen war.

Ihre Pupillen weiteten sich, ihre Finger auf seiner nackten Schulter bohrten sich in seine Haut und zogen ihn näher zu sich, als sehnte sie sich nach dem Kontakt zu ihm.

Kein Problem. Er zog sie an sich, riss ihr dabei das Handtuch vom Körper, sodass ihre Brüste über seine Brust rieben. Ihre Nippel richteten sich auf, zwei zusätzliche Druckpunkte. „Ich habe noch nicht geduscht", murmelte er ihr ins Ohr. Wenn er das Wasser auf eiskalt stellte und sie unter dem Strahl platzierte, würde sie dann schreien? „Du kannst mir helfen."

„Was für ein großzügiger Kerl du doch bist, hmm?" Ihr Gesicht lief rot an, als er seine Erektion gegen ihren Venushügel drückte. „Ich bin nicht –"

Eine Hupe ertönte.

Jetzt? Ausgerechnet jetzt? Sam grunzte genervt.

Sie warf einen Blick über ihre Schulter auf das leicht geöffnete Fenster. „Wer ist das?"

„Bauarbeiter. Sie errichten einen neuen Stall für mich." Seine Arme festigten sich um sie. „Verdammt nochmal."

Seine Verärgerung legte sich etwas bei dem Laut ihres

heiseren Lachens. Sie tätschelte seine Wange. „Dein Morgen fängt wirklich toll an, oder?"

Linda verlagerte ihr Gewicht und lächelte, als der Sattel unter ihr knirschte. Die hypnotisierenden Laute der Hufe auf dem Feldweg und das Rasseln der Zügel bezeichnete sie als einen beruhigenden Nachmittag. Als die Bäume die Sonne durchließen, wärmte sie ihr die Schultern. Generell war es ein schöner Tag gewesen.

Nachdem Sam das Tor für die Crew geöffnet hatte, hatte er ihr zum Frühstück Arme Ritter und Würstchen gemacht. Ungesunde Kohlenhydrate und ungesundes Fett. Als sie ihm mitteilte, dass nichts in dieser Mahlzeit gut für ihn war, hatte er nur gelacht. Unrasiert, zerknittert, der Schlafzimmerblick nach dem Sex und vom Schlafmangel ... Der Mann war sogar am Frühstückstisch unbeschreiblich sexy.

Und bei Tageslicht? Auf einem gesprenkelten Wallach führte er sie einen Pfad entlang. Ja, der Mann war sexy. Punkt. Sie musste sich wirklich fragen, was er mit einer langweiligen Witwe in ihren Vierzigern wollte. Er mochte älter sein als sie, aber abgesehen von seinen grauen Strähnen wies nichts darauf hin.

Musste an der ganzen Arbeit liegen, die er auf seinem Land zu erledigen hatte. Die Reittour hatte von einem riesigen Garten über mehrere Hektar Zitrushaine bis hin zu Weideland für seine Pferde und Rinder geführt. Der üppig bewachsene Pfad gleich neben einem Bach war der perfekte Abschluss für den kleinen Ausritt.

Als der Pfad breiter wurde, trieb Sam sein Pferd in einen Trab und ihr Pferd folgte ihm. *Autsch.* Entweder müsste sie ihren Reitstil verbessern, oder Sam musste es unterlassen, ihren Hintern zu versohlen, wenn sie sich den Tag danach auf einen Sattel setzen wollte. Sie knirschte mit den Zähnen und wechselte in den Schritt.

Nach einer Minute warf Sam einen Blick über seine Schulter. Es dauerte nicht lange, bis sich ein Grinsen bei ihm zeigte. „Bist du etwa wund, Fräulein?"

Als sie ihn finster anfunkelte, lachte er. Jedoch wartete er auf sie, bis sie ihn einholte, und passte sich ihrem Schritttempo an. Der Baulärm erfüllte schon bald die Luft, als sie sich dem Haus und den Scheunen näherten.

Im Korral stieg Sam ab und band sein Pferd an den Zaun.

„Wir hätten weiter reiten können", protestierte sie, als sie ihr Bein über das Pferd schwang.

Er antwortete, indem er ihren Arsch packte. Sofort erstarrte sie und er schüttelte den Kopf. „Ich mag es, dir Schmerzen zu bereiten, dich zu verletzen, aber nicht auf diese Weise. Schließlich will ich dich nicht verkrüppeln."

Der Mann raubte ihr mit seiner Offenheit regelmäßig den Atem. „Erzählst du allen um dich herum, dass du ein Sadist bist?"

Er küsste sie auf den Kopf. „Es ist mir egal, ob die Leute es wissen, aber wirklich oft spreche ich es nicht an, nein." Er warf ihr einen direkten Blick zu. „Die meisten Menschen sprechen nicht über Privatangelegenheiten – wie über die Aktivitäten, die sich im Schlafzimmer zutragen. Warum sollte ein Sadist anders verfahren?"

„Na ja. Ich schätze, das war eine dumme Frage von mir."

Mit dem Zeigefinger fuhr er über ihre Wange. „Du sorgst dich um alles und jeden, oder?"

Als sie das Gehege verließen, rannte Connagher auf sie zu. Er war die meiste Zeit in ihrer Nähe gewesen und am Bach plötzlich verschwunden.

Sam kraulte den Hund am Nacken. „Gibt es etwas zu berichten?"

Als Antwort wedelte Conn mit dem Schwanz.

Linda versuchte, ihr Lachen zu unterdrücken, und scheiterte, sodass Sam zu ihr blickte und eine Augenbraue hochzog. „Du klingst wirklich manchmal wie ein Sergeant."

Er schnaubte. „Das ist Jahrzehnte her, Mädchen."

Vielleicht. Aber Gewohnheiten, die als Teenager aufgegriffen wurden – oder unter Stress – blieben haften. „Richtig. Also, Sergeant, hat dein vierfüßiger Soldat etwas Interessantes gefunden?"

„Weißt du, es gefällt mir, wenn Masochisten unverschämt werden."

Wie konnte er nur mit ein paar Worten und einem Blick diese Hitze in ihr erzeugen?

„Davies." Ein dünner Bauarbeiter kam um die Ecke des Stalls. „Hast du eine Minute? Der Boss möchte mit dir über die elektrischen Leitungen sprechen."

Sam zögerte und Linda tätschelte seinen Arm. „Ich sollte sowieso zurückfahren."

„Du wirst die Nacht hier verbringen."

Ihr Herz wollte einen Salto verrichten, aber sie verbot es ihm. „Äh, na gut. Dann werde ich mich einfach ein wenig umsehen, okay?"

Er fuhr mit der Hand über ihren Arm und nickte. „Es wird nicht lange dauern."

Nach dem Gespräch lief Sam mit Nolan King zu der Stelle, wo der Bauunternehmer geparkt hatte. Nolans Mitarbeiter hatten sein Land gerade verlassen und Stille war eingekehrt.

„Hübsche Frau hast du da." Nolan öffnete die Tür zu seinem Pick-up. „Hat sie es aufgegeben, normal zu sein?"

„Noch nicht ganz, aber es wird."

King grinste und schwang sich dann in seinen Pick-up.

Nachdem er das Eingangstor verriegelt hatte, sattelte Sam die Pferde ab und ließ sie frei. Die wichtigsten Aufgaben waren erledigt und er sah sich um. Keine Rothaarige in Sicht. War sie zum Haus gegangen? Mit einem lauten Pfiff rief er Conn zu sich.

Einige Sekunden später rannte der Hund über die Südweide auf ihn zu, quetschte sich durch den Zaun und kam vor Sam zum Stehen.

„Guter Junge." Sam warf ihm ein Leckerli zu. „Finde Linda. *Linda.*" Conn brauchte normalerweise länger, um einen Namen mit einem Geruch in Verbindung zu bringen, aber es war schon zu Beginn deutlich zu erkennen gewesen, dass er die Rothaarige mochte. „Finde Linda."

Ein kurzes Bellen deutete auf Zustimmung hin. Der Hund drehte einen Kreis in dem Korral, nahm die Spur auf, sprintete los und genoss seine Lieblingsaufgabe in vollen Zügen.

Sam folgte ihm. Wie es schien, hatte Linda die Hühner besucht, sich die Weide angesehen, die Baustelle umkreist, und war dann zu dem kleinen Teich hinuntergegangen. Auf halbem Weg zu dem Gewässer hob Conn seine Nase, fing ihren Geruch in der Luft ein und bellte triumphierend: *Ich habe sie gefunden!*

Sie saß am Ufer des Teiches und beobachtete die Enten und einen Reiher im seichten Wasser. Ihr Haar glitzerte rot in der Sonne, und ihre Wangen hatten von dem Ausritt an Farbe gewonnen; um die Verbrennung müsste er sich bald kümmern. Als Conn auf sie zu stürmte und sie von seinem enthusiastischen Gruß auf den Rücken fiel, lachte sie einfach.

Die Frau lachte auf die gleiche Weise, wie sie ihre Höhepunkte erreichte − nichts hielt sie zurück; sie zeigte sich stets offen und lebensbejahend. Ein Mann könnte sich in dieses Lachen verlieben. *Verdammt.*

Sie legte den Kopf in den Nacken und es erschienen ihre Grübchen. „Du hast mich gefunden."

„Conn hat dich gefunden." Sam setzte sich neben sie, nah genug, um zu sagen, dass er den Duft seiner Seife an ihr mochte.

„Als du meintest, dass er Menschen im Auge behält, war mir nicht klar, dass er sie aufspüren kann."

„Nicole hat ihm beigebracht, Verstecken zu spielen. Ich habe es von dort auf die nächste Stufe gebracht. Arbeitshunde brauchen Herausforderungen, sonst verursachen sie Schwierigkeiten." Linda kraulte Conn auf eine Weise hinter den Ohren, mit der sie sich seine lebenslange Treue zusicherte. „Er ist ziemlich stolz auf sich."

„Oh ja." Sam fuhr mit den Fingerknöcheln über ihre von der Sonne erregend rosa gefärbte Wange. „Ich wollte dich etwas fragen. Nimmst du die Pille?"

„Ich habe ein Implantat." Ihr Mund verzog sich. „Ein Geschenk der Sklavenhändler, aber ich habe beschlossen, es nicht rauszunehmen."

Verdammt, er hasste es, hässliche Erinnerungen in ihr zu wecken, aber das waren Fragen, die gestellt werden mussten. Hätte er schon früher machen sollen. „Als Mitglied des Shadowlands werde ich regelmäßig getestet." Und er wusste, dass alle Ex-Sklaven in den letzten Monaten mehrere Tests über sich hatten ergehen lassen müssen.

Sie kniff die Augen zusammen. Dann erkannte sie, worauf er hinauswollte. Ihre Mundwinkel hoben sich. „Willst du auf Kondome verzichten?"

„Zur Hölle, ja!"

Bei ihrem Lachen entspannte er sich. Nachdenklich legte sie den Kopf auf die Seite. „Solange du nichts mit einer ... anderen machst, bin ich damit einverstanden."

„Das Gleiche gilt für dich, Fräulein." Er zeichnete ihre Lippen nach, bevor er ihr direkt in die Augen sah. „Ich teile nicht."

Sie hielt seinem Blick stand. *Verdammt*, er mochte diese Frau. „Dann sind wir uns ja einig."

„Kann man so sagen. Ich habe ein bisschen Zeit, bevor ich mit den abendlichen Aufgaben loslegen muss. Gibt es etwas, was du gerne tun oder sehen möchtest?" Er zog sanft an einer ihrer Haarsträhnen. „Ich weiß, was *ich* gerne tun würde" – er lächelte, als ihr die Hitze in die Wangen stieg – „aber vielleicht musst du morgen in der Lage sein, zu laufen." Und da sie auf dem Sattel schon nicht still sitzen konnte, würde sie nach seiner Behandlung wohl morgen noch mehr Probleme haben.

„Oh." Die Enttäuschung in ihrer Stimme und ihre Körpersprache sagten ihm, dass sie ihm nichts abschlagen würde.

Er packte ein Bündel ihrer Haare und führte sie, bis sie sich mit dem Rücken ins weiche Gras gelegt hatte. Einsatzfreude sollte belohnt werden.

KAPITEL FÜNFZEHN

Die **kalte Morgenbrise** vom Golf attackierte Sam, als er Linda in ihren Strandladen folgte. Nach gestern lief sie etwas steif. Regelmäßig sah er sie zusammenzucken und doch schenkte sie ihm immer wieder ein Lächeln. Wahrscheinlich genoss sie die Erinnerung daran, wie es zu dem Schmerz gekommen war.

Sein erster Eindruck von ihrem Laden war fröhliches Durcheinander, aber bei näherer Betrachtung konnte er sehen, dass sie die Ware so arrangiert hatte, um Kunden anzulocken. Auf der einen Seite durchstöberten zwei Frauen mittleren Alters die Landschaftsbilder; ein junges Paar schaute sich das Steingut an.

Sam sah sich um. Etwas schien zu fehlen. *Ah.* „Keine Schnapsgläser mit Palmen oder dem Wort Florida an der Seite?"

„Ich fürchte nicht. Es gibt genügend andere Geschäfte, die die üblichen Souvenirs verkaufen." Sie grinste. „Meine Cousine brachte von ihren Reisen immer kleine Andenken mit. Löffel und Schnapsgläser, und ein paar Jahre später hatte sie keinen Bock mehr auf die Staubfänger und brachte alles zu *Goodwill.* Touristen sollten Souvenirs haben, die sowohl nützlich als auch unterhaltsam sind."

Er legte seinen Arm um sie. „Gut gemacht." Der Laden roch sogar gut – nach Kürbiskuchen. Sie kamen an einem Regal mit Kerzen vorbei, dann an einem riesigen gusseisernen Kerzenständer. Er hielt an. Vielleicht fand er hier ein Geschenk für Zs und Jessicas Hochzeit.

Die Leute beim Steingut baten um Hilfe. Sam gab Linda einen Kuss auf die Lippen. „Geh und hilf deinen Kunden. Ich kaufe einen Kerzenleuchter. Ich sehe dich heute Abend."

„Ich ..." Sie sah zu dem Paar. „Okay. Aber das nächste Mal gehen wir zu mir."

„Klingt nach einem Plan." Als sie Fragen beantwortete, schleppte Sam sein Hochzeitsgeschenk zur Kasse. Schwerer Bastard. Die hübsch gekleidete Verkäuferin begrüßte ihn mit einem Lächeln. Linda wählte ihre Mitarbeiter so sorgfältig aus, wie sie das bei ihrer Ware tat. Während die Frau den Verkauf einleitete, das Geschenk einpackte, um es mit der Post zu verschicken, lauschte Sam den Gesprächen im Laden.

Linda erzählte dem jungen Paar, wer die verschiedenen Stücke hergestellt hatte.

Zu seiner Linken tratschten zwei ältere Frauen.

Als er Lindas Namen hörte, drückte er die Schultern durch.

Die Vollschlanke flüsterte: „... sie ... eine Sklavin. Ich habe gehört, dass sie ..."

„Kein Wunder, dass es passiert ist." Die Frau mit den kupferfarbenen Haaren benahm sich so selbstgerecht wie eine Nonne.

Sams Kiefer spannte sich an. Wenn Linda so einen Mist ständig zu hören bekam, wunderte es ihn nicht, dass sie verunsichert war. Und ihre Kinder machten es ihr noch schwerer.

„... bekommen, was sie verdient hat."

Er spürte, wie ein Muskel in seiner Wange zuckte. Eine Person in ihrem eigenen Laden runtermachen? Urteilen, ohne alle Fakten zu kennen? Und das Schlimmste daran? Es waren Frauen ...

Er nahm seine Quittung von der Verkäuferin entgegen, nickte ihr zu und folgte dann den beiden alten Klatschweibern aus dem

Laden. Ihr kaltherziges Flüstern erinnerte an Schlangen, die sich durch hohes Gras schlängelten.

„Ladys."

Sie drehten sich um und blickten ihn freundlich an.

„Ich könnte falsch liegen, aber meiner Meinung nach redet eine Lady nicht schlecht über andere. Vor allem nicht über eine Frau, die schon genug gelitten hat."

Geschockt sahen sie ihn an. Die Frau mit den kupferfarbenen Haaren drückte die Schultern durch. „Wie können Sie es wag –?"

„Glauben Sie wirklich, dass irgendeine Frau darum bittet, missbraucht zu werden?"

Das Gesicht der vollschlanken Frau errötete.

„Ja, das dachte ich mir." Er schaffte es geradeso, das Angebot zurückzuhalten, ihnen zu zeigen, wie sich eine Peitsche anfühlte. Aber sein Gesicht – eine Mischung aus Dom und Sadist – schien für ihn zu sprechen, da sie es nicht eiliger haben konnten, von ihm wegzukommen.

Als er zu seinem Pick-up marschierte, rannten sie in die entgegengesetzte Richtung. *Verdammt.* Damit hatte er Linda wahrscheinlich keinen Gefallen getan, aber ... *Heilige Scheiße.*

Kopfschüttelnd startete er seinen Pick-up. Dann schaltete er den Motor wieder aus. Lindas Kinder hatten den gleichen Mist erzählt, und die Gören hatten immer noch nicht angerufen, um sich zu entschuldigen. Als Linda heute Morgen auf ihr Handy gesehen hatte, war ihm nicht entgangen, wie schwer sie dieser Verrat mitnahm.

Er sollte sein Momentum nutzen und sich ein wenig amüsieren.

———————

Linda lehnte sich auf dem Sitz des kleinen Sandwichladens zurück und lächelte Andrea, Beth und Jessica an. Ihrs Mittagspause war fast vorbei und sie hatte endlich erfahren, wieso die drei Frauen nach Foggy Shores gekommen waren. Sie waren entschlossen, Linda davon zu überzeugen, sich bei Jessicas Junggesellinnenparty anzuschließen. „Ich gehöre nicht wirklich zu eurer Gruppe", sagte Linda, obwohl sie wusste, dass sie einen aussichtslosen Kampf führte.

Jessica akzeptierte kein *Nein* als Antwort. Natürlich tat sie das nicht, denn Master Z hätte sicher kein Interesse an ihr gezeigt, wäre sie ein Schwächling.

Andrea war auch kein Schwächling. Die Sub des Barkeepers hatte einen leichten hispanischen Akzent, war ein paar Zentimeter größer als Linda und zeigte sich verdammt entschlossen.

Obwohl Beth schweigsam schien, war sie nicht weniger stur. Sie war schlank und gut in Form, mit kastanienbraunem Haar und türkisfarbenen Augen, führte eine Landschaftsgestaltungsfirma und war es wahrscheinlich gewohnt, ihren eigenen Willen durchzusetzen. Außer vielleicht mit ihrem Dom, der offenbar gerade an Sams Stall arbeitete. Ein Bauunternehmer.

„Dass du Sam datest, bedeutet, dass du zu uns gehörst. Alle Auszubildenden und die Subs der Master kommen." Andrea schob ihr lockiges, karamellfarbenes Haar hinter die Ohren. „Natürlich sind weder die Master noch die Mistresses eingeladen."

„Mistresses sind doch aber Frauen", bemerkte Linda. „Warum sind sie nicht eingeladen?"

„Die Shadowlands-Master und -Mistresses halten zusammen. Sie reden miteinander." Andrea grinste. „Ich habe kein Interesse daran, dass Cullen herausfindet, was ich auf einer Junggesellinnenparty anstelle."

Linda erinnerte sich an die Mätzchen auf Partys, die sie besucht hatte, und konnte nur nicken. „Ja, verständlich."

„Mistress Annes Sub – Joey – war versucht, zu kommen, wollte aber nicht der einzige Kerl in der Gruppe sein." Beth schmunzelte. „Zumal jede Party mit Gabi und Sally verrückt wird, und er wollte keinen Ärger mit Anne riskieren."

Linda dachte an die Leute, die sie im Shadowlands kennengelernt hatte. „Ich glaube nicht, dass ich sie kenne."

„Oh, du würdest dich erinnern. Sie ist eine genauso beängstigende Sadistin, wie Sam ein Sadist ist." Jessica täuschte einen
Angstschauer vor und grinste, als sie Beths tadelnden Blick
einfing. „Oh, ich bitte dich. Der Mann ist furchterregend. Ich bin
mir sicher, dass auch Linda das schon gemerkt hat."

Oh, das hatte sie. Sie hatte immer noch blaue Flecke. Gespielt
entrüstet riss Linda die Augen auf. „Aber Sam ist so ein Schatz!
Wie kannst du das nur sagen?" Und tatsächlich waren die letzten
paar Tage wunderbar gewesen. Sie hatte vergessen, wie es sich
anfühlte, jemanden zu haben. Jemanden, mit dem sie fernsehen
konnte, mit dem sie sich unterhalten und dabei einen Wein
genießen konnte. Jemanden zum Kuscheln.

Jessica schüttelte bewundernd den Kopf. „Sei doch ruhig." Sie
drehte sich und stibitzte von Andrea eine Pommes.

„Warum hast du dir nicht einfach welche bestellt?", fragte
Andrea.

„Ich will vor der Hochzeit nicht zunehmen. Und jeder weiß,
dass gestohlenes Essen keine Kalorien hat."

„Da ist was dran." Lachend schob Andrea ihren Teller in die
Mitte des Tisches, um die Pommes mit den anderen zu teilen.
„Also, Linda, macht dir Master Sam Angst?"

„Ähm. Manchmal." Linda beäugte den Teller. *Keine Kalorien?*
Nachdem sie sich eine Pommes genommen hatte, versuchte sie,
es ihnen zu erklären. „Es ist eine gute Angst, wenn wir spielen.
Ich weiß, er wird mich unter Druck setzen, und das ist ein bisschen beängstigend, aber" – sie legte die Hand auf ihren flat-
ternden Bauch – „auch aufregend."

Bei dem verständnisvollen Lächeln der Frauen entspannte sie
sich. Sie verstehen es.

„*Aufregend* ist ein gutes Wort", stimmte Jessica zu.

„Aber wenn er wütend ist …", fuhr Linda fort. „Dann sieht er
…. gefährlich aus. Sicher, ich weiß, dass er niemals seine Wut an

mir auslassen würde, aber die Reaktionen meines Körpers folgen schließlich keiner Logik."

„Oh Gott, so fühle ich mich, wenn Nolan wütend ist", sagte Beth. „Dann möchte ich mich unter dem Bett verstecken. Jedoch sieht er mir das an, was ihn noch wütender macht. Er hasst es, wenn er mir Angst bereitet, obwohl meine Reaktion stets instinktiv ist."

„Genau." Linda neigte den Kopf. „Warst du eine der entführten Frauen?"

„Nein. Mein Ex-Ehemann hat mich misshandelt", sagte Beth.

Jessica sah zu Linda. „Er war ein total durchgeknallter Sadist. Bei solchen schlimmen Geschichten schätzt du es mehr, wie vorsichtig und kontrolliert unsere sind."

„Unsere?"

„Die Doms im Club." Mit einem Seufzen lehnte sich Jessica zurück. „Ich bin so voll, dass ich wahrscheinlich an meinem Computer einschlafen werde."

„Ja, du hast es schwer. Du wirst heute noch mit Zahlen spielen." Andrea grinste. „Ich muss gleich ein paar Apartments und Häuser putzen, also sollte ich besser loslegen."

„Ich habe Obstbäume zu pflanzen." Beth fand Lindas Blick. „Dieses Wochenende ... ich verspreche dir, du wirst Spaß haben."

Spaß mit einem Haufen Frauen, die unterwürfig wie sie waren und doch verdammt durchsetzungsfähig. „Ich freue mich drauf."

Am Abend ging Sam in ein kleines Diner in der Nähe der University of South Florida und sah, dass Lindas Kinder bereits an einem Tisch saßen. Wahrscheinlich nicht, weil sie unbedingt seinen Anweisungen Folge leisten wollten, sondern weil sie jemanden brauchten, mit dem sie sich streiten konnten.

Wenn sie es mit ihm aufnehmen wollten, musste er annehmen, dass sie nicht die Intelligenz ihrer Mutter geerbt hatten.

Ein halbvoller Eistee stand vor dem Mädchen, eine Dose Pepsi vor dem Jungen. Sah aus, als warteten sie schon eine Weile. Als er sich gegenüber von ihnen hinsetzte, erschrak das Mädchen. Der Junge schaffte es, seine Reaktion zu unterdrücken. Gerade so.

Sam lehnte sich zurück und musterte sie. Sie hatten die dunkelbraunen Augen ihrer Mutter. Brenna hatte Lindas Figur. Charles hatte ihre Nase und das entschlossene Kinn. Seine Wut nahm zu. Ihr eigen Fleisch und Blut. Sie hatten Linda beleidigt und fertig gemacht und weigerten sich nun, mit ihr zu sprechen.

Als sein Schweigen anhielt, rutschte Brenna unruhig auf ihrem Sitz herum.

Charles' Mund war angespannt, seine Fingerknöchel um die Dose weiß. „Du wolltest mit uns sprechen?"

„Das wollte ich. Eure Mutter spricht ständig über euch. Sie ist stolz auf euch."

Charles antwortete: „Super. Wir sind nicht stolz auf die –"

„Wenn ich dir den Kiefer breche, wird sie sauer auf mich sein", flüsterte Sam in einem bedrohlichen Tonfall. „Ich bin ein Sadist. Ich würde es genießen, dich dabei zu beobachten, wie du deine Mahlzeiten durch einen Strohhalm saugst." Eigentlich würde es ihn verdammt noch mal beunruhigen.

Der Junge erblasste. Als das Mädchen versuchte, den Tisch zu verlassen, stellte Sam seinen Stiefel auf den Sitz neben ihr und blockierte so ihren Fluchtweg. „Lasst uns höflich bleiben. Ich werde das Wort erheben. Dann ihr. Danach gehen wir wieder getrennte Wege." Er nagelte sie mit einem Blick fest, der die meisten Leute zur Unterwerfung motivierte.

Brenna zuckte zusammen und hob schließlich das Kinn. „Dann rede." Wie ihre Mama hatte das Mädchen Mumm.

„Kluges Mädchen. Lasst mich zuerst sehen, ob ich alle Fakten kenne: Euer Vater starb, als ihr noch klein wart. Eure Mom hat den Laden eröffnet, um Geld zu verdienen, hat euch beide groß-gezogen und bezahlt mit dem Geld der Lebensversicherung eure

Studiengebühren. Zudem übernimmt sie jeden Monat eure Miete." Er richtete seinen Blick auf den Jungen. „Sie arbeitet hart für euch. Was tut ihr für sie, außer sie zu beschimpfen?"

Charles' Falten auf der Stirn vertieften sich, als wollte er seine Schuldgefühle vertuschen. „Wir helfen ihr mit dem Haus. Gartenarbeit."

„Als sie weg war, haben wir uns um das Haus gekümmert", räumte Brenna ein. Ihr Stirnrunzeln bewies, dass ihr das Ungleichgewicht auffiel.

Eine Kellnerin kam. „Was kann ich Ihnen bringen?"

„Kommen Sie in zehn Minuten wieder", knurrte Sam.

Sie schluckte schwer und hastete davon.

Ja, es war möglich, dass er noch ein bisschen wütend war. Genau wie die Kinder. Tatsächlich erinnerte ihn Brennas Ausdruck an seine Tochter Nicole, wenn sie sauer auf ihn war. Seine Tochter war keine Göre, und diese beiden waren das auch nicht. Ausgehend davon und bedachte man, was Linda durchgemacht hatte, kam eine Frage auf: Warum zum Teufel hatten sie sich ihr gegenüber dann so unmöglich verhalten?

Aus Unwissenheit? Er rieb sich über den Kiefer. Wie viel wussten sie von den Grauen, die Linda erlebt hatte? Die meisten Verhandlungen hatten unter Ausschluss der Öffentlichkeit stattgefunden. Die gewaltsamen Details − insbesondere für die Opfer, die als Überlebende herausgegangen waren − wurden der Presse vorenthalten. „Was hat euch eure Mutter darüber erzählt, was mit ihr passiert ist?"

„Wir haben es in der Zeitung gelesen. Wir wissen Bescheid." Charles lief rot an. „Mit ihr haben wir nie darüber gesprochen."

Zur Hölle nochmal. Sie würde ihn umbringen, wenn sie erfuhr, was er gleich tun würde. „Euch ist doch klar, dass sie vergewaltigt wurde, oder?"

Brennas Kinn hob sich. „Aber sie mag −"

Er schlug auf den Tisch und brachte sie damit zum Schweigen. „Verdammt nochmal, es gibt einen Unterschied zwischen kinky

Sessions mit jemandem, den du magst, und ..." *Schrei sie nicht an, Davies.* „Wenn ich euch die Klamotten ausziehe, euch in einen Käfig werfe und jedem Dahergelaufenen erlaube, sich an euch zu vergehen, nennt man das Vergewaltigung. Das ist es, was eure Mutter ertragen musste."

Beiden Kindern wich die Farbe aus dem Gesicht.

„Eure Mama hat Narben auf dem Rücken. Die kommen nicht vom Spaß, sondern von einem Bastard, dem es egal ist, wem er damit wehtut oder gar tötet."

Brennas Atem stockte; Charles schwieg.

„Sie freundete sich mit einem Mädchen in deinem Alter an, Brenna." Er wandte den Blick nicht ab. „Ihr kennt eure Mutter. Sie ist für alle wie eine Mutter, oder?"

Die Kinder nickten.

„Das Mädchen wurde verkauft und der Käufer hat sie zu Tode gepeitscht." Sein Magen drehte sich bei dem Gedanken immer noch um. „Eure Mutter trauert um sie. Sie sagte gegen den Mann aus und kam mit einem Ausdruck aus dem Gerichtssaal, als hätte ihr jemand die Eingeweide herausgerissen." *Verdammt, Linda, du hättest etwas davon mit ihnen teilen sollen.*

„Wir wussten es nicht", flüsterte Charles.

Sam schnaubte. „Eure Mutter hat euch ihr ganzes Leben lang beschützt. Sie wollte stark für euch sein."

„Sie ging zu Tante Wendy. Und sie sah schrecklich aus, als sie ging." Brenna warf Charles einen Blick zu. „Wir dachten, es wäre wie ein Urlaub. Aber das war es nicht, oder? Sie meinte, dass es das nicht war." Sie legte die Hand auf ihren Mund. „I-Ich habe ihr nicht geglaubt."

Er hatte Linda unter Druck gesetzt, um mehr über ihre Zeit in Kalifornien zu erfahren. „Sie hatte Panikattacken. Mehrmals am Tag hat sie sich übergeben. Albträume, bei denen sie die ganze Nacht durchgeschrien hat. Therapie. Hysterisch an einem Tag, depressiv und suizidgefährdet am nächsten. Toller Urlaub."

„Oh, Mami ..." Als Brenna in Tränen ausbrach, verzieh Sam

ihr. Aber der kleine Scheißer neben ihr hatte bisher noch kein Wort gesagt und starrte stattdessen aus dem Fenster.

Sams Hand ballte sich zur Faust, doch dann sah er Tränen über die Wange des Jungen rollen. Sein Kiefer war angespannt und sein Kinn bebte. Der kleine Macho hatte also ein weiches Herz.

Fast geschafft. Bring es zu Ende. „Eure Mama mag vielleicht Sex mit einer Beilage Kink, aber das bedeutet nicht, dass sie darum gebeten hat, entführt zu werden." Er stand auf. Sollte er eine Drohung aussprechen, falls sie vorhatten, es ihrer Mutter auch weiterhin schwer zu machen? Nein, sie sahen schockiert genug aus. „Ruft sie an. Sie hatte genug Kummer. Von den Menschen, die sie unwiderruflich lieben sollten, hat sie das nun wirklich nicht verdient."

Als sie beide zusammenzuckten, schlug er zum Abschied befriedigt auf den Tisch und verschwand.

Er verließ das Diner und dachte über sein nächstes Problem nach. Wie sollte er Linda davon abhalten, ihn zu töten, wenn sie erfuhr, dass er ihre Kinder über ihr Leid aufgeklärt hatte?

KAPITEL SECHZEHN

Linda parkte ihr Auto auf dem kleinen Bereich neben Sams Haus und stieg aus. Sie war enttäuscht, dass sein Pick-up nicht da war.

Nachdem Connagher sie begrüßt hatte, indem er ihre Finger leckte, kehrte er zu seinem Platz auf der Veranda zurück. Sam hatte ihr erzählt, dass der Hund von dort aus alles *beaufsichtigte*.

Die Bauarbeiter arbeiteten noch am Stall. Linda ließ ihre Handtasche im Auto und näherte sich, um die Bauarbeiten zu beobachten. Sie waren erstaunlich. Es erinnerte an ein choreografiertes Musical, bei dem die Tänzer Jeans und T-Shirts trugen. Stück für Stück kam das Gebäude zum Vorschein.

„Du musst Linda sein." Eine harsche Stimme trat von hinten an ihre Ohren.

Sie wirbelte herum. Ein riesiger, gemein aussehender, vernarbter Mann stand direkt hinter ihr. Zu nah und so stolperte sie instinktiv zurück. *Lauf weg!* Obwohl sie ihn schließlich als ein Mitglied der Crew erkannte, weigerte sich die eisige Angst, nachzulassen. Ganz im Gegenteil: Sie nahm noch einen Schritt nach hinten. Sie konnte nicht den –

„Ich bin Nolan. Ich habe dich im Club gesehen." Er wartete

mit einer Geduld, die sie an Sam erinnerte. Sein Gesicht hielt sogar den gleichen Ausdruck. *Gerate in Panik, wenn du willst, ich werde warten.*

Club? Natürlich. Die Subs im Shadowlands hatten sie auf ihn hingewiesen. Ihr Herz verlangsamte sich zu einem geschmeidigen Galopp, als sie erkannte, dass dies der Dom war, von dem sie gesagt hatte, dass er über den Körper einer Person treten würde, ohne zurückzublicken. Aus der Nähe war er noch einschüchternder. „Es tut mir leid. Du hast mich überrascht und ich −" *Habe befürchtet, du wärst ein Sklavenhändler.* Nicht gerade höflich, ihm das zu sagen.

„Ich gehöre nicht zu den Bösen, obwohl meine Frau manchmal anderer Meinung ist." Sein Grinsen kam und ging so schnell, dass sie nicht sicher war, es gesehen zu haben. „Beth hat mir von den Plänen zum Mittagessen mit dir erzählt."

Erschieß mich. Beth hatte sogar gesagt, dass ihrem Mann die Firma gehörte, die für Sam den Stall baute. Linda lächelte und streckte ihre Hand aus. „Schön, dich kennenzulernen."

Er schüttelte sanft ihre Hand. Wie Sam schien auch er sich seiner Stärke bewusst zu sein.

Und wie Sam fühlte er sich nicht verpflichtet, ein Gespräch aufrechtzuerhalten. Verlegen um Worte sagte sie: „Also ... Du gehörst zu Beth?"

Sein Mundwinkel zuckte. „Ich sehe es umgekehrt."

Linda fühlte, wie sie rot wurde. Der Mann war ein Dom. *Mal ehrlich, Linda. Reiß dich zusammen.*

Zu ihrer Erleichterung parkte Sam in diesem Moment seinen Pick-up neben ihrem Auto und stieg aus.

Ihr Herz sang, als ihn jeder seiner langen Schritte näher brachte.

„Ich habe dich nicht so früh erwartet", sagte er. Für den Zeitraum eines Herzschlages befürchtete sie, dass er nicht glücklich war, sie zu sehen. Eine Sekunde später zog er sie jedoch auf ihre

Zehenspitzen und küsste sie hart auf den Mund. Brutale Hände, fordernde Lippen.

Ihr Körper rutschte in eine Kernschmelze.

Nachdem er sie an seine Seite gepresst hatte, begrüßte er seinen Hund mit einem Klaps und nickte Nolan zu. „Wie läuft's?"

Nolans Blick landete auf ihr. Man könnte meinen, er lächelte, doch dann wandte er sich Sam zu und sagte: „Dem Zeitplan voraus." Er sah auf seine Uhr, drehte sich um und rief seiner Crew zu: „Feierabend. Beendet, was ihr angefangen habt."

Der Jubel verscheuchte die Pferde vom Zaun und sie rannten auf die Weide.

Nolan wandte sich Sam zu. „Deine Farbe steht in der alten Scheune." Er nickte Linda zu und schloss sich wieder seiner Crew an.

Sie schüttelte den Kopf. Eine Frau, die missbraucht worden war, verheiratet mit diesem gruselig aussehenden Mann. Beth war mutiger, als sie aussah.

Sam legte die Hand auf ihre Hüfte. „Ich hätte gerne ein Bier, eine Mahlzeit und Sex ... nicht unbedingt in dieser Reihenfolge."

Als sein Griff zunahm, bis er an Schmerz grenzte, schnappte sie nach Luft und spürte, wie sie innerlich bebte. Dann entspannte sie sich. „Naja, ich –"

Die Lachfältchen neben seinen Augen vertieften sich. „Stimmt, warum nicht gleich mit dem Sex anfangen."

Ihr Herz nahm den Takt einer Nagelpistole an. „Ich schätze."

„Du schätzt?" Er zog ihren Kopf an ihren Haaren zurück und hielt sie, sodass sie ihm direkt in seine hellblauen Augen sah. „Versuch es nochmal, Fräulein. Gerne darfst du betteln."

Betteln? Nein, das werde ich nicht. Ein irritierendes Summen, das an eine Million Bienen erinnerte, die ihr Gehirn attackierten, erhob sich in ihrem Kopf. *„Schlampe, willst du essen? Bettel."* Als sich die Kälte in ihr ausbreitete, wehrte sie sich gegen seinen Griff.

Sam ließ ihre Haare sofort los. Seine andere Hand lag sanft auf ihrer Schulter. Nicht brutal. Handfläche offen. Warm. „Linda. Ganz ruhig." Sein geduldiger Blick fand ihren.

Als das Summen in ihrem Kopf nachließ, schüttelte sie es mit einem Schauer ab.

„Okay." Er legte einen Finger unter ihr Kinn und neigte ihren Kopf nach oben. „Keine gute Reaktion. Was hat sie ausgelöst?"

Seine emotionslose Stimme trug dazu bei, auch die Reste ihrer Panik und Wut zu zerstreuen, und schaffte es sogar, die Verlegenheit über ihre übertriebene Reaktion wegzuspülen. „Ich mag das Wort nicht. *Betteln*."

Seine Augenbrauen, ein dunklerer Farbton als sein stahlgraues Haar, zogen sich nach oben, während er sie genau musterte. „Warum nicht?"

„Der Aufseher" – der Sklavenhändler, den Kim nur als Abschaum bezeichnete – „ließ uns für alles betteln. Essen. Toilette. Aufstehen. Hinsetzen. Licht."

Sam knurrte. „Und wenn du nicht gebettelt hast, wurdet ihr verletzt. Hast du es getan, war es nicht richtig und ihr wurdet trotzdem bestraft."

Er wusste es. Verstand es. Sie schloss die Augen und nickte.

Er zog sie an sich und wog sie in seinen Armen. „Keine gute Zeit, Mädchen."

Sie schmolz dahin. Er fand nicht immer die richtigen Worte, aber der Komfort, den er bot, war nicht zu toppen. Mit der linken Hand hielt er sie an sich gedrückt; seine andere Hand massierte die Muskeln auf beiden Seiten zu ihrer Wirbelsäule und lockerte die Knoten.

„Das ist jedoch kein gutes Triggerwort." Er lehnte sich zurück und legte seine Hand auf ihre Wange. „Ich werde daran arbeiten, dich von diesem Auslöser zu befreien."

„Ich ..." *Reizend*. „Versuchen alle Doms, Dinge zu reparieren?"

Die Linien, die sich von den Augenwinkeln ausbreiteten, vertieften sich. „Oh ja."

Sie schnaubte und ließ sich von ihm zum Haus eskortieren. In

Pick-ups strömten die Bauarbeiter die Einfahrt hinunter. Das Auto am Ende der Karawane hupte und dann kehrte Ruhe auf der Farm ein.

Conn stoppte sie für eine Sekunde, um sich Streicheleinheiten abzuholen, und rannte dann zur Weide.

Fragend sah Linda zu Sam. „Was treibt er?"

„Er war auf der Hut, während die Bauarbeiter hier waren. Jetzt wird er sicherstellen, dass seit seinem morgendlichen Rundgang kein unwillkommener Gast in sein Revier eingedrungen ist."

Linda lachte, als sich der Hund zu ihnen umdrehte, als gab er ihnen die Verantwortung für das Haus.

Sam führte den Weg in die Küche. „Wie war dein Tag?", fragte Linda und nickte, als er eine Flasche Wein herauszog.

Er schenkte ihr ein Glas ein. „Ich musste heute einige finanzielle Dinge regeln – Bank, Steuerberater. Neue Gerätschaften habe ich inspiziert, und Getreide bestellt." Er schnappte sich ein Bier für sich selbst und zog Linda auf die Veranda, sodass sie sich mit ihm auf die Schaukel setzte.

„Vielbeschäftigter Mann." Er jonglierte so viele Bälle gleichzeitig, dass es ein Wunder war, dass er den Überblick behielt. Und sie dachte, einen Laden zu führen, sei schwierig. Bei dem Thema kam ihr ihre aktuelle Flechtarbeit in den Sinn. „Ups. Ich habe einen Korb im Auto, den ich fertig machen wollte. Und meine Handtasche."

Gemeinsam gingen sie zu ihrem Auto und er trug die übergroße Tragetasche mit den Sachen für einen Korb zum Haus.

Nachdem sie ihre Handtasche neben der Eingangstür abgestellt hatte, zog sie ihr Handy heraus. Das Display zeigte Benachrichtigungen von Brenna und Charles. Sie schnappte nach Luft. So viele Nachrichten. War etwas passiert? Warum war sie so dumm gewesen, ihr Handy im Auto zu lassen?

„Gibt's ein Problem?"

Linda sah zu Sam. „Meine Kinder haben angerufen. Sehr oft." Ihre Hand zitterte, als sie Brenna zurückrief.

„Mom. Mommy. Es tut mir leid. Gott, es tut mir so leid." Ihre Tochter weinte, sprach zusammenhangslos. „Wir haben es nicht so gemeint. Wir hätten nicht –"

„Mom, es tut mir leid." Charles hatte sich Brennas Handy geschnappt, und er klang nicht besser.

„Was?" Was hatten sie angestellt? Ihr Haus niedergebrannt? „Charles, was auch immer du getan hast, ich vergebe dir, aber sag mir, was passiert ist."

„Gott, Mom, was wir zu dir gesagt haben. Wir wussten es nicht." Ihr großer, starker Sohn klang in Tränen aufgelöst.

Sie sah vollkommen schockiert zu Sam. „Sie sind geradezu hysterisch. Was –"

Sam riss ihr das Telefon aus ihren schlaffen Fingern und sagte zu Charles: „Ein richtiger Mann entschuldigt sich persönlich. Hast du ein Stück Papier und einen Stift?" Er machte eine Pause und gab dann seine Adresse durch. „Halbe Stunde? Gut." Er warf das Telefon in ihre Handtasche und nickte zufrieden. „Sie werden herkommen. Ich brauche eine Dusche."

Mit offenem Mund sah sie ihm nach. Ihre Kinder hatten versucht, sich für ihr Verhalten ihr gegenüber zu entschuldigen. Sie hatten geweint. Und Sam war nicht überrascht gewesen; seine dunkelgrauen Augenbrauen hatten sich nicht einmal gehoben. Als sie auf ihrem Sitz ein Stück nach unten rutschte, hörte sie, wie die Dusche angestellt wurde. Sam hatte Charles Anweisungen gegeben, und ihr hartnäckiger Sohn folgte ihnen.

Sie wog die Fakten ab und es dauerte nicht lange, bis sie einen Verdacht hegte. Sam hatte den Anruf erwartet. War es möglich, dass ihre Kinder ihn angerufen und mit ihm gesprochen hatten? Nein, sie kannten seinen Nachnamen nicht.

Aber Master Sam Davies hätte sicher kein Problem damit gehabt, ihre Kinder aufzuspüren. Was hatte er getan?

. . .

Sam ließ das heiße Wasser über seine angespannten Schultern laufen und zählte die Sekunden in seinem Kopf.

Er war bei drei Minuten, als die Duschtür aufgerissen wurde.

Mama Bär hatte die Höhle verlassen. Er versuchte, sein Gesicht abzuwenden, bevor sie sah, wie sehr sie ihn amüsierte. Er hatte jedoch zu spät reagiert.

Mit den Händen auf die Hüften gestemmt funkelte Linda ihn an. „Was hast du mit meinen Kindern gemacht?" So wütend sie auch war, ihre Stimme klang kontrolliert. Kein Kreischen, keine Hysterie. Sie war eine großartige Frau. Dann schlug sie ihm gegen die Schulter. „Sag schon!"

Er ließ den Blick über sie schweifen. Sie hatte sich für die Farm in ein T-Shirt mit V-Ausschnitt und eine Jeans geworfen und sich ihre Schuhe im Eingangsbereich ausgezogen, so wie er es mochte. Sollte also klar gehen. „Als der Sadist in dieser Beziehung bin ich es, der hier Schläge austeilt." Er packte die Vorderseite ihres T-Shirts und zog sie in die Dusche.

In Sekundenschnelle war sie durchnässt. Der Schrei, der folgte, klang nett und ließ seine Haut kribbeln.

„Du hast nicht die Erlaubnis, mich zu schlagen." Er riss ihr T-Shirt am Hals auf und zog ihr die Reste über die Arme.

„Du-du-du-du Bastard!"

„Wenn du dachtest, bis zu ihrer Ankunft schmollen zu können, hast du falsch gedacht." Während sie sich gegen ihn wehrte, öffnete er ihre Jeans und schob sie und ihre Unterwäsche nach unten, um so ihre Knöchel zu fesseln.

„Verdammt, lass mich gehen."

„Nein." Er grub seine Finger an ihrem Arsch in die letzten verbliebenen Spuren seiner Peitsche und zog sie an sich. Mit einem festen Griff in ihrem Nacken fixierte er sie für seinen Kuss, nahm und nahm, bis sie an ihm zusammensackte und den Kuss erwiderte.

Verdammt, die Frau konnte küssen. Langsam wurde er hart, und er rieb seinen Schwanz an ihrem Bauch und spürte, wie der

Widerstand aus ihrem Körper sickerte. *Meine Frau.* Widerwillig ließ er von ihren Lippen ab und hob den Kopf. „Kooperiere mit mir und wir sind hier schnell fertig. Andernfalls müssen deine Kinder auf der Veranda warten."

Sie riss die Augen auf. „Das würdest du nicht tun."

„Wetten, dass?" Ihre Hose hielt ihre Beine eingeschränkt, sodass er seine Schwierigkeiten hatte, die Hand zwischen ihre Schenkel zu bekommen. Einmal ihre Pussy erreicht, fand er sie feucht und bereit vor. Sie bebte, als er über ihr Geschlecht streichelte. Sie erwärmte sich schnell. Für ihn. Sehr befriedigender Gedanke.

Er umkreiste ihre Klitoris, schob sich in ihren Eingang und kreiste dann wieder. *Schnell, Davies. Erinnerst du dich?* Er wollte verweilen und mit ihr spielen, bis sie frustriert seinen Namen schrie, jedoch zog er ihr begleitet von einem resignierten Seufzer ihren BH aus. Mit der Hand zwischen ihren Schulterblättern übte er Druck aus, bis sie sich vorlehnte und sich mit den Händen auf dem Sitz in der Ecke abstützte. „Lass die Hände dort."

„Sam. Meine Kinder werden –"

Als er ihr zur Bestrafung – und weil er Spaß daran fand – auf den Arsch schlug, hallte der Klang in der großen Fliesendusche erregend wider. Wie viele Jahre war es her, seit er eine Frau in einem Badezimmer gefickt hatte?

Als das Wasser auf ihren Arsch prasselte, offenbarte sich bei ihrer vorgebeugten Position ihre glitzernde Pussy und ihr Anus. *Sehr schön.* Noch schöner war, dass sie gehorchte. Sie bewegte sich nicht und ihr Gesicht zeigte nur Erregung.

Er rieb ihr über ihren brennenden Arsch, teilte ihre Schamlippen und drang ein paar Zentimeter mit seinem Schwanz in sie. Nicht grob – dafür war sie immer noch zu emotional und zerbrechlich –, dennoch mit Nachdruck. Er musste vorsichtig vorgehen, aber ihre Nässe und ihr leises Stöhnen sagten, dass er auf dem richtigen Weg war.

Sie war heißer als die Dusche, feucht und eng genug, um ihn

um den Verstand zu bringen. Er zog sich ein Stück zurück. Dann stieß er wieder in sie und das Gefühl schoss direkt zu seinen Eiern.

Ihr Arsch neigte sich leicht nach oben; sie wollte mehr. *Verdammt*, sie war bezaubernd.

Er lehnte sich über ihren Rücken. Als sein Schwanz tiefer in sie drang, wand sie sich, sodass er tiefer in sie tauchte. Er schmiegte sich mit dem Gesicht in ihr nach Lavendel und Zitrus duftendes Haar und griff nach ihren Brüsten. Es gab nichts Weicheres, nichts Einladenderes auf dieser Welt. Er knetete sie und zwickte so hart in ihre Nippel, dass sie wimmerte und versuchte, sich zurückzuziehen. Aber er presste sich mit seiner Vorderseite enger an sie, sein Schwanz spießte sie auf; einen Fluchtweg gab es nicht. *Verdammt nett.* Die Wände ihrer heißen, feuchten Pussy zogen sich jedes Mal zusammen, wenn er in ihre Knospen kniff.

Der Schmerz nährte ihre Erregung und sie wackelte mit der Hüfte. Er riss an ihren Haaren, zog ihren Kopf zurück und rammte in sie. „Gib mir mehr."

Ihr Stöhnen war wie Nahrung für einen ausgehungerten Mann.

Im Moment dachte sie sicher nicht an etwas anderes als an ihn. Und er wollte sie hart genug nehmen, sodass sie bei der Ankunft ihrer Kinder noch befriedigt strahlte. Dann würden auch die letzten Vorwürfe von ihr abprallen.

Er benetzte seine Finger mit einer Spülung und beim nächsten Stoß seines Schwanzes drang er mit einem Finger in ihr Arschloch.

Ihr entrang ein ersticktes Stöhnen und sie versuchte, sich aufzurichten.

Er lehnte sich vor, packte ihre Schulter und hielt sie nach unten gedrückt. „Bleib, wo du bist, Fräulein." Zur Sicherheit hielt er kurz inne und musterte sie. Groben Sex mit Analsex zu kombinieren, könnte einige schlechte Erinnerungen auslösen. „Sind wir bei *Grün?*"

Ihr Körper wurde von einem sanften Beben eingenommen und sie senkte den Kopf. Ihr Flüstern war kaum laut genug, um über dem Wasser gehört zu werden: „Grün."

Er lächelte. Der Finger in ihrem Arsch hatte nicht nur jeden Nerv da unten wachgerüttelt, sondern es hatte sie auch zum Gipfel der Kapitulation gebracht. Linda ergab sich ihm.

So wunderschön und liebevoll und empfänglich – sie wärmte ihm das Herz. Er fuhr mit der Hand über ihren Rücken. „Braves Mädchen. Nicht bewegen." Er spreizte seine Beine, suchte nach einem sicheren Stand, stieß dann hart mit seinem Schwanz in sie, zog sich zurück und schob seinen Finger in ihren Arsch. Er wechselte die Empfindungen ab, bis ihr Beben auf ihn überging. Er steckte einen weiteren Finger in ihr Arschloch und hörte, wie sie nach Atem rang. „Eines Tages wirst du hier meinen Schwanz akzeptieren."

Als Reaktion schwappte eine Lustwelle durch sie und er grinste.

Es war an der Zeit, die Ziellinie zu übertreten. „Nicht bewegen." Während sie sich mit den Armen auf dem Sitz abstützte, griff er um sie herum, fand ihre Klitoris und stieß gleichzeitig mit seinem Schwanz in ihre Pussy und mit den Fingern in ihren Arsch. Bewusst überlastete er ihre Sinne, nahm sie brutal und dachte nicht mal daran, nachzulassen.

Er spürte, wie ihre Beine zitterten. Dann zog sich ihre Pussy um seinen Schwanz zusammen, ihr Arsch um seine Finger. Ihre Klitoris hatte ihre Vorhaut zurückgelassen und bettelte um mehr. *Fast geschafft.*

Ihr Rücken wölbte sich, ihr Körper erstarrte und sie kam mit einem hohen Schrei, der von den Fliesen abprallte und ihn zum Grinsen brachte.

Als ihre Pussy seinen Schwanz massierte, verlor er seine Kontrolle, fand zur Erlösung und erfreute sich daran, wie eifrig ihr Geschlecht ihn leersaugte. Mit einem tiefen Stöhnen legte er einen Arm um ihre Taille und hielt sie aufrecht.

Nie wieder wollte er sich von ihr trennen, wollte tief vergraben in ihr bleiben, doch er spürte, dass ihre Knie gleich nachgeben würden. Mit einem Seufzer des Bedauerns zog er sich aus ihr zurück. Er setzte sie auf den Sitz und kümmerte sich um sie.

Er packte ihre Jeans, die immer noch um ihre Knöchel lag. „Heb deine Beine an."

Sie hob ein hübsches Bein, dann das andere. Als er sie anschließend auf die Füße zog, hörte er sie murmeln: „Du bist so ein Idiot."

Es fiel ihm schwer, sich beleidigt zu fühlen, wenn ihre Stimme immer noch heiser von ihrem Orgasmus war. Andererseits durfte keine Gelegenheit ignoriert werden, eine Sub zu bestrafen. „Dafür werde ich dir später den Arsch versohlen", flüsterte er ihr ins Ohr.

Sie erstarrte und brachte ihn damit erneut zum Grinsen. Die Rothaarige würde von dem Spanking noch einmal zum Orgasmus finden – dafür würde er schon sorgen. Er zog sie näher an sich und genoss ihre weiche Haut an seinem Körper.

Manche Leute spielten in der Badewanne mit Gummienten. Alles Idioten. Nichts war besser als eine bebende Frau mit geröteter Haut, die nach sexueller Erlösung duftete.

Vorsichtig stellte er sie unter den Wasserstrahl, schrubbte sie, säuberte ihre empfindliche Pussy und ihr Arschloch.

Vielleicht sollte er heute Abend testen, wie wund sie war.

Nachdem er sich eine saubere Jeans und ein Hemd angezogen hatte, half er ihr, sich abzutrocknen, und gab ihr dann ein Set aus Sweatshirt und Jogginghose, das jedem passen würde. Hässlich, aber adäquat. Bevor sie sich beschweren konnte, warnte er: „Beeil dich lieber. Deine halbe Stunde ist fast um."

Als sie ihn wütend anfunkelte, musste er ein Lächeln unterdrücken und entschied, ihr den Rücken zuzuwenden.

Wusste sie, dass er es genoss, sie zu verärgern, nur um diesen süßen Gesichtsausdruck zu sehen?

Mit einem Blick auf den Parkplatz stellte er sicher, dass ihre Kinder noch nicht hier waren. Lange würde es nicht mehr dauern. Er dachte über die nächste Stunde nach und schüttelte kläglich den Kopf. Es versprach ein harter Abend zu werden. Viele Tränen. Wäre vielleicht klug, eine Ablenkung zu planen. Er rieb sich das Kinn. Vielleicht würde Nicole sich ihnen gerne anschließen.

Linda erhob sich von der Hollywoodschaukel, als ihre Kinder auf das Haus zurannten. Sie sahen gut aus, keine Verbände, kein Humpeln, keine Narben. Aber sie machten einen ... merkwürdigen Eindruck. Wirkten unsicher.

Alte Erinnerungen kamen in ihr hoch: *Ein lachender Charles, als er seine ersten Schritte machte und auf seinem von einer Windel gepolsterten Hintern landete. Ständig auftretende Kratzer an Brennas Knien. Ihr Gezänke, wenn Charles auf einen Baum kletterte und Brenna es nicht schaffte, es ihm gleichzutun. Ihre engelsgleichen Gesichter, wenn sie schliefen.* Lindas Augen füllten sich mit Tränen. *Gott,* sie liebte die beiden so sehr.

„Mommy." Brenna warf sich Linda in die Arme.

Charles schlang seine Arme um beide. Seine Wange an ihrer Schläfe war nass, und Brenna schluchzte. Was um alles in der Welt hatte Sam zu ihnen gesagt?

Für den Moment genoss sie es einfach, ihre Kinder zurückzuhaben, Brenna zu halten, Charles zu umarmen und, wie schon die ganze Zeit, war sie auch heute wieder schockiert, dass er größer war als sie. Ihre Babys waren erwachsen geworden, und sie sollte sie wie Erwachsene behandeln. Sie mussten miteinander reden und das Problem besprechen. „Setzen wir uns", sagte sie zu Brenna und drückte Charles' Hand.

Als sie sich auf die Schaukel setzte, bemerkte sie, dass der

Beistelltisch einen Eistee, ein Rootbeer und eine Pepsi bereithielt. *Sam.* Aber woher kannte er die Lieblingsgetränke ihrer Kinder? Sie sah sich um und entdeckte ihn mit Conn auf dem Weg zur Scheune. Ein taktvoller Sadist. War das überhaupt möglich?

Brenna schloss sich ihr auf der Schaukel an und Charles zog einen Stuhl so nah an ihre Knie, dass sie sich berührten, als er Platz nahm.

„Jetzt sagt mir, was los ist." Linda bemühte sich um eine gelassene Stimme und wusste, dass nur Sams Lässigkeit – und die Ablenkung in der Dusche – sie daran gehindert hatte, vor Sorge krank zu werden.

Brennas Augenlider waren rot und geschwollen. „Dein Freund, er hat uns erzählt ..." Sie erstickte sich an den Worten und Tränen rollten ihr über die Wangen.

Linda drehte sich zu Charles.

Seine Hände hatte er auf seinen Knien zu Fäusten geballt. „Er hat uns erzählt, was du durchgemacht hast. Mom, wir wussten es nicht. Sonst hätten wir niemals ... Wir wussten es nicht!"

Sam, der Bastard. Sie seufzte. Sam hätte nicht übertrieben oder gelogen. Er hätte ihnen nur die Wahrheit vorgehalten. „Ich verstehe."

„Du hättest uns davon erzählen sollen." Brenna hielt Lindas Hand in einem Todesgriff und schüttelte ihren Arm. „Warum hast du uns nicht gesagt, wie schrecklich es war?"

„Ich ..." Linda blinzelte ihre eigenen Tränen zurück. Ihre Babys so traurig zu sehen, bereitete ihr Brustschmerzen. „Ich wollte nicht ... Es war schwer genug für euch, zu hören, dass ich entführt wurde. Mehr wollte ich euch nicht zumuten."

„Du hast versucht, uns zu schonen, und wir haben unsere ganze Frustration an dir ausgelassen." Charles öffnete ihr das Rootbeer. Seine Hand bebte, als er ihr die Dose reichte. Anschließend gab er Brenna ihren Eistee. „Dein Freund ist sehr fürsorglich."

„Es tut mir leid. Sam hätte nicht –"

„Oh doch." Charles presste die Lippen zusammen. „Gott sei Dank hat er es getan."

Brenna lehnte sich an Linda. „Wir mussten es wissen, Mommy."

Brenna hatte sie seit Jahren nicht Mommy genannt. Linda spürte, wie ihr eine Träne entkam. In ihr kam die Vermutung auf, dass sie Sam wohl niemals für seine Einmischung anschreien würde.

„Kannst du uns vergeben?" Charles fehlte nie der Mut, seine Fehler zuzugeben. „Bitte vergib mir?"

Brenna schnaubte und kuschelte sich näher. „Das hat sie bereits, Dummkopf."

„Habe ich." Linda machte auf der Schaukel Platz für ihren Sohn. Es war beengt mit drei Leuten, aber es fühlte sich wundervoll an.

Da Sam zum Abendessen Gesellschaft hatte, erledigte er seine täglichen Aufgaben früher. Es wäre seltsam, wieder einen vollen Tisch zu haben. Als sein Vater noch am Leben war, hatte er oft Nachbarn, Freunde und Verwandte zum Essen eingeladen. Sein Stiefvater hatte das alles geändert.

Nach einem Blick zu Linda und den Kindern auf der Veranda wechselten er und Conn die Richtung und benutzten die Hintertür.

Kartoffeln und Hähnchenbrust kamen in den Ofen. Hoffentlich waren die Kinder keine Vegetarier, aber er stellte für alle Fälle einen großen grünen Salat zusammen.

Durch die offene Haustür kam nur Gemurmel. Kein Jammern. Kein Geschrei. Gutes Zeichen.

In dem Moment, in dem Conn ein fröhliches Bellen entließ und zur Fliegengittertür raste, hörte Sam, wie jemand die Auffahrt hochfuhr. Das musste Nicole sein. Nachdem er sich ein Bier geholt hatte, trat er auf die Veranda. Alle drei auf der Schaukel zeigten Anzeichen von einem tränenreichen Gespräch, und *verdammt*, er hasste es, Linda traurig zu sehen. Wenn sie von einer Auspeitschung oder einem Spanking weinte, war das akzeptabel – befriedigend –, aber dieser Anblick fühlte sich wie ein Stich in sein Herz an.

Nichtsdestotrotz konnten die drei nicht noch enger beieinander sitzen. *Alles wieder gut*, wie Nicole sagen würde. Jetzt brauchten sie Zeit, um zur Normalität zurückzukehren. Er warf den Kindern einen entschiedenen Blick zu. „Ihr bleibt zum Abendessen. Meine Tochter wird sich uns anschließen."

Linda sah ihn überrascht an. Dann zeigten sich ihre Grübchen, als ihre Kinder zustimmend nickten.

Sehr gut. Er lehnte sich an das seitliche Geländer der Veranda und beobachtete, wie Nicole aus ihrem VW Käfer sprang. Als er noch jung war, wurden die meisten Käfer in verschiedenen, übertrieben bunten Designs lackiert. Wahrscheinlich sollte er froh sein, dass ihr Auto nur eine Farbe aufwies – ein grelles Gelb. Sie trug ihre üblichen Jeans und mehrere Laken Tanktops und – er seufzte – sie hatte ihr kurzes Haar schwarz gefärbt. *Frauen.* Kein Mann würde sie jemals verstehen.

Sie sprang auf ihn zu und warf die Arme um ihn. „Gutes Timing, Dad. Ich hatte nichts im Kühlschrank und bin am Verhungern. Was gibt's zum Abendessen?"

Er erwiderte ihre Umarmung. Er war so stolz auf sie. Sie ließ sich nichts gefallen, war klug und mitfühlend. Er konnte sich glücklich schätzen. Mit dem Arm um sie drehte er sich zu den anderen. „Linda, das ist meine Tochter Nicole. Das sind Lindas Kinder: Charles und Brenna." Er wartete, bis sie alle mit ihren Höflichkeiten durch waren. „Nicole, gib Charles und Brenna eine Führung, während Linda und ich das Essen fertigmachen. Eine dreiviertel Stunde sollte es noch dauern."

„Klingt gut." Sie stellte sich auf die Zehenspitzen und flüsterte: „Böser Daddy. Was hast du mit ihnen gemacht?"

Er erstickte ein Lachen, als Nicole die beiden heranwinkte und sagte: „Was möchtet ihr zuerst sehen?"

Die drei gingen die Treppe hinunter und Charles fragte: „Bist du nicht in meinem Soziologieseminar? Montags um zehn?"

„Ich *wusste* doch, dass ich dich von irgendwoher kenne. Was ist dein Hauptfach?"

Sam schüttelte den Kopf. Erstaunlich, wie schnell junge Leute bestimmte Situationen abschütteln konnten. Nachdem er sein Bier auf den Beistelltisch gestellt hatte, schloss er sich Linda auf der Schaukel an. Als er seinen Arm um sie legte und sie näher an sich zog, seufzte sie und kuschelte sich an ihn. Die Sorge ließ nach; sie war nicht wütend auf ihn. „Habt ihr euch wieder vertragen?"

„Haben wir." Sie funkelte ihn an, doch ihre geschwollenen Augen und die nassen Pfade auf ihren Wangen nahmen dem wütenden Blick die Macht. „Was hast du zu ihnen gesagt?"

„Nur die Wahrheit." Er schob eine Haarsträhne hinter ihr Ohr und zog sie für einen Kuss näher zu sich. „Ich kann verstehen, warum du es ihnen nicht erzählt hast, aber es nicht zu wissen, hat euch auseinandergerissen."

„Ja, ich weiß." Sanft zog sie ihm an den Haaren. „Ich sollte dir dafür den Arsch versohlen, dass du sie zum Weinen gebracht hast, aber ... danke." Ihr Atem stockte. „Gott, Sam, danke. Ich habe meine Babys wieder."

Er verstand ihre Erleichterung. Er und Nicole hatten ein paar hässliche Streits hinter sich. Jedes Mal verabscheute er die Leere in seinem Herz, wenn sie wütend auf ihn war.

Sie schaukelten für eine Weile, während die Kinder am Brunnen anhielten, um den Koi zu bewundern, und sich dann zu der Weide hinter dem Stall aufmachten. Die Pferde, stets gierig auf Leckerlis, trabten zum Zaun. Über den Obstgärten teilten sich die Wolken und beschenkten die Welt mit einem blauen Himmel.

Die kühle Luft hielt den Duft des Meeres und der Weiden bereit. Neben ihm roch Linda nach seiner Seife, und er mochte es, besitzergreifender Bastard, der er war.

„Komm und decke den Tisch für mich", sagte er schließlich und zog sie auf ihre Füße.

„Fünf Leute", sagte Linda. Während er das Hähnchen und die Kartoffeln herauszog, legte sie eine Tischdecke auf den Tisch und suchte dann das Geschirr zusammen.

Schritte und Lachen näherten sich der Fliegengittertür. Die Kinder stoppten auf der Veranda und leerten ihre Getränke. Nicoles klare Stimme trat an seine Ohren. „Mein Dad? Kinky? Oh, jemand hat das mal mir gegenüber erwähnt und ... *ihhh.* Wenn ich daran denke, dass mein Vater Sex hat, möchte ich mein Gehirn bleichen!"

Linda schnaubte und schenkte ihm ein Grinsen.

„Andersrum geht es mir nicht anders. Ich mag es auch nicht, mir Nicole mit einem dahergelaufenen Arschloch vorzustellen", murmelte Sam. „Als sie anfing, sich zu verabreden, habe ich meine Bullenpeitsche gleich neben die Tür gehängt. Nur für den Fall."

Linda lachte.

Was gibt es denn da zu lachen?

Nach einem langen, äußerst angenehmen Abendessen umarmten Lindas Kinder sie ein weiteres Mal und folgten Nicole zu den Autos. Zurück zu ihren Leben.

Gerade zupfte Linda an den Saiten von Sams Gitarre und ihr kamen die Tränen ... schon wieder. Die Möglichkeit, ihre Babys zu verlieren, hatte sie mehr erschüttert, als sie zugeben wollte. *Gott segne Sam.*

Bei einem erstickten Schluchzer schaute er auf und schüttelte bei dem Anblick ihrer Tränen den Kopf. Aber er sprach nicht, flocht einfach sein Leder in einem komplizierten Muster um den

249

Griff einer Peitsche. Sein Schweigen war es, das einen Friedens-zauber über den Raum legte.

Und als sie seine langen Finger bei der Arbeit beobachtete, spürte sie einen Hitzewall von ihren Zehen bis zu ihren Fingern. Sie erinnerte sich nur zu gut an diese Hände auf ihrem Körper. Sie wollte seine Hände erneut auf sich spüren. Wenn es so weiter-ging, wurde sie noch zu einer Nymphomanin. *In meinem Alter.*

Wie lustig – beide hatten sie erwachsene Kinder. Sie lächelte und spielte eine alte Ballade. Sam hatte eine reizende Tochter. Intelligent, freundlich und skurril, mit unverschämten Meinungen zu allem von der Politik Tampas bis zu Regenwürmern. Sam hatte ihr mit lachenden Augen zugehört. Er sagte nie etwas Liebevolles zu seiner Tochter. Kein *Ich hab dich lieb*, wie sie es bei ihren Kindern tat, aber sie hatte beobachtet, wie er den Arm um die Taille seiner Tochter gelegt und sie gedrückt hatte. Besonders amüsant fand Linda es, wenn er ihr durch die kurzen Haare wühlte. Die Liebe war da.

Nicoles Kommentar darüber, nicht über das Sexualleben ihres Vaters Bescheid wissen zu wollen, war ... interessant. Andererseits hatte Sam gesagt, dass er keine Frauen mit nachhause nahm. Nur hatte er bei dem Thema nie ausgeholt. Nichts hatte er ihr erzählt. Sie runzelte die Stirn und starrte die Saiten der Gitarre an. War Sam einfach nur reserviert oder gab es einen anderen Grund für sein Schweigen? Manchmal wäre es so viel leichter, ein Thema anzusprechen, wenn sie ihn besser kennen würde.

Als er auf ihren Blick traf, bemerkte sie, dass sie ihn schon seit geraumer Zeit anstarrte. Er schmunzelte. „Lass mich das schnell weglegen. Wenn du willst, können wir uns einen Film ansehen."

„Okay."

Er stupste Conn an, sodass er Sam aus dem Weg ging und er den Raum verlassen konnte.

Linda brachte die Gitarre wieder zu ihrem Ständer, setzte sich in die Ecke der Couch und nahm dann all ihren Mut zusammen. Ohne Feuer im Kamin schien das Zimmer nun leicht unterkühlt.

Sie zog in Betracht, ihre Flechtarbeit rauszuholen. Ihre Finger brauchten etwas zu tun.

Große Hände legten sich um ihre. „Was geht dir durch den Kopf, Mädchen?" Sam saß auf dem übergroßen Lederhocker vor ihr und musterte ihr Gesicht.

Sie räusperte sich. „Der heutige Tag."

Er wartete.

Verflucht sei er. Es wäre einfacher, würde er sie zum Reden zwingen. „I-Ich weiß zu schätzen, was du getan hast. Ich bin froh, meine Kinder wieder zu haben. Ich schätze, ich werde dich fürs Einmischen wohl doch nicht töten."

Sein rechter Mundwinkel zuckte. „Ich *schätze*, dann kann ich heute Nacht ruhig schlafen."

Ihn jetzt zu schlagen, wäre unklug. „Die Sache in der Dusche: Ich wollte ..." Wie sollte sie das ansprechen? Wie machten es die anderen Subs?

Seine Augen nahmen einen intensiven Ausdruck an. „Spuck es aus."

„Ich bin unterwürfig."

„Ja."

„Aber ich kann nicht so sein, außer ..."

„Tu es jetzt, Schlampe."

„Präsentiere dich dem Käufer, Schlampe."

Sie biss sich auf die Lippe und kämpfte gegen die Übelkeit an.

Sam entließ einen kehligen Laut, riss sie dann von der Couch und setzte sich mit ihr auf seinem Schoß auf ihren Platz.

„Sam!"

Sein linker Arm legte sich um ihre Schultern und hielt sie an seine Brust gedrückt. Mit der rechten Hand neigte er ihren Kopf nach oben und strich mit dem Daumen über ihr Kinn. „Mal sehen, ob es dir so leichter fällt, die Worte herauszubekommen", sagte er.

Sie schloss die Finger um seinen Unterarm. Er hatte ihre Gedanken aus der Bahn geworfen. „Ich verstehe es einfach nicht."

„Was verstehst du nicht, Baby?"

Sie sah ihm direkt in die Augen. Manchmal zeigte sich das blasse Blau seiner Augen mit einem dunklen Rand. „Sie ... sie haben uns kontrolliert. Die ganze Zeit. Und jetzt ... jetzt kann ich das nicht mehr erlauben. Wegen ihnen. Ich muss wissen ... muss zustimmen –"

„Zustimmen, deine Kontrolle abzugeben", beendete er flüsternd ihren Satz.

„Ja. Und als du mich in die Dusche gezogen hast ..." Sie warf mit ihrer Ehrlichkeit geradezu um sich. „Es hat mir gefallen. Das hat es wirklich. Aber Angst hat es mir auch gemacht. Würdest du von mir verlangen, Dinge zu tun, die ich als Sklavin machen musste – was ich an sich ja nicht tun will –, bin ich mir mittlerweile nicht mehr so sicher, ob ich dazu *Nein* sagen würde. Ich weiß manchmal nicht, ob ich dir gehorche, weil sie ... mich konditioniert haben ... oder weil ich es will."

„Fahre fort."

Aus Frustration schnürte sich ihre Kehle zu. Sie konnte es nicht erklären, weil sie es selbst nicht wirklich verstand. „Was ich brauche, sind Grenzen ... wenn du mich herumkommandierst." Sie rang nach Luft.

„Alles gut." Er legte ihren Kopf an seine Schulter und erlaubte ihr, sich wieder zu fassen. Er zwang sie nicht, mehr zu enthüllen oder ihre Seele zu entblößen.

Ihre Atmung normalisierte sich.

„Zwischen einem Dom und einer Sub sind die meisten Dinge verhandelbar." Er schob ihr die Haare aus dem Gesicht. „Ich habe bestimmte Anforderungen. Ich möchte beim Sex die Kontrolle haben." Er dachte darüber nach und fügte hinzu: „Ich mag anspruchsvollen Sex, wenn ich Lust darauf hab, aber ich bin sehr wohl bereit, Kompromisse einzugehen."

Sie hob den Kopf. „Vorhin hast du dich nicht zurückgehalten."

„Nein." Er folgte der Kurve ihres Kiefers. „Das hätte ich als nächstes angesprochen. Werde ich dir befehlen, dich hinzuknien, dich auszuziehen oder Hausarbeit zu erledigen? Nein. Daran habe ich kein Interesse. Aber wenn es um dein Wohlbefinden geht, bin ich nicht flexibel." Sein markanter Kiefer spannte sich an. „Heute Nachmittag wollte ich nicht, dass du dich sorgst."

Oh. Ihr Blick folgte seinem Hals bis zu seiner rechten Schulter. Die Hemdärmel legten sich über seinen beeindruckenden Bizeps und waren hochgekrempelt, um seine Unterarme freizulegen. Er hatte die Kraft, alles durchzusetzen, was er wollte. So wie heute Nachmittag.

Aber sie hatte sich nicht schmutzig gefühlt, als er sie in die Dusche gezerrt hatte. Vielleicht weil er ihr erklärt hatte, warum er sie zur Kooperation zwang. *„Wenn du dachtest, bis zu ihrer Ankunft schmollen zu können, hast du falsch gedacht."* Es war keine willkürliche Handlung gewesen. „Vielleicht wird es funktionieren", flüsterte sie. „Wenn es einen Grund gibt. Mehr als nur ..."

„Meine Kontrolle über dich zur Schau zu stellen?", beendete er den Satz mit trockener Stimme.

„Ja." Sie blickte mit Schmetterlingen im Bauch auf. Er sah nicht verärgert aus, wirkte jedoch nachdenklich.

„Dann beschränken wir den Kontrollaustausch darauf: Ich kontrolliere alles, was mit Sex ... oder Schmerz zu tun hat. Du verfügst zu jeder Zeit über ein Safeword. Der Moment ist verhandelbar, es sei denn, ich greife zu deiner Sicherheit oder Gesundheit ein."

Wirklich? Sie hatte das Gefühl, als hätte sie sich gegen einen starken Wind gewehrt, der plötzlich verschwand, sodass sie nach vorn fiel. Sie sah ihm in die Augen und stimmte zu. „Okay." Leise fügte sie hinzu: „Danke."

„Gern geschehen." Er zeichnete den Umriss ihres Mundes nach. „Ich sollte dich aber warnen: Ich werde andere Methoden finden, um meinen Willen durchzusetzen."

Sie erstarrte. „Zum Beispiel?"

„Na ja, heute bist du dran, dir einen Film auszusuchen. Wird es ein Liebesfilm, werde ich die Pussy-Peitsche einsetzen und dir zudem ein Spanking verpassen."

Himmelherrgott! Sie rutschte bei dem Gedanken nervös und erregt auf seinem Schoß herum. Sie wollte – *wollte nicht* – diese intensive Qual erneut erleben. Wirklich sadistisch war, dass sie sich nun entscheiden musste, ob sie einen Liebesfilm wollte oder nicht.

Ausgehend von dem fiesen Funkeln in seinen eisblauen Augen hatte er sie absichtlich in dieses Dilemma hineinmanövriert.

KAPITEL SIEBZEHN

Am **Samstag gab** Linda ihr Bestes, sich an die Namen aller zu erinnern. Sie saß in der Limousine ganz hinten und sah von den Gästen der Junggesellinnenparty nur die Hinterköpfe. Andrea, Jessica, Kim, Gabi und Beth kannte sie bereits. Kari war die Sub eines anderen Shadowlands-Masters. Sally, Uzuri, Rainie und Dara gehörten zu den Auszubildenden, die keinen Dom hatten und bei dem Programm tiefer in den Lifestyle eintauchen wollten.

Keine der Frauen war in ihrem Alter, aber das gemeinsame Interesse an BDSM überbrückte die Kluft. Auch der Champagner half.

Sie hatte entschieden, dass die Frauen alle verrückt waren. Auf der Fahrt hatten sie Geschichten darüber erzählt, was sie bei einem Dom unterlassen sollten und andere Fehler, die sie begangen hatten. Wie in der Nacht, in der eine müde Uzuri vor einer Session zwei Kaffee getrunken hatte. Nachdem der arme Dom eine Ewigkeit an den Fesseln verbracht hatte, musste sie um eine Toilettenpause betteln. Oder Gabi, die wütend auf Marcus geworden war und seine liebsten Rohrstöcke als Kaminfeuer verwendet hatte.

Allein die Idee, das mit einem von Sams Spielzeugen zu tun, war … entsetzlich. Oh, sie würde den Blick auf seinem Gesicht für ein paar Sekunden genießen, aber dann … würde der Zorn Gottes auf sie einprasseln.

Warum klang das so verlockend?

Linda folgte der Gruppe in den Nachtclub. Die Einrichtung hatte nichts mit der mittelalterlichen Atmosphäre des Shadowlands gemein, sondern drückte sich eher durch schäbige Rohheit aus. Betonboden, schwarze Ziegelwände, Gemälde in Rottönen. Metall überall, von den Barhockern über eine Aluminiumverkleidung hinter der Bar bis hin zu den Wendeltreppen, die in den zweiten Stock führten. „Interessant", sagte Linda. „Jessica mag diese Art Clubs?"

„Na ja, nein. Wir sind hier, weil der Club beworben hat, BDSM-Ausrüstung zu haben." Gabi hakte ihren Arm bei Linda ein.

„Ihr bringt Shadowlands-Subs in einen anderen Club?"

Gabi grinste. „Wir konnten uns schließlich nicht in Zs Club betrinken, oder?"

„Auch wahr." Etwas Wildes und Verrücktes unter der Nase von Master Z zu tun, wäre reiner Wahnsinn. „Sind wir wie Dominas gekleidet, um nicht zu riskieren, als Subs erkannt und dumm angemacht zu werden?"

Beth hörte die Frage und drehte sich um. „Nein, nein. Wir wollten Jessica nur eine letzte Chance geben, auf die dominante Seite zu wechseln." Beth öffnete den Reißverschluss ihrer Biker-jacke und enthüllte ein schwarzes Bustier, das sie über einer ebenso farbenen Vinylhose anhatte. „Außerdem haben Dominas die coolsten Klamotten."

Linda grinste. „Das stimmt." Sie selbst trug auch schwarz. Eine hauteng, langärmelige Latexbluse und ihre schwarze Röhrenjeans, die sie in hohe Vinyl-Stiefel gesteckt hatte. Sie hatte die Knöpfe so weit geöffnet, dass die meisten Kerle nicht über das Dekolletee hinaussehen würden.

„Früher habe ich auch solche Kleidung getragen – bis zu meinem ersten Abend als Auszubildende." Andrea versuchte, bemitleidenswert auszusehen – nicht leicht für jemanden, der Ähnlichkeit mit Wonder Woman hatte. „Cullen war der Ausbilder, und er meinte sofort, dass eine Sub nicht mehr Kleidung tragen könne als der Dom. Der *Cabrón* hat mir mitten im Club befohlen, mich auszuziehen."

„Fies." Linda runzelte die Stirn und erinnerte sich an den riesigen Barkeeper mit seinem dröhnenden Lachen. „Am Anfang dachte ich noch, er wäre locker und gelassen."

„Das ist er … bis er den dämonischen Dom herauslässt, der in ihm lauert." Andrea grinste. „Verrate es ihm nicht, aber immer, wenn es so weit ist, schmelze ich innerlich dahin."

„Ich kenne das Gefühl", murmelte Linda. Wenn sich bei Sam dieser bestimmte Ausdruck zeigte, der sagte, dass sie besser genau das tun sollte, was er befahl, verwandelten sich ihre Knochen in gekochte Nudeln. „Es ist schön zu wissen, dass ich nicht allein bin."

„Kim richtet unseren Platz her", verkündete Sally. „Kommt schon, Mistresses." Die Brünette war nicht besonders groß und doch strahlte sie in ihrem auffälligen roten Latexkleid wie die Nase von Rudolph dem Rentier. Sie folgten ihr durch die Menschenmenge am Eingangsbereich, vorbei an der Bar, an der Tanzfläche entlang und eine Treppe hoch.

Als Linda sich umsah, entdeckte sie einen Balkon, der vom ersten Obergeschoss den Club von allen Seiten überblickte. Von dort aus beobachteten die Menschen die Tanzfläche und die wenigen Andreaskreuze, Strafbänke und Pranger.

„Hier drüben", rief Kim, als sie fleißig Sessel, Sofas und Kaffeetische in eine unorganisierte Gruppe in der Nähe des Geländers schob. „Ladys, das ist unser kleines Stück Himmel für den Abend." Am Geländer ließ sie sich auf einen Sessel fallen.

Der Rest der Gruppe verteilte sich.

„Setz dich zu mir." Jessica zog Linda auf einer langen Couch neben sich und wies mit dem Kinn nach links. „Sieh sie dir an. Wie eine Studie der Kontraste."

Linda musste lachen. Dara hatte einen blassen Teint mit blonden, stacheligen Haaren und trug schwarzes Leder. Neben ihr befand sich Uzuri mit ihrer wunderschönen dunklen Haut, geflochtenen Haaren und einem bordeauxroten Catsuit. Offensichtlich hörte Uzuri den Kommentar und grinste. „Wir sollten uns einen Mann suchen und ihm für eine Weile den weißen Arsch versohlen."

Ausgebreitet auf einem Sessel hörte man Rainie kichern. „Ich weiß nicht, wie es bei Dara ist, aber Mistress U, ich wette, du hattest noch nie einen Flogger in der Hand."

„Da hast du nicht Unrecht." Uzuris perlenbesetztes Haar klapperte, als sie den Kopf hin und her warf. „Aber wir sehen so gut aus, dass ihm meine Unerfahrenheit nicht auffallen wird." Daraufhin schlugen Dara und Uzuri gemächlich die Fäuste zusammen.

Kichernd erhob sich Jessica. „Vielen Dank euch allen! Es ist großartig hier und verspricht ein Spaß zu werden."

„Oh, wir fangen gerade erst an, Mistress Jessica", sagte Gabi. „Rainie, hast du an alles gedacht?"

„Natürlich." Rainie grinste. Als Frau mit mehr Pfunden auf den Hüften hatte sie sich geweigert, sich in Latex oder Lederhosen zu quetschen. Stattdessen trug sie ein neonblaues Vinylkleid, fingerlose Handschuhe mit kleinen Spikes auf dem Rücken und eine gewundene Peitsche an ihrem von Nieten besetzten Gürtel. Ein Weinreben-Tattoo schlängelte sich von ihrer Schulter und verschwand zwischen ihren Brüsten. „Der Chauffeur hat zugestimmt, es für uns hochzutragen."

Linda fragte sich, um was es sich handelte.

Jessicas Mund klappte auf. „Das würdet ihr nicht tun. Hier? An einem öffentlichen Ort?"

„Es war Sallys Idee, damit Jessica spaßige Spielzeuge für ihre Flitterwochen hat", sagte Rainie. „Außerdem vermarktet sich dieser Ort doch als BDSM-Club, oder? Es sollte also niemanden überraschen."

„Oh Gott!" Jessicas Kichern, angeheizt vom Champagner, wurde lauter und lauter. „Sally, du bist verrückt!"

Sally sah über ihre Schulter und setzte ihren unschuldigen Blick auf, der eindeutig Unruhestifter schrie. Dann lehnte sie sich über das Geländer und brüllte: „Hey, Mr. Chauffeur!"

Uzuri fügte hinzu: „Wir sind hier oben, Limomann!"

Eine Minute später schleppte der hochgewachsene, schlanke Chauffeur zwei schwere Koffer die Treppe hinauf.

„Damit hat er sich ein riesiges Trinkgeld verdient", murmelte Kim.

Der Mann stellte die Koffer auf die beiden Couchtische und nach einer Verbeugung verschwand er, ohne ein Wort zu sagen.

„Okay, Mistresses, es kann losgehen." Rainie öffnete die Koffer.

Lindas Kinnlade klappte auf. Ein Koffer war mit Schaumstoff-polsterung ausgelegt, in der sich eingefasste Dildos befanden. Vibratoren. Sie drehte den Kopf. Der andere Koffer enthielt bunte Sprühflaschen, Tuben, Gerten, Handschellen, Augenbinden … Sie starrte Rainie an. „Du hast Koffer mit Sexspielzeug?"

Die Auszubildende lachte so heftig, dass ihre Brüste bebten. „Ich verbringe den ganzen Tag umgeben von Männern. Wenn ich diese Partys veranstalte, kann ich mit Frauen abhängen." Sie erhob die Stimme. „Kommt ruhig näher, Ladys. Ich habe alles schön präsentiert. Wenn ihr also entscheidet, von diesem Angebot noch heute Abend etwas mit nachhause zu nehmen, lässt sich das machen."

Als Sally, Uzuri und Dara jubelten und sich näherten, sackte Linda auf ihrer Couch zurück. „Ich brauche einen Drink."

Bevor die Worte aus ihrem Mund waren, stellte Gabi zwei Glaskrüge ab. „Margaritas gefällig?"

Der Abend bestand aus Klatsch, faszinierenden Geschichten aus dem Leben mit einem Dom, dem Domina-Spiel, das Gabi und

Sally erfunden hatten, und Rainies Spielzeugbestand. Die Krüge mit Margarita leerten sich zur selben Zeit wie die beiden Koffer. Rainie, klug wie sie war, hatte braune Papiertüten mitgebracht, in die sie ihre Verkäufe packen konnte.

Es hatte nur zwei Gläser gebraucht, bevor Linda ihre Zurückhaltung aufgab. Ein Vibrator für den G-Punkt. Wie konnte sie da widerstehen? Und dann gewann sie einen Preis, den sie nie verwenden würde, jedoch wollte niemand mit ihr tauschen. Sie würde sicherstellen, dass Sam das Teil niemals zu Gesicht bekam.

Stirnrunzelnd setzte sich Kari neben Linda auf die Couch und untersuchte misstrauisch ihren eigenen Preis. Ein Penisring.

„Gibt's ein Problem?", fragte Rainie.

„Abgesehen davon, dass ich Dan davon überzeugen soll, mich seinem besten Stück mit diesem Ding zu nähern?" Kari schaute reumütig zu Linda. „Das Hauptproblem besteht darin, die Energie aufzubringen. Zane zahnt, Dan legt wegen eines gruseligen Vergewaltigers Überstunden ein, und allzu oft würde ich lieber schlafen, als zu spielen."

Linda erinnerte sich an die schlaflose Zombiezeit der Mutterschaft und tätschelte Karis Hand. „Sobald Zane etwas älter ist, wirst du Schlaf aufholen. Und wenn du einen Babysitter brauchst, damit du außer Hörweite ... spielen kannst, ruf mich an. Ich liebe Babys."

Kari umarmte Linda. „Du bist so nett. Vielen Dank. Darauf werde ich sicher zurückkommen." Sie erkundete den Penisring mit den Fingern und grinste. „Ich kann es nicht erwarten, Dans Gesicht zu sehen, wenn ich das herausziehe – ganz zu schweigen von dem Moment, an dem ich es an ihm benutzen will."

Dan war der Cop, oder? Attraktiv, aber immer mit einem strengen Ausdruck. Arme Kari. Linda erstickte ein Lachen und versuchte, sich vorzustellen, Sam zur Kooperation zu überreden.

„Kari, es ist Zeit für den nächsten Wettbewerb", rief Kim.

„Richtig." Kari sah auf ihr Clipboard. „Linda und Jessica, darf ich um eure Aufmerksamkeit bitten?" Mit ihrem liebreizenden

Gesicht war Kari genau, was sie sich unter einer Lehrerin vorstellte.

„Jawohl, Mistress." Jessica salutierte. „Wie lautet unsere Aufgabe?"

Kari reichte jedem von ihnen ein Paddel. „Geht nach unten, sucht euch einen Mann und bringt ihn dazu, sich vorzubeugen, sodass ihr ihm drei Schläge verpassen könnt."

Linda starrte sie an. „Ist das dein Ernst?"

„Wer den ersten Schlag austeilt, gewinnt." Von ihrem Sessel am Geländer hob Kim ihr Glas. „Aber der Verlierer muss trotzdem den Kerl mit dem Paddel schlagen, sonst erhältst du die Schläge von uns hier oben."

Jessica zog die Augenbrauen zusammen. „Wie kommt's, dass Andrea und Dara so einfach davongekommen sind? Einen Kerl dazu zu bringen, den Reißverschluss seiner Hose runterzuziehen, um zu zeigen, ob er enge weiße Schlüpfer oder Boxershorts trägt, ist nicht so schwierig."

„Tja, Pech gehabt, Freundin", sagte Gabi vollkommen sympathielos. „Geht schon."

Als Linda aufstand, spürte sie, wie der Alkohol in ihren Adern summte. Champagner, dann die Margaritas. *Hinweis an mich selbst: Trink den Alkohol langsamer.* Sie sah zu Jessica, die sich in derselben Verfassung befand. Nicht wirklich betrunken, aber auch nicht nüchtern. „Wir schaffen das."

Jessica stieß mit ihrer Schulter gegen Lindas. „Na logisch."

Auf der obersten Stufe hielt Linda inne.

Jessica tat es ihr gleich. „Was ist?"

„Nichts weiter. Ich rufe meine innere Domina herbei."

„Ich glaube nicht, dass ich davon eine habe, weder innerlich noch äußerlich. Ich bin Steuerberaterin. Ich kommandiere keine Leute herum. Nun, es sei denn, es fehlen Belege."

„Da hast du es." Linda grinste. „Hattest du jemals einen, der dir einen Schuhkarton voller Belege auf deinen Schreibtisch gestellt hat?"

Jessicas Gesichtsausdruck änderte sich völlig. „Oh, das hatte ich." Ihre Lippen pressten sich zu einer geraden Linie zusammen und sie drückte die Schultern durch, bevor sie die erste Stufe ins Erdgeschoss nahm. „Was ist mir dir?"

„Jede Mutter, die Teenager überlebt hat, weiß um ihre Domina." Linda griff nach einer Erinnerung, um in die richtige Stimmung zu kommen. Vielleicht Charles' Geburtstagsparty zu seinem Sechzehnten, als sie entdeckt hatte, dass ein Junge eine Flasche Tequila reingeschmuggelt hatte. Oh ja, an dem Tag hatte sie ihre Domina dem jungen Mann vorgestellt. *Guter Ansatzpunkt.*

Sie kamen unten an.

„Los geht's", murmelte Jessica.

„Möge die beste Domina gewinnen", sagte Linda. Sie ging nach links; Jessica bog nach rechts.

Männer säumten die Bar, die Augen auf die Tanzfläche gerichtet, auf denen die Frauen ihre Hüften schwangen. Nur sehr wenige waren in ihrem Alter, aber für den Auftrag wäre ein jüngerer Mann einfacher.

Nicht der im Anzug. Nicht der magere Junge, von dem sie die Volljährigkeit anzweifelte. Nicht der Sportler. Nicht ...

Als der Blick eines älteren Mannes über sie schweifte, fühlte sie sich wie das unterwürfige Mäuschen, das Sams dominanter Blick in ihr hervorrief. Konnte der Typ ihr ansehen, dass sie eine Sub war?

Und würde Sam nicht einen Anfall kriegen, wenn er sie in dem Domina-Outfit und mit einem Paddel in der Hand sah?

Mit einem amüsierten Schnauben wandte sie sich ab, um die nahegelegenen Tische zu checken. Nicht den widerlichen Betrunkenen. Nicht den Nerd. Dann sah sie einen möglichen Kandidaten an einem hohen Tisch. Sein Blick verweilte auf ihrer engen Bluse, die ihr tiefes Dekolletee in Szene setzte. *Mistress L. Das bin ich. Dann mal los!*

Er sah aus wie Mitte zwanzig: ein getrimmter Schnurrbart, hellbrauner Frohawk, Jeans und ein All-American-Rejects-T-Shirt.

Wünsch mir Glück. Sie näherte sich seinem Tisch. „Wie ist dein Name, Junge?"

Seine Augen weiteten sich. „Jeremy." Er schluckte schwer, als sie in seinen Komfortbereich einfiel. „Du siehst ... wow aus", hauchte er.

„Ja, das tue ich." Selbstbewusst nickte sie ihm zu. „Ich will, dass du dich vornüberbeugst."

Vollkommen fasziniert von ihr starrte er sie an. „Was?" Sie konnte tatsächlich sehen, wie er erschauerte.

„Präsentiere mir diesen hübschen Arsch, Junge." Ihre Stimme nahm ein vertrautes Knurren an. *Denke jetzt nicht an Sam.* „Sofort."

Zu ihrer Überraschung tat er genau das. *Wow, das hat funktioniert?* Ohne zu zögern, holte sie aus und schlug ihn. Eins. Zwei. Beim dritten Schlag entrang ihm ein Grunzen. Von der Bar waren Jubelschreie zu hören, und Linda nahm wahr, dass auch ihre Mädels oben schrien und applaudierten.

„Was für ein braver Junge." Sie versuchte, nicht zu lachen. Geduldig wartete sie, bis er sich aufrichtete und dann gab sie ihm einen Schmatzer auf die Lippen und kehrte ihm den Rücken zu.

„Nein ... ähm, warte." Er folgte ihr.

Was um alles in der Welt? Sie stoppte.

Er streckte seine Hand aus. „Hinknien ... hätte ich mich hinknien sollen? Kann ich dir meine Nummer geben? Wirst du mich anrufen? Bitte?"

Oh, *lieber Gott*, jemand hatte gerade entdeckt, dass er unterwürfig war. Sie streichelte ihm über die Wange. „Ich fürchte, ich bin vergeben, Süßer. Aber ich bin mir ganz sicher, dass du schon bald eine Mistress für dich findest."

So wie es aussah, hatte er vor, dies zu tun. Sie kannte das Gefühl. Vorzugeben, eine Top zu sein, steigerte ihre Sehnsucht nach Sams Dominanz.

Auf der Treppe entdeckte sie Jessica in der Nähe der Tanzfläche, wie sie versuchte, einen Mann davon zu überzeugen, sich vorzubeugen. Als Linda siegreich mit den Hüften wackelte, warf ihr die kleine Blondine einen finsteren Blick zu.

Die Frauen auf dem Balkon begrüßten sie mit High Fives. Dara schlug ihr auf den Rücken, und Rainie reichte ihr ein Gleitgel als Preis und sagte: „Gabi meinte, du brauchst diese Geschmacksrichtung."

„Orange?" Linda nahm den Preis entgegen. *Warum Orange?*

Auf der Couch schaffte es Kim nicht, mit dem Lachen aufzuhören. Schließlich holte sie tief Luft und zeigte auf Linda. „Dein Gesichtsausdruck, als der Welpe dir gefolgt ist!"

Kopfschüttelnd setzte sich Linda neben sie. „Ich habe mich schuldig gefühlt." Sie griff nach ihrem Drink und nahm ein paar große Schlucke, genoss den Geschmack nach Tequila. „Es war erstaunlich, dass er nicht gemerkt hat, dass ich nur so getan habe. Ich wette, ein Dom würde es sofort durchschauen." Sam hätte das.

„Als ich Dan traf, sagte ich ihm aus voller Überzeugung, dass ich nicht unterwürfig bin." Auf dem benachbarten Stuhl rümpfte Kari ihre Nase. „Er hat mich ausgelacht."

„Es ist nett, wenn ein Mann sieht, wer du wirklich bist." Sally lehnte sich gegen das Geländer. „Wenn ich mit Vanilla-Jungs ausgehe, habe ich immer das Gefühl, dass ich vorgeben muss, jemand zu sein, der ich nicht bin. Das lastet schwer auf mir."

„Ja", sagte Linda leise. Lee gehen zu lassen, war die richtige Entscheidung gewesen.

Und Sam? Sam sah genau, wer sie war ... und es gefiel ihm.

Der Chauffeur brachte die Junggesellinnenparty in zwei Gruppen nachhause. Die Mädels, die etwas früher nachhause wollten, waren bereits gegangen. Der Rest – Linda, Sally, Jessica, Gabi und Kim – blieb zurück und wartete auf die Rückkehr des Fahrers. Mehr Margaritas folgten – diesmal Erdbeergeschmack.

Die beiden Sofas hatten sie vor das Geländer geschoben, damit sie zusammen die Tanzfläche beobachten konnten.

Linda saß zwischen Gabi und Kim und nippte an ihrem herbsüßen Getränk. Wie viele hatte sie jetzt gehabt? Sie fühlte sich angenehm angeheitert und glücklich. Es war wundervoll, wieder mit Frauen Zeit zu verbringen. *Ich vermisse meine Freundinnen.*

„Hast du den Kontakt zu ihnen verloren?", fragte Gabi leise.

Als Linda merkte, dass sie den Gedanken laut ausgesprochen hatte, fand ihr Blick das Glas in ihrer Hand. *Du hast es definitiv übertrieben, Mädchen.* Sie stellte ihren Drink auf das Geländer. „Ich hatte zwei beste Freundinnen, aber eine zog nach Oregon, die andere nach Kalifornien. Du weißt sicher, wie es ist, wenn man jemanden trifft und es einfach klickt, oder? Bei uns hat es geklickt."

Gabi wies mit dem Kinn auf Kim. „Wir haben uns im College kennengelernt. Egal wie viel Zeit zwischen Besuchen vergangen war, wir konnten immer da weiter machen, wo wir beim letzten Treffen aufgehört haben. So empfinde ich mit allen Mädels, die heute hier waren." Sie tätschelte Lindas Arm. „Und das bezieht dich mit ein."

Wärme erfüllte Linda, als sie erkannte, dass es Gabi ernst meinte. Sally und Jessica auf der anderen Couch nickten beide zustimmend.

Im nächsten Moment schnaubte Jessica genervt. „Ich werde jedoch bis in alle Ewigkeit einen Groll gegen dich hegen, weil du mich beim Toppen geschlagen hast."

„Warte, bis du mit Z Kinder hast. Dann wirst du in der Lage sein, jeden einzuschüchtern." Linda grinste. „Vertrau mir."

„Sieh dir den Kerl an." Kim zeigte mit dem Finger. Ein Mann mit Bierbauch, einem traurigen Kinn und einem pompösen Ausdruck stolzierte über die Tanzfläche. „Die Tanzfläche ist ja so überfüllt, dass er ständig gegen eine Frau rempelt. Oh nein, war das deine Titte, die ich da gestreift hab?", sagte sie in einem tiefen Tonfall. „Ich werde ihn mittig auf der SN-Skala einstufen."

„Männer zu bewerten, ist so oberflächlich. Du solltest dich schämen." Linda schüttelte den Kopf. Außerdem passte die *Spielzeuge nötig*-Bewertung nicht zu der Situation. Ein Mann, der Frauen befummelte, schaffte es nicht mal auf eine Skala.

„Sally und Rainie haben die Methode erfunden", schmollte Kim. Sie erinnerte Linda dermaßen an Brenna, dass sie lachen musste.

Jessica zeigte mit dem Finger auf Linda. „Heu ... Heuchch ... Heuchelle ... zum Teufel damit! Ich habe gehört, wie du den einen Hübschen vorhin auf der *Fessle mich, Baby*-Skala eingeordnet hast."

„Wirklich?" Kim setzte sich auf und verschüttete ihr Getränk, als sie ihren Hals streckte. „Wer? Wo?"

Gabi kicherte. „Du bist so betrunken. Raoul wird das nicht gefallen."

„Ach was." Kim hielt ihre Einkäufe hoch. „Ich werde ihm einfach meine neuen Spielzeuge zeigen."

„Du bist so eine hinterhältige Göre." Gabi öffnete ihre Tüte und spähte hinein. „Ich erinnere mich nicht, was ich gekauft habe. Nur, dass ich einen Knebel gewonnen habe, weiß ich noch. Marcus wird das Ding niemals zu Gesicht bekommen, das könnt ihr aber wissen."

Eine Sekunde später überprüften sie alle ihre Tüten.

„Oh, du armes Baby", sagte Sally zu ihrer Tüte. „Möchtest du rauskommen und spielen?"

Jessica kicherte. „Mein Inhalt würde das gern."

Als Linda sich vorlehnte, um etwas zu Jessica zu sagen, bemerkte sie einen kahlköpfigen Mann im Erdgeschoss, der mit aufgerissenen Augen zu ihnen hochsah.

Linda folgte seinem Blick und ihre Kinnlade klappte auf.

Jessica ließ ihren übergroßen, natürlich aussehenden Vibrator über das Geländer hüpfen, direkt auf Sally zu, die ihren eigenen Vibrator in der Luft kreiste.

„Was macht ihr denn?", lachte Linda.

„Es ist ein Rabbit", sagte Jessica mit einem Grinsen. „Das Häschen will hüpfen."

„Meiner sucht nach dem G-Punkt. Er weiß, dass es hier irgendwo einen gibt." Sally drehte die Augen. „Ich war schon mit solchen Typen zusammen."

„Es gibt Männer, die eine Klitoris nicht mal finden, wenn sie ihm in die Nase beißen würde", sagte Gabi.

„Du bist so ..." Jessicas Rabbit hüpfte und verpasste die Landung auf dem Geländer. Glücklicherweise schaffte sie es, den Vibrator vor einem Sturz zu bewahren.

Unkontrolliert kichernd senkten sie alle die Blicke auf das Erdgeschoss, wo der Vibrator auf einem kahlköpfigen Mann gelandet wäre.

Er sah die Gruppe anzüglich an und packte sich an den Schritt.

„Ihh! Ihn will ich nicht. Nicht einmal nach einer Flasche Tequila." Jessica schob ihren armen Rabbit-Vibrator zurück in die Tasche.

„Das ist ziemlich hart." Die *Nicht einmal, wenn*-Skala galt als die unvorteilhafteste Bewertung. Linda überlegte und sah dann, wie der Kerl sich über die Lippen leckte und die Hand an seinem Schritt in Bewegung setzte. „Vielleicht auch einfach extrem passend."

Kim schaute nach unten und rümpfte die Nase. „Nicht einmal, wenn er ein Schwanz-Piercing hätte."

Nachdem sie ihren Vibrator in ihre Tasche gesteckt hatte, sagte Sally: „Nicht einmal, wenn er eine Palmettowanze für mich töten würde."

„Autsch", äußerte Linda. „Eigentlich habe ich in diesem Etablissement Männer mit mehr Klasse erwartet." Sie sah sich hoffnungsvoll um. „Ein paar ältere, sodass auch ich meinen Spaß beim Gucken habe? Ich habe noch keine IT-WAIDW entdeckt."

Gabi musterte ihr Glas. „Ich bin so hacke, dass ich mich nicht erinnern kann, was IT-WAIDW bedeutet."

„Ich tue", begann Sally, und Jessica sang den letzten Teil mit: „was auch immer du willst. IT-WAIDW."

„Oh. Richtig." Gabi nahm den letzten Schluck von ihrem Drink. „Das wusste ich."

Linda gab auf, die Tanzfläche zu beobachten. Vielleicht stiegen die Besseren wie Sahne nach oben. Also wandte sie ihre Aufmerksamkeit dem Balkon an der gegenüberliegenden Wand zu. Der Kellner dort war nicht schlecht. Er bediente einen dünnen jungen Mann, der nicht alt genug aussah, um in einer Bar zu sein. Dahinter saß an einem Tisch eine Gruppe von Männern. Sie sahen älter aus. Auf sie konzentrierte sie sich.

Der Mann auf der linken Seite schaute hinüber. Helle Augen in einem dunkel gebräunten Gesicht fanden die ihren ... und hielten ihren Blick gefangen. Der Boden unter ihr löste sich auf und ihr fiel der Drink aus der Hand. *Sam.* „IT-WAIDW", flüsterte sie. „IT-WAIDW."

„Wirklich? Du hast einen heißen Typ entdeckt?" Gabi erhob sich, erstarrte auf halbem Weg und fiel stöhnend auf die Couch zurück. „Marcus ist hier. Sie sind alle hier." Sie zog den Reißverschluss ihrer Polizistenlederjacke zu.

„Ist das euer Ernst?" Jessica stolperte auf die Füße.

„Oh Gott, sie starren uns an." Kim balancierte auf der Couch. „Meint ihr, wir könnten hinten rausgehen?"

Jessicas Hände lagen auf ihrem Mund und sie versuchte, ihr Lachen zu unterdrücken. „Du kannst nicht mal aufstehen!"

„Der verdammte Chauffeur hätte uns früher abholen sollen." Gabi blickte finster drein. Dann riss sie die Augen auf. „Was denkt ihr? Wie lange sitzen sie schon dort?"

Linda riskierte einen flüchtigen Blick. „Wie lange ist unwichtig. Sie kommen zu uns." Vorfreude sprudelte in ihren Adern. *Sam ist hier.*

„Zu uns? Nein, Z darf das alles nicht sehen!" Jessica schob ihren Überfluss an Spielzeugen hastig in ihre übergroße Tasche.

„Der Knebel! Verdammt, ich habe keine Handtasche dabei." Gabi taumelte zur Couch, leerte den Inhalt ihrer Tüte und versuchte, alles in ihre Jackentaschen zu stopfen. Ein leuchtend roter Ballknebel fiel auf den Boden und hüpfte unter die Couch. Sie ließ sich auf die Knie herunter und fischte danach.

„Nicht mal stehen kannst du? Nun, das ist geradezu erbärmlich." Die tiefe Stimme dehnte sich wie der Mississippi und wies einen Südstaatendialekt auf. Die klugen blauen Augen des Mannes waren mehrere Schattierungen dunkler als Sams.

Gabis Kopf zuckte nach oben, ihre Augen waren weit geöffnet.

Linda legte den Kopf auf die Seite. War das Gabis Marcus?

„Ja, ich stimme zu. Sie gehören nachhause." Sam hakte seine Daumen am Gürtel ein, sodass ihre Aufmerksamkeit auf seinen hochgekrempelten Hemdärmeln landete, die seine muskulösen Unterarme und seine kräftigen Hände entblößten. Sie wusste, wie sich diese Hände auf ihrem Körper anfühlten. Und diese Finger hatten auch keine Probleme damit, ihre Klitoris oder ihren G-Punkt zu finden.

Jessica schob ihr blondes Haar hinter ihre Schultern. „Hey! Du hast dabei kein Mitspracherecht. Es ist meine Jungge ... Gesellllli ... Junggesell ... Es ist meine Party!"

Master Z legte seine Hand auf Jessicas Schulter und neigte mit der anderen ihren Kopf nach oben. „Kätzchen, du bist entzückend, wenn du betrunken bist."

Sie strahlte ihn an. „Bin ich?"

„In der Tat." Er legte ihre Handtasche über ihre Schulter, hob sie in seine Arme und lief zur Treppe. „Mal sehen, wie gut du mit betrunkenem Sex bist."

„*Sumisa*." Raoul zog Kim auf die Füße und fing sie auf, als sie zur Seite kippte.

„Ich bringe Bestechungsgeschenke, um Ärger zu vermeiden." Sie hielt ihre Tüte hoch.

„Da hat jemand vorausgeplant." Als er sie in seine Arme hob, vergrub sie ihr Gesicht an seiner Schulter.

Von Neid erfüllt, seufzte Linda. Die Master waren so süß. Sam war das auch. Sie lächelte ihn an, bevor sie seinen strengen Ausdruck bemerkte. Seine Arme hatte er vor seiner Brust verschränkt.

Oh je, das sah nicht gut aus. Prickelnde Erregung manifestierte sich bei dem Gedanken in ihr. Was hatte er mit ihr vor?

Marcus' Mundwinkel zuckte, als er Gabi den Ballknebel aus der Hand nahm. Nachdem er das Teil für eine Sekunde begutachtet hatte, versuchte er, es in ihre Jackentasche zu stecken und entdeckte so, dass diese bereits überfüllt waren. „Wie ich sehe, hast du dich nicht zurückgehalten, Süße."

„Ich ..." Sie flatterte mit den Wimpern und schaffte es, ihm den Knebel aus den Fingern zu nehmen. „Ich schätze, wir sollten besser gehen, oder?"

„Ja, ich denke, das klingt nach einer guten Idee." Mit einem Arm um ihre Taille versuchte er, ihr die Treppe hinunter zu helfen.

Auf halbem Weg taumelte sie.

Lachend beugte sich Marcus vor und hob sie in seine Arme. Als er sich aufrichtete, warf Gabi den verhassten Ballknebel über das Geländer. Er hüpfte über den Boden und traf einen älteren Mann am Fuß.

Linda tauschte einen Blick mit Sally aus, und beide brachen in Gelächter aus.

Auf der Treppe passierte der Chauffeur Marcus und Gabi. Er nickte Sam zu und warf Linda und Sally einen besorgten Blick zu. „Wo sind die anderen?"

„Ihre Mas – ähm, Freunde haben sie nachhause gebracht", sagte Sally. Das Lachen verschwand aus ihrem Gesicht und hinterließ eine Verletzlichkeit, die von Traurigkeit regiert wurde. „Ich wünschte, ich könnte mich so glücklich schätzen."

„Oh, Süße." Linda schlang ihre Arme um die junge Frau. „Auch du wirst noch einen besonderen Mann für dich finden. Das wirst du."

Sallys Augen waren mit Tränen gefüllt und für einen Moment umarmte sie Linda noch fester.

Linda schäumte vor Glückseligkeit regelrecht über, als sie bei der Umarmung Sams Blick fand. Er beobachtete sie mit einem sanften Gesichtsausdruck.

Nach einer Minute atmete Sally zittrig ein. Als sie den Kopf hob, war sie wieder gewohnt lebensfroh. „Na ja, bis ich meine perfekte Hälfte finde, werde ich mich amüsieren." Sie schenkte dem Chauffeur ein anzügliches Grinsen. „Lass uns gehen, Mister. Ich bin dein einziger Passagier, also erwarte ich einen großartigen Service."

„Jawohl, Miss." Mit dem Hochmut eines englischen Butlers verbeugte er sich und bot seinen Arm an, da sie leicht schwankte.

Als die beiden auf die Treppe zugingen, stellte Linda schockiert fest, dass sie die Letzte war. *Oh je.* Sie drehte den Kopf.

Sam beobachtete sie. Sein Blick schweifte langsam über ihr Domina-Outfit und seine Lippen formten ein fieses Lächeln. „Hast du einem Sub einen unerwarteten Nervenkitzel bereitet, Mistress Red?"

Nach einer Sekunde erinnerte sie sich an den jungen Mann. Sie lachte, lachte lauter und sagte triumphierend: „Das habe ich!"

Sams Augenbrauen zogen sich zusammen. „Was hast du getan?"

„Ich habe seinen Hintern mit einem Paddel geschlagen."

Sam knurrte, das Geräusch so leise wie bei einem Wolf.

Ups. Besorgt sah sie ihn an. „Bist du verärgert?"

Sein Gesicht wurde unleserlich, als hätte er seine Gefühle eingefroren.

Langsam machte sie sich Sorgen. Warum antwortete er nicht?

„Sam. Ich habe nicht ... Es war nur ein kleiner Wettkampf. Wirklich." Als sie sich an das Ergebnis erinnerte, grinste sie. „Ich habe Jessica geschlagen und ein Spielzeug gewonnen."

Nach einer langen Sekunde füllten sich seine Augen mit Belustigung und er brach in Lachen aus. „Du bist so betrunken, Fräulein. Es wird Zeit, dass wir nachhause gehen."

Mit Leichtigkeit zog er sie auf die Füße, schlang einen Arm um sie und führte sie zur Treppe. Sie stolperte nur zweimal ... na ja, vielleicht dreimal ... und ließ ihre Tüte einmal fallen, bevor er sie begleitet von einem Schnauben in seine Arme hob.

Sie schaffte es nicht, den zufriedenen Seufzer zurückzuhalten. *Okay, ich gebe es zu: Ich war eifersüchtig, dass die anderen getragen wurden.*

Vor dem Club stellte er sie neben seinem Pick-up ab. Lindas Ohren klingelten in der ruhigen Nacht. Ein Auto fuhr hellbeleuchtet an ihnen vorbei und zog eine Abgaswolke hinter sich her. Als sie versuchte, Sams Gesichtsausdruck zu lesen, erkannte sie, dass sie ihn doppelt sah. Sie blinzelte. *Himmelherrgott*, sie kam kaum mit einem Sam klar; zwei würden bei ihr zu einem Herzstillstand führen. Sie kicherte.

„Das ist ein hübsches Geräusch. Du lachst nicht genug, Mädchen." Er öffnete seine Beifahrertür.

Sie grinste ihn an. „Ich bin glücklich. Denn ich habe einen IT-WAIDW."

Sie spürte, wie er sie auf den Kopf küsste, bevor er sie auf den Beifahrersitz hob. Nachdem er sich hinter dem Lenkrad eingefunden hatte, fragte er: „Was zum Teufel ist ein IT-WAIDW?"

„Das ist, wenn du einen Mann ansiehst und denkst: Ich tue, was auch immer du willst."

„Ist das so?" Er schaltete den Motor ein und wies mit einem Nicken auf die braune Papiertüte in ihren Händen. „In dem Fall solltest du mir verraten, was in der Tüte ist."

Oh Gott! „Nichts Interessantes."

KAPITEL ACHTZEHN

S am stand in seinem Schlafzimmer und musste ein Grinsen unterdrücken. Linda saß in der Mitte seines Kingsize-Bettes. Nackt. Beim Ausziehen ihres hautengen Latexoberteils hatte er gelernt, dass sie eine ganze Reihe interessanter Flüche kannte.

Sie fand seinen Blick und ihre großen braunen Augen hielten mehr als einen Hauch von Angst inne. Obwohl die Wirkung des Alkohols etwas nachgelassen hatte, war sie immer noch nicht ganz nüchtern und er hatte kein Interesse daran, betrunkene Masochisten auszupeitschen. Zu jeder Zeit musste sie in der Lage sein, ihr Safeword zu benutzen, während er fähig sein musste, ihre Körpersprache zu deuten.

Das bedeutete jedoch nicht, dass er sich nicht amüsieren würde. Er hatte den Nachmittag damit verbracht, an den Rahmen seines Bettes Ketten anzubringen. Seile wären einfacher gewesen, aber nichts kam gegen das Rasseln der Ketten an, wenn eine Sub daran riss. *Oh ja.*

„Werden wir jetzt spielen?" Sie blickte zu ihm hoch. „Macht es dir nichts aus, dass ich betrunken bin?"

„Nein." Er mochte es, sie so entspannt zu sehen. Ein bisschen aufgedreht. Keine quälenden Sorgen in diesen Augen sichtbar –

nur die Nervosität, die er in ihr entfacht hatte. Er zwinkerte ihr zu. „Ich beabsichtige, deinen Zustand zu genießen."

Er legte ihr Lederfesseln um die Handgelenke und ihre Fußknöchel. Vielleicht würde er sie über Nacht dran lassen und sich so einen einfachen Zugang am Morgen sichern.

Nachdem er ihr einen dicken Schaumstoffkeil unter den Arsch geschoben hatte, kettete er ihre Arme an die oberen Pfosten. Ihre Beine ließ er frei.

„Sam." Sie holte tief Luft, als sie die Fesseln testete.

„Ketten und Bettpfosten. Nenn mich altmodisch." Er legte die Hand unter ihren Kiefer und küsste sie, nicht brutal, aber rauer als normal. Ein Hinweis auf das Kommende.

Die Art und Weise, wie sich ihre Atmung beschleunigte, war verdammt erregend.

Er befestigte eine Klemme an ihrem linken Nippel und zog sie fest, bis Linda wimmerte. Daraufhin lockerte er die Klemme ein wenig, da der Alkohol die Schmerzgrenze senken konnte. Nachdem er das Gleiche an ihrem linken Nippel getan hatte, küsste er sie und erinnerte sie so daran, wer er war. Unter dem Alkoholeinfluss zu stehen, könnte alte Ängste an die Oberfläche bringen. Sie musste ihn sehen und hören.

Ihr Gesichtsausdruck war von Sorge und Begierde gezeichnet. „Wirst du mir wehtun?", flüsterte sie.

„Nicht viel." Erst, wenn die Klemmen entfernt wurden. Aber zu dem Zeitpunkt würde sie nicht mehr an Schmerz denken. Er nahm seinen handgefertigten Pussyspreizer zur Hand. „Spreiz deine Beine, Mädchen."

Ihre Augen weiteten sich bei den Klemmen, die von zwei Riemen mit Klettverschluss baumelten. „Was ist das?"

Unter seinem Blick bewegte sie langsam ihre Beine auseinander.

Als er die Riemen neben ihre Hüften legte, erkannte sie, wo er die Klemmen anlegen wollte.

Er unterdrückte ein Grinsen, als sie anfing, ihre Beine zu schließen, um ihre empfindliche Pussy zu bedecken.

„Nein", knurrte er.

Sie stoppte in ihrer Bewegung, die Beine noch immer weit gespreizt. Als er mit einem Finger über die Innenseite ihres Schenkels glitt, erschauerte sie. *Verdammt*, sie hatte empfindliche Haut. Weich und so weiß, dass er wusste, dass die Sonnenstrahlen sie dort seit einer Ewigkeit nicht geküsst hatten.

Einfach weil er es wollte, neckte er sie eine Weile, bis sie erregend feucht war und sich unter ihm wand. Dann wickelte er so weit oben wie möglich die breiten Riemen um beide Oberschenkel. Außerhalb ihres Sichtfelds steckte er sein Lieblingsspielzeug in die Steckdose und legte es leicht erreichbar auf den Boden.

„Dann wollen wir mal sehen, was du dir heute Abend gegönnt hast." Er nahm die braune Papiertüte, die sie im Truck vergessen hatte.

Ihr Gesicht färbte sich zu einem erotischen Rot, bevor sie empört rief: „Lass die Tüte in Ruhe!"

„Nein." Sobald er sich angesehen hatte, was sie gekauft hatte, würde er wissen, wie er mit ihren Beinen verfahren sollte. Er zog ein Fläschchen heraus. Gleitgel mit Orangengeschmack? Er schnaubte und erinnerte sich an Gabis überraschten Ausdruck, als sie bei einem Blowjob bemerkt hatte, dass er sich ein Kondom mit Orangengeschmack übergerollt hatte.

Er warf das Gleitgel auf das Bett und fand ein Spielzeug. Ein langer, dünner Vibrator, der an der Spitze flach und mit Noppen verziert war. Er studierte das Spielzeug für eine Minute und erkannte, dass die Form so konzipiert war, dass die Spitze den G-Punkt erreichte. *Perfekt.* Er warf ihr einen amüsierten Blick zu.

„Du hast dich auf dieser Party nicht zurückgehalten, oder?"

Sie war so hellhäutig, dass er die Schamesröte deutlich sah.

„Das sind meine Spielzeuge. Nicht deine."

„Na ja, ich habe nicht vor, sie an mir zu verwenden, Fräulein."

Der letzte Gegenstand in der Tasche war ... Er grinste. Kein Wunder, dass sie besorgt aussah.

Ihre Augen weiteten sich, als er ihn hochhielt. „Das würdest du nicht tun."

Der Analplug war auch ein Vibrator. Batteriebetrieben. „Er ist größer, als ich für dich gewählt hätte."

Ihre Stimme kam bereits höher heraus als sonst: „Ich habe ihn nicht gewählt. Er war ein Preis. Und das Ding ist riesig!"

„Er wird passen ... wenn wir uns etwas anstrengen."

Die Ketten rasselten, als sie an ihnen riss. Er versuchte, nicht zu lachen, und lenkte sich damit ab, einen Spielplan zu entwickeln. Was sollte er mit ihren Beinen machen? *Verdammt*, das versprach ein Spaß zu werden.

Er würde ihr das Ding doch nicht wirklich in den Hintern stecken, oder? Linda zog an den Fesseln, wollte ihre Hände über ihr verletzliches Arschloch legen.

Die Klemmen brachten ihre Brüste zum Pochen. Aber ... was war mit den Riemen um ihre Oberschenkel? Hatte er wirklich vor, diese schrecklich aussehenden Klemmen an ihrer Pussy zu benutzen? Sie sah, wie er Gleitgel auf den Analplug gab, und ihre Stimme kam gepresst heraus: „Sam."

Zu ihrer Überraschung setzte er ihn ab.

Sie stieß einen Seufzer der Erleichterung aus. Er würde nicht –

Er nahm eine Kette, die am Kopfteil befestigt war und hob dann ihr linkes Bein. Mit einem Klicken befestigte er die Kette an ihrer Knöchelfessel. Ihr Bein war angehoben und ihr Knie zeigte auf ihren Kopf. Durch das Keilkissen ragte ihr Hintern nach oben. „Was machst du denn?"

„Auf diese Frage kennst du bereits die Antwort, Fräulein." Das Kalkül in seinen Augen ließ sie beben. Noch war sie von dem Alkohol berauscht; er war das definitiv nicht. Er beugte ihr rechtes Knie, kettete den Knöchel an die Seite des Bettes und drückte dann ihren Oberschenkel. Allein die ermutigende Stärke seiner Hand löste einen Schauer in ihr aus. „Schließlich möchte ich nicht, dass du um dich trittst, wenn ich das hier tue."

Das hier? Als sie sah, wie er den Analplug aufhob, bemerkte sie, dass er ihre Beine so positioniert hatte, dass er ihr Arschloch leicht erreichen konnte. „*Du Bastard.* Ich will kein anales Zeug."

„Das Safeword ist *Rot*, Mädchen." Seine Augen verengten sich. „Beleidigst du mich weiter, hole ich den Knebel."

Sie würgte den nächsten Kraftausdruck herunter. Es war gut, dass er auch ihr anderes Bein angekettet hatte, da sie ihn sonst auf jeden Fall getreten hätte.

Er musterte sie und gab ihr Zeit, ihr Safeword auszusprechen. Einen Herzschlag später zuckte sein Mundwinkel.

Safeword, du Idiot, sag es. Ihre Besorgnis jedoch wurde von Vorfreude übertönt; sie wollte alles, was er ihr geben konnte. Sie wollte seine Hände auf sich spüren. Sie wollte nicht, dass er aufhörte. Aber dieser Analplug ... Ihre innere Stimme beschwerte sich und wurde lauter, als sie spürte, wie er den Plug gegen ihren Anus drückte.

Jeder Muskel an dieser Stelle zog sich in Ablehnung zusammen.

Seine eisblauen Augen trafen auf ihre. „Ich besitze größere Analplugs. Wenn du es mir schwer machst, diesen einzuführen, kann ich genauso gut einen holen, der dich zum Schreien bringen wird." Seine Handfläche schlug ihr klangvoll auf den Hintern.

Wie bei einem Feuerwerk transformierte sich ein Funke zu purer Schönheit. Der Alkohol in ihren Adern machte daraus einen Funkenregen. Ein Seufzer entkam, als das Gefühl verblasste.

„Entspann dich und press dich mir entgegen, sonst werde ich testen, was für eine Größe du hinnehmen kannst." Sein Gesichtsausdruck sprach von ... Belustigung. Er genoss es, sie nervös zu machen. Auch sie zum Schreien zu bringen, würde ihm gefallen.

Ein Schauer durchlief sie, der mehr von Lust als von Angst dominiert wurde. Zähneknirschend fügte sie sich.

„Gutes Mädchen." Sein raues Lachen löste Gänsehaut auf ihren Armen aus. Er fing an, den Analplug zu bewegen, drückte, zog sich zurück, drückte härter.

Es fühlte sich so verdorben an, so sündhaft, dass er sie dort sah, dass er sie an einem so intimen Ort berührte. Während er mit ihr spielte, wanderte sein durchdringender Blick von ihrem Gesicht über ihren Körper hinunter zu dem Punkt, an dem seine Hand den Plug gegen ihren Anus presste.

Ihre Nippel wurden hart, wodurch sich das Gefühl der Klemmen intensivierte. Ihre Stimme zitterte: „E-Einfach ... einfach reinschieben."

„Es ist sicherer, wenn ich langsam vorgehe und dich zunächst dehne." Seine Augen leuchteten. „Zumal ich es liebe, den Moment in die Länge zu ziehen."

Ihr Versuch, ihn zu treten, brachte ihr einen Klaps auf den Hintern ein.

Das brennende Gefühl mutierte zu einem zwiebelnden Vergnügen und ihre Atemzüge eskalierten.

Er fuhr fort. Jeder Zentimeter mit dem Analplug dehnte sie. Es brannte und fühlte sich beunruhigend eng, aber auch erotisch an. Dann ploppte das Folterwerkzeug an seinen Platz.

Sie schloss die Augen und wand sich, hatte das Gefühl, als würde es gegen ihre Mandeln drücken. *Zu voll, zu viel.*

„Sieh mich an, Mädchen."

Ihre Augen trafen auf seinen gnadenlosen Blick. „Ich werde dich ficken, während das Ding in deinem Arsch steckt."

Oh Gott! Er war so groß. Hinzu kam der Analplug ... Panik und Lust führten einen Kampf in ihrem Inneren aus, sodass sie unkontrolliert zitterte.

Ein Grübchen erschien auf seinem Gesicht, aber die Art und Weise, wie er mit den Fingerknöcheln über ihre Wange streichelte, war herzzerreißend sanft.

Er löste das an das Kopfteil gekettete Bein und hakte es am Bettrahmen ein. Ihre Arme blieben über ihrem Kopf und ihre Beine waren leicht angewinkelt, mit ihren Füßen an der Bettkante. Das hohe Keilkissen neigte ihr Pussy entblößend in die Luft ... und stieß bei jedem Atemzug gegen ihren Analplug. Sie versuchte, das Becken zu heben. Funktionierte nicht.

Indessen fand er sich zwischen ihren Knien ein. „Ich habe mich die ganze Nacht darauf gefreut, von dir zu kosten."

Ihr Gesicht errötete, während ihre Muskeln erschlafften.

Er lehnte sich vor und fuhr mit der Zunge über ihre Spalte, bevor sich seine Lippen um ihre Klitoris schlossen. Alles, was er tat, erregte sie, und nun hatte er ein Inferno in ihr gestartet. Seine Zunge schnellte über ihre Klitoris. Dann saugte, leckte, saugte er. Ihr Inneres zog sich zusammen, auch ihr Anus, sodass der Analplug seltsame Empfindungen in ihr lostrat. Der Druck baute sich auf und plötzlich, ohne Vorwarnung, kam sie.

So schnell. Als sie wieder zu Atem kam, runzelte sie die Stirn. So viel Vorbereitung für einen übereilten Orgasmus?

Sie erwartete, dass er sie nun losmachen würde. Stattdessen bemerkte sie, dass er den Klettverschluss an ihrem rechten Oberschenkel anpasste. Er nahm eine Klemme, die von dem dicken Garn baumelte. Oh, *verdammt*, das Teil hatte sie vollkommen vergessen. Ihre Beine versuchten, sich einmal mehr zu schließen. Erfolglos.

Etwas, das an Zähne erinnerte, grub sich in ihre rechte Schamlippe und festigte sich. „Au!"

Er hatte ihr da unten die Klemme angelegt. Eine weitere setzte er gleich daneben. Ihr Rücken wölbte sich, als sich die Empfindung ausbreitete, durch ihren Körper nach oben quoll und sich in flüssige Hitze verwandelte.

Noch eine. Und dann wiederholte er den Prozess an ihrer linken Schamlippe.

Ihre ganze Pussy fühlte sich wie ein Fluss des Schmerzes an, gefüllt mit einem unaufhaltsamen Strom der Lust, den sie schon bald verließ und dann ohne Paddel in einem Kanu trieb.

Sie unterlag einzig und allein Sams Kontrolle. Als ihr Blick auf seinen traf, ließ sie los; sie ließ sich mitreißen.

Nach einer Minute – Stunden, Jahren – spürte sie dort unten ein Zerren. Sie hob den Kopf.

Er spannte die dicke Schnur, die die Klemmen mit den Riemen verband und spreizte so ihre Schamlippen, um ihren Eingang und ihre Klitoris freizulegen. Eine kühle Brise wagte sich an normalerweise verborgene Orte, die Empfindung ein starker Kontrast zu dem Brennen, das die Klemmen auslösten.

„Ja, du magst die Klemmen." Er musterte ihre Reaktionen, sein Blick wanderte von ihrem Gesicht zu ihren Brüsten, ihren Händen, schweifte über ihren ganzen Körper. Seine Augen hielten ein Blau bereit, das nur im heißesten Teil einer Flamme zu finden war. „Sag meinen Namen, Linda."

„Sam." Sie klang atemlos, aber sein Name war so deutlich zu vernehmen, dass sie sich ein Lächeln von ihm gewann.

„Braves Mädchen."

Wie konnte sie sich so sehr nach Anerkennung von ihm sehnen? Es wollen und daraufhin arbeiten? Oh ja, *verdammt*, und wie sie es wollte.

Er schob den kleinen Vibrator in ihre Vagina, richtete ihn aus und stellte ihn auf die niedrigste Stufe. Die Vibrationen fühlten sich nicht wie etwas Besonderes an ... bis er sich vorlehnte und über ihre Klitoris leckte.

Oh, hab Erbarmen! Seine Zunge vermochte es, dass sich das Nervenbündel anfühlte, als würde es von zwei Seiten attackiert. Es dauerte nicht lange, bis ihre Klitoris auf die doppelte Größe anschwoll.

Sam quälte ihre Klitoris, umkreise sie, links vorbei, rechts vorbei, und zwang Linda zurück in einen Zustand der Erregung, als wäre sie nicht gerade erst gekommen. Der Versuch ihres Körpers, sich zu bewegen, führte nur dazu, dass sich die

Klemmen an ihren Schamlippen festigten. Der Schmerz, der daraufhin folgte, führte sie auf direktem Weg in schiere Glückseligkeit.

Sie bebte und versuchte gleichzeitig, sich seinem Mund entgegenzuheben. Die Empfindungen kamen zu schnell, um sie zu verarbeiten. Sie schoss höher und höher, alles in ihr zog sich zusammen und schließlich brach ein Feuerwerk aus, jede Zelle in ihrem Körper ein Funke der Ekstase. *Einfach wundervoll.*

Als sie wieder zur Erde schwebte, spürte sie zuerst das Bett unter sich, dann die Schmerzen in ihren Nippeln und an den Schamlippen. Sie öffnete die Augen. „Himmel, das war ..." Sie runzelte die Stirn, als sie das Lachen in seinen Augen sah und er den Vibrator abstellte. „Was hast du jetzt vor?"

„Mehr von allem, Fräulein."

Mehr? Sie war innerhalb weniger Minuten zweimal gekommen und ihr Herz hämmerte immer noch. „Ich denke, das ist keine gute Idee."

Noch immer zwischen ihren Knien lehnte er sich vor, leckte und knabberte an dem Bereich neben ihren misshandelten Knospen, bevor er ihre Brüste zusammenschob.

Als sich die Zähne der Klemmen in ihre Vorhöfe gruben, stöhnte sie. Er fuhr fort.

Bis er seine Folter beendet hatte, knisterte die Elektrizität zwischen ihrer Pussy und ihren Brüsten, und Hitze erhob sich von ihrer Haut, als ob ihr Blut in ihren Adern kochte.

Er setzte sich zurück auf die Fersen, musterte sie für eine Sekunde und grinste. „Bereit für die nächste Runde?"

Das war sie. Wie konnte sie mehr wollen?

Er nickte, als hätte sie geantwortet, und schaltete den G-Punkt-Vibrator zu einer Stufe, die eine Achterbahn von Vibrationen erzeugte.

Sein Mund schloss sich um ihre Klitoris und sie zuckte zusammen. *Zu viel, zu empfindlich!*

Er ignorierte ihr Gezappel, durch das sie seiner Zunge auszuweichen suchte, und schnellte gnadenlos über das Nervenbündel. Er spielte mit ihr.

Die Fesseln hielten ihre Gliedmaßen ruhig und das Keilkissen sorgte dafür, dass sie sich wie ein Festmahl fühlte. Die Klemmen an ihrer Pussy öffneten sie weit für ihn. Er hatte alles getan, sie auf eine Weise zu präsentieren, sodass er sie zwingen konnte, für sein Vergnügen immer und immer wieder zu kommen. Das Wissen, dass er mit ihr spielte und genau das tat, was er wollte, katapultierte ihre Erregung in ungeahnte Höhen. „Sam", hauchte sie.

Er hob den Kopf und begegnete ihrem Blick, die Forderung in seinem Ausdruck war vollkommen klar: *Gib mir alles.*

Ihr nächster Atemzug ließ sie am ganzen Körper beben und es fühlte sich an, als ob er etwas tief in ihr zerschmetterte.

Sein diamantblauer Blick erwärmte sich. Er lehnte sich nach unten, nahm ihre Klitoris zwischen seine Lippen und saugte so hart daran, wie er es bei ihren Nippeln tun würde.

„Aaaaaah!" Ihr Rücken wölbte sich, verharrte, verharrte, wie erstarrt, als der Orgasmus gnadenlos durch sie jagte. Ihre Arme zogen an den Ketten. Dann erschlaffte sie. Ein feiner Schweißfilm bedeckte ihren Körper und kühlte sie ab.

Er lehnte sich zurück und schaltete den Vibrator aus. Mit warmen Händen streichelte er ihre Hüften. „Hübsche Linda." Lächelnd ließ er die Augen über sie schweifen.

Ihr Puls rauschte in ihrem Kopf, und bei jedem hievenden Atemzug rüttelte es die Klemmen durch. Der Alkohol war eindeutig aus ihrem Körper verschwunden.

Sam zog sich sein Hemd aus. So breite Schultern. Eine muskulöse Brust mit einem Sixpack, um das ihn sogar ein Zwanzigjähriger beneiden würde. Alle Männer würden das. Die Beule in seiner Jeans wies auf seine große Erektion hin. Warum war er noch nicht in ihr? Warum befriedigte er nicht seine eigenen Bedürfnisse?

Sie schluckte, ihre Kehle so trocken wie die Wüste. „Kann ich

... darf ich dir Befriedigung verschaffen?" Verzweifelt sehnte sie sich danach, ihn zur Erlösung zu bringen, so wie er es bei ihr getan hatte. Ihn glücklich zu machen, befriedigte sie auf eine Weise, die sie nie beschreiben könnte. „Du bist dran. Ich hatte genug." Sie versuchte, ihn zu verführen, indem sie sich über die Lippen leckte.

„Noch nicht." Seine Augen hielten die ihren gefangen. „Ich entscheide, wann du genug hattest." Er spielte mit den Stufen des Vibrators und wählte eine mit einem stetig starken Summen.

Sie konnte es fühlen, es genießen, aber ihr Körper war erledigt und reagierte nicht. „Ich bin mir ziemlich sicher, dass es das für mich war, Sam. Lass mich –"

„Ziemlich sicher, dass das nicht stimmt." Er hob ein ... Ding ... vom Boden auf. Ein riesiger Vibrator mit einem Pilzkopf in der Größe einer Kinderfaust.

Nach dem Einschalten drückte er den Kopf leicht zwischen die Klemmen an ihren Schamlippen und an ihre freiliegende Klitoris.

„Sam!" Die Vibrationen waren so intensiv, dass sich ihre Klitoris wie von Blitzschlägen attackiert fühlte.

Hin und her rollte er den Vibrator. Wieder baute sich der Druck auf. Dann explodierte sie in einen brutalen Orgasmus und ihre Schreie hallten von den Wänden wider.

Er schaltete alles aus.

Sie fühlte, wie ihr Körper in die Matratze sank. Ihre Schläfen und der Haaransatz an ihrem Nacken waren schweißnass. „Ich bin fertig. Wirklich."

„Nein."

Er tat es wieder. Sie kam.

Und nochmal. Sie kam. *Oh Gott!* Sie stöhnte, als sie vom letzten Orgasmus zurück in die Realität glitt. Wie konnte sich etwas so gut anfühlen, dass ihr ganzer Körper schmerzte? Ihre Worte kamen in einem Stöhnen heraus: „Kann nicht mehr. S-Schluss."

Seine Augen hielten eine böse Befriedigung bereit, als er ihren zitternden Körper betrachtete. „Ich denke, du irrst dich."

Sie versuchte, sich zu bewegen, zu fliehen, und schaffte es nicht. Die Fesseln hielten sie für seine Folter offen, ob er ihr nun Lust oder Schmerz bereiten wollte. Diese Gewissheit aktivierte einen separaten Puls der Begierde in ihr, einen leisen Gesang, der sagte: *Benutze mich, fick mich, nimm von mir, was du willst.*

Verdammter, verdammter Sadist ... und Dom. Seine harten Lippen verzogen sich, als er ihre vergeblichen Versuche beobachtete. Er neigte den Kopf, als wäre es ihm möglich, die Stimme in ihr zu hören, die sich ihm hingab. Ja, er würde sie dazu bringen, es zu ertragen, bis er sich entschied, aufzuhören.

Warum also fühlte sie mehr als nur Angst in sich aufkeimen? Schmetterlinge waren dazugekommen. Der Teil von ihr, der immer noch protestierte, sagte: „Sam, ich meine es ernst."

Er griff zwischen ihre Beine und der Analplug erwachte mit seinen fiesen Vibrationen zum Leben. Jeder Nerv zwischen ihren Pobacken regte sich und informierte sie über eine völlig neue Region mit Empfindungen. Ihre Oberschenkelmuskeln zitterten, als ihr Bedürfnis nach mehr, nach etwas, das sie nicht definieren konnte, an Unerträglichkeit zunahm.

Als er den Vibrator an ihre Klitoris drückte, zündete sich eine Explosion, die sie direkt aus der Realität riss und dann schwappte die Lustwelle wie ein Tsunami über sie hinweg.

Nach einer Weile konnte sie hören, wie sie Luft in ihre Lungen saugte. Sie blinzelte und versuchte, ihre Umgebung wieder in den Fokus zu rücken. Ihr Körper war von Schweiß bedeckt und Nässe sammelte sich unter ihren Brüsten und Armen. „Bitte. Nicht ... mehr."

„Safeword?", erinnerte er sie.

Ein Schauer jagte durch ihren Körper. Sie wollte ... wollte alles, was er anbot.

Sein Grübchen kehrte in einer Wange zurück, als er den

Vibrator auf das Bett legte und den Analplug ausschaltete. „Ich glaube, ich bin jetzt bereit, dich zu ficken, Mädchen."

Ein unkontrolliertes Beben rollte durch ihren Körper. Als seine Augen aufblitzten, zitterte ihr Inneres noch mehr. „Nein", flüsterte sie, nur um sich protestieren zu hören ... und um zu sehen, wie er es ignorierte.

Sanft zog er den G-Punkt-Vibrator aus ihr heraus und legte ihn zur Seite. Als er seine Jeans öffnete, schluckte sie schwer. Sein Schwanz war viel größer als der dünne Vibrator und schließlich steckte der Analplug noch in ihr. Er positionierte die Eichel an ihrem Eingang. Mit den Klemmen an ihren Schamlippen, die sie weit spreizten, versperrte ihm nichts den Weg. Auf einem Arm stützte er sich ab und schob sich dann langsam in sie.

Alles fühlte sich zu eng an. Ihr Körper war ausgestreckt, ihre Arme gefesselt. Sie konnte sich nicht bewegen, und sie spürte, wie sich die Erregung bei dem Gedanken wieder in ihr aufbaute. „Du passt nicht rein."

Sein Lächeln war ... sadistisch. „Du wirst mich bis zum Anschlag in dich aufnehmen, Fräulein. Auch wenn es weh tut." Mit seinem unerbittlichen Blick, der die Lust zu ihrer Mitte schickte, sah er ihr direkt in die Augen. „Besonders, wenn es wehtut."

Es war offensichtlich, dass er ihr Unbehagen genoss, und diese Erkenntnis führte zu erregenden Funken, die über ihre Haut sprangen.

Langsam und unweigerlich spießte er sie auf seinem Schwanz auf, bis seine Leiste an den Schamlippenklemmen rieb. Die herrliche Hitze, die die Klemmen erzeugte, verschlang schon bald das Pochen an ihrem Eingang.

Er griff unter sie, um den Analplug wieder zu starten. Da er sie so vollständig füllte, vibrierte nun ihre gesamte untere Hälfte und sie schnappte bei den überwältigenden Empfindungen nach Luft.

„Verdammt eng." Er küsste sie und trieb seine Zunge in

derselben Brutalität in ihren Mund, in der sich sein Schwanz in ihrem Geschlecht vergrub.

Er stieß rein und raus, füllte ihre Pussy und zog sich zurück. Die Vielzahl der Empfindungen, die von den Klemmen, seinem Mund, seinem Schwanz herrührten, war einerseits verwirrend und trieb sie andererseits auch höher und höher.

Jeder feuchte Stoß seines Schwanzes ging dem Gefühl voraus, bis zum Unbehagen gefüllt zu sein. Sein Gewicht lastete schwer auf ihren Hüften. Als er sie küsste, atmete sie seinen typischen Geruch nach der Natur ein. Sie fühlte sich vollkommen von ihm beansprucht. Gefesselt, fixiert, überall von ihm gefüllt. Dieses Wissen war es, das wie Kohlensäure durch ihre Adern blubberte.

Sie spürte, wie sich sein Körper anspannte. *Oh ja.* Sie liebte es, zu fühlen, wie er kam, und die Befriedigung auf seinem Gesicht zu sehen. Nichts war vergleichbar mit dem Gefühl, diesen Mann glücklich zu machen.

„Noch einen", sagte er.

„Was?"

Ohne zu antworten, entfernte er ihre linke Brustklemme. Nach einer Sekunde, in der sie nur Erleichterung wahrgenommen hatte, folgte die Qual, als das Blut in das missbrauchte Fleisch zurückströmte. Stöhnend wölbte sie sich und schnappte nach Luft. Ein heimtückisches Vergnügen webte Ranken zwischen den verschiedenen Arten des Schmerzes, bis sie sich nicht mehr sicher war, was sie noch fühlte. Die Wände ihres Geschlechts zogen sich um seinen Schaft zusammen, um den vibrierenden Analplug spannte sich ihr Po an, und sie schoss dem Orgasmus entgegen, als säße sie in einer Rakete.

„So ein gutes Mädchen." Er starrte ihr in die Augen, als er seinen Schwanz herauszog und ihr schließlich die zweite Klemme von den Nippeln nahm.

Sie spürte, wie sich jeder kleine Zahn von ihrem Fleisch löste. Der schockierende Zustrom von Blut verwandelte sich in ein exquisites Pulsieren, und ihr Körper reagierte. Der Analplug vibrierte, aber sie war leer ...

Lachend vergrub er sich mit seinem Schwanz erneut in ihr. Ihr Rücken versuchte, sich zu wölben, als ihr ganzer Körper von einem Hitzestrom eingenommen wurde. Überwältigt aus mehreren Richtungen wurde sie in den nächsten unaufhaltsamen Höhepunkt getrieben. *Oh Gott!* Welle um Welle der Empfindungen schwappte durch sie hindurch, bis sogar ihre Haarspitzen kribbelten.

Gott, steh mir bei; ich werde durch einen Höhepunkt mein Ende finden. Sie versuchte, ihn wütend anzufunkeln, aber selbst ihre Augenlider fühlten sich erschöpft an. Und er war immer noch hart und bewegte sich langsam rein und raus. Die Erkenntnis ließ sie erschauern.

„Du ... kommen?" Ihre Worte kamen lallend über ihre Lippen.

„Das werde ich." Sein kehliges Glucksen wehte sanft über ihr Ohr. „Nachdem du noch einmal gekommen bist."

Ihr Körper war tot. Dieses Mal war sie sich sicher. „Das wird nicht passieren." Die Befürchtung, ihn damit zu enttäuschen, lastete schwer. „Es tut mir leid."

Die Falten neben seinen Augen vertieften sich, und der Blick, den er ihr gab, erreichte ihr Herz. „Mach dir keine Sorgen, Mädchen." Er knabberte an ihrem Kinn, rieb seinen Oberkörper über ihre überempfindlichen Nippel und sandte Schmerz an ihre Klitoris. Ihre Mitte ballte sich um seinen Schwanz und den Analplug zusammen. Ohne aus ihr zu gleiten, kniete er sich hin und zog sich zurück, bis nur noch die Eichel in ihr verharrte.

Kühle Luft wehte über ihre feuchte Haut, und ihre Brustwarzen richteten sich erneut auf, sodass die Empfindungen verstärkt wurden. Die Erregung war wieder da.

Er fuhr mit dem Finger über ihre geschwollene Klitoris, ein Gefühl, das sich erneut auf ihre Pussy auswirkte. Sein Lächeln zeigte seine Freude daran, ihre Reaktionen zu kontrollieren. Er wusste genau, was er mit ihr tat. „Oh, ich denke, einen weiteren

Orgasmus hast du noch in dir", sagte er, und sein Lachen hielt eine grausame und gleichermaßen erregende Härte bereit, die ihr den Atem raubte.

Ihr Puls fühlte sich wie ein Pochen in ihrer unteren Hälfte an. Er würde doch nicht – er konnte sie nicht noch einmal kommen lassen. Sie würde sterben. Sie riss an ihren Armfesseln. „Nicht schon wieder. Bitte, das ertrage ich nicht."

„Doch."

Jede Zelle in ihr fühlte sich roh an, als ob sie ununterbrochen von einer Peitsche bearbeitet wurde. „Es ist zu viel", flüsterte sie.

Seine Augen leuchteten auf. „Dann wird dieser den krönenden Abschluss bilden." Noch auf seinen Knien hielt er ihren Blick, als er nach unten griff ... und eine Klemme von ihren Schamlippen entfernte. Innerhalb eines Herzschlages erkannte sie, was er getan hatte, und es folgte der Schmerz. Krachte gegen sie. Bohrte sich regelrecht in sie. Das Blut kam. Dann explodierte sie. Die Erlösung war sündhaft. Ihre Pussy zog sich um seinen harten Schwanz zusammen und es fühlte sich unbeschreiblich an.

Er hob den riesigen Vibrator auf und legte ihn an ihre Klitoris.

Die Vibrationen schossen durch sie und wirkten sich auf die Bewegungen ihres Analplugs aus. Sie erschauerte bei der Flut an Empfindungen.

Er zog seinen Schaft heraus und hob den Vibrator von ihrem Nervenbündel.

Sie schaffte es, einen Atemzug zu nehmen. Bis er eine weitere Klemme entfernte und seinen dicken Schwanz in sie rammte. Der Vibrator landete erneut auf ihrer Klitoris.

Bevor sie kommen konnte, zog er seinen Schwanz zurück. Er hob den Vibrator.

Sie keuchte.

Die nächste Klemme löste sich ... und der Zyklus begann erneut. Wieder und wieder und wieder.

Sie explodierte so gewalttätig, dass sie mit den Hüften

buckelte. Wie bei einem Vulkan brach Hitze in schierer Ekstase aus ihr heraus und zündete alle ihre Nerven.

Er fiel auf einen Arm nach vorn. Sein raues Lachen kratzte über ihre Ohrmuschel, als er tief und tiefer in sie drang, bis sein Schwanz in ihr zuckte. Er kam, lang und hart. Seine Finger fanden die ihren und er küsste sie begleitet von einem zufriedenen Knurren. Sie hatte ihn zur Erlösung gebracht.

Allmählich zogen sich die Wellen in ihr zurück. Das Klingeln in ihren Ohren verblasste. Sie keuchte immer noch, unsicher, ob sie jemals wieder in der Lage wäre, einen normalen Atemzug zu nehmen. Ihr Herz fühlte sich an wie damals, als Charles das Schlagzeug für sich entdeckt hatte und das Haus mit seinem ohrenbetäubenden Lärm füllte. Als sie es schaffte, ihre Augen zu öffnen, musterte Sam sie, sein Gesicht so friedlich, wie sie es noch nie bei ihm gesehen hatte.

Nachdem er ihr einen sanften Kuss gegeben hatte, nahm er einen tiefen Atemzug, bei dem er mit seiner Brust gegen ihre unglaublich empfindlichen Brustwarzen stieß. Sie stöhnte.

Langsam zog er sich aus ihr zurück. Als der Analvibrator ausgeschaltet und entfernt wurde, konnte ihr Körper nur zucken.

Eine nach der anderen entfernte er die Ketten von ihren Beinen und Armen. Als er ihre Arme nach unten zog, stöhnte sie und biss die Zähne zusammen. Gelenkschmerzen waren keine guten Schmerzen.

„Ganz ruhig." Seine kräftigen Hände massierten ihre schmerzenden Schultern und sie sank tiefer in die Matratze. Sie war glücklich und zufrieden und wollte nie wieder auch nur einen Muskel bewegen. Ihren Gefühlen erging es ähnlich. Er war so vorsichtig mit ihr. Der fiese Sadist war zum Liebhaber geworden.

„Wo tut es noch weh?" Seine Finger glitten über ihren Körper, sein warmer Blick prüfte nach Schäden. „Sag es mir, Baby."

„Ähm, alles gut."

„Okay." Mit sanften, unerschütterlichen Händen rollte er sie auf ihre Seite und positionierte sich hinter ihr. Eins seiner Beine legte sich über ihre; seine Brust wärmte ihren Rücken. „Schlaf, Mädchen", knurrte er ihr ins Ohr.

Als sie noch ein Kind war, hatte der Hund eines älteren Nachbarn sie ständig angeknurrt. Sie hatte so viel Angst vor ihm gehabt, bis ihr der Besitzer erklärte, dass dieser Laut Brunos Art zu sprechen war. Sanftes Knurren, tiefes Knurren, lautes Knurren. Sogar fröhliches Knurren. Schnell hatte sie entdeckt, dass die gemeinen Kinder nie auftauchten, wenn Bruno sie zur Schule brachte ... und knurrend neben ihr herlief.

Er erinnerte sie an Sam.

KAPITEL NEUNZEHN

I n der Kirche saß Linda auf einer abgenutzten Holzbank und wartete auf den Beginn der Zeremonie. Sie war enttäuscht gewesen, als Sam anrief, um ihr zu sagen, sie solle ohne ihn zu Jessicas Hochzeit gehen und er würde nachkommen. Dennoch freute sie sich, hier zu sein.

Wie könnte jemand das Ritual nicht lieben, wenn ein Paar sein gemeinsames Leben begann? In diesem einen Moment durften keine Zweifel aufkommen. Sogar die Luft in der Kirche schien voller freudiger Erwartungen.

Sie lächelte. Sie war so jung gewesen, als sie und Frederick geheiratet hatten. Wenn sie gewartet hätte, um mehr Erfahrungen zu sammeln, hätte sie vielleicht eine klügere Entscheidung getroffen. Aber dann hätte sie Brenna und Charles nicht. Und wenn sie ehrlich war, hatte ihre Ehe auch zahlreiche glückliche Momente gehabt.

Neben ihr lachte jemand. Sally hatte gegen die anderen Subs gewonnen und kuschelte nun mit Zane, Karis entzückendem Baby. Er hatte viel Spaß dabei, an ihrem langen Haar zu ziehen. Tanner, der männliche Auszubildende, saß so nah neben Sally, um auch die Chance zu bekommen, das Baby zu halten.

Der Rest der Reihe war mit all den ledigen Subs aus dem Shadowlands gefüllt, die nicht als Brautjungfern auftraten. Die Clubmitglieder waren fast alle erschienen und füllten die Kirche mit einer wunderbaren Vielfalt – nicht nur mit verschiedenen Ethnien, sondern auch mit der großen Vielfalt an Vorlieben, Geschlechtern und Beziehungstypen.

Z schämte sich nicht für seine Freunde. Linda schüttelte den Kopf. Würden Z und Jessica es nach ihrer Heirat schaffen, die BDSM-Seite ihres Lebens mit der Vanilla-Welt in Einklang zu bringen?

In der Hochzeitssuite betrachtete Jessica sich selbst im Spiegel. Gabi war so talentiert mit Make-up. Jessicas Hände zitterten so stark, dass sie sich überall mit Mascara vollgemalt und sich wahrscheinlich ins Auge gestochen hätte. „Ich werde heiraten", sagte sie zu sich.

Ihre Brautjungfern brachen in Gelächter aus, und Andrea fügte hinzu: „Nein? Wirklich?"

Jessica drehte sich auf dem Stuhl um. *Verdammt*, sie liebte diese Frauen – die Subs der Shadowlands-Master. Es schien so angemessen, dass ihre Trauzeugen und Brautjungfern die Paare waren, die sich dort gefunden hatten. Kari und Dan, Beth und Nolan, Andrea und Cullen, Gabi und Marcus, Kim und Raoul. Mit feuchten Augen schenkte sie ihnen ein Lächeln.

Beth legte ihre Hände auf die Hüften. „Fang ja nicht mit dem Heulen an. Gabi hat bereits ihr Make-up weggepackt."

„Nein, Ma'am. Das werde ich nicht, Ma'am." Jessica grinste Beth an. „Du warst so eine süße Mistress auf der Party. Was hat Nolan gesagt, als er dich als Domina gesehen hat?"

„Er meinte auch, dass ich süß aussehe. Aber dann wollte er sehen, ob ich ihn dominieren kann. Als ob." Die schlanke Rothaarige rieb sich den Hintern. „Pass auf, dass Z niemals eines dieser bösen Ast-Dinger in die Finger bekommt. Der Schlag tut wirklich weh."

Als alle lachten, hörte Jessica Z vor dem Zimmer. Selbst nach zwei Jahren erschauerte sie noch, wenn seine tiefe Stimme erklang.

Im Flur sagte ihre Mutter etwas, das wie ein Protest klang.

Z antwortete mit entschlossener Stimme: „Das ist auch eine Tradition." Die stotternde Antwort ignorierend ging er an ihrer Mutter und Tante Eunice vorbei in den Raum und stellte eine große Geschenktüte auf den Boden. Als er Jessica noch in ihrer Unterwäsche entdeckte, erwärmte sich sein Blick. „Du siehst absolut reizend aus, Kätzchen."

Wenn er sie so ansah, fühlte sie sich schön.

Er sah zu ihren Freundinnen. „Gebt uns bitte ein paar Minuten." Egal wie höflich formuliert, es war ein Befehl von einem Dom an eine Gruppe von Subs.

Ohne ein Wort verschwanden sie auf den Flur, wo ihre Mutter mit Eunice flüsterte.

Was um alles in der Welt war los? „Zachary?"

„Versuch's nochmal." Seine Augen hatten sich in ein dunkles Grau verwandelt, das ihr Inneres erhitzte.

„Master?"

Die Falten neben seinen Augen vertieften sich – eine bessere Belohnung gab es nicht. Er legte seine Hände auf ihre Schultern. „Wir haben beschlossen, dass du dein Sub-Halsband bei der Hochzeitszeremonie erhältst, anstatt bei einer separaten Veranstaltung im Club. Da wir nicht in einer üblichen Master/Sklave-Beziehung sind, schien das passend."

Sie nickte. Sie hatten lange darüber gesprochen, wie sie alles zusammenbringen könnten.

„Aber ich habe beschlossen, dass ich mehr will."

„Mehr?"

Er zog sie auf die Füße. Sein schwaches Lächeln und das Glitzern in seinen Augen schickten einen Schauer durch ihre

Knochen. „Du gehörst mir, Jessica. Meine Sub. Meine Frau. Und die Zeremonie macht die Rolle des Ehepartners wichtiger als die der Sub." Er öffnete die Tasche, die er in den Raum gebracht hatte, und nahm ein ...

„Ein Korsett?" Ein Neues aus reiner weißer Spitze und Satin, das von ihren Brüsten zu ihren Hüften reichen würde und bereits allein so wunderschön war wie ihr Hochzeitskleid.

„In der Tat." Sein Blick verdunkelte sich. „Zieh dich bitte aus."

Ihre Kinnlade klappte herunter. „Jetzt?"

Die kleine Bewegung seines Kinns reichte aus, sodass sie sich eilig von ihrem Seiden-BH und -Tanga befreite.

„Hände hoch." Als er das Korsett um sie legte, runzelte sie die Stirn. Es passte perfekt. „Woher hast du es?"

„Die Designerin, die dein Hochzeitskleid angefertigt hat, nahm dein anderes Korsett als Leitfaden und hat das Kleid entsprechend angepasst."

Kein Wunder, dass die Frau bei der letzten Anprobe diesen seltsamen Schimmer in den Augen hatte.

Z schnürte das Korsett so viel schneller, als dass ein Mann können sollte. Mit einem sündhaften Glucksen sagte er: „Festhalten, Kleines."

Er zerrte und zerrte und zog so das Korsett fest. „Ich kann nicht atmen."

„Nimm dir eine Minute." Er tätschelte ihren Hintern. „Geh durch den Raum."

Beim Laufen lockerte sich das Korsett oder vielleicht machten ihr Brustkorb und ihre Lungen auch Platz dafür.

Nach ein paar Minuten zog er die Schnüre so fest, dass sie nur noch entsetzt quietschen konnte. Mit unnachgiebigen Händen drehte er sie um. Er sah ihr direkt in die Augen und sein Gesicht zeigte den strengen, besorgten Ausdruck, der sie bereits in der ersten Nacht, in der sie sich begegnet waren, dazu motiviert hatte, ihm ihr Herz zu Füßen zu legen. „Wie du mich ansiehst ... Ich liebe dich, Jessica."

Um seine Anerkennung zu erhalten, würde sie ihm sogar erlauben, die Schnüre festzuziehen, bis sie den Umfang einer Bohnenranke hatte.

Sein Blick erhitzte sich. Dann schüttelte er den Kopf. „Die Braut vor der Hochzeit zu ficken, gehört sich nicht." Eine Falte erschien in seiner Wange, als er mit dem Finger über das Korsett fuhr, wo ihre Brüste unanständig zur Schau gestellt wurden. „Hoffentlich hat die Designerin richtig gerechnet, sonst besteht die Möglichkeit, dass du dem Geistlichen einen Herzinfarkt gibst."

Die Wärme seiner Finger verbrannte ihr die Haut.

„Ich freue mich darauf, diese hübschen Brüste später auszupacken und dich dann zu ficken. Hart. Und gemächlich. Und langsam. Und schnell. Die ganze Nacht."

Sie schloss die Augen, als sich ihr Inneres in Lava verwandelte und sie feucht wurde. Und wo war ihr Tanga abgeblieben? Den müsste sie doch tra –

„Keine Unterwäsche, Jessica."

Was? Ihre Augen begegneten dem stahlgrauen Blick ihres Masters. „Aber –"

„Wenn du mir entgegenläufst – und für den Rest des Abends –, wirst du die Enge des Korsetts spüren, in das ich dich geschnürt habe", sagte er, seine Stimme tiefer und die Autorität hallte bei jedem Wort nach. „Du wirst die Kontrolle fühlen, die ich über dich habe. Über deinen Körper ... und dein Leben." Er strich mit den Lippen über ihre und löste den Wunsch nach mehr in ihr aus. „Das Halsband, das ich dir umlegen werde, wird das sichtbare Symbol dafür sein, dass du mir gehörst. Aber wie bei jedem Kontrollaustausch ist die Wahrheit tief in dir vergraben, so wie dieses Symbol meiner Kontrolle vor der Welt unter deinem Kleid verborgen sein wird. Verstehst du das?"

Als ob etwas an seinen Platz gerutscht wäre, fühlte sich alles ... richtig an. Ausgewogen. Auch wenn er nicht an ihrer Seite war, übte er seine Kontrolle aus. „Ich liebe dich, Master."

Wegen eines heruntergekommenen Zauns und verstreutem Vieh hatte Sam zu Linda gesagt, sie solle ohne ihn zur Hochzeit gehen, da er es nicht pünktlich schaffen würde. Er kam durch die Seitentür der Kirche und setzte sich so leise wie möglich in die letzte Reihe. Wie es aussah, war er noch rechtzeitig gekommen. Eine Schande, dass er es verpasst hatte, die Braut den Gang runterkommen zu sehen.

Er streckte seine Beine aus und beobachtete, wie die Zeremonie mit Würde vonstatten ging, ganz typisch für Z, aber mit etwas von Jessicas Überschwang.

Der Dom hatte gut gewählt. Er war es nach dem ersten Kennenlernen langsam angegangen. Sam wusste, dass Z seine Jessica nicht in eine Bindung hatte drängen wollen, zumal er älter war als sie. Aber sie war dreißig, und eine Frau kannte ihren eigenen Verstand. Jessica mochte unterwürfig sein, jedoch wusste sie genau, was sie wollte.

Als das Paar die üblichen Gelübde ablegte und Ringe tauschte, strahlte die Braut vor Glück.

Sam seufzte. Heute fühlte er sich besonders alt. Es war entzückend gewesen, Jessica dabei zu beobachten, wie sie sich in den Club, in den Lifestyle und in eine Beziehung gewagt hatte. Mit dem Spielen hatten sie im Schlafzimmer begonnen. Nach einer Weile hatte es sich der dominante Z nicht nehmen lassen, die Kontrolle auszuweiten. Sie hatten keine Master/Sklave-Beziehung, aber die D/s-Dynamik war definitiv Teil ihres Alltagslebens geworden.

Er musste zugeben, dass er neidisch war.

Seine Ex-Frau hatte BDSM mit Abscheu betrachtet und er hatte nie versucht, ihre Meinung zu ändern. Aber im Shadowlands sah er, was er vermisst hatte, als die Paare gemeinsam ihre Vorlieben erkundeten. Einige hatten eine Master/Sklave-Beziehung zu einem begrenzten Kontrollaustausch heruntergeschraubt; wieder andere wagten die entgegengesetzte Richtung.

Als er den Gang hinunter sah, fiel sein Blick auf die Reihe der Subs, die keine Brautjungfern waren. Alle trugen sie ein breites Grinsen, einige weinten. Warum mussten Frauen bei diesen Dingen immer weinen? Uzuri, Dara und Rainie saßen nebeneinander auf einer Bank. Sally hüpfte Karis Baby auf ihrem Knie, während Tanner den Kleinen mit dem BDSM-Symbol an seinem Schlüsselring unterhielt. Neben Sally saß ... Sam richtete sich ruckartig auf.

Linda. Wie auch die anderen Frauen hatte sie sich in Schale geworfen. Anstatt des schweren Make-ups, das sie auf der Junggesellinnenparty getragen hatte, war sie heute natürlicher geschminkt. Ihr Haar war nun lang genug, um es in einer komplizierten Hochsteckfrisur zu tragen. Ihr dunkelgrünes Kleid schmiegte sich an ihre Kurven und ließ ihre Haut leuchten.

Er wünschte, sie säße neben ihm.

Vor dem Altar reichte Cullen dem Bräutigam einen glitzernden Strang – eine Halskette – und Sam blinzelte überrascht. Z plante, Jessica das Halsband vor Vanilla-Gästen anzulegen? Der Mann hatte Eier.

„Diese Gliederkette ist ein Symbol für die Ereignisse, die uns zusammengeführt haben." Z hielt das Halsband mit den diamantenbesetzten Gliedern hoch und sein Mundwinkel zuckte. „Von einem Auto in einem Graben zu dir, die stets alle Frauen retten will und zu mir, die dich gerettet hat."

Sam hörte unterdrücktes Lachen bei der Erinnerung daran, wie Jessica sofort eingriff, wenn sie das Gefühl hatte, dass eine andere Sub in Schwierigkeiten steckte.

Jessica sah zu Z auf und ihre Stimme war sanft, aber entschlossen. „Da ich keinen Schmuck zur Hand habe" – sie warf ihm einen neckischen Blick zu – „biete ich dir das Geschenk meiner selbst an: Herz, Geist, Körper und Seele. Ich vertraue dir" – jeder Anwesende, der dem Lifestyle angehörte, wusste um das unausgesprochene *Master* – „und ich werde dein Geschenk mit Freude tragen." „Jessicas Bedürfnis, sich selbst anzubieten, war für jeden Dom im Raum offensichtlich und einer der schönsten Momente, den Sam je miterleben durfte.

Als sie ihr Haar hochnahm, legte ihr Z die Kette um. Anschließend hob er mit einem Finger unter ihrem Kinn ihren Blick zu seinem. „Kätzchen, ich gelobe, des Vertrauens würdig zu sein, das du mir schenkst. Ich werde dich beschützen, dir dabei helfen zu wachsen und dich von ganzem Herzen lieben."

Z zog sie in seine Arme und seine nächsten Worte waren nur für die Menschen in den ersten paar Reihen hörbar, als er in ihr Haar murmelte: „Du gehörst mir."

Sogar als Sam spürte, wie seine Augen mit unvergossenen Tränen brannten, war er überglücklich für die beiden. Wie es schien, hatte er sein Recht verwirkt, die Damen für ihre Tränen zu necken.

Linda fand, dass das Wetter in Florida wunderbar mit den Plänen für die Hochzeit zusammengearbeitet hatte. Die Sonne strahlte über dem privaten Garten von Z. Vor dem Hintergrund von lilafarbenem Lampenputzergras spielte eine fünfköpfige Band Oldies für die Gäste, die auf dem grünen Rasen an Tischen saßen. Linda summte mit, zufrieden mit der Auswahl. Gott sei Dank hatte sich das glückliche Paar nicht für die ausgefallene Technomusik entschieden, die stets im Shadowlands lief.

Der Bereich füllte sich mit Menschen. Nur die Freunde und die Familie des Paares hatten an der Hochzeit teilgenommen, aber der Empfang umfasste Geschäftspartner und Gäste aus Jessicas Heimatstadt sowie alle Shadowlands-Mitglieder.

Ratlos schüttelte sie den Kopf. Die Zeremonie war schön gewesen, und als sie ihre D/s-Gelübde abgelegt hatten, die durch die Gabe einer gewöhnlichen Halskette verschleiert worden waren, war ihr warm ums Herz geworden.

Das war es noch, weil sie sich diese Art von Beziehung auch für sich und Sam wünschte. Jede Stunde, die sie mit ihm verbrachte, machte deutlich, dass es sich zwischen ihnen zu etwas Ernstem entwickelte. Er verlangte immer mehr von ihr, und sie gab es. Bereitwillig. Der Wunsch, ihm ... alles zu geben, war erschreckend.

Er mochte sie. Das wusste sie, auch wenn er die Worte nicht aussprach. Aber könnte sie ihm geben, was *er* wollte? Was er brauchte? Er hatte ihr geholfen, ihre Hauswand zu schrubben, trat für sie ein und hielt sie in den Armen, wenn sie weinte. Er fügte ihr Schmerzen zu. Er gab ihr Orgasmen. Was tat sie für ihn?

Offensichtlich mochte er ihre Gesellschaft. Aber sie wollte ihm mehr geben. Sie wollte mehr sein, als jemand, mit dem er ein Abendessen oder einen Film genoss. Sie wollte ihm eine Stütze sein. Und je stärker ihre Gefühle für ihn wurden, desto mehr wollte sie ihm von sich anbieten. Aber er war so verdammt unabhängig.

Frederick hatte seine Probleme immer mit nachhause gebracht. Indem er mit ihr sprach, verschwanden die Probleme vielleicht nicht, aber die Last wurde von seinen Schultern genommen. Es war ein Geschenk, das sie anbieten konnte. Sam jedoch sprach nicht über seine Sorgen. Offenbar gab es wenig, das ihn beschäftigte. Sie wollte nicht nur die Nähe, die mit dem Teilen von Problemen einherging, sondern auch die Freude, helfen zu können. Sie wollte ihn gleichermaßen trösten und ihm Kraft geben.

Ihre Brust fühlte sich plötzlich zu eng an. In den letzten Wochen hatte sie erkannt, dass sie eine Unsicherheit hatte, die sie vor der Entführung nicht gekannt hatte. Noch eine, *verdammt*. Aber sie konnte die Tatsache nicht ignorieren, dass sie sich wünschte, Sam würde sich ihr anvertrauen. Es gab niemanden, der fürsorglicher war als er, manchmal jedoch sehnte sie sich auch nach Worten. Sie musste hören, was er für sie empfand und was er von ihrer Beziehung erwartete.

Jede Frau würde wissen wollen, wie sie in das Leben eines Mannes passte – das würde sie so oder so wollen –, aber sie musste zugeben, dass es ihre eigene Unsicherheit war, die sich an seinem Schweigen störte. Die Sklavenhändler hatten ihr das Gefühl gegeben, ein Tier zu sein. Nur ein Gegenstand zum Ficken. Und ja, das war ihr verkorkster Verstand, der aus einer furchtbaren Erfahrung herrührte und das ... störte sie.

Linda schüttelte den Kopf und versuchte, ihre Gedanken auf etwas Fröhlicheres zu lenken.

Auf der Veranda unterwiesen die Mutter, die Tante der Braut und eine Horde Frauen aus Jessicas kleiner Heimatstadt die Catering-Crew, die immer noch Essen und Trinken auf die Tische mit den weißen Leinen stellte. Z lächelte die Frauen an und machte mit einer Geste klar, dass er ihnen die Verantwortung überließ, bevor er zur Tür ging, um die Gäste zu begrüßen.

Linda drehte sich im Kreis und staunte über die Kulisse. Jessica hatte Blau und Weiß für ihre Farben gewählt, und irgendwie waren die hängenden Blumentöpfe, die mit weißem Steinkraut überschwappten, bis hin zu den indigofarbenen Hyazinthen und den Schneeflockenblumen in den Beeten perfekt auf den besonderen Tag abgestimmt. Einfach wunderschön.

„Hey, Linda." In einem tiefroten, gerafften Satinkleid mit tiefem Ausschnitt überquerte Sally den Rasen.

Linda grinste. „Ich mag dieses Kleid wirklich sehr – und deine Vielseitigkeit. Ich habe dich in geflochtenen Zöpfen und einer Schulmädchenuniform gesehen, dann verkleidet als Domina für die Junggesellinnenparty, und heute bist du Eleganz und Anmut in Reinkultur."

Sally grinste sie schelmisch an. „Mir wird schnell langweilig."

Wie es auch Linda getan hatte, sah sie sich um und ihr Blick schweifte von den Brautjungfern zu den Dekorationen. „Beth hat das gut gemacht."

„Sie hat das alles geschaffen?"

„Ja. Z war einer ihrer ersten großen Kunden, und sie hat sich den Arsch aufgerissen, um die Gärten des Shadowlands und seinen privaten Garten zu etwas Besonderem zu machen. Früher war der Ort hübsch, aber viel zu formell. Überall Quadrate und gerade Linien."

„Ich würde sagen, sie hat ihn nicht enttäuscht", murmelte Linda. Sie hatte noch nie etwas Luxuriöseres gesehen. Auch ohne sich zu bewegen, erblickte sie geschwungene Gartenwege, plätschernde Brunnen, viele Blumenbeete und kleine, intime Ecken. „Es ist wie ein Garten aus einem Fantasy-Roman."

Beth schien gelauscht zu haben, denn sie wandte sich von den Brautjungfern ab und strahlte Linda an. „Genau das war mein Ziel." Sie kam zu ihnen. „Aber verratet es Z nicht, okay? *Fantasy* klingt viel zu feminin."

Sally kicherte und Linda erstickte sich an einem Lachen. „Verstanden."

„Nolan und ich haben auch hier geheiratet", sagte Beth. „Es ist schön zu sehen, dass dieser Bereich erneut für so einen glücklichen Moment zum Einsatz kommt."

Linda folgte Beths Blick zu ihrem Mann. Es fiel ihr immer noch schwer, zu glauben, dass die zierliche Rothaarige den grausam aussehenden Mann geheiratet hatte. Aber während Jessica ihr Gelübde vorgetragen hatte, war es Beth gewesen, die Nolan einen Luftkuss zugeworfen hatte. Linda war nicht entgangen, wie der Ausdruck von seinen kalten schwarzen Augen zu einem warmen Leuchten gewechselt war.

Ich beneide sie.

Lindas Ehe mit Frederick war stabil gewesen, aber ihr eigentliches Wesen hatte er nicht akzeptiert. Diese liebevollen Dom/Sub-Beziehungen zu sehen, war ermutigend.

Und die Teilnahme am Empfang hatte noch mehr Vorteile. „Ich muss sagen, der Garten ist bezaubernd, aber auch die Menschen lassen sich sehen." Ihr Blick wanderte zur Veranda, wo sich die Master unterhielten. Wie es die schwarzen Smokings vermochten, dass die Männer noch größer aussahen, wollte ihr nicht in den Kopf gehen.

Sam stand neben den Trauzeugen und trug einen klassisch geschnittenen, dunkelgrauen Anzug mit einem weißen Hemd und einer silbergrauen Krawatte, die zu seinen Haaren passte. Musste der Mann in allem so verdammt sexy aussehen?

„Du hast Sam ins Auge gefasst." Kichernd wischte sich Beth unsichtbaren Sabber vom Kinn. „So habe ich reagiert, als ich Nolan zum ersten Mal in einem Anzug sah."

Lindas Wangen wärmten sich. Aber ... wow. Der Schnitt war hervorragend und zeigte, wie breit seine Schultern waren. Sie hatte das Verlangen, ihn wie ein Geschenk auszupacken. Sie wollte sein Sakko öffnen. Die Hemdknöpfe. Mit den Fingern die tiefe Linie zwischen seinen Brustmuskeln nachzeichnen. Seine Augen würden belustigt strahlen, als hätte sich die Sonne in ihnen niedergelassen. Vielleicht würde er ihre Haare packen, sie auf ihre Knie zwingen und sie anweisen, seinen Schwanz zu befreien. Sie würde ihn in den Mund nehmen. Dann würde er ihr den Blick geben, den sie noch nie bei jemand anderem gesehen hatte – einer, der seine harten Züge weicher machte und ein Grinsen auf seine Lippen zauberte.

Gott, sie liebte den Mann. *Liebe?* Sie legte eine Hand auf ihr wild pochendes Herz, das sie wie eine idiotische Protagonistin in einem Liebesroman handeln ließ. Liebe zwischen Mr. Sadistischer Rancher und Ms. Konservativer Geschäftsfrau ... *Is' klar*. Wie würde eine Beziehung zwischen ihnen überhaupt funktionieren? Sie hatte immer noch nicht herausgefunden, wie sie ihr Leben nach der Entführung handhaben sollte.

Aber ... Liebe war Liebe. Liebe hielt sich an keinen Zeitplan. Ihr Mundwinkel zuckte. *Liebe*. Erschreckend, aber ein wirklich tolles Geschenk.

Ihre Augenbrauen hoben sich, als eine Frau zu den Mastern ging und Sams Hand nahm. Einfach so. Sam strahlte sie an. Als er die Wange der Frau liebevoll berührte, spürte Linda, wie ihr das Herz in die Hose rutschte.

Eisige Kälte kroch über ihre Wirbelsäule. Schnell versuchte sie, das Gefühl zu unterdrücken. Viele Shadowlands-Mitglieder waren gekommen, und sie wusste ... hatte ihn mit anderen Frauen spielen sehen.

Ich will nicht, dass er das macht. Aber am Teich hatte er zu ihr gesagt, dass keiner von ihnen teilen würde. Die Enge in ihrer Brust löste sich und ließ sie wieder atmen. Sie beobachtete ihn. Die Frau könnte mehr wollen – *er gehört mir, verdammt nochmal* –, aber diese Berührung war alles, was Sam ihr gab. Und auch sein *besonderes* Lächeln zeigte sich nicht für sie.

„Was ziehst du denn für ein Gesicht? Ist mit dir alles okay?", fragte Sally.

Linda zuckte zusammen. Sie hatte vergessen, dass sie nicht allein war. Beth war zu den Brautjungfern zurückgekehrt, aber Sally stand noch neben ihr. „Es geht mir gut. Ich habe nur etwas gesehen, das mich ein bisschen beunruhigt hat."

„Oh, das Gefühl kenne ich", murmelte Sally. Sie sah sich im Garten um, der voller Freunde und Familie war, und wies dann mit dem Kinn zu einer Gruppe aus Shadowlands-Mitgliedern. „Ich habe mit vielen davon gespielt. Oft hatte ich auch viel Spaß. Aber hin und wieder hast du es mit einem Dom zu tun, der ein echter Schwachkopf ist."

„Wirklich?" Linda runzelte die Stirn. Raoul war so überzeugend gewesen, als er meinte, dass der Club sicher sei. „Im Shadowlands?"

Jetzt runzelte Sally die Stirn. „Master Z gibt sein Bestes, manchmal jedoch schaffen es eben Idioten an ihm vorbei. Wie der eine Typ, der nur Blowjobs wollte. Er würde tun, was eine Sub wollte, aber er war nicht daran interessiert, jemanden zu toppen – er wollte nur kommen. Andere tun, was auch immer sie wollen, wenn du nicht klar und deutlich gesagt hast, was sie zu lassen haben." Ihr Blick landete auf einem schlanken Mann in einem schwarzen Anzug. „Der hat mich geohrfeigt. Ich hatte es nicht als harte Grenze vermerkt, aber es ist üblich, dass Doms bei ersten Sessions vorsichtig vorgehen."

Linda musterte den Kerl. Lange Nase, dünne Lippen, sandfarbenes Haar. Er sah nicht grausam aus, aber sie hatte von den Sklavenhändlern gelernt, dass das Aussehen eines Mannes nicht immer darauf hinwies, was sich im Inneren verbarg. „Wie ging es weiter?"

„Jessica sah mich weinen und hat sich eingemischt." Sally grinste. „Sie bekam Ärger, weil sie nicht zuerst einen Aufseher geholt hat. Z hat die Session trotzdem unterbrochen." Sie wies auf einen jüngeren, dunkelhaarigen Dom. „Er wollte, dass sein Kumpel sich unserer Session anschließt. Ich mag Dreier wirklich gern, aber nicht mit völlig Fremden."

Linda schüttelte den Kopf. Vielleicht würde sie Dreier genießen, wenn sie noch jünger wäre. Belustigt grinste sie. Jünger und nicht so ... langweilig. Aber das war sie, und sie wollte nicht, dass jemand außer Sam sie berührte. „Ich verstehe, dass dich das nervt."

„Ja. Dann gab es einen wirklich beunruhigenden Kerl, der –"

„Nur ein Kerl? Nicht zwei?" Als ein großer Mann hinter Sally trat und er mit den Händen über ihre Arme fuhr, erkannte sie Vance Buchanan, einen der FBI-Agents, der an dem Prozess teilgenommen hatte. „Redest du etwa von mir, Sub? Ich werde Galen sagen, dass er so langweilig ist, dass du ihn nicht einmal erwähnt hast."

Sally wirbelte herum und funkelte den blonden Mann an. „Ich habe über keinen von euch gesprochen."

Er hatte ein herzhaftes Lachen. „Das wirst du, Süße. Das wirst du." Er lächelte Linda an und schlenderte dann zu seinem Partner, einem kleineren Mann mit einem olivfarbenen Teint. Nach einem kurzen Gespräch drehte sich Galen um und betrachtete Sally mit Augen, die so dunkel waren wie seine Haare.

Als Sally erstarrte, grinste der Mann.

„Ich muss schon sagen: Die beiden schaffen es, dich sichtlich nervös zu machen." Linda unterdrückte ein Lachen.

Obwohl sich Galen wieder Vance zugewandt hatte, starrte Sally sie weiterhin an. „Die beiden. Sie haben Dreier zu einer Wissenschaft gemacht. Und komme ich ihnen zu nah, fühle ich mich dumm. Ich fühle mich nie dumm! Ich brauche einen Drink."

Als Sally das beeindruckende Kunststück schaffte, in Stilettos davon zu marschieren, kicherte Linda und fand dann einen leeren Tisch, vom dem sie den ersten Tanz zwischen Z und Jessica beobachten konnte. Sie sahen so perfekt zusammen aus, dass ihr ein Seufzer entrang.

Ein junger Mann in der Nähe grinste. „Was an Hochzeiten löst in Mädels diese Reaktionen aus?"

Linda lachte. Er hatte schwarzes Haar, braune Augen und war ungefähr so alt wie Charles. Ihr Sohn würde genau dasselbe sagen. „Wir leben für die Romantik." Sie streckte ihre Hand aus. „Ich bin Linda, eine Freundin von Jessica."

„Richard." Als sie die Hände schüttelten, nickte er zu Z. „Sein Sohn." Mit dem Ellbogen stieß er dem jungen Mann neben ihm in die Rippen. „Das ist mein Bruder Eric."

„Freut mich. Sie geben ein wunderschönes Paar ab", sagte Linda und hoffte, dass sie gerade nicht in ein Fettnäpfchen trat. Sie hatte Charles' Zurückhaltung gegenüber Sam gesehen. Junge Männer konnten sehr territorial sein.

„Ja." Er schüttelte den Kopf. „Zu Beginn habe ich nicht so gedacht. Mama war sauer. Aber vor Jessica sah er immer irgendwie traurig aus. Unnahbar." Die beiden Jungs tauschten Blicke aus.

„Kein Geld der Welt würde mich dazu motivieren, ein Psychiater für Kinder zu werden. Ein harter Job", sagte Richard. „Er brauchte sie."

Eric nickte. „Sie macht ihn glücklich."

Linda lehnte sich in ihrem Stuhl zurück und zog die Augenbrauen zusammen. Jessica machte Z glücklich; er brauchte sie. *Ich will, dass Sam mich so braucht.*

Als das Brautpaar tanzte, zeigte Zs Ausdruck, der einzig und allein auf Jessicas Gesicht gerichtet war, so viel Liebe, dass Lindas Augen brannten. *Wäre ich in der Lage, Sam so glücklich zu machen?* Der Drang, ihn zu sehen, mit ihm zu reden, war so überwältigend, dass sie auf die Füße sprang. Andere Gäste strömten zum Tanzbereich. Gabi tadelte Marcus aus irgendeinem Grund – zumindest bis er sie auf ihre Zehenspitzen zog und sie so leidenschaftlich küsste, dass sie wortlos gegen ihn sackte. Er grinste einen lachenden Raoul an, der Kim am Arm hatte. Kim trug ein wunderschönes, funkelndes Halsband – ein Symbol. Eines Tages, wenn sie bereit war, würde Raoul dort ein winziges Vorhängeschloss anbringen und den Schlüssel behalten.

Zs Söhne unterhielten sich über das bevorstehende Basketballspiel. Linda nickte ihnen zu, bevor sie sich auf den Weg zur Veranda machte. Um sie herum summten Gespräche, die gelegentlich von Cullens herzlichem Lachen und dem Kichern der Auszubildenden unterbrochen wurden, zu denen sich Sally gesellt hatte.

Als Linda die Veranda erreichte, sah sie Sam auf der anderen Seite mit den Shadowlands-Mastern. Wollte sie sich wirklich durch einen Haufen Männer quetschen? Würde Sam sie überhaupt sehen wollen, wenn er mit den Jungs abhing?

Sie zögerte und plötzlich schickte etwas ... ein Geräusch, ein Wort, eine Stimme ... einen eisigen Wind des Unbehagens über ihre Wirbelsäule. Ihre Großmutter hätte dazu gesagt: Jemand stampfte auf ihrem Grab herum. Sie trat einen Schritt zurück, noch einen, und lief in die entgegengesetzte Richtung. Kari würde sie das Baby halten lassen.

Bevor sie die verstreuten Tische erreichte, legte sich ein Arm um ihre Taille und stoppte sie. „Du siehst gut aus."

War es nicht seltsam, wie es Sams raue Stimme schaffte, jegliches Unbehagen zu lindern? Außer vielleicht dem Unbehagen, das er in ihr auslöste, weil er eben war, wer er war. „Du auch. Wer hätte gedacht, dass dir ein Anzug so gut stehen würde."

Er schnaubte. „In Jeans fühle ich mich wohler, aber der Anzug ist zumindest besser als der Smoking, in den mich Nolan auf seiner Hochzeit gezwungen hatte."

Oh wow, der Gedanke an ihn in einem Smoking war erregend.

Sams Arm lag fest um ihre Taille, als er loslief. Das Gefühl, wieder Teil eines Paares zu sein, war wundervoll.

Nicht weit von ihnen stand ein älteres Paar, das die tanzenden Gäste beobachtete. Als die Augen des weißhaarigen Mannes auf ihre trafen, lächelte er und erhob seine Stimme. „Sam. Stell uns vor."

Sams Grinsen blitzte auf. Ohne darauf zu warten, dass sie zustimmte, führte er sie zu den beiden, seine große Hand warm auf ihrem Rücken. „Martha, das ist Linda." Er sah zu Linda. „Der Hässliche ist Gerald."

Die Falten auf Marthas Gesicht konnten nicht ihre Grübchen verbergen. „Es ist schön, dich endlich kennenzulernen. Wir haben dich neulich mit Sam bemerkt."

Neulich?

„Im Club", bot Gerald an, da er ihr die Verwirrung ansah.

Die beiden? „Ihr seid ... ihr ..."

Marthas Lachen klang wie ... wie das von Lindas Mutter. „Ja genau. Wir sind seit Jahrzehnten verheiratet und er ist auch schon fast so lange mein Master."

„Jahrzehnte?" Kinky für den Großteil ihres Lebens?

Gerald brach in Lachen aus. „Wir trafen uns, als ich ihr einen Strafzettel für eine Geschwindigkeitsübertretung schrieb. Kurze Zeit später waren wir verheiratet. Dann verging ein Jahrzehnt und schließlich haben wir den spaßigen Teil für uns entdeckt."

Lindas Kinnlade klappte auf. „Wie in aller Welt habt ihr von BDSM erfahren? Ich meine, ihr wart verheiratet. Hat er dich in einen Club mitgenommen?"

„Oh, mein Gott, nein. Clubs wie das Shadowlands waren

unmöglich zu finden, und wenn, dann waren Heterosexuelle oft nicht gern gesehen." Falten krümmten sich um den Mund der alten Frau. „Eine Freundin gab mir den Roman *Die Geschichte der O.*" Sie entließ einen tadelnden Laut. „Der Held zeigt manchmal ein entsetzlich unsensibles Verhalten, aber die Geschichte war faszinierend. Als ich Gerald davon erzählte, bat er mich, ihm meine Lieblingsstellen vorzulesen."

„Sie errötete mit jeder Seite mehr." Gerald küsste die Fingerspitzen seiner Frau. „Wir haben experimentiert. Fanden Leute, die uns Fragen beantworten konnten."

„Wir waren begeistert, als Zachary seinen Club eröffnete. Es ist schön, andere im Lifestyle kennenzulernen." Martha tätschelte Sams Arm. „Bring sie doch irgendwann zum Abendessen mit." Ihre Augen tanzten. „Ich mache einen tollen Schmorbraten."

„Das würde mir gefallen." *Du springst direkt in diese Beziehung, oder, Mädchen?* Sie schaute weg und holte langsam Luft. Sie war alt genug, um zu wissen, dass jemanden zu lieben, nicht bedeutete, dass man mit ihm leben konnte. Aber alles in ihr wollte auf das Gaspedal treten.

Als Martha und Gerald von einem älteren Paar gerufen wurden, sah Linda zu Sam auf. „Ich sollte gehen. Ich muss noch ein wenig Buchhaltung erledigen."

„Nein." Er zog sie in die Richtung der grasbewachsenen Tanzfläche. „Zufälligerweise mag ich Walzer. Nichts von dem anderen Mist. Und ich sehne mich danach, deine schönen Titten an meiner Brust zu spüren. In der Öffentlichkeit." Er zog eine Augenbraue hoch. „Vor allem in diesem Outfit von dir. Hast du darunter ein Höschen an?"

Ihr Gesicht erwärmte sich und sie sah sich um, um sicherzustellen, dass niemand in der Nähe war. „Natürlich habe ich das."

„Da es sich um eine Vanilla-Veranstaltung handelt, kann ich dir nicht befehlen, es auszuziehen." Er zog sie eng an sich, näher, als es für einen Walzer üblich war. Er führte sie so gnadenlos, wie er dominierte, und die Erkenntnis ließ sie erschauern.

Er lehnte sich vor und flüsterte an ihrem Ohr: „Finde ich dich aber im Shadowlands mit Unterwäsche vor, werde ich sie dir von der Pussy reißen und den Bereich auspeitschen, den das Höschen bedeckt hat."

Trotz der kühlen zwanzig Grad Celsius schoss Linda Hitze in die Wangen, als wäre es plötzlich ein schwüler Sommertag im Juli. Um ihr Gesicht zu verbergen, drückte sie ihre Stirn gegen seine Schulter.

Lachend sagte er: „Meine verdammte Hose ist nicht für einen harten Schwanz gedacht. Wir tanzen, bis ich wieder vorzeigbar bin ... oder ich ziehe dich in die Shadowlands-Gärten und kümmere mich auf eine andere Weise um das Problem."

„Sei ruhig", zischte sie. „Ich kann nicht glauben, dass du das gerade gesagt hast."

„Mhm. Und ich kann sehen, dass du verärgert bist." Als er sie im Kreis drehte, rieb er sich an ihren Brüsten und zweifellos konnte er sogar durch die Kleidung hindurch spüren, wie ihre Nippel hart wurden.

Gott, ich liebe dich. Aber selbst als sie sich an ihn schmiegte, wusste sie, dass er nicht bereit war, diese Worte zu hören. In Anbetracht seiner letzten Ehe war es möglich, dass er nie bereit wäre.

Hinzu kam, dass sie vollkommen verkorkst war. Es langsam anzugehen, war am logischsten.

KAPITEL ZWANZIG

Im **Shadowlands behielt** Sam von der Bar aus den Blick auf die Tür gerichtet. Bisher war Linda noch nicht aufgetaucht. Sein Verstand fühlte sich wie eine Klapperschlange an, die bereit war, blitzschnell zuzuschlagen. In den letzten Wochen war sie nicht in der Stadt gewesen. Sie war auf Geschäftsreise gegangen, um ihren Laden mit neuen Schätzen zu füllen. Die zwei Male, in denen sie kurz zuhause gewesen war, hatte er mit der Errichtung des Stalls, den Hainen und seinen Feldern verbringen müssen.

Zog sie sich von ihm zurück? Er schnaubte. Gemeinsam hatten sie eine Hochzeit besucht. Es passierte oft, dass sich Männer danach rar machten, aber Frauen? Nein.

Er fühlte sich nicht wohl damit, wie sehr er es vermisste, mit ihr zu sprechen. Er vermisste ihren süßen Körper in seinem Bett. Er vermisste ihr Lachen. Sie hatte ihm ihre Handynummer gegeben, aber ... *verdammt*. Er war nicht der Typ, der gerne am Telefon hing.

„Sam." Jake trug die Aufseherweste mit den goldenen Akzenten. „Z fragt, ob du die Gärten heute Abend überwachen möchtest."

Linda hatte gesagt, sie würde versuchen, heute in den Club zu kommen. „Diesmal nicht."

Cullen reichte Jake eine Flasche Wasser und stellte eine zweite vor Sam ab. „Bitte sehr, Jungs." Anschließend machte er sich daran, einen ausgefallenen Drink zu mischen.

„Danke, Cullen", rief Jake. Er öffnete die Flasche und betrachtete Sam nachdenklich. „Ich habe dich noch nie in den Gärten spielen sehen."

„Wirst du auch nicht." Sam musterte den Mann. Schade, dass es mit Heather nicht geklappt hatte. „Ich habe in Vietnam gekämpft. Ich kann die Vergewaltigungsfantasie verstehen; es im wahren Leben mitzuerleben, hat jedoch einen faden Beigeschmack hinterlassen."

Jake senkte die Flasche, ohne getrunken zu haben. „Verständlich. Ich habe gesehen, was das mit einer Person macht." Er hielt einen Moment inne und sagte dann langsam: „Du beaufsichtigst die Gärten sehr häufig."

Sam zuckte mit den Schultern. Fantasie war in Ordnung, aber es würde unter seiner Aufsicht keine echten Vergewaltigungen geben.

Als hätte Sam den Gedanken laut ausgesprochen, runzelte Jake die Stirn. „Verstanden." Er trank sein Wasser in einem Zug und sah dann auf seine Uhr. „Ich werde die Spiele heute Abend für dich im Auge behalten."

Guter Mann. Nachdem der Dom verschwunden war, entdeckte Sam Linda im Eingangsbereich. *Da ist sie.* Seine angespannten Schultern lockerten sich.

Ihr schwarzes Kleid reichte bis zur Mitte ihrer Oberschenkel. Zu lang. Was ihn diesen Umstand verzeihen ließ, war die Art und Weise, in der es sich an ihre Kurven schmiegte. Zudem war sie barfuß, also hatte Ben die Schuhe, die sie zu dem Outfit gewählt hatte, nicht genehmigt. Sie schaffte es ein paar Schritte in den Clubraum, bevor der Lärm sie stoppte.

Sam grinste. Z und Jessica waren von ihren Flitterwochen

zurückgekehrt. Der Club war in den zwei Wochen geschlossen gewesen, und jetzt waren alle in einer feierlichen Stimmung.

Die Musik kam von der Band *Lacuna Coil*, die aus den Sessions etwas die Härte rausnahmen. Die Mistress, die ihre blonde Sub mit einem Rohrstock bearbeitete, tanzte und ließ die Hüfte zwischen jedem Schlag schwingen. Bei einer Suspension-Session hatte der Dom die Sub dazu gebracht, sich im Takt der Musik zu bewegen.

Linda sah sich um und nahm die Atmosphäre in sich auf. Auch sie ließ sich von der Musik treiben. Zufrieden beobachtete er, wie sie nach ihm suchte und dann direkt auf ihn zusteuerte.

Als er ihren Lavendel- und Limettengeruch in die Nase bekam, wurde er sofort hart. Das Biest in ihm musterte die Beute, die immer näherkam. Das Spielzeug eines Sadisten.

Ihre Pupillen weiteten sich bei dem Ausdruck in seinen Augen. Unter dem Seidenstoff richteten sich ihre Nippel auf.

Gut. Jemand wollte spielen. Er legte seine Finger auf ihren Nacken und fand mit der anderen Hand ihre Brust. Als sein Daumen die Knospe umkreiste, sah er, wie sich der Druck in ihr aufbaute. *Verdammt*, aber er hatte sie wirklich vermisst. „Ich würde dir ja einen Drink bestellen, aber ich möchte dir zuerst wehtun."

Sie sah schockiert aus. Dann färbten sich ihre Wangen zu einem erregenden Rot.

Er küsste sie sanft auf die Lippen und flüsterte an ihrem Mund: „Ich will dich weinen sehen."

Ihre Lippen zitterten unter seinen.

„Ich will dich schreien hören."

„Oh Gott." Ihre Stimme war so heiser, als hätte sie ihn bereits mit ihren Schreien beschenkt.

Er packte ein Bündel ihrer Haare, hielt sie fest und kniff dann so hart in den Nippel, dass sie hörbar nach Luft schnappte. Er beobachtete, wie der Schmerz wie eine Liebkosung in sie vordrang.

Erregung ließ ihre Augen aufleuchten und ihre Lippen nahmen einen dunkleren Farbton an.

„Komm mit." Er führte sie durch den Hauptraum, den Flur hinunter und in den kalten, unheimlichen Kerkerraum. Hand- und Knöchelschellen hingen von den Felswänden. Von den Deckenbalken baumelten Ketten. Auf einem Thron an der Wand saß eine Domina mit einem Sklaven zu ihren Füßen. Ein Wimmern kam von einem Sub auf dem Bondage-Tisch, bei dem sich ein dominantes Paar mit Wachs-Play abwechselte. Ein schlanker Sub, der in der Lederschaukel festgeschnallt war, stöhnte, als sein Dom ihn hart fickte.

Sam legte seinen Arm um Linda, zog sie an sich und musterte sie: Nervosität und Erregung, aber keine Angst. Es hatte etwas gedauert, aber nun vertraute sie ihm. Er wählte einen freien Bereich und riss an den Ketten, die an einem schweren Balken baumelten. Robust. Niemand war so auf Sicherheit bedacht wie Z, dennoch überprüfte er immer erst die Ausrüstung und die Geräte. Keine Sub würde zu Schaden kommen, den nicht er allein zu verantworten hatte.

Lindas Blick konzentrierte sich auf die Ketten und sie zuckte zusammen, als er befahl: „Zieh dich aus und knie dich hin."

Es war bezaubernd, als sie seinem Befehl folgte und er musste lächeln.

„Braves Mädchen." Er fand so viel Gefallen an unterwürfigen Masochisten. Und er beabsichtigte, zu testen, an welchem Punkt sie kapitulieren würde.

Ihre braunen Augen zeigten sowohl Nervosität als auch Lust. Es war über zwei Wochen her, seit sie gespielt hatten ... seit er ihr wehgetan hatte. Sie würden beide den Abend genießen.

Er lehnte sich vor und legte ihr gut gepolsterte Lederfesseln um, die für den Notfall mit Klettverschluss ausgestattet waren.

Ihre Augen weiteten sich und sie begann zu beben. Genau wie er seine Subs mochte. Der Schmerz war wie ein Hauptgang mit

Fleisch und Kartoffeln, aber die Nervosität bildete das Dessert.

„Aufstehen, Mädchen."

Sie stand auf und nahm ihre Position ein. Seltsam, wie sich ein Masochist nach Schmerz sehnte, ihn aber gleichzeitig vermeiden wollte.

Er hakte ihre Handgelenksfesseln an die Kette, hoch genug, um ihr Stabilität zu geben, ohne sie auf ihre Zehenspitzen zu zwingen. Zum einen, weil sie nicht mehr so flexibel war wie eine jüngere Frau, und zum anderen, weil er wollte, dass sie in der Lage war, mit ihrem Arsch zu wackeln. Ein Riemen mit Klettverschluss um ihre Knöchel hielt ihre Beine zusammen und schränkte ihre Beweglichkeit ein. Ihre Atmung hatte sich beschleunigt, und er nahm sich eine Minute Zeit, um ihr über den samtweichen Rücken zu streicheln. Direkt über ihrem hübschen Arsch fiel sein Blick auf ihre erregenden Venusgrübchen. Ihre Beine waren gebräunt, aber ihr Arsch blieb ein verführerisches Weiß, das um rote Streifen bettelte.

„Entspann dich, Fräulein. Das wird nicht sehr wehtun."

Sie schnaubte. „Das von einem Sadisten zu hören, ist so glaubwürdig, als würde der Zahnarzt sagen, dass eine Behandlung am Wurzelkanal schmerzfrei verläuft."

„Das stimmt wohl." Grinsend schlug er ihr auf den Hintern und hinterließ einen roten Handabdruck auf der weißen Leinwand. Und weil er den Laut des Aufpralls auf ihrer Haut und ihr Schnappen nach Luft so sehr genoss, teilte er noch mehr Schläge aus. Nach einer Weile lockerten sich ihre Muskeln und sie schob ihm ihren Arsch bei jedem Schlag gierig entgegen. Sein Schwanz wurde hart und wollte ihre unausgesprochene Bitte erfüllen, aber er wartete, bis sie von dem brennenden Gefühl vollkommen eingehüllt war.

Als ihre Haut rosenrot leuchtete, beschloss er, ihre Erregung zu verstärken. Einige Masochisten standen nur auf eine Sache – Schmerz. Andere bevorzugten ein Fundament aus Schmerz zusammen mit Sex, und er liebte es, beide Seiten dieses Dreiecks zum Gipfel zu treiben.

Nachdem er einen Hocker neben ihr positioniert hatte, zog er sich einen Handschuh über und tauchte mit den Fingern in Gleitgel. Mit einer Hand auf ihrem Bauch hielt er sie ruhig, während er mit seinen Fingern zwischen ihre Arschbacken glitt.

„Nein!" Sogar ihr Jammern klang melodisch.

Er unterdrückte ein Lachen und legte einen Finger an ihren Anus, brach durch den Muskelring und glitt in sie.

Ihr Rücken wölbte sich in einem unausgesprochenen Protest und sie quietschte.

„Wir fangen doch gerade erst an." Er verlieh der Aussage Nachdruck, indem er mit seiner freien Hand ihre Brüste fand und sich abwechselnd an ihnen zu schaffen machte. Sie zischte. Gleichzeitig jedoch spannten sich ihre Arschbacken um seine Hand an. Er konnte ein Grinsen nicht unterdrücken und fügte einen weiteren Finger hinzu. *Verdammt*, sie war eng. Seinem Schwanz sagte das zu, obwohl es langsam eng in seiner Lederhose wurde.

Er nahm die Hand von ihren Brüsten und glitt zu ihrer Pussy. Jeder Dom wünschte sich, eine Sub so feucht vorzufinden. Er saß noch immer auf dem Hocker und klemmte ihre Beine zwischen seinen Knien ein. Mit den Augen auf ihr Gesicht gerichtet, legte er seinen Daumen auf ihre Klitoris und stieß zwei Finger in ihre Pussy. Ihr Arschloch ballte sich als Antwort um seine anderen Finger zusammen. Während er ihre Klitoris umkreiste, drang er abwechselnd mit den Fingern in ihre Pussy und in ihr Arschloch, bis sich ihre Atmung hörbar änderte, sich ihre Beinmuskeln anspannten und sie auf einen Orgasmus zuraste.

Die perfekte Zeit, um mehr Schmerz ins Spiel zu bringen.

Als er seine Finger aus ihr herauszog, stöhnte sie frustriert.

Nach der Entsorgung des Handschuhs küsste Sam sie und spielte dabei mit ihren Nippeln. Ihre Augen waren geschlossen, ihre Wangen gerötet. *Wunderschöne Linda.*

Er legte einen Arm um ihre Taille, lehnte sich vor und teilte einen Schlag auf ihren Arsch aus. Ihr Körper erstarrte – nein, im Subspace befand sie sich noch nicht. Das Biest in ihm liebte diesen Punkt, wenn sie noch den Schmerz spürte, bevor er sich zu Lust verwandelte. Nicht mehr lange und jeder Schlag von ihm würde sich ekstatisch anfühlen.

Die kehligen Gesänge von *Lesiëm* traten aus den Lautsprechern des Kerkerraumes und Sam versohlte ihr zu den Klängen den Arsch. Zweifellos vibrierte jeder Schlag in ihrem süßen Arschloch nach, das er gerade gedehnt hatte.

Ein paar Leute stellten sich an die Wand und sahen zu. Auch Linda bemerkte die Zuschauer und errötete.

Sam packte ihr Kinn und drehte ihren Kopf zu sich. „Aufmerksamkeit auf mich."

„Ja, Sir." Ihre Augen konzentrierten sich auf ihn. Nur auf ihn.

„Sehr gut, Mädchen." Er fuhr ihr sanft mit den Fingerknöcheln über die Wange. Das Bedürfnis einer Sub, zu gefallen, konnte oft jeden anderen Instinkt außer Kraft setzen, und Linda war zutiefst unterwürfig.

Und bereit für mehr. Ihre Nippel hatten sich aufgerichtet, ihre Wangen waren genau wie ihre Lippen gerötet. *Verdammt*, sie war hinreißend.

Er nahm den Rohrstock aus seiner Tasche und fing mit ihrem Arsch an. Nach einer Weile würde er zu ihren Brüsten wandern, was ihm stets besonders viel Freude bereitete.

Einige Zeit später, als Linda wieder in die Realität zurückglitt, kribbelte ihre Haut vor anhaltenden Empfindungen. Ihre Brüste brannten nach den Schlägen auf köstlichste Weise – die Verursacher hier ein Rohrstock und eine Gerte. Von ihrem Rücken, ihrem Po und ihren Oberschenkeln ging ein ähnliches Vergnügen aus.

Alles hatte sich so gut angefühlt. Ihr Kopf legte sich gegen ihren erhobenen Arm; ihr Verstand war vollkommen vernebelt.

Zeit war vergangen. Wie viel wusste sie nicht. Sie war zweimal gekommen und wollte immer noch mehr. Mehr Schmerz, mehr Berührungen. *Mehr, mehr, mehr!* Aber Sam hatte *Nein* gesagt – er hatte gemeint, sie hätte genug. Im Moment schnippte er die Gerte auf eine Weise, die wellenartig Begierde mit sich brachte, anstatt einen Waldbrand auf ihrer Haut zu hinterlassen. Er trieb sie langsam nach oben und musste dafür das Fenster zur Realität nur einen Spalt öffnen.

Er ging so behutsam mit ihr vor.

Sie liebte ihn so sehr.

Ihr Körper pochte, und doch fiel ihr nun auf, dass ihre Beine etwas kalt waren, dass ihre Schultern schmerzten. Der schwere Laut eines Floggers kam von rechts. Sie nahm Gespräche wahr. Sie versuchte, den Kopf zu heben, musste jedoch ihre Niederlage eingestehen. Es spielte nicht wirklich eine Rolle. Alles fühlte sich so gut an. Ihr Blut sang in ihren Adern; Sauerstoff strömte in ihre Lungen. Was für einen gut funktionierenden Körper sie doch hatte.

„Linda?"

„Mhm?"

Sam entließ sein tiefes Schnauben, das genauso gut als Lachen durchgehen könnte. „Du bist immer noch im Space."

Sie wollte die Augen schließen, realisierte jedoch, dass sie bereits zu waren, und legte stattdessen den Kopf auf die Seite – in der Hoffnung, dass er dieses erregende Knurren von sich gab, das jedes Mal direkt zu ihrer Mitte steuerte.

Aber nein, die Stimmen der Zuschauer traten an ihre Ohren. Ein Tenor, ein Bariton, der Alt einer Frau. Dann ein höherer Tenor mit einem seltsamen … kratzigen Klang.

Gänsehaut brach auf ihrem Körper aus und ihre Brust verengte sich. *Diese Stimme.* Ihre Hände ballten sich zu Fäusten, als der Gestank der Sklavenkäfige über sie fegte. *Ihr eigener*

Körper stinkt nach Urin und Angst, Frauen schluchzen und schreien und –

„Gottverdammt." Unnachgiebige Hände schlossen sich um ihre Schultern, ein Körper presste sich gegen sie. Sie zuckte zusammen, schüttelte den Kopf und versuchte, den Nebel in ihrem Verstand abzuschütteln. „Nein. Nein." Ihre Lippen waren taub und ihre Worte kamen lallend heraus.

„Öffne deine Augen."

Der harsche Befehl wehte durch sie und schaffte es, den Druck von ihrer Brust zu nehmen. Tief atmete sie ein. Viele, viele Male. Die Luft fühlte sich zu schwer an, um ihre Lungen damit zu füllen.

„Augen zu mir." Finger packten ihr Kinn und hoben ihren Kopf.

Augen. Ihre waren fest zu. Sie zwang sie auf und starrte in das lodernde blaue Feuer von Sams Tiefen. Als ihre Knie einknickten, lastete ihr gesamtes Gewicht einzig und allein auf ihren gefesselten Armen. Sie riss daran, musste frei sein. *Muss hier weg. Muss rennen.*

„Ganz ruhig, Mädchen." Sein starker Arm schloss sich um ihre Taille und stützte sie. Mit der Hand des anderen löste er den Klettverschluss und befreite so ihr linkes Handgelenk, dann das rechte.

„Ich kümmere mich um ihre Knöchel, Sam." Eine weibliche Stimme. Besorgt.

Linda war plötzlich so kalt und das Gefühl breitete sich aus, bis ihr gesamter Körper unkontrolliert zitterte. Ein Hitzestoß jagte über ihre Haut, gefolgt von eisigem Wind. Sie schaffte es nicht, sich zu beruhigen.

Die Welt drehte sich, als Sam sie in seine Arme hob. „Sieh mich an, Linda. Nur mich", knurrte er. Lichter flackerten an ihr vorbei, als befände sie sich in einem Auto, das durch Nebel fuhr. Verloren in einer unübersichtlichen Welt.

Aber seine Arme lagen um sie, seine Brust eine solide Präsenz an ihrer Haut. Ein heftiger Schauer erfasste sie und sie stöhnte. Ihr entging nicht, wie angsterfüllt ihre Stimme klang. Es war erschreckend. Auch für sie.

Irgendwo, wo es dunkler und ruhiger war, setzte er sich hin.

Er sagte etwas, was sie nicht verarbeiten konnte und doch schafften es seine geknurrten Worte, die Angst in ihr zu bändigen. Etwas legte sich auf sie. Warm. Weich. Sam bewegte sich und stellte sicher, dass sie vollständig bedeckt war.

Nackt. Sie war nackt gewesen. Jetzt war sie es nicht mehr. Sie blinzelte und erwartete einen Ballsaal voller Käufer und Sklaven. Ihr Blick konzentrierte sich auf eine Farnpflanze auf einem Sockel. Ein anderer hielt Begonien. Die winzigen Blüten waren wie Sterne im dunklen Laub. Leben in der Dunkelheit. Niemand schrie. Die Polizei hatte gebrüllt und ... nein, das war nicht hier gewesen.

Sie befand sich nicht bei der Sklavenauktion.

Männer sprachen. Ihre Augenbrauen zogen sich zusammen, als sie versuchte, die Worte zu verarbeiten.

„Was ist passiert? Die Panikattacke kam so plötzlich." Eine Stimme, die sie an teure, dunkle Schokolade erinnerte. Vertraut.

„Ich muss einen Trigger erwischt haben, aber verdammt, ich habe keine Ahnung, was es gewesen sein könnte." Das tiefe Grummeln vibrierte durch ihren Körper. Ewig könnte sie ihm zuhören. „Ich hatte noch nie eine Sub, die zum Ende der Session in Panik geriet. Sie war vollkommen im Subspace und ich war gerade dabei, sie wieder auf die Erde zurückzuholen."

„Wirklich seltsam. Erlaubst du mir, dass ich mit ihr spreche?"

„Bitte. Sie ist wieder bei uns."

Etwas rieb über ihre Haare. Sam. Sam, der sein Kinn tröstend über sie strich. Eine Geste, die ihr sagen sollte: *Ich bin bei dir.*

Die Stimme des anderen Mannes senkte sich: „Linda, ich spüre, dass du zuhörst. Kannst du mir in die Augen sehen?"

Warum schlossen sich ihre Augen immer wieder? Sams Arm lag um ihre Taille, seine Finger gruben sich in ihre Hüfte. Sie legte die Finger um seinen Unterarm – *bleib bei mir* – und zwang ihre Augen auf. Sie sah nichts außer Haut. Ihr Gesicht presste sich gegen seine Brust. *Will mich nicht bewegen. Will nichts sehen.*

„Na komm, Baby. Den Kopf heben." Seine Stimme klang nun tiefer. Rauer. Er machte sich Sorgen um sie. *Ich liebe ihn. Ich will ihm keine Sorgen bereiten.*

Sie grub ihre Fingernägel in seine Haut, damit niemand sie wegschnappen konnte, und hob dann ihren Kopf. Er hielt sie fester, um ihr zu versichern, dass sie in Sicherheit war. Sie drehte den Kopf.

Mit beiden Unterarmen auf seinem Oberschenkel kniete Master Z vor ihr und wartete geduldig auf sie. „So ein gutes Mädchen." Sein Lächeln war schwach, sein Blick dunkelgrau. Noch jemand, den sie beunruhigt hatte.

„Es tut mir leid." Ihre Kehle fühlte sich an, als hätte sie jahrelang nicht geschluckt. „Es ist deine Willkommen-Zuhause-Party. Ich wollte nicht –"

Sam entließ einen ungläubigen Laut, aber seine Arme lockerten sich nicht.

Solange er sie hielt, war es ihr egal, was und wie viele Geräusche er von sich gab. Ihr Körper wachte auf und fing an, alles zu spüren, was er mit ihr getan hatte. Bei der wieder aufkeimenden Angst fühlte sich ihre Haut an, als hätte ein Schwamm sie blutig geschrubbt.

„Du bist jetzt wichtiger." Zs Stimme war leise und geduldig. Er bewegte sich nicht. Das erinnerte sie an den Tag, als sie mal ein Kätzchen unter ihrer Veranda gefunden hatte und Geduld beweisen musste, um es herauszulocken. Flauschiges, kleines Kätzchen. „Du hattest eine Panikattacke", sagte Z. „Kannst du mir sagen, was passiert ist?"

Dachte er, Sam hätte etwas falsch gemacht? „Nicht Sam. Er hat nichts –"

„Nicht Samuel", stimmte er zu. „Sonst würdest du dich nicht

so an ihn klammern." Sein Blick fiel auf ihre Finger, die sich an Sams Arm festkrallten.

Wahrscheinlich tat sie ihm weh. Trotz allem schaffte sie es nicht, die Finger zu lockern. Ein Wimmern entrang ihr.

„Ganz ruhig." Sams Flüstern wehte über ihre Haare. „Krall dich ruhig an mir fest, Mädchen."

„Hast du etwas gesehen, das dich erschreckt hat?", fragte Master Z.

„Meine Augen waren geschlossen", sagte sie, als Sam murmelte: „Ihre Augen waren geschlossen."

„Hast du etwas gefühlt, das Erinnerungen an die Oberfläche geholt hat?"

Zittrig atmete sie ein. Kurz bevor sie in Panik geraten war, hatte sie ein sanftes Schnippen der Gerte gespürt – eine Berührung nach einem Orgasmus, die gerade genug war, um sie am Laufen zu halten. Er war gut darin, Schmerz zu geben. Mit Orgasmen kannte er sich auch aus. Ihr Mundwinkel zuckte und sie konzentrierte sich wieder auf Z.

„Du fühlst dich besser." Er lächelte. „Es war also nichts, was Sam getan hat."

„War es ein Geruch?" Sams Stimme war so sanft, wie es der Laut eines LKW, der über einen Kiesweg fuhr, eben sein konnte.

Denk nach, Linda. Sie neigte den Kopf und erinnerte sich an das Gefühl der Peitsche, dann an die Gerüche des Kerkers. Ein mineralhaltiger Duft zusammen mit dem von Leder und einem Hauch von Reinigungsmittel. „Nein."

„Damit bleibt nur die Möglichkeit, dass du etwas gehört haben musst", sagte Z. „Sag mir, was du gehört hast, Linda."

Den Knall einer Peitsche. „Musik. Gregorianische Gesänge. Gespräche. Sie haben ... zugesehen." Sie zuckte die Schultern. „Aber das hat mich nicht gestört." Nette Stimmen. Geflüster. *Ein Tenor, ein Bariton, der Alt einer Frau. Ein höherer Tenor mit einem ... seltsamen, kratzigen Klang.* Ihr Atem stockte, als hätte ihr jemand auf die Brust getreten.

Sams Arme schlangen sich enger um sie und drückten auch die letzte Luft aus ihr heraus. „Ich hab dich, Linda. Du bist sicher."

Ihre Augen hatten sich wieder geschlossen. *Ich habe diesen Tenor schon mal gehört.* Sie zwang sich, die Lider zu heben.

Master Z hielt ihren Blick gefangen. „Erzähl es uns."

„Er war hier. Jemand ... jemand aus ..." Sie presste das Wort an ihren Lippen vorbei: „Ein Sklavenhändler. Ich kenne sein Lachen. Seine Stimme."

Sam knurrte.

Master Zs Augen erinnerten an das dunkelste Schwarz. „Wie sieht er aus?"

Immer wieder versuchte sie, der Stimme ein Gesicht zuzuordnen. Nichts kam. Sie enttäuschte Sam. Tränen brannten in ihren Augen. „Es tut mir leid. Es tut mir leid."

Sams Arm, den sie umklammert hielt, bewegte sich. Er neigte ihr Gesicht nach oben und fand ihren Blick. „Was tut dir leid, Baby?"

„Ich kenne sein Gesicht nicht", flüsterte sie. „Ich habe es nie ..."

Sie schwiegen und warteten.

„In Käfigen. Für eine Weile hielten sie uns in Käfigen. Wenn Leute kamen, hielt ich die Augen geschlossen und betete, dass sie bald verschwanden." *Dass alles verschwand und sie aus dem Albtraum aufwachte.*

„Du hast die Augen zugemacht, ja?" Sam entließ ein Lachen. „Ich wette, du hast dich unter der Decke versteckt, wie es meine Tochter als kleines Mädchen getan hat." Er war nicht wütend. Er gab ihr nicht die Schuld. Tatsächlich glitt seine Hand von ihrem Kinn und er legte sie auf ihre Wange, während er ihren Rücken an seine Brust presste.

Sie stieß einen Seufzer aus und spürte, wie sich ihr Körper entspannte. Warm. Sicher.

„Linda", fragte Z, „bist du sicher, dass du jemanden gehört

hast, als du eingesperrt warst? Könnte die Stimme einfach ähnlich geklungen haben?"

„Ich bin mir absolut sicher."

Stille. Sie spürte, wie der Besitzer des Shadowlands sie musterte und erkannte, dass ihre Augen wieder geschlossen waren.

„Wir unterhalten uns später, Z", sagte Sam. „Ich habe sie tief ins Subspace getrieben. Sie wird hart fallen."

Das Rascheln von Klamotten. Sie wollte ihre Augen nicht öffnen. Vielleicht würden die Bösen einfach verschwinden. Nur hatte diese Methode noch nie funktioniert. Auch ihre Augen zu schließen, hatte nichts gebracht, hatte sie nicht gerettet. Nichts hatte das. Tränen flossen aus ihren Augen und rollten über ihre Wangen.

„Linda, sieh mich an." Als sie die Augen öffnete, schaute Z mit einem sanften Gesichtsausdruck auf sie herunter. „Samuel und ich sind stolz auf dich, Kleine. Das hast du sehr gut gemacht." Er drückte ihre Schulter und wandte sich von ihnen ab, sein Gang anmutig und geräuschlos.

Ein Knoten löste sich in ihr, was ihre Traurigkeit jedoch nicht auslöschte. Ein dichter Meeresnebel hatte sich in den Straßen ihres Verstandes festgesetzt und färbte ihre Welt grau. Ein trauriges, trauriges Grau. *Ist das der Ort, an dem Holly ist?* Vergraben in Grau?

Ein Schluchzen unterbrach ihre Atmung. Noch einer.

Sam murmelte etwas und nach einer Sekunde erkannte sie, was er gesagt hatte. „Weine, Mädchen. Ich werde dich nicht loslassen. Weine."

Sie vergrub ihr Gesicht an seiner Schulter und tat genau das.

Die rothaarige Ex-Sklavin mit einer Panikattacke zu sehen, hatte ihn zumindest für einen kurzen Moment amüsiert.

Lächelnd bewegte sich der Beobachter auf die ungebundenen Subs zu.

Noch amüsanter hatte er es gefunden, zu beobachten, wie die Session des Doms eine Bruchlandung erlitten hatte. So eine Schande, *Master* Sam. Das Arschloch. Sicher, Davies zeigte Talent mit der Peitsche, aber er hörte immer zu früh auf. Er brach die Subs nicht, zwang sie nicht, zu kriechen. Und nach einer Session behandelte er die Schlampen jedes Mal wie verwöhnte Babys. *Ekelhaft.* Aarons Kiefer spannte sich an. Dumme Sklaven fielen regelmäßig vor Davies auf die Knie und flehten ihn um Sessions an. Einige von ihnen hatten Aaron bereits abgewiesen, als er sie zum Spielen eingeladen hatte. *Ich bin ein viel besserer Master, als er es je sein wird. Ich habe mehr Frauen gefickt, mehr Frauen verletzt.*

Mehr Frauen getötet.

Er richtete seine Haare und grinste zufrieden. Ja, er hatte sich in letzter Zeit gut amüsiert. Es war klug gewesen, weiterhin Prostituierte zu benutzen. Sie waren schmutzig, aber ... einfältig. Er musste nur mit Geld wedeln, sich eine wählen und konnte dann mit ihr machen, was er wollte. Die Leiche legte er in einem Graben ab und anschließend nahm er das Geld wieder an sich. Ja, er musste vorsichtig sein, durfte keine Beweise hinterlassen. Glücklicherweise hing ihm der Aufseher von der *Harvest Association* nicht länger am Arsch, dem es nicht gefallen hatte, wenn kaputte – oder tote – Ware auftauchte.

Und für eine nette Ablenkung zwischen den Morden benutzte er das Shadowlands.

Als er sich der Bar näherte, bemerkte er, dass die Seitentür offen stand. Z musste die Gärten geöffnet haben. Das versprach ein Spaß zu werden. Vielleicht ein bisschen riskant, da Z und die Master den Bereich genau im Auge behielten. Aber es gab Wege, dies zu umgehen.

Als er sich den ledigen Subs näherte, begutachtete er die Opfergaben. Mit zwei von ihnen hatte er bereits gespielt. *Nein.* Er war nicht in der Stimmung, sich anstrengen zu müssen. Zudem lehnte er die athletisch aussehenden Frauen ab. Er musste Energie sparen. Seine Fäuste würde er einsetzen und in den Arsch würde er sie ficken, denn das passte heute perfekt zu seiner Stimmung.

Eine tätowierte Sub fiel ihm ins Auge. Sehr nett. Aber dann sah er die Fesseln an ihren Handgelenken, die auf eine Auszubildende hinwiesen. Keine gute Wahl. Z ließ die Auszubildenden nie aus den Augen. Alle Master bewachten die Teilnehmer des Programms sehr genau.

Ah, vielleicht die Brünette. Sie konnte nicht älter sein als Mitte zwanzig. Er bevorzugte ältere Sklaven, aber für das, was er in den Gärten im Sinn hatte, wäre eine unerfahrene Sub besser. Er marschierte in den Sitzbereich, warf ihnen allen einen unpersönlichen, kalten Blick zu und beobachtete, wie sie auf seine Dominanz reagierten. „Ich sehne mich nach einem kleinen Workout in den Gärten", sagte er.

Drei der Subs, einschließlich seiner Wahl, zeigten Interesse. Er streckte ihr die Hand entgegen. „Hast du an einem kleinen Spiel Interesse?"

Sie sprang auf ihre Füße. „Sicher."

Er bemerkte, wie eine der Schlampen, die er bereits einmal benutzt hatte, versuchte, das Mädchen zu warnen. Schnell entfernte er seine Auserwählte aus ihrem Blickfeld. „Hast du ein Safeword?"

„Ich benutze *Rot*." Die Sub versuchte, selbstbewusst zu erscheinen.

Fast hätte er gelacht. „*Rot* wird gehen." Dumm für sie, dass sie nicht in der Lage wäre, es zu schreien, wenn er die Hand auf ihren Mund legte. Bereits jetzt wusste er, dass er die unsichere Sub auf eine Weise einschüchtern könnte, sodass sie niemals wieder ins Shadowlands zurückkehren und auch keiner Menschenseele von heute Abend erzählen würde.

KAPITEL EINUNDZWANZIG

S am runzelte die Stirn, als er Linda dabei beobachtete, wie sie seine Einfahrt zum Tor hinunterfuhr. Die Frau war verdammt stur. Sie hatte nicht viel geschlafen und sich trotzdem aus dem Bett gequält, um bei einem Gottesdienst zu singen. Sie hatte nicht mal auf ihn gewartet, sodass er ihr das Tor öffnen konnte.

Seine Stimmung erhellte sich, als er sich daran erinnerte, wie sie ihn angeknurrt hatte. Ihr Morgenmuffelgesicht war verdammt süß.

Er würde sie ohnehin später wieder sehen. Z hatte bereits angerufen. Er hatte für heute Nachmittag ein Treffen mit ihr, dem FBI und den anderen Mastern arrangiert. Genau, was sie brauchte. Noch mehr Stress in ihrem Leben. Zumindest hatte sie zugestimmt, dass er sie nach der Arbeit abholte und sich von ihm für das Meeting zum Shadowlands fahren zu lassen.

Mit einem Fingerschnippen holte er Conn zu sich und lief die Einfahrt runter. Da die Bauarbeiter sonntags frei hatten, schloss er das Tor und ging dann zu den Obstgärten.

Auf halbem Weg stieß Conn ein Bellen aus, das die Vorwarnung auf ein kommendes Auto darstellte. Das Fahrzeug war ein alter Zweitürer mit Beulen und Dellen an der Stoßstange. Ein Blinker war kaputt. Blondine am Steuer. *Zur Hölle nochmal.* Noch bevor er ihr Gesicht sah, wusste er, wer in dem Auto saß. Er schluckte schwer und hatte das Gefühl, dass sich Glasscherben seine Speiseröhre hinunter bewegten.

Ohne nachzudenken – nur um sie von seinem Haus fernzuhalten –, stellte er sich mitten auf die Straße und zwang sie so, anzuhalten. Für den Fall, dass sie das nicht tat, spannte er die Muskeln an und bereitete sich darauf vor, aus dem Weg zu springen. Schließlich bestand die Möglichkeit, dass sie unter Drogen stand und das Hindernis nicht wahrnahm.

Sie stoppte.

Seine Wut wuchs und er riss ihre Tür auf. Conn knurrte.

Sie warf ihm einen flehenden Blick zu. „Sam. Liebling. Ich weiß, du wolltest nicht –"

„Verschwinde verdammt nochmal von meinem Land." Sie war nicht zugedröhnt, sondern auf der Suche nach dem nächsten Schuss. Verschwitztes Gesicht. Zitternde Hände. Sein Kiefer spannte sich an. Egal, wie oft er sie so sah, es nervte ihn immer wieder aufs Neue. Niemand – Ehefrau oder nicht – sollte sich das antun.

Er erstickte das verrückte Bedürfnis, sie reparieren zu wollen. Das hatte er so viele Jahre versucht. Programme, Kliniken, Therapie, Entgiftungen. Sobald sie freigelassen wurde, spritzte sie sich wieder Gift in die Adern.

„Ich brauche ein wenig Hilfe, Liebling. Um Essen zu kaufen."

Wer's glaubt … Bargeld würde sie sofort in Heroin investieren. „Das haben wir doch bereits besprochen, Nancy. Kein Geld. Bist du nicht weg, wenn ich das Haus erreiche, rufe ich die Polizei."

„Du verdammter Mistkerl." Ihre nette Maske rutschte und ihr wahres Ich kam zum Vorschein. „Jahrelang habe ich dich ertragen müssen! Sogar ein Kind habe ich dir geschenkt. Und du kannst mir nicht mal etwas Knete geben?"

„Du erhältst jeden Monat Geld vom Treuhänder. Mehr gibt es

nicht." Ihre Scheidung war hässlich gewesen, aber die Beweise im Hinblick auf ihren Drogenkonsum und ihr toxisches Verhalten hatten den Richter angewidert. Sie hatte keine Alimente bekommen. Trotz allem war sie Nicoles Mutter. Er hatte einen Treuhänder angeheuert, um für ein Zimmer und Lebensmittel zu bezahlen und sich um sie zu kümmern – weil er es nicht konnte.

Sie zu sehen, verwandelte sein Blut jedes Mal in Eis. Es würde ein paar Tage dauern, bis er überhaupt wieder Leute in seiner Nähe ertragen konnte.

„Arschloch", zischte sie wie die Viper, die schon immer in ihr gelauert hatte. „Ich habe dich geliebt."

„Nur, wenn du etwas von mir wolltest." Sein Mund verzog sich bei dem faulen Geschmack auf seiner Zunge.

„Ich liebe dich, Sam. Liebling, ich schulde Stevie tausend Dollar. Kannst du es mir geben?"

„Ich liebe dich, Sam. Oh, Liebling, mein Laptop ist kaputt. Kaufst du mir einen Neuen?"

Kaputt, von wegen. Sie hatte den Laptop für Drogengeld verpfändet. Obwohl er ihre Kreditkarten storniert und aufgehört hatte, ihr Bargeld auszuhändigen, hatte es ein bisschen gedauert, bis er bemerkte, dass sie Dinge verkaufte. Sie hatte sogar ein paar von Nicoles Spielzeugen verpfändet. „Du weißt doch überhaupt nicht, was Liebe ist." Als sich Eis um ihn legte, begrüßte er die Art und Weise, wie die Schicht dabei half, seine Wut – seine Erinnerungen – abzuschwächen.

„Okay. Dann gehe ich eben zu Nicole."

„Wenn du Nicole belästigst, kannst du dein monatliches Geld vergessen. Verschwinde." Er schlug ihre Autotür zu und trat einen Schritt zurück.

Zwei Minuten später, als ihr Auto quietschend die Straße runtergefahren war, schloss er das Tor ab und schaltete den Sicherheitsalarm ein. Nachdem sie zwei Mal in sein Haus eingebrochen war, hatte er sich das beste System auf dem Markt zugelegt.

Für eine Minute, viele Minuten, stand er einfach nur da, unfähig, sich zu bewegen. Ihr Auto war nicht mehr in Sicht, aber ihre Anwesenheit blieb wie ein verrottender Kadaver, dessen Gestank sich auf der Farm ausbreitete.

Er lehnte sich an das Tor und fühlte sich so ausgehöhlt, als hätte sie ihn ausgeweidet. Seine Energie und seine Emotionen waren erschöpft. Er drehte sich um und schaute zu den Farmgebäuden. Der Himmel zeigte herannahende Wolken. Die Temperatur sank wahrscheinlich, während ihm schon jetzt bitterkalt war. *Ich habe Dinge zu erledigen.* Doch er konnte sich nicht bewegen.

Wimmernd stupste ihm Conn mit der Pfote gegen den Stiefel.

Sam schüttelte den Kopf und wusste, dass er den Hund beruhigen sollte. Er schaffte es nicht. Langsam bewegte er sich und schleppte sich die lange Einfahrt hinauf.

Mit dem Licht der Wintersonne, die durch Sams Windschutzscheibe fiel, fuhr er in seinem Pick-up zum Shadowlands. Linda saß auf dem Beifahrersitz und schwieg vor sich hin.

Stunden nach Nancys Besuch fühlte er sich immer noch ... komisch. Unterkühlt. Innen und außen. Ausgehöhlt. Als hätte jemand seine Organe herausgerissen und nur seine Hülle zurückgelassen.

Nach ein paar Versuchen ihrerseits, ein Gespräch zum Laufen zu bringen, war sie nun schon seit einer Weile ruhig. Er sah zu ihr hinüber.

Sie beobachtete ihn. „Ist mit dir alles okay, Sam?"

Warum zum Teufel fragte sie ihn das? „Ja."

„Ich glaube dir nicht." Ihre Augenbrauen zogen sich zusammen. „Liegt es an der Session von gestern Abend, die von einer Sekunde auf die andere unterbrochen werden musste?"

Sein Magen drehte sich. Er war ein Dom. Wenn in einer

Session etwas schief lief, dann hatte er das zu verantworten. Für eine Sekunde dachte er darüber nach, es ihr zu erklären, aber die Dunkelheit, die durch seinen Kopf schwirrte, ließ seine Worte zu Staub zerfallen. „Es geht mir gut."

Ihr Schnauben klang nicht gerade erfreut. „Ich wünschte, du würdest mir sagen, was los ist. Warum kannst du nicht mit mir reden?"

Reden? Aus der Ferne sah er die erleuchteten Fenster von Zs Herrenhaus. „Gibt nichts zu sagen."

Ihre Finger spielten mit dem unteren Knopf an ihrer Bluse. „Du lässt mich weinen, bringst mich dazu, dass ich dir meine geheimsten Gedanken anvertraue, während du nie sagst, wenn dich etwas beschäftigt." Sie warf ihm einen unglücklichen Blick zu. „Entgegen der allgemeinen Auffassung ist ein Dom kein kugelsicherer Übermensch. Ich möchte helfen, wenn du dich schlecht fühlst, Sam."

„Nicht nötig."

Sie zuckte zurück, als hätte er sie geohrfeigt.

Er sollte sich entschuldigen, sollte ihre Hand nehmen, aber es hatten sich Seile um seine Seele gewickelt. Seine Finger packten das Lenkrad fester und dann bog er auch schon auf die Einfahrt zum Club. Durch die hohen Palmen zu beiden Seiten legte sich auf die bunten Blumenbeete ein grauer Schleier.

Als Linda neben Sam durch das Tor im Sichtschutzzaun ging, versuchte sie, den Schmerz in ihrer Brust zu ignorieren.

Obwohl ihn etwas beschäftigte, war sie anscheinend nicht die Person, an die er sich lehnen oder mit der er seine Gefühle teilen wollte.

Gestern Abend hatte sie sich so auf ihn gefreut. Ihr Herz hatte einen Salto nach dem anderen gedreht. Und er hatte sich nach dieser schrecklichen Session so bezaubernd um sie gekümmert.

Heute zeigte er sich schrecklich distanziert. Die Linien um seinen Mund waren tiefer, seine Augen ein noch kühleres Blau. Er litt und sie wollte helfen. Ein Schauer durchlief sie, als ihre dummen Unsicherheiten aufflammten. Er brauchte sie nicht, brauchte rein gar nichts von ihr.

Wortlos hielt er ihr das Seitentor auf, und gemeinsam überquerten sie den Rasen zur hinteren Veranda. Die Dekorationen von der Hochzeit waren verschwunden, aber die Landschaftsgestaltung blieb atemberaubend schön. Verstreut auf Stühlen und Sofas saßen in dem Außenbereich mehrere Leute. Nach einer Sekunde erkannte Linda die beiden Mistresses Olivia und Anne, auf die Rainie sie während der Hochzeitszeremonie hingewiesen hatte. Alle Shadowlands-Master – Dan, Nolan, Cullen, Marcus und Raoul – waren anwesend. Z saß an einem langen Eichentisch neben Vance und Galen. Die beiden FBI-Agents leiteten die Task-Force, die sich auf die *Harvest Association* konzentrierte.

In Jeans und einem rosa Rundhals-T-Shirt servierte Jessica den Gästen Getränke. Ihr *Halsband* strahlte heller als die Sonne am Himmel. Sie sah das Paar, stellte die Getränke ab und schrie: „Linda!"

Linda rang ihre Sorgen nieder, eiste sich von Sam los und akzeptierte die enthusiastische Umarmung von der winzigen Blondine. „Willkommen zurück. Hattest du tolle Flitterwochen?"

„Fantastische Flitterwochen! Zum Großteil." Nach einem Blick über ihre Schulter auf Master Z flüsterte sie: „Als wir in der Berghütte ankamen, gab ich ihm die Spielzeuge, die ich von Rainie gekauft habe. Ein tolles Geschenk, oder? Oh ja. Nur hat der Bastard jedes Einzelne benutzt. Die ganze Nacht. Jedes. Einzelne. Spielzeug."

Linda erinnerte sich an die Anzahl der Artikel, die Jessica erworben hatte, und biss sich in die Wange, um nicht zu lachen.

„Ja." Jessica kniff die Augen zusammen. „Du kennst ja sicher die Art von Dom, die darauf besteht, dir die Erlaubnis für einen Orgasmus geben zu müssen? Es ist viel, viel schlimmer, wenn sie einen Orgasmus nach dem anderen aus dir rausholen und dich nicht aufhören lassen. Mein Gott."

Wie das, was Sam ihr nach der Junggesellinnenparty angetan hatte? „Ich weiß genau, was du meinst, und alles, was ich sagen kann, ist, dass ich wirklich froh bin, dass ich nicht so viel gekauft habe wie du."

Jessica lachte so laut, dass alle sie ansahen. „Verdammte Doms."

Lindas Stimmung hellte sich auf. Wie schön, jemanden lachen zu hören.

Lächelnd schüttelte Z den Kopf und sagte zu Marcus: „Ich dachte, zwei Wochen weg von deiner kleinen Göre wären gut für sie."

„Sieht mir nicht danach aus", entgegnete Nolan. „Mit ihr hast du alle Hände voll zu tun."

„In der Tat", sagte Z.

„Hände voll? Hat er das gerade wirklich gesagt?", flüsterte Jessica. Sie funkelte Nolan wütend an. Dann landeten ihre Augen wieder auf Linda und sie murmelte: „Dieser Dom hat eine Lektion nötig. Lass uns daran arbeiten, Beth zu korrumpieren."

Linda erstickte sich an einem Lachen.

Z erhob seine Stimme: „Ich habe Galen und Vance gebeten, uns einen Überblick über die derzeitigen Ermittlungen zu geben. Danach kann Linda uns vielleicht von gestern berichten."

Er wollte, dass sie über die Stimme sprach. Über die Sklaven-händler. Natürlich kannte sie den Plan und doch stieg ihr die Galle in die Kehle und sie schwankte.

Z stand auf. Es war deutlich zu erkennen, wie besorgt er war, als Jessica sie zu einem Stuhl neben sich zerrte. „Setz dich, bevor du mir noch umkippst."

„Danke." Ein Schatten fiel über ihr Gesicht. Sie hob den Kopf. Sam hatte sich neben ihr positioniert und die Arme vor seiner

Brust verschränkt. Der Knoten unter ihrem Brustbein lockerte sich etwas und festigte sich erneut, als sie merkte, dass er sie nicht einmal ansah. Mit einem abwesenden Gesichtsausdruck stand er neben ihr, als würde er eine langweilige Fernsehshow schauen. Unbeteiligt. *Warum? Warum, Sam?* Unfähig, sich selbst zu helfen, legte sie ihre Hand auf seine Hüfte.

Er trat einen Schritt von ihr weg.

Schnell senkte sie den Blick und blinzelte Tränen zurück. Nach einer Minute bemerkte sie, dass Jessica sich neben sie gesetzt hatte. Und sie hatte Lindas Hand genommen.

Dankbar drückte Linda die Hand der Blondine und gab alles, um sich auf das Gespräch um sie herum zu konzentrieren.

Galen hatte das Wort erhoben. Seine Intensität stand im starken Kontrast zu seinem sichtlich entspannten Partner. Dennoch war beiden die unverwechselbare Aura der Autorität anzusehen.

„Wir haben die *Harvest Association* in drei der vier Quadranten eliminiert", verkündete Galen. „Der letzte ist der am tiefsten verwurzelte und es wird nicht einfach werden, ihn hochzunehmen."

„Linda, ich wollte dir ein Update geben." Vances blaue Augen trafen auf ihre. „Der Mörder, der durch deine Aussage im Gefängnis gelandet ist, hat dort genau drei Tage überlebt und wurde dann während eines Aufruhrs mit einer selbst gemachten Waffe getötet."

Sie starrte ihn an, unfähig, die Information zu verarbeiten.

Nach einem Moment der Stille seufzte Marcus. „Das klingt doch nach einem passenden Ende für den Mistkerl. Möge Gott seiner Seele gnädig sein."

Sie hoffte, eines Tages auch so empfinden zu können. Vielleicht würde sie dann wissen, dass sie geheilt war. Sie holte langsam Luft. *Ruhe in Frieden, Holly. Nie wieder wird er jemanden verletzen können.*

Vance fuhr fort und zählte andere Verurteilungen auf. Dann

sah er zu Raoul. „Vor einer Weile haben wir in Grevilles Anwesen eine Sklavin gefunden.“

Greville. Linda presste die Lippen aufeinander. Kim war für eine Weile bei ihm gewesen und er hatte sie mit einem Messer lebensbedrohlich verletzt.

Raoul drückte die Schultern durch. „Greville hat nach Kim eine neue Sklavin gekauft?“

„Ich fürchte, ja. Ich weiß nicht, ob du das mit Kim teilen willst, aber das Mädchen war total verschlossen. Sie hat kein Wort gesagt. Sie war regelrecht katatonisch.“ Galens Kiefer spannte sich an. „Nach einer Weile ist sie ... zu sich gekommen und ich konnte ihr erzählen, dass Greville tot ist und dass er durch die Hand einer anderen Sklavin sterben musste.“

„Ich danke dir für die Neuigkeiten“, sagte Raoul. „Vielleicht hilft es, die Schuldgefühle *mi Gatita* zu lindern, mit denen sie zu kämpfen hat, seit sie einen Menschen töten musste.“

Arme Kim. Dachte sie jedoch an die vielen Menschenleben, die die Sklavenhändler auf dem Gewissen hatten, konnte sie einen Angstschauer nicht zurückhalten. Unfähig, sich selbst zu helfen, sah sie zu Sam. Er beobachtete sie, aber er kam nicht näher.

„Wir versuchen immer noch, alle vermissten Frauen zu finden“, sagte Vance. „Nicht viele der festgenommenen Sklavenhändler sind bereit zu kooperieren.“

„Diese Wichser“, knurrte Anne. „Stecke mich in einen Raum mit ihnen und sie werden schon bald darum betteln, dir alles zu erzählen.“

Als die Runde in Lachen ausbrach, sah Linda fragend zu Jessica.

Jessica lehnte sich zu ihr und flüsterte: „Sie ist eine Sadistin.“ Ihre Augenbrauen wackelten anzüglich. „Und sie findet besonderen Gefallen an Schwanz-und-Hoden-Folter.“

Oh. Autsch. Aber wäre das nicht eine wunderbare Art von Gerechtigkeit?

„Da wir nun alle auf dem gleichen Stand sind: Lasst uns über den Beobachter im Shadowlands sprechen", sagte Vance.

Meinte er die Person, deren Stimme sie gehört hatte? „Beobachter?"

„Da es die *Association* auf Frauen im Lifestyle abgesehen hat, sind BDSM-Clubs erstklassige Jagdreviere", sagte Galen. „Der Beobachter wählt aus, welche Frauen entführt werden sollen."

Linda erschauerte.

„Ihr habt den Aufseher verhaftet", sagte Olivia. „Er hat mit dem Beobachter zusammengearbeitet. Kann er ihn nicht identifizieren?"

„Er kannte den Namen des Beobachters nicht und konnte uns nur eine E-Mail-Adresse und eine Handynummer geben." Vances Kiefer spannte sich an. „Die Beschreibung, die der Aufseher uns gegeben hat, passt auf die Hälfte der Männer im Club, und da er nun blind ist, kann er den Bastard nicht identifizieren."

„Ihr habt doch auch Angestellte der *Association* verhaftet. Kann keiner von ihnen helfen?", fragte Cullen.

„Die *Association* hat für jede Phase einer Entführung einen anderen Verantwortlichen", erklärte Galen. „Einen Beobachter, der die Frauen auswählt. Einen Ermittler, der entscheidet, wer nicht vermisst wird. Einen Entführer und dann Leute, die sich um die ‚Lagerung der Ware' bis zur Auktion kümmern. So wird sichergestellt, dass keiner zu viel über den anderen weiß."

Vance nickte Sam und Raoul zu. „Ohne euch beide wäre dieser Quadrant immer noch in Betrieb."

„Aber der Bastard, der die Shadowlands-Subs ins Visier genommen hat, ist weiterhin auf freiem Fuß." Z sprach leise, aber die Wut war klar und deutlich zu hören.

„Es überrascht mich, dass du ihn nicht finden konntest. Du als Psychologe und Gedankenleser", sagte Cullen.

Linda dachte, Cullen scherzte, aber niemand lachte.

„Ja, ich verstehe es auch nicht", sagte Z. „Ein Dom, der eine Sub für eine Session in Betracht zieht, zeigt jedoch die gleichen

Emotionen, wie das bei dem Beobachter der Fall sein wird: Lust und Erwerbsstreben. Ich bezweifle, dass ich bei ihm auf Schuldgefühle stoßen würde."

Galen nahm einen Schluck von seinem Drink. „Das stimmt wohl. Menschenhändler wissen genau, welche Frauen als Sklaven geeignet sind."

Ja, dachte Linda. Die Sklavenhändler hatten ihr das Gefühl gegeben, wertlos zu sein. Sie versuchte, ihre geballten Hände zu entspannen. *Konzentriere dich.* „Also habe ich gestern Abend wahrscheinlich den Mann gehört, der Gabi und Jessica ... ausgewählt hat?"

Kein Wunder, dass Z so wütend war.

„Die verdammte Ratte", murmelte Jessica. „Wenn ich ihn finde, werde ich Anne helfen, seinen Schwanz zu zerquetschen."

Linda kicherte.

Nolan knurrte ungläubig: „Was genau ist daran so lustig?"

„Na ja – Linda versuchte, sich zu beherrschen – „wenn er Jessica und Gabi für eine Auktion mit dem Thema *Rebellische Sklaven* ausgewählt hat, scheint er doch sehr genau zu wissen, was er tut."

Nach einer Sekunde lachte auch Jessica. Bei den anderen entdeckte sie nicht mal einen zuckenden Mundwinkel.

Galen starrte die beiden an, die sich mittlerweile kaputt lachten, und sagte zu Z: „Frauen sind wirklich das stärkere Geschlecht."

„In der Tat." Z hob Jessica auf seinen Schoß. „Ruhe, Sub. Wir wollen fortfahren."

„Z meinte, dass du den Mann während deiner Gefangenschaft gehört hast. Erinnerst du dich, wo und wann das war?", fragte Vance Linda.

Ihre Belustigung verschwand und sie versuchte, ihre Atmung zu beruhigen. „Das müsste vor der ersten Auktion gewesen sein. Auf dem Boot. Meine Augen waren zu. Ich habe mich nicht umgesehen."

Galen neigte den Kopf. „Warum nur dort?"

Die Temperatur im Garten schien zu fallen, und sie schlang ihre Arme um sich und wünschte, Sam würde sie so halten, wie das Z mit Jessica tat. Aber heute ... heute war er nicht der Mann, den sie dachte zu kennen. „Sie haben uns unter Deck in Hundezwingern gelagert."

Galen nickte. „Wir haben ein Boot beschlagnahmt." Sein selbstsicherer Blick traf auf ihren und sie sah ihm an, was er ihr damit sagen wollte: *Sie können dir nicht mehr wehtun.*

Die Enge in ihrer Brust lockerte sich ein wenig. „Aufs Boot kamen ausgewählte Käufer. W-Wie ein Tier kam ich mir vor. In einem Käfig. Von allen Seiten angestarrt. Ich habe mich immer auf dem Boden zusammengerollt und die Augen geschlossen." Zittrig atmete sie ein. „Der Mann, den ich im Club gehört habe, kam mit einer Gruppe, die über die Vorzüge von älteren und jüngeren Sklaven gesprochen haben."

Vance runzelte die Stirn. „Z meinte, dass du dir sicher bist, dass das der Mann ist, also muss er eine ziemlich unverwechselbare Stimme haben. Kannst du sie beschreiben?"

Sie legte den Kopf schief und rief sich die Erinnerung ins Gedächtnis. Ihre Übelkeit nahm zu. „Tenor. Dünn und leicht metallisch."

Alle starrten sie an.

„Was ist?", fragte sie.

Marcus lächelte. „Das wird uns nicht helfen, ihn zu finden, Süße. Wie unterscheidet sich seine Stimme von einer normalen?"

„Es gibt keine normalen Stimmen. Jede ist anders."

„Ist das so?" Galen warf ihr einen seltsamen Blick zu. „Wenn wir dir die Augen verbinden würden, könntest du dann unsere Stimmen auseinanderhalten?"

Sie nickte und langsam fühlte sie sich wie ein Freak.

„Eine auditive Person", murmelte Z. „Singst du?"

Wieder nickte sie.

„Sie hat ihr Studium abgebrochen. Bachelor in Musik", sagte

Sam. „Sie singt in einem Chor – war eine Zeit lang Dirigent. Sie spielt Klavier und Gitarre."

Sie sah zu ihm hoch. Sein Blick lag vielleicht auf dem Garten, aber anscheinend hörte er zu. Ihr Verlustgefühl nahm ein wenig ab. „Mein Sohn liebt Telefonstreiche und versucht regelmäßig, mich mit verschiedenen Stimmen in die Irre zu führen. Er hat noch nie gewonnen." Sie stoppte und suchte nach einem Wort, das nicht existierte. „Die Resonanz? Klangfarbe? Das Muster ist gleich, ob es sich nun um einen Bariton oder einen Sopran handelt."

„Ich habe die Anwesenheitslisten von gestern, aber fast die gesamte Mitgliedschaft war da", sagte Z grimmig.

„Stelle die ganzen Mitglieder in einer Reihe auf, sodass Linda ihnen lauschen kann?", schlug Olivia vor.

„Sie alle auf einmal in den Club zu bekommen, ist keine einfache Aufgabe. Zumal viele von außerhalb kommen", sagte Z. „Und leider sind die Kontaktinformationen nicht immer aktuell."

„Wenn der Beobachter von der Gegenüberstellung zu hören bekommt, würde er sich klamm heimlich aus dem Staub machen." Galen drehte sich zu Linda. „Kannst du Zeit im Shadowlands verbringen? Um zu lauschen?", fragte Galen. „Wenn du ihn auf diese Weise nicht ausfindig machen kannst, werden wir versuchen, sie zusammenzutreiben."

„Ich … Ja. Das kann ich machen." Der Gedanke machte sie krank.

„Nein." Sam knurrte. „Das wirst du nicht tun."

Sie erstarrte. „Das ist nicht deine Entscheidung." Erinnerungen überschwemmten sie. Ihr war so schlecht. *Ich entscheide, wann du pisst. Wann du isst. Wen du fickst.* Die Hand des Aufsehers schlug ihr ins Gesicht. Schmerz. Immer und immer wieder hatte er sie geschlagen. *Nicht denken, Schlampe. Gehorche einfach.* Sie schluckte die Galle herunter und versuchte, ihre Schultern durchzudrücken. Sie war frei. Niemand konnte sie herumkommandieren. Nie wieder.

Galen runzelte die Stirn und betrachtete Sam mit einem durchdringenden Blick. „Es könnte gefährlich werden. Trotz der vielen Verhaftungen scheint der Beobachter arrogant und gierig genug, um in das Shadowlands zurückzukehren. Sicher würde er nicht besonders gut reagieren, wenn wir ihn identifizieren."

Vance nickte. „Der Club wird erst nächsten Freitag wieder geöffnet sein. Überlege dir genau, ob du es machen willst."

Ein Angstschauer jagte über ihren Körper und die Härchen in ihrem Nacken stellten sich auf. „Ich werde euch Bescheid geben."

Sie hatte genug. Obwohl keiner von den anderen bereit schien, zu gehen, wandte sie sich an Sam: „Kannst du mich nachhause bringen?"

Nach einer Autofahrt, die so still war wie die zum Club, fuhr Sam vor Lindas Haus an den Straßenrand. Er musste mit ihr reden, um sie davon zu überzeugen, sich vom Shadowlands fernzuhalten.

Kein Wort kam heraus.

„Danke fürs Mitnehmen." Linda rutschte aus dem Pick-up und machte die Tür zu.

Zur Hölle nochmal. Er beobachtete, wie sie den Bürgersteig entlanglief, bevor sein Blick auf den weißen Flecken an ihrer Fassade landete. Mehr Farbe war weggeschrubbt worden. Der Sprayer hatte wieder zugeschlagen. Wut zündete in seinem Bauch.

Kurzentschlossen stieg er aus seinem Pick-up aus. „Warte."

Sie drehte sich um und lief ihm entgegen. „Ja?" Ihre Stimme klang angespannt. Der Nachmittag war hart für sie gewesen.

Er hatte es ihr nicht leichter gemacht. Schuldgefühle und seine Sorge um sie brachten das Eis in ihm zum Schmelzen. „Ich habe deine Farbe. Kings Anti-Graffiti-Zeug. Ich war im Farbengeschäft und sie haben damit das Blau von deinem Haus gemischt."

„Wirklich?" Ihre Augen leuchteten auf. „Nie wieder zu Beleidigungen nachhause kommen? Das hat mir den Tag gerettet." Sie schlang die Arme um seine Taille und umarmte ihn fest. „Gott, Sam, ich liebe dich!"

Er erstarrte.

„Ich liebe dich, Sam. Kannst du mir etwas Geld geben?"

„Würdest du mich lieben, würdest du mir Geld geben."

Er hatte keine Kontrolle darüber, wie sein Körper erstarrte oder er sich zurückzog.

Ihre großen braunen Augen durchsuchten sein Gesicht, während sie einen Atemzug machte. „Vielleicht habe ich es übereilt, aber Sam, ich weiß, dass du etwas für mich empfindest, auch wenn du die Worte nicht sagst."

Er kämpfte gegen die Enge in seiner Kehle an, gegen das wiederkehrende Eis in seinem Bauch.

„Sam." Ihre Stimme kam flehend heraus. „Ich weiß nicht, was los ist. Ist es etwas, das ich getan habe?"

„Nein."

„Okay, dann … I-Ich muss es wissen." Sie biss sich auf die Lippe und blinzelte. „Ich dachte … Ziehst du dich von mir zurück? Den ganzen Tag schon bist du …"

Sie wirkte so verwundbar. Verletzt. „Linda, ich –" Seine Lippen fühlten sich taub an. Er wusste um seinen kalten Gesichtsausdruck.

„*Sie* haben mich auch so angesehen", flüsterte sie.

Niemals wollte er, dass sie sich wieder so fühlte. „Es tut mir leid."

Bedauern verdunkelte ihre Augen und sie ging einen Schritt zurück.

Schmerz erfüllte ihn, als er merkte, dass sie seine Worte als Abschied und nicht als Entschuldigung interpretierte.

„Ich werde dich vermissen", flüsterte sie. Sie drehte sich um und … Nein, sie rannte nicht. Nicht Linda. Sie lief vollkommen kontrolliert zu ihrem Haus, öffnete die Tür und machte sie leise hinter sich zu.

So schockiert wie nach seinem ersten Mörsergranatenbeschuss in Vietnam fuhr Sam durch die winzige Strandstadt. Sein Kiefer war so angespannt, dass seine Zähne aneinander knirschten. Was hatte er getan?

Ein schwarzes Tier rannte direkt vor seinen Pick-up und Sam trat auf die Bremse. Mit einem Quietschen rutschte der Pick-up zu einem Stopp. Der Gestank von verbranntem Gummi wehte durch das offene Fenster, während sich der viel zu dürre Hund durch zwei Zaunlatten quetschte.

Beinahe hätte er einen Hund getötet. Er musste sich konzentrieren, sonst könnte er auch betrunken Auto fahren. Beides war dämlich.

Nachdem er am Bordstein geparkt hatte, lief er die paar Blocks zum Strand. Ein blonder Junge rannte an ihm vorbei, verfolgt von einem jüngeren Mädchen.

Als eine Frau, die Unkraut zupfte, aufblickte und erstarrte, wusste Sam, dass er furchtbar aussehen musste. Er hatte Michigan einmal im Winter besucht. Sein Gesicht war so eingefroren gewesen, dass er seine Lippen nicht hatte bewegen können. So fühlte es sich auch jetzt an.

So hatte er sich eben mit Linda gefühlt.

Direkt am Strand stellte Sam einen Fuß auf das niedrige Geländer, stützte sich mit den Ellbogen auf seinem Knie ab und beobachtete, wie die rauen Wellen an den Sand rollten. Dunkle Wolken verdeckten den Himmel und die Palmen, die den Bürgersteig säumten, verneigten sich vor dem erbarmungslosen Wind. Die ganze verdammte Welt fühlte sich kalt an.

Linda hatte ihn heute immer wieder gebraucht und er hatte geschwiegen, hatte keinen Ton von sich gegeben.

Und jetzt ... *„Gott, Sam, ich liebe dich."* Er rieb sich über sein Gesicht, als könnte er die Erinnerung an den Schmerz in ihren Augen löschen. Er hatte ihr nicht geantwortet. Seine jahrelange

Erfahrung als Dom bedeutete, dass er sofort sah, wann seine Worte – oder der Mangel an Worten – Schaden anrichteten.

Er hatte es gewusst. Nichtsdestotrotz war es ihm nicht möglich gewesen, etwas zu sagen. Sie war heute verdammt mutig gewesen. Nicht mal das hatte er ihr gesagt. Er hatte ihr nicht gesagt, wie stolz er auf sie war.

Was für ein Bastard ließ sich auf eine Frau ein, nur um sie dann im Stich zu lassen, wenn sie ihn brauchte? Er hatte sich in seinem eigenen Gedankenlabyrinth verlaufen, sodass er nicht dazu fähig gewesen war, seine Gefühle mit ihr zu teilen. Nicht mal ihre Hand hatte er genommen, als sie verloren ausgesehen hatte.

Er richtete sich auf. Als die ersten Regentropfen vom Himmel fielen, hob er den Blick nach oben. Linda hatte jemanden verdient, der ihr in schwierigen Situationen beistand.

Dieser Jemand war nicht er. Er rieb sich über die schmerzende Stelle auf seiner Brust und trat den Rückweg zu seinem Pick-up an.

Als er in sein Auto stieg, erinnerte er sich an die Farbdosen auf der Ladefläche und die weißen Flecken an ihrem Haus. Er hatte diese Aufgabe auf sich genommen und sie war noch nicht beendet. Sobald das Problem erledigt war, würde er ... ja, das würde er.

Linda war nicht in der Lage zu weinen, zu essen oder auch nur nachzudenken. Sie hatte das Gefühl, als hätte jemand mit einem Baseballschläger auf ihre Emotionen eingedroschen. Der Fernseher hatte sie gestört; also hatte sie ihn ausgeschaltet. Sie hatte versucht, ein Buch zu lesen und dann eine halbe Stunde auf einer Seite verbracht. Der Korb, den sie angefangen hatte, war eine Beleidigung für jedes Auge. Schließlich hatte sie sich ins Bett gelegt und die Decke angestarrt.

Morgen würde sie ihr Gehirn wieder einschalten. *Scarlett O'Hara und ich – wir wissen, wie man das Leben anpackt. Zweifellos.*

Ein Mann brüllte.

Linda setzte sich im Bett auf und erkannte, dass sie eingeschlafen sein musste. Die rote Schrift auf dem Display ihrer Uhr zeigte morgens um vier an, und ihr Zimmer war dunkel. Ruhig. Im Gegensatz zu dem Lärm da draußen. Was um alles in der Welt?

„Verdammter Hurensohn, lass mich los!" Die Stimme des Mannes klang hoch und vertraut.

Das tiefe Knurren konnte sie augenblicklich zuordnen. Sam.

Linda zog sich ihren Bademantel über. Ihr Herz klopfte wie verrückt. Auf diese Weise aus dem Schlaf gerissen zu werden, war für eine Ex-Sklavin wirklich nicht optimal. *Ich brauche einen Hund.*

Sie zog Fredericks alten Golfschläger unter dem Bett hervor und rannte ins Wohnzimmer.

Ein Hämmern an der Tür schlug wie der Laut einer Bombe im ruhigen Haus ein.

Mit einem festen Griff an ihrer Waffe öffnete Linda die Tür. „Was geht hier vor sich?"

Sam stand vor ihrer Tür. Sie wollte lächeln, doch dann sah sie den Mann zu seinen Füßen. Seine Handgelenke waren hinter seinem Rücken mit Handschellen gefesselt.

Als er versuchte, sich aufzusetzen, stellte Sam einen Stiefel auf seinen Rücken. „Reize mich nicht, Arschloch, sonst breche ich dir die Wirbelsäule, nur um mich an dem Knacken zu erfreuen." Er sah Linda mit so kalten Augen an, wie sie es noch nie bei ihm gesehen hatte. „Fühlt sich an, als würde man Eiswürfel mit den Zähnen zerbeißen."

„Gut zu wissen." Sie schluckte schwer und erinnerte sich an den Klang von etwas viel, viel Schrecklicherem.

Sams Blick wurde sanfter. „Tut mir leid, Mädchen." Er stupste den Mann mit seinem Stiefel und bekam ein Stöhnen zu hören. „Das ist dein Graffiti-Künstler."

„Wirklich?" Als der Mann zu ihr aufblickte, klappte ihre Kinnlade herunter. „Dwayne?" Dwayne hatte ihr Haus vollgeschmiert? „Kennst du ihn?"

„Ja!" Sie nahm sein Nicken wahr. „Du bist nicht überrascht?"

„Zu hartnäckig. Zu persönlich. Ich habe von Anfang an bezweifelt, dass es ein Fremder ist."

Dwayne starrte sie hasserfüllt an. „Lass mich los oder ich verklage dich, verdammt nochmal! Ich bin lediglich am Haus vorbeigelaufen, als mich dieser –"

Sam presste den Schuh härter auf den Rücken des Mannes, und Dwayne quietschte. „Idiot", murmelte Sam. „Keine Handschuhe. Deine Fingerabdrücke werden überall auf den Dosen zu finden sein."

Dwaynes Augen weiteten sich.

„Aber ... warum, Dwayne?" Linda schloss ihren Bademantel fester gegen die kühle Nacht. Der Regen hatte die Luft gereinigt und es blieb nur der Geruch nach frischer Farbe zurück. „Was habe ich getan, dass du mich so sehr hasst?"

Stille. Schweiß brach auf der Stirn des Journalisten aus und er unternahm einen neuen Versuch, sich aus seiner Situation zu befreien.

„Antworte ihr, Junge." Sams Stimme senkte sich zu dem bedrohlichen Tonfall eines Doms. „Oder ich werde dich zum Schreien bringen."

Dwayne starrte Sam an wie eine Maus, die einem Falken gegenüberstand. Nach einer Minute riss er den Blick weg und sagte zu Linda: „Warum? Wir haben gefickt, und es war gut, aber dann hast du mich verlassen und bist in diesen schmierigen Club gegangen. Du bist eine Hure."

„Pass auf, was du sagst, Junge." Sam packte ein Bündel seiner Haare und Dwayne kreischte wie ein Mädchen. Seine Wange war gegen die Stufe gedrückt und er blickte mit einem braunen Auge zu ihr auf.

„Du hast mein Haus vollgeschmiert, weil ich nicht mehr mit

dir ausgehen wollte?" Das ergab keinen Sinn. Dwayne war nicht besonders tatkräftig. Das zeigte sich auch bei seiner beruflichen Laufbahn, obwohl er immer davon sprach, seinen großen Durchbruch zu erzielen, indem er einen preisgekrönten Artikel schrieb.

Oh Gott, das war's. Wut erhob sich in ihr. „Du wolltest nur mehr Material für Artikel. Die Schmierereien hielten den Klatsch am Leben." Sie hörte etwas, ihre Wut jedoch war so präsent, dass sie es nicht schaffte, sich auf dieses Etwas zu konzentrieren.

„Als ob dir jemand glauben würde", murmelte Dwayne. „Du bist eine Schlampe. Du bist ein Nichts in dieser Stadt. Jeder hier weiß das."

„Du hast diesen Müll an ihr Haus gesprüht, nur um an Material für einen Artikel zu kommen?" Sams Stimme wurde mit jedem Wort lauter.

„Zur Hölle, ja. Sexsklaven? Jeder liest diesen Scheiß." Dwayne schmunzelte. „Zu dumm, dass du nichts davon beweisen kannst."

„Ich denke, das Geständnis wird vor Gericht Bestand haben", sagte ein Mann.

Lindas Kopf zuckte nach oben. Officer Joe Blount stand außerhalb des Lichtkreises. Ein weiterer uniformierter Polizist eilte den Bürgersteig hinauf.

Sam nickte den Männern zu. „Habe ihn dabei erwischt, wie er ihr Haus vollgeschmiert hat. Die Spraydosen liegen dort drüben. Wahrscheinlich findet ihr daran seine Fingerabdrücke. Gleicht seine Schuhe mit den Spuren im Schlamm ab."

„Ward, sammle Beweise." Officer Blount warf Sam einen Blick zu. „Könnten Sie auf die Wache kommen und eine Aussage machen?"

„Gerne." Sam zuckte mit dem Kinn in Richtung Linda. „Wir haben sie aus dem Schlaf gerissen."

Joe schenkte ihr ein wohlwollendes Lächeln. Der grauhaarige Polizist hatte ihre Beschwerden schon einmal entgegengenommen. „Werden Sie Anzeige erstatten?"

„Das werde ich", sagte sie bestimmt und ignorierte Dwaynes inkohärenten Protest.

„Dann kommen Sie morgen früh einfach vorbei. Es ist nicht nötig, dass wir alle noch mehr Schlaf verlieren."

Als Dwayne schließlich merkte, dass sein Leben den Bach runterging, wehrte er sich wieder. „Ich will einen Anwalt. Ich will –"

„Alles mit der Zeit." Joe beugte sich vor und strich mit dem Finger über die silbernen Handschellen. Er sah zu Sam auf. „Nette Handschellen haben Sie da, Mister."

Sam reichte ihm schweigend den Schlüssel.

Nachdem er die Handschellen ausgetauscht hatte, zog Joe einen Zettel aus seiner Tasche und las laut vor: „Sie haben das Recht ..."

Linda drehte sich zu Sam. Er hatte sie bewacht. Er mochte sie also doch. „Danke." Sie machte einen Schritt auf ihn zu. „Sam ..."

Er schüttelte den Kopf und trat von ihr weg. „Nein. Du bist ohne mich besser dran." Seine Augen waren blass, sein Gesicht kalt. „Hab ein gutes Leben, Linda." Eine Sekunde später marschierte er bereits über den Bürgersteig zu seinem Auto ...

... und nahm ihr Herz mit sich.

KAPITEL ZWEIUNDZWANZIG

Ich brauche ihn nicht. Tue ich nicht. Linda senkte den Kopf und wählte eine Melodie in Moll. In der frühen Morgendämmerung kam der Klang klagend daher. Zuvor hatte sie versucht, unbeschwerte Lieder zu spielen, aber ihre Gitarre wollte trauern.

Der Duft der Freesien schwebte durch die Luft und erinnerte sie an Jessicas und Zs Hochzeit. Sie waren so glücklich. Mit Sicherheit teilte Z seine Gefühle mit Jessica und sprach über seine Probleme mit ihr. Über seine Vergangenheit.

Sam tat das nicht. Aber warum nicht?

Vielleicht, weil er sie nicht in seiner Zukunft sah.

Warum konnte sie nicht aufhören, an ihn zu denken? Linda schüttelte den Kopf. Sie wusste nicht, was passiert war, oder was sie falsch gemacht hatte. Sie wusste jedoch, dass er kein Mann war, der seine Meinung zurückhielt. Ihre Beziehung – wenn man es so nennen konnte – war vorbei. Das hatte er gesagt.

Sie runzelte die Stirn. Sie hatte gerade beobachtet, wie er ihr den Rücken zugekehrt hatte.

Früher hätte sie ihn konfrontiert, aber der kalte Blick in seinen Augen hatte sie gelähmt. Sein Ausdruck hatte sie zu sehr an die Sklavenhändler erinnert. Und nachdem sie wie ein Tier behandelt worden war, ein Nichts, das keine Antworten verdiente, hatte sie kein Wort herausgebracht. Ihre Finger ballten sich zu einer Faust und verwandelten den c-Moll-Akkord in etwas Hässliches. Sie presste die flache Hand auf die Saiten und unterbrach den Ton.

Das hatten ihr die Menschenhändler angetan. Sie hatten sie zum Schweigen bringen wollen, als ob ihre Stimme in der Welt nicht gehört werden sollte.

Aber es war ihnen nicht gelungen. Nein, sie war hier in ihrem eigenen Haus, draußen an der frischen Luft, sah die Sterne am Morgenhimmel verschwinden.

Nichtsdestotrotz hatte die Erfahrung sie verändert, sie verletzlicher gemacht. Ihre Atmung stockte, als sie sich an Sams hartes, verwittertes Gesicht erinnerte, seine starken Hände, an seine unter schweren Lidern hervorblitzenden Augen, wenn er plante, Liebe mit ihr zu machen. Ein ansonsten ernst dreinschauender Mann, bei dem die Lust es schaffte, seinen Ausdruck zu erhellen.

Für einen Moment sehnte sie sich so verzweifelt nach ihm.

Sie schüttelte den Kopf und wechselte zu einem neuen Lied. Wenn ihre Gitarre trauern wollte, dann sollte sie es zulassen. Im Laufe der Jahre hatte sie gelernt, dass ihre Gitarre immer die Wahrheit sprach – die Wahrheit, die sich in ihrem Herz verbarg. Ihre Finger spielten Joan Baez' trauriges Lied *Diamonds and Rust*.

„Ja, Sam, ich liebe dich ... so sehr", flüsterte sie. *Aber du liebst mich nicht.*

Es tat weh – *Gott*, es schmerzte. Ihre Brust fühlte sich quälend hohl an, wie ein Grab, das nicht aufgefüllt worden war. Die erste Träne fiel und landete auf der glatten Oberfläche ihrer Gitarre. Eine weitere folgte.

Als Linda in den Coffeeshop ging, verstummten die drei anwesenden Kunden. Alle starrten sie an, was das Gefühl in ihr auslöste, als würde jemand mit dem Schmirgelpapier über eine offene Wunde reiben. SueAnn, eine Frau aus der Kirche, die immer so tat, als hätte Linda eine ansteckende Krankheit, saß neben Patsy, die am Strand in zwei Geschäften arbeitete. Die dritte Frau bewies viel Stil und war mittleren Alters.

Lindas Körper gefror zu Eis, als hätte sie jemand in einem Gefrierschrank eingesperrt. Patsy war ein Klatschweib, sicher, aber SueAnn konnte richtig fies sein. Sie ignorierte die drei, gab Betty ihre Bestellung und warf einen Blick auf das Gebäck. Sie zuckte mit den Schultern. Sie hatte keinen Appetit. Mal wieder. Nicht die beste Art, Diät zu machen.

„Wie geht's dir, Linda?", fragte SueAnn. Ihre Stimme war noch süßer als ihre übermäßig gezuckerten Desserts für die Mitbringpartys in der Kirche.

„Es geht mir gut." Lindas Lippen fühlten sich taub an und es war ihr schwer gefallen, die Worte zu formen. Hatte Sam nicht genau das zu ihr gesagt? *Es geht mir gut.* Hatte sein Gesicht nicht genauso ausdruckslos erschienen wie ihres gerade, als er die gleiche Lüge laut ausgesprochen hatte? „Wie geht's dir?"

„Oh, gut, gut. Kann es sein, dass du und Lee euch getrennt habt?" SueAnns Gesicht war von rachsüchtigem Interesse erfüllt, und Linda erinnerte sich, dass Lee erwähnt hatte, wie SueAnn ihn angebaggert hatte. „Mag dein neuer Freund all die *besonderen* Dinge, die du gelernt hast, als du … weg warst?"

Ich bin für diesen Scheiß nicht in der Stimmung. Linda nahm eine standhafte Haltung ein. Als sie ihre Situation akzeptiert und nach vorn geblickt hatte, war ihr bewusst geworden, dass die Mehrheit in dieser Stadt sie unterstützte. Es gab nur ein paar wenige wie Dwayne, die sich wie boshafte Teenager benahmen. Sie hatte versucht, sie zu ignorieren; offensichtlich funktionierte das nicht.

Sie wünschte, sie könnte die Frau ausschalten, so wie Sam das mit Dwayne getan hatte. Aber … nein. SueAnn benutzte ihre

Worte als Waffe. *So sei es.* Linda schenkte der Frau ein breites Lächeln. „Oh, die meisten Männer mögen Abwechslung." Ihre Stimme kam gleichmäßig und selbstsicher heraus. „Weißt du, SueAnn, wenn du dein Repertoire auf etwas anderes als die Missionarsstellung erweitert hättest, wäre dein Ex vielleicht nicht mit jeder Frau in dieser Stadt ins Bett gehüpft."

SueAnns Augen weiteten sich und Linda ging ans Ende der Theke und hoffte, dass ihr Kaffee gleich fertig war. Betty jedoch war verschwunden, und aus dem Hinterzimmer war Lachen zu hören. Linda biss sich in die Wange, ein wenig darüber entsetzt, was sie der Frau gerade an den Kopf geworfen hatte. Und doch war sie irgendwie stolz auf sich.

Stühle kratzten über den Boden. Die Tür öffnete sich und SueAnn und ihre Anhänger verließen fluchtartig das Schlachtfeld. *Wirklich eine Schande.* Linda warf einen Blick über ihre Schulter und blinzelte.

Die stilvolle Frau blieb am Tisch. „Ich bin Meredith Blake, die neue Besitzerin des Ladens für Bademode." Sie erhob sich und schüttelte Linda die Hand. „Seit ich Boston verlassen habe, ist mir nichts Beeindruckenderes untergekommen."

„Oh ja, das war es wirklich, oder?" Die Wangen vor Lachen gerötet, stand Betty in der Tür des Hinterzimmers. „Schön zu sehen, dass du zu deinem alten Selbst zurückfindest."

Lindas Kinnlade klappte herunter. „Ich –"

„Oh, du bist eine höfliche Frau. Ich wollte nicht das Gegenteilige behaupten. Der Blick in deinen Augen genügt, um anderen zu sagen, dass sie sich in deiner Gegenwart besser beherrschen sollten. Aber seit deiner Rückkehr hast du dich zurückhaltender gezeigt." Bettys Grinsen wurde breiter, als sie Linda ihren Kaffee reichte. „Der geht aufs Haus. Willkommen zuhause, Süße."

Ein paar Minuten später setzte sich Linda am Strand an ihren liebsten Picknicktisch und zog sich ihre High Heels aus. Es war ein wunderschöner Tag. Die Sonne stand hoch am Himmel und die Brise war stark genug, sodass winzige Sandkörner über Lindas Füße kitzelten.

Entlang der Promenade genossen die Touristen einen Schaufensterbummel. Unten am Strand stürmte ein Kleinkind direkt ins Wasser und schrie vor Freude, als eine Welle an seinem Bauch brach. Sein jüngerer Bruder hielt die Hand seiner Mutter und traute sich nicht, dem Wasser näher zu kommen.

Ein älteres Paar, das wahrscheinlich hier überwinterte, hatte sich die Schuhe ausgezogen und genoss die sanften Wellen an seinen nackten Füßen. Andere blieben außer Reichweite der Wellen.

Linda entschied sich immer dafür, sich die Füße nass zu machen. Was würde Sam tun? Wollte er trocken bleiben oder sehnte er sich nach dem kühlen Nass? *Wasser*. Vermutlich würde er sie anknurren, weil er sich dafür seine Stiefel ausziehen müsste. Ihr Mundwinkel zuckte. Wenn sie so darüber nachdachte, würde er sie wohl reinwerfen und ihr dann folgen – nur um unberechenbar zu sein.

Und zweifellos würde er sich mit ihr an diesen Tisch setzen und einen Kaffee trinken. Sam nahm sich immer Zeit, sich die Welt anzusehen. Wie oft hatten sie es sich auf seiner Veranda bequem gemacht, um einen Sonnenuntergang oder -aufgang zu beobachten?

Verdammt, ständig kehrte sie zu Gedanken an ihn zurück. Sie stützte die Ellbogen auf den Tisch und legte ihr Kinn auf die Hände. *Ich liebe ihn.*

Er will mich nicht.

Es war so seltsam, wie er sich verändert hatte. Sie runzelte die Stirn. Als sie ihn am Morgen nach der katastrophalen Session verlassen hatte, war er ihr gegenüber nicht so unterkühlt gewesen. Er hatte sie sogar geneckt und gemeint, dass sie ihm jetzt etwas schuldete, da er sie an seiner Schulter hatte weinen lassen.

Sie war schlecht gelaunt gewesen. Vor einem Kaffee war sie nicht für Witze aufgelegt. Nach einer mürrischen Antwort von ihr, hatte er sie im Bett auf den Bauch gedreht und ihr den Hintern versohlt, bis sie vor Erregung gestöhnt hatte. Dann war ein Quickie gefolgt, der sie jetzt noch heißmachte. Es hatte ihm nicht gefallen, dass sie sich für die Arbeit fertig gemacht hatte; er hatte den Tag mit ihr verbringen wollen. Nichts davon hatte darauf hingewiesen, dass er sich von ihr zurückziehen wollte, um die Beziehung zu überdenken.

Stunden später war er so warm wie ein Eiswürfel gewesen.

Sie nahm einen Schluck von ihrem Kaffee und lächelte bei der Erkenntnis, dass Betty mit der Schokolade heute nicht knausrig gewesen war. Auch Sam war so rücksichtsvoll. Waren sie zusammen, las er ihr jeden Wunsch von den Augen ab. Er beschützte sie. Und er ging auf Abstand, wenn sie Angst bekam. Er setzte sie unter Druck, wenn sie es aushalten konnte. Sie war ihm ... wichtig.

Dennoch hatte er deutlich gemacht, dass er mit ihr fertig war. *„Du bist ohne mich besser dran."* Er log nie. Sie runzelte die Stirn. Aber was für eine Aussage war das bitte? Dachte er, er wäre nicht gut genug für sie?

Ihre Augen verengten sich. Sein Körper war wie erstarrt gewesen. Das sah ihm nicht ähnlich. Normalerweise würde Sam einfach sagen, dass er beschlossen hatte, die Beziehung nicht fortzusetzen. Er wäre nett, aber ... unverblümt. Sam hielt sich mit seinen Worten nicht zurück.

Und sie konnte sich einfach nicht vorstellen, dass er bei einer Entscheidung wie dieser erstarrte.

Nichtsdestotrotz hatte sein Gesichtsausdruck am Sonntag dem ihren im Coffeeshop geglichen. Unterkühlt und reserviert – um nicht verletzt zu werden. Die Schutzmauern hochgefahren.

Warum sollte er sich ihr gegenüber so benehmen? Sie hatte ihm nie etwas getan. Vielleicht jemand anderes? Das Problem war, dass der Mann nicht besonders viele persönliche Informationen herausgab. Würde er das tun, wäre es einfacher, das Rätsel zu lösen.

Aber ... nach den Rückschlüssen, die sie aus seiner Vergangenheit gezogen hatte, wusste er vielleicht nicht, wie man Persönliches teilte. Er brauchte Hilfe. Hatte sie ihn unter Druck gesetzt oder ihn mit Essen gelockt, war sie stets an Antworten gekommen. Nur Bruchstücke hier und da, aber für ihn war das viel gewesen.

War das wichtig? Sie holte tief Luft und erinnerte sich daran, was für ein Risiko sie eingegangen war. Sie hatte ihm gesagt, dass sie ihn liebte. Und er hatte sie verletzt. Selbst jetzt fühlte sich ihre Brust beengt an, sodass ihr das Atmen schwerfiel.

Wollte sie jemanden, der sich innerhalb von Sekunden in eine andere Person verwandelte?

Sie starrte auf ihre Hände. Wie oft hatte er sie gehalten und sie getröstet? Wie oft war er für sie da gewesen? War sie ein Feigling?

Eine Beziehung war eine Lernerfahrung. Sie hatte lernen müssen, ihm zu vertrauen, bevor sie ihm von ihrer Vergangenheit erzählen konnte. Vielleicht bräuchte es eben mehr von ihr, um Sams Verteidigung zu überwinden. Sie spitzte die Lippen und erinnerte sich an seinen emotionalen Rückzug, als sie sich selbst auf seine Farm eingeladen hatte. Seit seiner Scheidung hatte er keine Frau mehr auf sein Land gelassen.

Wenn sie seinen Rückzug nicht verursacht hatte, dann musste es einen anderen Grund geben. Vielleicht etwas aus seiner Vergangenheit.

Sie schwenkte den Becher und überlegte. Sie war noch nie dafür bekannt gewesen, aufzugeben, und genau das hatte sie im Grunde getan. Er hatte gesagt, sie wäre ohne ihn besser dran, und sie war eingeknickt und hatte nicht um ihn gekämpft. Sie verdiente – nein, er und sie verdienten – mehr. Wenn es am Ende nicht klappte, hätte sie es wenigstens versucht.

Wie sollte sie vorgehen? Sollte sie zu seiner Farm fahren? Ihr Magen rebellierte bei dem Gedanken, Sam zu konfrontieren. Den kalten Sam.

Vielleicht sollte sie kleiner anfangen. Lieber wäre ihr ein Ort, an dem ein Dialog überhaupt möglich wäre. Ein Ort, an dem er sie nicht ignorieren konnte, weil er nur daran dachte, wie sehr er sie begehrte. Wie ein reifer Apfel wollte sie vor seiner Nase baumeln.

Für einen kurzen Moment zweifelte sie an ihrem Plan. Was, wenn er sie wirklich nicht mehr wollte? Die Möglichkeit bestand. Es war ein Risiko. Sie starrte auf den Ozean. Das Kind, das Angst vor den Wellen hatte, plätscherte nun mit seinem Bruder. Von Kopf bis Fuß durchnässt, kicherten sie um die Wette.

Das Leben war voller Herausforderungen.

Und Sam war das Risiko wert. Was sie zusammen hatten, war das Risiko wert.

Sie tippte mit den Fingern auf das raue Holz des Picknicktisches, bevor sie ihre Schultern entschlossen durchdrückte. Sie hatte eine Aufgabe für das FBI zu erledigen. Vielleicht könnte sie zwei Fliegen mit einer Klappe schlagen.

Die Blicke der Menschen um sie herum ignorierend lachte sie und ihr wurde ganz warm ums Herz. Eventuell würde ihr Plan nicht funktionieren, aber sie würde es verdammt noch mal versuchen. *Gott, bitte lass ihn im Shadowlands sein, wenn ich komme.*

Ihr Kiefer spannte sich an. Sie würde dem Mann beibringen, mit ihr zu reden, anstatt sie auszuschließen.

Sie erhob sich, setzte sich aber wieder hin. Bevor sie den Kampf um Sam beginnen konnte, musste sie sich um ein anderes Problem kümmern. Gut, dass sie wütend genug war, um jemandem einen gewaltigen Arschtritt zu verpassen. Sie müsste sich nur schnell umziehen und eine kurze Fahrzeit auf sich nehmen.

Eine halbe Stunde später, nach einem Anruf mit Gabis Master Marcus, parkte sie vor dem kleinen Backsteingebäude der Lokalzeitung. Als sie den Parkplatz überquerte, bemerkte sie, dass sie das Lied *Eye of the Tiger* vor sich hersang. *Oh ja, mach dich bereit. Ich komme!* Die Brise vom Golf war kalt und salzig und fühlte sich wie ein Schlag ins Gesicht an.

Sie richtete ihr Kostüm. Ein schwarzes Kostüm über einer aggressiven dunkelroten Seidenbluse. Kein Dekolletee. Die Haare hochgesteckt. Ohrstecker und Armbanduhr in Gold.

Das Outfit schien zu funktionieren, denn als sie das Gebäude betrat, brachte sie die Empfangsdame direkt in das Büro des Eigentümers und Redakteurs. Curtis Bentley erhob sich, als sie eintrat und schüttelte ihr die Hand.

„Was kann ich für Sie tun, Ms. Madison? Sind Sie wegen der offenen Sekretariatsstelle hier?"

„Nein." Als sie beide saßen, schenkte sie ihm ein Lächeln. „Ich bin mir nicht sicher, ob Sie meinen Namen erkennen. Mein Haus wurde mehrmals mit Schimpfwörtern besprüht. Ihre Zeitung hat mindestens drei Artikel darüber veröffentlicht. Mehr Artikel über meine Vergangenheit. Reißerische Artikel."

Seine Augen weiteten sich und er drückte die Schultern durch. „Äh, bestimmt wurden nur Fakten gedruckt."

„Oh, die Fakten waren richtig. Die sexuellen Anspielungen könnten jedoch als verleumderisch ausgelegt werden. Zumal ich mit dem Journalisten mal ausgegangen bin und er es mir übelnimmt, dass ich es beendet habe."

Mr. Bentleys Rücken konnte nicht gerader sein. „Ich bin mir sicher, dass das nicht –"

„Das Gesetz sieht es nicht gern, wenn eine Zeitung mit unlauteren Maßnahmen ihren Umsatz zu steigern versucht."

„Ich weiß nicht, wovon Sie sprechen."

Natürlich nicht. Dwayne war derjenige gewesen, der das Dienstbuch der Polizei nach Verhaftungen durchsucht hatte. Wahrscheinlich hatte es seitdem niemand mehr getan. „Ihr Journalist Dwayne Cowpe hat mein Haus mit Ausdrücken besprüht. Als Beispiel: *Dreckige Schlampe, schmor in der Hölle.* Das hat er nicht nur aus Rache, sondern auch für eine gute Geschichte getan."

Mr. Bentley stand auf. „Das glaube ich nicht."

Auch Linda erhob sich. „Glauben Sie es ruhig. Er wurde auf frischer Tat ertappt. Und erzählte uns seinen Beweggrund. Unter dem Wort *Uns* schließe ich die Polizei mit ein." Sie fixierte den Mann mit einem unterkühlten Blick. „Eine Geschworenenjury würde es entsetzlich finden, dass ein Opfer eines Verbrechens von einer Zeitung auf diese Weise geschädigt wird, nur um die Verkaufszahlen in die Höhe zu treiben."

„Augenblick mal. Ich hatte keine Ahnung, dass –"

„Vielleicht. Mein Anwalt möchte sich gerne mit Ihnen zusammensetzen, um über eine straf- als auch zivilrechtliche Klage zu sprechen." Dann marschierte sie aus dem Büro und stellte sich vor, wie Dwaynes Karriere mit jedem Schritt ihrer High Heels zerbröckelte.

Leider bezweifelte sie, dass sich ihr Kampf um Sam so einfach gestalten würde.

KAPITEL DREIUNDZWANZIG

Die Nacht war dunkel und kalt, als Sam an den wenigen Autos auf dem Parkplatz des Shadowlands vorbeiging. Die schwarzen schmiedeeisernen Wandleuchter an den Steinmauern des Herrenhauses brachten ein ominöses, flackerndes Licht hervor, das zu seiner düsteren Stimmung passte.

In den letzten Tagen konnte er nur an den verletzten Ausdruck in Lindas Augen denken. *Verdammt*, er wollte sie zurück, aber wie konnte er ihr diesen Mist erneut antun? Jede Erinnerung an Nancy – ganz abgesehen von ihren Besuchen – hatte einen negativen Effekt auf seine Stimmung. Das Problem war, dass er erst jetzt verstanden hatte, wie sich seine Stimmung auf andere auswirkte.

Und jedes Mal, wenn er darüber nachdachte, sich zu erklären, trocknete seine Kehle aus und erinnerte ans Death Valley.

Er konnte es ihr nicht sagen. Er war nicht gut für sie. Es wäre besser, die Dinge so zu lassen, wie sie waren und ihr den Schmerz zu ersparen.

Heute ins Shadowlands zu gehen, würde nicht einfach werden. Er zog die Augenbrauen zusammen. Verflucht sei Z, dass er Sam in letzter Minute angerufen hatte, um ihm zu sagen, dass er die Auszubildenden heute Abend beaufsichtigen musste.

Wahrscheinlich warteten sie schon auf ihn.

In einer Reihe mit den Auszubildenden kniete Linda im kalten Eingangsbereich. Die Subs wussten, warum Linda hier war, und sie konnte ihre stille Unterstützung spüren.

Sally lehnte ihre Schulter an Lindas und flüsterte: „Ich habe meine Meinung geändert. Das ist keine gute Idee. Was ist, wenn der Beobachter herausfindet, dass du versuchst, ihn zu identifizieren?"

Wow, und damit haben wir meine größte Angst ans Licht gebracht. „Schätze, dann sollte ich besser nicht aufspringen und schreien: Da ist er! Das ist der Bösewicht!"

Sallys Mundwinkel zuckte und sie sagte: „Wir sind alle für dich da. Pass nur auf, dass du nicht irgendwohin gehst, wo du mit jemandem allein bist."

Im Club? Ganz sicher nicht. „Du bist ein richtiger Mamabär, oder?"

„Na ja, Jessica ist nicht hier, also übernehme ich den Job."

Ich dachte immer, das wäre mein Job. Es fühlte sich gut an, dass sich jemand um sie sorgte. „Danke dir. Also, was passiert nun mit den Auszubildenden?"

„Master Cullen inspiziert uns und verteilt Aufgaben. Eine Hälfte von uns hilft an der Bar, während die andere spielt. Später wird getauscht." Sie senkte ihre Stimme. „Solange du höflich bist, ist Master Cullen recht kulant. Nicht so wie andere, die auf jedes Detail achten und denen es auch wichtig ist, was wir tragen."

„Was –"

Sam stand plötzlich im Eingangsbereich.

Linda stockte der Atem. Sie hatte ihn nicht gesehen, seit er

Dwayne der Polizei übergeben hatte. Seit er ihr gesagt hatte, sie wäre ohne ihn besser dran.

Ich habe mir gewünscht, dass er heute hier ist. Aber ihre Entschlossenheit sickerte direkt in den Holzboden. Da sie nicht wollte, dass er ihre Nervosität sah, senkte sie den Kopf, obwohl sich der Anblick von ihm bereits in ihr Gehirn gebrannt hatte.

In seinen Shadowlands-Outfits wirkte er immer irgendwie größer. Anstatt einer Weste trug er ein schwarzes Wildlederhemd mit hochgekrempelten Ärmeln, was seine dunkel gebräunten, muskulösen Arme zeigte, und seine schwarze Lederhose saß wie eine zweite Haut.

Seine Stiefel stoppten vor den knienden Subs. „Ich bin heute euer Ausbilder", sagte er. Seine raue Stimme löste Erregung in ihr aus. *Verflucht sei der Mann.*

„Sobald ich – *gottverdammt.*"

Ein kurzer Blick verriet ihr, wessen Gegenwart ihm das Knurren entlockt hatte. Anscheinend hatte Master Z nicht erwähnt, dass sie sich den Auszubildenden angeschlossen hatte.

Der verdammte Besitzer. Er hätte sie ruhig warnen können, dass Sam heute Abend das Sagen haben würde. Sie starrte auf den Boden und kämpfte gegen ihre Nervosität an. Er wäre ihr Ausbilder. Sie packte ihre Oberschenkel, um das Zittern ihrer Finger zu verbergen.

Nach einer gefühlten Ewigkeit umkreiste er die Gruppe. Er blieb vor jemandem stehen. „Dara, hat Ben deine Stiefel abgesegnet?"

Linda schaute durch ihre Wimpern auf. Sie wusste, dass der große Türsteher entschied, ob die Schuhe einer Sub verführerisch genug waren. War das nicht der Fall, musste die Sub barfuß gehen.

„Nein." Daras Stimme klang nachtragend. Verständlich, denn ihre rot-schwarzen Stiefel passten perfekt zu ihrem Gothic-Outfit, das aus einem zerrissenen roten T-Shirt, einem winzigen Vinylrock in derselben Farbe, einem nietenbesetzten schwarzen Gürtel, farblich abgestimmtem Schmuck und dick aufgetragenem schwarzen Eyeliner bestand. „Ich ... Die Stiefel sind für diesen Look wichtig."

Linda sah zu Ben. Das ramponierte Gesicht des Türstehers zeigte lediglich seine Besorgnis.

„Ist das deine Entscheidung, Sub?" Sam sah nicht wütend aus, nur streng. Warum schaffte es dieser Ausdruck auch heute, dass ihre Arme und Beine bebten?

Die knallharte Dara senkte den Kopf. „Nein, Sir." In der Umkleide war Linda bereits aufgefallen, wie glücklich es Dara machte, das perfekte Outfit zusammenzustellen. Würde Sam ihr den Abend ruinieren?

Für einen Moment musterte er sie. „Zunächst wirst du dich bei Ben entschuldigen. Danach gebe ich dir die Wahl: Zieh die Stiefel aus oder gewinne dir das Recht, die Stiefel zu tragen, indem du zehn Schläge mit dem Gürtel akzeptierst."

Linda schaute nach unten und versuchte, nicht zu grinsen. Für einen der anderen Auszubildenden wäre Sams Angebot ein Albtraum. Aber Dara genoss ein wenig Schmerz.

„Der Gürtel, bitte, Sir."

Sam nickte Ben zu. Dara stolperte zu dem Türsteher und kniete nieder. Armer Ben. Er schien nicht zu wissen, ob er lachen oder ob ihm die Situation unangenehm sein sollte. Der Mann war zu allen nett, besonders zu den Subs, aber er stand überhaupt nicht auf Kink.

„Es tut mir leid, Ben", sagte Dara mit offensichtlicher Reue.

„Ist schon gut, Dara." Er sah zu Sam. „Eine Entschuldigung ist gut genug für mich."

Dara wollte sich erheben.

„Nicht gut genug für mich", knurrte Sam. „Bleib dort, Sub. Zieh deinen Rock hoch und präsentiere deinen Arsch. Ben, gib mir deinen Gürtel."

Beide sahen schockiert aus. Ben kam der Aufforderung nach, zog den Gürtel aus seiner Jeans und reichte ihn an Sam. Dann positionierte er den Stuhl angemessen und Dara beugte sich vor.

Ein paar Doms, die darauf warteten, von Ben eingelassen zu werden, genossen die Show.

Ohne zu sprechen, bildete Sam mit dem Gürtel eine Schlaufe und schlug zu. Keine beeindruckende Bewegung seines Handgelenks, kein Aufwärmen, sondern nur ein einfacher Schlag auf Daras Po.

Dara zuckte zusammen und ihre Hände ballten sich zu Fäusten, als Sam den nächsten Schlag austeilte. *Schlag, Schlag, Schlag.* Im Kopf zählte Linda mit. Beim neunten Aufprall quietschte Dara. Nach dem zehnten senkte Sam den Gürtel. „Hoch mit dir."

Dara erhob sich mit Tränen in den Augen.

„Gefällt es dir, im Eingangsbereich bestraft zu werden?", fragte Sam.

Sie schüttelte den Kopf.

„Glaubst du, Ben hat es genossen, zu sehen, wie du verletzt wirst?"

Lindas Kinnlade klappte herunter. Alle richteten ihre Aufmerksamkeit auf den Türsteher.

Bens Gesicht war kreidebleich, sein Kiefer angespannt.

Dara sah entsetzt aus. „Es tut mir leid, Ben." Ihre Stimme bebte.

Bevor Ben sprechen konnte, sagte Sam: „Du gehst für deine erste Schicht an die Bar und servierst Getränke für die Mitglieder im Kerker. Du hast dich leicht aus der Affäre ziehen können, weil die Stiefel bezaubernd an dir aussehen." Sein Mundwinkel zuckte, bevor er ihr einen ausdruckslosen Blick zuwarf. „Fordere dein Glück nicht ein zweites Mal heraus." Mit dem Kinn wies er auf die Tür zum Hauptraum und dann war sie auch schon verschwunden.

Sam nahm sich ein Desinfektionstuch von Bens Schreibtisch, wischte den Gürtel des Mannes ab und gab ihn zurück. Er betrachtete den jungen Mann mit einem eindeutigen Blick. „Die Auszubildenden sind hier, um Doms kennenzulernen, Ben. Du tust ihnen keinen Gefallen, wenn du sie mit allem davonkommen lässt."

Ben nickte.

Linda erkannte, dass sie die Arme um ihre Taille gewickelt hatte. Die Art und Weise, wie Sam Dara bestraft hatte, war beängstigend gewesen; nichtsdestotrotz ... *Ich will es.* Sie wollte es und wollte es nicht. Ihr Bauch flatterte, ihre Brust fühlte sich beengt an. Die Bestrafung ähnelte denen von den Sklavenhändlern, und doch war es ... anders. Sam hatte Dara eine Wahl gelassen und dabei nicht nur berücksichtigt, was sie Ben schuldete, sondern auch Daras Wunsch, die Stiefel zu tragen.

Sein trockener Sinn für Humor zeigte sich zu den seltsamsten Zeiten.

Sam musterte die anderen, verteilte Aufgaben und wandte sich schließlich Linda zu. *Einfach wundervoll.*

Mit einem Fingerzeig machte er klar, dass sie sich erheben durfte. Sie stand auf und hielt ihren Blick auf den Boden gerichtet.

Mit seiner schwieligen, warmen Hand hob er ihr Kinn. So vertraut fühlte er sich an, als hätte er sich bereits in ihrer Seele eingenistet. „Ich möchte nicht, dass du das tust, Linda."

Sie sah die Sorgenfalte zwischen seinen Augenbrauen, die Anspannung in seinem Gesicht. Oh, er sorgte sich um sie, der dickköpfige, reservierte Schwachkopf. „Niemand sagt mir, was ich zu tun oder zu lassen habe. Nicht mehr."

Nachdem er sie für einen langen Moment beobachtet hatte, wiederholte er: „Nicht mehr?"

Er verstand es wirklich nicht. „Als ich jünger war, hätte ich mir vielleicht eine Vollzeit-D/s-Beziehung gewünscht, aber das hat sich geändert, als ich entführt wurde." Seine Hand roch nach Seife mit einem Hauch von Pferd. Sie wollte seine Handfläche küssen, zwang sich jedoch, still zu stehen.

Sein Gesicht war kalt und zurückhaltend, von seiner Sorge nichts mehr zu erkennen, und der Verlust schmerzte.

Ihre Worte sprudelten heraus: „Gerade siehst du mich an, wie sie es getan haben – als wäre ich kein Mensch. Gott, wahrscheinlich haben sie ihre Hunde besser behandelt als uns."

Sam erstarrte, als hätte sie ihn geschlagen. Seine Hand senkte sich.

Oh, das hatte sie nicht sagen wollen. Sie hatte ihn nicht angreifen wollen. „Es tut mir leid. So fühlt es sich an, aber das war nicht, was ich sagen wollte."

„Dann versuch es noch einmal", sagte er in einem ruhigen Ton.

Sie schluckte und wählte ihre Worte sorgfältig aus: „Wir haben schon einmal darüber gesprochen. Es geht darum, Befehle entgegenzunehmen. Die Sklavenhändler diktierten alles – Dusche, Pflege, Nahrung, sogar Toilettenzeiten. Zu wissen, dass wir ... programmiert wurden, um unseren Gehorsam zu garantieren, macht mir Angst." Sie holte tief Luft und begegnete seinem Blick. „Es gefällt mir, unterwürfig zu sein. Aber ich muss die Entscheidung treffen, wann ich die Kontrolle abgebe. Den Rest der Zeit muss ich mein eigener Herr sein und meine eigenen Entscheidungen treffen. Vor allem, wenn es darum geht, welche Risiken ich eingehen will. Ich bin keine Ware."

Natürlich hatte er ein Problem damit, sie in einer gefährlichen Situation zu sehen. War ihr jemals jemand mit einem ausgeprägteren Beschützerinstinkt begegnet? Sein Gesicht war nicht länger ausdruckslos; sie konnte tatsächlich sein Bedürfnis erkennen, sie beschützen zu wollen, aber auch den Wunsch, ihr das zu geben, was sie brauchte.

Schließlich trat er zurück. „Erste Schicht: Bardame im Hauptraum. Wir werden die zweite Schicht besprechen, wenn es so weit ist."

Erleichtert schloss sie die Augen. Gleichzeitig, das musste sie zugeben, schwappte ein Angstschauer durch sie, der ihre Finger in Eiszapfen verwandelte. „Danke, Sam."

Sein Kinn wies zur Tür, womit er ihr wortlos vermittelte, zu gehen.

Sie näherte sich der Türschwelle zum Hauptraum, zwang ihre Füße, einen Schritt nach dem anderen zu nehmen, anstatt sich umzudrehen, in seine Arme zu rennen und ihn anzuflehen, sie nachhause zu bringen.

Sie schaute nicht zurück. Nein, das tat sie nicht. Denn sah er, wie verängstigt sie war, würde er sie nie durch die Tür gehen lassen.

„Gerade siehst du mich an, wie sie es getan haben – als wäre ich kein Mensch. Gott, wahrscheinlich haben sie ihre Hunde besser behandelt als uns." Sam ging durch das Shadowlands, während Lindas Worte durch seinen Verstand schwirrten. Es schmerzte.

Der Club erwachte zum Leben. Cullen und Andrea bereiteten die Bar vor. Am Soundsystem wählte Z die Musik für den Abend.

Sam schüttelte den Kopf. Es war eine Schande, dass Z nur an den seltenen Themenabenden Country-Western-Musik spielte.

Sam trat an die Bar. „Habt ihr ein Wasser für mich?"

Andreas whiskyfarbenes Haar fiel ihr auf die Schultern. Sie stellte die Flasche vor ihm auf die Bar und bemerkte: „Du siehst nicht gerade gut aus. Alles okay bei dir?"

Cullens Sub war fast so aufmerksam wie ihr Dom. „Lange Woche. Und Z hat mir die Auszubildenden aufgedrängt."

Andrea grinste und schaute an Sam vorbei. „Hast du das gehört, Master Z?"

„Seltsamerweise sagen die Auszubildenden, dass sie es genießen, dich als Ausbilder zu haben." Z setzte sich neben Sam auf einen Barhocker und musterte ihn. „Andrea hat Recht. Du hast schon mal besser ausgesehen."

Cullen rief nach Andrea und sie ging zu ihm.

„Ich fürchte, ich hatte keine Gelegenheit, dich zu warnen",

sagte Z. „Ich habe eine weitere Auszubildende hinzugefügt, um zu sehen, wie sie sich entwickelt."

Sam sah ihn genervt an. „Ist mir aufgefallen. Wie ist das passiert?"

„Vielleicht sollte es Subs nicht erlaubt sein, sich zu verbrüdern."

Sam schnaubte. „Viel Glück dabei. Was hat das aber mit Linda zu tun?"

„Sie haben über den Beobachter gesprochen."

Sams Hand legte sich fester um seine Wasserflasche, sodass das Plastik knirschte. „Jessica hat mit ihnen gesprochen?"

„Nein. Linda. Sally hat vorgeschlagen, dass sich Linda unter die Auszubildenden mischt, um alle Mitglieder kennenzulernen, ohne es zu offensichtlich zu machen."

„Dummer Plan."

„Ja, das war auch meine erste Reaktion. Sie hat bereits so viel durchgemacht." Z lehnte sich mit einem Ellbogen auf die Bar und drehte sich zu Sam. „Buchanan und Kouros fanden die Idee ausgezeichnet. Und sie hat zugestimmt."

„Warum ist sie so entschlossen?" Sam erinnerte sich an ihre Panikattacke während der Session letzte Woche. Sie hatte ihm eine Heidenangst eingejagt.

„Aus mehreren Gründen." Z rieb sich die rechte Schläfe, als hätte er Kopfschmerzen. „Eine gesunde Portion Rache. Das gefällt mir. Sie möchte ihre Ängste überwinden." Er seufzte. „Vor allem, um die anderen zu beschützen."

„Dieser verdammte mütterliche Instinkt", murmelte Sam.

„In der Tat." Z starrte an ihm vorbei ins Nichts. „Kim erwähnte mal, wie wichtig Linda für sie und die anderen Sklaven war. Anscheinend hat sie alle bemuttert."

Verdammt.

„Was ist zwischen euch beiden vorgefallen?", fragte Z.

Sam warf ihm einen kalten Blick zu.

„Normalerweise würde ich mich in deine Beziehung nicht einmischen, aber sie ist jetzt eine Auszubildende."

Und der Shadowlands-Besitzer stand den Auszubildenden als Master zur Seite. Sams Kehle war so ausgetrocknet, dass er etwas von dem Wasser trank. „Sie wollte mehr, als ich ihr geben kann." Sie wollte Liebe von ihm. Schlimmer noch: Sie wollte, dass er die drei Worte zu ihr sagte.

„Ja? Du hast genug Geld, um eine Frau zu unterstützen. Du hast offensichtlich ein Talent für Sex und Sessions – Subs betteln um deine Aufmerksamkeit. Du bist klug, vorsichtig, kontrolliert." Z tippte mit den Fingern auf die Theke. „Was verweigerst du ihr?"

Sam starrte ihn an.

Zs Lippen zuckten. „Ah ja. Du redest nicht mit ihr?"

Verdammter Psychologe. Sam setzte die Wasserflasche lauter ab, als notwendig war. „Das bin nicht ich, verdammt."

Z musterte ihn, als hätte er einen Sub vor sich. „Du hast deiner Mutter nie gesagt, dass du sie liebst?"

„Aber natürlich." Immer vor dem Schlafen. Wenn er das Haus verlassen hatte. Wenn sie es zu ihm gesagt hatte, und das hatte sie oft. Die Worte waren ihm leicht über die Lippen gegangen. *„Hab dich lieb, Mama."*

„Hast du mit deiner Freundin deine Sorgen geteilt, als du noch jünger warst? In Bezug auf die Schule oder dass ihr gerade so über die Runden gekommen seid?" Z wartete auf eine Antwort.

Sam runzelte die Stirn und versuchte, sich zu erinnern. In seiner Zeit beim Militär hatte er sich über einen unausstehlichen Leutnant beschwert, der ihn an seinen Stiefvater erinnerte. Später auf dem College hatte er ... Tammy – das war ihr Name – erzählt, dass er sich um seine Noten sorgte. „Ich schätze, das habe ich."

„Was ist mit deiner Tochter? Besprichst du mit ihr deine Sorgen um die Farm? Sagst du ihr, wie viel sie dir bedeutet?"

Sam öffnete den Mund, schloss ihn. Wie lange war es her, dass er ihr etwas in dieser Art gesagt hatte?

Z drückte die Schultern durch. „Als du noch jünger warst,

hattest du also kein Problem damit. Jetzt ist das anders. Das bedeutet, dass du dich aufgrund einer Erfahrung verändert hast."

Sam runzelte die Stirn und sein Magen rebellierte. Nancy war in sein Leben getreten.

„Denk darüber nach. Finde heraus, ob diese Erfahrung den Rest deines Lebens bestimmen soll." Z stand auf, ging ein paar Schritte und schmunzelte. „Sei bitte nett zu den Auszubildenden. Unsere Neue ist nervös."

Verdammt nochmal.

Nachdem Sam viel zu lange an der Bar geschmort hatte, ging er durch den Raum, um nach seinen Auszubildenden zu sehen. Im hinteren Bereich entdeckte er Gerald und sah zu, wie er seine Frau an einen Pfosten schnallte. Martha war um die siebzig Jahre alt und Sam würde sie als Leichtgewicht-Masochistin beschreiben. Aber der Schmerz erfüllte sie, komplementierte ihr unterwürfiges Verhalten und auch ihre erotischen Fantasien.

Als Martha gefesselt war, schlug Gerald mit einem schmalen Paddel auf ihren Arsch und er sah sie an, als wäre sie ein Playboy-Bunny. Nach ein paar Schlägen lehnte er sich vor und schob ihr eine entwischte graue Haarsträhne hinter ihr Ohr. Er sprach leise mit ihr.

Aber Sam konnte ihn hören.

„Ich liebe dich, meine süße Martha. Ich liebe es, dich zappeln zu sehen. Ich liebe es, dich keuchen zu hören. Ich liebe dich. Punkt."

Der Blick in ihren Augen war ... unbeschreiblich.

Sam ging weg. Genau das war es, was Linda wollte. Sie wollte, dass er seine Seele vor ihr entblößte. Sie wollte Emotionen von ihm sehen. Z hatte den Nagel direkt auf den Kopf getroffen. *Verflucht seist du, Nancy, dass du meinen Verstand durchgerüttelt hast.* Er verfluchte auch sich selbst, weil er seiner Ex noch immer diese Macht über sich gab und er so nicht in der Lage war, Linda zu geben, was sie brauchte. So schlimm war es geworden, dass sie ihn in einen Sack mit den Sklavenhändlern warf.

Nicht weit von ihm sah Sam einen Dom, der die Paddelwand begutachtete. An Kunstwerken hatte Z kein Interesse. Schließlich gab es genug Spielzeuge zum Präsentieren. Vielleicht sollte Sam auch seine Wände so dekorieren. Er runzelte die Stirn und erinnerte sich an das Gemälde, das früher in einem der Farmgebäude über dem Kaminsims gehangen hatte.

Nancy hatte es in einem Wutanfall zerstört. Mit dem Talent eines Manipulators hatte sie alles zerstört, was ihnen lieb war. Manchmal nur Gegenstände, manchmal aber auch Erinnerungen und Gefühle. Was auch immer sie über eine Person herausfand, sie benutzte es später als Waffe. So hatte er gelernt, alles für sich zu behalten.

Sams Kehle schnürte sich zu. Wie hatte sich das auf seine Kleine ausgewirkt? Nach einer Minute bemerkte er, dass Nicole ihre Emotionen stets unterdrückt hatte ... aber nur mit ihrer Mutter. Sie sprach immer noch mit anderen, lachte und zeigte, was sie für sie empfand. Nicole stieß nur Nancy von sich.

Stattdessen hatte Sam alle Türen zu sich verschlossen. Nicole war stärker als er.

„Sam?" Eine sanfte Berührung an seinem Arm. „Ähm, Master Sam?"

Er drückte die Schultern durch und schaute nach unten. Linda.

„Ist mit dir alles okay?", fragte sie. In ihren hübschen Augen sah er, wie besorgt sie um ihn war. Er war unhöflich zu ihr gewesen, hatte sich zurückgezogen und sie machte sich immer noch Sorgen um ihn. Die Frau hatte keine Ahnung, wie besonders sie war. Oder was sie ihm bedeutete. *Meine Schuld.*

„Linda –"

„Ich weiß nicht, was dir gerade durch den Kopf geht, aber hör auf." Ihr Gesichtsausdruck zeigte Fürsorge, als sie ihre Arme um ihn legte. „Ich liebe dich, Sam. Es ist okay, wenn du nicht dasselbe fühlst, aber: Ich liebe dich."

Wärme breitete sich in ihm aus und ließ die Eisschicht

schmelzen, die in den letzten Tagen immer dicker geworden war. Er legte seine Arme um sie und zog sie näher an sich. Sie wusste nicht, was sie anbot. Sie sollte keinen so verkorksten Menschen lieben.

„Finde heraus, ob diese Erfahrung den Rest deines Lebens bestimmen soll." Wollte er Nancy gewinnen lassen, oder wollte er kämpfen? Er schluckte. „Ich habe dir doch erzählt, dass meine Ex-Frau drogensüchtig ist. Sie brauchte immer Drogen, und sie benutzte alles, was ich ihr sagte, als Munition, um zu bekommen, was sie wollte. Aus dem Grund habe ich aufgehört, meine Gefühle und Probleme mit anderen zu teilen."

Linda schaute nicht auf, sondern umarmte ihn einfach fester.

Er presste die Lippen aufeinander. „Letzten Sonntag ist Nancy zur Farm gekommen. Ich –" *Verdammt*, wie schafften das andere? Es war so schwer. Er zog sie näher an seine Brust und weigerte sich, sie gehen zu lassen. Aber das musste er. „Es tut mir leid. Ich bin nicht gut für dich, Mädchen." Sanft schob er sie von sich und ging – floh – in den Kerker.

Linda sackte gegen die Lehne einer Couch und starrte Sam nach. Sie hatte ihm gesagt, dass sie ihn liebte – und er hatte sie umarmt, als würde ihm die Liebesbekundung etwas bedeuten. Und er hatte sich entschuldigt und etwas mit ihr geteilt. Seine Ex klang schrecklich.

Er hatte sie fester umarmt, bevor er sie erneut von sich gestoßen hatte. Ihr Mundwinkel zuckte. Sicher, seine Lippen hatten sich bewegt, aber seine Umarmung hatte etwas ganz anderes gesagt.

„Wow, was war das denn gerade?" Sally legte einen Arm um sie und lehnte sich mit der Hüfte gegen die Couchlehne. „Erfreut hat er nicht ausgesehen."

Linda schüttelte den Kopf. „Er hat mir von seiner Ex erzählt. Sie klingt furchtbar."

„Das hat er? Er redet nie über seine Ex-Frau. Eigentlich redet er allgemein nicht viel, wenn ich so darüber nachdenke."

Und doch hatte er sich für sie geöffnet und seine Mauer des Schweigens gebrochen. *Ich liebe dich, Sam, und ich sehe, dass du es versuchst. Gib nicht auf – wir schaffen das.* „Er verwirrt mich." Sie seufzte. „Aber ich habe jetzt keine Zeit, um mir darüber den Kopf zu zerbrechen. An die Arbeit!" Sie musste einen Sklavenhändler finden.

„Ich bin auf der anderen Seite des Raumes", sagte Sally, „aber ich werde versuchen, dich im Auge zu behalten."

Linda drückte sie. „Danke." Auch Sam würde auf sie achtgeben. Daran hatte sie keine Sekunde gezweifelt.

Na sieh mal einer an. Sie ist jetzt eine Auszubildende. Der Beobachter gab vor, sich eine Session mit zwei Frauen anzusehen, während er die Ex-Sklavin musterte. Interessant, dass sie nun eine von Zs Auszubildenden war. Es würde ihn nicht wundern, wenn sie sich auf einen Dom einließ – schließlich *erntete* die *Association* Frauen im Lifestyle. Allerdings schienen die Aufgaben einer Auszubildenden unter ihrer Würde zu sein.

Beschweren würde er sich aber nicht. Damit hatte er die Chance, sie zu genießen. Ein blasser Rotschopf, dessen Haut wunderschön auf seine Behandlung reagieren würde. Er mochte es, die Ergebnisse seiner Bemühungen zu sehen.

Zudem bevorzugte er ältere Frauen, die nicht so zerbrechlich waren wie die Jungen. Sie waren anpassungsfähiger und willensstark.

Und er liebte es, Masochisten zu brechen. Wenn sie genug Angst hatten oder der Schmerz zu der Sorte gehörte, die sie hassten, konnte er sie aus dem Subspace fernhalten. Dann konnte er sie auf eine Weise verletzen, die zu befriedigenden Schreien führte.

Sein Schwanz war unangenehm hart, als die Rothaarige an der Bar vorbeiging. Da sie eine neue Auszubildende war, brauchte er heute gar nicht fragen. Irgendwann aber. Bald.

Vielleicht könnte er sie überreden, sich außerhalb des Clubs mit ihm zu treffen. Er brauchte Erlösung. Seine Spielzeuge waren entdeckt worden, und die Reporter genossen es, mal wieder über einen Serienmörder zu sprechen – einen, der die Haare seiner Opfer abhackte. Auch, dass alle Prostituierte waren, wurde besprochen. Gestern Abend hatte er im Rotlichtviertel vier Polizisten in Zivil gesehen. Schlimmer noch, die Huren stiegen nicht in die Autos.

Als er die Rothaarige dabei beobachtete, wie sie mit den Mitgliedern sprach, runzelte er die Stirn. Ihr Auftreten schien ... merkwürdig. Nachdem sie einen Dom begrüßt hatte, neigte sie ihren Kopf, lauschte seinen Worten und musterte ihn aufmerksam. Sie machte nicht den Eindruck, dass sie nach einem Master suchte.

Unbehagen machte sich in ihm breit, als sie erneut bei ihm vorbeikam. Ihr Blick landete auf ihm. Als sich ihre Körpersprache nicht veränderte, entspannte er sich. Sie erkannte ihn nicht.

Das würde sie aber.

Er würde es genießen, sie daran zu erinnern, wo sie sich ... kennengelernt hatten. Gleich danach würde er sein Messer zum Einsatz bringen.

KAPITEL VIERUNDZWANZIG

Später am Abend entließ Sam die erste Schicht der Auszubildenden und setzte die zweite an der Bar ein. Nachdem er Dara und Sally mit Doms zusammengebracht hatte, die ihren Interessen entsprachen, sah er, wie Linda sich der Bar näherte.

Sie lief an den beiden FBI-Agents vorbei, die – wie es schien – die Vorzüge einer weiblichen Präsidentin diskutierten, und stellte ihr Tablett mit Leergut vor Cullen ab.

„Danke, Sub", sagte der Barkeeper. Als er sanft an einer ihrer Haarsträhnen zog, lachte sie tief und herzlich, was Sams Stimmung immer zu heben vermochte.

Verdammt, er vermisste sie.

Ein Dom an der Bar plauderte mit ihr und fuhr mit seiner Hand über ihren nackten Oberarm. Ihre Rückenmuskulatur spannte sich an. Sie mochte die Berührung des Kerls nicht.

Sam marschierte zu ihr. „Auszubildende, komm mit mir."

Sie warf einen Blick über ihre Schulter und ihre Augen weiteten sich. „Ja, Sir." Befriedigt stellte Sam fest, dass sie ihm gehorchte und so von dem Dom auf Abstand ging.

Sam legte die Hand auf ihren Nacken und genoss den Schauer,

der bei seiner Berührung durch ihren Körper jagte. Er entschied sich für eine ruhige Ecke im Hauptraum. „Was genau hast du jetzt vor, Mädchen?"

Sie runzelte die Stirn. „Was meinst du?"

„Es ist meine Aufgabe, dafür zu sorgen, dass du Doms triffst und die Vorlieben erkundest, die dich interessieren." Z, gründlich wie er war, hatte Linda alle nötigen Schriftstücke vervollständigen lassen, die auch eine Liste mit ihren harten Grenzen beinhaltete. Vor ein paar Stunden war Sam drüber geflogen und hatte sich Aktivitäten notiert, die sie bisher noch nicht zusammen ausprobiert hatten.

„Aber ich bin nicht hier, um ... ähm, Dinge zu erkunden."

„Ich weiß." Er trat direkt in ihren persönlichen Bereich. Ein weiterer Zentimeter und ihre wunderschönen Brüste würden über seinen Oberkörper reiben. Oder sein immer härter werdender Schwanz würde gegen ihren Bauch stoßen.

Anstatt zurückzutreten, lehnte sie sich ihm entgegen.

Oh, *verdammt*, ja, sie wollte ihn immer noch. „Ein Teil des Abends wird für die Auszubildenden reserviert, um Erfahrungen zu sammeln, und es würde seltsam aussehen, wenn du das nicht tust. Hast du jemanden im Sinn, mit dem du spielen möchtest?"

„Mit ... jemandem spielen?" Zittrig atmete sie ein. „Okay, ja, das wusste ich." Er beobachtete, wie sie sich erholte. „Das kann ich tun. Das habe ich auch bei meinem ersten Besuch getan, oder?"

So verdammt mutig. Fast hätte er etwas gesagt, aber gerade war kein guter Moment, sie zu necken. Seine Hand bewegte sich von selbst und umfing ihre Wange. „Linda, es ist deine Entscheidung. Möchtest du lieber mit mir spielen?"

Ihre Antwort schimmerte so deutlich in ihren wunderschönen braunen Augen, dass es keinen Grund für sie gab, verbal zu reagieren. Obwohl sich das Zögern vor, „Ja, wenn es dir nichts ausmacht", schon wie eine Beleidigung anfühlte.

Daher antwortete er: „Tut es nicht. Gehört zur Jobbeschreibung."

Bei dem Schmerz auf ihrem Gesicht verfluchte er sich selbst und legte die Hände seitlich an ihren Hals, wobei er mit den Daumen über ihren Kiefer streichelte. „Mehr als das, Mädchen." Er zwang sich, weiterzusprechen: „Ich würde gerne mit dir spielen. Das habe ich schon immer." *Und das werde ich immer.*

Tränen schimmerten in ihren Augen, bevor sie diese wegblinzelte. „Okay. Na gut. Was nun?"

Taffe, kleine Frau. Zu taff, zu mutig. „Wärst du an einer Session interessiert? Schmerz, Bondage, Sex?"

Sie biss sich auf die Lippe. Er konnte sie so einfach deuten. Ihr Kopf sagte *Nein*, aber der Rest von ihr wollte ihn. Die Erleichterung, dass sie die Beziehung noch nicht aufgegeben hatte, war berauschend.

Als sie nickte, konnte er nicht länger auf Abstand bleiben. Er musste sie einfach küssen. Er hatte es vermisst, ihren Mund an seinem zu spüren. „Heute ist ein guter Tag für Rollenspiele."

Fasziniert sah sie ihn an. „Was stellst du dir vor?"

Eine Session, die er schon vor einer Weile geplant hatte. Ihre Ansprache im Eingangsbereich hatte die Idee ganz oben auf die Liste gesetzt. „Das typische Geschäftsmann-Sekretärin-Rollenspiel, aber mit einem Twist. Ein Spiel innerhalb eines Spiels."

Ihre Augenbrauen zogen sich zusammen.

„Ich gebe dir Aufgaben und stelle Fragen. Du musst ehrlich antworten. Aber ich will auch, dass du dich auflehnst. Sei eine Göre. Sei unhöflich. Erledige die Aufgaben unbefriedigend. Wenn du das tust, wirst du belohnt, indem du auf eine Weise bestraft wirst, die uns beiden gefallen wird. Wenn du jedoch ruhig und brav bist, werde ich dich dazu bringen, Dinge zu tun, die du nicht ansprechend findest."

Ihre Kinnlade klappte herunter. „Wo liegt der Sinn darin?"

„Das erkläre ich dir später. Vielleicht." Würde sie selbst dahinterkommen? Mit seinen Fingerknöcheln streichelte er über ihre Wange und labte sich an ihrer samtweichen Haut. „Oben im Purple-Room bewahrt Z Fetischkleidung und Kostüme auf. Zieh das Sekretärinnen-Kostüm an. Keine Unterwäsche. Haare in einer Hochsteckfrisur. Brille. Bring mir einen Sakko, wenn du wieder runterkommst. XL. Sei in zehn Minuten im Büro-Themenraum."

Sie stand auf, bewegte sich nicht und starrte ihn einfach an.

Er legte genug Nachdruck in seine Stimme, um sie aus ihrer Starre zu befreien: „Beweg dich, Mädchen."

Wow, sie fühlte sich wirklich wie eine Sekretärin. Als sie den Club durchquerte und in den Flur mit den Themenräumen trat, grinsten sie ein paar Mitglieder an, die den stereotypischen Look sofort erkannten. Ihr schwarzer Rock schmiegte sich an ihren Hintern und war enger, als ihr lieb war, aber die weiße Seidenbluse hätte sie auch für sich selbst gekauft. Ohne BH waren ihre dunklen Nippel unter dem dünnen Material zu sehen. Die schwarze Lesebrille – ohne Gläser – gefiel ihr richtig gut und vervollständigte den Look.

Im Flur standen Leute, die Sessions durch die großen Fenster beobachteten. Der Arzt-Themenraum befand sich gegenüber dem Büroraum. Sie warf einen Blick hinein und war schockiert. Eine Domina steckte in einer geraden Linie Nadeln in den Rücken ihres Subs. Der Mann zuckte bei jedem Einstich zusammen, aber in seinen Augen war deutlich zu erkennen, dass er sich bereits an einem glücklichen Ort aufhielt.

Linda war neidisch. Nicht, weil sie als Nadelkissen herhalten wollte – *um Himmels willen, nein.* Neidisch war sie auf das Subspace. Sie hatte das Gefühl, dass Jahrhunderte vergangen waren, seit sie mit Sam gespielt hatte.

Als sie die Tür öffnete, sah sie ihn und sofort machte ihr Herz einen Salto. Er wartete neben einem beeindruckend aussehenden Eichenschreibtisch. An einer Wand stand ein hoher Aktenschrank. Ein Stuhl befand sich vor dem Schreibtisch, eine Couch und ein passender Tisch an der hinteren Wand.

Nachdem er sich das Sakko angezogen hatte, das sie ihm mitbringen sollte, schenkte er ihr ein anerkennendes Lächeln. „Miss Madison, ich bin Sam Davies, der CEO von *Pain International*." Er streckte seine Hand aus.

„Ah." *Okay. Los geht's.* Sie schüttelte ihm die Hand. „Es freut mich, Sie kennenzulernen."

„Nehmen Sie Platz. Dann wollen mir mal mit dem Vorstellungsgespräch beginnen."

Vorstellungsgespräch? Sie blinzelte, zuckte mit den Schultern und setzte sich vor dem massiven Eichenschreibtisch auf den Holzstuhl. Wenigstens müsste sie nicht so tun, als würde sie sich Stichpunkte machen.

Nachdem er sich hinter den Schreibtisch gesetzt hatte, öffnete Sam einen roten Ordner und zog tatsächlich seine Lesebrille heraus, um den Inhalt zu begutachten. Die Brille machte ihn noch heißer.

Er nickte beim Lesen. Dann blätterte er zur nächsten Seite und runzelte die Stirn. Bei dem Anblick wurden ihre Hände klamm. Mittlerweile hatte sie das Gefühl, sich wirklich für eine Arbeitsstelle zu bewerben. Schließlich hob er den Blick und fixierte sie mit diesen eisblauen Augen, mit denen er über den Rand der Brille schaute. „Witwe. Kinder auf dem College. Wie viel Ärger machen sie Ihnen?"

Ah. Er wollte wirklich den Stil eines Vorstellungsgesprächs beibehalten. „Nicht viel. Es sind gute Kinder, nur hin und wieder ein wenig rebellisch."

Sein Blick kühlte sich ab. „Wie schön, einen ehrlichen und höflichen Bewerber kennenzulernen." Das Kompliment stand im Widerspruch zu seinem verärgerten Blick. Warum? Er stieß den Stifthalter vom Schreibtisch. „Ups. Aufheben. Indessen werde ich den Rest der Bewerbung lesen."

Sie schob ihre Brille hoch, kniete sich gehorsam auf den glänzenden Parkettboden, hob den Stifthalter auf und steckte den ersten Kugelschreiber hinein.

Er seufzte. „So verdammt gehorsam. Benutzen Sie die Zähne."

Sie sah zu ihm auf und schaute in seine ausdruckslosen Augen. In dem Moment erkannte sie, was sie falsch gemacht hatte. Er hatte ihr befohlen, unhöflich zu sein. Ehrlich, aber unhöflich. Blieb sie auch weiterhin *ruhig und brav*, würde er sich für Maßnahmen entscheiden, die ihr nicht zusagten. Nun, die Sache mit den Zähnen traf den Nagel auf den Kopf. *Eklig!*

Muss unhöflich sein. „Sie sind ziemlich ungeschickt, Mr. Davies. Sie sollten Ihren Scheiß selbst aufheben." Es fühlte sich ... seltsam an, das zu sagen. *Sei nicht unverschämt, Schatz. Es ist wichtig, dass du immer höflich bist.* " Die Stimme ihrer Mutter verzerrte sich und dann hörte sie den Aufseher: *„Schlampen sprechen nicht."*

„Miss Madison, bewerben Sie sich um einen Job oder machen Sie ein Nickerchen dort unten?"

„Es tut mir furchtbar leid, Sir." Als sie nach einem Kugelschreiber griff, wurde sie von seinem Stirnrunzeln gestoppt. *Unhöflich. Sei unhöflich.* Sie wusste nicht, was sie sagen sollte. Sie folgte ihrer Intuition, nahm einen Kugelschreiber und schleuderte ihn auf den Schreibtisch. Alles in ihr zuckte bei der Aktion zusammen. „Hier haben Sie einen."

Sie sah den anerkennenden Funken und warf zwei weitere. „Fast fertig, Mr. Dummer Davies."

Sein rechter Mundwinkel zuckte. „Das reicht. Kommen Sie her."

Sie stand auf, machte einen Schritt nach vorn und erkannte, dass sie es wieder tat. Blinder Gehorsam. „Nein." Sie ließ sich auf ihren Stuhl fallen. „Machen Sie mit dem Vorstellungsgespräch weiter, bevor mir noch langweiliger wird."

Seine Augenbrauen sprangen nach oben. „Langweilig?" Er blätterte eine Seite um. „Kleinstadtmädchen. Ihr Vater war Pastor einer Kirche? Prüde also."

„So ist es." *Warum ist es so schwer, unhöflich zu sein?* „Was geht Sie das an?" Sie streckte die Beine aus.

„Sie häufen nur Bestrafungen an, Miss Madison. Benehmen Sie sich."

Bevor sie sich stoppen konnte, setzte sie sich aufrecht hin, brachte die Knie zusammen und legte die Hände auf den Schoß. *„Meine Tochter ist ein gutes Mädchen. Hast du gesehen, wie elegant sie sitzt und der Predigt zugehört hat?"*

„So gehorsam." Sam klang angewidert. „Beugen Sie sich vor und zeigen Sie mir Ihren Arsch."

Ihre Wangen erröteten. „Das ist nicht fair. Ich ..." *Gehorche dir. Ich war brav.* Er wollte nicht, dass sie brav war. Er wollte sie nicht höflich. Ihr Gehirn fühlte sich an, als würde es ein Lied mit dissonanten Akkorden spielen.

„Sofort. Nicht erst nächste Woche."

Sie erhob sich, drehte sich um und – *Idiotin!* Sie wirbelte herum. „Was für ein CEO sind Sie denn bitte? Das ist einfach widerlich."

Er schnaubte. „Gabi sollte dir Unterricht in Beleidigungen geben." Er stand auf, lief um den Schreibtisch herum und kehrte zum Rollenspiel zurück: „Kommen Sie her."

Bei dem Blick in seinen Augen ging sie rückwärts auf die Tür zu. „Äh, nein."

Er kam näher, packte sie an der Bluse, zerrte sie zum Schreibtisch und beugte sie dann mit dem Gesicht nach unten vor. Sam hielt ihre Bluse gepackt und sorgte dafür, dass sie in der Position blieb. Gleichzeitig schob er ihren Rock hoch und fuhr mit seiner Hand über ihren Hintern. „Es gefällt mir, wie schnell Sie nachgeben. Ein ausgezeichneter Roboter."

Roboter? „Lassen Sie mich los, Bastard!" Sie lernte dazu und wehrte sich.

„Nein." Seine Hand landete mit einem harten Schlag auf ihrem Hintern; drei weitere folgten, die sich in ekstatische Lust verwandelten. „Die waren für die frechen Antworten. Und das

hier ist das auch." Als er mit dem Finger zwischen ihre Schamlippen glitt, zappelte sie unter ihm, während die Erregung in ihr
Einzug hielt. Bei der Nässe, die er zwischen ihren Schenkeln fand,
entließ er einen zufriedenen Laut. Er umkreiste ihre Klitoris und
löste damit elektrisierende Empfindungen in ihr aus.

Sie ließ ihn einfach machen. *Nein.* Sie versuchte, sich nach
oben zu drücken, aber er hielt sie gnadenlos an Ort und Stelle.
Mit jeder Sekunde intensivierten sich seine Berührungen. Ihre
Klitoris schwoll an und er übte mehr Druck aus.

Als er ihr endlich erlaubte, sich aufzurichten, atmete sie
unkontrolliert und sie war ... angetörnt. Nach einem letzten
harten Schlag auf ihren nackten Hintern riss er sie wieder auf den
Stuhl. „Ich habe noch ein paar Fragen, Miss Madison."

Sie presste die Knie zusammen und drückte die Schultern
durch. Bei seinen hochgezogenen Augenbrauen errötete sie. Sie
war wirklich eine Idiotin. „Bisher haben Ihre Fragen nicht viel
Intelligenz gezeigt."

Er nickte, als wolle er die beschissene Beleidigung würdigen.
„Pastorentochter. Zum braven Mädchen erzogen. Wahrscheinlich
stellen Sie sich nie die Frage, ob Sie der Person gehorchen sollten,
die Befehle erteilt. Sie tun einfach, was befohlen wird. Stimmt
doch, kleines Mädchen, oder?"

„Ich –" Das tat sie. „Sie arroganter Bastard, was wissen Sie
schon über respektables Verhalten?"

„Ich wette, Ihr Ehemann war überaus respektabel. Konservativ. Wollte, dass auch Sie so sind. Antworten Sie mir, Miss
Madison."

„Er –" Ihr Mund schnappte zu und sie funkelte ihn genervt an.
„Sie können diesen Job nehmen und ihn an ihre hässlichen
Schweine verfüttern." Sie stand auf.

Sein Grinsen kam und verschwand so schnell, dass sie die
Reaktion fast verpasst hätte. „Nein, wir sind hier noch nicht
fertig. Wissen Sie überhaupt, wofür Sie vorsprechen?"

„Ich ... Nein."

Er ging um den Schreibtisch und packte sie im Nacken. „Ich auch nicht. Dann sollten wir mal schauen, ob Sie über Fähigkeiten verfügen, die mir gefallen könnten."

Nachdem er sie in den Knieraum unter dem Schreibtisch geschoben hatte, nahm er wieder Platz, senkte den Stuhl und bewegte ihn dann nach vorne, bis seine Beine sie umgaben. Mit sicheren Händen öffnete er seine Lederhose. Sein Schwanz erhob sich und sie starrte mit offenem Mund auf seine Länge. „Sie wollen, dass ich Ihren –"

„Genau das will ich." Er nahm ihr die Brille ab und warf sie auf den Schreibtisch. „Ein netter Blowjob ... und leise, bitte."

Sei unhöflich. Gehorche, aber sei unhöflich. Er wollte unhöfliches Verhalten von ihr sehen? Also los. „Sind Sie sicher, dass ich ihn finden werde? Möglich, dass ich ihn mit einem der Kugelschreiber auf dem Boden verwechsle."

Er erstickte sich an einem Lachen, schaffte es aber, einen Knopf am Schreibtisch zu drücken.

Gehorche. Sie legte einen Unterarm auf seine Knie, um sich zu stabilisieren, und leckte über seine Eichel, bevor sie ihn in ihren Mund nahm. Mit dem Geschmack und dem Gefühl seiner harten Erektion auf ihrer Zunge setzte die Erregung einen stetigen Puls zwischen ihren Beinen. Die samtweiche Haut war straff gespannt, die Venen traten erotisch hervor. *Mhm, will mehr.* Sie hob den Kopf. „Sag ich ja. Winziger Schwanz. Vielleicht –"

Am Kopf drückte er sie runter, zwang sie, alles zu nehmen, und schaffte es so, ihr den Mund zu stopfen. Und er war überhaupt nicht klein. Ihr Würgreflex wurde getestet, als er tief in sie drang. Dann jedoch packte er sie an den Haaren, riss ihren Kopf hoch und senkte ihn wieder, sodass er ihr erfolgreich die Kontrolle über ihre Bewegungen nahm. Genau das war es, was sie dahinschmelzen ließ.

„Härter blasen."

Das tat sie. Dann kratzte sie trotzig – und doch sanft – mit ihren Zähnen über seine Länge. Unter ihrem Unterarm spannten sich seine Oberschenkelmuskeln an. *Gott*, sie hatte ihn vermisst. Sie atmete seinen wunderbaren moschusartigen Duft ein.

Er zog gerade hart genug an ihren Haaren, um ihr einen Lustschauer zu entlocken.

Sie entspannte ihren Kiefer, nahm ihn tiefer und genoss das zufriedene Knurren seinerseits. Nur von seinen Geräuschen wäre sie in der Lage, einen Orgasmus zu haben.

Die Tür knarrte auf und der Lärm der Leute im Flur flutete herein. Ein Mann sagte: „Sie haben nach mir rufen lassen, Boss?"

Linda erstarrte und versuchte, sich weiter unter den Schreibtisch zurückzuziehen. Sams Hand in ihrem Haar sorgte dafür, dass ihre Lippen auf seinem harten Schwanz blieben und ihr entging nicht, wie laut und feucht es sich anhörte, was sie taten.

„Ja, würden Sie der nächsten Bewerberin sagen, dass ich aufgehalten wurde", sagte Sam. „Ich werde erst in einer Stunde für sie Zeit haben."

„Natürlich, Sir." Die Stimme des Mannes näherte sich. „Gibt es irgendetwas, bei dem ich helfen kann, wenn ich schon mal hier bin?"

Nein. *Nein!*

Sam senkte den Blick zu ihr und zog eine Augenbraue hoch.

Linda wusste, dass sie unter dem Schreibtisch niemand sehen konnte, aber die Laute waren unmissverständlich. Der Mann wusste genau, was los war. Trotz des Schwanzes in ihrem Mund schaffte sie es, den Kopf zu schütteln.

Sam verzog das Gesicht und dann ... grinste er. „Nein, danke, Holt. Ich glaube nicht, dass ich mich mit einer übermäßig höflichen Sekretärin auseinandersetzen muss."

„Sehr gut. Lassen Sie mich wissen, wenn Sie Ihre Meinung ändern. Ich genieße ... Vorstellungsgespräche." Die Tür schloss sich.

Mein Gott, hätte er diesem Mann erlaubt, mich zu berühren? Sie hob den Kopf von seinem Schwanz und sagte: „Du Arschloch. Wie konntest du das nur tun?"

Unbeeindruckt sah er sie an. „Ein Dreier wurde von dir nicht als harte Grenze aufgeführt. Ich wollte sehen, ob es etwas ist, das du genießt." Er schob seinen Schwanz in die Hose, zog den Reißverschluss hoch und hob Linda auf seinen Schoß.

Sie konnte nicht anders, als sich an ihn zu kuscheln. Wieso fühlte sie sich in den Armen des verdammten Sadisten nur so sicher?

„Ich habe dir aber angesehen, dass du Gesellschaft nicht schätzen würdest. Warum hast du den Punkt also mit einem *Vielleicht* gekennzeichnet?"

„Ich ... In dem Moment schien es eine gute Entscheidung zu sein." Sie hatte es als Möglichkeit gesehen, Sam eifersüchtig zu machen. Niemals hätte sie erwartet, dass er einen Dreier ins Spiel bringen würde.

Seine Augen verengten sich, aber er sagte nichts.

Ihn zu lange nachdenken zu lassen, war vielleicht keine gute Idee. „Also, mächtiger Boss, was machen wir jetzt?" Mit voller Absicht rieb sie den Po an seinem harten Schwanz. Langsam fand sie Gefallen daran, ein böses Mädchen zu sein. Sie drehte sich zu ihm, vergrub ihr Gesicht an seinem Hals, atmete den Duft von Seife und Heu ein und knabberte an seiner Haut. Gleichzeitig öffnete sie den ersten Knopf an seinem Hemd, schob ihre Hand hinein und zeichnete seine Brustmuskeln nach. Sein krauses Brusthaar neckte ihre Finger, als sie nach einer Brustwarze suchte ... und hineinzwickte.

Er knurrte und zog ihre Hand weg. „Setz dich wieder auf deinen Stuhl."

„Oh, kommen Sie schon, Mr. Davies. Ich bin sicher, dass ich eine großartige Sekretärin sein kann." Ein letztes Mal rieb sie ihren Hintern über seinen Schoß, bevor sie aufstand, ihre Bluse öffnete und ihre Brüste anzüglich vor seinen Augen schwingen ließ.

Als sich seine blauen Augen in eine Stahlschmelze verwandelten, schien sich sein ganzer Körper auszudehnen.

Oh je, vielleicht war das keine so gute Idee, dachte sie, selbst als ihre Haut bei dem Anblick in Flammen aufging.

Er erhob sich, packte sie an den Oberarmen und zog sie an sich. In der nächsten Sekunde lag sein Mund auf ihrem, und er küsste sie fordernd, so feucht und heiß, dass ihre Knie einknickten. Er schlang einen Arm um sie und vertiefte den Kuss. Indessen fand er mit der freien Hand ihre Brust. Als er ihren Nippel zwischen Daumen und Zeigefinger rollte und hart in die Knospe kniff, floss ein erregender Strom direkt zu ihrer Klitoris. „Ich kann sehen, dass du bestraft werden willst, Mädchen."

„Ich ... Ah ..."

„Danach werde ich dich ficken." Sie konnte die Kontrolle in seiner Stimme hören. „Ich werde dir wehtun und dich so hart nehmen, dass alle im Club hören werden, wie du meinen Namen schreist."

Oh Gott!

Nachdem er seine Brille gefaltet und in seine Tasche gesteckt hatte, hob er sie auf den Schreibtisch. „Nimm deine kniende Position ein."

Bei seinem Knurren hatte sie das Gefühl, als wäre sie zur Seite getreten und in einer Wolke gelandet. So weich. So hell.

Begehrt zu werden, fühlte sich wundervoll an. Noch besser war es, verstanden *und* begehrt zu werden. Auf dem Schreibtisch kniend ruhte sie ihren Hintern auf den Fersen. Ihre Hände legte sie auf ihre Oberschenkel.

„Sehr gut. Wölbe den Rücken."

Als sie sich fügte, fand er schmunzelnd ihre Brüste. Die Schwielen fühlten sich wunderbar rau auf ihrer empfindlichen Haut an. „Ich liebe diese Titten, Mädchen."

So unverblümt. Dennoch konnte sie nicht leugnen, wie glücklich sie gerade war.

Er zupfte an ihren Brustwarzen, bis ihre Brüste kribbelten.

„Nicht bewegen", warnte er, bevor er sich der Spielzeugtasche neben dem Schreibtisch zuwandte. Nachdem er eine Verbandschere auf den Schreibtisch gelegt hatte, nahm er sich ein Seil und umrundete mehrmals ihre linke Brust – etwas enger, als angenehm war. Das wiederholte er bei ihrer rechten Brust.

Nun fühlten sich ihre Brüste nicht nur geschwollen an, sondern als würden sie gleich platzen.

Mit dem Blick auf ihrem Gesicht streichelte er jede Brust und zwickte in ihre harten Nippel. Solch intensive Hitze durchzog sie, dass sie wimmerte und nicht anders konnte, als sich zu winden.

Als er die Nippelklemmen aus seiner Tasche zog, entließ sie einen aufbegehrenden Laut, der nicht mal nach ihr klang. Er wusste, dass ihre Nippel besonders empfindlich waren. Er *wusste*, dass sie diese Dinger hasste.

Er lachte und seine Augen funkelten höchst erfreut. „Ja, das wird wirklich und wahrhaftig wehtun", sagte er und genoss es sichtlich, wie sie versuchte, sich von ihm zu entfernen. Die erste Klemme wurde befestigt – eine Krokodilklemme mit einer Schraube. Er drehte daran und der Druck auf ihre Knospe nahm zu.

Sie schnappte nach Luft. „Zu eng."

„Atme, Linda. Atme durch den Schmerz. Ertrage es für mich … und für dich." Er legte seine unnachgiebige Hand unter ihre Brust und beobachtete ihr Gesicht.

Sie holte tief Luft und versuchte, den Schmerz zu reiten. Kein guter Schmerz. Aber seine Worte … *„Für mich."* Sie würde es tun, um ihm zu gefallen und die Anerkennung in seinen Augen zu sehen.

„Bereit für die andere?"

Tränen hatten sich in ihren Augen gesammelt, und sie schüttelte den Kopf. Das schockierende Brennen hatte nachgelassen und blühte zu einem wunderbaren feurigen Vergnügen auf, aber …

„Blöd für dich." Und dann kam die zweite Klemme an ihren anderen Nippel.

Sie schnappte nach Luft, als sich die Zinken in ihre empfindliche Brustwarze bohrten. *Schmerz, Schmerz, Schmerz.* Die Tatsache, dass er sie zwingen würde, den unwillkommenen Schmerz zu ertragen, ließ sie erschauern, denn … sie wollte von ihm unter Druck gesetzt werden. Sie wollte, dass er ihre Proteste ignorierte, sodass sie sich seinem Willen beugte. Als er sie mit diesen faszinierenden blauen Augen beobachtete, hatte sie das Gefühl, dass Schichten ihrer Haut entfernt würden – dass eine Frucht geschält wurde, bis nur noch der weiche Kern übrig blieb.

Er befestigte eine Kette zwischen den beiden Klemmen und ließ das kühle Metall auf ihre Haut fallen. „Spreize deine Knie."

Sein Blick verließ nie ihr Gesicht, als er mit der Hand zwischen ihre Beine glitt, ihre Nässe fand und zwei Finger in sie schob. Ihre Pussy zog sich um ihn zusammen, pulsierte, massierte, versetzte jede Zelle in ihrem Körper in helle Aufregung, prallte von dem Schmerz in ihren Brüsten ab und dehnte sich aus.

Er kam näher und teilte die Wärme seines Körpers. Mit den Fingern immer noch in ihr, benutzte er seine freie Hand, packte sie an den Haaren und zog ihren Kopf zurück, um ihre Lippen für sich zu beanspruchen. So konnte er seinen Oberkörper an ihren gefolterten Nippeln reiben und den herrlichen Schmerz verstärken. Sie wimmerte. Er führte sie weiter, seine Kontrolle über sie eisern, als er so gnadenlos in ihren Mund und ihre Pussy drang, dass sich ihr Kopf drehte.

Tiefer und tiefer wagten sich seine Finger vor, während er mit dem Daumen ihre Klitoris umkreiste und sie so auf den Höhepunkt zutrieb.

Als ihre Oberschenkelmuskeln zu zittern begannen und die Wände ihrer Pussy pulsierten, zog er sich zurück, trat einen Schritt nach hinten und lächelte. „Hübsche Linda." Er hielt für eine Sekunde inne. In einer tieferen Stimme sagte er: „Du machst mich glücklich, Mädchen. Es macht mich glücklich, dich zu ficken." Er legte die Hand auf ihre Wange und presste die nächsten Worte heraus, als müsste er sie aus einem bodenlosen Brunnen ziehen: „Es macht mich glücklich, bei dir zu sein."

Ihr wurde warm ums Herz. „Sam", flüsterte sie.

„Nicht reden, Fräulein. Stöhnen ist erlaubt ... wenn du dazu in der Lage bist."

In der Lage?

Unnachgiebig positionierte er sie auf ihren Knien und Unterarmen und drückte ihren Kopf nach unten. Dann hob er ihren Arsch in die Luft. „Bleib so." Als er die Kette zwischen ihren Brüsten nahm, quietschte sie bei dem elektrisierenden Gefühl, das er damit in ihren Nippeln auslöste. Er schob ihr die Kette zwischen die Lippen. „Nicht loslassen."

Hastig senkte sie wieder den Kopf, sodass der Druck auf ihre Brüste nachließ. Durch ihre Wimpern sah sie zu ihm auf. Der Ausdruck war unerbittlich und starr. Er hielt ihren Blick gefangen und ihr ganzer Körper erwachte zum Leben.

Seine Lippen zuckten. „Gierig, ja?" Er fuhr mit den Händen über ihren Rücken, massierte ihren Hintern. Warm und fürsorglich und wundervoll. Das Summen in ihrem Kopf, in ihren Adern, nahm an Lautstärke zu.

Hin und wieder schlug er sie auf den Hintern. Sie wollte mehr. Sie wollte ihn in sich spüren. Sie fühlte sich so leer.

Im nächsten Augenblick nahm er einen Flogger aus seiner Spielzeugtasche. Der Geruch nach Leder war berauschend, als er sie mit den Strängen liebkoste – wie Finger, die ihren Rücken und ihren Hintern erkundeten. Der erste Hieb kam und die Stränge rieselten auf ihre Haut. Sie hielt den Kopf gesenkt, genoss die Schläge, die sich wie eine Massage anfühlten. Härter und härter schlug er zu und sie suhlte sich in dem Schmerz, der auf ihrer Haut spross. Nur war es kein Schmerz, sondern ein wahres Vergnügen. Es ging über ihre Oberschenkel und ihren Hintern. Sie stöhnte, als er die nächste Schicht schälte und sich so ihrem Kern näherte.

„Gutes Mädchen", knurrte er. „Du kannst es ertragen. Du willst es. Stöhne jetzt für mich." Er verstärkte das Auspeitschen. Jeder Schlag durchströmte sie in einem sinnlichen Inferno, das direkt zu ihrer Pussy und ihrer Klitoris schoss. Die Wände ihres Geschlechts zogen sich zusammen und sein Lachen traf sie auf die gleiche Weise.

Er warf den Flogger auf seine Tasche und zog etwas Neues heraus. Mit einer Hand packte er ihren Schenkel und stieß einen Finger in sie. Ihre Vagina ballte sich um den Eindringling zusammen. Sie brauchte ... Sie brauchte ... Sie stöhnte.

„Brauchst du etwas in dir, Mädchen?" Sein Glucksen war tief. Unheilvoll. „Zumindest, bis ich selbst dort sein kann?"

Das wollte sie. Oh, und wie sie das wollte. Sie war so eine Schlampe, aber es fühlte sich unbeschreiblich an, erregt zu sein, ohne es mit schlechten Dingen in Verbindung zu bringen.

Etwas glitt in ihre Vagina, breit, dann schmaler, sodass es nicht herausrutschte. Vibrationen schlugen ein und ihr Rücken wölbte sich. Als sich ihr Kopf hob, straffte sich die Kette zwischen ihrem Mund und ihren Nippeln und das Gefühl hätte sie fast über die Klippe gestoßen. „Ooohhhh!"

Seine rauen Hände fuhren über ihre Schultern und ihren Arsch, bevor er an ihrem Nacken knabberte. Seine heisere Stimme knurrte in ihr Ohr: „Klingt, als wärst du an einem guten Punkt, Mädchen, und bereit für mehr."

Sie konnte nicht reden, nicht mit der Kette in ihrem Mund. Ihr vorsichtiges Nicken schien ihn zu befriedigen.

Er griff unter sie, streichelte ihre Brüste und erinnerte sie daran, was er mit ihnen gemacht hatte, indem er den Druck in ihr erhöhte.

Zwei Rohrstöcke kamen aus seiner Tasche. Er legte den kleinen Dünnen neben ihren Unterarm – als sichtbare Bedrohung. Den anderen behielt er. Das Folterwerkzeug war mit Leder überzogen und dick. Er schnippte gegen ihre Oberschenkel, wanderte über ihren Hintern hinauf und ließ sie mit dem Gefühl vertraut werden. *Schlag, Schlag, Schlag.*

Er trieb sie an und die Schläge verstärkten sich. Alles pulsierte. Ihre liebsten Schmerzen. Dann zielte er auf die gleichen

Stellen, die er zuvor traktiert hatte. Wie das Orchester, das sich einem Solo anschloss, übertönte die neue Empfindung alles andere und vereinte die einzelnen Stücke zu zügellosen Wellen voller Schmerz.

Ein weiterer härterer Schlag, sodass ihr Kopf zuckte und sie an ihren Nippeln riss. Bei der exquisiten Explosion schrie sie um die Kette. Keuchend senkte sie den Kopf wieder, um den Druck zu lindern. Ihre Arme bebten. Ein weiterer Schlag. *Schlag, Schlag, Schlag, Schlag, Schlag.* Fünf Hiebe, bevor er stoppte und erlaubte, dass die erotische Folter anschwoll und dann verblasste. Fünf weitere. Pause. Immer und immer wieder.

Indessen gab der Vibrator in ihr alles.

Der Kampf, ihren Kopf unten zu halten, mehr zu nehmen, spaltete ihren Verstand und dann hob sie ab, bis es schien, als wären ihre Hände von Nebel umgeben. Nichts stand zwischen ihr und der Welt. Ihre Schale hatte sich geöffnet, ihr Kern lag offen vor ihm. Aber ihr war nicht kalt. *So warm.* Sam streichelte mit den Händen über ihre Haut und sagte etwas.

„Linda, hörst du mich?" Seine Stimme drang zu ihr vor, zog an ihr, verankerte sie, sodass sie nicht vollkommen wegdriften konnte.

„Mhm."

Er schnaubte und zog die Kette aus ihrem Mund. „Sag meinen Namen."

Name? Ihr Verstand war vernebelt. „S-Sam."

„Sehr gut. Nimm die Kette wieder zwischen deine Lippen." Sie tat, wie befohlen, und ihre Zunge spielte mit dem kühlen Metall. Er streichelte ihren Kopf, rieb seine Wange an ihrer und ließ seinen Duft zurück, sodass er ihr an ihrem glücklichen Ort Gesellschaft leistete. „Du kannst mehr ertragen."

Jeder Schlag fühlte sich an, als sollte es weh tun. Tränen füllten ihre Augen und doch pulsierte ihr ganzer Körper vor Erregung und Lust. Jeder Schlag des Rohrstocks hallte durch sie und schoss zu ihrer Klitoris. Ihr Stöhnen nahm zu, als sie sich dem Folterinstrument entgegenlehnte und ihn um mehr anflehte.

Aber die schweren Schläge hörten auf und er griff stattdessen nach dem Rohrstock neben ihrem Arm. Den Kleinen.

Seine Hände spreizten ihre Knie, öffneten sie und die Wände ihres Geschlechts zogen sich um den Vibrator zusammen.

Dann spürte sie sanftes Schnippen an ihren Schenkelinnenseiten. Von links nach rechts flog der Rohrstock wie der Ball in einem Flipperautomaten. Ein Brennen formte sich, stark genug ausgeprägt, um sie schweben zu lassen. Nicht einmal schlug er auf ihre pochende Pussy. Hoch und höher ging es über ihre empfindlichen Schenkel, dann runter und wieder hoch. Nie an der Stelle, an der sie es ... brauchte. Sie stöhnte ihre Lust und ihre ... Frustration heraus.

Ihr Atem stockte, als er den Rohrstock schnippte und den Bereich traf, der den Übergang von ihrem Schenkel zu ihrem Intimbereich bildete. So nah dran. Er schlug auf ihre Schamlippen, streifte dabei den Vibrator, und jeder einzelne Aufprall wirkte sich auf ihre Klitoris aus. Nicht nah genug. Sie wimmerte.

Sein harsches Lachen fühlte sich wie Schleifpapier auf ihrem Rücken an – schönes, wunderbares Schleifpapier. „Gieriges Mädchen. Dann lassen Sie uns mit dem Vorstellungsgespräch mal zu einem Ende kommen." Die nächsten Schläge kamen in einem anderen Winkel, sodass die Spitze des Rohrstocks nah an ihrer Klitoris über ihre Schamlippen tanzte. Jeder kleine Schlag schickte sie höher und höher. Dann griff er zwischen ihre Beine, schloss seine Finger um ihre Klitoris und zwickte in das Nervenbündel.

Sie kam und schrie um die Kette, als alles in ihr auseinanderbrach und sie durchschüttelte. Ihr Rücken wölbte sich, ihr Kopf hob sich und die Kette spannte sich. Sie schrie ein weiteres Mal, als ihre Nippel schockierend wunderbare Schmerzen direkt zu ihrer Mitte schickten.

„Was für ein Schrei, Baby." Er entfernte die Kette aus ihrem

Mund und zog den Vibrator aus ihr, sodass sich die Wände ihrer Pussy um nichts als Leere zusammenzogen. Nachdem er sie auf die Füße gestellt hatte, beugte er sie über den Schreibtisch. Ihre Beine bebten und sie krallte sich an der Schreibtischkante fest. Über dem Rauschen in ihren Ohren hörte sie, wie ein Kondom aufgerissen wurde. Kondom? Oh, richtig, das Shadowlands bestand darauf.

„Halt dich fest, Fräulein. Ich werde dich hart ficken."

Sie spürte, wie die Spitze seines Schwanzes in sie drang. Dann vergrub er sich so plötzlich in ihr, dass sie sich auf die Zehenspitzen hob und sie den Atem anhielt. Ihre Pussy zog sich um ihn zusammen, und er fühlte sich so, so gut, dick und hart an. Heiß und feucht. Aber seine Stöße waren zu langsam und so wackelte sie mit der Hüfte.

„Halt still." Zur Strafe zog er an der Kette und er lachte, als sie stöhnte.

Mit beiden Händen griff er um sie und lockerte die Seile um ihre Brüste. Sie fielen von ihr und ihre Brüste schmeckten Freiheit. Blut schoss in das Fleisch und ihre Nippel, noch immer von Klemmen umfangen, brannten. Ihre geschwollenen Brüste pochten mit jedem Herzschlag.

Dann hämmerte er mit seinem Schwanz in sie. Er sicherte sie mit einem Arm um die Taille, lockerte eine Nippelklemme und entfernte sie. Eine Sekunde später folgte die zweite. „Sag meinen Namen."

Blut strömte zurück und ihr missbrauchtes Fleisch wurde von Flammen verschlungen. „Saaaaam!" Ihr Schrei hallte im Raum wider.

Er lachte und massierte ihre Brüste, überwältigte ihre Sinne.

Der Nebel in ihrem Verstand war zurück. Ihr Körper gehörte nicht länger ihr; er gehörte Sam – ihm allein. Ihr Körper antwortete nur auf seine gnadenlosen Hände und seinen Schwanz, mit dem er gerade einen Punkt in ihr gefunden hatte, der sie zum Stöhnen brachte. Das entging ihm nicht und so richtete er seine Stöße aus, um diese Stelle immer und immer wieder zu betören.

Als sie erneut kam und der Orgasmus in hohen Wellen über sie schwappte, legte sie die Stirn auf die Tischplatte. Er füllte sie so vollständig, Körper und Geist, und als er sich tief in sie schob und seine Erlösung fand, vereinnahmte er auch ihre Emotionen für sich.

Mein. **Mit den** Armen um seine Frau legte Sam die Stirn auf ihren Rücken, während sein Schwanz in ihr pulsierte und sich ergoss. Mit jedem Schauer, der durch ihren Körper jagte, zog sich ihre heiße, feuchte Pussy um ihn zusammen, ließ ihn nicht los. Wenn sie so weitermachte, würde er erneut kommen.

Wahrscheinlich würde er bei dem Versuch sterben, aber das wäre es wert.

Anstatt zu sterben, lehnte er sich vor und küsste sie zwischen ihren Schulterblättern und grinste, als ihre Pussy erneut pulsierte.

Im nächsten Moment glitt er aus ihr heraus, was bei beiden zu einem verlustreichen Seufzer führte. *Verdammt*, er mochte diese Frau so sehr.

Das tat er wirklich.

Vorsichtig setzte er sie in die Ecke, entsorgte sein Kondom und zog dann eine Decke aus dem Aktenschrank. Sanft legte er ihr das flauschige Material um die Schultern. Mit den Fingerknöcheln streichelte er über ihre Wange und freute sich, ihren zufriedenen Gesichtsausdruck zu sehen. Immer noch im Subspace. Von allen Sorgen befreit. Glücklich. Diese Session hatte so viel besser geendet als die Letzte.

Ein Teil ihrer Euphorie schien sich in ihm niederzulassen. Diesen Ausdruck auf das Gesicht einer Masochistin zu zaubern, war definitiv das Sahnehäubchen für einen Sadisten.

Er schenkte ihr einen Kuss und reinigte dann den Bereich.

Nachdem er seine Tasche über seine Schulter geworfen hatte,

öffnete er zuerst die Tür und hob sie schließlich in seine Arme. Sie konnte ihn nur anblinzeln.

„Bist du bei mir, Mädchen?", fragte er mit einem aufmerksamen Blick auf ihr Gesicht. Ihre roten Wangen nach dem Orgasmus waren verblasst, aber ihr Teint blieb erregt.

„Ja", flüsterte sie. Eine Sorgenfalte erschien zwischen ihren dunkelroten Augenbrauen. „Ich bin gekommen ... Gab es Zuschauer?"

Ihre Worte verwirrten ihn zunächst, aber dann erinnerte er sich an den Fehler, den er bei der Auktion begangen hatte. „Nicht in der Öffentlichkeit, Baby." An der Tür zeigte er ihr die geschlossenen Jalousien. Er hatte sie runtergezogen, als er die Rohrstöcke aus seiner Tasche geholt hatte. Sie hatte es nicht einmal bemerkt.

„Oh." Sie rieb ihre Wange an seiner Schulter, und irgendwie, ohne sich zu bewegen, schmiegte sie sich enger an ihn. Sie mochte es, zu kuscheln. Er hatte mit Subs gespielt, die an Nachsorge kein Interesse zeigten und nur Wasser und Kohlenhydrate wollten, bevor sie aufstanden und ihn zurückließen. Einige genossen Gesellschaft, hatten es aber nicht nötig, nach einer Session berührt zu werden. Wieder andere mochten es, gehalten zu werden.

Linda gab sich ihrem Bedürfnis hin und versuchte stets, ihm noch näher zu kommen. Er stellte sicher, dass seine Bottoms nach einer Session bekamen, was sie brauchten. Aber Linda war anders; mit ihr genoss er die Nachsorge.

Im Hauptraum fand er einen abgeschiedenen Sessel und setzte sich. Mit der freien Hand holte er das Sportgetränk aus seiner Tasche und öffnete den Deckel. „Trink, Baby."

Ihre Augen waren immer noch glasig, und doch versuchte die artige kleine Sub, zu gehorchen. Ihre Lippen schlossen sich über der Flasche, sodass er sich daran erinnerte, wie sich ihr Mund um seinen Schwanz anfühlte. Sie trank und der Klang allein ließ ihn wieder hart werden. Er zog sie näher an sich, küsste sie auf die Stirn und hielt die Flasche für sie. „Mehr, Baby."

„Mmm."

Als sie genug getrunken hatte, um ihn zufriedenzustellen, reichte er ihr ein Stück Schokolade. Die Wachsamkeit kehrte in ihr Gesicht zurück.

Ein leises Geräusch ließ ihn aufblicken. Rainie stand an der ungeschriebenen Grenze und fragte wortlos, ob er etwas brauchte. Gute Auszubildende. Trotz ihrer unverschämten Persönlichkeit gab es kaum jemanden, der so schnell auf Bedürfnisse reagierte.

Sam fuhr mit den Fingern über Lindas Wange. Ein bisschen kälter, als ihm lieb war. Zu Rainie sagte er: „Bring mir eine heiße Schokolade – nicht zu heiß – und ein Bier."

„Ja, Sir", flüsterte sie.

Mit beiden Armen um Linda legte er den Kopf in den Nacken und genoss einfach ihren weichen Körper an seinem. Keine schnurrende Katze kam gegen eine weiche, befriedigte Frau auf dem Schoß an.

Rainie erschien und stellte die Getränke auf eine Weise auf den Beistelltisch, sodass er sie problemlos erreichen konnte.

Er nickte. „Gut gemacht, Kleine. Du machst dich herausragend als Auszubildende."

Bevor sie verschwand, sah er ihre roten Wangen und er lächelte. Als Z sie für das Programm vorgeschlagen hatte, war er wenig begeistert gewesen. Er musste jedoch zugeben, dass Z genau wusste, was er tat.

Sam ruckelte Linda sanft durch und wartete, bis sich ihre Aufmerksamkeit auf ihn richtete, bevor er ihr die heiße Schokolade an die Lippen hob.

Ein Schluck. Zwei. Er gluckste bei ihrem glückseligen Seufzer. „Warm."

„Das ist richtig, Baby." Er musterte ihr Gesicht. Die winzigen Muskeln um ihre Augen und ihren Mund hatten sich gelockert; die Anspannung in ihrem Nacken und ihren Schultern war verschwunden. *Ein Flogger und ein guter Fick – ein todsicheres Heilmittel für alles, was dich quält.*

Immer noch teilweise im Domspace erfreute er sich an der Tatsache, dass er das für sie getan hatte.

Ihre Augenbrauen zogen sich zusammen. Für einen kurzen Moment sorgte er sich, doch dann landeten ihre großen braunen Augen auf seinem Gesicht. „Mit diesem sogenannten Vorstellungsgespräch wolltest du mir etwas mitteilen."

„Das stimmt." Nachdem er mit einer Frau zusammengelebt hatte, die er nur als dumm beschreiben konnte, schätzte er eine, die das nicht war. Er streichelte über ihre Wange. *Verdammt*, er mochte es, sie zu berühren. „Ich wollte, dass du erkennst, was du tust."

„Aber du bist ein Dom. Du solltest Gehorsam mögen." Sie reichte ihm die leere Tasse.

„Das bin ich und das tue ich. Aber Hingabe sollte von Herzen kommen, nicht aus Gewohnheit – besonders am Anfang." *Verdammt*, wie sollte er ihr das erklären? „Du bist direkt von deiner Pastorenfamilie zu einer konservativen Ehe übergegangen. Du hast in deiner Entwicklung die Rebellion übersprungen. Als Kinder alles hinterfragt haben, was ihre Eltern tun, hast du brav gehorcht."

Sie nickte. „Das stimmt."

„Dann wurde dir das Sklaventraining des Aufsehers eingeprügelt. Das ist sehr viel Konditionierung für eine Person, Baby."

„Ja, ich weiß." Sie presste die Lippen zusammen.

„Hier sind deine Hausaufgaben: Denk darüber nach, was du tust. Bietest du deine Unterwerfung an oder bist du einfach nur ein *braves Mädchen*? Wem unterwirfst du dich und warum? Wer kontrolliert dein Verhalten? Du oder deine Vergangenheit?"

Er schloss die Augen, als seine eigenen Worte ihn härter trafen als Zs Bemerkung. Seine Vergangenheit kontrollierte ihn, *hatte* ihn konditioniert.

Zum Teufel damit. Nicht mehr.

„Hausaufgaben, ja?" Ein kleines Grübchen erschien in ihrer Wange. „Danke für die Lektion, Master Sam. Und die Belohnung."

Er kämmte mit den Fingern durch ihre Haare. Nass an den Schläfen. Seidenweich. „Linda." Die Worte wollten einfach nicht kommen. Er konnte den verdammten Satz nicht einmal in seinem Kopf sagen.

Er knirschte mit den Zähnen. Er musste. Diese Schlacht würde er gewinnen. Für sie. Für ihre Beziehung. „Ich ..." Tief atmete er ein.

„Ich. Liebe. Dich." Jedes Wort war ein Kampf. Aber hörbar. Er hatte es gesagt.

Ihre Augen weiteten sich und füllten sich mit Tränen. Ihre Hand legte sich auf seine Wange. „Ich liebe dich auch, Sam."

Er fühlte sich, als wäre er unter den Pflug geraten. Seit Jahren fühlte er so. Ihre Handfläche war noch auf seinem Gesicht und so legte er seine Hand auf ihre. „Es tut mir leid – was letzte Woche passiert ist."

„Ich denke, ich verstehe es." Sanft fragte sie: „Nicole, hat sie ...? Warum hast du dich nicht ...?"

... *früher scheiden lassen?* Er beendete die Frage in seinem Kopf. Die kleine Mama mit ihrem großen Herz, die sich um seine Tochter sorgte. „Ich hatte Nancy gesagt, dass ich ein Sadist bin. Wir haben nie gespielt, aber sie wusste es. Aus diesem Grund wäre ich nicht in der Lage gewesen, das alleinige Sorgerecht zu erhalten." Er spürte, wie die Frustration sich in seinen Adern ausbreitete. „Ich konnte Nicole nicht bei ihr lassen – nicht einmal in Teilzeit –, also hielten wir durch, bis mein Anwalt ausreichend Material hatte, um den Richter zu überzeugen, und Nicole alt genug war, um zu wissen, was sie will."

„Es tut mir leid." Ihre braunen Augen waren so sanft, wie er es noch nie gesehen hatte.

„Sie ist immer noch in unserem Leben. Immer, wenn ich sie

sehe, brauche ich eine Weile, um wieder zu mir zu finden. Gib mir Zeit, wenn es wieder passiert."

Sie legte den Kopf auf die Seite und zog die Augenbrauen nach oben. „Das werde ich. Solange du erkennst, dass ich dir wehtun werde, wenn du mir nochmal sagst, dass ich ohne dich besser dran bin."

Sein Lachen löste den Knoten in seiner Brust, von dem er gar nicht bemerkt hatte, dass er sich geformt hatte.

Eine Bewegung erregte seine Aufmerksamkeit. Uzuri stand fast auf der gleichen Stelle, wie Rainie das getan hatte.

„Uzuri", sagte Sam mit einem Seufzer. Er hatte tatsächlich vergessen, dass er für die Auszubildenden verantwortlich war.

„Sally möchte die Erlaubnis, mit Jake zu spielen, und ich brauche Hilfe bei den Verhandlungen mit einem neuen Dom."

Er bewegte Linda in seinen Armen und kam in die Realität zurück. Die braven Mädchen erinnerten sich daran, dass sie sich zuerst bei ihm melden mussten. Aber ... Er musterte Uzuri auf eine Weise, sodass sie schon bald ihr Gewicht nervös von einem Fuß auf den anderen verlagerte.

Sie musste lernen, auf eigene Faust zu verhandeln und um das zu bitten, was sie wollte. „Gebt mir ein paar Minuten und trefft mich an der Bar. Dann wirst du üben, mir zu sagen, was du von einer Session willst, bevor du deine Wünsche mit dem neuen Dom besprichst."

„A-Aber –"

Mit einem warnenden Blick von ihm eilte sie zur Bar und er grinste. Das Mädchen war schüchtern, schüchtern gegenüber Fremden und besonders mit fremden Doms. Sobald sie jemanden besser kennengelernt hatte, zeigte sich ihr wahres Ich.

Für ihr freches Mundwerk hatte er ihr einige Male den Arsch versohlen müssen. Am darauffolgenden Abend hatte er im Master-Bereich seine Spielzeugtasche geöffnet und festgestellt, dass sie geleert und mit echten Spielzeugen gefüllt war. Eine Miniaturpeitsche. Handschellen aus Kunststoff. Ein fünfzehn

Zentimeter langer Flogger aus flauschigem Garn. Ein Teddybär in einem BDSM-Outfit. Sein Ballknebel hatte aus einer Schnur und einer Weintraube bestanden. Der Anblick hatte alle Doms im Umkreis in einen Lachanfall geschickt. Wahrscheinlich war das Lachen in ganz Tampa zu hören gewesen.

Einmal hatte Nolan sie als Strafe für etwas an einen Barhocker gefesselt, wo sie Dos-Equis-Bierflaschen mit Preiselbeersaft ausgetauscht und die Deckel wieder draufbekommen hatte. Nolan hatte das süße Zeug auf die gut polierte Bar gespuckt, was sogar Cullen aus dem Konzept gebracht hatte.

Cullens Fehltritt mit der kleinen Azubine hatte dazu geführt, dass er eine nackte Barbie-Puppe an seine Bar geknebelt vorgefunden hatte.

Ja, der Dom, der sich die Hingabe der kleinen Göre gewinnen konnte, würde eine Überraschung nach der anderen erleben.

Das Leben schien voller Überraschungen zu sein. Sam blickte auf die Sub auf seinem Schoß und fühlte sich, als wäre er in den Krieg gezogen und gesund nachhause zurückgekehrt. „Wie geht es dir, Mädchen?"

„Gut." Sie rutschte von seinem Schoß und stellte sich vor ihm hin. Ihre Beine waren ruhig, aber er bereute bereits den Verlust ihres warmen Körpers. „Ich muss mich wieder an die Arbeit machen. Zuhören." Sie verzog das Gesicht zu einer Grimasse. „Ich bin so froh, dass ich bei der Session nichts ..."

.. gehört habe? Dachte sie wirklich, dass er versehentlich einen Themenraum gewählt hatte, bei dem er die Fenster blickdicht machen konnte? *Verdammt*, er hasste es, dass sie in Gefahr war. „Sei vorsichtig. Als Ausbilder verbiete ich dir heute Abend weitere Sessions. Verbringe den Rest des Abends damit, Tische abzuräumen. Wenn dich jemand will, dann sag ihm genau das."

„Ja, Sir."

„Und habe ich erwähnt, dass du heute Abend mit mir nachhause kommst?"

KAPITEL FÜNFUNDZWANZIG

Linda trank von ihrem Rootbeer und betrachtete die Papiere, die Marcus auf dem Couchtisch in seinem Wohnzimmer ausgebreitet hatte.

In der Küche hörte sie Gabi und Beth lachen und im nächsten Moment trugen sie das Mittagessen auf die Terrasse. „Beeilt euch, ihr zwei. Das Essen ist fertig", rief Gabi.

Hör auf, dir Sorgen zu machen und treffe eine Entscheidung. Linda zog ihre Flip-Flops aus und rieb ihre Fußsohlen über den kühlen Fliesenboden. *Entscheide dich.* „Du denkst also, dass die Zeitung den Weg einer gütlichen Einigung gehen wird?"

„Mit Sicherheit." Von einem Stuhl neben der Couch lächelte Marcus sie an. „Ein öffentlicher Rechtsstreit zieht einen schlechten Ruf nach sich und das können sie sich nicht leisten."

„Okay." Zittrig atmete sie ein. Entscheidung getroffen. Sie tippte auf den Namen des Anwalts, den Marcus empfohlen hatte. „Ich werde den Anwalt am Montag anrufen und die Sache ins Rollen bringen." Auch sie konnte auf die Aufmerksamkeit verzichten, aber es war nicht richtig, was Dwayne getan hatte, und sie war nicht die Einzige, die gelitten hatte. Wutentbrannt erinnerte sie sich an die Tränen, die ihre Kinder vergossen hatten.

„Danke, Marcus. Ich war mir wirklich nicht sicher, wie ich damit umgehen soll."

„Ich wünschte, ich hätte den Fall übernehmen können, aber ich bin froh, dass ich helfen konnte." Er stand auf und zog sie auf die Füße. „Und jetzt lass uns essen."

Er führte sie durch die Küchentür zu einem eingezäunten Terrassenbereich mit Pool. Tief atmete Linda die warme, nach Blumen duftende Luft ein.

Beth und Gabi saßen an dem großen Marmortisch. Neben Beth trank Nolan ein Bier und beobachtete einen riesigen aufblasbaren Schwan, der im Pool trieb.

Marcus zog einen Stuhl für Linda heraus und setzte sich selbst neben Gabi. „Das Essen sieht gut aus, Süße", sagte er. „Iss auf, denn du wirst die Energie für heute Abend brauchen."

Gabi grinste. „Ja, Sir." Sie hob den Blick zum Himmel, wo sich Wolken vor das Blau schoben. „Ich habe gehofft, Master Z würde die Gärten öffnen, aber es sieht nicht so aus, als würde das heute passieren."

Nolan schüttelte den Kopf. „Die Prognose spricht später von Regen und Wind."

„Verdammt." Gabi rümpfte die Nase. „Was wollen wir also stattdessen tun?"

Marcus ließ den Blick gemächlich über sie schweifen. „Ich werde mir etwas einfallen lassen, das dich beschäftigen wird." Bei seiner gedehnten Stimme dachte Linda an Sam – sie sehnte sich nach ihm.

„Ja, das bezweifle ich nicht." Gabi lehnte sich an seinen Arm und sah ihn dermaßen vertrauensvoll an, dass sich um Lindas Herz eine Faust schloss und fest zudrückte.

Marcus sah zu Nolan und fragte: „Musst du heute nicht arbeiten?"

„Es ergibt keinen Sinn, Chef zu sein, wenn ich mir nicht ab und zu einen Tag frei nehmen kann", sagte der ungeschliffene Bauunternehmer und sein Grinsen blitzte kurz auf. „Hätte nie gedacht, dass ich mehr Freizeit haben würde als ein hochkarätiger Anwalt."

„Da scheint etwas falsch zu laufen, oder?" Marcus nahm sich ein Sandwich.

Beth runzelte die Stirn. „Er hat sich freigenommen, weil ich einen Auftrag in der Innenstadt angenommen habe und er nicht will, dass ich dort allein hingehe."

„Ja, denn deine Crew kann dir im Notfall nicht helfen." Nolan sah zu Marcus. „Dan hat mir von den ermordeten Prostituierten erzählt. Ich fühle mich nicht wohl dabei, sie allein in die Nähe der Innenstadt zu lassen."

„Das ist weise", stimmte Marcus zu.

Linda runzelte die Stirn. Die Zeitungen hatten über die Mordserie berichtet. Hörte sich schlimm an.

„Bekommst du im Büro irgendwelche Informationen zu dem Thema?", fragte Nolan.

Marcus' Kiefer spannte sich an. Linda hatte ihn noch nie so finster dreinschauend gesehen. „Es werden nicht viele Beweise zurückgelassen. Der Mörder überwältigt die Opfer und fesselt sie – auf eine verdächtig kompetente Weise. Dann nimmt er sich Zeit. Die Todesfälle sind sehr unschön."

Gabi warf Marcus einen besorgten Blick zu und funkelte Nolan wütend an. „Beim Essen wird nicht über die Arbeit gesprochen."

Er sah zu Marcus. „Ich habe einen Knebel im Auto, falls du einen brauchst."

Marcus' Gesichtsausdruck klarte auf und er grinste. „Leih ihn mir heute Abend."

„Ist notiert." Nolan ignorierte Gabis Blick und sah stattdessen zu Linda. „Ist letzte Nacht etwas Erwähnenswertes passiert?"

Warum fragte er das? Hatte er sie und Sam im Bürozimmer gesehen? Ihre Wangen erwärmten sich, bevor ihr bewusst wurde, dass er von dem Beobachter sprach. *Natürlich denke ich wieder nur an Sex.* „Keine interessanten Stimmen", sagte sie leichtfertig.

„Das ist eine hübsche Farbe auf deinen Wangen, Süße", bemerkte Marcus. „Da hatte jemand Spaß gestern Abend."

„Ich habe gehört, dass Master Sam gestern für die Auszubildenden verantwortlich war." Beth zeigte mit einem Stück Karotte auf Linda. „Und du bist jetzt eine Auszubildende, stimmt's?"

„Sam hat uns beaufsichtigt, ja", sagte Linda in einem zimperlichen Ton. Sie ignorierte das Lachen und konzentrierte sich auf den Teller mit den Sandwiches. Zu ihrer Erleichterung wechselten sie das Thema zu Highschool-Schülern, die Beth in Teilzeit anheuerte.

Gabi lehnte sich zu ihr. „Bist du wieder mit Sam zusammen?", flüsterte sie.

Linda hatte das Gefühl, dass sie strahlte. Nachdem er sie in sein Bett gelegt hatte, war er ... Na ja, Sam war eben Sam – so unfassbar süß und bezaubernd, wie sie es noch nicht bei ihm erlebt hatte. Als hätte er versucht, die drei Worte auszusprechen; da es jedoch zu schwierig für ihn war, hatte er stattdessen mit seinen Handlungen gezeigt, was er für sie empfand.

Als sie einen glücklichen Seufzer ausstieß, tat Gaby es ihr gleich. „Ich freue mich für dich ... obwohl er mir ein wenig Angst bereitet."

„Tut er?" Seltsam. Für sie war das nie ein Problem gewesen. Außer, wenn er sie absichtlich ängstigte, und das machte er wirklich gut. Aber selbst dann fühlte sie sich bei ihm sicher.

„Wirst du heute Abend im Shadowlands sein?", fragte Nolan sie.

Trotz des Angstschauers, der durch ihren Körper jagte, hob sie entschlossen ihr Kinn. „Ich werde den ganzen Abend lauschen."

Sam stand neben seiner Tochter und zusammen betrachteten sie den neuen Stall.

Nicole schob die Hände in die Jeanstaschen. „Sieht gut aus", sagte sie. „Wirst du dieses Jahr Galadriel in dein Zuchtprogramm aufnehmen?"

„Ja." Sam sah zu seiner Tochter. Sie war wunderschön. Klug und bezaubernd und talentiert. Zs Worte kamen zu ihm zurück. *„Was ist mit deiner Tochter? Besprichst du mit ihr deine Sorgen? Sagst du ihr, wie viel sie dir bedeutet?"*

Linda brauchte diese Worte. Nicole auch? „Wie läuft es in der Uni?"

„Oh, gut", sagte sie. „Ich habe überall Einsen – außer in Chemie." Sie runzelte die Stirn. „Ich bezweifle jedoch, dass ich in der Zukunft jemals einen Haufen Chemikalien zusammenwerfen möchte."

Sam grinste und versuchte es dann mit einer schwierigeren Frage: „Vermisst du deine Mutter?"

Sie warf ihm einen überraschten Blick zu und beugte sich vor, um Connagher zu streicheln. Nach ein paar Sekunden, in denen sie den Hund sichtbar glücklich gemacht hatte, antwortete sie mit dem Kopf noch immer gesenkt. „Auf eine Weise. Nicht sie. Nicht so, wie sie ist. Aber ich wünschte ... ich wünschte, sie wäre ... ich wünschte, ich hätte eine richtige Mutter gehabt. Den Titel hat sie jedoch nicht verdient."

Die Traurigkeit in ihrer Stimme traf ihn hart. Es fühlte sich schrecklich an, dass er ... versagt hatte und nicht in der Lage gewesen war, sich früher scheiden zu lassen und das Sorgerecht für sich zu gewinnen. „Es tut mir leid, Baby."

Sie schüttelte den Kopf und setzte sich in Bewegung – die typische Reaktion bei ihr, wenn sie verärgert war. Laufen ohne Ziel. Als Teenager war sie manchmal stundenlang verschwunden. Einer der Gründe, warum er Conn beigebracht hatte, sie aufzuspüren.

Auf dem Weg zum Teich lief er neben ihr.

„Es ist nicht deine Schuld. Verdammt, du hast so viel getan – mehr, als mir zu dem Zeitpunkt bewusst war –, um sie davon abzuhalten, mein Leben zu ruinieren." Sie trat einen Kieselstein in die Büsche. „Einigen meiner Freunde erging es schlimmer. Wie eine Mutter zu haben, die drogensüchtig ist, aber es fehlt der Vater, der dich beschützt. Du warst immer für mich da, Daddy."

Er spürte, wie sich die Verspannung in seinen Schultern lockerte. Er hatte es nicht total vermasselt. Kurz kam ihm der Gedanke, wie leicht es Linda fallen würde, die Mutterrolle für seine Tochter auszufüllen. Sie tat das instinktiv und merkte es nicht mal. Fürsorge war nur ein Teil dessen, was seine Linda ausmachte.

Seine Linda. Seine Frau. Oh ja.

Aber er hatte noch seine eigenen Schlachten zu kämpfen, und *verdammt*, es würde nicht einfach werden. „Ich bin stolz auf dich, Nicole."

Der überraschte Blick von ihr brach ihm das Herz. Ja, er hatte es wirklich vermasselt, wenn er ihr das bis heute noch nie gesagt hatte. Der Pfad lag direkt vor ihm. Hatte er den Mut, weiterzugehen?

„Ich habe mir angewöhnt, meine Gedanken für mich zu behalten", murmelte er.

Sie nickte ihm verständnisvoll zu. „Mutter."

„Aber ich –" Die Worte steckten wieder in seiner Kehle fest. Zu oft hatte seine Ex ihn angefleht, ihr zu sagen, dass er sie liebte. Zu Beginn hatte er das getan. Aufgehört hatte er, als die Worte zu einer Lüge wurden und er es nicht mehr schaffte, sie herauszupressen. Z behielt Recht. *Verdammt.*

Aber Sam war kein Feigling. „Ich hab dich lieb, Süße", sagte er leise und in einem rauen Tonfall.

Sie warf die Arme um seinen Hals und er wusste, dass sie ihn gehört hatte.

KAPITEL SECHSUNDZWANZIG

L inda lief durch das Shadowlands und fühlte sich, als hätte sie ein Halloween-Horrorhaus betreten. Stets befürchtete sie, dass ihr etwas entgegenspringen könnte.

Die FBI-Agents waren nicht hier. Cullen meinte, sie seien nach New York geflogen. Ein ... Lagerhaus der *Harvest Association* war gefunden worden.

Schlimmer noch: Sam war nicht hier, um ihre Ängste zu lindern. Master Z hatte die Auszubildenden für ihn inspiziert und gemeint, er hätte Probleme auf der Farm. Sie hatte nicht gemerkt, wie viel sicherer sie sich mit ihm an ihrer Seite fühlte. Heute Abend jedoch fühlte sie sich einfach nur allein.

Ihr Kopf drehte sich bei dem Knall einer Peitsche. Aufgrund der Sturmwarnung waren nicht viele Mitglieder anwesend. Master Z hatte den Doms eine Freude gemacht und die Geräte umgestellt, um den Platz für die Peitschenliebhaber zu räumen.

In einem abgetrennten Bereich benutzte Raoul einen langen einschwänzigen Flogger an Kim. Linda kannte den Schaden, den ein Flogger anrichten konnte, und so war es ihr nur möglich, mit weit aufgerissenen Augen zuzusehen, als das Ende sanft über

Kims Rücken tanzte, immer und immer wieder, ohne eine Spur zu hinterlassen.

Kim kicherte so heftig, dass ihr Master schnaubte. Schließlich ließ er den Flogger über seinem Kopf kreisen, bevor er ausholte und Kim am Hintern traf. Diesmal war der Aufprall hart genug, sodass Kim zusammenzuckte. Wieder kicherte sie.

Linda schüttelte den Kopf. Wer hätte gedacht, dass die Ex-Sklavin Spaß daran finden würde, wenn ihr Master einen Flogger an ihr benutzte? Die Laute ließen Linda noch immer zusammenzucken.

Beth trat neben Linda und schlang einen Arm um ihre Taille. „Härter als das schlägt er nie zu – zumindest nicht mit dem Flogger", flüsterte sie. „Kim genießt ein erotisches Flogging und sogar das Paddel, aber nicht die Peitsche. Bei der Zeremonie, bei der er ihr offiziell das Halsband angelegt hatte, hinterließ er ein paar rote Streifen." Beth seufzte. „Hach, das war schön. An dem Tag hat sie ihm bewiesen, dass sie ihm vertraut, ihr Schmerz zu bereiten. Ihr ist die Beziehung und ihre Unterwerfung zu ihm so wichtig, dass sie es immer wieder aufs Neue wagt, sich ihren schlimmsten Ängsten zu stellen. Im Gegenzug hat er ihr gezeigt, dass er sie verletzen konnte, ohne die Kontrolle zu verlieren und sie blutig zu peitschen."

Linda erkannte, dass Jessica auf ihrer anderen Seite stand. „Oh ja. Raoul liebt es, mit dem Flogger zu spielen. Die ersten Male war Kim steif und verängstigt gewesen, aber ... sieh sie dir nur an. Ohne Spuren wird sie jedoch nicht davonkommen, wenn sie so frech bleibt."

Raoul passte die Knöchelriemen an und spreizte ihre Beine weiter auseinander. Sie konnte nicht mehr wackeln und ihre Pussy war ... vollkommen entblößt.

Linda biss sich auf die Unterlippe und erinnerte sich, wie Sam sie mit dem Rohrstock bearbeitet hatte. Über ihre Schenkelinnenseiten zu ihren Schamlippen. Was würde Raoul tun? „Ist er wütend auf sie?"

Jessica schüttelte den Kopf. „Schau hin."

Kim war wieder frech zu ihm. Linda erkannte, dass er sich bewegt hatte, damit Kim sein breites Grinsen nicht sehen konnte, und seine strenge Stimme allein zeigte keine Belustigung.

„*Chiquita*, du bittest mich um etwas Schmerz, ja?"

Raoul hatte eine tolle Stimme, dachte Linda. Tief und mit diesem schwachen Akzent.

Aber sie mochte es rauer. So harsch, dass es an gemein grenzte.

Raouls nächster Hieb brachte Kim zum Quietschen, hinterließ jedoch nur einen dünnen rosa Streifen.

„Verdammt, er ist gut", flüsterte Linda.

„So wie Sam auch." Beth drückte ihre Hand. „Er und Raoul haben mit ihrem Talent einmal in Cullens Haus angegeben. Ich habe keine Ahnung, wer von den beiden besser war." Sie schüttelte den Kopf. „Ich mag immer noch keine Peitschen."

Linda erschauerte, als sie sich an ihr erstes Auspeitschen von Sam erinnerte. Bei der Auktion. Mit einem dreieckigen Lederding namens Drachenzunge. Er hatte genau gewusst, was er damit tat. Andererseits schien er das auch bei großen und kleinen Rohrstöcken zu wissen. Und mit seiner Hand. Linda schluckte und fühlte, wie sie von Hitze durchströmt wurde. *Verflucht sei der Mann.* Nur an ihn zu denken, hatte sie ganz heißgemacht.

Eine Sekunde nachdem ein Windstoß die Fenster durchgeschüttelt hatte, traf der Regen die Glasscheiben wie ein Trommelwirbel. Der Sturm nahm zu.

„Gott, bin ich froh, dass ich bei dem Dreckswetter nicht fahren muss." Jessica sah zu Linda. „Z wird den Club die ganze Nacht offen halten und die Leute, wenn sie das wollen, in den Zimmern im ersten Obergeschoss schlafen lassen. Aber wenn ... ah ... du keine Gesellschaft willst, kannst du unser Gästezimmer haben."

Gesellschaft. Lindas rechter Mundwinkel zuckte. Sie hatte gute Erinnerungen an das Zimmer, das sie erst kürzlich benutzt hatten. „Ich denke, ich komme klar." *Es hat dich schwer erwischt, Mädchen.* „Wo ist dein Mann?", fragte sie Beth.

Beth drehte sich zur Bar. Obwohl Nolan mit Cullen sprach, nahm er nie länger als eine Sekunde den Blick von Beth.

„Er lässt dich wirklich nie aus den Augen."

Beth grinste. „Er meint, dass ich ihm einmal entwischt bin und er das kein zweites Mal erlauben wird." Die nächsten Worte sagte sie in einem tieferen Ton, der ihn imitieren sollte: *„Nicht unter meiner Aufsicht."*

„Meine Güte, ich bin überrascht, dass du heute hier bist."

Beth sah zu Jessica. „Alle Master sind heute Abend hier. Wegen ..."

Wegen Linda und ihrer Jagd. Ein Teil ihrer Angst ebbte ab.

Jessica legte ihren Arm um Linda. „Auch wir sind für dich hier."

Linda grinste. Die kleine Blondine war nicht mal einen Meter sechzig groß und könnte wahrscheinlich keiner Fliege etwas zuleide tun. Jessica entging der Ausdruck in Lindas Augen nicht und sie schnaubte. „Ich werde niemanden angreifen. Unser Job besteht darin, dich im Auge zu behalten. Die Männer können dir nicht folgen, aber niemand bemerkt uns Subs."

Oh. Linda wurde warm ums Herz und sie flüsterte: „Danke." Sie drehte den Blick zur Bar, sah das Stirnrunzeln des Barkeepers und zuckte zusammen. „Ich muss mich wieder an die Arbeit machen. Master Cullen sieht aus, als stände er kurz vor einem Herzkasper."

Begleitet von Gelächter ging Linda in ihren zugewiesenen Bereich.

Im Laufe des Abends manövrierte sie sich an Tischen und Sitzecken vorbei, nahm Bestellungen entgegen und ... lauschte. Nichts. Nichts. Und noch mehr nichts.

Verärgert kehrte sie mit ihren Getränkebestellungen zur Bar zurück und musste dann auf Cullen warten.

Der riesige Barkeeper pfiff im Einklang mit der Musik, als er ein Glas Wein für eine Domina einschenkte. Schließlich kam er zu ihr. „Hast du Bestellungen für mich, Sub?", fragte er und lehnte einen Unterarm auf die Bar.

Sie reichte ihm den Zettel. Einige der Auszubildenden konnten sich daran erinnern, wer was bestellte. Bei ihr war das nicht der Fall. Das Alter vielleicht. Sie schnaubte belustigt. Wenn sie ehrlich war: Über ein gutes Gedächtnis hatte sie noch nie verfügt.

Cullen blätterte durch die Notizen und wandte sich seiner Sub zu. „Andrea."

Sie hörte ihn nicht. Andrea trug einen Catsuit, bei dem mehr Stoff fehlte, als vorhanden war, mit niedlichen weißen Ohren und einem langen weißen Schwanz. Ihre Aufmerksamkeit galt dem Bier, das sie zapfte.

Cullen schnaubte, lehnte sich vor und packte ihren Schwanz.

Linda zuckte zusammen, als ihr bewusst wurde, dass der Schwanz nicht Teil des Kostüms war. Ein Analplug.

Mit dem Schwanz als Leine zog Cullen seine Sub nach hinten. Er grinste bei den spanischen Profanitäten, die sie vom Stapel ließ und sagte: „Wenn dieser Plug rausrutscht, Liebes, werde ich einen größeren verwenden."

Lindas Hintern spannte sich mitleidig an.

Cullens Worte hatten den gewünschten Effekt und Andrea reagierte angemessen.

„Wenn du mit dem Bier fertig bist, bereite bitte diese Bestellungen zu, Liebes." Cullen reichte Andrea die Hälfte der Zettel, bevor er sich wieder Linda zuwandte. „Lauf eine Runde und nimm mehr Bestellungen entgegen. Bis du zurückkommst, haben wir diese fertig."

Der clevere Dom hielt sie in Bewegung. Im nächsten Moment war ein ohrenbetäubender Donnerschlag zu hören und Linda runzelte die Stirn. Die laute Musik zusammen mit dem Sturm schränkte ihren Hörsinn ein. Sie lehnte sich vor. „Was hast du gesagt? Die Musik ist zu laut. Ich kann dich nicht hören."

Cullen zögerte und selbst, als er sich wiederholte, nickte er verständnisvoll. Er scherzte mit den Mitgliedern an der Bar, als er sich auf den Weg zu Master Z machte, der auf der anderen Seite saß.

Bevor Linda den hinteren Teil des Raumes erreichte, war die Lautstärke der Musik heruntergedreht worden.

Der verdammte Nachbar sollte auf Bullen verzichten, wenn er nicht in der Lage war, ihn auf seinem Land zu halten. Noch immer leicht genervt, bog Sam in die lange Einfahrt zum Shadowlands.

Z hatte ihm am Telefon versprochen, auf Linda aufzupassen, aber ... *verdammt nochmal*. Mit jeder Minute nahm die Anspannung in ihm zu.

Und es war alles vergebens gewesen. Einen notgeilen Stier während einer regnerischen Nacht einzufangen, hatte sich als unmöglich erwiesen. Schon bald würde er ein paar Kälber haben, die er nicht geplant hatte.

Zudem hatte er Conn mitnehmen müssen, um sicherzustellen, dass der Hund nicht wieder versuchte, den Stier aus seinem Revier zu verjagen. So hatte Sam überhaupt erst entdeckt, dass sein Zaun ein Loch hatte.

„Du hast echt Todessehnsucht, oder?", fragte er Conn. Der Hund war vom Kopf bis zu seinen Pfoten mit Schlamm bedeckt und hatte sich neben ihm auf einer Pferdedecke zusammengerollt.

Conn entließ einen überglücklichen Laut. Sein Hund liebte es, im Pick-up mitzufahren. Bevor sie losgefahren waren, hatte er in der Fahrerkabine geschlafen, bis Sam Zeit gehabt hatte, ihn beim Gassigehen zu überwachen. So wie es sich anhörte, würde der Sturm nicht allzu schnell nachlassen. Z war sicherlich bereits dabei, die Mitglieder dazu zu ermutigen, sich für die Nacht in den Räumen im Obergeschoss einzufinden.

Mit viel Glück – und er hatte vor, dafür zu sorgen, dass es so kam – würde er sich mit Linda ein Zimmer teilen.

Vielleicht nachdem er mit Conn noch einmal draußen war. Die weichherzige Frau würde ihn zweifellos begleiten wollen, um Conn seine Streicheleinheiten zu geben. Und dann wäre sie nass.

Ein guter Dom würde ihr natürlich befehlen, sich ihre nassen Klamotten auszuziehen.

Ein guter Dom würde ihr für ihr kurzes Zögern ein Spanking verpassen.

Ein guter *Sadist* würde ihren Arsch rot färben, selbst wenn sie nicht gezögert hatte.

Sam parkte seinen Pick-up vor dem Eingang – *scheiß auf den Parkplatz*. Niemand sonst würde zu dieser Zeit noch kommen. Nach einem Sprint zur Tür hämmerte Sam gegen das schwere Holz. Abgeschlossen – wie erwartet. Ben öffnete die Tür und trat zurück. „Z hat mich vorgewarnt, dass du vielleicht noch auftauchst. Überrascht mich, dass du bei dem Wetter gefahren bist."

Als würde er Linda hier allein lassen ... „Ich bin überrascht, dass überhaupt jemand hier ist."

Ben setzte sich hinter den Schreibtisch. „Die meisten sind gekommen, bevor der Regen losging." Er runzelte die Stirn. „Die Lichter haben ein paar Mal geflackert. Möglich, dass der Strom ausfällt."

„Was für ein Spaß." Sam schüttelte den Kopf und Regentropfen landeten auf dem Boden. Die Notbeleuchtung war nicht hell genug, um eine sichere Session zu garantieren. Das letzte Mal, als der Strom ausgefallen war, haben alle ihre Sessions unterbrochen und sich an der Bar versammelt – Ben eingeschlossen. „Möglich, dass du später einen Drink genießen kannst."

„Klingt gut." Bens Gesicht zeigte ein Grinsen. „An dem Lifestyle habe ich kein Interesse, aber ... diese Korsetts? Wow."

Sam schnaubte belustigt und betrat den Clubraum. Cullen und Andrea besetzten immer noch die Bar. Schon bald würde sie jemand ablösen, damit sie den Rest des Abends ein bisschen Spaß haben konnten. Ein Großteil des Equipments war beiseite geschoben worden. Z musste einen guten Grund dafür gehabt haben, alles neu zu arrangieren.

Als Sam durch den Raum ging, sah er sich aufmerksam um. Ein paar neue Mitglieder benutzten das Spinnennetz; der alte Smith und seine Sub besetzten das Andreaskreuz. Schreie kamen vom Bondage-Tisch, an dem Elektroplay ausgeführt wurde. Mistress Anne hatte nicht einen, sondern zwei Subs zu ihren Füßen. Einen Mann hatte sie in eine gerüschte Schürze und eine Hausmädchenhaube gesteckt. Es wäre besser gewesen, hätte er sich zuvor rasiert. Der andere trug einen ausgeklügelten Penisring und machte den Anschein, kurz vor einer Explosion zu stehen.

Schließlich entdeckte er Linda.

Er hatte ihr gestern Abend gesagt, dass sich die Auszubildenden an den Kostümen im Obergeschoss bedienen konnten. Anscheinend hatte sie das getan. Sie sah verdammt erregend aus in ihrem Lederoutfit ganz in Braun. Von dem Bustier, das seine liebsten Körperteile von ihr perfekt in Szene setzte, bis zu dem geschnürten Lederrock, der Einblicke auf Strumpfbänder gab. Ihr einziger Schmuck waren die Azubifesseln um ihre Handgelenke.

Er sollte wohl mal endlich ein paar Bänder an den Fesseln anbringen, obwohl ihm dieser Gedanke kein bisschen zusagte.

Als er sie erreichte und sie zu sich drehte, leuchteten ihre Augen erleichtert auf. „Ich bin so froh, dich zu sehen!" Sie legte ihre Hand auf seine. „Ich fühle mich sicherer, wenn du hier bist."

Das Gefühl, gebraucht zu werden, war berauschend. „Ist das der einzige Grund?"

Sie lehnte sich an ihn, rieb ihre Brüste über seinen Oberkörper und murmelte: „Wohl kaum."

Verdammt. Er zog sie für einen langen, heißen Kuss zu sich und ließ seine Hände über ihre wunderschönen Kurven gleiten. Ihre Pussy war nackt unter dem Rock und er konnte nicht widerstehen, seine Handflächen mit ihren weichen, runden Arschbacken zu füllen. „Mädchen", knurrte er.

Und sie kicherte. Mit beiden Händen auf seinen Wangen näherte sie sich mit den Lippen seinem Mund und flüsterte: „Du bist die einzige Person, die *Mädchen* sagt und damit *Ich liebe dich* und *Ich will dich ficken* meinen kann." Dann küsste sie ihn. „Ich liebe dich, Sam."

Sie war wirklich gut darin, das Gehirn eines Mannes in Brei zu verwandeln. Er lächelte in ihre hübschen Augen. „Mach dich an die Arbeit, Azubine."

Als sie lachend zur Bar ging, sah er ihr nach. Ja, der Anblick von hinten war sogar noch besser. Sie hatte den Rock so fest geschnürt, dass er sich wie eine zweite Haut um ihren saftigen Arsch legte. Es würde sicher Spaß machen, ihn auf ihre Taille zu schieben, um zu genießen, was darunter verborgen lag.

Verdammt, jetzt hatte er einen Ständer, der zu denen passte, die Annes Subs herumtrugen.

Auf dem Weg zu Cullen, der gerade einen Drink mischte, hörte er das unverwechselbare Knallen einer Bullenpeitsche. *Was zum Teufel?* „Wer benutzt eine Peitsche? Und wie?"

„Jeder, der will." Cullen grinste. „Z hat einen großen Bereich für die langen Peitschen abgetrennt."

Na verdammt nochmal, der Abend schien nun noch vielversprechender. Sam zog seine liebste Bullenpeitsche aus seiner Tasche, justierte sie und befestigte sie an seinem Gürtel. „Klingt gut."

„Oh ja. Z hat gehofft, du würdest eine Vorstellung und eine Lektion für die neueren Doms geben."

„Kein Problem." Seine Lieblingslektionen. „Ist bei den Auszubildenden alles okay?"

„Bisher läuft es gut." Cullen wies mit dem Kinn nach links. „Uzuri starrt einen der neuen Doms an."

Sam drehte sich. Er hatte den Kerl schon mal gesehen. Multiethnisch wie Uzuri – vielleicht eine Mischung aus Afroamerikaner und Asiate. Als Farmer hatte Sam gelernt, dass Hybridisierung

Pflanzen und Tiere stärker machte. Verdammt gutaussehende Menschen hatte dies auch zur Folge.

Uzuri jedoch war das Aussehen eines Mannes vollkommen gleich; sie wollte einfach einen Mann, der behutsam und dominant war. Zudem war Sam nicht entgangen, dass der neue Dom eine entschiedene Vorliebe für Frauen mit dunkler Hautfarbe hatte.

Nachdem sie die Bestellung des Mannes aufgenommen hatte, ging Uzuri zur Bar, wobei sich ihre Hüfte auf eine Weise bewegte, die keinen Mann verwirrt zurückließ.

„Willst du ihn?", fragte Sam, als sie ihr Tablett auf die Theke stellte.

Sie riss die Augen weit auf. „Oh. Ich −" Ihre braunen Wangen verdunkelten sich. Sie schaute über ihre Schulter und stieß einen Seufzer aus. „Er sieht sogar noch besser aus als Denzel Washington. Aber er könnte jede haben, also warum sollte er mich wollen?"

Marcus war rechtzeitig herangetreten, um ihre Worte zu hören. Er runzelte die Stirn. „Du bist so anregend wie Pfirsichkuchen, Uzuri. Süß. Lebhaft. Klug."

„Jeder Dom, mit dem du spielst, fragt erneut nach dir, Fräulein", sagte Sam.

„Wirklich?" Sie strahlte. „Sie mögen mich?"

Sams Blick traf auf Marcus'. Sie arbeiteten schon länger an ihrem Selbstwertgefühl. Er müsste ihr Doms zuteilen, die damit klarkamen. Er drehte sich um und musterte den Neuen. Ein Gespräch war nötig.

„Aber ... ähm, es gibt keinen Grund, ihn anzusprechen. Ich bin noch nicht −"

Sam warf ihr einen Blick zu, der sie zum Schweigen brachte. Die Kleine gewann sich langsam aber sicher seine Zuneigung. Er würde verdammt nochmal sichergehen, dass sie bei einem Dom gut aufgehoben war. „In dem Punkt hast du kein Mitspracherecht. Ich werde mit ihm reden und entscheiden, ob er deiner würdig ist."

Ihre Kinnlade klappte herunter. Dann schockierte sie ihn mit einer Umarmung, bevor sie zu Andrea hüpfte, die gerade die aufgegebene Bestellung abstellte.

Sam hörte Cullens Sub flüstern: „Du hast Master Sam umarmt?"

„Mein Ruf geht den Bach runter", murmelte Sam. Sein Blick landete für einen kurzen Moment auf Linda.

„Schnell, peitsche jemanden aus", stimmte Marcus zu.

An der Bar entdeckte der Beobachter die ältere Rothaarige – die Ex-Sklavin. Sie servierte Drinks. Ja, das war eine Sklavin, die er gerne brechen würde. In jedes Loch wollte er seinen Schwanz stecken. Dann sein Messer, bis das Blut nur so aus ihr herausquoll.

Aaron wurde hart und rutschte auf dem Barhocker herum. Das Blut rauschte auf dem Weg zu seinem Schwanz laut in seinen Ohren. Es war ein paar Wochen her, dass er richtig Spaß hatte. Vor nicht allzu langer Zeit konnte er Monate zwischen den Morden ausharren. Dann hatte er die *Harvest Association* für sich entdeckt. Sein Preis für das Ausspähen potenzieller Sklaven war, dass er nach den Auktionen die Sklaven ficken durfte, die niemand wollte. Er durfte sie töten.

Das waren noch schöne Zeiten.

Sah nicht so aus, als wäre die Rothaarige bald verfügbar. Er hatte gehört, wie Davies zu einem anderen Dom sagte, dass sie evaluiert wurde und für eine Woche oder so nicht zum Spielen freigegeben werden würde.

Selbst wenn das irgendwann passierte, musste Aaron vorsichtig vorgehen. Davies schien ein besonderes Interesse an der Auszubildenden zu haben.

In der Zwischenzeit ... vielleicht sollte er nach Miami fahren und sich dort eine Hure suchen. Nachdenklich beobachtete er die Ex-Sklavin, als sie leere Gläser von einem Couchtisch nahm und auf ihr Serviertablett stellte. Sie wirkte angespannt.

„Hey, Aaron, ich habe einen Witz für dich."

Er richtete seine Aufmerksamkeit auf die Doms, die nicht weit von ihm standen. Mit zwei von ihnen hatte er Poker gespielt; das Paar kannte er nicht. „Ah ja?"

Der Mann grinste und begann: „In einer Nervenheilanstalt gibt es einen Sadisten, einen Masochisten, einen Mörder, einen Nekrophilen, einen Zoophilen und einen Pyromanen. Gelangweilt sitzen sie auf einer Bank und suchen nach einer Beschäftigung.

,Wie wäre es mit Sex mit einer Katze?', fragt der Zoophile.

,Lass uns Sex mit der Katze haben und sie dann foltern', sagt der Sadist.

Das erregt die Aufmerksamkeit des Mörders: ,Ja. Lass uns Sex mit der Katze haben, sie foltern und dann töten.'

,Nein, nein, lass uns Sex mit der Katze haben, sie foltern, töten und dann wieder Sex mit ihr haben', schlägt der Nekrophile vor.

Der Pyromane hüpft auf und ab. ,Lass uns Sex mit der Katze haben, sie foltern, töten, wieder Sex mit ihr haben und sie dann verbrennen!'

Für eine Weile schweigen alle. Nach einer Minute spricht der Masochist: ,Miau.'"

Zusammen mit den anderen Doms brüllte Aaron vor Lachen, und die Rothaarige erstarrte, als hätte sie jemand gezwickt – als hätte sie etwas gehört, das ihr bekannt vorkam.

Fuck. Fuck! Aaron wirbelte zu seinem Drink herum. Er legte seinen Ellbogen auf die Bar und beobachtete aufmerksam Cullens Sub mit den großen Titten. Niemand würde denken, dass er zu der Gruppe von Doms gehörte. Ein Blick zeigte, dass ihre Aufmerksamkeit auf die Männer gerichtet war, die immer noch lachten.

Sein Magen verkrampfte sich. Gesehen hatte sie ihn auf dem Sklavenboot vielleicht nicht, aber sie hatte seine Stimme erkannt. Er presste die Lippen zusammen. Neulich Abend im Kerker ... hatte sie ihn gehört? War das der Grund, warum Davies' Session abgebrochen werden musste? Kein Wunder, dass sie heute so angespannt war.

Hatte sie nur Angst, dass sie jemanden gehört hatte, der wie ein Sklavenhändler klang, oder versuchte sie tatsächlich, ihn zu identifizieren? Nein, zu viele Männer hatten ähnliche Stimmen.

Er entspannte sich etwas. Wäre sie sich sicher, hätte Z die gesamte Mitgliedschaft antreten lassen. Ein Risiko würde er aber nicht eingehen.

Aaron sah kein Problem. Er könnte einfach nachhause gehen und eine Pause vom Club einlegen, bis sie das Interesse verlor.

Wenn die Schlampe jedoch jetzt zu Z ging und auf die Doms zeigte, die gelacht hatten, würde man sich erinnern, dass Aaron Teil der Gruppe gewesen war. Mit einer ähnlichen Stimme würden sie so vor Gericht nicht weit kommen, aber leiteten sie eine Untersuchung ein, dann hätte er ganz sicher ein Problem.

Bei einer Durchsuchung seiner Wohnung würden sie die Haarsträhnen in seinem Nachttisch finden. Souvenirs, um beim Masturbieren seine Erinnerungen zu beleben. Er hatte genug CSI geschaut, um zu wissen, dass selbst eine Entsorgung und eine gründliche Reinigung nie alle Spuren beseitigen konnten.

Er nahm einen kontrollierten Schluck von seinem Getränk und wog seine Möglichkeiten ab.

Er musste nur sicherstellen, dass sie ihn nie sprechen hörte. Auf keinen Fall würde er zulassen, dass eine Schlampe sein Leben ruinierte. Vielleicht ... sollte er noch heute Abend handeln.

Er neigte den Kopf und lauschte dem Wind, der um das Gebäude heulte. Es war einfach, sich auf einem verregneten Parkplatz an jemanden heranzuschleichen.

Er wollte mit ihr spielen. *Scheiß auf Geduld beweisen.*

Gott, er ist es! Die Stimme des Sklavenhändlers – seine Lache. Lindas Magen drehte sich, als hätte sie eine Flasche billigen Tequila getrunken, und für eine Sekunde befürchtete sie, sich übergeben zu müssen. Sie atmete flach und zwang ihren Körper, sich zu entspannen, während sie sich umsah. Ein paar Doms saßen an der Bar und tranken ihre Drinks. Von ihnen kam es nicht, nein. Gleich hinter ihnen tauschten vier Doms Geschichten aus und lachten. Also ... einer von ihnen. Aber welcher?

Ein Schweißtropfen lief ihr über den Rücken. Was sollte sie machen? Sie entdeckte Sam im hinteren Teil des Clubs. Er zeigte gerade einem Dom den Gebrauch einer Bullenpeitsche. Master Z beobachtete eine Session mit Wachs-Play, bei der es nicht so gut zu laufen schien.

Cullen war ihre beste Chance.

Sie machte sich auf den Weg zur Bar, lächelte und versuchte, sorglos auszusehen. Sie fand einen Bereich, wo keine Mitglieder waren, und lehnte sich gegen die Theke. Klopfenden Herzens wartete sie auf Cullen.

„Alles okay, Sub?" Sein abschätzender Blick schweifte über sie. Wie es schien, sah er ihr an, dass etwas vorgefallen war, obwohl sie schwören konnte, dass sie ihre Reaktion gut überspielt hatte.

„Nur ein wenig gestresst", sagte sie diskret. „Es sind so viele Menschen hier." Ihre Augen wanderten zu der Gruppe Doms.

Er folgte ihrem Blick und sie konnte sehen, wie er sich ihre Gesichter einprägte.

Unauffällig blickte sie dann an der Gruppe vorbei, ließ die Augen schweifen. *Starr sie nicht an.* Ihr Manöver führte dazu, dass ihre Augen an einem schmallippigen Dom hingen blieben, der an der Bar saß und an seinem Getränk nippte.

Mit einem Lächeln wies er mit dem Kinn zum Andreaskreuz. Eine Einladung zum Spielen. Die Idee, jetzt eine Session zu spielen − mit dem Wissen, dass der Sklavenhändler hier war −, jagte einen Angstschauer durch ihren Körper. Zumal dies der Dom war, von dem Sally sagte, er hätte sie geohrfeigt.

Nachdem sie den Kopf geschüttelt hatte, um ihm deutlich zu machen, dass sie kein Interesse hatte, drehte sie sich wieder zu Cullen. „Sind meine Getränke fertig?"

„Gleich." Cullen tätschelte mit seiner riesigen Pranke ihre Hand. „Du kannst gerne eine Pause machen, Liebes. Master Sam ist strikt, aber er will nicht, dass ihr vor Erschöpfung zusammenbrecht."

Strikt. So verzweifelt wollte sie sich in die Arme des strikten Master Sams werfen − so verzweifelt, dass sie bebte. „Es geht mir gut." Sie musste in Bewegung bleiben, sonst würde sie Reißaus nehmen. Sie musste in Erfahrung bringen, welcher der Männer der Beobachter war. Sie musste ihn davon abhalten, noch jemanden zu verletzen. Das musste sie einfach.

Mit einem Tablett voller Getränke marschierte sie auf die Tische zu und stolperte fast, als die Lichter für eine Sekunde flackerten. Nach einem tiefen Atemzug ging es ihr schon wieder besser. Nun musste sie sich nur noch auf vier Leute konzentrieren, nicht die gesamte Mitgliedschaft. Wenn sie oft genug an ihnen vorbeilief, würde sie irgendwann herausfinden, welcher Mann es war.

Als sie über ihre Schulter blickte, sah sie, dass Cullen mit Master Z redete. Ihre Anspannung löste sich ein wenig. Sie würden die vier Doms im Auge behalten. Wer auch immer von ihnen der Sklavenhändler war, davon käme er nicht. Z könnte sie sogar nebeneinander aufstellen, sodass sie ihnen beim Reden zuhören konnte. Ihr war kalt. So kalt.

Zu ihrem Entsetzen löste sich die Gruppe von Doms auf. Zwei liefen in den hinteren Bereich des Clubs. Einer nahm sich eine Sub und der andere bat jemanden zum Tanz. Die meisten Hocker an der Bar waren jetzt leer. Wahrscheinlich wollten die

Leute ihre Chance für eine Session wahrnehmen, bevor der Strom ausfiel.

Oh Gott, was nun?

Sam war noch immer mit seiner Lektion beschäftigt. Sogar als er sich unterhielt, ließ er den Blick durch den Raum schweifen. Er suchte nach ihr, das wusste sie. Sein Blick traf sie wie ein warmer Regenschauer, und sie beobachtete, wie er die Augenbrauen zusammenzog.

Sie brauchte ihn und seine Stärke mehr, als ihr bewusst war. Eine Sekunde später befand sie sich bereits auf dem Weg zu ihm. Ein Drittel des Weges hatte sie geschafft, als es plötzlich so laut krachte, dass sie das Knistern von dem Blitz regelrecht hören konnte. Die Lichter flackerten und gingen aus. Komplett. Mindestens drei Leute schrien und sie hörte ein Brüllen.

Und dann schaltete sich die trübere Notbeleuchtung ein. Es half nicht. Sie fühlte sich immer noch, als würde sie gleich aus ihrer Haut fahren. *Geh zu Sam.*

Als sie eine Couch umrunden wollte, versperrte ihr der schmallippige Mann von der Bar den Weg. Er drückte Knöpfe auf seinem Handy und sah nicht, wohin er ging.

„Entschuldige bitte", sagte sie und sah in sein Gesicht.

Er grinste. „Nein. Entschuldige mich, Fotze."

Die Stimme. *Seine Stimme. Oh nein!* Als sie versuchte, zu fliehen, schlug er mit dem Handy gegen ihre Schläfe.

Qualvoller Schmerz schoss durch sie. Jeder Muskel in ihrem Körper spannte sich an und dann war alles schwarz.

KAPITEL SIEBENUNDZWANZIG

Kalt und hart traf der Regen Lindas Kopf. *Tut weh, tut weh, tut weh.* Sie versuchte, sich zu bewegen. Ihre Muskeln funktionierten nicht. Ihr Kopf fiel nach vorn. Ihre Arme wurden hinter ihren Rücken gezogen, ihre Fesseln zusammengehakt.

Nach mehrmaligem Blinzeln erkannte sie, dass sie mit dem Gesicht nach unten positioniert war ... weil sie über jemandes Schulter lag. Und sie waren im Freien.

Der Sklavenhändler. Der Sklavenhändler hatte sie. Alles in ihr wollte in Panik geraten, aber ihr Körper reagierte nicht. Schlaff und hilflos.

Wie war es ihm gelungen, sie aus dem Club zu bringen? An dem Türsteher vorbei?

Obwohl der Regen in ihre Augen strömte, sah sie, dass der Boden aus Gras bestand, nicht aus Beton. Sie waren nicht auf dem Parkplatz. Nicht vor dem Gebäude. Sie schaffte es, den Kopf zu drehen. Große Hecken, hoher Zaun. Brunnen. Sie befanden sich in den Clubgärten, die Master Z nur zu besonderen Tagen öffnete. Die Tür vom Club nach draußen war ein Notausgang. Alarmgesichert. Und der Alarm ... funktionierte bei einem Stromausfall nicht. *Oh Gott!*

Donnerschläge waren immer wieder zu hören, die Blitze wie ein Feuerwerk am Himmel. Kleine Solarlampen säumten die Wege. Sie stöhnte und versuchte, sich zu bewegen. *Darf ihn nicht damit durchkommen lassen.*

„Wachst du auf, Schlampe?" Der Mann rollte sie von seiner Schulter und warf sie auf den Boden.

Alles bebte. Ihr Kopf pochte, als hätte jemand mit einem Hammer auf ihren Schädel eingedroschen.

„Scheiße, du wiegst verdammt viel." Er rollte seine Schulter und keuchte schwer.

Sie sah zu ihm auf. Zu den vier Doms gehörte er nicht. Dieser Mann hatte hinter ihnen an der Bar gesessen. Ihre Zunge fühlte sich geschwollen und träge an. „Warum?", lallte sie die Frage.

„Ich habe gesehen, wie du ... gelauscht hast. War nicht schwer." Er grinste. „Ich mag Rothaarige. Oh ja. Und ältere Schlampen. Wir werden gleich viel Spaß haben." Er richtete sich auf und drehte sich im Kreis. „Irgendwo muss es hier einen Pavillon geben. Aber wir haben Zeit. Solange es im Club stockfinster ist, werden sie erst merken, dass du verschwunden bist, wenn es bereits zu spät ist. Wirklich eine Schande. Für dich."

Dann kapierte sie es. Er war mit ihr durch die Seitentür gegangen und niemand würde zuerst in den Gärten nach ihr suchen. Panische Angst stellte ihren Verstand ab, bis sie nur noch zittern konnte. Wieder unternahm sie den Versuch, sich zu bewegen, forderte ihren Körper auf, aufzustehen. *Mach schon! Gib alles!* Sie schaffte es nicht. Sie schloss die Augen vor seinem selbstgefälligen Ausdruck und kämpfte sich frei von der Angst. Sie packte ihre Emotionen und drückte sie nieder. Sie hatte das schon einmal durchgestanden und war entkommen.

Sie zwang ihre Hände auf. Schloss sie wieder zu Fäusten. Nochmal. Sie musste ihren Körper dazu bringen, sich zu bewegen. Schmerz brutzelte in ihren Venen, so wie es die Blitze am Himmel taten. Der Wind verwandelte die Bäume zu Peitschen.

Regentropfen prallten brutal auf ihr Gesicht und doch schaffte es das kühle Nass, ihren Körper zu beleben.

„Der Pavillon muss in dieser Richtung sein." Er zog sie auf die Füße und riss sie an sich, als ihre Knie einknickten.

Sie schob sich von ihm weg. Oder ... versuchte es jedenfalls.

„Mach mir Ärger und ich werde dich wieder ausschalten", sagte er kalt. Er tätschelte das Handy an seinem Gürtel. „Cool, oder? Sie stellen heutzutage Elektroschocker in allen Größen und Formen her."

Das Handy war ein Elektroschocker. Sie schloss die Augen, konzentrierte sich auf ihre Atmung und merkte, wie ihre Energie zurückkam.

Er summte vor sich hin und trug sie über den Rasen, an schattigen Ecken, Dornen, Brunnen und einer Schaukel vorbei. Ein schrecklicher Moment an einem wunderschönen Ort.

„Ich werde dich in Stücke reißen, Schlampe. Du wirst so viel bluten, dass selbst der Regen es nicht schaffen wird, den Beweis wegzuspülen." Er packte eine ihrer Brüste. „Ich kann es kaum erwarten, bis Davies sieht, was ich von dir übriggelassen habe."

Tränen des Zorns und der Angst vermischten sich mit dem Regen auf ihrem Gesicht. Sie konnte das nicht noch einmal durchstehen.

Nein! Für eine Panikattacke bleibt keine Zeit. Sie werden nach ihr suchen. Sam war hier. Niemals würde er aufgeben. Und sie würde das auch nicht.

Als das Licht ausging, rannte Sam auf Linda zu.

„Hilfe!" Der hohe, hysterische Schrei stoppte ihn. Eine gefesselte Frau geriet in Panik und schlug so hart um sich, dass ihr Dom es nicht schaffte, sie zu befreien. Sam packte sie und hielt sie still, sodass der Mann die Seile durchschneiden konnte. Ein Seil. Zwei.

„Ganz ruhig, Baby. Ganz ruhig", murmelte der Dom. Im ganzen Club wurden Subs gerade aus ihren Einschränkungen gelassen. Von rechts und links kamen Rufe nach Hilfe.

Sally erschien im trüben Licht. „Wo ist Linda? Ich kann Linda nicht finden!"

Verdammte Scheiße! Er konnte die Sub nicht einfach loslassen. „Sally."

Die Sub erstarrte und sah ihn aus weit aufgerissenen Augen an.

Panik ließ ihn den Befehl harscher aussprechen, als er das sonst getan hätte: „Finde Z und sag ihm, was du mir gerade gesagt hast, Sub."

Sally rannte los.

„Das letzte Seil", sagte der Dom.

Die Seile fielen herunter und Sam nahm die Sub in seine Arme. Sie weinte und er legte sie auf eine Couch, auf der ihr Dom bereits auf sie wartete.

Erledigt. Als er sich umdrehte, entdeckte er in dem trüben Licht Nolan mit seiner Beth.

Sam winkte ihn zu sich. „Finde Linda."

Nolans Gesichtsausdruck verfinsterte sich und er murmelte: „Scheiße."

Sam ging zu der Stelle, wo er sie zuletzt gesehen hatte. Niemand hier. Keine Linda in Sicht. *Zum Teufel*, das dauerte zu lange. Er holte tief Luft und ... „Linda! Antworte mir!"

Der Raum verfiel in Schweigen, der Befehl in seiner Stimme hallte durch den Raum. Keine Antwort. „Linda! Antworte mir!"

Glasscherben zerfetzten ihn von innen. Wo zum Teufel war sie? Er ging zum Haupteingang.

Z erschien an seiner Seite, in seiner Hand zwei schwere Taschenlampen. Eine davon reichte er Sam. „Cullen meint, sie hätte auf vier Doms hingewiesen, aber sie sind alle noch hier. Ben hat mir bereits bestätigt, dass niemand vorne raus ist, und er wird auch für den Moment niemanden gehen lassen."

„Wo zum Teufel kann sie –"

„Ich habe alle Master auf die Suche geschickt."

Jemand brüllte. Marcus' Stimme. „Toiletten leer."

Rauls Stimme: „Themenräume sauber."

„Nicht oben", schrie Dan.

Cullen brüllte: „Nicht auf der Tanzfläche."

„Nicht hier hinten", schrie Anne.

„Er hat sie aus dem Club bekommen. Irgendwie." Sam überlegte. „Der private Zugang zu deinem Garten ist verschlossen."

„Ja. Der einzige andere Ausgang befindet sich –" Z wirbelte zum Seitenausgang. Die Tür zu den Clubgärten stand einen spaltbreit offen.

„Zur Hölle nochmal. Kein Strom, kein Alarm." Sams Kiefer spannte sich an. Die riesigen Gärten waren für Versteckspiele mit hohen Hecken und dunklen Ecken entworfen worden. Bei Dunkelheit und Regen könnte es Stunden dauern, sie zu finden. Wenn der Beobachter sie hatte, ging es um Leben und Tod.

Conn war in seinem Pick-up, den Sam direkt vor der Tür geparkt hatte. „Beginne mit der Suche. Ich hole meinen Hund."

Linda konnte nicht aufhören zu zittern. Ihre Haut war durchnässt. Ihr Haar hing schlaff und kalt auf ihren Schultern. Sie konnte nicht alleine stehen, geschweige denn rennen.

Der Sklavenhändler – Aaron, wenn sie sich richtig erinnerte – schubste sie auf die Bank im Pavillon.

Ihre Hoffnung auf Rettung wich dahin. Ein hoher Zedernzaun markierte die hintere Grenze des Gartens. „Sie werden dich kriegen. Du solltest rennen, solange du noch kannst."

„Zuerst werde ich mich mit dir beschäftigen." Er grinste. „Dann schneide ich dir die Haare ab, damit ich dich niemals vergesse, und werfe deinen Körper über den Zaun." Er versuchte, ihr das Bustier abzureißen, aber er rutschte mit den nassen

Fingern immer wieder von den kleinen Häkchen ab. Als er ein Jagdmesser aus der Scheide an seiner Hüfte zog, stockte ihr der Atem.

Gott, bitte, nein.

Aber er schob es lediglich unter das Bustier und schnitt mitten durch das Leder. Das Bustier teilte sich. „Viel besser."

Seine Hände packten ihre Brüste und drückten brutal zu. Sie trat hektisch um sich und schaffte es, ihn auf seinen Hintern zu verfrachten. Er grunzte vor Schmerz. Leider hatte sie mit ihren nackten Füßen nicht viel Schaden angerichtet.

Er stand auf, schlug ihre Beine zur Seite und legte die Hand um ihre Kehle. Im nächsten Moment sah er über seine Schulter. Schritte waren zu hören. Ein bellender Hund. „Scheiße, sie sind schon hier."

Sie kannte den Hund. Conn war hier. Erleichterung erfüllte sie. *Schrei!* Sie holte tief Luft und –

Er packte ein Bündel ihrer Haare und legte ihr das Messer an die Kehle. „Schrei und du bist tot."

Sie würgte den Ausruf herunter und ballte die Hände. *Hier. Ich bin hier! Bitte ...*

„Das ging verdammt nochmal zu schnell. Haben sie dich im Auge behalten, Schlampe?" Plötzlich schlug er ihr hart ins Gesicht. Der Schmerz folgte augenblicklich und dann riss er sie auf die Füße. Bevor sie sich von der ruckartigen Bewegung erholen konnte, war das Messer wieder an ihrer Kehle. Er antwortete sich selbst: „Ich wusste doch, dass du auf einer Mission warst. Und du hast Z schon davon berichtet, was du gehört hast, oder?"

Er betrachtete den Zaun und schüttelte dann den Kopf, als die Schritte immer näher kamen. „Zu spät. Mit Sicherheit bewacht bereits jemand den Parkplatz."

Beeil dich, Sam. Bitte beeil dich.

Aaron starrte sie aus kalten Augen an. „Dann müssen wir wohl einen auf Geiselnahme machen. Versau es nicht, sonst schneide ich dir vor allen die Kehle durch."

Das würde er sowieso tun. Das wusste sie. Sie konnte ihr Ableben in seinen toten Augen sehen. Er drehte sich um, als Conn erschien. Der Hund wurde durch die Leine, die Sam hielt, zum Anhalten gezwungen. Z, Nolan und weitere Mitglieder folgten.

Ihre Hoffnung, befreit zu werden, löste sich auf, aber zumindest war sie nicht länger mit diesem Mann allein. Ihre Augen füllten sich bei dieser Gnade mit Tränen.

Im nassen Licht des nahegelegenen Brunnens richtete sich Sams blassblauer Blick auf sie. Der Zorn war deutlich auf seinem Gesicht zu erkennen. „Lass sie gehen."

„Bist du bescheuert?" Der Beobachter lachte. „Geh auf Abstand oder ich schlitze ihr vor deinen Augen die Kehle auf."

„So dumm bist du nicht." Zs gefasste Stimme stand im Kontrast zu seinem angespannten Kiefer. „Sie zu töten, bringt dir rein gar nichts."

„Es wäre sehr befriedigend." Das Messer durchbrach ihre Haut.

Sie spürte, wie Blut über ihren Hals rann, heiß auf ihrer kühlen Haut.

„Ich werde nicht in den Knast gehen. Ich habe gehört, was mit dem Aufseher passiert ist", sagte Aaron. „Entweder lasst ihr mich laufen oder ich nehme diese Fotze mit in den Tod."

Das Knurren von Sam und Conn durchschnitt die Stille.

Der Sack lachte. „Ich habe dich noch nie gemocht, Davies, aber du hast einen guten Geschmack, was Schlampen angeht. Und jetzt tretet zurück." Das Messer bohrte sich tiefer.

Linda knirschte mit den Zähnen. Er würde ihr keinen Laut entlocken. Rein gar nichts bekam er von ihr. Niemals wieder. Sie fand Sams Blick und sagte zu ihm: „Ich würde lieber sterben, als mit ihm zu gehen. Meine Entscheidung. Mein Körper." *Wisse, dass ich es ernst meine, mein Schatz.*

Sams Gesicht verlor jegliche Emotion.

„Halt die Fresse." Aaron legte seine Hand auf ihr Gesicht – auf ihre Nase und ihren Mund. Sie bekam keine Luft. Als sie sich wehrte, hörte sie Aaron zu Z sagen: „Noch einen Schritt weiter –!"

Ihr Verstand färbte sich schwarz. Die Männer zogen sich zurück und Aaron nahm gerade noch rechtzeitig die Hand von ihrem Gesicht, bevor die Dunkelheit sie überwältigen konnte.

Sauerstoff. Tief atmete sie ein. Nochmal.

Als Aaron sie an sich riss, drehte sie den Kopf und sah über ihre Schulter. Alles in ihr wollte einen letzten Blick auf ihren Sam werfen. Nur einen.

Am Rande der Lichtung reichte Sam die Hundeleine an Anne weiter. Die Domina zog den Hund mit sich und dann stand dort nur noch Sam.

Linda sah ihn an. *Ich liebe dich.* Bedauern fegte über sie, kälter als der nachlassende Wind. Der Regen hatte aufgehört, aber Wasser tropfte von den Bäumen und Palmen. Was hätten sie sich zusammen aufbauen können? Warum hatte sie Sam erlaubt, von ihr und der Beziehung auf Abstand zu gehen? Sie hatte kostbare Tage mit ihm verloren.

Und ihre Hoffnung auf mehr Zeit mit ihm verblasste wie der Wind. Hart presste sie die Lippen aufeinander. Schaffte es der Sklavenhändler, sie zum Parkplatz zu bringen, dann – aber nur dann – würde sie aufgeben. In dem Fall würde sie sich selbst auf dem Messer aufspießen. *Tut mir leid, meine Süßen. Brenna, Charles ... Sam. Ich hoffe, du wirst mir eines Tages verzeihen können.*

Jedoch hatte sie nicht vor, jemals wieder eine Sklavin zu sein.

Sams Wut war verschwunden, hatte sich in seinem Magen zu einem harten Ball geformt und wartete nun darauf, zu explodieren. Als er einen Plan nach dem anderen durchging, verlangsamte sich sein Herzschlag und sein Blut gefror in seinen Adern.

Linda ging auf Aarons rechter Seite und seine rechte Hand lag um ihren linken Oberarm. Seine andere Hand hingegen hielt die

Klinge an ihren Hals. Der Bastard war einen Kopf größer als Linda.

Es gab keinen Plan. Nicht einen. Es blieb auch keine Zeit, die Waffen zu holen, die Z zweifellos im Obergeschoss aufbewahrte. Aaron hatte deutlich gemacht, dass er bereit war zu sterben – und Linda mit sich zu nehmen.

Sam wollte warten. Es musste eine Möglichkeit geben, sie zu retten, ohne ihr Leben zu riskieren. Sie musste nur durchhalten.

„Mein Körper. Meine Entscheidung." Sie hatte klar und deutlich gesprochen. Unverblümt. Sie würde lieber sterben.

Er sah nur eine geringe Chance, sie aus den Fängen des Sklavenhändlers zu befreien. Er sog Sauerstoff in seine starren Lungen. Wenn seine Taten sie töteten, würde er den Bastard auseinanderreißen und ihr in den Tod folgen. *Verdammt*, und wie er das tun würde.

In den Schatten lief Sam zu Z. Er bräuchte Platz und Dunkelheit. Aber die Seitentür des Herrenhauses wurde mit Solarlampen beleuchtet. Eine Möglichkeit, sie abzuschalten, gab es nicht.

Die Beleuchtung auf der Vorderseite jedoch war elektrisch. Ohne Strom gab es kein Licht.

Zs Augen erschienen in der schwachen Beleuchtung pechschwarz. „Wenn er bereit ist zu sterben, lässt uns das nicht viel Spielraum, ihn auszuschalten, bevor er sie tötet. Wir können es versuchen, aber ich bezweifle, dass sie überleben würde."

„Ich möchte ihn dazu bringen, auf die andere Seite des Zauns zu gehen." Sam betrachtete die dunklen und beleuchteten Bereiche. „Bringe ihn dazu, das Seitentor nach draußen zu benutzen. Folge ihm. Lautstark. Halte seine Aufmerksamkeit auf dich gerichtet."

„Und dann?"

Sam riss die Bullenpeitsche von seinem Gürtel.

. . .

431

Obwohl Linda wusste, dass ihre Fesseln hinter ihrem Rücken eingehakt waren, riss sie an ihnen und wehrte sich gegen ihre Einschränkung. Sie musste – *musste* – ihn dazu bringen, das Messer von ihrer Kehle zu nehmen. Bei jedem Schritt spürte sie, wie die kalte Klinge über ihren Hals kratzte.

Sie setzte zum Sprung an, um seinem Griff zu entkommen, aber seine Hand war groß und sein Griff an ihrem Arm war unerschütterlich. Wieder drückte er stärker mit dem Messer zu, sei es aus Versehen oder aus Wut. Zudem packte er ihren Arm so hart, dass sie es an ihrem Knochen spürte.

Hilflos. Ihr Kiefer spannte sich an und hielt die verzweifelten Schreie zurück, die in ihr lungerten.

Trotz allem würde sie kämpfen. Sie würde kämpfen, bis ihr keine Wahl mehr blieb. Sie machte sich schwer, ihre Schritte schleppend, um den Sklavenhändler für jeden Zentimeter arbeiten zu lassen.

Er wollte nicht sterben. Sie spürte das Zittern des Messers an ihrem Hals. Die boshafte Entschlossenheit in seiner Stimme war ihr jedoch nicht entgangen. Ohne zu zögern, würde er sie beide töten, wenn die Männer ihn in die Enge trieben. Er hatte mehr Angst vor dem Gefängnis.

Apropos, Angst ... Ein Angstschauer erschütterte ihren Körper. *Ich will nicht sterben.* Nichtsdestotrotz würde sie das. *Oh ja.* Sogar mit dem Wissen, was ihr Tod Sam antun würde. Er würde ihr vergeben. Irgendwann. Der Sklavenhändler hatte nicht die Absicht, sie freizulassen; die Frage war nur, wann sie sterben würde.

Sie sah jedoch nicht ein, warum sie ihm diese Entscheidung überlassen sollte. *Mein Körper.* Sie würde nicht mit ihm in ein Auto steigen. Wenn er es zum Parkplatz schaffte ... Nun, an diesem Punkt würde sie sicherstellen, dass der einzige Körper, den er bekommen würde, ein toter wäre.

„Dumme Fotze, beweg deine Beine." Er packte ihren Oberarm und zog sie nach vorne. Das Messer bewegte sich nicht für eine Sekunde von ihrer Kehle. Ihre Lippen verzogen sich zu einer verbitterten Grimasse. Vielleicht würde er stolpern und sie aus Versehen töten.

Als sie dem Haus näherkamen, sagte Master Z hinter ihnen: „Ich werde das Seitentor für dich öffnen."

Aaron drehte sich von der Tür weg, die in den Club führte und grunzte: „Tu es."

Z bewegte sich vorwärts und schob das hohe Holztor auf.

Als Aaron Linda durchzog und die Solarlichter in den Gärten zurückließ, legte sich die dunkle Nacht um sie. Die schmiedeeisernen Wandleuchter entlang der Fassade waren beim Stromausfall ausgegangen.

Schritte ertönten von hinten. Die Master waren nicht zurückgeblieben, sondern folgten ihnen. Lautstark. Nolans raue Flüche. Annes geflüsterte Drohungen. Aber keine harsche Stimme. Linda wollte einen letzten Blick auf Sam erhaschen. Sie sehnte sich mehr danach als auf ihren nächsten Atemzug und so versuchte sie, den Kopf zu drehen.

Aaron riss sie näher an sich. „Du verdammte Schlampe, behalte dein −"

Sie hörte einen Pfiff, dann einen Knall. Heiße Flüssigkeit spritzte auf ihr Gesicht und ihre Schultern. Der Griff an ihrem Arm lockerte sich.

Jetzt, jetzt, jetzt! Sie warf sich zur Seite, weg von der Klinge.

Unfähig, sich abzufangen, landete sie schwer auf der Schulter. Sie stöhnte und rollte so weit weg von ihm wie möglich.

Über ihrem lauten Puls hörte sie jemanden schreien und würgen − Geräusche, die so schrecklich waren, dass sich Gänsehaut auf ihrer Haut ausbreitete.

Jemand packte sie und auch sie schrie. Sie trat und boxte um sich, kämpfte gegen den skrupellosen Griff. „Nein. Nicht nochmal!"

„Ganz ruhig, Fräulein."

Bei dem Knurren an ihrem Ohr erstarrte sie. *Sam.* Seine

Hände lagen um ihre Arme. Er hielt sie. Keuchend und zitternd sackte sie an seiner Brust zusammen.

Er zog sie an sich, vergrub sein Gesicht in ihren Haaren und legte die Arme so fest um sie, dass es an Schmerz grenzte. Seine Stimme war ein leises Knurren, das nur aus Flüchen bestand. „Dieses schwanzlutschende, beschissene Stück Dreck. Ich werde den verdammten Hurensohn vernichten."

Er atmete tief ein. „Du hast mich zu Tode erschreckt, Mädchen." Er schüttelte sie tatsächlich einmal durch, bevor er sie wieder an seine Brust zog. Seine Wange ruhte auf ihrem Kopf, als er mit seinen kaum hörbaren Parolen fortfuhr: „Ich reiße dem verdammten Arschloch den Schwanz ab und stopfe ihm das winzige Teil in die Kehle. Dann nehme ich meine Peitsche und bearbeite den verfickten Wichser, bis sein Arsch die Hymne pfeift. Ich werde dem verdammten Sackgesicht das Bein abreißen und es ihm in sein Arschloch schieben." Nach einer Minute entwirrte Linda die Flüche und Drohungen, die alle mit einer Stimme erklangen, die sich anhörte wie ein schlecht gestimmter Schotterwagen – der schönste Klang, den sie kannte.

Ein Mann schrie ... Aaron. Vertraute Stimmen. Die Master waren hier, dachte sie, und es wurden immer mehr Leute, die aus dem Anwesen strömten.

Taschenlampen flackerten. Jemand würgte und keuchte.

„Er hat kaum noch ein Gesicht."

„Ruft einen Krankenwagen."

„Gott, ich habe noch nie so viel Blut gesehen."

„Erinnere mich daran, Davies niemals zu verärgern."

Aaron schrie lauter.

Marcus' tiefes Lachen ertönte. „Anne, ich glaube, jetzt übertreibst du es."

„Das verdammte Arschloch verdient es nicht, seine Eier zu behalten." Annes unbeugsame Stimme. „Wer hat Handschellen?"

Vorbei. Es ist vorbei.

Sams Arme lagen noch immer wie Stahlträger um ihren Körper.

Sie beschwerte sich nicht. Den Rest ihres Lebens wollte sie in seinen Armen verbringen.

Cullen löste sich von der Menge. Er schlug Sam auf die Schulter. „Du wirst deine Frau noch in zwei Teile zerbrechen."

Sams Knurren klang, als käme es aus zwei Richtungen. Conn stellte sich mit gefletschten Zähnen dem großen Dom in den Weg.

Ohne sich zu bewegen, sagte Cullen: „Davies. Ruf deinen verdammten Hund zurück, damit ich die Fesseln lösen kann."

Die Arme um Linda lockerten sich ein wenig und sie fühlte, wie Sam tief einatmete. „Conn. Ruhe."

Der Hund umkreiste Cullen einmal und warf sich wimmernd auf Lindas Schoß. Nasses Fell. Warmer, flauschiger Körper.

Master Z erschien. Er lehnte sich vor und richtete eine Taschenlampe auf ihre gefesselten Hände, sodass Cullen sah, was er tat. Die Fesseln lösten sich.

Als die Männer ihre Arme nach vorn holten, fühlten sich ihre Schultern wie rostige Metallscharniere an. Aber sie war frei. Und am Leben. Plötzlich holte ihr Körper mit den Ereignissen auf und sie bebte so stark, dass ihre Reaktion bis auf ihre Knochen vordrang. Alles tat weh. Sie packte Sams Hemd und schmiegte sich wimmernd an ihn, näher und immer näher.

Master Z gab ihr Raum und legte eine Hand auf ihren Arm. „Heb dein Kinn, Kleine."

Mit der Wange an Sams Brust und den Fingern um Sams Hemd konnte sie sich nicht dazu bringen, ihm zu gehorchen.

„Zur Hölle", murmelte Sam. „Anne, nimm bitte wieder Conn zu dir."

Als der Hund weggezogen wurde, versuchte Sam, ihre Finger von seinem Hemd zu lösen.

Linda ignorierte den Aufschrei ihrer schmerzenden Schultern

und schlang ihre Arme um ihn. *Ich werde ihn niemals wieder loslassen.*

Master Z schnaubte. „Das war nicht gerade hilfreich. Samuel, wir müssen wissen, was er mit dem Messer angerichtet hat."

Der Körper unter ihrer Wange erstarrte und dann spürte sie seinen kompromisslosen Griff an ihrem Rücken.

Noch mehr Taschenlampen strahlten auf das Paar herunter.

Sams Augen spiegelten im zunehmenden Licht reines Eis wider. „Lass mich mal sehen, Mädchen." Die Wut in seiner Stimme hallte nach wie ein Bass, als er ihr Kinn umschloss und ihren Kopf nach hinten neigte.

Die Bewegung wies sie auf die brennenden Linien an ihrem Hals hin.

Z berührte ihre Haut und lächelte. „Alles oberflächlich. Das hast du gut gemacht, Samuel."

„Ich bin zu alt für diesen verdammten Aktivdienst-Scheiß." Sam schob einen Arm unter ihre Knie und hob sie hoch. „Ich werde dich jetzt verarzten, Baby."

Über dem Shadowlands in Zs privatem Stockwerk hielt Sam Linda in seinen Armen. *Und genau da gehört sie verdammt nochmal auch hin,* dachte er. Ihr Gesicht war noch immer so weiß wie die flauschige Decke, in die er sie gewickelt hatte. Nur ihr Haar zeigte einen Farbklecks, was ihn daran erinnerte, wie sie sein Leben erhellt und bereichert hatte.

Fast hätte er sie verloren. Er lehnte sich an die Armlehne der Couch und zog sie näher an sich. Ihre Beine hatten sich mit seinen verwoben und ihre Wange ruhte an seiner Brust. Ihr Atem schuf eine warme Stelle auf seiner Schulter, ein taktiler Beweis dafür, dass sie noch am Leben war.

So knapp.

Aaron hätte ihr die Kehle durchschneiden können. Ja, die

Cops waren schockiert gewesen, als sie sahen, was die Bullenpeitsche mit Aarons Gesicht angestellt hatte, und doch kam Sam nicht darüber hinweg, wie nahe der Bastard gekommen war, sie zu töten.

Und sie wäre nicht die Erste gewesen. Als sie den Cops erzählt hatte, dass Aaron ihr die Haare abschneiden wollte, waren sie hellhörig geworden. Einer von ihnen hatte sofort sein Handy gezückt und einen Anruf getätigt.

Eine Weile später waren Marcus und Dan nach oben gekommen, um ihnen davon zu berichten, was die Detectives in Aarons Wohnung gefunden hatten. Trophäen von den Frauen, die er vergewaltigt und getötet hatte.

Linda rührte sich, als könnte sie seine Gedanken lesen. Sie hob den Kopf und sah ihm in die Augen. Bei den Blutergüssen in ihrem Gesicht hatte er das starke Bedürfnis, dem Bastard nachzujagen und mehr Schaden anzurichten. „Habe ich mich bereits bei dir bedankt?", fragte sie. Er liebte ihre Augen in der Farbe ihrer liebsten Schokolade. Schon morgen würde er seinen Vorrat auffüllen.

„Wofür, Baby?" Er strich seine Hand über ihr Haar.

„Dafür, dass du mich gerettet hast." Zittrig atmete sie ein. „Dafür, dass du mir die Wahl gelassen hast."

Die Decke fühlte sich weich unter seinen Fingern an, als er ihre Schulter drückte. Zu dünn. Sie hatte in den vergangenen Wochen an Gewicht verloren. Seit er sich ihr gegenüber wie ein Arschloch aufgeführt hatte. „Du hast immer die Wahl." Er schloss für eine Sekunde die Augen. „Beinahe wäre ich für deinen Tod verantwortlich gewesen." Mit Sicherheit würde er jahrelang mit Albträumen kämpfen, nachdem er das Messer an ihrer Kehle gesehen hatte, das dunkle Blut an ihrem blassen Hals.

Sie legte ihre Handfläche auf seine Wange. „Das hast du nicht. Und ich hätte nicht zugelassen, dass er mich mitnimmt. Ich wollte nicht weiter als bis zum Parkplatz mit ihm gehen."

Das hatte er geahnt, *verdammt*. Wie konnte so viel Mut in

jemandem stecken, der so sanft und süß war? Er küsste sie auf die Stirn.

„Ich frage mich ...“ Sie zog die Augenbrauen zusammen. „Warum hast du nicht die Peitsche um seinen Arm gewickelt und das Messer weggezogen?“

Auch die Polizisten hatten ihm diese Frage gestellt. Sie schienen alle zu viele Indiana-Jones-Filme gesehen zu haben.

Sam hob ihren Arm, beugte ihn und stellte nach, wie Aaron sie in der Gewalt gehalten hatte. „Man braucht viel Platz, wenn man die Peitsche um ein bestimmtes Ziel wickeln will. Und ich selbst muss das Leder ein paar Mal aufwickeln, damit ich daran ziehen kann.“ Er benutzte eine Ecke der Decke, wickelte sie um ihr Handgelenk und zeigte ihr dann die Länge. „Es war nicht genug Platz. Ich hätte dich treffen können.“

„Oh.“ Sie schluckte schwer. „Du wusstest, was mit seinem Gesicht ... passieren würde, als du dich entschieden hast, die Peitsche zu benutzen, oder?“

„Ja.“ Er legte die Decke wieder um ihre Schultern und hasste es, dass sie nun noch blasser war. Er hatte gehofft, sie würde Aaron nicht sehen. „In einer Session wird eine Bullenpeitsche sanft eingesetzt, sogar wenn es dein Ziel ist, die Sub bluten zu lassen. Mit Aaron habe ich mich nicht zurückgehalten.“

Ihr Schauer erinnerte ihn daran, dass ihre Freundin Holly zu Tode gepeitscht worden war.

„Es ist riskant, Baby. Es kann immer passieren, dass du dir ins Gesicht schlägst, und das würde dich für einen Moment schockieren, für den Bruchteil einer Sekunde lähmen. Du hast gut reagiert und bist aus dem Weg gesprungen, sonst hätte ich danach nicht fortfahren können.“

Tapfere, tapfere Frau.

Sie drückte seine Hand und sah ihn auf eine Weise an, die sein Herz zum Schmelzen brachte. „Danke, dass du meinen Wunsch respektiert hast. Noch dankbarer bin ich dafür, dass du mir das Leben gerettet hast.“ Sie nahm ihre Hand weg und er vermisste bereits ihre Wärme. „Ich sollte gehen. Bringst du mich zu meinem Auto?"

Sein Kiefer spannte sich so stark an, dass es sich anhörte, als würden gleich seine Backenzähne brechen. „Nein."

„Sam. Wir können nicht die ganze Nacht in Master Zs Wohnzimmer sitzen. Es ist an der Zeit zu verschwinden. Ich kann fahren."

Und falls sie eine verspätete Reaktion auf der Straße hatte? Was, wenn sie im Graben landete und ihn allein zurückließ? Auf keinen Fall. „Ich werde fahren. Und du wirst mit zu mir nachhause kommen."

Sie riss die Augen auf und ihr Kinn hob sich. Sein Blick fiel auf den Verband, durch den ein roter Fleck zu sehen war. Er schluckte schwer und musste seiner Kehle den Befehl geben, sich zu lockern, um Worte herauszubekommen. „Ich will dich in meinem Haus haben. Ich will, dass du bei mir wohnst und in meinem Bett schläfst."

„Aber ..."

„Ich liebe dich." Die Worte kamen ihm jedes Mal leichter über die Lippen. Er zog sie wieder an sich. Sie war so verdammt kostbar. Zerbrechlich und doch stark.

Als sie nicht reagierte, wurde ihm bewusst, wie sehr sein Schweigen sie über die letzten Wochen verletzt haben musste. Ungeduldig ruckelte er sie durch. „Eigentlich antwortet man auf sowas, Mädchen. Das ist die Regel."

„Die Regel?" Ihre Mundwinkel zuckten. „Mein Sergeant." Ihre Augen wärmten sich auf die Art und Weise, die er so liebte, und sie flüsterte: „Ich liebe dich auch, Sam. So sehr."

Als er sein Gesicht in ihrem Haar vergrub, schwor er sich, dass sie die drei Worte jeden verdammten Tag von ihm hören würde.

EPILOG

Z wei Wochen später

Linda sah nach dem Hähnchen im Slow Cooker, das für die Mahlzeit nach der Kirche gedacht war und lächelte, als sie die Kinder im Esszimmer lachen hörte.

Nicole neckte Charles, da er auch weiterhin in der Cafeteria arbeiten wollte, obwohl sie von der Zeitung eine große Entschädigungssumme erhalten hatten.

„Ich habe beschlossen, das Geld zu sparen. Es ist nicht so schlimm, ein paar Stunden in der Woche zu arbeiten", antwortete Charles.

Brenna kicherte. „Wir wollen doch nicht vergessen, wie sehr du es genießt, dass die Mädchen bei dir Schlange stehen und mit dir flirten."

„Ja, da liegst du nicht falsch."

Charles. Linda lachte leise. Ihr Sohn hatte eine Art an sich, die die jungen Mädchen anziehend fanden. Das war schon im Kindergarten so gewesen.

Ein Arm legte sich um ihre Taille und sie hörte Sams raue Morgenstimme: „Gut, dass ich auf der Farm immer körperlich ausgelastet bin, Fräulein, sonst hätte ich von deinen Kochkünsten schon an Gewicht zugelegt."

Sie grinste und drehte sich in seinen Armen, sodass sie ihn küssen konnte. „Guten Morgen. Die Kinder kamen früher."

„Habe ich gehört." Wieder knurrte er wie Bruno, der Hund ihrer Nachbarin aus Kindertagen. Sein Schmunzeln entging ihr jedoch nicht. Er sah zufrieden mit der Welt aus.

Linda neigte den Kopf bei den Geräuschen, die von draußen an ihre Ohren traten. „Ist das ein Auto?"

„Scheint so." Seine Augenbrauen zogen sich zusammen. „Der Stall ist fertig. Die Kinder sind alle hier. Es sind keine Lieferungen geplant."

Linda und die Kinder folgten ihm auf die Veranda.

Ein Auto hielt in der Kreiseinfahrt vor dem Haus an. Blaue Farbe, abgekratzt und verblasst, ein Scheinwerfer in Scherben, eine riesige Delle in der Beifahrertür. Eine viel zu dünne Blondine stieg aus.

„Nancy", murmelte Sam.

Das war Sams Ex? Linda drehte sich und sah zu Sam. Sein Gesichtsausdruck war eiskalt und wurde von Sekunde zu Sekunde reservierter. Linda wurde von Panik ergriffen. Nein. Nicht nochmal. Sie machte einen Schritt auf ihn zu.

„Mutter." Nicole klang außer sich.

Als Linda die Angst, den Ärger und das Elend auf Nicoles Gesicht sah, erhob sich die Wut in ihr. Kein Kind sollte so einen Ausdruck herumtragen. *Niemals.* Letzten Sonntag hatten die Kinder Nicoles Babybuch durchgeblättert. Ein wahres Durcheinander. Anscheinend hatte Sam die Bilder ohne künstlerisches Talent reingeklatscht. Aber er hatte sein Bestes gegeben.

Viel zu viele der Bilder zeigten ein Mädchen mit einem gequälten Ausdruck – der gleiche, den sie jetzt aufwies.

Nicht mehr. Das hört sofort auf.

Sam ging auf die Stufen zu.

Entschlossen legte Linda eine Hand auf seine Brust und stoppte ihn. „Bleib hier. Ich werde mich darum kümmern." Sie warf ihrem Sohn einen Blick zu. „Charles, sorge dafür, dass die beiden nicht runterkommen."

Als sie die Treppe hinunterlief, hörte sie Sam knurren: „Was zum Teufel?"

„Oh ja", sagte Brenna. „Leg dich nicht mit Mom an, wenn sie in dieser Stimmung ist."

Linda marschierte zu dem Auto.

Die Blondine blickte finster drein und versuchte es dann mit einem Lächeln. „Hey. Ich bin hier, um Sam zu sehen. Sag ihm –"

„Nein." Linda verschränkte die Arme vor der Brust. Rappeldürr, verfaulte Zähne, gelbgefärbte Haare mit einem dunklen Ansatz, schmutzige und sehr knappe Kleidung. Arme Nicole. „Ich wohne jetzt hier, Nancy. Du wirst dich mit mir auseinandersetzen müssen. Ich gebe dir dreißig Sekunden."

„Was –?" Schock und Wut verzerrten Nancys Gesicht zu einer Grimasse. Schweiß formte sich auf ihrer Stirn und ihre Hände zitterten.

Ja, sie war nur hier, weil sie Sam um Geld anbetteln wollte. Schon wieder. „Hör mir gut zu", sagte Linda in einem schneidenden Tonfall. „Das ist jetzt meine Familie. Du hast ihnen ihr Leben genug versaut. Sam hat vielleicht nicht das Herz, die Polizei zu rufen, aber ich werde das tun. Verschwinde. Sofort. Komm nicht zurück. Tust du das, wird dein Arsch im Gefängnis landen und ich werde Anzeige erstatten." Sie starrte die Frau nieder. „Dann kannst du deinen Entzug hinter Gittern machen."

Sam beobachtete die beiden Frauen. „Was zum Teufel sagt sie zu ihr?"

Charles und Brenna standen ihm als eine Einheit gegenüber und blockierten ihm den Weg. Er kannte die Zwei noch nicht lange genug, um ihnen den Arsch zu versohlen. Aber zu erlauben, dass seine Frau seine Ex allein konfrontierte ...

Zu seiner Überraschung knickte Nancy unter dem ein, was Linda zu ihr sagte.

Nicole kam an seine Seite. „Sie nimmt es mit Mutter auf?"

Als Sam einen Arm um seine Tochter legte, warf Brenna über ihre Schulter einen Blick auf die Konfrontation und grinste. „Sie ist beängstigend, wenn sie in ihren Medusa-Mama-Modus wechselt." Sie grinste ihren Bruder an. „Erinnerst du dich, wie der Schulleiter sie um Vergebung gebeten hat, nachdem er mir zu Unrecht Nachsitzen aufgedrückt hat?"

„Oder wie sie es mit dem alten Knacker den Block runter aufgenommen hat, der Kindern auf perverse Art und Weise nachgestellt hat." Charles warf Sam einen Blick zu. „Er war ein *Ich habe Süßigkeiten für dich, kleines Mädchen*-Arschloch. Einmal hat er sich Brenna genähert und Mom hat ihn konfrontiert. Gleich am nächsten Tag hat er sein Haus zum Verkauf angeboten."

„Aber sie ist doch so ... lieb", flüsterte Nicole. „Mutter wird ihr wehtun und –"

Sam konnte nur starren, als sich Nancy so schnell von Linda zurückzog, dass sie mit dem Rücken gegen ihr Auto krachte. Schließlich hüpfte sie hinters Lenkrad und schlug die Tür zu.

„Mom ist lieb und süß, ja, bis es jemand wagt, sich mit ihren Kindern anzulegen. Dann wird's gefährlich. Jeder in Foggy Shores weiß das." Brenna nahm Nicoles Hand. „Ausgehend von dieser Vorstellung würde ich sagen, dass du gerade adoptiert wurdest."

Nicoles Augen füllten sich mit Tränen.

Als Sam sie an seine Seite zog, schmolz das Eis in seinen Adern und Wärme breitete sich von seinem Herz in seinem Körper aus. Er konnte nur zusehen, wie Nancy ... wegfuhr.

Mit den Händen in die Hüften gestemmt, wartete Linda, bis das Auto durch das Tor gefahren war. Sie nickte kurz und kam zurück zur Veranda.

Ihre Kinder erwarteten sie mit einem breiten Grinsen und ließen sie zu Sam und Nicole durch.

Sie tätschelte ihre Arme. „Danke, meine Süßen." Dann, ohne ein Wort, zog sie Nicole von Sam weg und schlang die Arme um sie — die wahrscheinlich wärmste, fürsorglichste Umarmung auf diesem Planeten.

Sams Augen brannten und er wandte den Blick ab.

„Süße, ich weiß, dass du nicht anders kannst, als dich schlecht zu fühlen", murmelte Linda zu seiner Tochter. „Ich habe Freunde an Drogen verloren. Es ist wie Krebs. Manche besiegen die Krankheit. Andere — aus welchem Grund auch immer — tun das leider nicht. Wenn sie jemals ihr Leben ändert, dann kannst du entscheiden, ob du sie erneut kennenlernen möchtest. Bis dahin hoffe ich, dass du mich für sie einspringen lässt."

Als Nicole in Tränen ausbrach, schloss Sam die Augen und lauschte, wie jahrelanges Elend aus ihr herausbrach. Die Sehnsucht danach eine Mutter zu haben und doch keine zu bekommen.

Er wies Brenna und Charles an, mit ihm zu den Ställen zu kommen. Sie könnten sich genauso gut daran gewöhnen, ihm zu helfen, da er nicht vorhatte, ihre Mutter jemals gehen zu lassen.

Eine Weile später entließ er die Kinder. Sie spielten mit Conn, während er zum Hühnerstall ging. Die beiden wussten, wie man hart arbeitete. Der Junge hatte über das Hauptfach Kriminologie gesprochen — anscheinend hatte sich sein Lebensziel im letzten Jahr geändert. Wenn er seinen Abschluss machte, könnte er ihn mit den Mastern im Shadowlands bekanntmachen, die in verschiedenen Bereichen der Strafverfolgung tätig waren.

Sam schüttelte den Kopf. Als Kouros und Buchanan auf die Farm gekommen waren, um mit Linda zu sprechen, hatten sie sich offensichtlich schuldig gefühlt. Obwohl sie versucht hatte, die beiden zu beruhigen, war es deutlich zu sehen gewesen, wie sehr Kouros von Schuldgefühlen geplagt war. Ein harter Beruf.

Vielleicht sollte Charles sein Hauptfach auf Landwirtschaft umstellen.

Kaputte Zäune, Dürren und neue Fohlen waren für einen Mann um einiges leichter zu ertragen.

Andererseits reservierten die Agents die Schuldgefühle nicht für sich allein. Sally war gekommen und auch sie hatte sich immer wieder dafür entschuldigt, dass sie Linda vorgeschlagen hatte, es als Auszubildende zu versuchen.

Als Sam die Futterstellen aufgefüllt hatte, hörte er Linda und seine Tochter zum Hühnerstall kommen.

Nicole schien es besser zu gehen. Sie erzählte Linda eine Anekdote. „Ich wusste nicht, dass Daddy so rot werden kann." Sie grinste Sam an, als sie in die Scheune kamen. Ihr Gesicht war vom Weinen geschwollen, aber ihre Augen waren klar. Glücklich. Seine Kleine würde darüber hinwegkommen.

Dankbar sah er zu Linda.

„Ich hätte nichts dagegen, das mal selbst zu erleben", sagte Linda. „Aber hat er es dir erklärt?"

„Zur Hölle nein", antwortete Sam.

„Eine Freundin von ihm – Anne – hat mich zu einem Slushie eingeladen und mir alles über dieses Zeug erzählt." Nicole grinste. „Ohne einmal rot zu werden."

„Anne? *Die* Anne?" Von dem entsetzten Gesichtsausdruck auf Lindas Gesicht zu urteilen, hatte sie Mistress Anne kennengelernt.

Er warf ihr einen ernsten Blick zu. „Sie kennt sich mit der männlichen Anatomie gut aus. Warum also nicht?"

„Ooooh." Ihre Augen funkelten. „Das Thema werden wir nochmal genauer besprechen."

Stille war ins Haus eingekehrt. Sam trug Geschirr in die Küche. Conn folgte ihm. Linda verwöhnte den Hund und gab ihm heimlich Leckerbissen. Sie darauf hinzuweisen, wäre nicht einfach, da Nicole seit Jahren dasselbe tat.

Ein paar Minuten zuvor hatten sie die Kinder zum College zurückgeschickt. Das Mittagessen hatte sich lange hingezogen, jedoch musste er zugeben, dass er es genoss, sie alle am Tisch zu haben.

Brenna liebte es, zu diskutieren, hatte aber einen lebhaften Sinn für Humor, und ihr Lachen war so herzlich wie das ihrer Mutter.

Charles hatte einen ausgeprägten Beschützerinstinkt, der an Sams heranreichte. Als Nicole erwähnt hatte, dass sie oft im Dunkeln von der Bibliothek nachhause lief, hatte der Junge sie getadelt, bevor Sam etwas sagen konnte.

Linda hatte mit ihren Kindern gute Arbeit geleistet. Ihre idiotischen Teenagergehirne mochten sie dazu gebracht haben, ihr Kummer zu bereiten, aber mit ihrer Zuneigung, ihren Umarmungen und der Liebe für ihre Mutter glichen sie dies aus.

Wie eine vertrocknete Pflanze hatte Nicole all das aufgesaugt.

Sam hatte das auch. Linda wollte das traditionelle Essen nach der Kirche in ihrer Familie fortsetzen. Die Idee gefiel ihm.

Als er die Küche betrat, sang Linda *When I'm Sixty-Four* von den Beatles und bestückte einen Korb mit Orangen, den sie anschließend auf die Arbeitsfläche stellte. Er schüttelte den Kopf. Nichts konnte die Stimmung seiner Frau lange ruinieren.

Er trat hinter sie und legte die Hände auf ihre Schultern. „Ich bin mir nicht sicher, wie ich dir danken soll. Für das, was du für Nicole getan und dafür, dass du dich Nancy gestellt hast."

Ihr Grübchen erschien. „Du könntest mir mehr von dem geben, was ich letzte Nacht hatte. Schließlich bin ich eine Masochistin."

Seine Augen verengten sich bei ihrem hoffnungsvollen Ausdruck. Er hatte ein Monster erschaffen. Gestern Abend hatte er zuerst einen Rohrstock an ihr benutzt und sie anschließend bis zwei Uhr morgens gefickt.

Er dachte kurz nach und schenkte ihr ein Lächeln. „Das wäre mir ein Vergnügen. Finde dein Lieblingsspielzeug, bevor du zur Arbeit gehst. Nimm Gleitgel, schieb das Spielzeug in dich und behalt es den ganzen Nachmittag drin. Dann wirst du heute Abend für mich gedehnt und bereit sein."

„Aber ..." Entzückende Angst blühte in ihren Augen auf. „Okay."

Verdammt. Vielleicht würde er sie früher ins Bett ziehen.

Linda nahm ein übriggebliebenes Stück Bacon von einem Teller. „Ich habe einen Leckerbissen für dich, Conn." Sie beugte sich vor, um es dem Hund zu geben, und zuckte zusammen.

Sam grinste. „Hat da jemand einen wunden Arsch?"

„Du bist so ein Sadist. Und ja, du hast blaue Flecken hinterlassen."

Das wusste er. Vorhin im Badezimmer hatte sie einen violetten Fleck auf ihrem Hintern untersucht. Sie hatte zu beiden Teilen fasziniert und zufrieden ausgesehen. Typisch für eine unterwürfige Masochistin.

Er fuhr mit dem Finger über ihre hübsche Wange. „Ich mag es, hier und da Spuren zu hinterlassen." Er mochte es, zu wissen, dass sie ein paar wunde Stellen hatte, sodass sie über den Tag hinweg an ihn erinnert wurde. Eine Art Brandmarkung.

Unfähig zu widerstehen, schlang er einen Arm fest um ihre Taille und packte eine weiche Arschbacke.

Sie quietschte, und stöhnte, als er härter zudrückte. Sie zu verletzen, fühlte sich himmlisch an. Sie sackte an ihm zusammen. „Verflucht seist du." Ihre Pupillen hatten sich geweitet und Hitze stieg in ihre Wangen. „Wie machst du das nur?"

„Wie ich dich errege? Das ist nicht schwer." Er lehnte sich vor und presste sie mit seinem Gewicht an den Küchenschrank. Ihr Haar war nun lang genug, um einen sicheren Griff zu gewährleisten, und so zog er ihren Kopf zurück. Erst verwöhnte er ihren Hals mit kleinen Küssen, bevor er ihr Ohrläppchen zwischen die Zähne nahm und es genoss, wie sie scharf den Atem einsog.

„Sam."

„Mhm." Er fuhr mit seiner Hand über ihre Vorderseite, erkundete das V zwischen ihren Beinen und umkreiste dann ihre Klitoris. Er spürte, wie das Nervenbündel hinter ihrer Jeans anschwoll. Abrupt ließ er sie los.

Als sie in seine Richtung schwankte, trat er einen Schritt zurück.

Ihre Kinnlade klappte herunter. „Du hörst auf?"

„Du musst zur Arbeit, erinnerst du dich? Du meintest, dass du heute Nachmittag allein im Laden bist." Und nun würde sie hinter der Kasse stehen und sich verzweifelt nach seiner Berührung sehnen.

Sie schmollte. Bezaubernd. „Du willst, dass ich den ganzen Tag leide?"

„Genau das will ich." Er drückte seine Erektion gegen ihren weichen Bauch. Selbst Sadisten mussten manchmal leiden. „Das werden wir beide. Und wenn du wieder zuhause bist, nehme ich deine Pussy und dann deinen hübschen Arsch. Ich werde dich bewusstlos ficken." Erneut presste er sich gegen ihren Körper und lächelte in ihre großen braunen Augen. „Zuerst werde ich dich aber über mein Knie legen und deinen Arsch rot einfärben." Das und der Analplug sollten daraus einen spaßigen Abend machen. Vielleicht könnten sie an dem Problem arbeiten, dass es sie triggerte, wenn er sie darum bat, zu betteln.

Trotz des wütenden Blicks, den sie ihm zuwarf, klang ihre Stimme heiser und erregt: „Danke, Master Sadist. Wie im Flug wird der Tag vergehen."

„Gern geschehen, Fräulein." Dann lehnte er sich vor und sprach die Worte, die es schafften, den finsteren Ausdruck von ihrem Gesicht zu wischen – die drei kleinen Worte, die ihm mit jedem Mal leichter über die Lippen kamen. „Ich liebe dich, Linda."

LESEPROBE AUS BUCH 8

in der Reihe Die Master der Shadowlands

Sallys Blick wanderte von Galen zu Vance. Obwohl es nur zwei Männer waren, fühlte sie sich umzingelt. „Okay, ihr habt gewonnen. Was nun?"

Galen betrachtete sie eine Minute lang, sein Gesichtsausdruck war unleserlich, und ihre schnippischen Worte prallten von ihm ab, als ob er eine Rüstung trug. Er trat vor und drang in ihren persönlichen Bereich ein, kam ihr so nah, dass seine Körperwärme in sie sickerte.

Bei ihrem Rückzug krachte sie gegen die Betonwand namens Vance. Er packte ihre Schultern so fest, dass er ihr jegliche Chance nahm, zu entkommen. Ohne ein Seil oder Ketten hatte er sie fixiert.

Bei dem erregenden Gefühl rauschte ein Lustschauer durch ihren Körper. *Verdammt.* „Ist all dieses in die Enge treiben wirklich notwendig?"

Galen nahm ihr Kinn zwischen Daumen und Zeigefinger und sein Blick hielt ihren mühelos gefangen. „Ich weiß, wir machen dir Angst, hübsche kleine Sub." Seine Mundwinkel zuckten. „In deinem Fall ist das eine gute Sache. Aber lass dich nicht von Angst dazu bringen, respektlos zu sein, verstanden?"

Er hielt ihren Blick, hielt ihn und hielt ihn, und mit jeder Sekunde akzeptierte sie die Situation mehr und entspannte sich.

Eine Minute später murmelte er: „Sehr gut."

Als er seine Hand von ihrem Gesicht nahm, wäre sie fast gestolpert, wenn Vance sich mit seinem Körper nicht an ihren gepresst hätte.

„Bondage-Tisch?", fragte Vance.

Galen nickte und durchquerte den Raum. In einer schwarzen Hose, einem Hemd und in seinen Anzugschuhen gekleidet, kam er schicker daher als Vance. Beide trugen sie schwarz, aber Vance hatte sich für eine Jeans, ein enganliegendes T-Shirt, einen Ledergürtel und Stiefel entschlossen. Entschieden versus entspannt, schlank aber muskulös versus die Größe eines Footballspielers, dunkler Grieche versus schottischer Krieger, geschmeidig versus robust. Sie sollten nicht in der Lage sein, bei der Arbeit eine gemeinsame Basis zu finden, geschweige denn als Co-Tops zu agieren, aber genau das schafften sie – und es sah so einfach aus.

Vance zog sie an seine Seite und sein Arm hinter ihr ließ ihr keine andere Wahl, als ihm zu folgen.

Ihr Herz hämmerte bereits so heftig, dass sie sich fühlte, als würde sie ersticken.

Wie schafften sie das? Mit den anderen Mastern war ihr das noch nie passiert. Sicher, jeder der Master konnte und hatte sie dazu gebracht, sich zu unterwerfen, aber mit ihnen war sie nie nervös geworden. Vielleicht waren die beiden beängstigender, weil sie sich gegen sie verbündeten? Immer, wenn sie versuchte, Stellung zu beziehen, trieb einer sie an ihre Grenzen und der andere brachte sie ins Straucheln.

Und sie mochte es nicht, eingeschüchtert zu werden. Nicht von ihnen. „Also, ich weiß nicht ..."

Galen drehte sich zu ihr um und die Worte blieben ihr im Hals stecken. War er immer schon so ... intensiv?

„Stell dich hier hin, Sally." Seine schwarze Kleidung ließ seine Augen noch dunkler und bedrohlicher erscheinen. Er fuhr mit einem Finger über den Saum ihres Neckholder-Tops, folgte der Kurve einer Brust. „Das hier entfernen, Vance."

Vance löste die Bänder und warf ihr Oberteil auf einen Stuhl.

Zum ersten Mal seit einer halben Ewigkeit wollte sie sich bedecken. Ihre Hände hoben sich. Dann landete ihr Blick auf Galen und sie senkte schnell die Arme. Galen betrachtete sie, seine Augen verweilten auf ihrem Bikinislip.

Ihr Atem stockte, als sich die Wärme tief in ihrem Bauch sammelte. *Verdammt*, sie wollte mit keinem der beiden Sex ... und doch sehnte sie sich verzweifelt danach. Bei seinem Schmunzeln stieg ihr die Hitze in die Wangen.

„Heute nicht, Sub", sagte er. Sein Lächeln verwandelte sein Gesicht von furchterregend zu wunderschön. Zu verlockend. „Irgendwann werden wir deinen Körper genießen, der heutige Abend ist jedoch nur für dich."

Sie starrte ihn an. Wirklich? Aber sie mochten Sex. Die anderen Subs redeten darüber, wie *sehr* sie Sex mochten. Stimmte etwas nicht mit ihr, dass sie sie nicht begehrten?

Galen klopfte auf den Bondage-Tisch und wandte sich ab, ohne zu sehen, ob sie gehorchte.

Dann erkannte sie, warum er nicht besorgt war. Vance packte sie um die Taille und setzte sie wie eine Puppe auf den Tisch. Unter seinem engen schwarzen T-Shirt waren seine Schultern riesig, sein Bizeps erinnerte an Felsbrocken. Er gab ihr das Gefühl, winzig zu sein.

„Runter mit dir." Er drückte sie auf ihren Rücken.

Es war ihr unangenehm, dass ihre nackten Brüste zeigten, wie erregt sie war, denn ihre Nippel waren noch nie so hart gewesen. Verlegen wandte sie den Blick ab.

„Entspann dich, Sally." Er neigte ihr Kinn, lehnte sich vor und küsste sie. Seine Lippen fühlten sich stark und entschlossen an. Sanft versuchte er, ihr eine Reaktion zu entlocken. Als sein Mund ihren verließ, folgte sie ihm und er gluckste amüsiert. Im nächsten Moment lag seine Hand auf ihrer Wange, sein Mund schwebte über ihrem und dann küsste er sie erneut. Leidenschaftlicher, brutaler. Alles in ihr kribbelte und mit Sicherheit sahen auch die beiden Männer die Lustwelle, die durch ihren Körper jagte.

Bevor sie wieder zu Atem kommen konnte, bediente er sich an den Riemen, um ihre Arme an ihren Seiten festzuschnallen. Er legte ihr einen weiteren über die Taille.

„Ist dir bewusst, wie sehr ich es mag, ungezogene Subs zu fesseln?" Der Hunger in Vances Blick bestätigte seine Worte. Seine Hände waren unnachgiebig, als er erst ihre Oberschenkel und dann ihre Knöchel mit Seilen zusammenschnürte. Ein Riemen legte sich um ihre Knie.

Als er fertig war, verschränkte er die Arme und begutachtete seine Arbeit.

Sie hob den Kopf und sah die Seile und Riemen, die ihren Körper schmückten. *Mein Gott.*

„Einen vergessen." Vance schob sie nach unten und zog einen weiteren Riemen über ihre Stirn, sodass es ihr unmöglich war, den Kopf zu heben. Sie konnte sich kein bisschen bewegen. Sie fühlte sich unbeweglicher, als sie es je erlebt hatte. Instinktiv testete sie die Einschränkungen, versuchte, sich zu befreien.

Ihr Körper verstand, dass sie gefesselt – gefangen – war und der Tisch unter ihr schien zu beben.

Vances rechter Mundwinkel zuckte. „Sehr hübsch", sagte er, bevor er ihr einen sanften Kuss auf den Mund gab. „Sie ist bereit, Kumpel."

Beide Doms gingen um den Tisch herum, zerrten und überprüften die Riemen.

„Taubheitsgefühl, Kribbeln? Ist dir kalt?", fragte Galen, wobei sein Neuengland-Dialekt seine tiefe Baritonstimme noch einschüchternder machte.

Ihr Versuch, den Kopf zu schütteln, blieb erfolglos. Sofort spürte sie ein wildes Flattern in ihrer Magengrube.

Sie wusste nicht, was Vance auf ihrem Gesicht sah, aber sein Lächeln wurde breiter. Obwohl er einen ungezwungeneren

Eindruck machte als Galen, war es doch verstörend, was sie in seinen dunkelblauen Tiefen sah.

„Nun?", hakte Galen nach und lenkte damit ihre Aufmerksamkeit zurück auf ihn.

Sie runzelte die Stirn und flüsterte: „Nein, Sir." *Wo ist mein Rückgrat abgeblieben?* „Mir geht es wirklich sehr gut. Danke der Nachfrage, Master Galen. Wie geht es dir heute?"

„Wirst du bei uns auch so viel plaudern, wie wir es mit anderen Doms beobachten mussten?", fragte Galen.

„Na logisch."

Mit einem Nicken zog er einen Lederriemen aus der Spielzeugtasche und warf ihn zu Vance. „Knebel sie."

ÜBER DIE AUTORIN

Über die Autorin

Autoren sagen oft, dass ihre Protagonisten mit ihnen argumentieren. Dummerweise sind Cherise Sinclairs Helden allesamt Doms. Was bedeutet, dass sie keine Chance hat, jemals ein Argument für sich zu entscheiden.

Als USA-Today-Bestsellerautorin ist Cherise dafür bekannt, herzzerreißende Liebesromane mit hinreißenden Doms, amüsanten Dialogen und heißem Sex zu schreiben. BDSM, Leute. BDSM! Wer kann dazu schon ‚Nein' sagen?

Mit den Kindern aus dem Haus lebt Cherise mit ihrem geliebten Ehemann und ihren Katzen am pazifischen Nordwesten, wo nichts gemütlicher ist als ein regnerischer Tag, den sie damit verbringt, neue Bücher zu schreiben.

Rezensionen:

Ich hoffe, Dir hat das Buch gefallen! Ich würde mich freuen, wenn Du für Sam und Linda eine Rezension verfasst. Das hilft mir als Autor und auch anderen Lesern, die auf der Suche nach neuem Lesestoff sind.